此水此山此地

宋中锋 著

郑州大学出版社

图书在版编目（CIP）数据

此水此山此地／宋中锋著. — 郑州：郑州大学出版社，2021.6
ISBN 978-7-5645-7865-7

Ⅰ．①此…　Ⅱ．①宋…　Ⅲ．①长篇小说－中国－当代　Ⅳ．①I247.5

中国版本图书馆 CIP 数据核字（2021）第 090189 号

此水此山此地
CI SHUI CI SHAN CI DI

策　　划	孙保营		封面设计	小　花
责任编辑	刘晓晓		版式设计	小　花
责任校对	孙精精		责任监制	凌　青　李瑞卿
统　　筹	李勇军			

出版发行	郑州大学出版社有限公司		地　　址	郑州市大学路 40 号（450052）
出版人	孙保营		网　　址	http：//www.zzup.cn
经　　销	全国新华书店		发行电话	0371-66966070
印　　刷	河南瑞之光印刷股份有限公司			
开　　本	787 mm×1 092 mm　1／16			
印　　张	25.25		字　　数	445 千字
版　　次	2021 年 6 月第 1 版		印　　次	2021 年 6 月第 1 次印刷

书　　号	ISBN 978-7-5645-7865-7		定　　价	48.00 元

目　录

第一章　感情旋涡

1.你莫走

一个好好的年会,因为李庆的胡闹,弄得不欢而散。

张一枭原本的节目是独唱《送亲》,叶知秋却执意要与他合唱,而且定好了要和他合唱《你莫走》。自从定下与叶知秋合唱,张一枭心里就多了一层隐忧。这段时间以来,他已经明显感觉到了李庆的敌意。李庆不但在工作上处处跟他过不去,还在他面前阴阳怪气地说话。开始,张一枭以为是自己工作不得体触怒了李庆,后来他发现,事情绝没有那么简单,只要他和叶知秋有单独接触,李庆必然会有事没事找他麻烦。

张一枭担心李庆会在年会上让他和叶知秋难堪,没想到怕啥有啥,李庆竟然不顾公司副总的身份,当着董事长叶浩然的面在年会上对自己大打出手。

猪肉市场行情好转,令公司大赚了一笔。公司上下都对年会充满了期待,盼望着公司在年会上发个大大的红包。叶知秋对这次年会非常重视,她不但要亲自上台表演,还要对年会的议程、表演的节目亲自把关,她想通过这个年会给董事长、董事会,乃至公司的每个员工看看,她有能力管理好这个公司,只要跟着她好好干,到手的红包会越来越大。

叶知秋选择亲自上台与张一枭合唱《你莫走》,还有另外一层考虑。她不知道当时父亲是怎么想的,在她一岁的时候就为她和李庆定下了娃娃亲。从小到大,正是这个娃娃亲多年来一直像紧箍咒一样紧紧地拴着她,令她不胜其扰,不堪其辱。尤其是李庆,从来从不顾及她的感受,打小就四处宣扬她是他的小媳妇,让她在同学和朋友面前丢尽了脸。

叶知秋曾无数次地想摆脱李庆，可是命运弄人，从小学、初中、高中、大学，直到参加工作，李庆一直紧跟在她的身后。多年来，李庆不仅阴魂不散地缠着她，还像个搅屎棍子一样时时刻刻地监控着她的感情生活，一旦发现她对哪个男生有了好感，李庆定然会大闹一场，让人对她敬而远之。

自从那次被张一枭舍身相救之后，叶知秋发现自己真真切切地爱上了张一枭，而且一发不可收。并且随着对张一枭用情的强烈，她对李庆则更加厌恶，有时候甚至看见李庆就想呕吐。

叶知秋觉得是该跟父亲摊牌了，她无数次下定决心要跟父亲提出解除这令她无比痛苦的"紧箍咒"，可看到父亲操劳的面容，话到嘴边又咽了回去。公司的难题一个接一个，她不想再给父亲添堵，尤其是不能给早已对父亲有二心的李扬分裂公司的借口。

自从爱上张一枭后，叶知秋发现自己原先的想法是多么幼稚、多么傻，她竟然拿自己的幸福在维持父亲与李庆的合作，并且李庆如果真想离开，她的付出又能有多少价值？她真切地感到，再这样下去，自己的一生就毁了。

叶知秋想通过这次合唱让李庆知难而退，更想试探一下父亲的态度。她认为只要父亲明白了她的心思，父女正式谈及此事时自然便少了意见不同的争执和尴尬。

年会这天，叶知秋特意请了电视台的著名主持人主持，灯光、舞美用的都是一流的公司，并且全程录像。

主持人翩翩上台，甜美地说："下面请叶知秋女士、张一枭先生为大家演唱《你莫走》。"

张一枭和叶知秋穿着一身山水组合的民族服装，手拉着手走到了舞台中央。

张一枭唱道："妹儿丫头你莫走，唱首歌歌儿把你留；歌中有我对你的真情，歌中有你的温柔。"

张一枭雄浑的声音震撼全场，大家都屏住呼吸，静静地听着。

叶知秋接着唱道："哥哥哥哥我不走，妹妹陪你到白头；陪你直到星星不眨眼，陪你直到月亮躲山沟。"

顿时，全场响起了雷鸣般的掌声。

张一枭的情绪也被调动了起来，他弯下身子吼："你莫走！"

叶知秋眉目含情地望着张一枭，唱道："我不走！"

张一枭转向叶知秋,唱道:"赌过咒!"

叶知秋对唱:"拉过钩!"

台下的李庆被张一枭和叶知秋含情脉脉的演唱彻底激怒了,他愤然起身,眼睛瞪着张一枭和叶知秋二人,简直要喷出火来。

李庆恨透了张一枭,父亲对他那么好,自己也把他当兄长看,却没想到他这么卑鄙和势利,在公司站稳脚跟后,就开始攀高枝,抱董事长叶浩然的大腿,完全不念及父亲对他的提携培养之恩。更可气的是,张一枭为了更大的企图,竟然抢他的女人。也不知道张一枭给叶知秋用了什么迷魂药,叶知秋对他完全入了迷,不但言听计从,还处处护着张一枭,处处和他作对。这段时间,他借工作之便敲打了张一枭几次,没想到这小子竟变本加厉,在大庭广众之下公然亮明和叶知秋的恋爱关系。公司的人谁不知道,他和叶知秋打小就定了娃娃亲,两人是青梅竹马一块儿长大的,虽然现在他们的关系不是很融洽,但他们终究是要结婚的。张一枭和叶知秋在公司的年会上唱这样的歌曲,分明就是唱给大家听的,分明就是在让他难堪!

李庆很清楚公司当前的形势,也清楚叶浩然急于让公司上市的用心。当前公司发展已经到了瓶颈期,对公司如何转型,向哪个方向发展,父亲李扬和叶浩然出现了严重分歧。公司虽然是父亲和叶浩然合办的,但自创业之初都是父亲主内,叶浩然主外,父亲一直负责的是公司的业务和技术。只是近年来随着公司规模的扩大,有了专门的技术团队,叶浩然才开始让父亲介入公司的其他业务。因此,对于公司来说,叶浩然是绝对权威,父亲只是他的助手,是衬托红花的绿叶。这些年,父亲兢兢业业地辅佐叶浩然,叶浩然却对不住父亲,最明显的就是关于叶知秋职务的任命。叶浩然查出了癌症,父亲想着,叶浩然定会将公司总经理的位置让给他。但他万万没想到,叶浩然竟然提名叶知秋当了公司总经理,硬生生地把父亲晾在了一旁。这是什么,这是搞家天下传宗接代那一套吗?父亲为此大为恼火,愈加与叶浩然离心离德。

李庆曾经大度地想,任凭你叶浩然如何折腾,也跳不出他父亲挖出的坑。是呀,只要叶知秋跟他结了婚,成了他李家的媳妇,公司所有的一切不还是他李家的吗?张一枭的插足,不仅打乱了他们父子的计划,也让他的危机感油然而生。张一枭是公司的副总,如果没有叶浩然的默许,张一枭和叶知秋岂能在公司安然无事地谈恋爱?难道是叶浩然为了抛弃他们父子,才想要用张一枭取代他?自从有了这一猜测后,李庆愈加仇恨张一枭,特别是看到张一枭和叶知秋有说有笑地在一起,他就恨不得扒其皮、抽其筋,即使这样也难解心中的恨意。

张一枭和叶知秋在一起卿卿我我的举动,让李庆火冒三丈,也让他内心积压已久的怨气和愤恨彻底爆发了出来。

张一枭和叶知秋继续唱:"你莫走,我不走;生个娃,养条狗。"

李庆跌跌撞撞地冲上舞台,扫脸给了张一枭一拳:"你们还生娃、养狗,我打死你个王八蛋!"

张一枭大怒,用力将李庆推了个趔趄,说:"你凭啥打我?"

李庆没想到张一枭敢还手,扑过去抱住张一枭,大吼道:"我打的就是你!"

叶知秋慌忙上前拉架,说道:"李庆,你疯啦!"

李庆用力抱住张一枭,试图把他放倒在地。

叶知秋情急之下抓住李庆的胳膊,狠狠地咬了一口。

李庆胳膊一松,张一枭顺势把他摁倒在地上。

董事长叶浩然气得浑身发抖,大声吼道:"你们闹够了没有?"

张一枭松开李庆,站在一旁。

李庆从地上爬起来,又向张一枭扑去。

公司副董事长李扬快步走上舞台,一把抓住李庆,吼道:"你这个不争气的东西,还嫌不够丢人,跟我走!"说完,恨恨地看了张一枭一眼,拉住李庆悻悻地向外走去。

李庆扭着身子喊:"张一枭,你给我等着,你要是再缠着叶知秋,以后我见你一次打你一次!"

2.小心思

李扬把李庆拉到办公室,顺手反锁上了门,训斥道:"你今天到底怎么了,失心疯了? 你作为公司常务副总,在大庭广众之下跟人争风吃醋、大打出手,你丢人不丢?"

李庆一蹦三尺高,叫嚷道:"你不帮我,还在这里训斥我,你还是我爸不是? 今天你也在场看着呢,你看看张一枭和叶知秋他们在一起唱的啥歌? 我早跟你说过,叫你撵走张一枭,你就是不办。张一枭要是被开除了,还会有今天的事情吗? 你身为公司副董事长,还是公司的合伙人,难道你就那么怕叶浩然? 你把他当大哥,他把你当兄弟吗? 他在乎你的感受吗?"

李庆的话正中李扬的软肋,他的态度明显软了下来。

李扬内心深处确实有点怕叶浩然。当初他从农大下海和叶浩然创办饲料公司，后来又办养殖场，直至发展到现在的集团公司。他负责技术，叶浩然则负责管理公司和开拓市场。叶浩然大刀阔斧的拼搏劲头、勇往直前的开拓精神、敢说敢干的担当气魄，令他信服、敬佩，也令他打心眼儿里感到自己与叶浩然之间的差距。有叶浩然在，他甘于也乐于在公司永远当老二。

真正发生改变，或者说让李扬心生异心，是在叶浩然查出癌症之后。得知叶浩然得了癌症后，李扬很是担心，他亲自跑到北京找专家为叶浩然看病，不惜一切代价为叶浩然治病。李扬在全力为叶浩然治病的同时，对公司未来的发展也做了全面的规划。他想着，叶浩然一定会把公司交给他来管理，他会萧规曹随，按照叶浩然制定的公司发展规划，推动集团公司再上新台阶。

可李扬万万没想到，叶浩然并没有把他当作公司的接班人。在没有征求他意见的情况下，叶浩然直接把公司总经理的位置转交给了进公司没多长时间的叶知秋。公司的人都清楚，这项任命意味着叶知秋已经顺利接班，成为集团公司的新任掌门人。

李扬的心顿时失衡起来。他恼怒叶浩然搞家天下，怨恨叶浩然没有把他当兄弟，更不甘心被叶知秋一个小丫头管理。他油然感到自己奋斗了一辈子的心血，就这样被叶浩然端着轻轻松松送给了别人。颓然、沮丧、愤怒、怨恨，一段时间里，他的心情坏到了极点，也动了另立门户的想法。

他不仁，休怪咱不义。李庆的话，让李扬彻底斩断了背叛的顾虑。是呀，公司从创业之初，就是他和叶浩然共同建立的。并且，如果没有他，没有他的技术，公司也绝不会有今天。凭啥他们共同创办的公司，一定要姓叶？凭啥要他自立门户，把这倾注了他一辈子心血的公司留给叶浩然？不论采取什么措施，他都要夺回公司的决策权。

李庆给他出主意，只要李扬帮他娶了叶知秋，他就能帮李扬夺得对公司的主导权。李扬觉得这是个不赔本的好主意，只要叶知秋嫁给了李庆，公司也就成了他李家的公司，到时候再施展手段掌控公司，操作起来可就容易多了。

不过，李扬也知道李庆心里的小九九，这小子一门心思想用公司的资金搞房地产，如果公司业务任由叶知秋和李庆两个年轻人决策，势必要误入歧途，于公于私他都需要把公司掌控起来，只有他才能带着公司走得更稳更好。

李扬于是问道："他们在一起合唱一首歌能有啥，你也用不着这样闹吧？"

冷静下来后，李庆并不后悔这次疯狂的举动。他太了解父亲了，书生意气让他把面子看得重于一切，没有强力的触动，他是不会和叶浩然撕破脸的；没有强力的刺激，他是不舍得让张一枭离开公司的。经过这么一闹，李庆不仅向公司所有人表明了叶知秋是他的人，别人谁也不能动，也逼迫父亲必须在他和张一枭之间做出选择。

李庆冷笑着说："我的亲爹呀，你还没看出来叶知秋的小心思吗？她选择与张一枭合唱这首歌就是故意唱给咱爷儿俩的！"

李扬疑惑地问道："不会吧，她一个女孩家的，能有这些花花心思？"

李庆生气地说："老爹呀，我给你说叶知秋在和张一枭谈恋爱，你咋一直不信呢？我告诉你，将来我夺不了公司总经理的位置，你可不能怪我。"

李扬依旧有点不相信，说："张一枭是我带出来的，我了解那孩子，善良正直，他绝对不会做对不起我的事情。"

李扬是非常看好张一枭的。张一枭刚进公司就跟着他，这些年他不仅精心培养张一枭，还把他一步步推到了公司副总的位置。他很清楚自己儿子的德行，这个志大才疏的公子哥儿，根本没能力独自撑起公司。一旦他们父子夺得公司的主导权，张一枭就是李庆最好的帮手。他万万没想到，现如今张一枭竟然和叶知秋搅和在了一起，动不动张一枭都让他有点为难。

李庆嗤之以鼻，说："绝对不会，绝对不会？他要是记着你的好，就不该还手打我。现在他已经攀上了叶浩然父女，还会记着你？别扯这些没用的了，你还想不想夺得公司的主导权？"

李扬疑惑地看着李庆，他不知道李庆的言行到底是为了和张一枭争风吃醋，还是担心张一枭影响了他们的计划。

李庆知道他的话已经说动了父亲，父亲已经对张一枭产生了怀疑，他必须趁热打铁彻底说服父亲，只要父亲下定决心将张一枭撵出公司，事情就成了一大半。想到此，李庆说道："爸，张一枭可是公司的副总，要说叶浩然不知道张一枭和叶知秋的暧昧关系，鬼都不会相信。叶浩然为啥对这件事睁一只眼闭一只眼，他就是想拉拢张一枭来对付你，他就是想要独吞掉公司。"

李扬急声说道："小庆，你休要胡说八道，你叶伯伯根本不是那种人！"

李庆一阵冷笑，说道："我胡说八道，我胡说八道？爸，你知道你最大的弱点是什么吗？就是太书生气，太重感情！现在公司的局势很清楚，你咋一直看不明白呢？"

李扬看了看李庆，说："难道非要把张一枭撵出公司吗？"

李庆斩钉截铁地说:"必须把张一枭撵出公司,这是我们夺得公司主导权必须铲除的绊脚石!"

李扬陷入了沉思,许久,方才说道:"李庆,你和知秋从小一块儿长大,难道你就对自己这样没信心,非要把张一枭撵出公司吗?"

李庆看了看李扬,说道:"我告诉你,现在叶知秋被张一枭迷得已经失去了心智,在公司处处听他的。你还在一门心思和叶浩然斗法呢,我告诉你,再这样下去,用不了多久,公司就是他姓叶的了。"

李扬的脸顿时冷峻起来,问道:"现在公司的形势有如此严峻吗?"

李庆冷笑道:"我的话你从来都是持怀疑态度的。你不是想把公司的业务往文旅上转吗? 我告诉你,张一枭正和叶知秋鼓捣着在农村建现代农业产业园呢,等公司的资金都押到这上面,我们夺得公司的主导权又有啥用?"

好哇,既然张一枭不顾师生之情、提携之恩,坚持与自己作对,就休要怪他不留情面了。李扬终于下定了决心,愤然说道:"李庆,你说吧,需要我怎么办。"

3. 替代品

叶浩然怒气冲冲地进了办公室。

叶知秋和张一枭跟在后面,脸色铁青。

叶浩然看了一眼叶知秋,说道:"知秋,你先进来。"

张一枭等父女二人进了里间,在外间的沙发上坐了下来。

进了屋,叶浩然厉声质问道:"知秋,你说说,今天到底是咋回事,两个男人为你在公司年会上大打出手,弄出这样一出丑剧,你羞不羞?"

路上,叶知秋已经想好了对策。她没想到李庆如此胆大疯狂不要脸,竟然大闹年会,当众与她撕破脸。叶知秋认为,这样也好,既然大家已经撕破脸了,就再也不用藏着掖着,正好把他们多年的恩恩怨怨一股脑儿解决完。

面对叶浩然的质问,叶知秋一脸平静地说:"爸爸,我和一枭合唱一首歌有错吗? 李庆他是我什么人? 他有什么权力这样管控我?"

叶知秋越说越激动:"从小到大,我就不能和男孩子相处,只要被他发现,他就没完没了地闹,他凭啥这样干涉我的生活? 他有啥权力干涉我的感情? 爸爸,你知道吗? 这么多年,他一直像狗皮膏药一样糊在我的身上,让我撕不开甩不掉,我早已受够他了!"

叶浩然被叶知秋问得哑口无言,许久方才喃喃地说:"知秋,李庆是因为喜欢你,你们俩从小是有婚约的。"

叶知秋的眼泪顿时流了出来:"爸爸,就因为当初你和李叔叔的一句玩笑话,就要让女儿痛苦一辈子,就要毁了女儿的一生吗?爸爸,你知道这些年我为此多么痛苦,我为此在夜里一个人流了多少眼泪?"

叶浩然的脸越来越沉重,低声说道:"知秋,爸爸没想到此事给你带来这么大痛苦,你既然不喜欢李庆,为啥不早点给爸爸说呢?"

叶知秋擦了擦眼泪说:"为了你的面子,为了你和李叔叔的合作。爸爸,无数次我鼓足勇气想向你诉说,可一看见你疲惫憔悴的面容,每次都是话到嘴边又咽了回去,我怕给你心里添堵,怕影响你的工作,怕……"

叶知秋一阵哽咽,说不下去了。

叶浩然眼里涌满了泪:"我的傻孩子呀! 你应该早给爸爸说呀,爸爸还一直以为你和李庆相处得很好呢,我没想到……没想到你竟然为此如此痛苦!"

叶知秋毅然决然地说:"爸爸,你既然不反对我和李庆解除婚约,那我们两家人就坐下来一块儿说说这件事,让李庆从此再也别干扰我的生活和感情。"

叶浩然陷入了沉默。此刻,他还真不能和李扬谈解除婚约之事。这两年来,他已经感觉到了与李扬的不和谐,全产业链发展是集团公司发展的方向,也是应对市场风险的有效举措,但李扬却坚持要集中精力把饲料和养殖场做精做细,做成行业龙头老大。他没想到,在这事关公司转型发展方向的重大问题上,任凭他如何苦口婆心地做李扬的思想工作,李扬却一直不让步。在他被查出来患癌症后,他能感觉出来李扬想冲在一线当总经理,如果没有在公司发展方向上发生的重大分歧,他会毫不犹豫地把总经理的位置让给李扬,因为一旦他的病情恶化,只有李扬才能掌控公司。就是因为他们之间的这一分歧,让他看到了李扬的致命短板,李扬偏执、执拗的性格,让他感到李扬根本不适合当公司的掌舵人。一旦他失去了对公司的掌控,李扬很快就会把公司带偏方向。

叶浩然之所以选择叶知秋出任公司的总经理,着实是他反复思虑之下的无奈之举。他很清楚,叶知秋太年轻,对公司的业务也不是很熟,但只有她才能确保公司沿着他设想的方向发展,为了公司的未来,他不得不将这副沉重的担子提前压给叶知秋。对于这种安排,他也看出了李扬的不满和抵触,可在这件事上他着实无法向李扬解释和劝说,只能硬起手腕来决定。可这样一来,他和李扬便结下了难解的疙瘩,李扬开始对他离心离德。他觉得,李扬之所以没提出分家,就是因为叶知秋和李庆的那一句婚约,李扬父子一直幻想着等知秋嫁过去后,他们就可以一口吞掉公司。他急着推动公司上市,为的就是提防李扬父子。他深知,一旦公司上了市,即使他闭上眼睛,李扬父子的企图也很难实现。在这公司即将上市的关键时刻,他决不允许后院失火,因为叶知秋的感情问题影响大局。

张一枭坐在外间的沙发上,耳朵一直认真地聆听着里面的对话。听完叶知秋的哭诉,张一枭感到身上冷得直发抖。此刻,他才真正发现,自己不过是叶知秋摆脱李庆的替代品,一旦彻底摆脱了李庆,叶知秋还会喜欢自己,把感情继续寄托在自己身上吗?

面对叶知秋或明或暗的感情攻势,张一枭一直在犹豫和迟疑,他甚至无数次问自己,叶知秋真的会爱上他这个穷小子吗? 在当今如此现实的社会,难道仅仅因为一次舍身相救,叶知秋就会对他以身相许? 别人不相信,他自己也不会相信。每次面对叶知秋炙热的目光,他内心都会发出疑问,她是真的爱自己吗?

张一枭承认,他是喜欢叶知秋的,如果叶知秋不是他上司,他不但会接受叶知秋的感情,甚至还会主动追求她。叶知秋的才华美貌、稳重大气,深深地吸引着他;叶知秋的信任倚重、关心爱护,令他从内心深处对她充满感激和敬重。

张一枭是个自尊心极强的人,他不愿别人说他攀龙附凤,不愿别人说他靠吃驸马食实现自己的人生目标,更不愿被人说成是被上司包养的小白脸。如果真的这样,他宁愿放弃现在打拼得来的一切,从零开始。

沉默了许久,叶浩然终于说话了:“知秋,爸爸没想到这件事对你造成这么大的伤害。”

听到叶浩然的声音,张一枭的耳朵立刻支棱了起来。

叶浩然继续说:“知秋,我觉得这件事不可莽撞行事。”

叶知秋着急地打断了叶浩然:“爸爸,你……”

叶浩然摆了摆手,说:“知秋,你听我说完。现在公司正准备上市,这个时候我们向李家提出此事,不正给了他们坐地起价的借口吗?如果因此激怒了你李叔叔,此刻他提出分家,我们怎么办? 这样不仅爸爸的愿望要泡汤,也会害了公司的人。唉! 都是爸爸的病,要不是这病,爸爸决不让你受这委屈! 知秋,都怨爸爸,是爸爸拖累了你!”

叶知秋心中像针扎一样疼。爸爸是何等刚强的人,她从来没有见过父亲跟人低头,今天竟然给她说出这样的话来,爸爸心中该是何等的痛苦和无奈啊!在她的心目中,爸爸一直都像神一样,她极其崇拜也极其爱爸爸,以至于不论爸爸说什么她都感到是对的,从小到大对爸爸她都是言听计从,从不愿违背爸爸的意愿。

叶知秋也很清楚,爸爸说的是实话,爸爸那么爱她,即便自己承受再大的苦难,也是不愿让她受一点委屈的。以爸爸的性格,如果不是他时日不多,尚未对公司对她的将来做出妥善的安排,爸爸绝对不会让她委曲求全的。为了爸爸,她只能选择忍耐,只能选择委屈张一枭!

叶知秋泪流满面地说:"爸爸,你别说了,别说了,我一切都听你的!"

叶浩然重重地叹了口气:"知秋,再等等吧,公司上不了市,爸爸就难以安心地走,爸爸放心不下,放心不下你!等公司上了市,爸爸一切听你的。张一枭那里,我来跟他谈。"

叶知秋仰起头擦了把眼泪,说道:"算了,解铃还须系铃人,这事儿还是我自己处理吧。"

4.掌舵人

张一枭漫无目的地走在大街上,他说不出是空虚、轻松,还是解脱,总感到身子像被瞬间掏空一样,此时此刻他离开公司的意念更强烈了。

说实话,这两年他在公司过得并不痛快,李庆的处处刁难,让他感到不公、憋屈和委屈。特别是叶浩然突患绝症后,他更感到前途渺茫,自己在公司不会有好的结果。因为他深知自己,也了解李庆。碍于李扬的知遇之恩,他对李庆的忍耐已经到了极限。李庆是个极为自负、睚眦必报的公子哥,即使他远离叶知秋,他与李庆的合作也不会愉快。

碍于和李扬的师徒关系,开始他和李庆的关系处得还不错。李庆一天到晚张哥长张哥短地喊他,工作中遇到难题都向他请教,请他帮忙解决。可自从那次旅游归来,他就发现李庆看他的眼光变了,两人相处也开始有了隔阂。后来,李庆看叶知秋经常找他,更是对他充满了敌意,处处和他较劲,事事跟他别着来。

李庆当上常务副总后,他们的关系闹得更僵了。

张一枭清楚地记得,他们之间的第一次不愉快就是那次办公室报账。过去李扬当常务副总时，只要他签过字了，李扬从来都是拿来就签。这次报账钱并不多，加在一起也就两万多块钱。办公室小李拿着发票单找他签字时，他看钱不多，当即就签了。没想到此举却引来一场不小的风波。小李去了李庆办公室不久，电话就打了过来。到了李庆办公室，他竟然当着小李的面把发票摔在了他的面前，大声质问他验过发票没有，让他一张一张地说说每笔开支的出处，最后指着一张餐票训斥道："你们一顿招待花了500多块，是不是太奢侈了？照你们这个吃法，公司非被你吃垮不行！"张一枭当时心里那个气呀！真想跟李庆理论一番，不过最后他还是强行控制住了自己。不过，此事并没有结束，李庆此后在大会小会上批评他不注重节约，要大家引以为戒，直到董事长叶浩然说了句一顿饭花500块钱不多，李庆才彻底止住了口。

还有一次。张一枭领着市场部起草公司的发展规划，他们连续加了好几天的班，终于弄出了个很成熟的稿子。他和市场部经理就一起将材料送给了李庆。

李庆拿到稿子随意地翻了翻，还没翻到第三页，就怒声说道："你们写的这啥东西？我给你们讲的为啥不写进去？是不是你的水平比我高，我的话你不听了？不中，不中，给我重新写。"

他心里窝满了火，问道："你看没有？就说不行，你说怎么样才行？"

这一下可把李庆惹火了，他抓起材料扔在了他们脚下："你没长眼吗？你没看见我在看吗？你们写的这是啥东西？垃圾，一堆垃圾！我说不行就不行，给我拿回去重写！"

市场部经理低声说道："李总，你把稿子认真看完再批评，中不中？"

李庆吼道："我不用把稿子看完，还用把稿子看完吗？我拿眼一看就知道稿子中不中。"

市场部经理生气地说："好吧，李总你说吧，我把你讲的用录音机录起来，全部写到稿子中。"

李庆眯着眼，腿翘到桌子上，无赖地说："我只是随便说说，你们写材料咋能按我说的意见写呢？"

张一枭的鼻子差点没被李庆气歪，他用手指着李庆，愤怒地说道："李庆，你不要太过分了！"

李庆冷笑着说："我就是过分了，你能把我怎么的？给我拿回去重写！"

市场部经理拾起材料，把张一枭拉出了李庆的办公室。

张一枭窝着满肚子的火回到了办公室，正在独自生气，董事长叶浩然打电话来，问发展规划弄好没有,让他抓紧将材料送过去。

他拿着材料去了叶浩然办公室,令他没想到的是,李庆也在。他将材料直接递给了叶浩然,叶浩然认真地看着,连声说:"好,好,好,这个规划写得好,立意高,视野开阔!"

看完后,叶浩然放下稿子问:"李庆,这个稿子你看了吗?"

李庆连忙说:"我看了,看了,的确不错,不错!我也非常满意。叶伯伯,我告诉你,为了写好这个稿子,我领着市场部的人熬了好几个通宵。"

叶浩然疑惑地说:"是吗?"

李庆急声说:"是呀,是呀,叶伯伯,不相信你问张总,我们在一起加的班!"

看着李庆这副前后两面人的嘴脸,张一枭真想吐他一脸唾沫。

张一枭早就想离开公司了,他真不想再看李庆的嘴脸了。同时他总觉得,早晚有一天,他会忍不住对李庆大打出手的,情绪爆发之时也许就是他离开公司之时,与其到那时候被赶出公司,还不如早点体面地离开公司。

如果说还有一丝牵挂,令张一枭未能毅然决然地撒手离开,那就是叶知秋深情的挽留。

张一枭很清楚公司目前的困境,也清楚叶知秋的艰难。主少国疑,公司随时面临着触礁的危险。叶知秋是个善良单纯的女孩子,她一个人着实难以驾驭这个集团公司。特别是面对虎视眈眈、时刻想夺权的李扬父子,叶知秋每一步都走得战战兢兢。这对老谋深算、诡计多端的父子,犹如两只待捕的螳螂,随时寻找时机,准备取而代之。

叶知秋不仅需要他撑起公司的业务,更需要他精神上的支持和帮助。

叶知秋曾动情地给他说:"一枭,只要看见你不在公司,我的心就慌慌的。你离开了公司,我真不知道该怎么办。一枭,求求你,别离开公司,别离开我!"

张一枭也清楚他老师李扬的心思。李扬曾明里暗里点拨他,只要掌控了公司,就让他当总经理。他相信老师的许诺是真心的,因为在公司也只有他能帮李扬掌控局面。

面对李扬的许诺和叶知秋的相求,张一枭之所以选择帮助叶知秋,有感情因素,但更重要的是他也觉得只有叶知秋当掌舵人,公司这条大船才能沿着正确的方向航行。

当初叶浩然放弃李扬,而选择让叶知秋接班,主要就是担心李扬父子把公司带上歧途。对李扬,叶浩然当然是放心的,但他不放心李庆。叶浩然早就知道,李庆虽然在公司上班,却一直跟人合伙做房地产生意,甚至还悄悄地挪用了公司的资金。叶浩然知道,性格柔弱的李扬,根本驾驭不住李庆,不说别的,李庆只要在他面前一哭一闹,他的立场瞬间就变了。公司交给李扬,就等于交给了李庆,李庆绝对会改弦更张,将公司业务转为地产开发。

张一枭清楚地记得,叶浩然决定将公司交给叶知秋后,专门找他进行了一次深谈。叶浩然跟他谈了公司的过去及下步发展战略,谈了李扬父子的心思及各自的性格,也谈了叶知秋在公司的处境。叶浩然请求他好好帮助叶知秋,帮公司顺利渡过这片暗滩险礁。

5.八爪鱼

蒙眬中,李庆梦见自己在大海里游泳,一抬头看见张一枭和叶知秋在海边的沙滩上嬉闹追逐,叶知秋在前面跑,张一枭在后面追,追着追着两人就抱到了一起,还热吻成了一团。他恼羞成怒,奋力向海边游去,可是越用力身子越不动,他回头查看,原来双腿被一个巨大的八爪鱼紧紧地缠住了,他越用力甩脱,八爪鱼越用力缠紧,慢慢地他的身子失去了重心,被八爪鱼带着向水下沉去。他用力挣扎,高喊救命。眼看就要沉入海底,李庆支棱一下醒了过来,心脏吓得怦怦直跳,出了一身的冷汗。李庆一跃而起,四下观望,发现自己是在家里,狂蹦乱跳的心方才平静了许多。

李庆走下床,摸了摸脑门上的汗,陷入了沉思。想起自己在年会上的举动,他着实后悔如此冲动。叶知秋如果借此跟他撕破脸断绝关系,那他这二十多年的苦等、二十多年的美梦可都成了泡影。这二十多年来,叶知秋是他的一切,是他的全部,是他所有感情的寄托。他曾无数次地设想,没有叶知秋他的生活该怎么过,一想到叶知秋要离开自己,他就会感到自己犹如悬浮在一个冰窟里,天是空的,地是空的,周围都是空的,所有的一切都失去了活力和生机。没有叶知秋的日子,他会生不如死。

李庆觉得他绝不能失去叶知秋,他要向她道歉,向她赔罪,求她原谅自己。想到此,李庆精心打扮一番之后,早饭都没吃,就直接去了花店。

随后李庆捧着一束大大的玫瑰花,仰着脑袋进了公司。

众人纷纷站起,齐声说:"李总好!"

李庆眯缝着眼环视了一下众人,直接朝叶知秋的办公室走去。

李庆敲了几下门,没有动静,他用手推门,门锁着。

李庆顿时感到极度的失望和愠怒，他快步走回来，高声喊道："小李，叶总到哪儿去了？"

小李快步走到李庆跟前，低声说道："李总，叶总和张总一块儿出去了，至于去哪儿了，她没给我们说。"

李庆骤然发怒，吼道："什么？你不知道叶总去哪儿了？你这办公室助理是咋当的，连总经理去哪儿了都不知道，是不是不想干了？"

小李苦着脸说："我确实问了叶总她要去哪儿，可她不说，只说今天就回来了。"

李庆大声吼道："你什么态度？她不说，你就心安理得地不问她的去向了？万一叶总失踪了或被人拐跑了怎么办？你承担得了这个责任吗？你们承担得了这个责任吗？"

众人吓得面面相觑。

李庆来回走动着，怒吼道："公司给你们开那么高的工资，你们就这工作态度，是不是不想干了？我告诉你们，我公司不养饭桶，开除你们分分钟的事儿！"

小李吓得眼泪直打转，战战兢兢地说："李总，李总，我，我……"

李庆站住脚，指着小李的鼻子，骂道："不服气是吧？给我写检查，写深刻检查，检查不深刻，我开除你！"

说完，李庆气哼哼地向外走去。

进了办公室，李庆来回走动着，独自发狠道："张一枭，张一枭，你这个小白脸，你给我等着，给我等着！"

李庆走到玫瑰花前停住了脚步，自言自语："叶知秋呀叶知秋，张一枭一个农村的穷小子有什么好？你到底看上他什么了？"

李庆连连摇头，说道："不行，不行，一定要想办法把张一枭撵出公司，他在这里早晚会坏了我的好事儿！"

李庆正在自言自语，外面响起了一阵敲门声。

李庆转过身子，盛气凌人地说："进来。"

小李推门进入，小心地说："李总，叶总回来了，现在在办公室。"

李庆背对着小李，威严地说："我知道了！"

小李走后，李庆对着镜子梳了梳头发，整了整衣服，捧着玫瑰花去了叶知秋办公室。

叶知秋冷冷地看了一眼李庆，问道："有事吗？"

李庆双手递上玫瑰花,满脸堆笑地说:"知秋,知秋,我错了,我错了,我向你道歉,下次我再也不敢了。"

叶知秋闪身走到窗前。她已经厌倦了李庆的表演,每次发飙和她闹了别扭,李庆都是这个套路,拿着鲜花登门请罪,甚至跪在地上给她发誓赌咒保证,可出了门他就把自己说过的话给忘了,甚至变本加厉地折磨她、羞辱她。这次李庆当着全公司的人闹事,着实让她伤透了心,如果不是爸爸此前的那一番话,她根本就不会让李庆进自己的办公室。

李庆放下玫瑰花,走到叶知秋跟前,苦苦哀求道:"知秋,知秋,只要你原谅我,让我干啥都中。我去给张一枭道歉,我去给他负荆请罪中不中?知秋,我的好知秋,求求你,你就原谅我吧!"

叶知秋极力压制心里的愤怒和气恨,凝视着窗外,冷冷地说:"没必要!你还有其他事吗?没事请出去,我要工作。"

李庆尴尬地站着,见叶知秋依旧对他爱搭不理的,眼里的目光由哀求慢慢地转化为愤怒和仇恨,威胁道:"叶知秋,你不要逼我,把我逼急了,我什么事情都能做得出来。"

叶知秋一脸冰霜,她再也忍耐不住心头的怒火,用手指着李庆大声说:"出去,给我出去!"

李庆满脸羞愤地退出门外,恨恨地说:"叶知秋,你等着,不让我痛快,你们也休想快乐,你告诉张一枭那个吃软饭的小白脸,不整死他我不姓李!"

叶知秋抓起玫瑰花向李庆身上砸去,怒声骂道:"滚!"

6.服务站

叶知秋端着一杯咖啡站在大玻璃窗前,俯视着路上的滚滚车流,陷入了沉思。

那天,在海边,公司的一群男男女女在海水里玩耍。

叶知秋向大海深处游去。正游着,她忽然感到腿被一个软软的东西缠住了,双腿瞬间在水里僵硬起来。

叶知秋挥舞着双手,拼命地向附近的李庆求救:"李庆,李庆,快来救我,快来救我,我好像被海蜇蜇住了。"

李庆听到求救声非但没去救她,反而拼命向岸边游去。

叶知秋挣扎了几下便向水下沉去。

昏迷中，她隐隐感到一双有力的胳膊抱着她游到了岸边。

叶知秋醒来了，她周围围满了公司的员工。

张一枭正在用衣服擦拭她腿上的伤口，并对其他人说道："快弄些海水来，伤口不能用淡水清洗。"

叶知秋没想到，张一枭话音刚落，竟然一头栽在了沙滩上。

一旁的小李喊了起来："哎呀！张一枭也被海蜇蜇了！"

旁边的小王说："他光顾着救叶总，自己被蜇了也不管，真傻！"

…………

现实中的叶知秋笑了笑，又陷入回忆。

张一枭躺在病床上打点滴。

叶知秋坐在病床前，望着昏迷不醒的张一枭，泪流满面。

叶知秋低声念叨："一枭，一枭，你快些醒来吧。你知道吗？你都昏迷三天了，快些醒来吧！"

想到此处，叶知秋眼里已窝满了泪。

一阵急促的敲门声，打断了叶知秋的思绪。

办公室助理小李敲门进入，说："叶总，王庄服务站出事了，养殖户把服务站围起来了。"

叶知秋稍作思索，便说道："小李，你喊一下张总，我们过去看看！"

叶知秋刚出办公室就迎面碰上了李庆。

李庆着急地问："是不是王庄服务站出事了？是不是？"

叶知秋看了看他，说："是的，我这就去处理。"

李庆没皮没脸地说："我也去。知秋，那帮刁民赖得很，我得去保护你！"

叶知秋快步往前走，甩下一句话："我不需要你保护！"

一行人赶到王庄服务站后，李庆不耐烦地看了一眼张一枭，说："你就不用进去了，在外面等着吧！由我和叶总处理就行了。"

张一枭本就不想和李庆在一起，索性就没下车，淡淡地说："叶总，你们去吧，我在车上等着你们。"

李庆冲进人群进了服务站，三句话没说完，就开始发飙，抓起桌上的茶杯向墙上砸去，一幅相框被砸碎，碎玻璃与茶杯碎片落得满地都是。

养殖户老李顿时被激怒了,也抓起茶杯向地上摔去,茶杯摔得粉碎,茶渍淋漓,溅了叶知秋一身。

李庆气急败坏地吼道:"你们简直无法无天了!敢跟我来硬的?中断合作,谁也别想干了!"

愤怒的散养户高喊着向李庆围去:"不让我们干可以,建猪舍的钱赔给我们!"

"抓住他,不赔钱不能走!"

李庆吓得脸都白了,连连后退,退出人群,撒腿就跑。

众人把叶知秋围在了当中。

叶知秋吓坏了,浑身发抖地站在一旁,指着一群散养户,泪水在眼眶里打着转儿:"你们……你们……还讲不讲道理?"

众散养户围着她,群情激奋地嚷嚷:"谁不讲道理?你说说,说说!谁不讲理?"

"合同是按你们要求定的,凭啥说改就改?"

"你们猪苗凭啥不按时给我们供应?"

叶知秋极力辩解道:"给猪场装新风系统是公司规定,也是为大家着想,公司可以给予50%的补贴,以弥补……"

这时,李庆站住脚,对大家喊道:"你们这帮不识好歹的东西,刁民,刁民!你们给我等着吧,不让你们赔得倾家荡产我不姓李。"

众散养户更怒了,嚷嚷着:"叫我们赔得倾家荡产,打死他个王八蛋!"

"打!"

"打,把他们的车砸了!"

几个人再次向叶知秋包围过去。叶知秋连连躲避,霎时吓得脸色煞白。她心想这下可完了,今天非要在这里丢人不可!如果在这里挨了顿打,将来传到公司去,她这个总经理非让人笑死不可。

就在这关键时刻,张一枭风驰电掣般冲进了院子。

散养户群情激奋,抓住叶知秋就要动手。

张一枭冲过去挡在了叶知秋前面,高声怒喝:"住手!都给我住手,你们打女人算什么本事?"

散养户们驻足:"谁打她了,我们这是要砸车!"

"对,我们要砸车!"

"让我们倾家荡产,你们也别想好过!"

张一枭缓和了语气说："你们认为砸车能解决问题吗？如果你们认为砸了车能解决问题，那你们就砸！"

众散养户说："要是不赔偿俺们损失，就砸了你们的车，也让你们受损失。"

张一枭说："只要你们今天砸了车，不但要一分不少地赔，而且还会永远失去赚钱的机会，公司决不会再跟你们合作！"

散养户说："我们也不想跟你们闹事，可你们太欺负人！"

张一枭问道："你说说我们怎么欺负你们了？安装新风系统，养殖效率会提高很多，还利于猪场管理，你们为啥就反对呢？"

散养户老李委屈地说："当初建猪舍时你们没说要安装，现在猪舍建好了又让我们装那东西，还有到现在猪苗也不给我们安排，这不是耍我们吗？"

其他散养户附和："是呀，你们公司不按时给我们供猪崽，现在又要拿安装新风系统来糊弄我们。"

张一枭大声说道："我向大家宣布一项公司的优惠政策，从现在开始，只要在一个星期内安装新风系统的，费用上公司可以给予50%的补贴，否则公司过期不补，我们说到做到。"

众散养户们顿时一阵躁动。

散养户老李辩解道："可问题是现在安装新风系统还要花费两万多元，俺们咋能一下子拿得出呀？"

其他散养户附和道："是呀，前段时间改造猪舍已经花费了三四万了，现在这不是给俺出难题嘛！"

张一枭果断地说："只要大家能在一个星期内安好新风系统，费用先由我们公司垫资，将来从大家卖猪的费用中扣除。"

人群里顿时响起一片掌声："好！这样好！……"

服务站站长试图阻拦："张副总，这……"

张一枭摆摆手，冲散养户喊道："只要大家真心跟公司合作，公司决不会让你们吃一点亏！"

人群里再次响起一片掌声："好！好！……"

7.小白脸

在养殖户面前丢了人，李庆把愤怒都撒在了张一枭身上。他本想在叶知秋面前好好表现一番,却又被张一枭抢了风头。尤其是临了叶知秋看他们二人那眼光,简直一个天上一个地下。

更令李庆恼火的是,他们三个都在现场,一个是公司老总,一个是常务副总,张一枭一个小小的生产副总,竟然连招呼都不和他们打,就私自决定免费为养殖户安装新风系统,根本就没把他和叶知秋放在眼里。如果他当初不是为了维护公司利益,而是一开始就决定为养殖户免费安装,风头岂能被张一枭夺取,他也不会被那些养殖户搞得如此狼狈。是呀,往外撒钱的事情谁不会做?他暗恨自己当初咋没想起这一招呢,如果当时是他而不是张一枭提出这个办法,那些养殖户一定会对他感恩戴德的!可即使是你张一枭想起这招的,但也不能从你的嘴里说出来呀!你后面有老总在站着,这个好应该让叶知秋或者他李庆来落呀!为了出风头,为了讨好叶知秋,张一枭他真的是啥也不顾了。

李庆觉得,张一枭就是那条缠着他的八爪鱼,只要张一枭在公司,他和叶知秋就不会好,他的日子就不会好过。他必须给他点颜色看看,让他知道知道公司谁是老大,让他以后长点记性。

回到公司,一下车李庆就快步走到张一枭跟前,怒声说:"张一枭,走,去我办公室!"

叶知秋惊疑地望着李庆:"干什么?"

李庆也不回答,怒气冲冲地往楼里走,走了几步,转回身见张一枭没动,大声吼道:"张一枭,你难道连我这个常务副总的话都不听了?"

张一枭反感地看了看李庆,说:"这就过去!"

看着李庆那张想找事的驴脸,张一枭知道他定是为服务站的事情心里窝着一股邪火,让他过去也定然没有什么好事。他真想头也不回地就走,给他来个视而不见,听而不闻,他爱怎么办怎么办,随他的便。可又想起还在一起共事,相互间闹得太僵了,将来对谁都不好。

张一枭强忍着心中的不快,跟着李庆进了办公室。

砰的一声,李庆用力关上了门,大声吼道:"张一枭,谁给你的权力决定免费为那些农民安新风系统的?你不要以为有叶总撑腰就蹬鼻子上脸无法无天了!"

张一枭脸色阴沉,怒视着李庆,一言未发。他在极力劝自己,忍住,一定要忍住,一定不能跟李庆爆发正面冲突,一定不能再让公司的人看到他和李庆发生纠纷。

李庆在房间里来回走动着:"张一枭,你个小小的副总,不经请示报告,就擅自决定给那些暴民免费装新风系统,我告诉你公司决不会出一分钱,我决不会签字!"

"暴民!"李庆竟然称公司的合作伙伴为暴民?张一枭再也忍不住了,义正词严地说:"我作为公司管生产的副总和豫北区域的总经理,我有权力决定此事,不需要你签字。"

李庆快步走到张一枭跟前,用手指点着张一枭:"什么?你说什么?张一枭,你敢跟我叫板?"

李庆嚣张跋扈的张狂样彻底激怒了张一枭,他抬起胳膊拨开了李庆的手,吼道:"李庆,你少给我在这里指点!"

李庆暴跳如雷地喊道:"张一枭,你敢打我?你这个吃软饭的小白脸,你以为你能傍上叶总?你是癫蛤蟆想吃天鹅肉,痴心妄想!我告诉你,辞退你就是我一句话的事儿!"

张一枭气得浑身发抖,他没想到李庆竟然这样说他骂他,这样侮辱和威胁他,他何曾受过这等侮辱,宁可被开除也不能受李庆这样的欺负!

张一枭握紧拳头,大声地说:"李庆,你可以辞退我,但我决不允许你侮辱我的人格,你敢再骂我一句试试?"

李庆要的就是这个效果,要的就是激怒张一枭。只有真正激怒张一枭,张一枭才会做出过激举动,他也正好可以把事情闹大,一举把张一枭撵出公司。想到此,他凑到张一枭跟前:"张一枭,我骂你怎么样?你个小白脸,小白脸,你他妈的就是个吃软饭的小白脸!"

张一枭眼里冒着火,一巴掌扇在了李庆脸上。

李庆脱口骂道:"他妈的,张一枭,你个王八蛋敢打我?"

张一枭扬起手又给了李庆一耳光。

听到吵闹声,叶知秋快步推门进了屋。

看到叶知秋,李庆如同遇到了救星,慌忙躲到她身后,高声说:"张一枭,咱君子动口不动手,你再敢打我,我可就报警了!"

张一枭不屑地望了李庆一眼,又扬起了手。

李庆拉着叶知秋说:"知秋,知秋,你可得管管张一枭,你看他把我打的,牙都快打掉了!"

张一枭冷冷地说:"你再敢侮辱我,我还打你!"

叶知秋转向李庆,恨恨地说:"你活该,我看你就是欠揍!"

李庆装出一副委屈的样子,说:"他他他……他真不该不请示你,就……就私自决定给那些农民免费……我我我……我骂了他一句小白脸,骂了句吃软饭的小白脸,他就动手打我。"

叶知秋生气地说:"我没想到你除了是尿包,还这么下作!挑起事儿来,自己却跑得远远的,把我扔在那里被人围攻,你还是个男人吗?"

李庆脸一会儿红一会儿白的:"你说吧,今天咋处理张一枭?"

叶知秋冷笑着说:"凭啥处理张一枭,他有什么错?作为豫北片的大区经理,他有权力决定为养殖户垫资安新风系统。至于打你,我看,活该!"

李庆一副气急败坏的样子,威胁道:"好好好,叶知秋,我没想到你这样护着他。你别以为我真怕你!你你你……你别忘了,我们家也是公司的大股东!我我我……我要到叶伯伯那里告你去!"

叶知秋轻蔑地看着李庆,说:"看你那尿样儿,除了告状你还会啥?"

李庆恨恨地说:"好好好,叶知秋,早晚我会让你为今天的行为付出代价。还有你,张一枭,你个吃软饭的小白脸,你等着,不把你开除,我不姓李!"

第二章　临危受命

1.谁的关系

在未到张庄乡报到之前,杨锐就预感到将来和乡长王刚难以很好地合作。对王刚的为人和霸道作风,他早有耳闻。前段时间,县里就有人在传,乡党委书记李兴旺在张庄乡干不长了。乡长王刚为了把李兴旺赶出张庄乡,在上级检查组面前使绊子,写匿名信,鼓动群众上访,各种手段都用上了。大家都清楚,王刚之所以要对李兴旺施展各种手段,无非就是急于当书记。

官场上的事儿,许多时候传言非常准,传着传着就成真的了。不过,虽然李兴旺调走了,王刚却没有接任书记,杨锐这个农业局副局长却成为黑马,意外地当了张庄乡党委书记。别说县里的干部想不到,就连杨锐本人也没想到。按照县里的干部任用惯例,他一个农业局的副局长,下到乡镇多是安排党委副书记,任命乡长已经是破了格的,而杨锐却直接被任命为乡党委书记。

县委常委会刚研究过,整个县的干部圈子就炸锅了。杨锐也由一个不知名的副科级干部,一跃成为全县的明星。大家议论纷纷,争相猜测杨锐的背景有多深,后台有多硬,攀上了哪个大人物,是哪位大关系给杨锐说了话,有好事之人甚至把杨锐的祖宗十八代都查了个遍。

大家在对他猜测之余,对王刚则充满了嘲讽和挖苦。大家都在幸灾乐祸,你王刚不是能吗?不是有背景吗?欺负人家李兴旺老实,欺负人家没关系,挤走了李兴旺,你咋当不上书记呢?这叫老天有眼呀!

杨锐很清楚,王刚对他这匹横空杀出来的黑马肯定是心有不甘又恨之入骨,到嘴的鸭子飞了,肯定比杀他还难受。以王刚那种向来强势的性格,他决不会善罢甘休。对县领导,他不敢乱来,对自己他绝对会使尽手段。

杨锐了解王刚。王刚虽然强势,但他不是个鲁莽人,政治上很会算计。如果他真有大的背景或关系,也许王刚会收敛一些,不至于明面上跟他唱对台戏。可他自己最清楚,他哪有什么关系?他的三代嫡亲没有一个当官的,包括他爱人的家族姻亲关系也都是地地道道的农民。

杨锐知道,县委马书记之所以看上他,并力排众议提拔他到张庄乡当党委书记,主要还是看中了他的才华,认定只有他能把10万亩高标准农田示范区建设好。作为县里实施乡村振兴战略的重要载体和抓手,县委马书记对这个项目看得非常重。从项目的规划、构想,到项目战略目标、发展目标和建设任务,马书记倾注了大量的精力和心血。也正是在这个项目的谋划过程中,马书记发现了他的才华和能力,于是下定决心让他下到张庄乡当党委书记。

示范区的规划做得非常好,得到了省里市里的一致肯定。并且市里也给示范区建设定下了时间表,两年之内工程必须要见成效。如何推动规划尽快落地见效,县委马书记着实动了一番脑筋。马书记认为,作为规划的高标准农田示范区建设中心,张庄乡是示范区建设的重中之重。只有派一名懂市场、懂农业、有勇气和魄力的干部担任党委书记,才能顺利完成如此艰巨的任务。马书记提前在全县干部大会上发出倡议,让大家围绕示范区建设积极出谋献策。随后又在全县科级干部中拉了一个单子,他亲自逐个进行谈话,让每个人都谈谈对示范区的认识,谈推进的举措,谈完成任务的时间表、线路图。谈了一圈,马书记最后选定了他。

杨锐清楚地记得马书记第二次找他谈话的情景。

马书记严肃地问他:"杨锐,你敢不敢接下示范区建设这副重担?"

马书记的话顿时激起了他的争强好斗之心,他站起身,大声地说:"马书记,我可以给你立军令状,只要你把我放在这个位置上,我一定不辱使命,按时完成任务,如果不能按时完成任务,我自请辞职!"

马书记连声说:"好,好,好!我要的就是这样敢于冲锋陷阵的干部。"

就这样,一纸任命,他来到了张庄乡当书记。

杨锐曾对到任后王刚的种种不配合进行了预判,可他万万没想到到任第一天他们的矛盾就公开化了。

任命大会召开后,杨锐召集班子成员开碰头会。大家落座后,杨锐开始讲话:

"大家好,刚才在任命大会上,该说的一些话我已说过,就不再重复。现在我想说的是……"

正在这时,王刚的手机铃声响起。显然他将手机铃声调到了最大,"丁零零,丁零零",响亮刺耳的铃声令杨锐停了下来。

王刚拿起手机,往椅子上一躺,旁若无人地喊道:"老刘,你有事吗?"

对方在手机里问:"你方便接电话吧?"

王刚高声喊道:"方便,方便! 没事儿,你说吧! 哦,县城的那个项目推进还有点阻碍? 你说吧,让我给你找谁?"

杨锐的眉头顿时皱成了疙瘩,他生气地看了王刚一眼。

王刚翻眼看看杨锐,继续打电话:"需要请规划局局长,还要请住建局局长? 操! 你这货,到底需要请谁,你给我搞清楚再说。我问你,项目土地整理什么时候能够完成? 建筑队这个月底进入吗?"

王刚说着,将双脚翘到了桌子上,一双大脚丫子正对着杨锐。

班子成员一个个大眼瞪小眼地看看杨锐,又看看王刚,谁也不说话。

杨锐极力压制心头的怒火,一直等着王刚把电话打完,整整等了20多分钟。

杨锐阴着脸说:"现在继续开会,王刚乡长请把你的脚放下去。"

王刚看了看杨锐,冷笑着说:"放下就放下,翘脚丫子也不犯法。"

杨锐继续说道:"我来张庄乡之前,县委马书记曾告诉我,我们张庄乡的班子是个战斗力很强的班子,希望大家继续保持过去的优良作风和精神风貌。作为这个班子的班长,我会竭尽全力为大家创造良好的工作环境和生活环境,大家在工作中遇到难题尽管给我说,我们遇事多商量,共同把问题解决掉,把工作抓上去。同时,我也希望大家监督我……"

班子成员都在本子上做记录,唯独王刚一直在翻看手机。

杨锐讲到这里,王刚停下翻动手机,用力哼了一声,一个巨大的响屁从他屁股后面喷涌而出。

顿时,班子成员全笑了起来。

王刚站起身,蔑视地扫了一眼杨锐,说:"杨书记,你没在基层工作过,讲这些废话没用,兄弟要的是真家伙。好了,肚子饿,该吃饭了!"

说着,起身就走。

杨锐大怒:"王刚,你给我坐下! 开班子会,你打电话、玩手机、放响屁,你还像个党员干部吗？"

王刚转过身子说："我放屁咋了？管天管地还管不住人屙屎放屁呢,难道你连屙屎放屁也管？"

杨锐冷着脸说："这是会议室,是公共场所,你屙屎放屁到卫生间去!"

王刚呵呵一阵冷笑道："这屁我就放了,你能把我怎么样？"

看两人剑拔弩张地要干起来,众班子成员慌忙站起身,把两人分别拉到不同的地方。

就这样,第一个班子会,杨锐话没讲完就闹得不欢而散。

2.死穴与命门

当着班子成员的面,把杨锐狠狠地羞辱了一番,王刚心中感到有说不出来的畅快,这口恶气他已经憋了一个多月了,今天终于出来了。前段时间,听说杨锐要来张庄乡当书记,他当时就虚脱了,愤懑、委屈、仇恨、嫉妒、痛苦、不甘,如同道道利箭一股脑射在了他的心口上,他回到家里,抓起酒瓶,一口气干了一瓶。一瓶酒下肚,他真真切切地醉了,他抱住老婆,哭得一把鼻涕一把泪的,边哭边倾诉心中的委屈。他也不知道自己哭了多久,只知道这场酒让他整整昏睡了两天。

冷静下来,王刚觉得他需要好好地想一想如何对付杨锐了。对付李兴旺的办法,放在杨锐身上肯定不行。杨锐没在张庄乡工作过,之前只是个副局长,屁股比较干净,在乡里也没有那么多杂七杂八的事儿。唯一对杨锐杀伤力大的事情,就是高标准农田示范区建设。只要这项工作杨锐干不好,没有背景的他,就不会在张庄乡待下去。

为了弄清楚杨锐的背景,他曾专门找过担任县委政法委书记的姐夫周明礼。

周明礼当时就批评他："你作为张庄乡的乡长,是要和杨锐搭班子一块儿工作的,你咋也人云亦云四处打听杨锐的背景呢？这事要是被杨锐知道了,他会怎么想？"

王刚当即恼了,顶撞道："我管他怎么想。我已经当四年乡长了,这个书记本来就该是我的,他杨锐一个副科级干部凭啥一跃而上当乡党委书记呀？你就知道批我,也不为我说说话,现在乡党委书记被杨锐抢了去,你还批评我？"

周明礼冷冷地说："王刚,我明确地告诉你,县委常委会上,就是我不同意你担任张庄乡党委书记的。"

他真没想到周明礼非但没给他说话,还反对他担任乡党委书记。李兴旺离开张庄乡后,他生怕姐夫周明礼不给他说话,先后三次找到大姐,软磨硬泡地黏着,让大姐催周明礼找马书记说自己的事情,大姐答应他一定给周明礼说,让周明礼好好帮帮他。县里宣布杨锐担任乡党委书记后,他还猜测是因为周明礼在马书记面前说话没分量,原来他没有当上乡党委书记竟是因为自己姐夫的一番话。

听周明礼这样说,他当时就恼了:"姐夫,你能否告诉我,你为啥反对我当乡党委书记?"

周明礼斩钉截铁地说:"因为杨锐比你合适!高标准农田示范区从启动到制定规划都是杨锐牵头做的,他比你更适合担任张庄乡党委书记。我告诉你,这个项目是马书记来县里后抓的第一个大项目,一期投资就是几个亿,他对此倾注了巨大的心血和精力。前段时间马书记分别找你们谈话,其实就是在选将。张庄乡是建设示范区的关键,他选将的目的就是要把建设示范区最合适的人选派过去。"

王刚心有不甘地问:"杨锐前期参与示范区建设又如何,你们怎么就觉得他杨锐一定比我更合适呢?"

周明礼严肃地说:"王刚,我劝你把心思用在工作上,而不是到处打听杨锐有没有啥背景和关系。我给你说,你可要好好配合杨锐的工作,把这个项目做好,干出了成绩,你自然会进步。另外,我问你,你是不是在和张庄村的刘汉合伙做生意?我劝你早点退出来,我给你说多少次了,当官莫想发财,想发财就不要当官!"

王刚在姐夫那里碰了一鼻子灰。他才不会听周明礼的劝告,也不太相信杨锐真的没有大背景大关系,因为他觉得全县几百名科级干部,有能力的人多的是,为啥马书记只相信杨锐能把示范区建设好。高标准农田示范区是个大项目,他倒是相信的,一听几个亿的投资,他的眼睛就红了,心想要是这个该死的杨锐不来,要是他当书记,仅这一个项目就够他一辈子吃喝不愁了。有了这一想法,王刚更恨杨锐了,他必须穷尽一切办法把杨锐赶出张庄乡。杨锐走了,他的官运财运就都来了。

打蛇打七寸。王刚想来想去,觉得杨锐的命门和死穴就在张庄村。他看过示范区的规划,如果说张庄乡是示范区的中心,张庄村则是中心的中心,示范区就是以张庄村为中心向四周延伸连片发展的。只要张庄村拒不配合建设示范区,杨锐的工作将寸步难行。

王刚了解张庄村的班子情况,村支书张福堂已经60多岁了,虽然革命热情很高,但基本上不大管事,张庄村真正的主事人是村主任刘汉。他相信自己能控制得了刘汉,刘汉不仅是他推荐的人,还是他的生意伙伴,暗地里他们还是磕过头的拜把子兄弟。

想到此,王刚驱车去了张庄村,他要和刘汉进行深谈,向刘汉讲清利害关系,这样才能更好地策动他和杨锐对着干。

接到王刚的电话,刘汉专门弄了四个小菜,把压箱底的好酒都拿了出来。他知道这段时间王刚心里不痛快,几次请他喝酒他都不出来,今天俩人正好可以好好地喝几杯。

端起酒杯,王刚一声长叹:"哥呀!张庄乡也只有你与兄弟还是一心。"

刘汉端起酒杯说:"老弟,这杯酒我敬你!你放心,任何时候哥都唯你马首是瞻!"

王刚一饮而尽:"谢谢老哥!"

刘汉把酒满上,问道:"老弟,是不是受那个杨锐的气了?我听说这小子牛得很呀?"

刘汉虽然外表粗鲁,内心却是个很精细的人。他虽然只是个村主任,却对县、乡两级的官场极为关注。听到杨锐要来张庄乡当书记的消息后,他就预感到这个年轻人不简单,要么有过硬的关系,要么有过人之处。当时他就感到,以后的张庄乡是谁的天下还真是很难说呢,他必须两面押宝,不能在王刚这一棵树上吊死。

为了和杨锐拉关系,刘汉以祝贺之名,几次托人约杨锐出来吃饭,都没有约出来。他心想,杨锐一定是估计了影响,不愿意出来。

思来想去,刘汉决定赤膊上阵,亲自到杨锐办公室会一会这个年轻的书记。

刘汉封了个两万块钱的红包,直接拿着去了县农业局。

找到杨锐的办公室,刘汉敲门进去后直接自报家门说:"杨书记好,我是张庄乡张庄村的村主任刘汉,县里的天龙房地产公司就是我的。"

杨锐站起了身。

刘汉以为杨锐是起身欢迎,并让他坐下来细谈,岂料,杨锐却说:"刘主任,不好意思,我现在有个会,咱们改天再谈好不好?"

说完,杨锐拿起本子就要走。

刘汉的脸顿时比巴掌打的还红,作为县城的房地产公司大老板,他在县里的哪个局委也没受过这样的冷遇。

刘汉强忍心中的不快,从手包里掏出信封放在了杨锐的桌子上,低声说道:"杨书记,几次请您吃饭,您都有事儿。听说您明天去乡里报到,这是我的一点心意,权当给您祝贺！"

　　杨锐停住了脚步，疑惑地看着刘汉，说道："刘主任，你快收起来，有事说事，我不喜欢这一套！"

　　刘汉脸上堆着笑说："杨书记，一点心意，一点心意！以后我麻烦您的事儿多着呢，给我个面子，您就收下吧！"

　　杨锐一脸愠怒地说："刘主任，不是我不给你面子，这是原则问题，你要不拿走，我明天报到时就交给乡纪委了。"

　　刘汉那个尴尬呀！他抓起装钱的信封塞进包里，狼狈地逃出了县农业局。

　　从此，刘汉恨透了杨锐，暗暗发狠道："臭小子，既然你看不起老子，老子也不伺候你，咱们走着瞧！"

　　王刚重重一蹾酒杯，说："他仗着有县委马书记撑腰，牛气得很！老兄，你知道不知道将要在你们那里建的高标准农田示范区项目投资多少钱？一期就是几个亿。"

　　刘汉顿时瞪大了眼睛："什么，几个亿？你只要把工程交给我，我给你50%的提成。这事儿我正想找你呢，我听说要把周边的10万亩土地全部流转，这样我那500亩公用地不就完蛋了？"

　　王刚无奈地说："我倒想把工程交给你，听说这个项目，我第一时间就想到了你，可现在我说了不算呀！"

　　刘汉着急地说："这么大的一块肥肉，就白白地放弃了？"

　　王刚脸上露出一丝笑，说道："想吃肉也不是不可能，只要把杨锐赶走了，项目的决定权咱就有了。"

　　刘汉问："听说这个杨锐背景很大，北京的关系，是不是呀？"

　　王刚不屑地说："他有个屁关系！你别听外面的人瞎说，我专门向我姐夫打听了，他亲口说，杨锐根本没有啥关系。他当书记，纯粹是他走了狗屎运，在写示范区规划时被马书记看上了。"

　　王刚喝了口水，接着说："所以说，杨锐的命门就在示范区，他生在示范区，死也在示范区。他没有啥关系，只要示范区推进不力，马书记是不会让他在张庄乡干下去的。只要把他赶走了，我们的机会就来了！"

　　刘汉的情绪瞬间被调动了起来，他把酒喝完，随即说道："老弟，你说吧，让我怎么干，我全听你的。"

3.针锋相对

杨锐也看到了张庄村对于示范区建设的极端重要性。张庄村是乡政府的驻地，人口多，有本事的能人也多，村里派系林立，是个社情复杂的村子。更让他感到头疼的是，张庄村的班子软弱涣散。村支书张福堂是个很有责任心的老党员，但在村里却被村主任刘汉架空了，张福堂想干事，却没人听他的。村主任刘汉虽然牢牢把持着村"两委"，但对村里的工作并不上心，他除了在村里经营板材厂、集贸市场，还在县城开发房地产，手下还有带着黑社会团伙性质的一帮人。他深知，这个村的工作做不好，一切工作都难以顺利启动。只要张庄村的工作做好了，就可以以点带面地推动示范区各项工作落地见效。

刘汉带着大红包提前造访，让杨锐预感到了张庄村定是个难啃的骨头。为了提前摸清张庄村的情况，杨锐专门找到了张庄乡前任党委书记李兴旺。

提起张庄村，李兴旺有说不完的话。特别是关于村主任刘汉，李兴旺简直深恶痛绝，直言自己倒霉就倒霉在这个家伙身上。

李兴旺告诉杨锐，刘汉和王刚的关系非同一般，县城的房地产项目就是两人共同开发的。他在张庄乡时，王刚就是利用刘汉给他处处出难题。他布置安排的工作，在张庄村根本推不动。更为可气的是，每次上级来检查组，刘汉都安排村民拦路告状，他在县里做的几次检查都是因为张庄村，都是刘汉的杰作。

李兴旺说，刘汉就是个典型的村霸，村里不仅有八大金刚，村"两委"班子成员有一半人是他的把兄弟。这个刘汉虽然对村里工作不怎么上心，却是善于弄权的人。由于他经常给村班子成员一些小恩小惠，大家都围着他转，慢慢地村党支部书记张福堂便被他架空了。刘汉虽然是村主任，却是村里事实上的一号人物。别看张庄村表面上是远近闻名的富裕村、明星村，支部班子却属于软弱涣散的基层党组织。

令李兴旺唯一感到欣慰的，就是他阻止了刘汉当村党支部书记。刘汉一直想书记、主任一肩挑，他宁可让老书记超期服役，也不让刘汉当。这样，张庄村支部班子虽然软弱涣散，但还可以改造，如果真让刘汉当了支部书记，可就全烂完了。

李兴旺说，老书记张福堂是个值得信赖的人，不仅党性强，工作积极性也很高。火车跑得快，全靠车头带。要想做好张庄村的工作，首先必须从村班子抓起。张庄村是非贫困村，客观上讲这几年的脱贫攻坚任务不重，因此也不是乡里的重点村。所以对村班子的管理和整治，相比来说就弱于脱贫攻坚任务重的贫困村。他曾想对张庄村的班子大动手术，怎奈刘汉在村里的势力太强，他几经权衡利弊最终又放弃了。

李兴旺劝杨锐最好就张庄村的情况和县委政法委书记交流一下。一来，县里刚刚调整周明礼联系张庄乡，并且周明礼是示范区建设领导小组常务副组长。最关键的是周明礼是王刚的姐夫，在以后的工作中，如果没有周明礼的支持，他和王刚的关系很难融洽，工作也必然处处受到掣肘。

杨锐直接去了周明礼的办公室。令他意想不到的是，周明礼也正要找他谈张庄村的问题。

周明礼开门见山地说："杨锐，你知道县委为什么调整我联系你们乡吗？"

杨锐老实地说："是因为您是示范区建设领导小组常务副组长吧！"

周明礼说："这只是一个方面的原因。我实话告诉你，全县的扫黑除恶专项斗争已全面展开，张庄村以刘汉为首的黑社会性质组织是这次斗争的重点打击对象。所以，我们的任务不仅是要建好示范区，还要把以刘汉为首的这个毒瘤彻底清除干净。"

杨锐惊疑地问："周书记，王刚知道这个情况吗？"

周明礼说道："他不知道，也不能让他知道！根据我们掌握的情况，王刚近些年也和刘汉不干不净的，他有没有给刘汉充当保护伞还需要调查。总之，此事你一定要严格保密。"

杨锐点了点头。

周明礼接着说道："为便于收集刘汉等人的证据，县扫黑除恶专项斗争领导小组经报请马书记同意，决定派县委政法委办公室副主任杜文正同志到你们乡任政法委员，报到后，你就派他到张庄村担任驻村工作队队长吧。"

杨锐顿时明白了周明礼的用意，坚定地说："周书记，我一定按您的要求办！"

掌握了张庄村的情况，杨锐决定亲自担任张庄村的包村干部，安排乡政法委员杜文正任张庄村的驻村工作队队长，再从乡里刚分来的大学生中选派一名担任第一书记，这样即使张庄村的班子成员有人不正干，也翻不出大浪来。

等一切想好之后，杨锐专门下到张庄村蹲点，他要把村里的班子带一带，统一统一大家的思想。他很清楚，只有把村"两委"班子搞坚实了，乡党委的各项指令才能顺利落到实处。

杨锐早早地就给张福堂说，让他通知村干部到村部开会。到了开会时间，其他村干部都来了,唯独村主任刘汉没有来。

杨锐问:"福堂书记,刘汉主任怎么没来? 你没通知他吗?"

张福堂为难地说:"我通知他了,他明明说要过来开会的,不知道他到现在咋还不来呢。杨书记,都怨我没有把工作做好,我再打电话催催他。"

杨锐看了看张福堂说:"也好,你再给他打个电话吧,看他到哪儿了。"

张福堂拿着手机走出了会议室,打电话给刘汉,电话一接通,张福堂赶忙问道:"刘汉,你不是说来开会吗? 你咋到现在还不来呢?"

刘汉在电话中说:"今天开会吗? 我忘了! 你在那儿开吧,我这里还有事呢! 就这吧!"

手机那边传来一阵嘟嘟声。

张福堂气得差点没把手机摔了,满脸羞愧地进了会议室。

杨锐问:"刘汉他到哪儿了?"

张福堂赌气地说:"这个刘汉太不像话了,他说在外面忙其他事儿,话没说完就把电话给挂了!"

杨锐看了看众人,大家都在眼巴巴地看着他,于是笑了笑说:"张书记,您老坐吧! 没有刘汉也没关系,只要您在这儿就可以,我们现在开会。"

会议已经结束,村干部陆续离开了村部,刘汉才匆匆忙忙地赶了过来。

刘汉进了会议室,见里面只有杨锐和张福堂,笑道:"不是开会吗? 怎么只有你们俩?"

张福堂黑着脸说:"你现在才过来,你看看几点了? 会早开完了。"

刘汉冷冷地说:"我这个村主任不在,你们开什么会? 既然会完了,我走了,我公司那里还有事呢。"

杨锐叫住刘汉:"刘汉主任,我想跟你谈谈。"

刘汉停了下来,转过身冷笑道:"谈吧,我听着呢。"

杨锐边示意刘汉坐下,边说:"你坐下吧,我们谈谈高标准农田示范区建设的事儿。"

刘汉坐了下来,问道:"你们不是已经开过会了吗? 既然连会议都不让我参加,还跟我谈什么?"

张福堂实在看不下去了,生气地说道:"刘汉,你不要太过分了。杨书记好声好气地跟你说话,你看看你这是啥态度?"

刘汉一拍桌子站了起来,大声说:"我就这态度,咋了?"

杨锐宽厚地笑了笑:"刘汉,你是不是对我有意见呀? 有意见你尽管说。"

刘汉翘着鼻子不屑地说:"不敢! 您是领导,我一个小老百姓哪儿敢对你有意见?"

杨锐缓声说:"刘汉,还说没意见,你看你现在说的就是气话。"

刘汉眯着眼说:"杨书记,你是文化人,俺是大老粗,你别跟我来弯弯绕,当面一套背后一套。"

杨锐笑了,说道:"刘汉,我刚到乡里工作,我们也是刚刚认识,我怎么跟你当面一套背后一套了?"

刘汉气呼呼地说:"你不是说村里没有刘汉没关系,只要有张福堂在就可以吗?那你还跟我谈个鸟。"

其实,开会的时候刘汉就在村里,他之所以不按时参加会议,就是为了落实王刚的和杨锐对着干的指示,其实他心里非常关注会议的内容,不停地给副主任王发全发信息,让他第一时间报告会议的内容,以及杨锐对他不按时参加会议的态度和评价。

当刘汉得知杨锐说出村里没有刘汉没关系,只要有张福堂在就可以的话后,顿时被激怒了。在张庄村,没有他刘汉,看他杨锐什么工作能推得动,看谁敢给杨锐出力拉套。

张福堂被刘汉的话激怒了,一拍桌子就站了起来:"刘汉,你跟我咋呼啥? 昨天就通知你来开会,你答应得好好的,为啥不按时参加会议,你看你还有个村干部的样子吗?"

刘汉要的就是这个效果,他就是想在杨锐面前大闹一场。经过这一闹,看他杨锐以后还咋给他安排工作。

想到此,刘汉一拍桌子也站了起来,吼道:"我咋没有村干部的样子,不就是开个会吗? 你们这样小题大做,你们想干啥? 我告诉你们,我的村主任是张庄村3000多口人选出来的,你们想做我的手脚没那么容易。张庄村到底谁说了算,咱们走着瞧!"

说完,刘汉轻蔑地看了一眼杨锐,大步向外走去。

张福堂气得浑身发抖,指着刘汉的背影说:"你,你,你……"

4.行动起来

回到家,刘汉当即跟乡长王刚通了电话,把刚刚发生的一切添油加醋地向王刚进行了陈述。

王刚连声称赞："好，好，以后就这样干！有我在乡里给你撑着，杨锐他不敢怎么你。"

放下电话，刘汉也冷静了下来。他深知，此举可真的把杨锐得罪死了。可他有别的选择吗？已经上了王刚的贼船，他只能跟着王刚一路走到底。他从对杨锐的观察中发现，这个杨锐跟王刚和他根本就不是一路人，即使他不听王刚的，硬往这个杨锐身上贴，恐怕也是贴不上去的。

既然不是一路人，就不能同吃一桌饭。此刻，刘汉更加坚定了自己的选择。既然坚定了自己的选择，就得采取行动。刘汉看得出，杨锐明显在拉拢和利用张福堂那个老家伙。他必须尽早行动起来，免得将来被动。

想到此，刘汉拿起手机拨通了王发全的电话，对他说："发全，你通知胜海来我家一趟，抓紧时间过来。"

不一会儿，王发全和赵胜海便骑着电动车进了刘汉的家。

刘汉早已将茶泡好，俩人落座。

王发全问道："主任，听说你和老书记干起来了？"

刘汉不屑地说："张福堂那个老家伙，我看他是想咸鱼翻身呀。"

赵胜海讨好似的说："有主任在，他翻不出大浪来。"

王发全忙跟着附和："是呀，是呀！只要有主任在，在咱张庄村谁也别想翘头。"

刘汉满意地点点头说："你们说说吧，那个杨锐在会上讲了点啥？"

赵胜海抢先发言："杨书记说，从今天开始，他要在咱们村驻村蹲点，以后村干部要按时按点到村部上班。"

刘汉问道："他没说建高标准农田示范区的事儿？"

王发全接过了话："说了，说了。他说县里已经定了，要把咱们村周边的10万亩土地全部流转，统一进行规划和整理，合大方归大田，统一由县里成立的公司进行经营。"

刘汉认真地听着，不时地翻眼看看王发全。

赵胜海又抢着说道："杨书记说，土地流转按照每亩每年1000块钱的标准结算，一年一付。村里人如果想继续种地，可以在公司打工，公司给大家开工资，他说这叫产业工人。"

刘汉边听边想心事，他最关注的是村里的公用地将来如何处理。全村的土地统一流转了,他承包村里公用地的事情肯定无法再隐瞒了,于是赶忙问道:"他说没说村里的公用地怎么办?"

王发全回答:"他说了,要全部收回,租金作为村集体经济资金。"

刘汉连连冷笑,说:"你们愿意把占有的公用地交出去?我告诉你们,王乡长说了,那个杨锐在咱们乡根本干不长,他让咱们根本不用听他的。"

赵胜海急声问:"如果老书记给我们安排工作,我们是听还是不听?"

刘汉眼睛一瞪,怒声说:"不听!没有我的话,你们不要理他。"

王发全看了一眼赵胜海,冷笑着说:"你咋那么笨呢?对老书记,我们就阳奉阴违,他安排工作,咱们是光答应不干活儿。"

刘汉满意地点了点头,说:"发全说得对,就这样干。以后他们安排工作,你们能拖就拖,实在拖不了,索性就撂挑子不干,他不敢把你们怎么样。"

王发全和赵胜海表态说:"主任,你放心,我们就按你说的办。村里一有风吹草动,我们就向你请示报告。"

赵胜海忽然想起什么,忙说:"对了,还有个重要的事情。杨书记准备调整咱们村的班子。他亲自担任驻村干部,派乡政法委员任驻村工作队队长,还要派一个第一书记过来。"

刘汉脸色顿时大变,他已经预感到杨锐要对他采取手段了,这只是第一步,后续说不定还有更狠的动作。想到此,他恨恨地说:"往班子里掺沙子,看来这杨锐不简单呀!两位,看来咱们的好日子不长了,你们俩要给我打起十分的精神,村里一有风吹草动,随时向我报告。"

5.一代枭雄

杨锐很清楚,建设高标准农田示范区是个系统工程,土地流转、招商引资、校企合作等各项工作必须齐头并进。特别是要在示范区内建设现代农业研发平台,必须要涉农的大学和科研院所参加。对于加强与科研院所的合作,杨锐第一个想到了自己的老师——省农业大学著名教授杨伯年。

杨锐专程赶到郑州,一是劝说老师在示范区内建设研究院,二是想让老师给介绍几家涉农企业,三是想让老师给他推荐几个得力的人才。他提前就将自己的想法告诉了杨伯年,杨伯年笑呵呵地说:"你来吧,一定让你不虚此行。"

杨锐提前就定好了饭店,杨伯年却坚决不去,笑着说:"等你当了县委书记再到街上的饭店请我吧,你师娘已经把酒菜备好了,我们就在家里吃,边吃边谈。"

杨锐进门第一眼看见张一枭,心中就暗暗赞叹:"好帅的小伙子!"

张一枭接过杨锐手里的礼品,笑问道:"你是杨锐师兄吧?对了,还是我老家的乡党委书记。"

杨锐惊疑地问:"你老家是张庄乡的?"

张一枭点了点头,说:"张庄村的。"

杨伯年穿着围裙从厨房跑了出来,笑着说:"杨锐来了,杨锐来了!"

师娘也跟着从厨房里跑了出来,说道:"看见你的好徒弟,看把你高兴的,来吧,围裙给我,你们到客厅里说话去吧。"

杨伯年乐呵呵地将围裙递给夫人,和杨锐一同进了客厅。

杨伯年拉住张一枭,说:"小锐,来来来,我给你介绍一下,这是你师弟张一枭,对了,他老家就在你们乡。"

杨锐笑着说:"一代枭雄,这名字好!"

张一枭笑笑,顺手倒了一杯茶递给了杨锐,说:"师兄,你喝茶。"

杨伯年高兴地看着两个得意门生,说:"小锐,你先说说你们的高标准农田示范区吧。"

杨锐喝了口茶,将茶杯放在了桌上,说道:"示范区的战略定位是,按照国家农业高新技术产业示范区建设发展要求,坚持生态优先、创新驱动、产业集聚、融合发展,以'绿色高效农业'为主题,以农副食品精深加工为主导,以生物医药、良种繁育、绿色种植为辅助,力争用两至三年的时间,将示范区建设成为国际农业高新技术发展先行区,国家农业高质量发展示范区,中部地区一、二、三产业深度融合发展先导区和河南省乡村振兴典范区。总体规划打造'一心两区'多基地的空间布局和结构,所谓'一心',就是'农高区'的核心区,建设一个以农业高新技术产业发展和企业孵化为主要功能的科技创新中心,打造科技孵化园、创新创业园、农产品精深加工园、生物医药园和绿色食品产业园及现代物流园。所谓'两区',就是建设生态农业展示区和产学研示范区,形成一个科研示范高地,辐射带动周边的格局。"

张一枭连声称赞:"好宏大的设想!"

杨伯年问:"你们准备从哪些方面入手建设呢?"

杨锐接着说:"我们正在开展以下四个方面的工作:一是建设高标准农田。流转

10万亩土地进行统一规划建设,植入物联网、大数据、云计算等技术,为农业生产提供精准化种植、可视化管理、智能化决策,真正实现农田智能灌溉、智能施肥、智能喷药。二是做强特色产业。围绕小麦、玉米、甘薯和中药材的精深加工,培育一批具有自主知识产权的骨干企业和高新技术企业,促进农业生产经营专业化、标准化、规模化、集约化,形成名牌产品产业链,推进农业产业集群发展。三是提升科创水平。进一步优化科技资源配置,加强与科研院所的联合开发力度,支持其通过智力投入、技术转移、团队合作等形式,开展多层次合作,着力引进符合产业需求的高层次人才,打造创新链,建立科技研发、成果转化、技术推广、孵化创业、质量检测等'五位一体'科技创新创业模式。四是强化融合发展。发挥龙头企业示范引领作用,构建'种养加'有机结合,集生产、加工、收储、物流、销售于一体的农业全产业链,挖掘农业生态价值、休闲价值、文化价值,推动农业产业链、供应链、价值链重构和演化升级。"

杨锐一口气将示范区的建设愿想全部说了出来,直说得张一枭连连点头。

杨伯年看了看张一枭,说:"一枭,怎么样,回去跟你师兄干吧,省得在巨丰受李扬父子那对小人的气。"

张一枭笑了笑,没言语。

杨伯年转向杨锐,说:"小锐,你给我安排了三项任务,今天我答应你两项。第一,你让我给你推荐人才。张一枭,我带的研究生,巨丰集团的副总,研究方向为现代农业产业园区建设,现在我把他正式推荐给你。第二项,招商引资,一枭认识的涉农企业比我还多,你只要把他用好了,这个问题就解决了。至于你说的蔬菜研究院,等你们高标准农田建设初具规模后我们再谈,我想问题也不大。"

杨锐看了看张一枭,又看了看杨伯年,说:"千军易得,一将难求! 谢谢老师,谢谢老师!"

杨伯年笑了,说道:"你先别急着谢我,人家一枭愿不愿去,李扬那老小子放不放还很难说呢。"

6.篡权者

杨锐的一席话让张一枭一扫心中多日的阴霾,感到浑身上下有说不出的透亮。这段时间他心里着实不痛快,尤其是打过李庆后,他心中一直在深深地自责。他真后悔没控制住自己的情绪,失手打了李庆。即使李庆再无赖再不懂事,有李扬老师在那里,他也不该动手打李庆。他真不知道如何面对老师,一旦老师问起此事,他该如何给老师解释?他已经在老师的心目中留下了忘恩负义的印象,他不想再在老师心中留下薄情冷酷的形象。

张一枭知道,李扬对他的感情已经超出了师生和上下级关系,一直像对待自己的孩子一样关心他、培养他。李扬的名声虽然在公司不怎么好,天天一副冷面孔,刻板又冷酷,但唯独对他却是另外一副面孔,不仅从没有对他发过脾气,说话也是满满的温情。

那次,他和李庆在年会上大打出手。张一枭本想着李扬见到他,定会数落一番。他没想到李扬非但没有数落他,反而给他说了许多暖心的话。

那天,李扬专门把他叫到办公室,并且早早就把茶水给他泡好了。

张一枭尴尬地看着李扬,低声说:"对不起,老师,我不该……"

李扬连忙制止张一枭,痛心地说:"一枭,你别说了,都怨我没教育好李庆。常言道,养不教,父之过!这里,我替李庆给你道歉了!"

听老师这样说,张一枭更感觉不自在了,他自责地说:"老师,您要是生气,就狠狠地骂我一顿吧,总之,您可千万不能气坏身体。"

李扬笑了笑说:"一枭,老师不生气,就是感到痛心!你知道吗?你们俩在台上打架,台下公司的人却在打你老师的脸!你们心里倒是痛快了,可你们俩咋让老师在公司立足?"

张一枭的脸红红的,没言语。

李扬说:"公司的人都知道我对你亲,把你当作亲儿子一样看。你们这样一闹,那些想看老师笑话的人一定拍手称快!他们巴不得你们闹下去呢,因为这样一闹,就断了你们掌舵公司的路。"

张一枭仰起头,直直地看着李扬,他不知道老师这样说有啥目的。

李扬问:"一枭,这段时间你是不是也在怀疑老师要篡权?"

张一枭苦笑了一下,没言语。

李扬笑了笑说:"你怀疑也很正常,因为全公司的人,包括叶浩然都在怀疑我要篡权。我的确想篡权,我是想把公司交给你掌舵!我不是对叶浩然有意见,对知秋那孩子也没有成见。我是觉得知秋太年轻了,她根本驾驭不了这个集团公司。"

张一枭认真地说:"老师,您可以辅助她呀!有您的辅助和管教,也许用不了多长时间她就会成熟起来。"

李扬摇了摇头说："作为一个掌舵人和决策者,靠扶持是不行的。公司处在平稳期可以,当前不行！当前公司正处在转型期,机会稍纵即逝,必须要有一个稳健且有魄力的人来掌舵。"

张一枭试探性地说："还有李庆呢！"

李扬不高兴地看了一眼张一枭,说："你是不是以为老师想把公司交给李庆呀？这样,你就把老师想得太狭隘了！李庆那孩子是聪明,但是他太浮躁,心胸也不够开阔,难堪大任呀！孩子,你别再跟李庆闹下去了,因为这样只能断了你在公司的前程。"

张一枭继续试探说："老师,我并没有你说的那么好,其实公司由你掌舵也不错呀！"

李扬苦笑着说："看来公司的人对我的议论和猜疑着实不轻呀！连你张一枭都这样试探我,你是不是也不相信老师了？"

张一枭脸一红,没言语。

李扬说："一枭,老师告诉你吧,我的身体也不行了。我实话告诉你,上次我说去疗养,其实我并没有去青岛,我是在北京住院。"

张一枭顿时瞪大了眼睛,急声说："老师,您……"

李扬指了指头,说："里面有了血栓,不过是轻微的。医生建议我停止工作,安心静养。你知道,老叶身体那个样子,我能安心静养吗？"

张一枭心中掀起阵阵涟漪,他为老师的病情而震惊,为怀疑老师而羞愧,为不明白老师的苦心而痛心,更为自己不冷静而后悔。此时此刻,他才真正理解了老师的担忧。老师说得对,公司当前的发展的确遇到了瓶颈,正是发展的转型期,可偏偏这个时候叶浩然患了绝症,目前公司之所以还能正常运行,全靠李扬在公司撑着。一旦李扬真的出了状况,以叶知秋目前的能力,如果由她掌舵,公司能不能正常运行就很难说了。

张一枭也很清楚,李扬想让他任公司的总经理也只是他一厢情愿,公司的其他几个董事,对总经理的位置也是觊觎已久,即使李扬把叶知秋赶下台,也不一定能够说服其他董事,让他担任公司的总经理。再说,叶知秋那样亲他爱他敬重他,他怎么忍心取而代之夺取叶知秋的总经理位置？如果真的到了那种地步,他和叶知秋定然会反目成仇,他定然也成了为权力而不顾一切的小人,这比杀他还难受！这样的话,他更应该早点离开公司。也许他的离开,会让老师断了那个念头,安心地扶持叶知秋。

李扬说:"一枭,你知道吗? 本来我就对推你当总经理没有十分的把握,有了你和李庆闹的这一出,将来肯定有人拿这件事反对我。一枭,你知道吗? 你的不冷静,差点坏了老师的大事儿!"

张一枭说:"谢谢老师对我的关心! 老师,可我觉得还是知秋当公司总经理最合适,请老师不要为我费心了!"

李扬不相信地看着张一枭,厉声说:"一枭,你说什么? 难道你真的爱上知秋了? 难道你真的为了感情要放弃自己的事业?"

张一枭坚定地说:"我非常感谢这些年老师对我的关心和培养,我已经下定决心要离开公司了!"

李扬脸色骤变,大声说道:"幼稚,幼稚! 你这孩子向来稳重,现在怎么如此感情用事?"

张一枭知道此时此刻老师对他肯定是非常失望和愤怒的,为了让李扬相信他离开公司的话是真的,他脱口而出:"老师,杨老师已经为我找了去处,他想让我跟着他!"

李扬大怒,厉声说道:"杨伯年,杨伯年! 张一枭,这些年难道老师对不起你吗? 你就这样改换门庭,投到他杨伯年的门下?"

张一枭认真地说:"老师,您永远是我的老师,永远是我最尊敬的老师。可是目前我的确难以在公司待下去了,请老师理解我的苦衷!"

李扬眼睛红红的,绝望地说:"走吧,走吧!"

离开李扬的办公室,张一枭的腿像灌了铅一样沉重。是呀! 离开公司,他去哪里呢? 他根本没有找过杨伯年,杨伯年也没有向他提过给他找去处的事情,刚才那一说,纯粹是想让李扬知道他要离开公司的决心。现在既然这样给李扬说了,即使在短时间内找不到合适的工作,他也必须要尽快离开公司了。此刻,他又想到了杨伯年,他觉得他真该去看看杨老师了!

张一枭没想到,当他向杨伯年讲述了自己的想法后,杨伯年还真是给他找到了新的去处,而且这个去处竟然还是他压在心底多年的心愿!

7.痛下决心

李庆开门外出,一眼就看见张一枭和叶知秋在一起有说有笑地进了办公室,慌忙折回,关上了门。

李庆在屋里来回走动着，浮想联翩。他心里那个恨，那个急呀！他心想，只要张一枭在公司，叶知秋的心就永远在他身上。他必须尽快想办法把张一枭赶出公司，只有赶走了这个祸害，他才能睡得安稳，活得愉快。

李庆想到这里，又生起他老爸的气来，那天明明已经把他心头的火点起来了呀，为啥张一枭在公司还活得这么自在，难道是老爸又改变了主意？

在办公室和张一枭发生冲突的那天，李庆没在叶知秋那里讨到便宜，就气冲冲地到了李扬的办公室。

进了李扬的办公室，李庆就呜呜地哭了起来。

李扬顿时慌了，说："小庆，你怎么啦，你哭啥？"

李庆捂着腮帮子，恨恨地望着李扬："你看看，你看看，我被你的好学生打的，脸都被他打肿了！"

李扬看着李庆肿起的半张脸，顿时恼了："他凭啥打你？这个一枭越来越不像话了，打狗还得看主人呢，再怎么样他也不能动手，他眼里还有没有我？"

李扬真的生气了。他没想到张一枭这小子竟然这样绝情，上次他和李庆打架，他并没有责怪张一枭，反而亲自给他道歉，因为那纯粹是李庆在胡闹，是李庆先动手打的人。自己已经亲自找他谈过话了，他竟然还和李庆动手，而且在公司里当众把李庆打得这么狠！

李扬突然明白过来了张一枭为什么毅然决然要离开公司。原来他对自己的道歉根本不相信，对自己要推他当公司总经理的想法根本不相信！原来张一枭内心深处在恨他，恨他偏爱李庆，恨他惯着李庆，也恨李庆在处处跟他作对，恨李庆破坏他和叶知秋的感情！

李扬恨恨地想，你们三个的感情能完全怨李庆吗？李庆从小和叶知秋青梅竹马一块儿长大，对知秋倾注了全部感情。倒是你张一枭不顾兄弟情义，爱上自己兄弟的女人，却反过来怨恨李庆。他真后悔自己看错了人，这些年在张一枭身上投入了太多的感情和精力，他对张一枭那么好，没想到却是养了一条毒蛇，没见到他的报答，还被他狠狠地咬了一口。

李庆气得直跺脚，说："我的老爹呀，你还记挂着他眼里有没有你呢，他眼里早就没有你了，张一枭这个爬高望上的东西，他心中只有叶浩然父女。"

李扬脸色黑青，脸上的肉连连颤动，问："小庆，你给我说说，他为啥打你？"

李庆心中暗暗高兴。他心想看来这次老爸真的动怒了，真的对张一枭生气了，他必须趁热打铁让老爸对张一枭彻底死心。只要老爸下定决心要赶走张一枭，那他在公司就真的蹦跶不了几天了。

想到此，李庆装出一副委屈的样子，说："昨天我们不是去王庄服务站处理养殖户暴乱的事儿吗，张一枭去了，不问三七二十一，就说安装新风系统的费用全由公司来出。为了平息骚乱，我当时也没说什么，到了公司，我就问了他一句，你为啥也不商量一下就免费给他们装新风系统，这下公司可要花费很多钱的。"

李庆说着停了下来。

李扬急声问："他咋说？"

李庆生气地说："他说，我有权这样做。我一听当时就急了，问他谁给你这么大的权力，他他他……他竟然当着叶知秋的面，走上前扫脸就给了我一巴掌，说我故意挑他毛病，找他的事儿。"

李扬怒声说道："你说什么，还当着知秋的面？叶知秋怎么说？"

李庆的眼泪又流了出来，说："她怎么说？她和张一枭就是一对奸夫淫妇，她冷眼看着张一枭打我，还说我活该、欠揍！"

李扬气得脸皮连连抖动，心中波涛汹涌。他觉得既然张一枭已经下定决心投靠杨伯年，或者已经动了改换门庭的心，他就不能再对他抱有期望了。张一枭即使走，也不能让他好走。他要清除门户之后，再让他离开。否则，他对不起自己，对不起这些年他对张一枭的付出。

李庆看李扬沉默不语，索性一秃噜坐在了地上，做出一副撒泼状，大声说："我不管，你得给我做主！在这个公司有我没有他张一枭，有他没我！你如果不把他撵走，我就离开公司，我说走就走。"

李扬大怒，一巴掌拍在了桌子上："走，小庆，跟我去找他去！"

父子二人怒气冲冲地来到张一枭的办公室，李扬推了推，没推动，门锁着。

李庆说："他一定在叶知秋办公室。"

李庆扭头向叶知秋办公室走去，叶知秋的办公室也锁着门。

李扬在楼道发起火来："上班时间，总经理和副总经理都不在办公室，这还叫公司吗？是不是不想干了，不想干就早点提出来。李庆，你去把办公室主任叫过来。"

听到李扬的吼叫声，办公室主任一路小跑赶了过来。

李扬大声呵斥道："叶知秋和张一枭去哪儿了？"

办公室主任回答："他们……他们出去谈项目了。"

李扬问:"什么时候走的?"

办公室主任忙回答:"刚走一会儿,估计现在出城了。"

李扬见找不到张一枭,恨恨地瞪了办公室主任一眼,大踏步回了办公室。

那天,李扬虽然没有当面训斥张一枭,可李庆已经感觉出来父亲下了驱逐张一枭的决心。

正想着,李庆忽然听到张一枭和叶知秋说着话,从他办公室门口走了过去。

李庆快步走到窗台边,拉开窗帘,紧张地望着外面。

果然,张一枭和叶知秋俩人又要一起成双成对地出去。

第三章　痛苦抉择

1.当断不断

张一枭和叶知秋一起走到了车跟前。

张一枭先行一步,打开车门说:"上车吧!"

叶知秋满眼深情地望着张一枭说:"今天我来当司机。"

张一枭笑了笑,绕过车子坐到了副驾驶的位置。

叶知秋发动车子,奔驰车箭一般冲出大门,驶上了城市的大街。

张一枭拿起耳机,准备听音乐。

叶知秋看了看张一枭,劝他说:"你想听什么音乐,我来找,别再用耳机了,对耳朵不好。"

张一枭笑笑:"随便吧!"

叶知秋低声说:"一枭,让你受委屈了!李庆他就是一小人,你别跟他一般见识。"

张一枭摇了摇头说:"没事儿。树欲静而风不止,随他闹吧!我们这是去哪里?"

叶知秋意味深长地看了一眼张一枭,说:"我们找个地方去散散心吧,我看你这两天一直绷着脸,我知道你心里不舒服。"

张一枭苦笑着说:"还是算了吧!省得李庆老说我是吃软饭的小白脸。"

叶知秋疑惑地望着张一枭,问道:"就因为李庆的一句话,你就要刻意跟我保持距离吗?一枭,你可不是这么小家子气的人呀?"

张一枭严肃地说:"叶总,我不想再陷入你们的感情纠葛中了,对此我感到很累,也感觉很没有意义。"

叶知秋脸色骤变,眼泪流了出来,哭着说:"一枭,难道你感觉不到我对你的感情吗?"

张一枭看了一眼叶知秋,陷入了沉默。他不知道如何答复叶知秋,自从见过杨锐之后,他已经下定决心从公司离职了。不过,话又说回来,即使他想留在公司,他还能留得下吗?和公司常务副总两次动手打架,已经在公司造成了很坏的影响,叶知秋即使想保他,恐怕也是保不住的。张一枭想好了,离开公司对他是一种解脱,对叶知秋又何尝不是解脱呢?他离开公司,对他、对叶知秋、对公司都有好处。

叶知秋默默地开着车,一直在流泪。

张一枭不时地看一眼叶知秋,心里在默默地滴血,他很想劝慰叶知秋几句,可话到嘴边又咽回去了。当断不断,定受其乱。他很清楚,此刻如果心软,将来定会给叶知秋带来更大的伤害。叶知秋是个善良的好女孩,他既然无法向她倾注感情,就绝不能给她带来伤害。

对叶知秋的感情,张一枭一直处在矛盾之中。其中,有李扬的因素,也有李庆的因素。

张一枭清楚地记得,关于他和叶知秋的感情,李扬曾经专门找过他。李扬几乎用哀求的口气给他说,李庆从小和叶知秋青梅竹马,一块长大,他对叶知秋付出了全部感情,没有叶知秋,他会疯掉,甚至会自杀。李扬讲了许多以往的家事,说着说着,禁不住老泪横流。李庆在三岁时,他母亲就得病去世了。李扬一个人带着儿子,一边忙工作一边照顾孩子,又当爹来又当妈。为了怕李庆在后妈面前受委屈,李扬一直独身到现在。李扬说,他为李庆付出了全部心血,李庆是他的全部希望,一旦出了事儿,他也会疯掉的。李扬说,正是因为他的娇生惯养,造就了李庆自私、不懂事的性格。李扬求他看在师生一场的分上,成全李庆,离开叶知秋,他会感激一辈子。

张一枭看着老师痛哭流涕的样子,当场答应了他。就是这个承诺一直折磨着张一枭,使他只能在叶知秋面前望而却步。

而就在张一枭准备抛弃一切,要好好与叶知秋爱一场时,叶浩然父女的一席话,让他一下子又回到了冷窟。他敏感地预感到,叶知秋虽然不爱李庆,虽然他们经常吵吵闹闹,但最终他们还是可能要走到一起。与其将来永远地疼,还不如现在痛下决心,将这份感情割舍掉。

奔驰车在一块方圆上万亩的大田边停了下来。

叶知秋擦了擦泪,和张一枭一起下了车。

好大的一片田,只见这里田成方、路相通、沟相连、林成网,波澜壮阔,整齐有序。

张一枭被这广阔的大田震惊了,他跑上前去,掏出手机,不停地四处拍摄。

叶知秋也被深深地吸引了,跟着跑了过去,说:"一枭,怎么样,这地方不错吧?"

张一枭连连点头说:"不错,真不错!规划大气,真是大手笔。"

叶知秋深深地看了一眼张一枭,随即一笑:"看看这里,也许对你的现代农业产业园建设会有所启发。"

张一枭疑惑地看着叶知秋,问:"你对现代农业产业园也感兴趣?"

叶知秋笑了笑:"这是现代农业的发展方向,我会不感兴趣吗?我想把公司的业务往这方面发展。"

张一枭惊喜地说:"这太好啦,太好啦!"

叶知秋点点头,一语双关地说:"一枭,不要走,公司很多大事需要我们携手去干呢!"

这时,几个人跑着从基地出来,笑着说:"叶总,叶总,欢迎,欢迎!"

花卉区内,绽放着各种鲜花。

张一枭、叶知秋及随行人员走了进去。

叶知秋看着张一枭说:"一枭,怎么样?有收获吧?"

张一枭点了点头说:"这个基地发展'互联网+''旅游+''生态+'现代农业新产业新业态,对我启发很大,思考多日的问题豁然开朗。"

叶知秋调皮地说:"那你怎么感谢我?"

张一枭大方地说:"酒吧还是大餐,你来选。"

叶知秋满意地笑了笑,之后来到一丛怒放的鲜花旁,嗅了嗅,喊道:"一枭,快过来,快过来。"

张一枭来到叶知秋身旁,低头对着一朵鲜花吸了吸鼻子,不禁说道:"真好,真香。"

叶知秋想起什么,将手机递给旁边的一个人,说道:"李经理,来,给我们拍张照片。"

李经理忙接过手机说:"好咧,一二三,茄子!"

叶知秋将张一枭身子一拉,嘴唇正好凑到张一枭颈边。

李经理此时用手机拍下了两人的照片。

2.步步紧逼

李扬冷静下来后,觉得他需要和叶浩然好好谈谈。

李扬认为,他是张一枭的老师,张一枭也是他带进公司的。老话讲,师父师父,老师如父。张一枭可以对不起他,但他不能亲自把张一枭清出公司。开除张一枭,只能让叶浩然和叶知秋去做。

李扬想,叶知秋不是喜欢张一枭吗? 由他们父女俩来开除张一枭,正好可以断了张一枭对叶知秋的念想,李庆也不会再因为此事整天吃醋闹事不安分了。

想到此,李扬觉得更应该找叶浩然谈谈。

于是,李扬提着一盒上好的龙井进了叶浩然的办公室。

看李扬来了,叶浩然急忙站了起来,将其迎到沙发上,又忙着给李扬倒茶:"李总,你咋来了? 来来来,喝茶!"

李扬将茶叶放在了茶几上,说:"叶总,这是今年的新茶,我特意给你弄的。"

俩人客气了半天,方才坐了下来。

俩人都没想到,他们这对多年的合作伙伴和兄弟,今天怎么变得如此客气。但他们心里都清楚,客气是因为心里有了隔阂,客气是因为生分了。

叶浩然坐了下来,默默地看着李扬。

李扬闷头喝了几口茶,看了看叶浩然,欲言又止。

叶浩然微笑地望着李扬,说道:"老弟,是不是有事儿? 有啥事儿,你就说吧!"

一句老弟,让李扬也动了感情,他说:"大哥,你最近身体怎么样?"

叶浩然笑了笑:"还是老样子。"

李扬为难地说:"大哥,这件事儿我本不想打扰你,可我确实非常为难。"

叶浩然宽厚地说:"老弟,有啥你就说,只要不是原则问题,大哥都答应你。"

李扬端起茶杯喝了口水,说道:"还是李庆和张一枭的事儿!"

叶浩然一直以为李扬是来跟他闹分家的,见李扬这样说,心里长长地松了口气。

叶浩然往沙发上躺了躺,说:"我听说李庆和张一枭又干架了,你啥意见?"

李扬坐正了身子,然后说:"一个牲口槽拴不了俩叫驴。大哥,让张一枭离开公司吧!"

叶浩然沉默了。他了解张一枭是个难得的人才,也了解张一枭和李庆的矛盾,纯粹是李庆没事找事。他也知道叶知秋对张一枭的感情,开除张一枭,叶知秋肯定不会同意。叶浩然打内心深处真不想让张一枭离开,可这与李扬闹分家相比,孰轻孰重他自然分得清。

沉默许久,叶浩然说道:"张一枭可是个难得的人才呀!"

李扬痛心地说:"大哥,我也不想让张一枭离开。你知道,他是我的学生,这些年我对他的感情不比对李庆差。说实话,有时候我对他比李庆还亲呢!可他这样和知秋、李庆三人天天闹,什么时候是个头呀!"

李扬顿了顿,接着说道:"大哥,你是看着庆儿长大的。这孩子从小没娘,缺管教。我对他又过分溺爱,把他给惯坏了。"

叶浩然点了点头,说:"庆儿这孩子本质上并不坏。"

李扬接着说道:"大哥,我能感觉出来庆儿对知秋是真感情,他经常在家里念叨知秋。你不知道,他虽然跟张一枭无理取闹,自己却也很痛苦。这段时间,他经常成夜成夜不睡觉,一个人在房间里自言自语。一会儿骂张一枭,一会儿又在求张一枭。"

说着说着,李扬眼睛湿润了:"大哥,这些年我又当爹又当妈把李庆操劳大,太难了!李庆跟我说,张一枭不离开公司,他就去当和尚,去自杀。大哥,我真怕这样下去,庆儿会出事呀!"

叶浩然吃惊地望着李扬说:"我没想到庆儿这么痛苦!你说得对,这样下去就把庆儿给毁了。老弟,你别说了,我同意让一枭离开公司。你看这样好不好,我跟知秋谈谈,再让一枭离开公司好不好?"

李扬一直担心叶浩然不同意张一枭离开公司,他甚至想好了,如果苦肉计不行,他就拿出分家进行威胁,不论采取什么办法,一定要让张一枭离开公司。

叶浩然的回答让李扬非常满意,也非常感动,他站起身,紧紧抓住叶浩然的手:"大哥,谢谢你了,我等你的消息。"

3.故技重演

李庆得知叶浩然同意让张一枭离开公司的消息后,高兴得差点没跳起来。他觉得,要让张一枭不留任何后遗症地离开公司,他还要跟张一枭演场戏。

李庆于是蹑手蹑脚地来到张一枭办公室跟前,直接推门而进。

张一枭坐在椅子上没有起身,问道:"你有事吗?"

李庆用手指放在嘴边,对他说:"师哥,师哥,你小点声,小点声。"

张一枭疑惑地望着李庆,不知道他又要搞什么把戏。

李庆说着,快步走到张一枭办公桌跟前,深深地鞠了一躬。

张一枭站了起来,说:"李总,你这是啥意思?我可受不起!"

李庆苦着脸,边说边抽自己的嘴巴:"师哥,我的好哥哥,我是来给您负荆请罪来了,我向您道歉,我给您赔罪!都怨我嘴贱,欠抽,我不该那样骂您,请您大人不记小人过,原谅我吧!"

张一枭上前拉住李庆,赶忙说:"李总,你不要这样。既然你还叫我一声师哥,今天我就告诉你,你也不用为难老师了,我会主动辞职离开公司的。"

李庆在张一枭对面坐了下来,又说:"师哥,这些年我一直把你当我亲哥哥看。我之所以那样对你,是有原因的。你知道吗?我和知秋是父辈指腹为婚,从小到大,我一直把知秋当作我的女人,从小学到大学,我一直守护在她的身旁。20多年来,我一直爱着她一个人,我为她付出了我的全部感情。"

张一枭没言语,默默地看着李庆。

李庆说到动情处,眼里含着泪:"师哥,你知道吗?我太爱她了!含在嘴里怕化了,捧在手里怕摔了!师哥,你明白我对她的感情吗?"

张一枭点了点头。

李庆激动地站起身,哀求道:"师哥,我求求你啦!求求你,离知秋远点吧。她是我的事业、我的生活、我的生命,失去她我就失去了一切!师哥,我真的真的离不开知秋呀,没有她我一天也活不下去!"

张一枭也站了起来,说:"李庆,我明白你的意思了。"

李庆转身走了几步,又回过身来:"师哥,你可说话一定算话呀!你可一定不能当我和知秋的第三者,一定不能破坏我们的感情呀!"

张一枭冲李庆摆了摆手,说:"你放心吧,我一定说到做到!"

终于大功告成了。李庆感到浑身轻松,走出张一枭办公室,他仰起头来,一脸的狞笑。

4.父女相争

叶浩然一大早就把叶知秋叫到了办公室。

看父亲一脸严肃,叶知秋深感不妙,心想定是李庆又来父亲这里告状了。

叶知秋脸上挤出一丝笑,问:"爸爸,您的身体今天感觉怎么样?"说着,开始动手为叶浩然泡茶。

叶浩然显得非常疲惫,低声说道:"秋儿,你别忙活了,坐下来,爸爸有话要给你说。"

叶知秋将泡好的茶水放在了叶浩然跟前:"爸爸,有啥事,您说吧!"

叶浩然一脸严肃地说:"秋儿,爸爸想知道,你准备如何处理你与张一枭还有李庆的感情问题。"

叶知秋低下头来,陷入了沉默。

叶浩然看了看叶知秋,说:"你还没跟张一枭谈是吧?你李扬叔叔来找我了,为了庆儿,你李叔叔都掉泪了。秋儿,还是让爸爸跟张一枭谈吧!"

叶知秋仍旧低着头,没有说话。

叶浩然接着说道:"秋儿,张一枭是个有才华的小伙子。可只有他离开,公司才能平静下来。他的离开,对你对他对李庆对公司都有好处。秋儿,你明白爸爸说的话吗?"

叶知秋依旧没有说话。

叶浩然知道叶知秋心里不甘,知道她不愿张一枭离开公司,接着劝道:"秋儿,你是个懂事的孩子,你知道爸爸的身体已经没有几天了,爸爸不想交到你手里个烂摊子。"

叶知秋心里着实不甘,这都什么年代了,为什么还要她遵守那指腹为婚的承诺?明明是李庆的错,明明是李庆在无理取闹,为什么非要逼着张一枭离开?她明明不喜欢李庆,明明喜欢张一枭,为什么她不能对自己的感情做主?为了公司,为了公司,难道公司在爸爸心里比女儿还重要吗?她委屈,她痛苦,她愤怒,她恼恨!

叶知秋抬起头来,眼泪簌簌地流,她说:"爸爸,为了李庆,难道非要张一枭离开公司吗?爸爸,为了公司,难道非要毁了女儿一生的幸福吗?"

叶浩然怎么也没想到女儿会说出这样一番话来,一时怒气交加,用手指着叶知秋:"你,你,你……"

一口气没上来,叶浩然竟然昏了过去。

叶知秋吓坏了,她高声喊着:"爸爸,爸爸,你怎么了,你快醒来呀,快醒来呀!"

张一枭听到叶知秋声嘶力竭的喊声,慌忙跑了过来,当即拨通 120 急救电话。

　　　　　　　　　　　　　第三章　痛苦抉择

很快,120急救人员把叶浩然抬上了急救车。

叶知秋紧紧拉着叶浩然的手,泪流满面地说:"爸爸,爸爸,你别吓我！爸爸,爸爸,你快醒来吧,女儿一切听你的,一切听你的!"

5.登门求贤

从郑州回去后,杨锐就有了新的想法。

杨锐在考虑如何安排张一枭最合适,如何才能把张一枭这块好钢用在刀刃上。思来想去,杨锐觉得还是把张一枭放在村班子里最合适。不经过选举,张一枭无法担任村主任。不过张一枭是党员,自己可以对张庄村的党支部进行改选,让张一枭担任村党支部书记。

想好之后,杨锐找到了老书记张福堂。

杨锐说:"福堂书记,我想让你的本家侄子张一枭进村里的班子。"

张福堂吃惊地问道:"一枭要回村吗？我咋没听说？他要真能回来可就好了,我就不用这么难了!"

杨锐开始还担心老书记反对张一枭进村班子,看他这种态度,就直截了当地说:"老书记,我想让他接替您当支部书记,让他冲锋陷阵,您老在后面给他做后勤保障,您不会有意见吧？"

张福堂胸脯一挺,说:"杨书记,你放心,我坚决服从组织决定。别说一枭是我侄子,就是外姓人,我也同样支持您的工作。"

杨锐点了点头,说:"老书记,您老有几十年的党龄了吧？"

张福堂笑着说:"我17岁入党,46年党龄了!"

杨锐感动地说:"老书记,我是觉得要干成高标准农田示范区这件大事,得需要一个懂科技的人来干呀!"

张福堂宽厚地说:"杨书记,不用解释了,我明白您的意思。一枭啥时候能回来？"

杨锐说:"实话告诉您,还需要您亲自出面到郑州去登门求贤。"

为了劝说张一枭回村,杨锐和张福堂专程来到了郑州。

张一枭把二人领到了一个茶社。

三人坐下后,张一枭点了壶红茶。

张福堂端起茶杯喝了一口，开门见山地说："一枭，杨书记跟我这次专程来郑州，就是为了请你回乡的，回还是不回，你想好没有？"

还没等张一枭回答，杨锐接过了话："一枭，这次我拉着你大伯来登门求贤请你回乡，你如果不同意，我们可是要三顾茅庐啦！"

张一枭笑道："杨书记，您太高看我了！我张一枭何德何能，让您和大伯三顾茅庐来请我！"

杨锐语重心长地说："一枭，中共中央提出要推动人才、土地、资金等要素双向流动和均衡合理配置，实现城乡融合发展。现在乡村振兴战略的大环境，城乡融合发展的大气候，为咱们干事创业提供了大舞台呀！"

张福堂接过了话："一枭，县里实施凤还巢工程，现在咱们乡返乡创业的人越来越多，都有几十人了。"

杨锐点了点头说："一枭，你大伯说的是事实。我给你讲一个数据，目前全省返乡创业的人数累计达 130.23 万人，外出成功人士凤还巢返乡创业，已成为我省农村一道亮丽的风景线。"

张一枭睁大了眼睛，感叹道："我真没想到全省有这么多人返乡创业。"

杨锐说："一枭，总书记在我们省视察时指出，要组织引导和帮助扶持一些有实力、有能力、有抱负的返乡农民工，运用自己掌握的资金、技术、人脉，来兴办实业、发展产业、带动就业。我给你说，现在我们省已把支持外出务工人员返乡创业作为一项全局性工作，省里先后出台了支持农民工返乡创业的实施意见、支持返乡下乡人员创业创新促进农村一二三产业融合发展的实施意见、财政支持农民工返乡创业 20 条政策措施等一系列政策，省里还设立了总规模 100 亿元的农民工返乡创业投资基金。"

张一枭直直地看着杨锐，心中不禁浮想联翩。他真的没有想到竟有这么多人回乡创业。其实，他何尝没有动过回乡创业的念头呢？作为一个从农村出来的人，身在城市，脑海中时常萦绕着生于斯长于斯的故乡，心田里无不环绕着回报桑梓故里的情怀。他心想，也许正是这份感情、这份情怀、这份梦想，才使那么多在外的成功人士回乡创业。

杨锐满含深情地说："一枭，现在国家在大力实施乡村振兴战略，我们县又是全国第一批脱贫县，县里急需你们这些在外的成功人士返乡。你们经过市场大潮的洗礼，开阔了眼界、增长了见识、积累了人脉、熟悉了技术、适应了市场、融入了产业、掌握了资源,具备了创业发展的能力,只有你们回去,才能形成一人创业致富一方创业的效益。"

张一枭眼里充满了敬佩,说:"我们公司的叶总对建设现代农业产业园非常感兴趣,找时间我们可以在一起谈谈,我们公司如果能去投资就好了!"

杨锐高兴地说:"这太好了!你回去,再带回一个龙头企业,这样我们的示范区建设就可以正式起步了。"

张一枭笑着说:"还不知道公司愿不愿到我们乡投资呢。"

杨锐信心满满地说:"事在人为嘛!你们公司准备建的现代农业产业园和我们的高标准农田示范区虽然名字不一样,其实内容是一样的。比如,我们要在示范区内建设'两园三镇四基地','两园'就是现代农业产业园和智慧农业信息园,'三镇'就是以张庄、李寨、王集为基础建设3个特色小镇,'四基地'就是优质小麦标准化生产基地、高淀粉玉米种植基地、精品水果种植基地和优质蔬菜种植基地,这不就是你们想建设的吗?建成后,我们这里就会形成以高标准农田为基础、农产品加工龙头企业为支撑、特色小镇为载体,以休闲观光、农产品电商、高端民宿为亮点的田园综合体!"

张一枭问道:"杨书记,按照你说的规划,可是需要很多资金呀,钱从哪里来呀?"

杨锐信心满满地说:"为了解决资金问题,县里专门成立了农业资产运营公司。另外,我们是普惠金融改革试点县,县里推行龙头企业做两端、农民兄弟干中间、普惠金融贯全链的运行模式,就是为了解决资金问题。"

张福堂继续追问:"一枭,你到底回不回呀?杨书记已经跟我谈过了,只要你过去,村党支部就改选,我把支书让给你。"

张一枭笑了,开玩笑地说:"大伯,你急着让我回去,我回去可是要夺你的官帽子的,你不生气?"

张福堂哈哈大笑道:"长江后浪推前浪,一浪更比一浪高,大伯生啥气?我高兴还来不及呢!大伯早想好好歇歇呢。"

杨锐也跟着笑道:"一枭,你看看,这就是老革命、老党员的胸怀!不过,老书记,你恐怕还休息不了,你把一枭扶上马,最起码也得送一程吧!"

6.生死相托

张一枭提着礼品进了病房。

叶浩然半躺在病床上,叶知秋坐在床边的凳子上,在给父亲做腿部按摩。

叶浩然满脸的笑,说:"一枭来了!"

张一枭将礼品放在了茶几上,走到病床跟前,问道:"董事长,您身体好点了吧?"

叶浩然拍了拍床说:"一枭,来,坐到我身边来。"

叶知秋起身将凳子让给了张一枭,说:"你坐吧!"

张一枭坐了下来,低声说:"董事长,都怪我不好,我对不起您!"

叶浩然被拉进医院后,公司的各种传言就满天飞了。大家都在说,董事长是被叶知秋气病的。叶浩然迫于李扬的压力,要开除张一枭。叶知秋为了留住张一枭,跟病重的父亲吵了起来。叶浩然一气之下,昏迷过去。公司的人议论纷纷,都在预测张一枭到底是走还是留。

张一枭身在公司,自然也知道叶浩然昏迷的原因。

叶浩然慈爱地看着张一枭,说:"孩子,是我对不起你呀! 一枭,以后能不能别叫董事长了,喊我叔叔行吗?"

张一枭点了点头。

叶浩然伸手拉住张一枭,说:"一枭,叔叔希望你不要记恨知秋。要怨就怨叔叔不中用,怨叔叔太自私!"

叶知秋走到叶浩然身边,拉住叶浩然的胳膊,哭着说:"爸爸,我不允许你这样说。"

叶浩然苦笑着说:"秋儿,爸爸没有几天了,你就让爸爸把心里想说的话说出来吧! 一枭,我希望你理解叔叔。我不能在我闭眼之前,眼巴巴地看着公司散摊了,我不能把一个烂摊子留给知秋,所以只能对不起你了。你说,叔叔这不是自私,是啥?"

张一枭重重握着叶浩然的手,说:"叔叔,我理解您的意思,我理解您的意思!"

张一枭真的明白叶浩然的心思。叶浩然让他喊叔叔,就是要把叶知秋托付给他,让他在自己去世后能够帮助叶知秋、照顾叶知秋。

张一枭从中能够看出,叶浩然从内心深处还是希望他能和叶知秋在一起的。叶浩然也不知道李庆和叶知秋将来能不能走到一起,他希望张一枭能够在叶知秋感情最艰难的时候帮帮她。

张一枭从衣兜掏出了辞职信,递给叶浩然,说:"叔叔,这是我的辞职信。叔叔,您放心,公司永远是我的家,知秋永远是我的妹妹!"

接过信,叶浩然笑了,笑得很灿烂:"一枭,你真是个好孩子,叔叔真希望将来有一天你能掌管公司！现在你虽然辞职了,但公司会一直为你保留位置的。这样,将来就有你护着知秋了。叔叔死也能瞑目了!"

叶知秋忍不住扭过脸去,满脸的泪。

张一枭拍了拍叶浩然的手,说:"叔叔,我走了。您好好养病,改天我再来看您!"

叶浩然无力地点了点头。

张一枭走到门口,叶知秋追了过去。

叶知秋拉住张一枭,问道:"是不是已经选好了去向?"

张一枭点了点头。

叶知秋强忍着泪水说:"安顿好之后,给我说一声!"

说完,转身向卫生间跑去。

7.八大金刚

当初决定回村,张一枭对村里的情况并没有想太多。当他拿着行李回到家,并告诉父母他要回村当村干部后,老实巴交的父亲嘿嘿一笑,说:"回来也好,回来也好!"

张一枭的母亲陈桂芝当时就急了,生气地说:"你这孩子,也不跟家里商量一下,说回来就回来了,你了解村里的情况吗? 你当村支书,你凭啥能当得了村支书?"

张一枭说:"我是被乡里杨书记请回来的,他说一定会支持我的工作。另外,村里还有我大伯呢!"

陈桂芝叹了口气,说:"你这孩子,不了解村里的情况就贸然回来,你知道不知道,这几年村里都是刘汉说了算,村里人没几个听你大伯的! 刘汉现在正一心二心想当支书,你回来抢了他的位置,他会让你的日子好过?"

张一枭辩解说:"支书不是谁想当就能当的,得乡党委推荐,乡里既然推荐了我,刘汉还能怎么样?"

陈桂芝说:"能怎么样? 你不知道他在村里的势力有多大,你大伯早被他架空了,这几年他们那帮人在村里横行霸道,无人敢惹呀!"

张一枭说:"越是这样,我越要回来,我不能任由他们随意欺负人!"

陈桂芝无奈地说:"你这孩子不听话,以后早晚有你后悔的时候,要我说,你还是早点回城上班为好!"

张一枭坚定地说:"妈,我已经答应了人家杨书记,怎么能轻易违背承诺呢?再难我也要在村里干下去,再说,建设现代农业产业园也是我的梦想。"

陈桂芝说:"既然你已经下定决心,妈也不再拦你了。我只劝你一句,做事之前你最好把事情想明白再去做。"

张一枭清楚,别看母亲平时很少说话,却是村里少有的明白人,每次家里遇到事情,她的判断都非常准。母亲的担心是有道理的,强势的刘汉怎么甘心受他领导?怎么甘心被他抢去村党支部书记的位置? 在以后的工作中,刘汉肯定会想方设法给他出难题、使绊子,甚至会采取过激手段来对付他。

对刘汉,张一枭也有初步了解。这些年,刘汉担任村主任虽然也为村里人做了不少贡献,但村里人对他的意见也非常大,尤其是他和王发全等人霸占着村里的厂子、市场和公用地,让村里人感到极为不公平。也正是因为如此,村里才不停地有人告他。

张一枭觉得母亲说的是对的,要想在村里干好工作,必须要对村里的情况进行全面深入的了解,尤其是对村"两委"班子和村里的家族势力必须要有深刻透彻的把握,只有这样他才能有的放矢地开展工作,才不至于盲人骑瞎马。

晚上,张一枭提了四个小菜和两瓶好酒去了张福堂家。

爷儿俩摆好酒场,边喝边聊。

张福堂笑问道:"你妈生气了吧?"

张一枭说:"我这先斩后奏就是怕她不同意,现在我已经回村了,她虽然不高兴,但也同意了。"

张福堂说:"你妈是个明白人呀!"

张一枭端起酒杯说:"大伯,我敬您一杯!"

张福堂高兴地说:"好好好,来,咱爷儿俩一块儿喝!"

俩人干了一杯,张一枭把酒满上后,说:"大伯,我妈担心刘汉给我使绊子,她担心我和刘汉以后处得不和谐。"

张福堂说:"你妈的担心是对的!刘汉一直想当村支书,现在你猛地回来插一杠子,他心中肯定不舒服。如何与刘汉相处,是你绕不开的坎儿。"

张一枭说:"大伯,你给我说说村里的情况吧,你说说我该怎么和他相处。"

张福堂吃了口菜,咀嚼了半天,说道:"说来惭愧呀! 这些年大伯都快成了摆设了,除了到乡里开开会,打扫打扫这村部的卫生,其他基本都是刘汉说了算。"

张一枭问："为什么会出现这样的情况？我记得您在村里的威信非常高呀！"

张福堂说："我老了，没有精力也不想多过问村里的工作了，就把村里所有的工作都交给了刘汉，时间一久，啥事他也就不和我商量了。"

张一枭问："大伯，我如果当村支书，除了刘汉，其他村干部会听我的指挥吗？"

张福堂沉思了一会儿，尴尬地说："我估计很难，即使听，他们也会阳奉阴违，不会真心对你。王发全和赵胜海两个人已经和刘汉结成了利益共同体，他们是不会听你的。"

张一枭端起酒杯和张福堂碰了一下，喝进了肚里，俩人又闷头吃了一会儿菜，张一枭方才又问道："大伯，现在村里的家族势力怎么样？"

张福堂放下筷子，说道："村里人的家族观念还比较强，刘汉在控制村委会的同时，又在村里拜了八个把兄弟，就是村里人说的八大金刚，为的就是控制村中的大家族，这也是他在村里横行霸道的根基。"

张一枭问："大伯，现在村里听你话的还有哪些人呀？"

张福堂叹了口气，说："这些年，我为了让刘汉安心带着全村人发展村子，把村里的所有权力都放给了他，我没想到刘汉那么毒，把跟我一心的人全部给收买和清洗了。另外，现在的人都势利得很，看我老了，都投向了刘汉。王大奎倒是听我的，可他由于看不惯刘汉的所作所为，早就从村委会辞职了。"

张一枭问："现在村委会里的人谁可以用呢？"

张福堂苦着脸说："一枭，村'两委'班子原来是6个人，王大奎辞职不干了，村妇联主任王大翠在北京给她闺女看孩子，村干部现在只有我、刘汉和王发全、赵胜海，王发全、赵胜海现在是刘汉的哼哈二将，只要你和刘汉的关系处不好，他们俩根本就不会听你的。"

张一枭笑道："我对村里的情况也有所了解，刘汉一直想当村支书，我回村他一定会把我当成眼中钉、肉中刺，我们的关系不会处好。"

张福堂点了点头，说："一枭，大伯把你请回村里，直到现在心里还是非常矛盾的，我不知道此举是害你还是帮你，我最大的担心就是怕你不是刘汉的对手。治村关键在于治人，驾驭不了村里的人，你想改造村子，难呀！"

张一枭说："大伯，你不用担心。现在论在村里的力量，我着实不是刘汉的对手，但我相信用不了多久，我定能凝聚起与刘汉抗衡的力量，因为我有乡党委的支持，因为我代表的是先进的发展方向，而刘汉则是阻碍发展的落后势力。大伯，你一定要坚信,光明一定会战胜黑暗,先进一定战胜落后。"

张福堂笑道:"一枭,你这样一说,我心里真是亮堂了,你放心,大伯一定坚定地支持你!"

张一枭又问:"我听说村里也有不少人在告他呢。"

张福堂说:"刘汉虽然有八个把兄弟,有李二柱的市场巡逻队,但村里也有很多不怕他的人,比如曹长山,还有王大奎,他们就不服气刘汉,就爱跟刘汉唱对台戏。将来,你要和刘汉斗,这俩人可是两把好剑!曹长山在村里的老年人中威信很高,抓住曹长山,你就抓住了村里的老年人。王发全你别看很能,他在王家族人中威信根本赶不上王大奎,只要把王大奎用好了,王家族人大部分会支持你的。"

张一枭问:"现在村里对刘汉意见最大的事情是什么呀?"

张福堂说:"一是市场,二是厂子,三是公用地,这些都被刘汉、李二柱他们几个人把持着。村里人谁也不傻,咱们村的蔬菜和家具批发市场那么大,大家都知道赚钱多,谁不眼馋?"

张一枭笑了笑,说:"大伯,既然刘汉处事如此不公,他就不会赢得村里大多数人的支持,得不到村里大多数人的支持,他就是纸老虎。别看他现在威风,其实都是在虚张声势吓唬人,他没什么好怕的!"

张福堂疑惑地望着张一枭,问道:"你已经有对付他的办法了?"

张一枭重重地点了点头,说:"大伯,来,喝酒!"

喝完酒,张福堂又说:"一枭,这次回来见到梦羽了吗?以后要是刘汉和你斗,那么他女儿梦羽夹在中间可不好过呀!我记得当时梦羽对你……"话还没说完,就被张一枭打断了:"大伯,先不说这个,咱俩还是喝酒吧。"

第四章　暗中较量

1.前哨战

在乡里吃过晚饭，杨锐直接去了张庄村。他要和张福堂、张一枭好好商量一下党支部改选的事情。班子成员会上，王刚阴阳怪气的态度，让杨锐对张庄村党支部的改选隐隐感到不安。

王刚冷笑着说："安排一个没有一点农村工作经验的生瓜蛋子担任支部书记，我看他能不能选上都是问题。到时候，闹出大笑话，可别怪我没提醒你。"

说者无意，听者有心。王刚的话引起了杨锐的警惕。杨锐认为，以王刚的个性，这绝不是善意的提醒。那么，是反对，是威胁，还是在预示着什么？

此刻，杨锐才感觉到改选张庄村党支部着实存在巨大风险，一旦乡党委提名的张一枭落选，以后张一枭将很难在张庄村开展工作，对他推进示范区建设也将带来难以估量的阻力。

杨锐越想越感到事情的严重性。张一枭虽然是张庄村的人，可他从小到大一直在外面读书和工作，村里的党员别说认可他，连认识他的人都不会很多，这些党员凭啥会心甘情愿将票投给他？另外，村里还有强势的村主任刘汉，他在村中的影响力已经超过了老书记张福堂，他出面争党支部书记，张一枭十有八九不是他的对手。

路上，杨锐给张福堂和张一枭打了电话，让他们在村部等着，他有重要的事情和他们商量。

张福堂正在刘汉家喝酒。他原准备早点离开酒场，好给杨锐打电话。下午，张福堂骑着电车往村外走，在村口迎面碰见了王发全和赵胜海，两人开着三轮车，车上装满了方便面、火腿肠、桶装油之类的东西。

张福堂惊疑地问:"你们俩买这么多东西干啥?"

赵胜海支支吾吾地说:"这是……这是给刘……"

王发全拉了拉赵胜海,抢过了话头:"给我家二小换帖用的,换帖用的。"

张福堂点了点头,说:"狗蛋的媒成了?"

王发全连声说:"成了,成了!"

一下午,张福堂心里一直在打鼓,快嘴赵胜海提到"刘"字,明明想说是给刘汉买的,王发全咋说是给他家二小子换帖用的呢? 还有,俩人急急地离开,也说明他们心里有鬼。难道是刘汉知道了支部改选的事情,又要在村里运作? 如果是这样,一枭当选村支部书记可就悬了。

张福堂对张一枭能否当选早就心存疑虑。他当了一辈子村干部,太了解村里人了。这些年,一些人的家族观念虽然淡薄了,但依旧是谁给他好处他投谁的票,依旧是贪利短视,重眼前利益。他曾给杨锐和张一枭提出,在村里运作运作。杨锐却坚决不允许,张一枭也不愿做这件事情。张一枭觉得靠运作当选支部书记,以后大家也不会信服他。俩人都反对,张福堂也不好再说什么,可他心里却暗暗为张一枭捏着一把汗。

天落黑的时候,刘汉的电话打过来了。

刘汉的态度还算诚恳,笑着说:"福堂哥,晚上来我家喝酒!"

张福堂问:"这不年不节的喝啥酒呢?"

刘汉笑了:"福堂哥,谁规定的只有过年过节才能喝酒? 您快来吧,人都快到齐了。"

此刻,张福堂敏感地预想到,刘汉一定是在请村里的党员们喝酒。

到了刘汉家,张福堂顿时被这里的场面震惊了。只见院子里分两排摆着六张桌子,每张桌子上都坐满了人,不仅村里的党员来了十有八九,各大家族的老家长和名头人全到了。

张福堂顿时全明白了,刘汉就是冲着支部改选来的。

王发全看到张福堂进了院子,慌忙跑上前去,一边递烟,一边说:"老书记,您来看,我们就等着您呢,您一来就开桌了!"

张福堂问:"这是干啥呢?"

王发全拉着张福堂往主桌走,回答说:"这不是刘主任的房地产项目开工了嘛,他高兴,宴请一下村里人,让大家伙也跟着高兴高兴。"

刘汉也走了过来,说:"福堂哥,就等你呢,你给大家说几句吧!"

张福堂坐了下来,推辞道:"刘汉,我还不知道你这是啥主题,还是你说吧!"

刘汉看了看张福堂,大声说道:"老少爷儿们,今天请大家一起坐坐,有两个好消息要与大家分享。一个是我在县城的房地产项目今天正式开工了,并且今天也开始预售了。我在这里宣布,凡是村里人到我那里买房,一律优惠5万,另外过年时我还要拿出100万给大家发红包!"

院子里顿时响起了雷鸣般的掌声,许多人在叫好:"好,好!"

刘汉接着说:"下面,我告诉大家第二个好消息。咱们村党支部马上就要改选了,老书记为村里鞠躬尽瘁了一辈子,为了村里的发展,为了村里的明天,现在又主动向乡党委递交了辞呈。这些年,老书记不仅提拔我,培养我,现在又推荐我担任村党支部书记!"

刘汉说着举起酒杯,高声说:"老书记高风亮节,为村里奉献了一切! 来,我们大家共同敬老书记一杯!"

张福堂完全没有想到刘汉会玩这种把戏,顿时蒙了!

在王发全和赵胜海的半扶半架下,他也站起身,和大家共同喝了一杯酒。

随后,张福堂找了个借口,挣扎着跑出了刘汉家的院子,正好这时杨锐的电话也打过来了。

2.太上皇

看着张福堂狼狈离开的样子,刘汉心里那个爽呀!

兴高采烈地敬了一圈酒之后,刘汉看张福堂一直没回来,火热的心便慢慢地冷了下来。他独自在屋里坐了一会儿,起身到院子里把王发全拉到了屋里。

开完乡里的班子会,王刚就和他通了电话,告知他杨锐要动张庄村的村班子,并且准备让张一枭当党支部书记。

他听到这一消息,第一反应就是不相信,笑道:"不可能! 张一枭在城里干得好好的,听说还当了公司老总,他怎么可能回村? 还当村支书,你是在跟我开玩笑吧,是不是在哄我?"

王刚生气地说:"都火烧眉毛了,我还哪有心思跟你开玩笑! 刚开的班子会,要对你们村的党支部进行改选,推荐张一枭当支部书记。"

他这才意识到事情是真的,当时就蹦了起来,大声喊道:"张一枭就是一毛头小子,对村里寸功没有,他凭啥当村党支部书记?"

王刚说:"凭啥？凭他有杨锐这个关系,凭他是杨锐的师弟!"

他破口大骂道:"杨锐这个王八蛋,他派政法委员到我村当驻村工作队队长,分明是冲着我来的呀! 现在,又要安排张一枭回村当支书,他这是不给我留活路呀!"

王刚阴阳怪气地说:"杨锐不仅不给你留活路,他也不准备给我留活路。我都打听清楚了,县委马书记就是省农大毕业的,杨锐就是通过省农大的教授和马书记挂上的。现在,杨锐仗着有马书记这棵大树,处处给我穿小鞋,咱们兄弟俩一定摽着劲儿跟他对着干。"

刘汉恨不得抓住杨锐给撕吧撕吧塞进嘴里吃了,于是恨恨地说:"老弟,你说吧,要我怎么办?"

王刚阴狠地说:"逢山过山,逢水搭桥,遇鬼斩鬼,遇佛杀佛! 我不管你采取什么办法,总之这次一定要夺得村党支部书记,一定不能让杨锐的计划顺利实施!"

接完王刚的电话,刘汉就驱车回到了村里。通过和王发全、赵胜海商量,三人决定给村里的党员每人发一桶油、一箱火腿肠、一袋米和一箱方便面,晚上再大摆宴席,请党员和村里的名头人吃饭。宴请和送东西的主题,就是刘汉的房地产项目开工,并且在晚上宴请之前,东西一定要发到位。

对请不请张福堂来吃饭,开始刘汉心里还犹豫。他担心张福堂看透他的心思,发现他在为当选村支书而运作,怕张福堂坏了他的好事儿。他猜测,张福堂知道他在运作着争当村党支部书记后,定会跑到杨锐那里报告,说不定又会发生什么变故。

王发全却不这样认为,他觉得应该反其道而为之,他阴阴地说:"隐瞒是隐瞒不住了,既然隐瞒不住,咱们就光明正大地做。所以,这场酒不但要请老书记,还要让老书记当主角,把他抬到太上皇的位置。"

他顿时明白了王发全的意思。是呀! 既然隐瞒不住,索性就把村党支部改选的事情提前公开,提前告诉大家自己是老书记推荐的人选不就成了吗? 想到这里,他笑道:"王发全,你个老小子真是个人精呀!"

他把这一想法专门向王刚进行了报告。

王刚连声说好。特别是当场宣告张福堂推荐了刘汉,这个法子不仅高而且妙!张福堂绝不会当场说他没有推荐刘汉,这样村里的党员见老书记都推荐了刘汉,定

会投刘汉的票。

王刚反复交代："张一枭回村就是冲着你来的,杨锐利用张一枭来对付我,张福堂也利用张一枭来对付你。你可一定要抬高站位认识这件事情,张一枭这个人可不像张福堂那样是个软面团儿,任你随便捏,这小子可是杨锐和张福堂到郑州三顾茅庐请回来的,他如果没有过人之处,杨锐能在他身上下那么大的功夫? 我告诉你,他很可能要改变张庄村的权力格局和利益格局,不仅会影响到我,更会影响你。能不能当选村党支部书记,绝不仅是你个人的面子问题,甚至会影响牵动我们两个下一步的发展。你必须要不惜一切代价争得村党支部书记,一定不能让杨锐和张福堂的计划顺利实现。"

开始,他还真没把张一枭当盘菜,心想张一枭他一小屁孩儿即使当了村党支部书记又能怎么样,他能赶得上张福堂? 他见杨锐对张一枭如此重视,把张一枭说得如此重要,心中不由得隐隐产生了一丝不安。不说那张一枭有没有过人之处,就是张福堂如果想成心跟他作对,他也不一定对付得了。张福堂毕竟是村党支部书记,他后面还有张家那一大家族人。这些年,他之所以能在村里吃得开,与张福堂的睁一只眼闭一只眼故意装瞌睡有很大关系。现在张一枭回来了,张福堂肯定会全力扶持张一枭来和自己叫板,将来鹿死谁手还真的很难说呢!

刘汉问："我看张福堂一直没回来呀?"

王发全一脸媚笑道："主任呀! 有你这一曲,他还能吃肚里饭? 出了门就没回来,我用不用到外面找找他?"

刘汉不屑地说："走了也好,我本就不想让他来! 你就是找到他,他也不会来。这时候,老家伙说不定正跟张一枭商量怎么对付咱们呢!"

王发全说："刚才你看他那心不在焉的样子,一定是对咱们的行动慌了神,现在他十有八九去找张一枭商量对策去了。"

刘汉说："发全,越是到了关键时刻越要小心行事,你再想想看我们还有什么漏洞没有?"

王发全眯着眼睛想了一会儿,说："应该没啥问题了,到时候你再提议我和胜海担任监票或唱票人,就一切万事大吉了!"

3.第一书记

张福堂赶到村部时,杨锐和张一枭已经到了,在村部门口等着。

杨锐问:"村部不是要有人值班吗? 咋一个人也没有?"

张福堂掏出钥匙打开了门,回答道:"都去刘汉家喝酒去了。"

杨锐顿时感到不妙,惊疑地问:"刘汉在请客?"

张福堂边往里走边说:"是的,刘汉在请客,把村里的党员和名头人都请了过去。"

三人到了会议室,坐了下来。

张一枭问:"大伯,刘汉是不是已经知道了村党支部要改选,他在运作当支书呢?"

张福堂点了点头:"这小子在酒场上宣布,说我提拔培养他,还要推荐他当支书。他为了能当选村党支部书记,不仅给村里的每个党员送了火腿肠、方便面等四样东西,还许诺到过年时拿出100万给大家发红包。"

杨锐的脸顿时阴了下来:"一定是王刚搞的鬼! 没想到他们这样胆大妄为,竟然公然拉票贿选!"

张福堂叹了口气,无奈地说:"杨书记,刘汉做的是很过分,关键是我们还没法公然定他们拉票贿选的罪。"

杨锐问:"因为啥?"

张福堂说:"改选村党支部只是咱们私下在酝酿,并没有在全村党员大会上宣布,村党支部改选并没有启动,这是其一;其二是刘汉送东西和请客,主题是庆祝他的房地产项目开工,他说村里人谁买他的房子他就优惠5万块钱,所以请客和送东西的名义都是在为他的地产项目做宣传。"

张一枭插话道:"大伯这一说,还真不能说刘汉是在拉票贿选。"

杨锐问:"一枭,这件事你有啥对策?"

张一枭说:"杨书记,以我目前在村里的地位和威信,即使刘汉不运作,我也很难当选。"

和大伯谈过话,张一枭心里就有了主意。他觉得,此刻当村里的支部书记时机还不成熟。以他目前在村里的威信,即使刘汉不跟他作对,他也很难驾驭这个村子。村里人根本就不了解他,谁会听他一个毛头小伙子的话。当前,他要想在村里站稳脚跟,离不开大伯这个拐棍。大伯的威望虽然已经赶不上刘汉,但他毕竟是当了几十年的村支书,村里人谁都会给他几分薄面。尤其是对付刘汉,只有大伯敢在明面上压服他,也只有大伯能压住他。一旦大伯离开村支书的位置,就等于给刘汉解除了紧箍咒，他定会在村里闹得天翻地覆。

张一枭觉得，他到村里最好的安排就是担任第一书记。因为这个位置可长可短、可多可少，伸缩性很大，既可以冲在前台又可以躲在幕后，既是村里法定的主导村里决策的一把手，又可以避免和刘汉的直接对抗。有了这个既超然又实际的位置，他就可以让大伯出面清除来自村里的干扰，自己则集中精力干大事了。

杨锐疑惑地望着张一枭问："是吗？"

张一枭接着说："是的，当年我在村里读小学的时候，村里人都到外面打工了，这些人虽然陆陆续续回村办小厂子了，可我一直在外面读书工作，所以村里人真正认识我的没几个，他们对我根本就不了解，谁会投我的票？"

杨锐点了点头，说："看来我对这件事有点理想化了。"

张福堂说："杨书记，一枭说的有道理，我也有这方面的担忧。当时你提出来，我之所以没反对，是感到我这张老脸可能还值点钱，我私下出面找村里党员们做做思想工作，他们会给我面子。"

杨锐急问："你找他们谈没有？他们的态度怎么样？"

张福堂苦着脸，摇了摇头说："很不好！大家都觉得一枭太年轻，很难驾驭住刘汉，更难驾驭住这个村子。"

杨锐看了看张一枭，说："一枭，你接着说。"

张一枭说："我认为，大伯说的是这些党员的真实想法，他们有这种想法非常正常。杨书记，我觉得当前改选村党支部的时机还不成熟，现在能驾驭住刘汉，能镇住整个村子的人只有我大伯！"

杨锐疑惑地看着张一枭。

张一枭接着说："刘汉在村里狂妄，是因为我大伯为了村里的大局处处忍让。他毕竟是我大伯推荐、培养的人，一旦对我大伯做出出格的事情，村里人都会唾弃他，都会骂他忘恩负义。可对我就不一样了，我们之间没有交情，他可以采取任何手段来对付我。我说这句话，并不是我怕他，是因为我在村里的资历尚浅。即使我侥幸当选村党支部书记，我的指令村里人也没人会执行。"

杨锐连连点头道："一枭，你的意思我明白了，你是想说目前这个村支书你还不能当，可你不当村支书，如何参与村里的工作呢？"

张福堂也着急地说："是呀，是呀！你不当村支书，咋领着大家伙开展工作呢？我们把你请回来不容易，你可不能给我打退堂鼓，在村里溜一圈，又跑回郑州了。"

张一枭笑了，说："大伯，你放心，我既然回来了，就不可能再回去了。"

张福堂又问："那你咋参与村里的工作呢？"

张一枭回答道："杨书记不是聘任我为乡里的工作人员吗？他可以直接任命我为张庄村的第一书记呀！我当了第一书记，不就可以统领张庄村的全部工作了吗？大伯也可以利用党支部书记的身份，为我遮风挡雨，为我化解与刘汉的矛盾和冲突。"

张福堂激动得猛一拍手："好，这个法子好！有你在村里掌着舵，大伯就啥都不怕了，刘汉、王发全他们谁敢捣乱，大伯来对付！"

杨锐笑了，笑得非常开心、非常透亮。张一枭的一席话，让他更加坚信自己绝对没有看错人，也让他对顺利推进示范区建设更有信心了。张一枭不仅是个专业人才，还是个帅才，他一定能够帮助自己完成县委马书记交办的这项推行乡村振兴的重要任务。

杨锐欣然说道："好，就按一枭的意见……"

杨锐的话还没说完，会议室的门被猛然推开，刘梦羽冒冒失失地闯了进来。

4.相思意

刘梦羽本来在市里参加电商联谊会。张一枭打电话告诉她，他要回村了，乡里准备推荐他当村党支部书记。

挂断电话，刘梦羽激动得蹲在了地上，满脸的泪，意外的惊喜让她不禁喜极而泣。多年来，她一直暗恋着张一枭，爱得非常苦！

刘梦羽清晰地记得高二那年，任凭她如何努力，数学成绩就是上不去，最后竟然发展到一看到数学题，头就炸裂般地疼痛。

她深知这样下去，高考就完了。可她心里越着急，头疼的症状就越严重，最后竟然发展到拿起书就头疼。父亲带着她到县医院看了好几次，医生却都说她根本就没病。

无奈之下，她只好休学回了家。那段时间，向来好强的她心里那个急呀！天天失眠，几乎到了精神崩溃的边缘。

这时候，张一枭放暑假回了村。

她妈抱着死马当作活马医的心态，专门去了一趟张一枭家，央求张一枭做做她的思想工作，为她辅导辅导功课，没想到张一枭当时就同意了。

她清楚地记得，张一枭为她辅导功课的第一天，他们拿着书一起来到了村外的小河边。

坐下后，张一枭把书收起来放在了地上，说："今天咱们不学习了，忘了高考，忘了学习，放松下来随便聊聊。"

可她怎么可能忘了高考呢？她说的第一句还是学习。她直直地望着张一枭，问："一枭哥，你说我这一看书就头疼，到底是什么原因呢？"

张一枭笑了笑说："高考恐惧症，不瞒你说，我在高三上学期有段时间也跟你现在一样，看到书就头疼。"

她顿时睁大了眼睛，问道："什么？你也出现过这样的情况，你是咋解决的呢？"

张一枭说："出现这种情况，主要是我们把高考看得太重了！很多事情就是这样，你太重视它了，它就是个事儿。你不把它当作事儿，它就不是事儿。"

她扑闪着大眼睛似乎没听懂张一枭的话。

张一枭接着说道："你看这些郁郁葱葱的小草，有缘而来，无缘而去，活得多么潇洒自在。我们呀！就是因为功利心太强了，所以搞得自己很累，压力很大，让生活失去了意义。梦羽，你想想，我们上学读书的本来目的是什么？无非就是学知识武装自己，现在却成了上名校找到好工作。可你知道吗？人生不止有上名校一条路，干自己喜欢干的事情才最幸福。你要想解决你当前的问题，就要让心自由、放松，放下功利心，现在事现在心问心无愧即可，未来事未来心不必劳神！"

张一枭的这席话犹如春风化雨一般，让她化解了心结。是呀！很多事情不就是那样，你把它当作个事儿它就是事儿，你不把它当作事儿它它就不是事儿了吗？

从张一枭开始为她辅导功课，到她到学校去上课，整整 45 天。这些天她和张一枭朝夕相处，张一枭不仅为她制订了学习计划，还对她心中的难点疑点一一解说。这 45 天不仅治愈了她的高考恐惧症，提高了她学习的信心和成绩，还让她有了青春的萌动，也正是从这个时候开始，张一枭已悄悄地占据了她的心。

在以后的日子里，她感到张一枭就如同影子一般，无时无刻不在她左右。想起他她就心跳加速，脸颊发热，胸中涌动着阵阵春潮。她热切地渴望着能看见他，可每次都是快到了跟前，她又羞涩地躲开了。

"我住小村头，君住小村尾。日日思君不见君，共饮一村水。此水几时休？此恨何时已？只愿君心似我心，定不负相思意。"无数个深夜，刘梦羽吟诵着这首自己改写的词,常常是读着读着,不自觉就泪流满面。

高考后,她的成绩本来可以上郑州大学,她却坚决要报省农大。面对家人的强烈反对,她的态度却毅然决然。当时家人怎知道她报这所大学,就是由于张一枭读的是省农大,她想能天天看到张一枭。

大学毕业,父亲鼓励她考公务员,她不考。父亲托关系找人,给她找了个房地产公司,让她去那里上班,她坚决不去。

刘梦羽最后去了张一枭所在的公司。她想着,和张一枭在一起上班,她就可以找机会向他表白自己多年的暗恋之苦了。她相信只要自己用心用情和张一枭相处,一定能赢得他的心。

然而,到了巨丰公司后,她才发现叶知秋也喜欢张一枭,而张一枭对叶知秋好像也有爱意。

残酷的现实打碎了刘梦羽美好的愿望,更打碎了刘梦羽脆弱的心。刘梦羽一个人躲在被窝里好一顿哭,多年的苦恋、多年的念想瞬间化为无尽的悲苦。那段日子里,看见张一枭,想起张一枭,她的泪就禁不住往外涌。

于是,刘梦羽毅然决然地离开了巨丰公司。

离开后,刘梦羽在县城开了一家做电商的网店,主要销售家乡的农产品。几年下来,网店的生意越做越好,每年不仅有上千万的销售量,她还在村里流转了300多亩地。

刘梦羽拼命地工作,为的就是要成为叶知秋那样的女强人。到那时,她就可以光明正大地和她竞争她的一枭哥了。

听到张一枭要回村的消息,刘梦羽第一句就问:"你和叶知秋分了? 你们分手了?"

张一枭回答:"我和叶知秋根本就没啥,也谈不上分手,我想回村创业。"

刘梦羽又问:"你说的是真的? 一枭哥,你可千万不能骗我呀!"

张一枭笑着答道:"我骗你干啥?"

刘梦羽这才信了张一枭说的是真的,她再也没心思参加联谊会了,向组委会说了声,就收拾东西开车回了村。

一路上,刘梦羽心里有说不出的激动和兴奋。她急切地想知道张一枭是否真的回了村,急切地想知道张一枭是否真的离开了叶知秋,更急切地想知道张一枭回村的原因。她有宏大的发展计划,早就盼着如果有一天张一枭回了村,他们并肩战斗,也能发展出像巨丰那样的大公司。她甚至连公司的名字都想好了,就用"枭羽"两个字,他们夫唱妇随共同在农村把事业做大做强。她没想到,幸运之神这么快就光顾了她,但她又担心幸运之神跟她开玩笑,过段时间又让张一枭离开村子,离开她!

刘梦羽从张一枭的话语中感觉到,张一枭和叶知秋的感情肯定是出了问题,否则张一枭绝不会那样说。可不管怎么说,只要他们的感情出了问题,就给了她机会,而且这是唯一的机会,她决不能再错过这次机会。

刘梦羽下定决心,只要张一枭真的回了村,她就再也不会让他离开了,她要死死地拽住他,她要想尽办法早点把张一枭抢到手。既然幸运之神已经光顾了她,她就决不能再给叶知秋任何机会。

刘梦羽风风火火赶到家里,见家里灯火通明,几十个人在院子里胡吃海喝,就把母亲悄悄拉到了一旁。

刘梦羽急声问:"妈,家里发生啥事儿了,咋有这么多人在咱家吃饭?"

刘汉媳妇张秀芝低声说:"你爸想当村支书,在收买人心呢。"

刘梦羽问:"现在村支书不是福堂伯吗?我爸不是一直嚷嚷着说,当村干部影响他做生意,要辞职不干呢,他咋又想当村支书呢?"

刘汉媳妇生气地说:"谁知道他又想啥歪点子!他让王发全和赵胜海买了一车东西,给村里的党员一家一户地送,还说春节时要拿出 100 万给村里人发红包,你说他是不是神经病?"

刘梦羽明白了,张一枭告诉她,乡里要推荐他当村支书,父亲肯定是气不过,要和张一枭争这村支书。

想到这里,刘梦羽顿时慌了起来。她深知此事对于她和张一枭的重要性,一旦张一枭当选不了村支书,他十有八九可能会再回巨丰公司,到那时她可就要空欢喜一场了,她所有的设想可真的要成为梦想了,她决不允许这种情况发生!她要想方设法帮助张一枭顺利当选村支书,可她又能做些什么呢?

刘梦羽觉得,当前她必须要立即将这一消息告诉张一枭,她要和张一枭一起研究应对之策,及早采取行动,否则一切都晚了。

想到此,刘梦羽将背包一股脑塞进了母亲怀里,转身向外跑去。

刘汉媳妇在后面喊:"你要干啥去?"

刘梦羽边跑边喊:"我有点事儿出去一下。"

刘汉媳妇望着刘梦羽的背影,喃喃自语:"这父女俩是不是都疯了?"

5.告密者

进了门,刘梦羽气喘吁吁地喊道:"一枭哥,我爸在收买人心跟你争村支书,你快采取办法吧!"

张一枭眼前一亮。他没想到好久没见梦羽,她竟然越发漂亮了,少了青春稚嫩,却多了成熟女人的韵味。有几次回村,他想给刘梦羽打电话一块儿聊聊,后来想想又放弃了。对于刘梦羽,他一次又一次躲避她的深情厚谊,以至于她负气离开巨丰公司,他们再见面,除了彼此尴尬不会有好的结果。他也能感觉到,刘梦羽在故意躲避他。有一次在村里的街上,他看见了刘梦羽,就快步赶上去想跟她打个招呼,刘梦羽却急匆匆地拐进一个小胡同避开了他。当时他就想,也许刘梦羽已经找到了感情的归宿,避开自己也许是不想触及往事,增加无谓的痛苦和伤心。

张一枭站起身,说道:"梦羽,你不是在市里参加电商联谊会吗? 你咋回来了?"

杨锐也站起了身,说:"我们的网红回来了!"

刘梦羽快人快语地说:"我不是听说你回村了吗? 我还哪有心思参加那个会? 放下你的电话,我就收拾东西回来了。"说着,她疑惑地望着杨锐,问:"你是谁呀? 你咋认识我?"

张一枭笑着介绍:"梦羽,我给你介绍一下,这是咱们乡的党委书记杨锐,杨书记!"

刘梦羽好像想起了什么,赶忙说:"哦,我想起来了,你是农业局的杨局长。"说着,又看了看张福堂:"福堂伯也在呀!"

张福堂笑着说:"小梦羽,你过来给我们送消息,不怕你爸说你叛国投敌?"

刘梦羽嘴一撇:"我才不怕他呢!"

杨锐问:"看来你是支持张一枭当村支书了?"

刘梦羽调皮地说:"我当然支持一枭哥,他好不容易回村了,我可不能让他再走了。"

杨锐笑了:"一枭,你看看,你刚才说你在村里没威信,现在刘汉的亲闺女都这样坚定地支持你,你还怕没人选你吗?"

张一枭笑了笑,没言语。他心里掀起了阵阵波澜,刘梦羽火速回村的举动令他很是吃惊,现在她竟然宁可得罪自己的父亲也来帮助他,令他更是感动。这充分说明，她心里还装着他，要不她不会一听到他的消息就这么急急火火地赶回村。他很清楚，叶知秋是深爱他的，就是因为家庭因素，阻断了他们的恋情。刘梦羽也是爱他的，可又出现了一心和他作对的父亲，他和刘梦羽的感情发展也一定不会一帆风顺，他们之间会有一个好的结果吗？

刘梦羽一挺胸脯，说："一枭哥，我也是党员，我一定会坚定地投你的票。"

张一枭走近刘梦羽，笑着说："梦羽，我知道你的好意，我们也知道你爸在运作当村支书。不过，你放心，我既然回村了，就一定不再回去了。"

刘梦羽又着急起来，问道："一枭哥，以你目前在村里的地位，你是争不过我爸的，如果选支书，你要落选了可咋办呀？"

张一枭自信地说："梦羽，放心吧！不会出现这种情况的，相信我，回家吧！"

刘梦羽依旧不相信，问道："真的？一枭哥，你是不是已经有办法了？"

张一枭点了点头。

"那，既然你已经有了办法，我就回去了。"刘梦羽一步一回头地离开了会议室。

杨锐笑道："一枭，看来这刘梦羽对你的感情不一般呀，你们是不是在谈恋爱呀？"

张福堂接口说："一枭，梦羽可是个好孩子，人善良又有本事。刘汉说，谁给她介绍对象她都坚决不见，是不是她的心一直在你身上呀？她要是能给你当媳妇，可真是我们老张家的福气。"

杨锐和张福堂的话，令张一枭心里暖暖的。他对刘梦羽是有感情的，也是很喜欢她的。他过去之所以一直在躲避刘梦羽，就是因为他感到叶知秋在他心中的分量大于刘梦羽。他不愿意欺骗自己，更不愿意欺骗刘梦羽。虽然他知道和叶知秋不一定有结果，但他还是固执地认为，只有和叶知秋的感情画上了句号，他才会打开感情的另一扇门，他才会全心全意地接纳来自刘梦羽的深情。否则，就是对刘梦羽的不公平，就是在欺骗她。

在给刘梦羽打电话之前，张一枭思虑了很久。他不知道刘梦羽是不是已经有了男朋友，担心影响到她和男朋友的感情生活。后来思来想去，他觉得还是直接告诉刘梦羽为好，都在一个村子了，躲是躲不开的，隐瞒也是隐瞒不住的。她有了男朋友更好，他们可以以朋友的身份相处，他也少了感情纠葛，可以更加集中精力干自己的事业了。

大伯的话，让张一枭认定刘梦羽还没有男朋友，她还在苦苦地等着自己。他张一枭何德何能，让梦羽这样的好女孩爱他爱得那么苦？他下定决心，以后一定要好好与刘梦羽相处，好好补偿对她的感情亏欠。

张一枭红着脸说："杨书记，大伯，你们想多了！我和梦羽是好朋友，我们关系不错。"

杨锐看了看张一枭，说："我看你们的关系不一般！一枭，缘分到了，躲是躲不过去的，你要珍惜呀！"

张一枭笑了笑，说："杨书记，别说我了，咱们再说说工作吧。"

杨锐一脸凝重地说道："一枭，刚才老书记说，村里的党员和名头人大部分都去了刘汉家，看来刘汉的影响力在村里着实不小！"

张福堂说："一枭，你要有心理准备，咱们村从此就再也不会太平了，特别是针对你，各种各样的打击都可能出现，也许这就是政治！"

杨锐点了点头，又说："是呀！一枭，你要有思想准备，将来的斗争一定很残酷。不过，我们干的是推进农村的大变革，这场变革不但是物质层面，更重要的还有精神层面，不仅要推动农村生产方式、生活方式的变化，还要推动传统世俗、思想理念发生变革，没有矛盾没有斗争怎么可能呀？"

张一枭坚定地说："杨书记，你放心，我一定能协助你把示范区建起来。"

杨锐摇了摇头说："一枭，你错了，我请你回来，可不是光建示范区这么简单。"

张一枭疑惑地望着杨锐，问道："是吗？"

张福堂也不解地望着杨锐。

杨锐看了看二人，说道："建设高标准农田示范区的目的是啥？就是以此为突破口推行全县的乡村振兴。所以，马书记的目的绝不是光建一个示范区这么简单，如果光是为了建一个现代农业园区，马书记绝不会投入这么大的精力，他要通过示范区这个载体和抓手，为推进全县的乡村振兴提供样本、探索路子。"

张一枭认真地听着。

杨锐接着说："一枭，你也看示范区的建设规划了，就是要把你们村作为乡村振兴的样板点打造的。所以我们做的工作不仅仅是让村里富起来，是要彻底地改造，建设一个产业兴旺、生态宜居、乡风文明、治理有效、生活富裕的新农村。"

张一枭点了点头，张福堂也跟着点头。

杨锐继续说道："对于农村来说，乡村振兴带来的不仅是一场革命性变革，也是一项推进农村全面革新的系统工程，习近平总书记提出产业兴旺、生态宜居、乡风文明、治理有效、生活富裕的总要求,就是让我们按照这个目标统筹推进产业、人才、文化、生态、组织等方面的全面振兴。"

杨锐接着说:"所以说,一枭,你的使命和任务绝不是帮我建设示范区这么简单,也不是带领村里发家致富这么简单,是全面推动农村的各项改革,对村子进行翻天覆地的改造,建一个各方面都是全新的新农村,为全县乃至全省实施乡村振兴战略探索路子。"

张一枭心里激动万分。他很清楚当前的大形势,中央提出要推动人才、土地、资金等要素双向流动和均衡合理配置,实现城乡融合发展。当前农村的经济价值、生态价值、社会价值、文化价值正在被全面挖掘,新产业、新业态、新模式在全方位向农村渗透,集约化、专业化、组织化、社会化相结合的新型农业经营体系、新的农业发展模式正在加速形成。乡村振兴战略的大环境,城乡融合发展的大气候,为他在农村干一番轰轰烈烈的事业提供了大舞台。

张福堂也动了感情,说:"杨书记,看来我也没有真正理解你的意图,也以为光是建设示范区呢。原来你还想着让我们发生翻天覆地的变化呢,你放心,我一定会全力配合你和一枭的工作。"

杨锐说:"老书记、一枭,咱们县是传统农业县。马书记为了推动乡村振兴战略的实施,引进了光大、正大、大用等农业龙头企业,极力申请全国的普惠金融改革试点县,就是为破解农村发展的人、钱和出路问题,现在推行乡村振兴可以说天时地利人和我们都占全了,我不相信我们的工作做不好,我不相信我们完不成县委交办的任务。"

张福堂和张一枭一齐重重地点头。

杨锐忽然转变了话题,说:"一枭,你知道我为什么非要让你当村党支部书记吗?"

张一枭望着杨锐,听他继续说。

杨锐说道:"乡村振兴,组织振兴是保证。在当前农村这场关系全局的重大变革中,必须有坚强的基层党建做保证。常言说,干部不领,水牛掉井。党支部是咱们农村实施乡村振兴战略的主心骨,只有通过抓班子、强阵地、树形象,才能激活乡村振兴的红色引擎。我想让你担任村党支部书记,就是希望你能把张庄村的党支部搞坚强,以强有力的组织领导推进乡村振兴战略在农村落地落细。"

张一枭站起身,坚定地说:"杨书记,您放心吧,我决不辜负您的厚望。"

6.恼羞成怒

接到张福堂的开会通知,刘汉哼着小曲去了村部。他料想这次村"两委"班子会,一定是在说村党支部改选的事情。

刘汉想象着选举的情形,乡里推荐的党支部后备人选是张一枭,全村党员的投票结果却是他得了百分之九十以上的票。虽然他知道村里有人反对他,但对这个结果,他还是很有把握的。

想着想着,刘汉不自觉地笑了。杨锐、张福堂还有张一枭,看到结果,鼻子一定会气歪。还有王刚,听到这个结果,一定会对他大加赞扬一番。

刘汉浑身轻松地迈步进了会议室。会议室里的人坐得满满的,除了村"两委"班子成员,驻村工作队的三名同志也坐在这里。

刘汉赫然看见张一枭也坐在会议室,而且就坐在杨锐身旁的显赫位置。

张一枭现在还不是村干部呀,他凭什么参加村"两委"干部会议?刘汉想上前质问,不过他看见众人的目光都对着他,话到嘴边又咽了回去,在桌前找了个地方坐了下来。

等刘汉坐下后,张福堂扫了一眼众人,向杨锐问道:"杨书记,人都到齐了,咱们开会吧?"

杨锐回答:"好的,开会。"

张福堂主持会议,他清了清嗓子,说道:"同志们,咱们现在开会。首先,请杨书记宣布一项重要任命。"

宣布任命?宣布什么任命?刘汉的头当时就大了,他看了看王发全,又看了看赵胜海,俩人正大眼瞪小眼地看着他。

刘汉看得出这俩人也是丈二和尚摸不着头脑,他心想总不是杨锐不经过选举就任命张一枭当党支部书记吧?如果真是这样,他就去县委告杨锐。还有,杨锐如果任命张一枭当村党支部书记,张福堂也应该先辞职呀?现在张福堂还没有辞职,他任命啥?

杨锐也清了清嗓子,说道:"同志们,我先给你们介绍一个人,也许大家都认识,但我觉得还是介绍一下为好。张一枭,乡里聘任的农业科技专干。"

张一枭站起身,向大家点头示意。

杨锐接着说:"经过乡党委研究决定,任命张一枭同志为张庄村驻村第一书记,大家欢迎。"

张福堂和驻村工作队带头鼓掌。

王发全和赵胜海见大家都在鼓掌,也跟着鼓起掌来。

刘汉没想到杨锐突然给他来这一招,顿时气得满脸通红。他真真切切地感到他被杨锐要了,王刚也被杨锐要了。

为了顺利当选村党支部书记,刘汉在村里请客送礼一下子花了两万多块,现在杨锐就一句话,他花出的两万多全打了水漂。

刘汉心里那个不甘呀,杨锐竟然这样拿他当猴要!

刘汉猛地站起身,恨恨地扫了一眼杨锐和张一枭,竟骂道:"操,要人也不能这样要呀?"说着,起身向外走去。

张福堂大怒:"刘汉,你给我回来!"

刘汉头也不回地向外走去。

乡政法委员杜文正也被激怒了,他站起身试图拦住刘汉:"你给我站住,你还是不是党员?"

刘汉用力甩开杜文正,说:"你处理我吧,法办我吧,我等着!"

说完,快步走出了会议室。

张福堂满脸通红,指着刘汉的背影:"杨书记,你看他,我……"

杨锐淡然地笑了笑,示意张福堂和杜文正坐下,接着说道:"刚才,我宣布了张一枭同志担任驻村第一书记的任命。下面,我宣布第二项任命,乡政法委员杜文正任张庄村驻村工作队队长,田伟、杨洋同志为驻村工作队队员。同志们,杜文正、张一枭等4位同志的到来,不仅为我们村'两委'班子注入了新鲜血液,更为我们村的工作翻开了新的一页,为我们村的发展开启了一个新的起点。"

王发全和赵胜海低着头,脸色极为难看。

杨锐接着说:"在蹲点的这些天里,我深深感受到我们张庄村民风淳朴,底蕴深厚,人人向往幸福生活,憧憬美好未来,希望新加入队伍的同志不辜负乡党委的重托和群众的期望,以崭新的姿态和精神风貌积极投入到乡村振兴工作中去。下边,请第一书记张一枭同志讲话,大家欢迎!"

张一枭再次起身,诚恳地说道:"感谢组织上的厚望和支持,也感谢大家的欢迎。这次回来任职,我百感交集。我只说一点,我给大家保证,不出3年我要把咱们村建成宜居宜业宜游的美丽乡村。"

杨锐高兴地说："一枭同志说得好呀！建设宜居宜业宜游的美丽乡村，真正做到留住绿水青山、守住美丽乡愁，共同走向村美民富，这就是我们践行绿色发展理念的灵魂所在。大家还有什么意见和建议，都说说。"

而这时，刘汉正疾步走出村部，跨上越野车，疾驰而去。

7. 不醉不归

刘梦羽得知张一枭被任命为村里的第一书记后，悬着的心终于落到了地上。

她特意从家里拿了一瓶酒，把张一枭约到了街上的饭店里。

张一枭进了饭店包间，酒菜已摆好，两荤两素，清清爽爽的四个菜。他见刘梦羽正在开茅台酒，笑道："可以呀，梦羽，把你爸压箱底的酒都拿来了！"

刘梦羽大方地说："请我一枭哥吃饭，肯定把最好的酒拿出来！"

张一枭看刘梦羽倒了整整两玻璃杯，急声问道："梦羽，你能喝这么多酒？"

刘梦羽眉目含情地说："一枭哥，今天我高兴，就是想喝酒，咱们要不醉不归！"

张一枭坐了下来，说："还不醉不归？你有啥高兴事儿，是不是男朋友发奖金了，你跟我喝酒不怕男朋友吃醋？"

刘梦羽脸色骤变，着急又生气地说："一枭哥，谁给你说我有男朋友了，我告诉你，除了你我谁也不嫁！"

张一枭心头一震，心中顿时生出浓浓的愧疚。刘梦羽对自己用情这么深，自己竟然还在试探人家。不过，他觉得自己必须这样做，只要现在刘梦羽有男朋友，他就会当机立断，斩断和她的情缘，他不能再次陷入两男爱一女的感情旋涡。

看张一枭久久不言，刘梦羽举起玻璃杯，说："一枭哥，来，喝酒！今天我给你接风洗尘，一是欢迎你回村，二是祝贺你荣升驻村第一书记，三是感谢叶知秋把你放回来。"

张一枭端起玻璃杯，苦笑着说："谢谢你，梦羽！"

刘梦羽喝了一口酒，放下杯子，目光炯炯地瞪着张一枭，醋意浓浓地说："一枭哥，看你这表情，是不是我一提叶知秋就触及你的痛点了？"

张一枭笑了笑，说："梦羽，你这个鬼丫头，不用跟我绕了，你不就是想知道我和叶知秋的事情吗？"

刘梦羽一伸舌头，冲张一枭做了个鬼脸，说："我就是想知道叶知秋为什么要放你回来。"

张一枭认真地说："梦羽，我和叶知秋本就没有什么，我们的感情只能说是相互欣赏。我们的家庭背景、生活阅历都差距太大，只适合做朋友。再者，她身边还有一个很爱她的李庆。"

刘梦羽放低声音问道："一枭哥，你离开公司是不是就意味着你们的那段恋情画上了句号？"

张一枭点了点头。

刘梦羽顿时兴奋了起来，大声说："既然已经画上了句号，那我们就重新开始，你不追我，我就追你，我要天天缠着你，决不让你再逃出我的五指山。"

张一枭笑道："你呀你，说话从不藏着掖着！来吧，喝酒吧，我敬你！"

俩人喝了口酒，吃了几口菜。刘梦羽又放下筷子，问道："一枭哥，我想把我的网店从县城搬到村里来，这样也省得我两边跑了，你觉得怎么样？"

张一枭高兴地说："好呀！下一步示范区建设也迫切需要一个电商销售中心，你此刻把网店搬回来，完全可以扩大规模，把它建设成示范区的电商销售中心。"

刘梦羽问："我听说县里建设高标准农田示范区，要把咱们村的所有土地都流转起来，只可惜我的蔬菜基地恐怕也要被收回去了。"

张一枭说："示范区规划的其中一项就是2万亩的蔬菜基地，你不但不用担心没地可种，还可以租用更多的土地发展你的蔬菜基地。梦羽，咱们学校的杨伯年老师还准备在这里建设蔬菜研究院，到时候你们可以合作，共同把这个研究院建起来。"

刘梦羽装着不高兴地说："不是你们，是我们！说错话了，要罚酒，你喝酒，得喝一大口！"说着，端起了张一枭的杯子。

张一枭连声说："好好好，我喝酒，喝酒！"接过杯子喝了一口。

刘梦羽也跟着端起杯子喝了一大口，说道："你喝我也喝，这叫夫唱妇随！"

一大口酒下肚，刘梦羽白皙的脸蛋顿时变得通红通红的。

张一枭关心地说："梦羽，我看你的脸都红了，你别喝了。"

刘梦羽兴奋地说："没事儿，我没事儿！一枭哥，说说你的打算吧，你准备在村里干些什么项目呢？"

张一枭充满感情地说："县里在咱们这里建设示范区，为我们创业提供了机会和平台，我们必须紧紧抓住这个机会。梦羽，我想与你深度合作。"

刘梦羽羞涩地看了一眼张一枭,说:"一枭哥,你想与我怎么深度合作呢?"

张一枭说:"我想以你的名义建设一个电商中心,成立一个蔬菜合作社,再组建一个畜禽养殖公司,全面参与示范区的蔬菜基地和畜禽养殖基地建设,至于这3个实体,我们可以各占50%的股份,也可以你六十我四十,具体多少由你来定。"

张一枭有他自己的考虑,他想把电商中心建成吸引年轻人回乡创业的众创空间,建成年轻人的创业基地和涉农企业孵化器,只要有人愿意回乡创业,他就给他们提供办公场地、资金和技术支持,帮助他们开拓市场,帮助他们在农村干出一番事业,他要借助电商中心把村里的年轻人紧紧地吸引到自己身边。他很清楚,农村要发展,乡村要振兴,年轻人不回村肯定不行。然而,当前一些年轻人之所以漂在城市也不愿意回村,主要还是因为农村缺乏干事创业的环境和土壤,只要他营造出一个良好的创业环境,一定能吸引一大批青年回乡创业。另外,他要想在村里有所作为,除了争取那些反对刘汉的人,他必须紧紧抓住村里的年轻人,只有抓住了村里的年轻人,他才能真正形成与刘汉抗衡的新生势力。

刘梦羽不相信地问道:"你想参股我的电商中心和蔬菜基地?"

张一枭问:"你不同意吗?"

刘梦羽哈哈笑了起来,边笑边说:"我同意,我太同意了,我做梦就想着这一天呢!我做梦都在想我们联手驰骋商场,你在外面冲锋陷阵,我在家里做你的贤内助。"

张一枭认真地说:"梦羽,我是村里的第一书记,主要精力得放在村里,成立这3个发展实体,恐怕都需要你来负责管理,我只能给你出钱出主意。梦羽,我不但想把我们的电商中心办大办好,还想把它办成吸引年轻人回乡创业的众创空间。"

刘梦羽端起杯子,说道:"一枭哥,我一切都听你的,你说怎么干就怎么干。从此以后,我们就是合伙人了。来,为我们的合作,干杯!"

张一枭端起杯子正要喝,却发现刘梦羽咕咚咕咚一阵畅饮,竟然把半杯子白酒全倒进了肚里。他赶忙放下杯子阻拦:"梦羽,你咋喝那么多? 这样你会醉的!"

一大杯酒下肚,刘梦羽顿时出现了醉态,她醉眼迷离地看着张一枭,说:"一枭哥,你喝呀,我都干杯了,你喝呀! 今天我高兴,我太高兴了,我太高兴了!"

说着说着,刘梦羽竟然哭了起来,边哭边说:"一枭哥,你知道这些年我心里多苦吗? 天天想你念你,却不敢联系你,只有一个人躲在屋里悄悄地哭! 现在我们是合伙人了,你再也不能离开我了。喝酒,咱们再喝一杯!"

张一枭看刘梦羽又要倒酒,赶忙上前拉住了她,说道:"梦羽,你喝多了,走,我送你回家。"

　　刘梦羽张开双臂抱住了张一枭,呢喃着说:"一枭哥,一枭哥,你别动,你别动,让我好好抱一会儿,让我好好抱一会儿!"

第五章 战火开启

1.新的任命

为加快推动示范区建设，县里专门成立了筹建领导小组和农业资产运营公司，县委马书记任领导小组组长，县委政法委书记周明礼任常务组长，杨锐任领导小组办公室主任。周明礼牵头负责示范区的全面建设，县农业资产运营公司对流转的土地进行管理和运营，并和农户签订土地租赁合同。

县委马书记要求，县农业资产运营公司成立后立即进驻张庄乡，周明礼要定期到张庄乡蹲点指导工作；小麦收割前一个星期，10万亩土地流转必须完成合同签订，等小麦收割完之后，即刻开展土地整理，绝不能误了秋粮种植。

面对马书记提出的时间表，杨锐感到压力很大，其实周明礼承受的压力也并不比杨锐小。马书记明确告诉周明礼，市委书记对示范区建设非常重视，点名让周明礼担任筹建领导小组组长，市里将会对示范区建设提供政策、资金、人才等方面的全力支持。

马书记找周明礼谈过话后，周明礼就去了张庄乡。

王刚是个聪明人，一听说周明礼担任示范区建设领导小组常务组长，就预感到周明礼会经常来乡里进行现场办公，所以早早地就在乡政府把周明礼的办公室给收拾好了。

周明礼进了宽敞明亮的办公室，脸色骤然一变，问道："这办公室，是王刚布置的吧？"

杨锐明显感到了周明礼的不高兴，说道："王乡长想给您提供个舒适的环境，听说他是特意从刘汉那里借了这套家具,然后给搬了过来。"

"唉! 这个王刚,就爱把心思用在这方面。"俩人落座后,周明礼微笑着说,"杨锐,马书记说得很明确,这项任务干好了重奖,干砸了重罚! 领导小组虽然一堆副组长和成员,可你要清楚,真正操心干活儿的只有咱俩,活儿干不好将来受罚的也是咱俩。你说说吧,准备咋干?"

杨锐拿出本子,认真地汇报:"周书记,要加快推进这项工作,当前首要的是要把工作组织、工作队伍、工作机制建起来,只有这样才能科学有序地推进工作。"

周明礼问:"你准备怎么建?"

杨锐回答:"这一阶段示范区建设的重点,一是土地流转,二是招商引资,这两项工作必须齐头并进。我建议,示范区涉及的 5 个乡分别成立土地流转和招商引资两个工作组,书记任招商引资工作组组长、乡长任土地流转工作组组长,对各工作组组长定任务、定责任、定时限、定奖惩,切实将任务和责任压到个人身上。"

周明礼连连点头,又问道:"工作机制呢?"

杨锐接着说:"我想将示范区涉及的 5 个乡的 15 个村统一编排,示范区建设领导小组办公室对 5 个乡的 15 个村的工作,一日一报告、一日一督查、一周一排名、一周一通报,总之必须在小麦收割前一周全部完成土地流转合同签订,力争在土地整理完成前落户 10 家上规模的农业龙头企业。"

周明礼赞赏地望着杨锐,说:"不错,你想得很周到,就按你说的办吧! 领导小组办公室人员可以从这 5 个乡中抽,一定要抽能干的人,你拉个名单,我来给各个乡安排。领导小组和办公室要有专门的印章、文件头和信笺,这样你们开展工作才方便。"

杨锐连连点头道:"还是周书记考虑得细,我马上落实。"

周明礼忽然问道:"杨锐,最近王刚跟你配合得怎么样?"

杨锐回答:"挺好的! 王刚个人能力强、基层工作经验丰富,我们配合得很愉快,也很顺手,乡里的工作全靠他呢!"

周明礼摆了摆手,说:"你不用表扬他,我知道他那德行。杨锐,你就放心大胆地工作,不要有啥顾虑,一切有我,我会坚定地支持你的。至于王刚,我会找他谈的。"

杨锐感激地说:"谢谢周书记,我一定努力工作,不辜负县委的期望。杜文正已经开始在村里工作了,没人怀疑他的驻村工作队队长身份。"

周明礼点了点头,说:"你把王刚给我叫过来。"

王刚以为姐夫看到他布置的办公室，一定会表扬他几句。进了门，却见周明礼的脸色不对，心想定是杨锐那小子在姐夫面前告了自己的状。他进了办公室，就直截了当地说："姐夫，杨锐那小子是不是在你面前告我的状了？你不知道他有多阴险，有多独断专行，他仗着有马书记给他撑腰，在乡里胡作非为，根本就没把我放在眼里。"

　　周明礼的脸色阴得简直能掉下水。

　　王刚以为自己的话起了作用，接着说道："姐夫，我看杨锐他根本就没把你放在眼里。就比如你的办公室，还有你现在坐的桌椅。我原本打算重新给你装修一下，沙发和座椅我都看好了，3万多一套，高级得很，杨锐却说什么都不同意。还美其名曰，如果那样做是在害你！我实在没办法，就从刘汉那里给你借了一套，我看他就是故意让你难堪，故意不让你在这里工作得舒服。"

　　周明礼极力压制住自己的怒火，深深地叹了口气，说："王刚，让我怎么说你呢？坐吧！"

　　王刚这才意识到刚才的一番话似乎并没有说到周明礼的心坎上，低声问道："姐夫，我……我是不是说错啥了？"

　　周明礼看了看王刚，说道："王刚，我首先告诉你，人家杨锐在我面前非但没说你一句坏话，反而一直都在说你能力强、工作经验丰富，乡里的工作全靠你呢。"

　　王刚嘴巴张得大大的，惊疑地望着周明礼："啥？"

　　周明礼接着说："杨锐把自己的办公室让给我，他到会议室和领导小组办公室的同志一起办公，这你能说是人家不尊重我？还有，示范区建设是一场很难打的硬仗、恶仗，连马书记承担的压力都很大。我作为示范区建设领导小组组长，我来这里是干啥的？"

　　周明礼骤然抬高声调，说道："我是打仗的，不是来享福的！"

　　王刚吓得一哆嗦，脸色顿时变了。他已经预感到了事情的不妙，姐夫今天势必要发火训斥自己的。

　　周明礼声调依旧很高，说："我是在市委县委立下了军令状的，这项工作干不好，我是要丢官罢职的，你专门给我装修办公室，还要给我配3万多的高级沙发，你这是要把我架到火上烤呀！你这不是害我，这是啥？"

　　王刚身上的汗顿时冒出来了，只见他脸红红的，一脑门子汗，小声嗫嚅着说："姐夫，姐夫，我……我不是那个意思！"

周明礼一拍桌子,道:"王刚,我告诉你,工作是工作,生活是生活,你不要混为一谈。在工作任务面前,没有姐夫郎舅!我告诉你,你不好好干,工作干不好,我照样处理你,休怪我翻脸无情!"

王刚连连擦汗,忙说道:"姐夫,你放心,我一定好好工作!"

周明礼声调降了下来:"王刚,看来我上次给你讲的,你根本就没听进去!"

王刚像磕头虫一样连连点头,说道:"我听进去了,听进去了!我一定和杨锐好好相处!"

周明礼不耐烦地看了一眼王刚,说:"王刚,你是个聪明人,我希望你把你的聪明劲儿用到工作上,再整天想着和杨锐斗,你绝对没有好果子吃,你好自为之吧!"

说完,周明礼摆了摆手,让王刚出去。

王刚躬身退出了周明礼的办公室。出了门,他长长地出了口气。

王刚心里那个恨呀!

王刚心想,一定是杨锐在姐夫面前告了自己的刁状,明着说他王刚好,话音话意里却是说他仗着姐夫的势力胡闹台,整天跟自己斗,要不姐夫绝对不会发那么大的火。

王刚恨恨地骂道:"杨锐,你个王八蛋,你个阴谋家,你就给我等着吧,看老子怎么收拾你!"

2.用兵之道

忙完乡里的工作,杨锐驱车去了张庄村。

周明礼高声训斥王刚,他在外面听得一清二楚。

杨锐了解王刚的性格,在领导那里受到委屈,他一定会在其他地方进行发泄。王刚表面上向周明礼保证要好好配合自己的工作,说不定内心深处恨死了他,他决不会善罢甘休。

王刚会再弄出什么幺蛾子呢?杨锐认为,他一定会在张庄村做手脚。有周明礼当示范区建设领导小组组长,王刚一定不敢明着跟他对着干,一定也会尽力去干周明礼交办的土地流转任务。那么,他唯一能够使坏的地方就是张庄村。

杨锐明白,张庄村是他亲自抓的村,这个村的工作上不去,挨板子的自然不该是王刚,而是他杨锐,他必须及早提醒张一枭,让他注意王刚和刘汉的小动作。

张一枭和张福堂正在村部设计土地流转的海报，他要在村里广泛宣传土地流转政策，将海报贴到村里的角角落落。

张一枭已经充分估计到了土地流转的任务艰巨。他专门做了调查，有三分之一的村民支持土地流转，有三分之一的人在观望，还有三分之一的人并不支持。再加上刘汉等人捣乱，在村里推行土地流转一定会举步维艰，刘汉是不会让他顺利完成任务的。

不过，对于按时完成任务，张一枭还是有信心的。

张一枭通过调查发现，那三分之二的人之所以徘徊观望和不支持土地流转，主要是对县土地运营公司没有信心，对他没有信心，说白了就是还不相信乡政府，担心是领导的政绩工程，领导拍屁股走人后，到时候土地流转金没了，土地也撂了荒，吃亏的只能是村民。也有一部分村民担心土地租出去没活干，外出打工年龄又大了，没有经济来源。

张一枭觉得，只要让村民建立了对他、对乡政府的信任，只要解决村民的就业问题，完成这项任务并不难。现在他要做的，就是与时间赛跑，他必须在县里规定的时间内做好建立信心和解决就业这两件大事。

杨锐进了门，开玩笑地说道："嗬，下午刚开完会，现在就开始干上了？"

张福堂放下手中的活儿，回道："杨书记来了。任务压得那么紧，我们不抓紧时间干不行呀！就这，我们还不知道能不能按时完成任务呢。"

张一枭给杨锐倒了一杯水，端了过来，对张福堂说："大伯，你放心，我们一定能按时完成任务。"

杨锐微笑地望着张一枭，问道："看来一枭已经胸有成竹了？其他的你先别说，你给我说说你准备咋应对刘汉他们的捣乱吧？"

张福堂也走到杨锐跟前，坐了下来，说："杨书记，你是不是又听到啥消息了？我没想到，刘汉这孩子现在咋变得这么坏，处处和一枭对着干。"

杨锐看了看张福堂说："也许是我的原因，才给你们的工作带来这么多干扰。"

张福堂疑惑地望着杨锐。

杨锐说："今天下午，周书记找王刚乡长谈话，狠狠地批评了他一顿。我虽然没有在周书记面前说他什么，可他一定会认为我告了他的状。王刚这个人，是个报复心极强的人，他一定会变着法儿跟我作对。"

杨锐停顿了一下，接着说："周书记是示范区建设领导小组组长，另外我又提议让王刚担任咱们乡土地流转工作组组长,碍于周书记,王刚会尽心尽力推其他村的工作,但对于你们张庄村,他估计要做文章,一定会撺掇刘汉给你设置障碍的。"

张福堂问:"因为啥呀?"

杨锐回答:"张庄村是抓的重点呀!工作推不动,板子首先要打在我的身上。一枭,所以我提醒你们,千万不能大意。常言道,新官上任三把火。这次土地流转可是你烧的第一把火,你可千万不能给我烧煳了。"

张一枭信心满满地说:"杨书记,你就放心吧,我心里有数!"

杨锐问:"那你说说你准备咋对付刘汉?"

张一枭回答:"我有三招对付他,第一招,按兵不动;第二招,围魏救赵;第三招,攻城拔寨。"

杨锐笑道:"一枭,不简单呀,兵法都用上了!"

张一枭说道:"用兵之道在于观形势、察人心。最忌敌人按兵不动,敌人只有动了起来,我们才能找到他的破绽和死穴,一击制敌。"

杨锐连连点头,微笑地看着张一枭。

张一枭接着说:"杨书记,没有您和王乡长的因素,我和刘汉也终有一战。这次土地流转,就是我们的战场。我赢则顺利完成任务,他赢我们就要共同受罚挨板子。既然这样,我就要摸清刘汉的底牌,弄清谁是他的高参、谁是他的卒子、谁是他的枪手、谁是他的王炸。只有弄清这些,我才能有的放矢采取对策。这就是我的第一招,按兵不动,以不变应万变。"

张一枭端起茶杯喝了口水,又说:"我为什么要采取围魏救赵的策略呢?这几天我一直在围绕土地流转做调查,发现有三分之一的人很支持土地流转,这些都是年轻人;有三分之一的人在观望,这些是都是四五十岁的人;另外不支持土地流转的三分之一是六十岁以上的老人。村里之所以有这么多人观望和不支持,主要是因为他们心存顾虑,担心示范区是政绩工程,不长久,担心以后没活儿干。我和刘汉斗争的核心,是争夺人心,土地流转的成败也在于能否消除村民的顾虑。所以,我准备把招商引资和村里基础建设作为着力点,村民们只要看到厂子扎这儿了,资金投这儿了,他们的顾虑自然就会消除了。"

张福堂急急地问:"那么你的攻城拔寨又是什么意思呢?"

张一枭回答:"完成土地流转的任务后,我就要各个击破,收服瓦解刘汉的势力,斗不赢刘汉,我们推进乡村振兴的各项计划就很难顺利进行。"

杨锐一拍巴掌,高兴地说:"好!一枭,你的一席话让我的心真正放在了肚里。你说吧,需要我怎么支持你?"

张一枭严肃地说:"信任,绝对的信任!"

张福堂瞪着张一枭说:"一枭,你咋说这呢?杨书记还不信任你吗?他已经够信任你了!"

杨锐也没想到张一枭说出这样的话,笑道:"一枭,我对你是绝对信任的呀!怎么,你不信吗?"

张一枭说道:"杨书记、大伯,你们理解错了。我是说在土地流转这件事上,你们要绝对相信我一定能按时完成任务。"

张福堂问:"在这件事上,你不是有完整的计划吗?我们也相信你有能力战胜刘汉呀?"

张一枭依然很严肃地说:"杨书记,您在会上讲,对于土地流转的工作进度领导小组办公室要一周一排名、一周一通报,我们村在前期肯定要经常受通报、挨批评,希望你们能给我战胜刘汉的时间。"

杨锐站起身,握住张一枭的手,说:"一枭,就按你的思路大胆地干吧,我一定做好你的坚强后盾。不论你推进到哪一步,我都给你撑着;无论遇到什么问题,我们都共同承担。"

3.一条妙计

挨完周明礼的批评,王刚憋在办公室一直没出来。他越想心里越气,越想越觉得窝囊,越想越觉得杨锐可恨!

可要怎么收拾杨锐呢?王刚很清楚,拖着不干肯定不行。杨锐推举他当土地流转工作组组长,就是借姐夫的手来指挥他。姐夫已经说得很明确,工作干不好,他是不会讲感情的。

王刚第一个想到了张庄村,要做杨锐的活儿,只有从张庄村下手。对于整个示范区来讲,只要张庄村的工作没有进展,其他地方的工作做了也是白做。对于他这个土地流转工作组组长来讲,只有张庄村的工作没有进展,他才责任不大。在张庄村做手脚,最合适的人选就是刘汉。

有了主意后,王刚开车回了县城。

王刚从家里拿了瓶酒，把刘汉约到了一个私密性很强的茶餐厅。

　　饭菜上桌后，王刚让服务员拿出两个大玻璃杯，将一瓶酒一分为二："老哥，今天咱俩就这一瓶酒，五五分。"说着，将一杯酒递到了刘汉面前。

　　刘汉笑问道："今天怎么想起请我喝酒呢？是不是又受杨锐那小子的气了？"

　　王刚端起酒杯喝了一口，恨恨地说："郁闷，窝囊啊！他杨锐斗不过我，就拿我姐夫来压我，你知道不知道，今天下午我姐夫把我狠狠地训了一顿。"

　　刘汉急问："因为啥？"

　　王刚说："因为啥？杨锐在他面前告我的刁状呗！"

　　刘汉怒声说道："杨锐这小子，真是老奸巨猾！你看上次他把我们耍的，白白浪费了我两万多块，还成了村里的笑柄。老弟，要不我找几个人把他打一顿吧？"

　　王刚摇了摇头说："老哥，你现在也是大老板了，弟咋能让你做犯法的事儿呢？来，喝酒！"

　　刘汉端起酒杯和王刚碰了一下："那我们就光在这里生闷气，没法怎么他吗？"

　　王刚放下酒杯，说："不急，我有的是办法对付他。只要示范区建设推进不力，杨锐就很难在张庄乡干下去。"

　　王刚顿了顿，接着说道："我昨天看示范区建设的详细规划了，县里已把你们村列为乡村振兴试点村，下一步，县里要重点打造你们村，下水道设置、污水处理厂建设、道路整修、环境美化等等，要全面展开，我估计投入的资金至少得上亿。"

　　刘汉一听，胃口顿时被调了起来，不由得睁大了眼睛，贪婪地望着王刚："什么，要投入那么多钱？这里面的油水可不少！老弟，你得想办法把项目争过来呀！吃不到肉，咱们弄点骨头啃啃也中呀！"

　　王刚看了一眼刘汉，摇了摇头说："只要有杨锐和张一枭在这里，别说吃肉啃骨头，我们连肉汤也喝不上。"

　　刘汉恨恨地说："杨锐、张一枭，都是他们坏了咱们的好事！"

　　王刚独自喝了口酒，说："要想吃肉啃骨头，谁也靠不住，只有咱们自己去争取！要是挤走了杨锐，张一枭还不好收拾？"

　　刘汉顿时明白了王刚的心意，接过话头说："老弟，你说吧，要我怎么办？"

　　王刚直看着刘汉，阴狠地说："你就给我把张庄村盯死了，一户也不准签订土地流转合同。"

　　刘汉疑惑地问："你可是咱们乡土地流转工作组组长呀，土地流转不了，你不受影响吗?"

王刚冷笑着说:"你忘了,张庄村是杨锐包的村,土地流转工作推进不力,他的责任更大。"

刘汉笑了:"高明,老弟你真高明,咱们就按你说的办。"

收到王刚的指令,刘汉第二天一大早就回了村。

王发全和赵胜海两位哼哈二将早在刘汉家里等着他了。

刘汉坐下就问道:"这两天,张一枭在忙啥呢?"

赵胜海抢着答道:"我看见他在做土地流转的海报呢,他说要将海报贴到村里的角角落落。"

刘汉一直冷笑,说:"果然在忙这件事儿!"

王发全低声问道:"主任,你对土地流转啥态度?"

刘汉脸色严肃起来,厉声说道:"一份合同也不准签!"

王发全面带苦色地说:"这恐怕有点难。"

刘汉说:"这是王乡长布置的任务,让我们必须完成。"

赵胜海急问:"王乡长不是组长吗? 他咋阻止签合同呢?"

刘汉生气地说:"笨蛋! 他这不是收拾杨锐和张一枭吗? 发全,你脑子活,快想想咋办。"

王发全闭上眼睛想了一会儿,说道:"只能把水搅浑了,只有水浑了,张一枭才无从下手,无计可施。"

刘汉忙问:"怎么搅?"

王发全阴狠地说:"造谣,只要村里谣言四起,村里就没人敢跟县里的公司签合同。"

刘梦羽拿了小凳子坐在门口,佯装自己坐在那里玩手机,耳朵却一字不落地听着屋里人说的话。

王发全忽然看到了刘梦羽,止住了话,用手向外指了指。

刘汉问:"怎么了?"

王发全又往外指了指,低声说:"小心隔墙有耳!"

赵胜海问:"你神经兮兮地干啥,总不是外面有人偷听?"说着,向外走去。

赵胜海到门外看了看,见刘梦羽在玩手机,又回到了屋里,说:"你这个王发全,梦羽在外面玩手机呢,根本没有外人,你净在这里搞神秘!"

王发全看了看刘汉，低声说："主任，我怕梦羽把咱们的话传出去。"

刘汉正要回答。

刘梦羽走进门高声说道："王发全你啥意思，把我当贼防呀？这是我的家！"

王发全站了起来，赔笑着说道："梦羽，梦羽，你别生气，我不是那个意思，不是那个意思！"

刘梦羽指着王发全说："我告诉你们，背后算计人不会有好报。"说完，大步向外走去。

王发全尴尬地说："你看这个丫头，这个丫头……"

4.阳奉阴违

张一枭拨通了刘汉的电话，说："刘汉叔，你在村里没有？"

刘汉态度平和地说："在呢，一枭，你有事吗？"

张一枭见刘汉情绪稳定，直接说道："叔，我想明天组织召开一个村'两委'班子会，传达一下乡里关于示范区建设会议的精神，再研究一下咱村的推进工作。"

刘汉爽快地说："好呀！是不是要我也参加呀？"

张一枭很客气地说："叔，您是村主任，不参加咋成呀？我就是提前跟您商量一下，我想让您负责村里的土地流转工作，不知道您……"

刘汉急忙拦住了张一枭的话："一枭，实在不好意思，我县城那个房地产项目现在正是攻坚期，我实在脱不开身呀！"

张一枭顿了顿，说道："好的，叔！就按你说的办，我就不给你安排任务了。"

张一枭一句话激起了刘汉的反感，他心想，我是村主任，我才是张庄村的老大，你一个小屁孩儿给我安排任务，真是没屌数了？

刘汉极力压制住心里的不快，哈哈一笑，说道："那谢谢了，改天我请你喝酒！明天的会几点呀？我会按时参加会议的。"

张一枭说："明天上午 8 点 30 分。"

刘汉打了个哈欠，说："好吧，就这吧！"说完，挂了电话。

挂了电话，刘汉直骂自己真贱，他用得着跟张一枭这小子这么客气吗？他完全可以不接张一枭的电话，让他上门来通知；他也完全可以不去参加会议，让张一枭在村"两委"班子成员和驻村队员面前难堪。

但一想起王发全嘱咐的话,他心里又高兴了起来。临走时,王发全反复给他说,这段时间一定不能跟张一枭或张福堂发生正面冲突,要很好地麻痹他们,这样他和赵胜海才有把握把村里的水搅浑。刘汉暗想,看来自己还是块当演员的料呢,看自己刚才演得多好,把张一枭那小子都忽悠得感动了,一句一个叔的,叫得多甜!

刘汉决定,在村"两委"会上,他要把戏演足,让张一枭看到他的示弱,看到他的服从。

村"两委"会按时召开。

张一枭主持会议,说道:"现在开会,我首先传达一下乡里关于示范区建设的会议精神。在会上县委政法委书记周明礼和乡党委书记杨锐都讲了话,提出了明确要求。综合两位领导的讲话精神,主要有三点:一是10万亩土地的流转合同必须在小麦收割前一个星期全部签完;二是必须要在土地整理完成前落户10家上规模的涉农龙头企业;三是乡里对这两项工作的推进情况一日一报告、一日一督查、一周一排名、一周一通报。"

刘汉暗暗佩服张一枭不愧是大学生,说话重点突出、主次分明,毫不拖泥带水。如果这小子跟着自己干,一定让他当总经理。

张一枭接着说道:"下面,我做一下任务分工,大家共同研究一下。首先,我说一下招商引资的任务,考虑到我过去涉农企业的工作经历,认识的农业龙头企业比较多,这项工作主要由我负责吧,其他人如果有这方面的信心或关系,咱们就一起做。关于土地流转工作,由于刘主任的房地产项目现在已经到了攻坚阶段,我也提前跟他进行了沟通,我建议就不给他安排工作了。我们有5名村干部、3名驻村工作队队员,我们就两人一组分成4个工作队,每个工作队负责两个村民组,咱们逐人逐户上门做工作。"

赵胜海想表态,被王发全悄悄拉住了。

刘汉咳嗽了一声,清了清嗓子说道:"对不起各位,我县城那个房地产项目实在脱不开身!不过,我虽然人不参加这项工作,但我出钱,我捐出10箱方便面、10箱酸奶和5箱火腿肠给大家当加班餐。另外,对一枭书记的提议,我举双手赞成,安排得非常好,非常好!"

王发全和赵胜海见刘汉表了态,争相发言:"我们支持一枭书记的提议。"

"同意,我同意!"

几名驻村工作队队员也同意张一枭的安排,会议很快就结束了。

老书记张福堂长长地出了口气,他原想着这次会议一定又是剑拔弩张,完全没想到是这样一个"大圆满"的结局。

5.敬酒不吃吃罚酒

刘梦羽不理解,为什么父亲刘汉一直在跟张一枭过不去。如果是因为贪恋村里的权位,可他也曾在家里多次表示,下次村"两委"选举,他是再也不会干村干部的呀! 现在,他的生意越做越大,村里不仅有厂子,县城还有房地产项目,根本就没有时间干村里的工作。张一枭回村,解决了他的大问题,他应该支持一枭哥呀,为什么处处跟一枭哥作对,处处给一枭哥出难题呢?

刘梦羽很想找父亲质问一番,可她还没等到有机会问他,刘汉却主动找到了她。

饭桌上,刘汉连连给刘梦羽夹菜,东一榔头西一棒子地问这问那。刘汉的异常表现,让刘梦羽心里起了警惕。她预感到父亲想问她些啥,或想跟她说点啥。父亲没有说,没有问,她也只顾吃自己的饭。

一家人吃完饭,刘梦羽收拾碗筷准备拿去刷。

刘汉终于忍不住了,说:"梦羽,你别收拾了,让你妈干吧! 坐下来,我有个事儿跟你说说。"

刘梦羽坐了下来:"说吧!"

刘汉小心地问:"我听说你经常往张一枭家跑,你们是不是在谈恋爱呀? 我听说你们在一起喝酒,你还喝醉了,说什么只爱张一枭?"

刘梦羽翻眼看了看刘汉,问:"谁给你说的? 是不是我妈? 是不是王发全?"

刘汉笑着说:"你甭管谁给我说的,你到底是不是喜欢张一枭呀? 你今天得给我一句准话。"

刘梦羽看着刘汉,不耐烦地说:"爸,我今天就给你句准话,我就是喜欢张一枭,咋了,犯法吗?"

刘汉的脸顿时黑了起来,怒声说:"打住,打住,你少给我动这个念头,我不允许你喜欢张一枭!"

刘梦羽两眼一瞪,不服气地说:"已经打不住了,我早就爱上张一枭了。我就不明白,你凭啥让我打住? 你凭啥不允许我喜欢张一枭? 我的事儿不用你管!"

刘汉抬高了声调,说:"凭啥? 就凭我是你爹! 梦羽,我告诉你,我不准你和张一朵谈恋爱,你就不能和他谈,我是根本不会同意你们的婚事的,你以后少跟他联系。"

刘梦羽也恼了,高声反驳道:"你!……你少拿你那村主任的臭架子来压人!我的事儿不用你管!你天天找人家一朵哥的麻烦,我还没找你呢,你倒管起我来了。"

刘汉眼看矛盾就要激化,当即软了下来,柔声说道:"梦羽,你听我说,张一朵根本就配不上你,我正张罗着在县城给你找个好婆家呢!"

刘梦羽丝毫不领情,坚定地说:"我只喜欢张一朵,其他人我谁也不嫁!"

刘汉大怒,一拍桌子站了起来,指着刘梦羽说:"你敢!我告诉你,梦羽,你别敬酒不吃吃罚酒!"

刘梦羽也站了起来,毫不示弱地说:"我就爱吃罚酒,我看你能把我怎么的!"

刘汉媳妇张秀芝慌忙跑了过来,冲着刘汉喊道:"你发啥火,有啥话不能慢慢跟梦羽说?"

刘汉恼怒地看着张秀芝,说:"都是你惯的,你就惯吧,惯吧!"

刘梦羽起身向外走去。

刘汉吼道:"你干啥去?"

刘梦羽愤怒地看了刘汉一眼,说:"找张一朵!"

刘汉声嘶力竭地喊:"我不准你去,你给我回来!"

刘梦羽看也不看他,直直地向外走去。

刘汉眼睁睁地看着刘梦羽走出家门,气得直跺脚。对于张一朵和刘梦羽的事情,他全清楚。他不仅知道他们在谈恋爱,还知道他们要合股建电商销售中心、蔬菜合作社和畜禽养殖公司。刚才他之所以装作啥也不知道,就是想和梦羽平心静气地好好谈谈,劝她早点离张一朵远远的。他没想到这个丫头跟他三句话没说完就吵了起来。他真后悔太娇惯这个闺女了,从小到大都是顺着她的性子来。

张秀芝看刘汉气得眼睛通红,忍不住说道:"你看你气得,你气啥呢?我觉得一朵那孩子挺好的,配得上咱梦羽!"

刘汉终于找到了出气筒,高声吼道:"你懂个屁!这丫头一点话都不听,都是被你惯坏的!"

张秀芝生气地说:"你在我面前厉害啥,在闺女面前你咋不厉害呢?还说我惯孩子,我打一下骂一句你都不愿意,你说说,到底是你惯的还是我惯的?"

刘汉愤怒地看着张秀芝,说:"你呀你!你看看梦羽现在像啥了?一个大闺女喝得醉醺醺的,还满大街地喊她喜欢张一朵,她爱张一朵,你丢人不丢人?"

张秀芝连声问道："你还知道闺女大了,你还知道丢人? 你一天到晚就知道忙你的大事情,你有没有真正关心自己的闺女? 你知道不知道这些年闺女为啥不让人给她说媒?"

刘汉被问得张口结舌,慢慢软了下来,低声问道："你说说到底因为啥。"

张秀芝数落道："因为啥? 还不是因为你闺女早就喜欢人家张一枭了! 你也是一把年纪的人了,天天想孬点子跟一个孩子斗,你说说你丢人不丢人,你让梦羽夹在你们中间怎么做人?"

张秀芝一句话又把刘汉给戗火了,他气急败坏地说道："我根本就不会同意他们相处! 他想娶我家梦羽,他是癞蛤蟆想吃天鹅肉,痴心妄想! 好呀,好呀,张一枭,张一枭,你个王八蛋! 你竟然跟我玩釜底抽薪的把戏,竟然……竟然敢打梦羽的主意,你给我等着,看我怎么收拾你!"

6.谣言四起

村外小河里,青蛙在呱呱地叫着;树冠上,知了在欢快地叫着。村民们吃过晚饭聚集在一起扯闲篇,孩子们在一旁嬉戏玩耍。

虽然刘汉、王发全等在村"两委"班子会上的态度很积极,但张一枭觉得,美好的表象下面往往是危险的行动。他预感村里不会太平,土地流转工作更不会顺利。

果然,会议召开的第三天,村里的谣言便出来了。

张一枭悄悄地走到人群边坐了下来,静静地听着村民们的议论。

树下石墩上,一明一暗的袅袅烟气中,王发全悠闲地吸着烟。

王发全见李二柱从家门口走过来,摆摆手问："二柱啥时候回来的? 二柱你在外边可挣大钱了!"

李二柱生气地说："嘻,挣那俩钱都他娘的坐高铁了!"

刚从外地打工回来的王三儿羡慕地说："南通那边可是富裕得很。挣恁多钱坐坐高铁有啥可惜的,真不会享受!"

李二柱说:"三儿,你还别说,从南通往西,啧啧,真是一路好风景呀! 人家那边就是比咱这儿好,那新农村建得别提多美了!"

人群里的赵胜海接过话茬:"二柱这话不假,去年我在南京打工,我们干活儿的那个小区,是周边 5 个村子合建的,一排排小洋楼漂亮着呢。"

赵胜海用手比画着，说得眉飞色舞。

李二柱又接过话茬："是呀，是呀！我打工的小区里有医院、学校，还有超市和娱乐广场，一点也不比城里的小区差。要是咱张庄村也盖那样的小区就好了，那咱也不用削尖脑袋往城里钻了。"

"要是咱这儿也能住上人家那样的小区，谁还去外地受那份气呀！"王三儿的话音里满是羡慕忌妒。

李二柱沮丧地说："等咱们住上那样的小区，恐怕就到猴年马月了。"

王发全说道："县里在咱们这里建设高标准农田示范区呢，听说还要对咱们的村'两委'班子进行改造，说不定咱们村也有那样的好环境呢！"

赵胜海抬高了声调，说："你别做美梦了，我听着那是新来那个书记搞的政绩工程，是糊弄人的。"

王发全急声说道："赵快嘴，可不能瞎胡说，你可是村干部呀，要是让张一枭知道你这样说，非处理你不可！"

赵胜海根本没有看到张一枭在人群中，故意争辩道："张一枭他处理我，我也要说，我不能昧着良心说假话，我不能做对不起村里老少爷儿们的事儿！"

王发全生气地说："胜海，你咋恁能呢？张一枭已经安排咱俩负责 6 组的土地流转的工作，你再胡乱说，我看你咋完成任务！"

赵胜海装出一副委屈的样子，说道："我本不想接这个活儿，这件事本来就是他们用来骗国家的补助资金的，我们现在把土地流转了，他们拿到钱就跑了，到时候吃亏的还是咱老百姓。发全，咱们和张一枭不一样，他本来就在城里的大公司当老总，到时候他一拍屁股走了，咱们可是要在村里待一辈子呀！"

张一枭一直在闷不作声地看着二人像说相声般地表演，一个捧哏一个逗哏，愣是把颠倒黑白的话说得神乎其神。他判断，这二人的表演一定不会太长。王发全和赵胜海都是聪明人，如果他们一直这样演下去，戏就有点假了，他们还没蠢到这个地步。作为村干部，他们是不会当谣言主角的，开场白过后，一定会有更精彩的戏码。

李二柱喊道："王发全，要不村里人都说你赛和珅呢，你真是老奸巨猾，为了完成张一枭交给你的任务，就不管村里人死活了？"

王发全也装出一副委屈状，辩解道："二柱，你咋这样说我呢？说话是不是有点过了？不管村里人死活，帽子给我扣得太大了！"

一直没吱声的刘海江说话了："发全，我觉得二柱的话一点也不过。"

张一枭看着刘海江和李二柱,知道真正的主角出来了,他们才是这场戏的主角。刘海江是刘汉的堂兄,不仅是远近闻名的种植大户,也是村里地位显赫的名人。刘海江早年因为办砖瓦厂成为村里第一个万元户,也是村里第一个买电视、买摩托车、买小轿车的人,后来政府不让办砖瓦厂了,他就开始摆弄塑料大棚种植蔬菜,十多年来蔬菜的种植规模竟然达到了300多亩。

　　刘海江抬高声调大声说:"大家千万不要再受骗了!大家不会忘了吧,三年前那个城里来的老板,当时把组里的地全部集中起来都种上苗木,大家都忘了没?他当时说得多好,说绝对不会少了我们租赁费,还说这苗木多么多么值钱,五年内保证让家家户户都能赚个几十万。许多人在那个孬孙的鼓动下,都种上了树苗。结果怎么样?等国家的补贴资金一发下来,那个孬孙就拿着钱跑了,不但租赁费没给咱们,还整整耽误了我们三年没有种庄稼。"

　　人群瞬间炸了窝,一阵唏嘘声。

　　刘梦羽也早就过来了,她忽然发现张一枭也在人群中,一个人坐在角落里静静地听着,就朝张一枭走了过去。

　　刘梦羽小声说道:"一枭哥。"

　　张一枭急忙用手示意,让她先坐下,别说话。

　　刘梦羽顿时明白了,靠近张一枭坐了下来。

　　刘海江话音刚落,李二柱就接口说:"是呀,老少爷儿们,咱们可不能再受第二回骗!"

　　在场的人也在刘海江的蛊惑下起了共鸣,他们把积累在心中多年的怒火发了出来,纷纷怒骂道:

　　"是呀,那个王八蛋可把我们害苦了!我见了他非把他揍扁不可!"

　　"搞啥土地流转,都是他妈的骗人的!"

　　"我们再傻也不会上第二次当,他就是说得天花乱坠,我也不把地租给他。"

　　李二柱看大家的情绪都被调动了起来,低声说道:"你们知道不知道,张一枭和乡里的杨书记一个老师,张一枭回村就是那个杨书记请过来骗大家的,等国家资金一骗到手,张一枭拿着钱就跑了。"

　　刘海江看了看众人,声音依旧很洪亮:"你们知道不知道,建一亩高标准农田,国家补多少钱?"

　　众人面面相觑,相互询问:

"多少钱?"

"你知道多少钱?"

"不知道!"

刘海江清了清嗓子,说道:"一亩地 1500 元,这还不算省里、市里和县里的补助。大家算算吧,我们村有 6000 亩地,光国家的补助就能领 900 万呀!发全、胜海,你们俩是村干部,你们说我说得对不对?"

"别死爹"曹长山愤而起身,大声喊道:"900 万,他们敢贪一分试试,我不把他们告到监狱里,我不姓曹!"

张一枭紧盯着曹长山。他心想,难道曹长山也被刘汉收买了?

张一枭觉得不可能。这些年,曹长山一直在上访,上访的主要诉求就是告刘汉,他不可能被刘汉收买。

李二柱附和着喊道:"原来张一枭回来当村干部是想打咱们地的主意,要是这样,他趁早滚蛋,滚回城里去!"

赵胜海说道:"他不走怎么办?"

李二柱说:"他不走,我们就把他赶走!"

众人跟着附和:

"对!把他赶走!"

"把他赶出村!"

"绝不能把地租出去!"

刘梦羽实在忍不住了,站起身走到李二柱跟前,说:"李二柱,你凭啥说张一枭回村是来骗钱的?"

李二柱没想到半路上杀出一个程咬金,而且这个程咬金还是村主任刘汉的千金,顿时不知道如何回答,他求救似的向赵胜海望去,支吾半天也没说出话来。

赵胜海站起身,走到刘梦羽跟前说:"梦羽,你就别问这事儿了,你不了解情况。"

王发全也走了过来,拉了拉刘梦羽,劝道:"梦羽,这事跟你没关系,你就别问了。"

刘梦羽一把甩开王发全,斥责道:"我是张庄村的村民,咋跟我没关系? 你们俩还是村干部呢,在这儿造谣生事,当面一套背后一套,你们羞不羞?"

王发全和赵胜海的脸顿时红了,俩人尴尬地说:"梦羽,你咋这样说我们呢? 我们怎么当面一套背后一套了?"

刘梦羽瞪着二人说:"你以为我不知道,你们俩在村'两委'会上都举手支持土地流转,现在又在背后说那些话。还有,前天你们在我家商量如何祸害张一枭,是不是要我把你们说的话都说给大家呀?"

王发全的脸更红了,指着刘梦羽说:"你,你,你!"

刘海江也站起来了,问刘梦羽:"梦羽,你在村中可是租了300多亩地呀,村里的土地都流转给了外人,你的蜜瓜基地还干不干了?"

老书记张福堂也在人群中,要不是张一枭提前跟他有交代,他早就忍不住站起来反驳这些人了。他没想到刘梦羽这孩子这样通情达理,心里在暗暗为刘梦羽叫好。

刘梦羽理直气壮地说:"二伯,我觉得他们污蔑人家张一枭跟我干不干蜜瓜基地是两回事。我不知道大家看没看村里贴的海报,这次土地流转是和县政府的农业资产运营公司签合同,土地的开发和经营也是县政府的公司在做,与乡里的杨书记或张一枭根本没有任何关系,你们怎么能说人家杨书记把张一枭弄回村是骗大家呢?一枭哥,你说我说得对不对?"

张一枭微笑着走到了人群中央,向大家说道:"梦羽说得非常对! 这次土地流转的合同是和县政府的公司签订的,关于高标准农田建设的所有资金根本到不了乡、村两级,杨书记和我怎么来骗国家的补助资金呢?"

王发全和赵胜海没想到张一枭也在人群中,悄悄向人群外退去。

曹长山一眼看见了二人,急声喊道:"你们俩咋跑了? 你们别走,过来,过来,当着张一枭的面咱们把话说清楚。"

王发全和赵胜海好像没听见一样,加快步子向外走去,紧走了几步后,竟然撒腿就跑。

望着二人狼狈逃窜的样子,众人顿时笑了起来。

7.微信群

离开人群,张一枭和张福堂、刘梦羽一行三人去了村部。

张福堂连连称赞:"梦羽,真是好样的!"

张一枭笑着说:"是呀,梦羽今天可以说是舌战群儒,而且完胜他们!"

刘梦羽骄傲地说:"不对,应该是舌战群贼!"

张一枭憨厚地:"也不能说他们是贼,他们那样说,主要是对示范区建设的相关政策还不了解。"

刘梦羽瞪着张一枭,着急地说:"一枭哥,他们那样祸害你,你还为他们说好话? 你不知道刚才我有多着急,要不是你拉着我,我早就和他们吵起来了。"

张福堂说:"小梦羽呀,你和他们吵有啥用? 你知道不知道,他们很可能是受你爸指使的!"

刘梦羽的脸一红,说道:"大伯,我知道,他们在人群中造谣,就是王发全给我爸献的计策,我真该早点告诉一枭哥!"

张福堂笑道:"其实一枭早就想到了!"

刘梦羽急急地说:"一枭哥,我估计他们还会在土地流转上捣乱,你得早点想办法对付他们呀!"

张一枭看着刘梦羽,笑道:"对付他们也不是没有办法,这关键还要看你呀!"

刘梦羽疑惑地问:"什么,看我? 我能做什么,我总不能代替你天天跟他们吵架呀?"

张一枭说道:"我让你建的微信群怎么样了?"

刘梦羽掰着手指头数道:"党员微信群、张庄村户主群、巾帼女士群、在外人士群,除了在外人士群还没建好,其他3个已经建好了。"

张一枭高兴地说:"好,梦羽的效率真高! 对付谣言,你不用跟他们吵架,也不用跟他们辩解,微信群完全可以对付他们。我交给你一个任务,从明天开始,你就将示范区建设的相关政策措施和一些领导讲话定期在微信群里推送,村里人全面了解了示范区的情况,谣言不就自然没有市场了吗?"

刘梦羽若有所悟地说:"看来你早就想好了应对之策。"

张福堂说道:"这个办法好! 现在不论男女老少,大家都是一天到晚抱着个手机,用微信的方式宣传效果最好。"

刘梦羽看了看张福堂,问道:"大伯,你也会用微信?"

张福堂说道:"我咋不会用微信呢? 乡里给我们村干部发通知都是通过微信群发的。"

张一枭接过了话:"梦羽,你还可以在微信群里开设个解疑释惑栏目,每天晚上统一回答村里关于土地流转的困惑和疑问。"

刘梦羽爽快地答道:"好,我马上就办! 一枭哥,县城电商网店的设备我已经搬到村里了,你看咱们电商营销中心放在哪里好呀?"

张一枭说:"好呀!你办事还真是雷厉风行,说干就干!地点嘛,就开在村部旁边吧!"

刘梦羽激动抓住了张一枭的手,说:"太好了,一枭哥,这样我们就可以天天在一起了。"

张福堂说道:"一枭,梦羽要用村部的房子,只能给她腾出一间来,你们还要扩大规模,恐怕不够用吧!"

张一枭笑了笑,说道:"大伯,有件事我正想跟你商量呢,我看村部周围有4户人家常年都不在家。"

张福堂点了点头说:"他们都在城里买了房子,不回来住了。"

张一枭说道:"我想把房子从他们手里租过来,我们改造一番,一个院子用来当村里的村史室,一个当梦羽的青创中心,一个办爱心超市,一个当文体室。这样,我们这里就形成了以村部为核心的乡村 CBD。"

张福堂问:"啥叫乡村 CBD?"

刘梦羽说道:"CBD 的学名叫中央商务区,它是一个城市里主要商务活动进行的地方,也是城市的经济发展中枢。"

张一枭接着说:"大伯,乡村 CBD 就是以村部便民服务中心为核心,将电商中心、村卫生室、便民超市、幸福院、村史馆、乡村书屋等公共服务设施集合起来,形成村里的发展中枢。这样不仅能聚功能、聚服务,还能聚人气、聚民心,让思想教育、道德教化、法治融合、文化滋养、便民服务融为一体。"

张福堂已经完全听懂了,连声说:"乡村 CBD,乡村 CBD,这个创意好,好!"

第六章　痴情红颜

1.痛心爱恋

叶知秋踏着疲倦的步子，一身慵懒地进了屋。

向来爱干净的她，连鞋子都没换，就一头扎在了沙发上。

叶知秋望着空荡荡的大别墅，感到整个屋子里的空气都是凝滞的，死气沉沉，没有任何生机和活力，处处充满着阴冷和萧森之气。孤独、无聊、恐慌、烦躁如同团团雾霾紧紧地笼罩着她，她觉得所有的一切都是那么呆板、那么苍白、那么没意思！

张一枭已经离开她一个多月了！

张一枭不仅带走了她的心，也牵走了她的魂。

这些天来，虽然公司平静了下来，李庆也安分起来，但叶知秋的心始终平静不下来。

叶知秋无时无刻不在想着张一枭，分分秒秒都在受着痛苦的折磨。37天来，她感到天是灰的，地是灰的，一切都是灰的，工作、生活，所有的一切都像白开水一样淡而无味。

此时此刻，叶知秋才明白自己是多么的愚蠢、多么的不值！明明自己刻骨铭心地爱着他，明明自己片刻也离不开他，却为了公司的发展，为了照顾李扬父子的面子，那么轻易地放走了他，那么不加珍惜地让他离开了，那么狠心地伤害了他……

叶知秋深知张一枭的性格，他是那么刚强、那么宁折不弯，此次因为李庆被撵出公司，他虽然表面上很坦然，但内心深处一定非常气愤，非常恼怒，非常不甘，对她也一定失望透顶。

叶知秋不停地问自己,张一枭还会喜欢她吗?还会像以前那样对她吗?他们的感情还会恢复如初吗?

想着想着,叶知秋的眼泪又涌了出来。想着自己那愚蠢的选择,叶知秋忍不住想抽自己一耳光。

可她又能怎么办呢?公司面临上市,李扬父子逼她,父亲求她,她不想让父亲伤心,不想因为自己影响公司的发展,她只能向父亲、向李扬父子妥协。

今天,李扬又来找父亲,专门提及她和李庆的婚事。李扬想在年底为她和李庆举办婚礼。

李扬说让他们早日成了婚,对公司、对李庆、对知秋都好,对我们这两个老家伙也好。他们结了婚,我就可以退休了,就可以放心地把公司交给知秋了,我也可以像老兄这样安享晚年了。

李扬软硬兼施的一番话让父亲非常为难。他没有答应也没有反对李扬,只说这件事我和知秋商量一下再答复你吧。

李扬进一步紧逼,说好的,下星期我来听你的消息。

李扬走后,父亲就把她叫回了家里,将李扬的话原封不动地搬给了她。

临了,父亲满怀期待地望着她说:"知秋,爸爸不逼你,爸爸不逼你!你说吧,到底怎么办?"

父亲虽然嘴上说不逼她,可他的眼神比逼她更让她痛苦。叶知秋能看出来,父亲那殷切期待的眼神,分明是想让她选择李庆。一旦她做出这个选择,那她与张一枭可就要彻底地说再见了!可她又着实不忍心伤了父亲的心,不忍心看到父亲失望的眼神!

叶知秋感觉到她的心在淌血,一滴一滴往地上滴。

叶知秋深深吸了一口气,扬起了头。她决不能让父亲看到她的眼泪,决不能让父亲看出她的痛苦。父亲的时间不多了,她要让父亲高高兴兴地过完短暂的余生。

叶知秋脸上挤出一丝苦笑,说道:"爸爸,是不是有点太仓促了?我……我一点思想准备都没有,能不能让我考虑考虑再回答你?"

父亲欣然地笑了笑,说:"好吧,我等你的消息。"

叶知秋觉得她该去见见张一枭,她该把这个情况告诉张一枭,她要看看张一枭对这件事的态度再做决定。

有了这一念想,叶知秋更加想念张一枭了。她恨不得立刻就飞到张一枭面前,向他倾诉这些天来她是多么刻骨铭心地想他念他,多么迫切地想见到他;想告诉他,她是多么多么想嫁给他,多么多么想一生一世服侍他。

叶知秋想象着,张一枭听完这些话定会非常激动,会紧紧地抱住她,告诉她他是多么爱她,也在多么想她念她!她定会感动得热泪直流,他们定会热烈地拥吻,热烈地……

叶知秋想强迫自己停止这些思绪,可着实不忍心结束那心旷神怡、美妙甘甜的遐想,不愿意打破那如痴如醉、如癫如狂的梦想。

叶知秋拿起手机就要拨张一枭的电话,看到张一枭的名字,她又改变了自己的想法。

她要给张一枭一个惊喜!她想张一枭看到她出现在自己面前,一定会惊得目瞪口呆,一定会紧紧抱住她……

2.事与愿违

车子上了高速,叶知秋想着还是给张一枭打个电话为好,万一张一枭不在村里,她岂不白跑一趟?

连霍高速,奔驰车内。

叶知秋对着耳麦娇笑着说:"一枭,你在村里吗? 我马上就要到你们村了。"

张一枭正想着去郑州找叶知秋呢。村里招商引资的任务,他之所以敢大包大揽地独自揽下来,就是因为他手头有叶知秋这张王牌。如果能把巨丰集团招过来,他的招商引资任务也就完成了。

对于巨丰集团的投资,张一枭心中还是有把握的。抛开他和叶知秋的关系不说,示范区建设规划和叶知秋的现代农业产业园想法高度契合,并且也可以为她的现代农业产业园建设项目提供诸多便利条件,可以说正是因为要建设高标准农田示范区,土地整理、农田水利、道路硬化、沟渠开挖等许多本应公司投资建设的基础设施,政府全部帮助他们进行了解决。所以,叶知秋看完示范区的建设规划和经营模式,一定会在这里投资。

张一枭觉得应该让杨锐书记见一见叶知秋。一来杨书记可以更全面系统地介绍示范区的建设和经营情况,二来杨书记出面也更能让叶知秋吃下定心丸。

电话中,张一枭说道:"我在村里呢,我现在就去高速路口接你! 叶总,你这次来，我一定让你不虚此行，有很大的收获。"

叶知秋心中顿时激动起来，她心想，一枭说让我有很大的收获，难道他知道我此行的目的？难道他在这里干得不顺利，要跟我回公司？难道……

叶知秋已下定决心，此次只要张一枭跟她回公司，只要张一枭说他爱她，她就会不顾一切地嫁给张一枭，她要走自己的路，为自己活着。只要能和张一枭白头到老，公司她都可以不要。

叶知秋甚至想到和张一枭来张庄村定居，过男耕女织的田园生活。总之，为了张一枭，她愿意舍弃一切。

放下叶知秋的电话，张一枭就拨通了杨锐的手机，说："杨书记，今天您有时间吗？"

杨锐说："一枭，你有事吗？"

张一枭说："我们巨丰集团的叶总来了，我想请您跟她见个面，一起谈谈招商引资的事情。"

杨锐顿时高兴起来："有空，有空，这是天大的好事，再忙我也得亲自去陪叶总。"

张一枭说："我准备现在去高速路口接她，您看您怎么安排？"

杨锐想了想，说："我和梦羽约好了，等会儿在一起谈建设青创农产品体验中心的事情。要不，你先去接叶总吧，直接带她到乡政府，我们在这里举办一个简单的欢迎仪式后，带她去看一下万亩辣椒园，再去梦羽的蜜瓜基地看看。"

张一枭说道："好的，杨书记，就按您说的办！"

与杨锐通过电话，张一枭就赶去了高速路口。

张一枭站在连霍高速出口处，凝望着出口处的车流。

远处，一辆奔驰车缓缓驶来，张一枭迎上去。汽车停下后，车门打开，叶知秋下车。

张一枭迎上去，说道："叶总，辛苦了。"

"一枭，我好想你。"叶知秋说着，朝张一枭张开了怀抱。

张一枭并没有向前跟她拥抱，而是伸出手来跟她握了握手说："欢迎叶总前来视察指导工作。我在前面带路，你跟着我的车走吧。"

张一枭的官方用语，让叶知秋炽热的心顿时冷了下来，浑身上下直冒凉气。

3.争风吃醋

杨锐坐在办公桌后,打电话问乡党政办王主任事办好没有,得到满意的答复后,他当即吩咐王主任给机关食堂交代一下,今天的宴席上多加两个野菜,并让王主任准备好公务用车,通知农办张主任,欢迎仪式结束后,要先安排客人参观辣椒园。

待一切安排妥当,杨锐放下电话,微笑着对刘梦羽说:"梦羽,走,陪我接客人去。"

刘梦羽站起身就要拒绝,杨锐笑着说道:"这客人你也认识。"

"我认识?"

看刘梦羽怔了片刻,杨锐道:"巨丰集团的叶总,一枭没跟你说吗?"

刘梦羽的笑容一时僵在脸上,自言自语地说:"原来一枭接的是叶知秋。"

"走。"杨锐拿起手包起身,刘梦羽有些沮丧地跟杨锐走出去。

此时的乡政府门前,悬挂的横幅上写着:热烈欢迎巨丰集团总经理叶知秋女士莅临张庄乡考察调研。大门两侧有锣鼓队、号队及欢迎的人群,热闹非凡。

杨锐和刘梦羽走过来,刘梦羽向远处望着,神情有些不好。

杨锐问:"梦羽,哪里不舒服吗?"

刘梦羽有些凄然地一笑,说:"没事儿,杨书记,我没事儿。"

街道拐角处,两辆汽车一前一后驶来,在不远处停下。张一枭先下了车,紧接着叶知秋也优雅地下车,她气质出尘脱俗,在人群中引起一阵轻微的骚动。

这时,锣鼓声响起了,杨锐忙带头鼓掌,刘梦羽也跟着鼓掌。

张一枭和叶知秋一前一后地走来。杨锐迎上去热情地说:"欢迎叶总莅临张庄乡考察。"

张一枭忙上前向叶知秋介绍:"叶总,这是我们杨书记。"

"杨书记,您好。"叶知秋与杨锐握手寒暄。

在张一枭的介绍下,叶知秋与乡领导们一一握手。刘梦羽看着张一枭和叶知秋二人亲密的神态,心中很不是滋味。

叶知秋看见刘梦羽,瞟了张一枭一眼,主动上前说:"梦羽,你也在这里?"

"欢迎你呀!"刘梦羽说完,俩人四目对视,眼里满是敌意。

刘梦羽跟叶知秋握过手,转向张一枭,上前拉住他,说道:"一枭哥,叶总要来,你怎么事先不打个招呼,咱俩一起去接,她是咱的贵客,咱可不能怠慢。"

刘梦羽故意把"咱"字说得很重。

叶知秋没接刘梦羽的话茬,她想起半小时前和张一枭在高速出口重逢的一幕,嘴角泛起一丝甜甜的笑意,扭头问:"杨书记,咱们第一站是哪儿?"

"万亩辣椒园,请。"杨锐说着把叶知秋往一辆中巴上引。

叶知秋向张一枭莞尔一笑,说:"一枭,你来坐到我身边,我有问题好随时问你。"

刘梦羽道:"那哪儿行啊,叶总,您这级别,理应杨书记陪着才对。一枭哥,咱俩坐一起。"

杨锐笑了笑说:"梦羽,咱俩坐一起,我还想再听听你的计划。"张一枭向杨锐看了看,杨锐会意地点了点头。

张一枭又向刘梦羽看了看,希望她体谅自己,随后向叶知秋笑道:"叶总,请。"

刘梦羽有些不悦地跟在杨锐身后上了车。

乡村公路上,中巴疾驰着。

车内,张一枭和叶知秋坐在一块儿,张一枭在里边。杨锐跟刘梦羽坐在一块儿,刘梦羽在里边。办公室王主任、农办张主任等分坐其他座位。

刘梦羽狠狠瞪了张一枭一眼,张一枭只能装着没看见。

杨锐向叶知秋介绍乡里的情况:"叶总,我们张庄乡是国务院命名的无公害辣椒基地,也是远近闻名的蔬菜之乡。蔬菜种植历史悠久,种植经验很丰富。据省农科院专家说,我们这里的土壤质地优良,特别适合种蔬菜。不过,现在老百姓种菜还都是小打小闹,没有形成规模。如果像巨丰这样的龙头企业能够在我们这里落户,采取公司加农户的方式带着农民闯市场,很快就能上规模。"

叶知秋问:"没有公司带动,那平时你们的万亩辣椒是如何销售的?"

张一枭回答说:"乡里有个小的辣椒销售市场。"

"前来收购的客户都是哪里人?"

杨锐回复道:"基本上都是本地人。"

叶知秋点了点头说:"哦,是这样,那你们的风险可不小啊,一旦市场有风吹草动,农民就要受很大损失。"

这时,农办张主任接过了话:"叶总,您说得真准。不瞒您说,我们乡辣椒基地鼎盛的时候有七八万亩,去年因为辣椒价格太低,地里的辣椒卖不出去,严重挫伤了农户种植的积极性,今年只剩一万多亩。"

说话间,中巴停了下来。车外,满眼郁郁葱葱,辣椒园像一个巨大的绿地毯铺在了万亩土地上。红绿相间的辣椒在风儿的吹动下摇头晃脑,像是在迎接客人的到来。叶知秋一时心情大好。

杨锐笑了笑,做了个手势,说:"叶总,请!"

一行人下了车。叶知秋望着那一望无际的辣椒园,心中顿时豁然开朗。她展开双臂,冲进了辣椒地,激动地说:"啊!这辣椒基地真大呀!"

"叶总,你看看,我们这里的辣椒,个大饱满、营养丰富。"杨锐随手摘了一个辣椒给叶知秋看,一边说着,一边走进辣椒地扒开一棵辣椒,"你看看,这一棵辣椒结多少。"

叶知秋连连点头说:"确实不错。"

叶知秋转向张一枭,问道:"一枭,看来你下定决心要在这里干一番事业了?"

杨锐插言道:"叶总,我们这里不仅是投资的热土,也是有志之士创业的热土啊!欢迎叶总来我们这里投资。"

叶知秋一脸的笑,说道:"杨书记,我把公司副总放在你这儿,你说我能不在这里投资吗?"

刘梦羽原本呆呆地站在一旁,听到叶知秋这句话,心中油然生出一阵醋意,她大步走向前,说道:"叶总,一枭哥现在已经不是你的副总了,他是我们张庄村第一书记。"

刘梦羽故意将"你的"说得很重,就是为了提醒叶知秋,张一枭已经跟她没有任何关系了。

叶知秋一副诧异的样子,问张一枭:"哦,是吗?一枭,你不是我的副总了吗?什么时候辞的职,我怎么不知道?"

张一枭尴尬地一笑:"叶总,梦羽跟你开玩笑的。是吧,梦羽?"

张一枭连连向刘梦羽使眼色,刘梦羽却视而不见,她不甘示弱地说道:"一枭哥现在是我们村的第一书记,他在你们公司的副总只是挂个名,有名无实。"

叶知秋和刘梦羽较上了劲,说:"你咋知道是有名无实呀?"

刘梦羽急了,一摆手说道:"这是事实呀!除非你在这里投资,并全权交由一枭哥负责。"

叶知秋笑着看看刘梦羽,说:"刘梦羽,我告诉你,我早就决定在这里投资了,张一枭就是我们公司派到这里的负责人。我们派他过来,就是让他负责前期考察和筹建工作的。"

刘梦羽转身惊疑地望着张一枭,问道:"一枭哥,她说的是真的吗?"

杨锐何等聪明,没等张一枭说话,当即走向前,说道:"真的真的,这事儿一枭给我说过。叶总,我们去梦羽的蜜瓜园看看吧?"

叶知秋看了一眼刘梦羽,转向杨锐说:"杨书记,算了吧,我有点累了,下次再说吧!"

刘梦羽本想在叶知秋面前展示一下她的事业,没想到却被叶知秋拒绝了,她脸一红,赌气走到了一边。

叶知秋看了刘梦羽一眼,又转向张一枭,说:"一枭,尽快写个项目可行性报告交给我,按照想法写,越详细越好。"

张一枭回答:"好的。"

这样说着话,众人走出辣椒园,上车离去。

4.屈服命运

在众人的前呼后拥之下,叶知秋直到离开张庄乡也没来得及和张一枭单独说说话。

临走时,叶知秋本想找个地方和张一枭单独聊聊,但看到刘梦羽一直黏着张一枭的样子,她话到嘴边又咽回去了。

叶知秋根本没有想到此行会碰到刘梦羽,更没想到刘梦羽会和张一枭在一起。她能感觉出刘梦羽爱张一枭,否则刘梦羽对张一枭的神态不会那么亲昵,也不会那么强烈地排斥自己。

张一枭爱刘梦羽吗?叶知秋害怕触及这个问题,但一路上这个问题却反反复复出现在她的脑海里。她能感觉出,至少张一枭不反感刘梦羽,也许用不了多久他们就会成为一对恋人。

一想到这里,叶知秋的心就像刀割一样痛。出现这种情况,她能怨张一枭吗?从她做出让张一枭离开公司决定的那刻起,事实上她就已经放弃了张一枭。张一枭有个好的归宿,有个好姑娘喜欢张一枭,不正是她当初希望的吗?

还有,即使这次不碰到刘梦羽,即使张一枭向她表达自己依旧喜欢她,回到公司后,面对生命垂危的父亲,面对李扬父子的逼迫,她真能不顾父亲的安危,不顾公司的未来,放弃父亲、放弃公司、放弃一切和张一枭回农村吗?这些她真的能做到吗?如果做不到,岂不是会再一次伤害张一枭?到时候他们恐怕连朋友也做不成了!

一路上,叶知秋左思右想、思绪万千,不断地鼓舞自己又不断地反驳自己。

当断不断,反受其乱!叶知秋最后下定决心,既然命运把她和李庆捏在了一起,就顺从命运的安排吧!也许这样,是所有人都愿意看到的结果。

叶知秋刚到公司,办公室小李就通知她说,董事长有急事见她,让她抓紧过去。

叶知秋快步走进了叶浩然办公室。她没想到李扬父子也在那里,父亲和李扬脸上都是满脸的焦虑,李庆则在办公室里着急地来回走动着。

看叶知秋进了屋,叶浩然和李扬都站了起来。

叶浩然满脸的怒容,说道:"秋儿,你去哪儿了?你快急死我了!"

李扬也跟着问道:"秋儿,你咋把手机关了,你知道我们多担心你吗?"

叶知秋此刻才想起,自从下了高速,她就关了手机,回来时由于在想心思,竟然忘了打开手机。

李庆欣喜地望着叶知秋,说:"回来就好,回来就好!叶伯伯、爸,你们别再说知秋了,知秋肯定是手机没电了!"

叶知秋低声说道:"爸爸,对不起!"

叶浩然坐了下来,孱弱地躺在椅子上,低声问道:"秋儿,那件事你考虑得怎么样了?今天当着李叔叔还有李庆的面,你把你的真实想法说出来。你怎么想的就怎么说,爸爸不逼你!"

李庆顿时紧张起来,屏住呼吸凝望着叶知秋,生怕她说出不和自己在一起的话来。

李扬也盯着叶知秋,用近乎哀求的声音说:"秋儿,秋儿,叔叔可是一直把你当亲女儿待呀,你可要……可要慎重考虑好了之后再说呀!"

叶知秋的心在颤抖,她看了看父亲。父亲也在看自己,暗淡无光的眼神里充满了悲凉和沧桑。

一股悲愤涌上心头,叶知秋忍不住红了眼圈。她深吸了一口气,仰起了头,直直说道:"找个时间去领证吧!"

李庆顿时跳了起来,跑上去抓住叶知秋的手,兴奋地说道:"知秋,我的好知秋,我的好知秋!"

叶知秋扯开李庆的手,大步向外走去。

叶知秋不知道此刻父亲是什么样的表情,她不敢看父亲,也不忍心看父亲,她怕父亲那悲凉的眼神让她控制不住自己!

叶知秋大步走出父亲的办公室,捂着嘴向外跑去。

5.爽一爽

李庆没想到叶知秋就这样轻易地答应了和他领结婚证。

但李庆感到心里空落落的。多年梦寐以求的人终于到了手,他觉得自己应该高兴呀,应该狂欢呀!心里却为啥高兴不起来呢?

他试图从叶知秋答应他的那个场面中找答案,可想起叶知秋捂着嘴哭着向外跑去的画面,他心里顿时涌满了醋意。这个不要脸的女人,都答应和他结婚了,心里还想着那个王八蛋张一枭!这样,他们即使结婚,她的心也不属于他。一不小心,她就会给他弄顶绿帽子扣在头上。

叶知秋呀叶知秋,张一枭有什么好?你为啥对他一直念念不忘呢?

李庆越想越恼,越想越恨,越想越生气。他在屋里来回走动着,心中的熊熊怒火让他感到嗓子眼正一股一股地往外冒凉气,这股气是悲凉,还是哀伤,他说不清楚。

他暗暗发誓,一定要报复叶知秋,一定要报复张一枭,让他们品尝超越他十倍百倍的痛苦。他想象着,新婚之夜,他要疯狂折磨叶知秋,以报多年的相思之苦和心头之恨,等他彻底玩够了,第二天就和她离婚,要像扔破鞋一样抛弃她。这样一想,他油然感到浑身上下没有一处不舒坦。

他决定晚上找好哥们儿郝鹏好好放松放松,向他好好倾诉自己多年的委屈,向他讲述自己当前胜利的喜悦,他要把他和叶知秋的故事全讲给郝鹏,让郝鹏评价一下是他对不起叶知秋,还是叶知秋对不起他。

更重要的是,他要把折磨叶知秋的计划讲给郝鹏听,让郝鹏给他支支着儿,看有没有更加阴狠的法子能折磨叶知秋!

晚上,郝鹏应约来到他们聚会的老地方文新茶馆。

郝鹏看着满桌子的好菜,笑道:"嗬,硬菜全点了,今天是不是有好事?"

李庆嘿嘿一笑,说:"是有好事,叶知秋同意跟我领证了。"

郝鹏坐了下来,端起了酒杯,说:"原来如此,那是该好好庆贺一下。来,祝贺老弟如愿以偿,抱得美人归!"

李庆仰头将一杯酒倒进了肚里，恨恨地说："叶知秋，这个臭女人，终归还是没有逃过我的手心！"

郝鹏疑惑地看着李庆，问："怎么回事儿，看来你并不是很高兴呀？"

李庆想了想，说："郝哥，叶知秋答应和我领证后，我静下来全面回顾了我们这些年的恩恩怨怨，我突然发现，我并不喜欢她，我对她除了恨，就是强烈的占有欲。"

郝鹏不怀好意地望着李庆，说："你现在是不是满心都是胜利的快感，是不是满心都是收获的激动？"

李庆连连点头，说："郝哥，你说得真准，我现在就是这个状态，说高兴吧，也不高兴，但就是感到浑身上下，一个字，爽！"

郝鹏用手指着李庆，说："我看你根本就不想跟叶知秋白头到老，你只想占有她的身体是不是？"

李庆阴狠地说："我不但要占有她的身体，还要好好地作践她。我早就想好了，新婚之夜，提前让她把那药吃了，我要折磨得她求生不得求死不能。第二天，我就去跟她离婚，像扔破鞋一样把她扔在大街上。"

郝鹏冷笑着说："你小子不光狠还很坏，叶知秋那么单纯的女孩儿，你不好好地爱人家，却只想玩弄一下，还要把人家折磨得求生不得求死不能？"

李庆冷酷地说："我告诉你，我不光要折磨叶知秋，还要全程录像。解决了叶知秋，我就去找张一枭，我要让他好好看看我是如何折磨叶知秋的，我要让他看看叶知秋这个破烂货是何等的贱！"

郝鹏一脸坏笑地说："能不能让我也看看呀？"

李庆大方地说："可以呀，我还准备把那些挂网上呢，我要让这个臭女人身败名裂！"

郝鹏举起酒杯，说："来，喝酒，为老弟你的远大计划即将成功干杯！"

李庆也举起了杯，大声说："干杯！"

郝鹏眨了眨眼，低声说道："老弟，今天你既然爽了，咱们索性就爽到底。我听说那地方又来了几个又嫩又漂亮的妞儿，要不等会儿咱们去那里再爽一下？"

李庆当即会意地笑了，说："来来来，喝酒，喝酒！待会儿我请客，让你老郝也好好地爽一下。"

俩人推杯换盏喝了一瓶酒，就打车去了洗浴中心。

到了洗浴中心，俩人就穿过小铁门，直接进了 VIP 房间。

李庆和郝鹏万万没想到，这个洗浴中心早已被警察盯上了。他们进去不久，警察就冲进了包间，把他们连同卖淫女一起抓到了派出所。

李庆当时就瘫在了地上，哀求道："警察同志，警察同志，我可是啥也没干呀，啥也没干呀！"

年轻警察说道："啥也没干？啥也没干，你们两个赤身裸体在一起干什么？你是选择治安处罚还是拘留？"

李庆连声说："治安处罚，治安处罚，你说吧，罚多少钱？我认罚，认罚！"

年老警察说："你以为交了钱就了事了吗？得让你的家人过来交钱。"他拿起李庆的手机，说："来，把手机给我解开。"

李庆接过手机，乖乖地解开密码递给了年老警察。

年老警察拿着手机翻了翻通话记录，一眼看到了"老婆"的字眼，当即拨通了叶知秋的电话。

叶知秋一看是李庆的电话，本不想接，看电话一直在响，就摁了接听键，厌烦地说："李庆，你有完没完？有什么事儿，快说！"

年老警察说道："我是派出所的，请问你是李庆的爱人吗？"

叶知秋急忙换了口气，说道："什么，您是警察？我不是他的爱人，我们是同事，您找我有什么事儿吗？"

年老警察说："李庆嫖娼被我们抓起来了，他的手机上显示这个号码是他老婆的，对不起了。"说完，挂断了电话。

放下电话，叶知秋不知怎的忽然想起了李庆的鲜花，不由得又是一阵干呕，急忙向卫生间跑去。

回到床上，叶知秋久久未眠。嫖娼，嫖娼！这两个字在叶知秋的脑海里反复出现。此刻她才真正意识到，李庆这人不仅坏而且渣。今天上午她刚答应要和他去领结婚证呢，晚上他就出去嫖娼，难道她要和这样一个人渣过一辈子？不能，绝不能，即使公司倒闭，她也绝不能把自己的幸福葬送在这个人渣身上。

想到此，叶知秋拨通了李扬的电话。

显然，李扬已经接到了派出所的通知，他在电话里用低沉的声音说："秋儿，这么晚了，你有事儿吗？"

叶知秋冷冷地说："叔叔，你的好儿子因为嫖娼被派出所抓了，你过去交罚款领人吧！"

李扬重重地叹了口气,说:"知秋,你……"

叶知秋不等李扬说完,就说道:"那就这样吧!"然后,果断地挂了电话。

6.苦情戏

叶知秋原来一直认为,李庆的种种胡闹都是源于对她的爱,源于对张一枭的嫉恨。答应和李庆领结婚证后,她真的不想再折腾了,真的想好好跟李庆过日子。她心想,只要李庆一心爱她,只要他不再瞎胡闹,她就彻底忘了张一枭,夫妻俩共同把公司做大做强。嫖娼事件让她彻底看清了李庆。原来他根本就不爱她,追求她就是为了满足自己的占有欲,他就是一个人渣。

叶知秋陷入深深的自责和后悔之中。她责怪自己太没有主见,不该迫于压力和张一枭分手,更不该让他离开公司;她后悔自己太幼稚,竟然把幸福寄托在这样一个人渣身上,还妄想着跟他好好过日子;她愤恨李扬父子,一次又一次地拿公司来威胁她,丝毫不讲人情道义。

叶知秋决定要好好利用一下这次嫖娼事件。她已下定决心不会再和李庆领证了,即使父亲出面求她,她也绝不会就范。但是她已答应了父亲和李扬,李扬一定会逼着她尽早和李庆领证。尤其是经过这次嫖娼事件,李扬父子更怕夜长梦多,也怕她临时变卦。如果采取直接拒绝的办法,因此翻了脸,那她前期的付出可就真是太不值了。

叶知秋打电话给李扬,就是想看看他们父子如何给她交代这件事情。她猜想李庆定会再给她演一场好戏,既然是演戏,她也会,她也要好好地给李扬演场戏,要通过这场戏把领证时间拖下去,只要公司上了市,她就再也不怕他们了。

叶知秋一直在等待,等待李扬父子上门道歉,等待他们给她个解释和交代。一等二等,半个月过去了,李扬父子好像已经忘记了此事,谁也没有在她面前提及此事。李庆见到她,依旧是嬉皮笑脸的,好像什么事情也没发生一样。

叶知秋真真切切地被激怒了。这种无视的背后,是他们父子的霸道、狂傲和自大,是对她的轻视、欺辱和不在乎。可愤怒归愤怒,日子还要过,公司还要照常运转,愤怒、伤心、痛苦之后,她发现自己竟然心静如水,如同经历了凤凰涅槃一般,反而冷静了下来。

这时候,李扬找了过来。这段时间,李扬父子时刻在关注着叶知秋的情绪变化,他们对嫖娼事件进行冷处理，就是为了等叶知秋的情绪稳定下来，他们再来找她谈。

李扬进了叶知秋的办公室，就开门见山地说："秋儿，你爸的身体怎么样？我想让你和李庆的婚事早点办了，也给你爸冲冲喜，你看怎么样？"

叶知秋冷冷地说："我看不怎么样。"

李扬疑惑地看着叶知秋，问："秋儿，难道你想变卦？"

叶知秋直视着李扬，说："叶叔叔，现在你们紧紧卡着我的脖子，我敢反抗吗？你们这么急着让我和李庆结婚，不就是想霸占公司吗？不就是看我爸爸病了，想把公司侵吞走吗？可以呀，你完全可以把公司全盘拖走，完全可以把我赶出公司，何必这么费劲呢？"

李扬被叶知秋连珠炮似的反问震住了，他没想到叶知秋这样看自己，更没想到叶知秋竟然这样看她和李庆的婚约。

李扬痛苦地说："秋儿，我没想到你这样看叔叔，叔叔是你想象的这种无耻之人吗？你和李庆的婚约完全是因为李庆爱你，根本就不是你想象的那样。"

叶知秋依旧不依不饶地说："李叔叔，李庆真的爱我吗？他如果爱我，他会在我答应领证的当天去嫖娼？他真的爱我，他会在事情发生这么多天后还不向我做任何解释？他真的爱我，他会让你来跟我提结婚之事？李叔叔，我是在跟李庆结婚，不是跟你结婚！"

李扬的脸羞得比红布还红，低声嗫嚅着说："李庆，李庆，他……他不敢来见你！"

叶知秋冷冷一笑，说："不敢来见我，刚才他还来我办公室呢，嬉皮笑脸的，你还说他不敢来见我？李叔叔，我爸跟你同甘共苦几十年，你可以不讲患难之情，可我要当你的儿媳妇呀！你们这样不尊重我，你们这样轻贱我，你们这样不把我当人看，以后我怎么约束李庆，以后我在你们家怎么生活？"

叶知秋的话深深地刺痛了李扬。他怎会不讲与叶浩然的兄弟之情？他甚至可以为叶浩然舍弃自己的生命！他怎么舍得轻贱叶知秋这个未来的儿媳妇？从小到大他一直把她当亲生闺女一样疼爱！都是因为李庆那个不干人事的畜生，让他这样在叶知秋面前颜面扫地，让他这样在叶知秋面前无地自容！

李扬脸色铁青，嘴唇哆嗦着，一句话也说不出来。

叶知秋看李扬已经羞愤到了极点，知道如果再刺激他，必将适得其反，激起李扬的反感和反击。下一步，她要给李扬施展苦情戏，彻底让李扬有苦难言、无话可说。

想到此，叶知秋眼里涌出了眼泪，走到李扬跟前，蹲下身子拉着李扬的手，低声说:"李叔叔,对不起,我的话可能伤着了您!可您知道吗?这段时间我一直很害怕,很痛苦!特别是一想起刚才我说的那些,我就钻心般地痛苦!李叔叔,您知道吗?在我的心目中,您和我爸爸一样,一直是我最崇敬的人!您和我爸爸关系那么好,您对我一直是那么亲,如果连您都这样对我,那在这个世上哪还有我可以信任的人?李叔叔,一想起这些,我真的很害怕呀!"

李扬也动了真感情,他抚摸着叶知秋的头发,眼里也涌出了泪,低声说:"秋儿,都是叔叔不好,叔叔对不起你,更对不起你爸爸!叔叔不该逼你和李庆结婚,叔叔真是老糊涂了!李庆那个浑球东西,他……他根本就配不上你!"

叶知秋充满诚意地说:"李叔叔,您再给我一段时间好不好?我要看看李庆的表现,等我彻底原谅了他,我自会跟他去领证。再说,也确实该给李庆点教训,这件事如果就这么轻易过去了,我以后还怎么约束他?"

李扬长长地出了口气,感叹地说:"秋儿,你真是个通情达理的孩子,都是叔叔不好,没有教育好李庆,也没照顾好你!以后你和李庆的事情叔叔就不问了,有缘分你们就相处,没缘分也只能怨叔叔没有那个福气,没有那个福气娶到你这样的好儿媳!"说着,他站起身:"秋儿,我走了,我去看看你爸!"

7.蛰伏起来

李庆看李扬和叶知秋谈好了,赶紧来找李扬询问谈判结果,却被李扬劈头盖脸一顿臭骂。

李扬指着李庆的鼻子骂道:"你这个吃人饭不拉人屎的东西!人家知秋都已经答应跟你领结婚证了,你却去嫖娼,你对得起人家知秋吗?"

李庆惊疑地望着李扬,急声问道:"爸,爸!叶知秋是不是给你灌了什么迷魂药了?我叫你去说领结婚证的事儿,事情办得怎么样你不说,又提那不光彩的事儿!那事儿不是已经翻篇儿了吗?你咋又提呢?"

李扬吼道:"你还知道那是不光彩的事儿?你知道,还去做?你这个不争气的东西,我早晚要被你气死!"

李庆也恼了,瞪着大眼喊道:"叶知秋到底同意不同意去领证,她说没说什么时候去领证?爸,你别再提那事儿了,好不好?"

李扬气得直摇头,说:"你吼什么吼,你有本事咋不自己去找知秋说?什么事情都让老爸帮你去做,你不要脸,我还要脸呢!"

李庆一直冷笑,连声说道:"好好好,我自己去说,你以后再也不用管我的事儿了!"说着,甩头向外走去,嘴里狠狠地骂道:"叶知秋,你个臭女人,你等着,我有的是办法让你低头臣服,我有的是办法让你乖乖地求我去领证。"

李扬浑身发抖地指着李庆骂道:"孽畜,孽畜呀! 我不知道是作了什么孽,养了这样一个孽畜!"

离开父亲的办公室,李庆就气冲冲地去了郝鹏的公司。

进了郝鹏的公司,李庆就骂了起来:"我就知道叶知秋那个臭女人会耍赖,果然不出我所料! 不知道她给我爸那个老糊涂灌了啥迷魂药,一见面老头子就劈头盖脸地把我骂了一通。"

郝鹏笑着给李庆倒了杯茶,说:"喝茶,喝茶,喝喝茶把心火压下去,咱们再说事儿!"

李庆端起茶一口倒进了肚里,生气地说:"我压不下去心头的火!"

郝鹏问:"你老爸到底因为啥骂你呀?"

李庆说:"还不是因为那件破事儿! 他妈的,真倒霉! 那天刚脱了衣服,啥屁事儿也没弄成,警察就来了。你说说,那警察谁的电话都不打,还偏打叶知秋的,你说这叫啥事儿?"

郝鹏冷笑道:"谁叫你把叶知秋的电话存成老婆的名儿呢? 为了恶心你,他肯定要给你老婆打电话呀!"

李庆急切地说:"郝哥,你说怎么办吧? 叶知秋十有八九要抓住这件事不放,十有八九要赖账不跟我去领证。"

郝鹏笑道:"我就不理解你了,漂亮的女孩这么多,你咋非要在叶知秋这棵树上吊死不可? 她有什么好的,让你这样对她恋恋不舍,对她念念不忘,对她爱得死去活来的?"

李庆恨恨地说:"我对她爱得死去活来? 我恨不得撕吃了她! 我只是觉得这么多年为了她不值得! 从小到大,我的心一直在她身上,我对她付出了全部感情,就是一块石头也能被感化呀! 她却比石头还坚硬,不但对我不理不睬,还无数次地背叛我,无数次地羞辱我! 都到了现在这个时候了,她竟然还和张一枭那王八蛋谈恋爱。"

他越说越生气,大声喊道:"她当我是空气呀,当我不存在呀! 她顾及过我的感受,顾及过我的痛苦没有? 这个臭女人,不把她弄到手,不狠狠地羞辱她,我到死也出不了心头的恶气!"

郝鹏连连摇头,说:"老弟,你这是何苦呢? 你这样不但伤人更是自伤呀! 我劝你还是放弃叶知秋吧,找一个喜欢你的女孩。人呀,有时候该放手的就得放手!"

李庆的眼睛红红的,发疯似的吼道:"不可能,绝不可能! 不达目的,我绝不会放过她,我要死死地缠着她! 不然,我就太亏了,太对不起我自己了!"

郝鹏又给李庆倒上了茶水,劝说道:"老弟,别激动,别激动,喝点茶,喝点茶!"

许久,李庆方才平静了下来,感伤地说:"郝哥,叶知秋毁了我的一生。过去,有那么多女孩喜欢我,我因为怕叶知秋生气,连拉手都没有就无情地拒绝了她们,现在她说不跟我在一起就不在一起了,这公平吗?"

郝鹏点了点头,同情地说:"老弟,现在你疯狂地玩弄女孩,是不是在报复叶知秋呀?"

李庆顿时兴奋了起来,狞笑着说:"我就是在报复叶知秋,我就是在报复她,等到了新婚夜,我就把和所有女人上过床的录像都放给她看,我要好好地折磨、羞辱她!"

郝鹏叹了口气,说:"老弟,你这是何苦呀!"

李庆咬着牙说:"郝哥,你帮我出出主意,如何才能让叶知秋同意跟我领证结婚?"

郝鹏说:"看来打感情牌已经不起作用了,你也不要再让你爸出面为你求情了。她手中既然有了你的把柄,那么你只有抓住了她的把柄,才能逼她就范。"

李庆高兴地直拍手,说:"我真是被气愤冲昏了头脑,怎么没想到这一招儿! 是呀,只要我抓住了她和张一枭勾搭成奸的把柄,我不信她不听我的! 郝哥,我知道怎么做了,我心中已经有主意了。谢谢了,改天我一定请你喝酒!"

李庆说着,匆匆忙忙地向外走去。

李庆心中的主意,就是叶知秋那天的突然失踪。他猜测,叶知秋一定去找张一枭了,要不她不会关了手机搞突然失踪。还有那天,当着叶浩然的面,她突然决定要和他领证,定是因为她在张一枭那里干了见不得人的事情。许是出于内心的愧疚,出于对他的报复,她才决定和自己领证结婚的。只要他找到了她去找张一枭的证据,找出了她和张一枭干的见不得人的事情,有了这一把柄在手,他不相信叶知秋会不老实就范。

可怎么查到叶知秋和张一枭的证据呢? 几天来,这件事令李庆如鲠在喉,想得脑袋发裂。这天,他忽然想到,只要查到那天叶知秋的宝马车的去向,她去了哪里不就一清二楚了吗?

李庆当即开车去了交警队,找到了在交警队工作的同学。在监控室查了半天,他查到叶知秋开车上了高速。

李庆又找到了高速交警队,终于查到叶知秋去了张庄乡。

李庆顿时明白了,这个不知廉耻的女人,果然跟那个张一枭没有断!

李庆心里恨得牙痒痒的!他真想冲进公司抓住叶知秋痛打一顿,可理智告诉他,此时此刻他能做的只有忍耐。查到叶知秋去了张庄乡又能说明什么呢?要真正抓到叶知秋的把柄,仅有这些还远远不行!再说,以叶知秋的性格,他有丝毫的出格举动都会引起她的强烈反弹,都会令她倒打一耙,到时候这个难得的机会可真的要错过了。

李庆决定把自己好好地蛰伏起来,他要死死盯住叶知秋,随时掌控她的一举一动,直到收集到有力证据后,再跟她最后摊牌!

第七章　正面交锋

1.庭院密谋

刘汉心里一直记挂着土地流转的事儿,人还未到家里,就通知王发全,让他和赵胜海、李二柱在他家提前等着,他要听他们的汇报。

几天来,每每看到微信群里发出的关于土地流转的信息,刘汉就会紧张一番,他担心王发全不真心出力,担心赵胜海、李二柱两个蠢货把事情办砸了。

接到刘汉的电话,三个人都来到了刘汉家,三人坐在院子里的石桌边,边喝茶边等刘汉。

进了门,见三人都在,刘汉急声问道:"怎么样,村里签了多少户合同了?"

赵胜海咧着嘴笑道:"主任,看你急的,一户还没签呢!"

刘汉疑惑地看了看王发全,问:"是吗?"

王发全点了点头,回答道:"是的,截至目前一户还没签呢!"

刘汉坐了下来,端起茶杯喝了口水说:"看来发全的办法很管用呀!"

王发全摇了摇头,说:"恐怕用不了多长时间,这个办法就不管用了。主任,不知道你看微信没有,张一枭他们的宣传力度很大呀!"

赵胜海赌气地说:"我就搞不懂了,这个小梦羽怎么老跟咱们作对呢?那天要不是梦羽插一杠子,我敢保证他张一枭绝对翻不了身。"

刘汉惊疑地望着赵胜海,问:"梦羽又怎么了,微信群里的那些宣传信息是不是她发的?"

王发全叹了口气,说道:"主任呀,你这个闺女可是专门跟你作对呀!那天,我们三个本来计划好的,一个唱白脸、一个唱红脸、一个唱黑脸,好好在村里唱一场大戏,没想到……"

赵胜海抢过了话:"没想到,戏唱到最高潮的时候,村民们的情绪也被我们调动了起来,梦羽忽然从人群中站了起来,极力为张一枭辩解,还当众揭露咱们在这里合谋陷害张一枭。"

李二柱也接过了话:"主任,你没看到,当时村里人被我们激得群情激昂,都在骂张一枭,连一直告你的曹长山都跳了起来,要去告张一枭呢!"

刘汉的脸色越来越难看,他恨恨地说:"这个臭丫头! 不知道张一枭给她灌啥迷魂药了!"

王发全看了看刘汉说:"二柱和胜海说的是实情,如果不是梦羽站出来捣乱,村里人绝对会相信我们的话。"

刘汉盯着王发全问:"你刚才说用不了多长时间办法就失效了,是啥意思?"

王发全回答:"本来村里人已经相信了我们的话,经梦羽那一闹,大家自然会怀疑,对我们的话还有张一枭的话肯定会将信将疑,现在张一枭和梦羽用微信群、大广播还有海报宣传得这么猛,我担心用不了多久,人心都要被他们争取过去。"

刘汉用力拍在了石桌上,喊道:"这个臭丫头! 秀芝,张秀芝!"

刘汉媳妇从屋里跑了出来,问:"干啥呢?"

刘汉怒声说:"你去把梦羽给我找回来,我有话跟她说,好吃好喝地养她,倒养出了个白眼狼!"

刘汉媳妇生气地说道:"你呀,就会在我面前凶,在你闺女面前,你咋一点脾气也没有呢?"说着,狠狠地瞪了刘汉一眼,向门外走去。

刘汉叹了口气说:"你说养孩子有啥用? 你疼她爱她,她却是个白眼狼,还净气你!"

王发全连忙劝说:"常言道,棍大掰不折,儿大不由爹。主任,你也别生气了! 孩子大了,有自己的想法了!"

刘汉看了看三人,他深知要想让他们继续为自己出力,必须给他们点甜头,送他们点想头。尤其是王发全,这个精得眼睫毛都是空的家伙,看不到好处,他是不会给你尽心的。想让他尽心尽力地为你干事,必须把他的胃口吊得足足的,否则一有风吹草动,他就见风使舵,掉转方向。

想到此,刘汉说道:"实话给你们说,我也不想跟张福堂、张一枭他们对着干。这村干部我早就不想干了,谁愿意干跟我又有啥关系呢? 可我一想到你们,我就是咽不下这口气。"

王发全和赵胜海凝视着刘汉,等他继续说下去。

刘汉端起茶杯,喝了口茶,接着说:"我原计划等明年村'两委'选举的时候,提名发全接我的班呢,胜海也好顺延上去接发全的副主任。张一枭这一来,把我的计划全打乱了。你们知道不知道,杨锐原计划让他直接当村支书呢,等选举的时候再让他支书、主任一肩挑,就是因为王乡长坚决反对,才使他们的阴谋没有得逞。"

王发全听刘汉这样说,愤愤不平道:"他张一枭凭什么呀? 就凭他和杨锐是师兄弟?"

刘汉眯着眼睛看王发全,他心里很清楚,王发全一直盯着村主任的位置,所以对于王发全来说,最大的诱饵就是村主任。他只有拿这件事做文章,才能调动王发全和赵胜海的积极性。

刘汉重重地叹了口气,说:"发全,别说你不服气,我比你更窝心。你说说,你们跟着我这几年风里来雨里去,没白没黑地干,没有功劳也有苦劳吧,你们为村里干这么多,无论从哪个方面说,也该是你发全接村主任呀! 他张一枭小毛孩子一个,他懂啥,他能驾驭住这个村子? 发全、胜海,不把你们推上去,我于心难安呀!"

王发全的怨气和愤怒全被调动了起来,只见他气得浑身发抖,连声说:"主任,主任,您也不用愧疚,他们不让干正好,我还不稀罕这个破村主任呢!"

赵胜海瞪了王发全一眼:"你不稀罕我稀罕! 不把你推上去,我咋接你的副主任? 主任,我们还得采取点强硬措施,绝不能让张一枭在村里的日子好过!"

刘汉满意地点了点头说:"我告诉你们,这次组织土地流转绝不止让张一枭不好过日子这么简单,还牵扯到王刚能不能当上咱们乡的书记,你们想想,一旦王刚当上书记,我们的问题不都解决了?"

王发全猛地抬起头来,说道:"主任,我忽然又想出了一个计策。但是,这得需要从梦羽嘴里了解些情况。她等会儿回来,你千万不能训斥她,你一训斥,她就啥也不说了,一切就都完了。"

赵胜海问:"啥计策呀?"

王发全看了看赵胜海和李二柱,说:"等我问完梦羽之后再给你们说,你们现在先回家吧,我们都在这里,一旦引起梦羽的警惕,她就啥也不说了。"

赵胜海和李二柱一齐向刘汉看去。

刘汉从包里掏出两盒烟,一一扔给了二人,说:"你们先回去吧,回头我让发全再通知你们过来。"

2.老谋深算

刘梦羽哼哼唧唧地进了院子,问道:"我爸找我干啥呢? 我正忙着呢!"

刘汉媳妇说:"一回家就拉个驴脸,谁知道他找你干啥!"

刘梦羽一蹦一跳地走到刘汉跟前,问:"老爹,你找我干啥?"

看到刘梦羽,刘汉心头的气全没了。他只有刘梦羽这一个宝贝疙瘩,含到嘴里都怕化了。别看他在外人面前很厉害,可对刘梦羽,他着实没有办法。

刘汉看着刘梦羽,满眼的笑,说道:"你个臭丫头,到哪儿疯去了,看热得一头汗!"

王发全看了一眼刘汉,心想自己纯粹是瞎担心,刘汉根本就不会当着自己的面训斥刘梦羽。

刘汉媳妇噘着嘴说:"刚才还厉害得跟啥似的,闺女来了,你咋不厉害呢?"

王发全赶忙笑着接过了话:"梦羽回来了? 我们梦羽真是越来越排场了!"

刘梦羽看见王发全就心烦,对王发全翻了个白眼,冲着刘汉说道:"啥事儿? 说吧,我还有事儿呢!"

刘汉问道:"我听说乡里杨书记陪着个女老板来咱们村了,还说要在咱们村投资,你给我说说是咋回事?"

刘梦羽疑惑地望着刘汉说:"你问这干啥?"

刘汉眼一瞪,说道:"丫头,你别忘了你爹可是张庄村的村主任。"

王发全连忙接话:"梦羽,我可看见你可是全程陪着呢!"

刘梦羽仰起头想了想,说道:"看在你是我老爹的面子上,还是给你说说吧! 提起她,我就生气!"

刘汉赶忙给刘梦羽倒了杯茶,说:"丫头,喝点茶,喝点茶再说,你给爸说说,咋回事? 谁敢欺负我闺女,我不跟他拉倒!"

刘梦羽撇了撇嘴,说:"爸,你知道来的这个女老板是谁吗?"

刘汉笑了,说:"我如果知道,还用问你吗?"

刘梦羽说道:"就是张一枭原来公司的女老板,我看她来咱们村投资,多半是冲着一枭哥来的,她是黄鼠狼给鸡拜年——没安好心。"

王发全顿时激动起来,问道:"梦羽,你说,你快说她咋没安好心?"

刘梦羽苦着脸,说道:"她肯定是想和一枭哥和好来了! 当初她把一枭哥撵出公司,现在又来缠一枭哥,真不要脸!"

刘汉心里快速地翻转着,他心想,这丫头是真的喜欢上张一枭了,看来那个女老板也喜欢张一枭。只要那个女老板来了,他就可强行阻止梦羽和张一枭来往。这个张一枭呀! 一回村就不让他省心。

王发全的脑子也在高速运转着,只要张一枭跟这个女老板不清不楚、不干不净,他再和梦羽谈恋爱,就是脚踏两只船,就是耍流氓,他就可以在道义上彻底打倒张一枭。如果一切顺利,他就能在较短时间内把张一枭彻底搞臭,让他在村里无法立足。另外,依刘汉的脾气和个性,他是决不允许张一枭这样吃着碗里的,看着锅里的,这样欺负他的宝贝闺女的! 到那时,收拾张一枭,刘汉就是他手里的王炸。

王发全越想心里越高兴,越想心里越激动,他笑着说道:"梦羽,那个女老板叫啥名字,她定下来在咱们村投资没?"

刘梦羽说道:"她叫叶知秋,她说一枭哥还是他们公司的副总,她把在咱们村里投资的事儿全权交给一枭哥了!"

刘汉吃惊地问:"张一枭没辞职? 他没辞职跑来村里干啥,还想当村支书?"

王发全急声说:"他肯定有不可告人的目的!"

刘梦羽这才警觉起来,说道:"你们乱说啥呢? 一枭哥回村那是想干一番大事业呢,咋能说他有不可告人的目的呢? 我不跟你们说了,我还有事呢,我走了!"

刘梦羽说着,大步向外走去。

这次,刘汉没有阻拦刘梦羽。他们想了解的信息已经了解清楚了,他要和王发全好好研究一下怎么更好地对付张一枭。

王发全起身跟在刘梦羽的后面,一直走出了门外,他看刘梦羽走远了,方才转身来到了石桌旁,说:"走了,走远了!"

刘汉看着王发全,说:"你是不是想在这个女老板身上做文章?"

王发全一拍巴掌道:"是的! 现在我感到把握更大了!"

刘汉问:"你准备怎么办?"

王发全嘿嘿一笑,说道:"张一枭利用微信群做宣传,不就是在跟我们争取人心吗? 现在我们有了他回乡骗取国家资金的证据,他就是跳进黄河也洗不清。"

3.谣言又起

张一枭原想着通过大广播和微信群轮番宣传,能够压制住上次谣言带来的不利影响。他万万没想到,前一拨谣言尚未消除,后一拨谣言又涌了出来,而且比上次更凶猛更恶毒。

大街上,人群中,大家争相传言:

"张一枭回村就是奔着高标准农田国家补助资金来的。"

"他以前所在的公司,就是专门套取国家资金的公司,他们得到国家的钱,跟政府贪官五五分成。"

"公司女老板叫叶知秋,看她长得那么漂亮,以前是当小姐的,通过套取国家资金,现在摇身一变成了大老板。"

"那个女老板和张一枭是相好的,她这次来名义上是往村里投资,其实是督促张一枭早点弄完土地流转,他们好把钱早日搞到手。"

"弄到钱,张一枭就跑了!他在郑州房子都买好了,就是准备在老家捞一笔,把他爹娘都接到城里,再也不回来了!"

"张一枭回村本来就没安啥好心!"

"没有好处,他会放着公司副总的位置不做,回村当农民?"

谣言就像春季的风,一天比一天猛。

老书记张福堂心里那个急呀!

刘梦羽比他更急。谣言一出,她就预感到了不妙,知道自己十有八九被她爸和王发全骗了。

随着谣言越传越邪乎,越传越恶毒,刘梦羽真切地感到这些捕风捉影的事情十有八九来自她在家中说的那番话。

刘梦羽想找她爸刘汉理论,可身在县城的刘汉一直不接她的电话。刘梦羽去找王发全,王发全却一直在躲她。刘梦羽感到没脸见张一枭,担心张一枭会不会因此不再理她,会不会因此对她另眼相看。

最后,刘梦羽决定还是要找张一枭说一说,回避不是办法,只有老实承认错误,尽早找出制止谣言的办法,才是正确的选择。

刘梦羽满心忐忑地来到村部找张一枭,正好老书记张福堂在和张一枭商谈谣言之事。

刘梦羽看了看二人,话没说出口,眼泪却流了出来。

张一枭慌忙问道:"梦羽,你这是咋了?"

张福堂也是满眼的疑惑,说道:"小梦羽,你咋了,谁欺负你了?"

刘梦羽哭着说道:"一枭哥,对不起,对不起! 都是因为我,才……才……"

张一枭走到刘梦羽跟前,抽了张纸巾递给了她,温柔地说:"梦羽,别哭,坐下来慢慢说。"

刘梦羽接过纸巾擦了擦泪说:"那天,我爸和王发全问我叶知秋到咱们村投资的事儿,我就据实告诉了他们,还说叶知秋喜欢你。可没想到……没想到他们……他们这样恶心你! 一枭哥,都怨我,你打我吧,骂我吧,都怨我!"

张一枭笑了笑,说道:"我早就猜出又是王发全在捣乱! 梦羽,这事儿也不能怨你,你不告诉他们,他们也许能通过其他途径知道,或许还会用其他事情编派我呢! 别哭了,梦羽,没事儿!"

刘梦羽疑惑地望着张一枭,说:"一枭哥,你真的不怨恨我?"

张一枭回答:"你个傻丫头! 树欲静而风不止,我怨恨你干啥?"

刘梦羽这才破涕为笑道:"我早就知道一枭哥不是那种小肚鸡肠的人!"

张福堂说道:"一枭,正好梦羽也来了,我们还是想想应对谣言的办法吧。"

刘梦羽也说:"是呀,一枭哥! 我们决不能这样被动挨打,我们要行动起来,给他们来个绝地反击!"

张一枭摇了摇头说:"流丸止于瓯臾,流言止于智者。我们现在跟他们争辩只会越抹越黑,这恐怕正是他们想要的,他们不停地散布谣言,就是为了把村里的水搅浑,就是为了扰乱视听,阻止村里人签土地流转合同。"

刘梦羽瞪着张一枭说:"一枭哥,难道我们就这样伸着脑袋一动不动任他们打?"

张福堂插言:"一枭,我们一直这样被动挨打可不是办法呀。"

张一枭看了看二人,说道:"我们当然不能无所作为被动挨打了! 他有他的三国计,我有我的老主意。他们造谣让他们造去,不用管他们! 我们千万不能头疼医头脚疼医脚,被他们牵着鼻子走,绝不能被他们扰乱了计划! 只要我们用心做事,只要村里人看到了成效,谣言定会不攻自破。"

张福堂和刘梦羽看着张一枭,对他的话似懂非懂。

张一枭笑了笑,又说:"比如现在的谣言,只要叶总投资的项目在村里落了地,孰是孰非不就一清二楚了吗？所以，我们现在要做的事情，就是抓紧把投资计划搞出来，并说服叶总尽快在村里启动项目建设。"

张福堂满意地笑了："一枭……"他正要说话，手机却响了。

张福堂拿起手机，打开了免提说："王乡长，您有事吗？"

王刚在电话里喊道："你们村土地流转进展得咋样？签了多少亩了？"

张福堂看了看张一枭，回答："正在统计，正在统计。"

王刚说："下午3点在乡里召开推进会，你和张一枭都要参加。老张，我告诉你，推进落后的是要在会上做检查的，你们看着办吧！"说完，挂断了电话。

张福堂呆呆地看着手机说："一枭，你说咋办吧？"

张一枭坦然地说："大伯，开个班子会吧，让大家汇报一下工作进展情况。下午如果做检讨，我来做！"

4.抗压能力

村"两委"班子成员陆续进了村部。

张一枭主持会议，发言道："刚才，王乡长通知，乡里下午召开土地流转推进会，工作落后的村要在会上做检讨，大家汇报一下这几天的工作进展吧。"

王发全和赵胜海相互看了一下，一齐低下了头。两人心里美美的，心想张一枭你就等着做检讨吧！最好能被乡里撸下来，这样就一了百了啦！

张福堂见众人都闷不作声，说道："我先说说我承包的这个组的情况。经过我一户一户做工作，现在50户已有签订意向，大家想等等看看再签合同，目前一户也没签。"

张一枭看了看两名驻村工作队队员。

驻村队员田伟接过了话："我们分包的居民组目前也是一户没签。这里，我想说几句。我感觉村里有人在故意跟我们捣乱，有意在阻止土地流转合同签订工作。具体表现就是，散布谣言，混淆视听。我认为，这种歪风邪气刹不住，土地流转工作就难以向前推进。"

驻村队员杨洋接过话："我同意田伟的意见，我们需要采取措施制止谣言的传播，同时严厉打击散布谣言者。"

张一枭点了点头，说："好！此事我们以后再议！发全叔，你们包的组进展怎么样?"

听到两位驻村队员建议打击散布谣言的人,王发全心里顿时紧张起来。他偷偷地瞄了一眼两位驻村队员,复又低下了头,生怕两位驻村队员怀疑到他头上,担心他们和张一枭联合起来对付他。

王发全暗暗盘算,张一枭会不会严查散布谣言者? 查到之后会不会处理他? 如果因为此事受到处理,他必须要找刘汉给他应有的补偿,否则他就太亏了。

王发全只顾着想心事,根本没听到张一枭在说什么。

张一枭复又问道:"发全叔,说说你们组的情况吧?"

赵胜海推了推王发全,说:"问你话呢,你在想什么呢?"

王发全这才如梦方醒般地抬起头道:"哦哦哦,你是不是问我们组的情况?"

张一枭点了点头。

王发全装出一副委屈的样子,说道:"哎呀! 我们一家一户地做工作,腿都快跑断了,嘴皮子都快磨破了,他们就是听不进去,就是不愿签合同。你说说这些人,是不是不识好歹? 咱们在为他们办好事,还得像三孙子一样求他们。"

赵胜海插言道:"照我说,我们也不用求他们,就采取强制执行的办法,我们村干部代替他们把合同签了,等麦子一收,我们就强行施工进行土地整理。我不相信他们……"

张福堂打断了赵胜海的话:"这个办法不中,弄不好会引起村民上访,还可能会引发群体性事件。"

赵胜海狡辩道:"老书记,你说我的办法不中,你说说你有啥好办法,有啥办法能按时完成土地流转任务?"

张福堂看了一眼赵胜海,生气地说:"你……反正这个办法不中!"

张一枭扫了一眼众人,说道:"好吧! 既然各个居民组的工作都没有进展,我们就据实往乡里报。看看乡里会议有啥新的要求,我们再研究下一步的措施和行动。散会吧!"

等众人都走了,张福堂说道:"一枭,要不少报一点? 我们这样剃光头,王乡长一定会在会上批评我们的。"

张一枭苦笑着说:"大伯,挨批评肯定少不了。这次开会要不您请个假,别去了,我一个人去开会,任他批评吧!"

张福堂马上说:"一枭,这怎么能行? 我不能让你一个人把所有责任都扛下来。"

张一枭笑着说："大伯，我不是那个意思。村里的谣言、会上的批评，这些都是王刚和杨书记斗争的手段，您老干一辈子革命工作了，没必要去受他的窝囊气。反正我年轻，又是刚参加村里的工作，他怎么批评我都能说得过去。所以，我建议您还是别去了！"

张福堂思考了一会儿，说道："一枭，如果照你这样说，我去还不如不去，是不是？你说，我向他请假他会批准吗？"

张一枭点了点头，说："他一定会批准！他本来就是冲着我来的，你去了，他倒不好意思拉下脸来批评我了，所以他一定会批准你的假。"

张福堂为难地说："这样……这样不就让你受委屈了吗？"

张一枭笑了笑，安慰张福堂说："大伯，我的抗压能力强，没事儿，你就放心吧！"

5.杀鸡吓猴

正如张一枭所料，王刚开这次推进会就是冲着张一枭来的。他早从刘汉那里得知，张庄村的土地流转一户合同都没签，他要利用这次推进会好好发泄一下心中的恶气。

王刚心想，你杨锐不是器重张一枭吗？我就拿张一枭说事儿，就要拿他杀鸡吓猴，看他杨锐怎么说、怎么办。

推进会按时召开，王刚特意邀请杨锐参加会议。

王刚低声问："杨书记，开会吧？"

杨锐点了点头，说："好，开会吧！"

王刚主持会议，张嘴就说："下面请各个村汇报一下土地流转的进展情况。这次发言，从宋庄开始，老宋你先说吧。"

王刚特意点将宋庄村的书记老宋，就是为了让张一枭最后发言。他已经对全乡参与示范区建设的 8 个村的情况进行了了解，除了张庄村，其余 7 个村都有不小的进展，其中最好的赵寨村，已有 30% 的农户签订了合同。

按照顺序，7 个村的党支部书记分别做了发言，并汇报了土地流转进展情况，以及签订的合同数目。

仅仅一个星期，取得这样的成绩，杨锐和王刚都比较满意，两人边听汇报边连连点头。

终于轮到张一枭发言了。

张一枭清了清嗓子,说道:"首先,我先向两位领导做个检讨,由于我们工作不够有力,截至目前,张庄村的土地流转工作还很不理想。"

王刚打断了张一枭的话,说道:"很不理想,怎么个不理想法? 你说说吧,直接说现在已经签了多少户?"

张一枭据实回答:"一户也没签! 不过……"

王刚再次打断张一枭:"你,你再说一遍,截至目前到底签了多少户?"

张一枭回答:"截至目前,一户也没签!"

王刚大怒,猛地一拍桌子,站了起来:"什么,一户也没签? 你还好意思给我说,你是干什么吃的?"

张一枭欲言又止,低着头任由王刚训斥。

王刚抬高了声音,斥责道:"张一枭,你知道不知道,张庄村处在示范区的核心位置,张庄村的工作进展直接影响整个示范区的工作进展! 都一个星期了,你们竟然一户也没签,你们想干什么? 是不是想公开和县里乡里搞对抗?"

杨锐看了看王刚,试图劝说一下。

王刚却不给杨锐说话的机会,依旧火力十足地吼道:"张一枭,我告诉你,你不要给我稀里马虎的,信不信我处理你?"

张一枭低着头,一声没吭。

王刚继续在发火,用手指头对着张一枭指指点点:"张一枭,你给我说,说,你们村的土地流转任务什么时候能完成? 你说,下个星期能完成多少? 这一个月能完成多少?"

张一枭抬起头,平静地说道:"乡长,我实话给您说,我能保证按照县里规定的时间节点完成土地流转任务,但是您要让我给您说下个星期完成多少,一个月能完成多少,我还真给您说不出来。"

王刚被张一枭的平静彻底激怒了,他没想到这个张一枭对他的高声怒吼,对他的声色俱厉竟然丝毫不害怕,竟然还是如此平静自然! 这说明张一枭心里根本就没把他当作一盘菜!

愤怒到极点的王刚抓起水杯猛地向地上摔去,吼道:"张一枭,张一枭,你……你……你竟然敢这样跟我说话? 你给我写检查,给我写检查,检查不深刻,我就不放过你!"

王刚见张一枭没吭声,复又高声吼道:"张一枭,我说话你没听见是不是?不服气是不是?不服气就辞职!没本事干好工作,就给我滚蛋!"

张一枭不屑地看了王刚一眼,拿起本子起身向外走去。

王刚气得直打哆嗦,指着张一枭离去的身影:"张一枭,张一枭,你……"

6.坦然面对

杨锐倒了一杯水递给了张一枭,安慰道:"一枭,张庄村的情况杜文正已经给我说了,土地流转暂时遇到障碍不怨你,刚才王刚的话有点过了,请你不要在意!"

张一枭苦笑着摇了摇头,说:"我有思想准备,可没想到他发这么大的火,看来他对我成见很大呀!"

杨锐在张一枭对面坐了下来,苦笑着说:"他哪是对你成见大呀,这分明就是冲着我来的。大家都知道你是我请来的人,他这样公开训斥你,就是想当众办我难堪!"

张一枭低声说道:"杨书记,都怪我工作没做好,给您丢脸了!"

杨锐急声说道:"一枭,你别自责。你用微信群、大广播,还有海报,对土地流转和示范区建设的政策、前景进行了广泛宣传,我认为你的工作做得很扎实,很到位,也很有创意。之所以出现目前这种情况,我认为主要是那些谣言造成的。"

张一枭疑惑地看着杨锐:"杨书记,村里的情况您都清楚?"

杨锐坦然地笑了笑,说:"关于谣言的事,文正都给我讲了,就是刘汉和王发全、赵胜海三人在捣乱。他们三个一个在明,两个在暗,摽起膀子跟你作对,再加上他们都是村干部,在村里有相当大的影响力,工作推进缓慢是必然的。"

张一枭连连点头。

杨锐接着说:"一枭,农村工作很复杂,干工作遇到挫折是难免的,希望你不要泄气,要愈挫愈坚,把工作干得更好!对于村里的害群之马,我们决不手软。我已经安排文正在悄悄地调查,一旦发现他们的违纪违法问题,就严惩不贷,绝不能让这种歪风邪气在村里占上风。"

张一枭感激地看着杨锐说:"杨书记,谢谢您!谢谢您对我的理解,对我的包容,对我的关心和爱护!真的,我打心眼儿里感激您!杨书记,您放心,我一定会按时完成土地流转任务。"

杨锐笑了："一枭,你是不是早就料到了今天出现的情况?我记得你当初反复给我讲,让我给予你信任,信任你能按时完成任务。一枭,我请你相信我,我绝对相信你的能力,相信你能把这项任务完成好!"

张一枭也笑了："看来,信任是相互的,缺一是构不成信任的呀!"

杨锐说："看你这么坦然,是不是已经有了解决问题的办法了?"

张一枭端起水杯,喝了口水,说道："那些谣言之所以在村里有市场,越传越邪乎,表面上看是造谣者煽风点火、传谣者人云亦云的原因,其实关键原因还是村'两委'班子凝聚力、号召力不强,村民们对村'两委'班子不够信任,对村干部说的话不够信任。"

杨锐点了点头,说道："是呀!说实话,这些年村干部确实很辛苦,也为村里人办了很多实事好事,为啥还得不到村里人的认可?我感到这里面有工作方法的原因,但更重要的是村集体经济的缺失,村里没钱为群众办好事!对于村里的基础设施建设,群众总觉得这些钱是国家给的,跟村干部没关系,他们甚至还怀疑村干部从中捞了不少好处。"

杨锐说完,示意张一枭继续说下去："我是有感而发的,一枭,你继续说。"

张一枭说道："对于村里的谣言,只要村民们看到示范区建设能给他们带来实实在在的好处,只要村民们看到叶总真是在我们村投资,我想那些谣言会不攻自破!所以说,破解谣言并不难,难就难在党组织缺乏凝聚力,村里一盘散沙。"

杨锐点了点头,说道："这次土地流转进展缓慢有谣言的原因,但我觉得更重要的是你们党支部没有把群众组织起来、发动起来。群众不相信你,怎么可能就那么轻易地把自己的馍饭碗交给你?我要是那些村民,我也不会轻易地把地交给你,你说是不是?"

张一枭诚恳地说:"杨书记,这几天我一直在思考这个问题。土地流转进展不力这件事,让我更加清晰地看到了加强基层党组织建设的重要性。别说组织发动群众,如果我把村里的党员都组织发动了起来,土地流转工作也绝不可能是现在这个局面。"

杨锐语重心长地说:"你能看到这一点,就很不简单。一枭,农村富不富,关键看支部。党支部的职责就是教育党员、管理党员、监督党员,就是组织群众、宣传群众、凝聚群众、服务群众。只有把党员教育管理好了,把群众凝聚好了,你才能得到村民的拥护和支持。"

张一枭直直地看着杨锐。

杨锐接着说："一枭,当前村里不但要参与建设示范区,还要全面推进乡村振兴建设,任务非常非常重,村党支部只有把各种能用的力量都用好,才能完成好组织交给你的任务。你想想,你要在村里干一番事业,如果群众都不相信你、支持你,你怎么创业呀?"

张一枭说:"杨书记,我已经想好了组织党员、发动群众的办法。"

杨锐问:"是吗?"

张一枭说:"我想通过'一编三定',把村里的无职党员组织起来,把他们紧紧凝聚在党支部的周围,通过党员的带动和引领,把群众紧紧凝聚在党支部周围,只要群众凝聚在了党支部周围,全村人就能拧成一股绳。别说完成土地流转任务,啥任务都能完成。"

杨锐问:"一枭,何谓'一编三定'?"

张一枭说道:"'一编'就是编员进组,把认领相同岗位的党员编成一个组,选出一名组长,由一名'两委'干部进行分包,指导和带领该组党员开展工作、发挥作用。'三定'就是定岗位、定责任、定奖惩,根据党员的贡献给予适当的物质奖励和精神奖励。"

杨锐高兴地说:"这个办法好,一枭,我全力支持你,需要我做什么,你尽管说!"

张一枭笑着说:"杨书记,那我可说了!我想尽早启动美丽乡村建设项目。既然示范区规划上已经把我们村定位为美丽乡村建设试点村,我建议越早启动越好。这样,群众就会相信我们的示范区不是所谓的政绩工程,是实实在在为群众办好事的,是在实实在在推进乡村振兴的。只要群众相信了我们,我们再做工作就不难了。"

杨锐认真思索了一会儿,下定决心说:"一枭,我原本想等土地流转结束后,再启动美丽乡村建设项目,既然你这样说,我同意你的意见!"

7.势均力敌

张一枭被乡长训斥的消息很快传到了村里。

王刚在电话中绘声绘色地给刘汉讲述了事情的经过,末了告诉刘汉,一定要再接再厉巩固好前一阶段的工作成果,只要下次推进会张庄村的土地流转工作还没有进展,他就提议免除张一枭的第一书记。

挂断王刚打来的电话，刘汉独自想了许久。和张一枭这样的年轻娃子较量，他感到有点丢自己的身份，他们根本就不是一个重量级，赢了也没有意义。如果不是牵扯到王刚和杨锐的争斗，他真想任由张一枭去折腾。这些年，为了和张福堂这个老家伙斗，他已经在村里投入了太多精力，他真的有点累了。对于王刚，他自然知道那人依然在拿他当枪使，利用他和杨锐斗，王刚就是利用他斗倒了李兴旺，他还想故技重演。

刘汉打心眼儿里不想和张一枭这样的年轻人争斗，也不想被王刚当枪使了，他已形成了原始积累，得到了该得到的东西，应该集中精力做好城里的生意。不过，王刚最后的一段话，又挑起了他的念想。

王刚说："老哥，你不要以为村里的油水不大了，就不感兴趣了。我告诉你，这里的油水不比咱们的房地产项目小。你算算，不说示范区建设要投入几十个亿的资金，光是张庄村的美丽乡村整治、田园综合体建设就要投入一两个亿的资金，这些项目只要咱们能拿到三分之一的工程，就赚大发了！"

刘汉思来想去，最后决定再回村一趟。他特意弄了几样熟食，把王发全、赵胜海和李二柱等人叫到了家里，他要好好地鼓励和奖赏一下村里的这几个跟班。

等李二柱把酒分别满上后，刘汉端起了酒杯，说道："来，咱们先喝一个庆祝酒，庆祝开局良好，小胜一局。"

三人一齐疑惑地看着刘汉，不知他所言何事。

刘汉笑了起来，说："对了，你们还不知道！我告诉你们，今天乡里的推进会开得非常好呀！张一枭不仅在会上做了检查，还被王乡长骂得狗血淋头，最后被撵出了会议室。"

三人顿时笑得心花怒放："是吗，主任？让张一枭这小子能呗，看他还可以能多久！"

刘汉复又端起酒杯，说道："来，再干一杯！我告诉你们，张一枭这小子就是秋后的蚂蚱，蹦不了多久了！王刚明确告诉我，下次推进会，只要咱们张庄村的土地流转还没有进展，就提议免他的职。下次可就不是让他滚出会议室那么简单了，可是要让他滚出咱张庄村呢。"

刘梦羽进了院子就看见他们一帮人在喝酒，心想定是又在算计张一枭，便蹑手蹑脚地走到隔壁房间，支着耳朵听他们在讲些什么。听爸爸讲出这样一番话来，刘梦羽不由得惊出了一身冷汗。原来，不光是爸爸在排斥张一枭，乡里的王乡长也在算计张一枭。

张一枭回乡就是为了给村里办好事,他有什么错?凭什么这样算计他?为什么非要把他撵出村?刘梦羽真想起身和爸爸理论一番!后来,她转念一想,与其做无用的争吵,还不如再听听他们下一步的路数。这样,也好提前告知张一枭,让他早想对策。

赵胜海激动地说:"太好了,太好了!只要张一枭一走,张福堂那个老家伙也蹦跶不起来了!到时候,张庄村又是咱们的天下了!主任,你不知道,这段时间张福堂那老家伙欢得很!天天一大早就去村部了,还给我们排了班,每天都要在村部值班。"

李二柱虽然面憨,却是个心细的家伙,他没有像赵胜海那么兴奋和激动,低声说道:"我们也不能高兴太早了,要想赶走张一枭,必须要在下次推进会前保持住剃光头的纪录。"

刘汉高兴地看着李二柱,说:"二柱说得非常对!张一枭和张福堂他们绝对不会坐以待毙,等着王刚来处理他。所以,下一步大家的工作会更为艰巨。我不管你们采取什么办法,我只要求一条,一定要在下次推进会前把剃光头的纪录给我守住。"

赵胜海大包大揽地说:"主任,这个活儿交给我们,你就把心放在肚里吧,我们一定能完成任务。"

刘汉见王发全一直没说话,看了看他,说道:"发全,说说你的意见!"

王发全慢吞吞地说:"我同意主任的说法,张一枭绝对不会坐以待毙。所以,这件事没有胜海说得那么乐观。从张一枭利用微信群轮番轰炸地宣传来看,这小子不简单。你们看,我们都已经出两招了,他还没有出招。"

赵胜海立马反驳道:"发全,你就爱草木皆兵!你不要把张一枭想得太神秘了,他搞那些宣传,还有给村干部分配任务,不是出招是啥?"

王发全翻眼看了看赵胜海,说:"这是开展工作的常规套路,他真正的撒手锏还没有使出来。"

赵胜海还想反驳,刘汉不高兴地说:"胜海,你让发全把话说完中不中?怎么老是打断别人!发全,你接着说。"

王发全接着说道:"我发现张一枭的宣传还是管用的,村里有不少人想和县里的公司签合同,只不过没人带头,大家都在观望。所以刚才我说形势并不乐观,只能说我们和张一枭他们是势均力敌,一旦有人带头和县里的公司签合同,局面很有可能一发而不可收。"

刘汉的脸色顿时严肃了起来。他没想到,形势竟如此不容乐观。一旦张一枭打赢了这一仗,他在王刚面前没面子不说,在村里的威望和影响力说不定会因此而被张一枭盖下去。看来,他对此还必须高度重视,还真的不能小看了这个张一枭。

想到此,刘汉问道:"发全,你还有什么好办法没?"

王发全想了想,说道:"办法倒是有,不过还需要主任您亲自做工作。"

刘汉说:"发全,需要干啥,你尽管说。"

王发全说:"现在村里最不想土地流转的,就是刘海江、李大尧那几个种地大户,他们已经购买了全套的机械化设备,土地都让县里的公司流转了,他们种啥地? 买的那些家伙不就报废了? 所以说,我们要把这些人发动起来,为我们所用,让他们分头在村里做工作,明确告诉村里人,谁敢带头跟县里的公司签合同,就是跟他们过不去。"

刘汉说道:"做他们几个的工作是吧? 这好办,明天我再摆一场,把他们几个都叫过来喝酒,我当面给他们说。二柱,发全和胜海是村干部,不方便出面,你负责召集咱们那几个把兄弟,让他们也出面做做工作,告诉村里人,谁也不准带头和县里的公司签合同,谁敢签,就要他的好看。我看看,光靠张一枭、张福堂,还有那几个驻村干部怎么跟我们斗! 来,喝酒!"

众人一起举起杯:"干杯!"

刘梦羽再也听不下去了,冲到堂屋对着众人吼道:"爸、发全叔,张一枭咋对不起你们了,你们这样三番五次害他? 一枭那么好的人,你们为啥这样对他呀?"

众人尴尬地看着刘梦羽,刘汉站起身,厉声说道:"你这个臭丫头,胡说啥呢?"

刘梦羽高声反驳道:"你们这样对待张一枭,我感到不公平!"说完,转身向外跑去。

第八章　突出重围

1.姑娘心事

刘梦羽快步走到村中央的老槐树下,止住了脚步。

焦灼的心冷下来后,心头的那团火也发泄完了。刘梦羽感到,她不能这么急于去见张一枭。是呀,见了张一枭她说什么呢?说爸爸又在组织众人商量计策陷害他张一枭,说王刚要和爸爸联起手来把张一枭赶出村子。虽然这都是为张一枭好,可刘汉毕竟是她亲爹,她这样说这样做,不论理由多么伟大,都是在出卖她最亲近的人!为了自己所爱的人,出卖自己的父亲,张一枭会怎么看她呢?

一轮圆月挂在夜空,老槐树下的树影如水般婆娑,没有了白天的喧嚣,耳旁只是知了的鸣叫和蛙声。

刘梦羽在树下的石桌旁坐了下来。想起张一枭目前的困境,她心里又急躁起来。一旦张一枭被父亲逼出村,那她和张一枭的感情就彻底了断了!被生生地逼出村,张一枭能不恨她父亲?能不把这种不良情绪转嫁到她身上?即使张一枭理解不是她的原因,可有了这一层隔阂,她还如何与张一枭愉快地相处?思来想去,她觉得还是想出万全之策后再见张一枭为好。

晨曦初绽,云挂天边。

蔚蓝的天空下,知了在窗外的树上吱吱地叫着,让人有点心烦意乱。从树冠上飞出的鸟,越过淡淡的云层,冲向远方。

刘梦羽走出家门,在小河边慢慢地走着,一脸的忧郁。辗转反侧了大半夜,她也没想出应对之策。

护寨河莹莹的水纹不时在蜻蜓的点缀下四散开来。刘梦羽低着头,顺着河边小道踽踽独行,她忽然听见有人喊:"梦羽,梦羽!"

刘梦羽抬起头来,只见张一枭迎面向她跑来。张一枭一身运动服,跑起步来虎虎生风,是那样阳光、那样健康、那样雄壮!这么好的一个人,为啥爸爸那样容不下他?

东方升起的太阳下,飘过一对飞翔的鸟儿,拨过一层薄云,飞向前方。紧接着,一群鸟跟着它们袅袅地飞向远方。

刘梦羽骤然觉得一阵伤感,眼眶里顿时盈满了泪。

张一枭已经跑到了刘梦羽跟前,凝望着她,说道:"梦羽,你咋了,怎么哭了?是不是晚上没有休息好,咋这么憔悴呢?"

张一枭这一说,刘梦羽的泪水更多了,一簇一簇地往外流,她哽咽着说:"一枭哥,一枭哥,我,我……"

张一枭掏出纸巾,一边为刘梦羽擦泪一边说:"梦羽,你这是咋了,谁欺负你了?"

刘梦羽展开双臂抱住了张一枭,说道:"一枭哥,我爸他们又在想坏点子阻止土地流转呢!他们下一步的重点是坚决拦住任何人带头签合同。我……我真不知道该如何是好!"

张一枭笑道:"我当是因为啥呢,原来因为这呀!梦羽,你不用担心,我有办法应对!"

刘梦羽松开张一枭,疑惑地看着他,急问道:"一枭哥,你真有办法应对?你知道不知道?如果下次推进会咱村的土地流转再没大的进展,那个王乡长要免你的职呢!"

张一枭点了点头,坦然地说:"我知道。不过,我是不会给他机会的!"

刘梦羽破涕为笑:"一枭哥,你说的是真的吗?"

张一枭刮了一下刘梦羽的鼻子,说道:"不相信你一枭哥?"

刘梦羽连声说:"相信,相信!"

刘梦羽说完,复又苦着脸说:"一枭哥,土地流转进展缓慢都是我爸造成的,我就不理解他为啥那么听王乡长的,王乡长让他干啥他就干啥。还有,一枭哥,你咋得罪那个王乡长了?"

张一枭笑了笑,说:"我跟他根本就不认识,咋会得罪他呢?这说不定是他们想考验我呢!也许是他们想给我来个下马威,让我知道农村工作不是那么好做的!"

刘梦羽扑哧笑了，说："一枭哥，要真是这样就好了！你总是这么乐观，再难的问题你都不愁！你知道不知道，昨天晚上我几乎一夜没睡。"

张一枭说道："小梦羽，这可不是你的性格呀，你这个天不怕地不怕的疯丫头也会睡不着觉？"

刘梦羽担忧地说："一枭哥，你和我爸不会成为冤家对头吧？"

张一枭笑了笑，说："梦羽，我们俩没有利益冲突咋会成为冤家对头呢？你放心吧，为了你我也不会和他成为死对头的！"

刘梦羽仍旧不放心地说："我知道，我爸是担心你在村里对他构成威胁，可……"

刘梦羽说不下去了。

张一枭看了一眼刘梦羽，陷入了沉思。

2.党员工作队

虽然在刘梦羽面前表现得很轻松，但其实张一枭内心并没有看轻对手，没有看轻来自刘汉等人的阻力。他觉得刘梦羽说得很对，刘汉为了和他争村子的主动权，一定会不惜代价的，更何况这当中还掺和着王刚和杨锐的斗争。

张一枭很清楚，当前他和刘汉争的就是时间，他必须在下次推进会前在土地流转上取得突破。然而，突破就是要有人带头签合同，村里只要有人带头，土地流转定会势如破竹地推进下去。只要把村里的党员组织起来，发挥党员的示范带动作用，问题即可迎刃而解。因此，必须尽早启动无职党员"一编三定"。

张一枭对无职党员"一编三定"如何编组，谁担任每个小组的组长、副组长，以及各个组的职责任务、奖惩办法等，进行了详细规划。他计划着，党员工作组的组长都让村里有威望的老党员担任，副组长则安排回乡的年轻党员，这样老少搭配，既可以发挥老同志的传帮带作用，又可以少带老，极大地调动村里老党员的工作积极性。一切正如他计划的，电商中心建成启用后，他和刘梦羽通过为初步创业的年轻人提供网络信息、众创交流、创业培训、项目路演、小额贷款等诸多"管家式"服务，短短一个多月的时间，竟然吸引了30多名回乡创业的年轻人。这些年轻人有搞电商销货的，有拍摄短视频做文化公司的，也有做农业企业的，先后培育孵化了20多家创业团队和小公司。他觉得，这些年轻人不但有创业激情，也有积极参与村子建设管理的热情，把他们吸引到村庄建设中来，能够极大地调动全村人的建设积极性。只要能够把这些年轻人拉到建设管理村庄的团队中来,他就不愁村庄建设管理的工作力量了。

工作计划起草完成之后,张一枭去了张福堂家。

张福堂虽然没有去开会,心里却一直记挂着张一枭是否挨了批评。他虽然没有给张一枭打电话,但从宋庄村的支书嘴里知道了会上发生的一切。

看到张一枭,张福堂就急急地问道:"一枭,你没事儿吧? 孩子,当农村干部,挨批评很正常,你也不用过分计较。现在的乡干部文明多了,过去的乡干部都是直接骂娘!"

张一枭看着张福堂说:"大伯,您是不是已经知道王刚在会上训斥我了?"

张福堂点了点头,说:"这个王刚发的是邪火,我看,他也有点过分了! 我真不该让你一个人去。"

张一枭笑了笑:"大伯,你不用担心我,我没有你想的那么脆弱!"

张福堂看张一枭真的不是很在意,高兴地说:"哎呀,我这颗心终于放在肚里了! 一下午,我这心里一直忐忑不安,我真怕你撂挑子不干了!"

张一枭说道:"我不但要干,我还要干得最好! 大伯,我已经想好了解决问题的办法!"

张福堂问:"是吗? 你说说咋推进土地流转工作?"

张一枭说:"大伯,我觉得我们付出这么多努力,之所以效果不是很好,主要原因有两个,一是我们村'两委'班子凝聚力不强,二是党员的示范带动作用没有发挥起来。我把这些原因给杨书记讲了,他也同意我的观点。"

张福堂点了点头,说:"农村很多问题难以解决就是因为散,只要我们把民心聚起来,群众才能跟着我们干起来。一枭,我也想跟你好好谈谈。目前,刘汉经常不在村里,王发全和赵胜海又跟咱们对着干,村里的工作仅靠咱们两个根本不行,咱们得想办法增加村'两委'干部的力量。"

张一枭说:"现在没到村委会选举时间,支部的班子成员也是满满的,村'两委'班子目前恐怕没法动。要想增加工作力量,恐怕就要从党员身上下功夫了。大伯,我有个想法能很好地解决这个问题,并且我也给杨书记汇报了。"

张福堂急声问:"什么办法? 你快说!"

张一枭说:"我想采取'一编三定'的办法,把村里的无职党员组织起来,让全村的党员参与村子的建设和管理,充分发挥他们的示范带动作用。"

张福堂问:"啥是'一编三定'呀?"

张一枭说:"'一编'就是编员进组,就是把村里的无职党员分编成几个工作组,每组选出组长、副组长,由一名村'两委'干部进行分包,指导和带领该组党员开展工作、发挥作用。'三定'就是定岗位、定责任、定奖惩,根据党员的贡献给予适当的物质奖励和精神奖励。"

张福堂思索了一会儿,说:"你的这个'一编三定'很有创意。这段时间,我也在思考这个问题,按说我们在党建上也做了不少工作,开办党员夜校,坚持'三会一课',每个星期一还组织党员升国旗,可到了关键时候,他们的示范带动作用咋就发挥不起来呢? 原因就在于没有通过一个很好的形式把他们组织起来,没有给他们交任务、压责任。'一编三定',这个办法好! 通过这个模式能够很好地把党员和群众聚起来。一枭,我支持你!"

张一枭说:"只要我们把村里党员聚起来,聚成了坚强集体,群众就会在党员的带动下自觉地汇集在一起。大伯,民心的力量可是大海呀! 这片海不可估量,是宝藏!"

张福堂说:"过去村里每次开挖河道、沟渠,还有抢收抢种,我们都组织党员突击队,用这个办法把党员组织起来,不但把党员的示范带动作用发挥了起来,群众的积极性也跟着调动了起来。既然你用'一编三定'的模式把党员工作队固定了下来,就应该让各个党员工作组的组长参加村'两委'班子会,这样我们不用改选村'两委'班子就可以增加一大帮工作队伍。"

张一枭高兴地说:"可以呀! 大伯,咱们想到一起去了,将来咱们就让党员工作组组长参加班子会!"

张福堂问:"让谁当组长、副组长你想好没有?"

张一枭说:"大伯,这是'一编三定'计划书,对编几个组,如何编组,每个人的岗位、责任,以及如何奖惩,我都写好了。你看看,如果没有意见,咱们就在明天的党员夜校上把这件事给办了!"

3.文臣武将

张福堂接过计划书,认真看了起来。

看着看着,张福堂停了下来,说:"常言说,火车跑得快,全靠车头带。一枭,党员工作组能不能真正发挥作用,组长、副组长的安排非常重要。我的意见是,刘汉的八大金刚一个也不能用。另外,一个组的组长、副组长,必须要有一人来自村里的大家族,并且在族人中还要有一定的威信,否则你即使成立了,工作也推不动,就是个摆设。"

张一枭问:"大伯,您不是说,现在村里人的家族观念不是很严重了吗?"

张福堂说:"孩子,根深蒂固的东西,哪有那么快就能根除?再说,遇到事情,大家首先想到帮忙的还是族人,一个家族还是一个大的利益共同体,能破除得了吗?你只要把各个家族的能人拢住了,你就把全村的人给拢住了。"

张一枭点了点头,说:"大伯,你也想一想,我们就把各个组的组长、副组长定一定吧。我总的想法是,组长由村里有威望的老党员担任,副组长全部安排回乡创业的年轻人担任,这样老少搭配干活不累!"

张福堂沉思了一会儿,说:"这个主意好!一枭,刘汉之所以能把我架空,关键是在村委会他有王发全和赵胜海,在村里他有刘莽、李二柱等八大金刚。你要想在村里干一番事业,下一步和刘汉那帮人的斗争会更残酷。你要想和刘汉斗,要想打过他,靠咱们爷儿俩是根本不行的,你必须要有自己的队伍,要有听你话的人。你把村里的年轻人吸引到了你的周围,就有了和刘汉势均力敌的力量。高,高明!"

张一枭笑了笑,没言语。

张福堂接着说:"那些副组长的名单我就不看了,我重点给你把关一下组长人选。农村工作不同于城市,和刘汉斗,我们不仅需要文臣,也需要武将,咱们的队伍中,既要有出主意的,也要有能够冲锋陷阵的,还得有猛张飞那样的,关键时候才能镇得住人,压得住阵脚。一枭,这个'一编三定',给了我们在村里进行招兵买马的机会,我们一定要抓住这个机会,尽快形成和刘汉势均力敌的力量。只有这样,我们以后的工作才不至于处处被动挨打呀!"

张一枭说:"大伯,您说得有道理。这段时间我们的工作之所以被动,与我们的工作力量不够强大有直接关系。王发全和赵胜海那两个人阳奉阴违,不但发挥不了正面作用,还起反作用,那些驻村工作队队员,他们又不了解村里的情况,很难将工作做到群众的心里去。"

张福堂又看了看计划书,指着计划书说:"好,王大奎这个大将你选得好,他就是你的猛张飞呀!王家人,就让王大奎当组长。一枭,你不知道,这些年王大奎一直和刘莽、李二柱不对付,对刘汉意见也很大。你把他用好了,他一人就可对抗刘汉的八大金刚。照我看,现在村里也只有他敢真刀真枪地跟刘汉那帮人对抗。"

张一枭说:"我原来计划让他当副组长,既然你这样说,那就让王大奎当组长。我让张小平给他当副组长,你看中不中?"

张福堂高兴地说:"一文一武,一刚一柔,我看可以!小平这孩子你别看外表绵绵的,心里的主意大着呢,你看他回村才多长时间,就在村里建起了自己的公司,我看这孩子也很会来事,时不时在村里安排个酒场,村里许多人都在围着他转,我看让他当副组长可以。"

张一枭笑着说:"赵家人中只有赵福刚是党员,我听说他和刘汉也是拜把子,也是你说的八大金刚,照你说,他是一定不能用的呀!但是,我也把他列为组长人选了。"

张福堂拿起计划书,又放了下来,想了又想,说:"我看可以让他当组长。我知道他为啥和刘汉拜把子,那年他急着找刘汉给他批宅基地,赵胜海就给他出了个馊主意,拉着他跟刘汉那一帮人拜了把子,其实他和刘汉并不一心,这些年他从刘汉那里也没得到啥好处。"

张一枭说:"我听说这个人很正直,很有责任心。"

张福堂说:"是的,福刚是个好人,也是个敢说敢干的人。这些年他就是看不上刘汉等人的作为,才不屑与他们为伍。我听说现在八大金刚聚会,他们都不叫赵福刚了。"

说着,张福堂又看了一阵计划书,看完之后,他合上计划书,问道:"曹长山那个别货,我看你没给他安排职务,是不是嫌他年龄大了?这人在村里可是个人物,用好了是把快刀,用不好可是个毒刺呀!这些年,刘汉最怕的,也最没办法的就是他!如果把他用好了,也是一个对付刘汉的好将!"

张一枭说:"我也想让他当组长,可他的年龄确实太大了,村里的工作也不适合让他这样年龄大的人去做。不过,我有个更重要的位置给他留着呢。上次我听你说,他经常带着村里的老年人上访,他是不是在村里的老年人当中很有威信呀?"

张福堂点了点头说:"是的!曹长山这个人是老残疾军人,虽然是个老别货,但他很有正义感,也是个热心人,村里谁家有困难他都热情帮助人家。这些年他组织的上访,都是在告刘汉,都是在为村里的弱势群体鸣不平,都是在为别人呼吁,并不是为他个人的事情,所以他在村里的老年人中很有威信。"

张一枭说:"原来因为这!我还一直纳闷呢,他的几个子女都在城里,有当领导的,还有当大老板的,他不缺钱呀! 再说,他儿子都当厅长了,谁敢欺负他呀,他不应该一直上访啊!"

张福堂笑了,说:"这个老爷子,你以后跟他接触多了就了解他了,是个很有意思的人。"

张一枭说:"好! 大伯,我知道了。您通知一下支部委员吧,咱下午 3 点就开支部会。"

4.稳、准、狠

刘汉没参加支部会,但是王发全参加了。

开完会,王发全直感到身上冒凉气,他没想到张一枭会来这一招。虽然他在支部会上没提反对意见,但他已经隐隐感到了事情的不妙。张一枭这招可谓是稳准狠,一招打在了他们的软肋上。

当前,双方斗争的焦点就是有人带头签订土地流转合同。一旦张一枭把全村的党员组织起来,他们就将不战而败。

王发全预感到了事情的严重性,他专门给刘汉打电话,让他抓紧时间回村,亲自感受一下张一枭出招的力度。

刘汉、王发全等人赶到村部时,党员活动室里已经坐满了人。

张一枭看了看刘梦羽,说:"梦羽,放专题片吧!"

投影仪上播放的是关于土地流转的专题片。

刘汉带着王发全悄悄进了屋,见满屋子人,连坐的地方都没有,就站在最后面了。

刘汉原想着,张一枭搞的党员夜校,最多来几个积极分子。他没想到,不仅村里的党员都来了,一些不是党员的群众也都来了。

刘汉本来是想过来随便看看,可一看会议室里坐了这么多人,便改变了想法,他要看看这张一枭是用什么办法把大家吸引到这里的。

大家聚精会神地看着专题片,谁也没有注意到刘汉的到来。

很快,一个30多分钟的专题片放完了。

刘汉正要转身回家,却见刘梦羽走到了主席台上,讲道:"乡亲们,下面,让张一枭给大家讲讲我们省土地流转的情况,还有我们示范区建设的规划。"

张一枭快步走上前,拿起话筒说道:"乡亲们,我先讲讲我们省土地流转的情况。

土地流转不仅是中央和省委大力提倡的,也是现代农业的发展方向。农业要想提高生产效益,必须要走产业化的道路,我们农民要想提高生产收入,必须要转变为农业产业工人。目前我省不少地方在农业产业化方面已经远远走在了我们前面。据统计,全省耕地流转面积 3959 万亩,托管面积 2533 万亩。在工商部门登记的家庭农场有 5 万户。农业生产托管服务组织 2.5 万个,托管服务面积 2533 万亩。89%的县、95%的乡镇成立了土地流转服务组织。"

刘梦羽拿起话筒,接着说道:"土地流转有多种形式,有租赁式的,就是由公司或个人租大家的土地,一亩地一年给你们多少钱;有托管式的,就是由公司或个人帮大家种地,从一亩的收益抽取提成;有合作社式的,就是我们大家成立土地种植专业合作社,大家以土地入股,年底从中分红。"

张一枭说道:"国家为什么要鼓励我们农民进行土地流转呢?因为现在这种一家一户的耕种方式根本就难以实现农业的高效益高产出,只有对土地进行规模化基地化高科技化利用,我们的土地产值才能实现大的跨越。我讲这些,可能大家有点听不懂。我就举个例子,梦羽流转的那 300 亩地,目前每亩土地产值都达到了 15000元。你们算一算,你们自家的地刨掉人力成本外,一亩地一年能挣多少钱?"

村民们一个个听得聚精会神。

刘汉站在人群后面静静地听着。

王发全拉了拉刘汉,压低声音说道:"你看看他们俩,跟说相声似的,咱们走吧,别一会儿也被他们忽悠进去!"

刘汉看了看王发全,摇头说道:"再听一会儿,看看张一枭还放啥幺蛾子。"

张一枭走下主席台,一个大大的规划图投屏在主席台的银幕上。

张一枭用指示灯点击着银幕,说道:"乡亲们,下面,我给大家讲讲咱们的高标准农田示范区。大家看,这就是示范区的规划图,占地面积 10 万亩,共涉及 5 个乡 15个村。大家可以看一看,示范区共分为五大板块,这一板块是高效农业生产基地,主要包括优质蔬菜生产基地、强筋小麦和高淀粉玉米生产基地、甘薯和中药材生产基地;这一板块是工业园区,主要包括农产品精深加工园、生物医药园和板材工业园;这一板块是科技孵化园,主要是与高等院校搞校企共建,打造科技创新中心和产学研示范区;这一板块是高科技养殖小区,初步计划是打造科技含量高、设备先进的养殖小区,改变落后的养殖方式。"

张一枭停了下来,他要给大家留下充足的时间了解各板块的规划内容。

停顿了一会儿，张一枭接着说道："乡亲们，我再来讲讲最后一个美丽乡村板块。对于示范区内 15 个村的建设，县里将根据各个村的特点，采取美丽乡村 + 特色产业、美丽乡村 + 种植大户、美丽乡村 + 乡村旅游的形式融合发展。比如，我们村有古村落、有民族乐器生产，下一步就要紧密结合古村改造和民族乐器村建设，打造风景如画的田园综合体。大家看看，这就是我们村的将来！"

当刘梦羽把田园综合体的规划图展现在大家面前后，不少人自发地鼓起掌来。

张一枭复又走向主席台，拿起话筒说道："党员同志们，我在这里宣布一件事。"

会议室里顿时静了下来。

刘汉的脸立马阴了起来，村里的事儿张一枭竟然不和他商量，就在这么多人面前公布，也太不把他看在眼里了。

张一枭严肃地说道："为加强对大家的组织管理，为了发挥党员的示范带动作用，也为了让大家积极参与村里的工作，经过报请乡党委书记杨锐同志同意，我们将对村里的无职党员进行'一编三定'，就是把村里的 60 名无职党员统一编为产业发展、乡村治理、环境整治、移风易俗 4 个组，对每位党员定任务、定责任、定奖惩。关于无职党员的分组，以及每个组的组长、副组长人选，明天将在公示栏里公示，欢迎大家提出宝贵意见。"

刘汉的呼吸急促起来，他强忍着心头的怒火，猛地站起身，大步向外走去。

王发全慌忙跟了过去说："主任，你咋了？"

"哼！"刘汉重重地哼了一声，大步向前走去。

5.两军对垒

第二天上午，刘汉早早地来到了村部。他让王发全逐个通知村"两委"班子成员，8 点 30 分要准时到村部开会，谁也不准请假。

刘汉阴沉着脸，端坐在会议桌的中央。

张福堂看刘汉满脸不高兴，猜想他组织这次会议一定没好事，就沉着脸在一旁坐了下来。

王发全看了一下众人，说道："一枭，你把最近一段时间村里的工作向刘主任汇报一下吧。"

张福堂拦住了王发全的话，说："发全，你搞错了吧？一枭是村里的第一书记，怎么能向村主任汇报工作,你当这么多年村干部了,连这都不懂?"

王发全脸一红,嘟哝着说:"我,我……"

刘汉的脸顿时黑了起来。他极力按捺着自己,他在等张一枭的过激反应。一旦张一枭有不敬之举,他就当众发飙,给张一枭点颜色看看。

张一枭笑了笑,说道:"大伯,刘汉叔这段时间不在村里,我就把最近村里的工作给他介绍一下吧。这段时间,村里的工作主要是组织土地流转,不过我们村的进展很不顺利,王乡长点名批评了咱们村,乡里的通报也下来了,我们村的工作排倒数第一。还有一件事儿,经报请乡党委杨书记批准,我们组织开展了对村里的无职党员'一编三定'的工作,将村里的 60 名无职党员编为产业发展、乡村治理、环境整治和移风易俗 4 个组,以后村里的一些工作,我们可以交给这些无职党员去做。"

刘汉终于抓到了反击张一枭的机会,猛地站了起来,大声吼道:"张一枭,'一编三定',还成立 4 个组,这么大的事儿,你凭啥不跟我说? 你把我这个村主任放在眼里没? 我告诉你,张一枭,你这种做法,说轻了是胡闹,说重了是违法行为!"

赵胜海急忙附和:"张一枭,你别以为你有点文化,在外面见过世面就净出幺蛾子。你成立 4 个组,村里的工作都让无职党员干了,还要我们村'两委'和村干部干啥?"

张福堂也站了起来,冲着刘汉说道:"刘汉,你咋呼啥? 组织管理无职党员是党支部的工作,凭啥给你汇报?"

刘汉怒视着张福堂,点着头说道:"好,好,好,党支部的工作也该召开支委会进行研究呀!"

张福堂不甘示弱地说:"谁说没开支委会研究? 我通知你开会,你不参加还反过来找事儿,说什么违法行为,你们到底想干啥?"

王发全急忙打圆场,阴阳怪气地说道:"老书记,您这话可说重了! 我们不是讲究集体决策嘛,刘主任的意思是遇事多商量、多通气,不能私自做决策。还有,《村民委员会组织法》明文规定,村民委员办理本村的公共事务和公益事业,调解民间纠纷等,张一枭成立产业发展、乡村治理、环境整治、移风易俗 4 个组,让村里的无职党员管理村子,您说说这不是脱离村民委员会另立山头是什么? 不是违法是啥?"

张福堂欲加反驳,张一枭抢先接过了话,依然笑着说道:"刘汉叔、发全叔,你们误会了! 村里开展无职党员'一编三定',是为了发挥党员的模范带头和示范带动作用,成立的 4 个组都是在村党支部和村委会领导下开展工作的呀,怎么能说是另立山头呢？成立这4个组，主要是为了解决我们村干部力量不足的问题。组织实施乡村振兴战略是个系统工程，产业发展、乡村治理、环境整治、移风易俗等各项工作需要齐头并进开展，光靠我们几个村干部，根本忙不过来。"

赵胜海尖声喊道："咋忙不过来？脱贫攻坚战的任务那么重，我们不是都顺利完成了吗？"

驻村工作队队员杨洋望望众人，说道："我觉得一枭说的有道理，村里把无职党员组织起来成立这4个组，是得到了乡里认可的，咋能随便给安上个违法的帽子呢？再说，哪条法律规定不能成立一些民间组织呢？"

刘汉眼一瞪，说道："小伙子，你是乡里的干部，你的任务是驻村帮扶，村里的事儿还是少问为好。"

张一枭反驳道："刘汉叔，乡里明文规定驻村干部参与村里的工作，也参与村务决策！"

刘汉一拍桌子，吼道："张一枭，你说哪个文件规定了驻村干部参与村务决策，你给我拿来看看？我告诉你张一枭，你要清楚你的位置，你才当多长时间村干部，就大言不惭地说要解决村干部力量不足的问题？张庄村还轮不着你来当老大！"

驻村工作队队长杜文正一直在忍耐，此刻彻底被激怒了。这段时间，随着对刘汉等人调查的深入，他越来越感到愤怒难平，恨不得现在就把刘汉这帮人抓起来。这帮家伙在村里横行霸道、为所欲为，村里许多人对他恨得牙疼，可是敢怒不敢言。在收集证据的过程中，不少群众提起刘汉就不由自主地瑟瑟发抖，由此可见他们这帮人手段之恶劣。

杜文正站起身，怒声道："刘汉同志，你作为一个党员干部，你说的这是啥话？"

刘汉也站了起来，怒视着杜文正说："我就知道是你在背后给张一枭撑腰，有本事你罢免我，只要我在任村主任一天，村里的事儿就是我说了算！"

杜文正冷笑着说："你说了算？我告诉你，村里事务的一切决策要由党支部来定，轮不到你刘汉！刘汉你要明白，你一个人也代表不了村委会。"

刘汉怒视着杜文正，足足有十几秒，然后重重地哼了一声，转身向外走去。

赵胜海起身跟了过去。

王发全看了看众人，嘴里喃喃自语道："主任，主任，你咋走了呢？这会还没开完呢！"

王发全见众人都没有反应，犹豫了一会儿，也跟着走出了会议室。

6.集中突击

张一枭很清楚,刘汉等人对无职党员"一编三定"如此在意,就是他们也看到了这项举措的威力。刘汉之所以在村里横行霸道,之所以敢和老书记叫板,就是因为他手下有王发全、赵胜海,还有他拜把子的八大金刚。这段时间他推进土地流转之所以如此艰难,就是因为党支部的决策部署没有很好地落实载体,就是因为王发全等人阳奉阴违,他没有自己的战斗力量。

张一枭决定,要在这次土地流转中好好练练兵,只要把党员队伍组织管理好了,党支部的战斗力自然也就上去了,任务来了,他就真的不怕了。

无职党员分组名单公示两天之后,张一枭组织召开了全体党员大会。

会上,党支部书记张福堂宣读了产业发展、乡村治理、环境整治、移风易俗4个组的组长、副组长和成员名单,对各个组的工作任务、工作职责及其奖惩办法进行了公布。最后,张福堂充满感情地大声说道:"党员同志们,从今天开始我们党支部就真正地拧成一股绳了,希望大家发挥自己的聪明才智,共同把我们张庄村管理好、建设好!"

顿时,下面响起了雷鸣般的掌声。

张一枭被党员们的情绪深深地感动了。由此他深深感到,村里党员的基本觉悟还是很高的,他们的模范带头作用之所以没有发挥出来,关键在于党支部对他们缺乏教育、缺乏组织和管理。这支队伍用好了,就没有完不成的任务。

张福堂等会议室静了下来,接着说道:"下面,请我们的第一书记张一枭同志讲话,大家欢迎!"

又是一阵雷鸣般的掌声。

张一枭扶了扶话筒,讲道:"党员同志们,村党支部开展'一编三定',把大家组织起来,就是为了给大家参与村里管理建设提供平台和载体,就是为了发挥大家在村子建设发展中的示范带动作用,就是为了把大家紧紧凝聚在党支部周围。当前,我们党支部第一位的工作,就是要完成乡党委交办的土地流转任务。今天,我把这项任务交给大家,这是党支部交办给大家的第一项任务,完成得好不好,既是对我们大家党性的考验,也是对我们大家工作能力的考验,希望大家想想我们入党时的誓言,想想我们的初心使命,光荣完成好党支部交给的任务! 党员同志们,大家有没有信心打赢这次土地流转攻坚战？"

张一枭的话在党员中引起了强烈共鸣，许多老党员激动得泪水在眼里打转。

乡村治理组组长王大奎猛地站起来，举着手大声喊道："坚决完成党支部交给的任务！"

大家群情激奋，纷纷起身，高声喊着："坚决完成党支部交给的任务！"

"坚决完成党支部交给的任务！"

为了更好地把责任压实，全体党员会结束后，张一枭和各组长商议，对土地流转合同签订工作进行了任务分工，一个组负责150户，每名党员分包10户。

张一枭明确告诉4个组的组长、副组长，这次土地流转攻坚战奖罚分明，提前完成任务夺得头名的组，给予10000元奖励；不能按时完成任务的组，组长要在全体党员大会上做检查，并引咎辞职，重新改选组长、副组长。

7.合作社

果然不出张一枭所料，无职党员"一编三定"的威力很快就显现了出来，仅仅一个星期，村里的土地流转合同竟然签订了80%。尤其是产业发展组竟然完成了150户全部土地流转的合同签订。

乡村治理组组长王大奎坐不住了。向来好强的他本想争头名，他每天都让副组长张小平了解其他3个组的进展情况。他看产业发展组已经提前完成了任务，而乡村治理组才完成了60%，知道自己这组真真切切垫了底。

王大奎着急上火，嘴上长满了泡。到了村部，就连声叹气。

张一枭问道："大奎叔，你这嘴上咋长满了泡？"

王大奎苦着脸说："丢人哪！我还想着争头名呢，却弄个倒数第一。刘海江那小子在刘汉的鼓动下油盐不进，我们几个人轮番去他家做工作，好话说尽，他就是不签合同。那些流转土地的种地大户都看着他呢，他不签，这些人都跟着不签，我可没办法了！一枭，你早点把我撸掉吧，省得让我在全村党员大会上丢人。"

张一枭笑着说："大奎叔，遇到困难就打退堂鼓了？"

王大奎着急地说："一枭呀！不是我打退堂鼓，我着实是没法了！"

张一枭认真地说："刘海江的情况我了解，受刘汉鼓动是一个方面的原因，主要还是他担心村里的土地流转出去了，他就没地种了！大奎叔，明天我把乡里的杨书记请过来,咱们一块儿去做刘海江的工作,你看中不中?"

王大奎说:"刘海江给我说了,就是县委书记来跟他谈,他也不签合同。"

张一枭自信地说:"大奎叔,你就放心吧,只要杨书记出面,他一定会把合同签了。"

王大奎犹豫地说:"那好吧,明天我专门等着你们去找刘海江做工作。一枭,到时候杨书记在刘海江那里丢了面子,你可别怪我没有提醒你。"

张一枭笑道:"知道,你就放心吧!"

第二天上午,张一枭和杨锐、王大奎一起来到了刘海江家。

看到杨锐,刘海江满脸的不高兴,怒声说道:"王大奎,你啥意思,把乡里领导都搬来了?我告诉你,你就是把天王老子搬过来,我也不签这合同!"

杨锐微笑地看着刘海江,温和地说:"说说你不签的理由。"

刘海江急声说:"土地都被你们流转走了,我种啥?我花几十万买这么多机械设备不全废了?"

杨锐点了点头,重复着刘海江的话:"土地被我们流转走,你没地种了。海江,你先别着急。我问你个问题,你说我会种地吗?县里公司那些人会种地吗?"

刘海江赌气地说:"你们当然不会种地了,你们这些领导咋会来种地?"

杨锐说:"这就对了!土地虽然被县土地开发公司统一流转了,但种地还是要靠你们这些种地大户的。"

刘海江疑惑地看着杨锐,说:"你说这是啥意思?"

张一枭接过了话,说:"海江哥,关于土地耕种,县里的政策很明确,各村流转的土地原则上还是由各村来耕种,耕种模式有以下三种:一是种粮大户成立合作社,采取入股的形式,与县土地开发公司合作,共同对流转的土地投资耕种;二是种粮大户租赁县土地开发公司的土地进行耕种;三是村民作为农业工人耕种土地,县土地开发公司每月给大家开工资。另外,杨书记还想把你们这些有大型农业机械的种粮户组织起来,成立农业机械合作社呢。所以,你如果想继续种地,肯定会有地种,而且有更多的土地给你种;你如果不想种地,你的农业机械也不会闲置起来。"

刘海江转向杨锐,问道:"杨书记,真的是这样?"

杨锐点了点头,说:"海江,你是个聪明人,也见过大世面,我一说,道理你自然明白。县里投入几十个亿的资金建设示范区,目的是带领群众发家致富,推动乡村振兴,绝不是与民争利。县里出重金对土地进行整理改造,专门成立公司帮助咱们农民开拓市场,联系大学院校在咱们这里设立农业研究院,都是为了提高农业的产业化程度,提高土地产值效益。"

刘海江认真地听着,显然他已经听到心里去了。

张一枭说:"海江哥,我和梦羽已经成立了蔬菜种植合作社,我建议你把咱们村的几家种粮大户组织起来,成立个粮食种植合作社,这样你们不仅可以和县土地开发公司签订土地租赁合同,还可以享受国家的资金补贴政策。"

杨锐说:"海江,一枭说得对,早点把合作社成立起来吧,这样你就可以享受国家的低息贷款和补贴政策了,就能帮助你把事业做大做强了!"

刘海江激动地说:"照你这样说,我当然想成立合作社了,可我不知道咋弄呀!"

张一枭笑道:"这你不用担心,我们的蔬菜合作社模式也适合你,合作社组织形式、章程和议事规则等,我们那里有现成的,你只需根据你们的情况改动一下就可以用,你只要能把人组织起来,其他的我和梦羽来帮你弄。"

刘海江高兴地说:"一枭,你说的是真的? 只要你愿意帮我建合作社,我今天就去找那些大户做工作。"

杨锐深有感触地说:"海江,县里决定在咱们乡建设示范区,可以说为你们这些种粮大户提供了重大发展机遇,希望你能抓住这次机遇,成为咱们乡的千亩户、万亩户。"

刘海江上前一步,紧紧抓住杨锐的手,愧疚地说:"杨书记,我……我糊涂呀! 一枭、大奎,我对不起你们,我……我给你道歉,希望你们不要跟我计较。"

第九章　招商引资

1.拙劣表演

这段时间,叶知秋心里很不平静。她已经答应张一枭在张庄示范区投资建设现代农业产业园,可这么大的事情没有李扬父子的同意,公司可能投入不了多少钱。

叶知秋虽然不喜欢李庆,对父亲和李扬把他们硬捏在一起感到委屈,但他如果不出现嫖娼事件的话,她会与他结婚,会和他好好过日子,好好把公司经营好。她曾暗下决心,一定要把公司经营好,不让父亲失望;一定要把张庄现代产业园的项目建设好,也算对张一枭有个补偿,她要用自己的幸福,帮助他爱的两个男人实现愿望。

然而,那次和李扬谈过话后,也等于她和李庆撕破了脸。她如果不主动找李庆沟通,董事会上他是绝对不会同意张庄村的项目的。一旦李庆在董事会上直接发难,这个项目根本就通不过。

叶知秋决定和李庆谈谈。

叶知秋找到李庆,开门见山地说:"李庆,你不是一直想知道那天我去了哪里吗?"

李庆没想到叶知秋会主动找他谈话。这段时间,他一直在躲避叶知秋,为的是避免和她再发生不愉快的事情,也为了找到叶知秋的把柄后再狠狠给她一击。他看叶知秋主动来到他的办公室,连忙站起身,脸上赔着笑说道:"没有,没有! 我主要是担心你的安危。"

叶知秋冷冷地看了一眼李庆。她最讨厌李庆这嬉皮笑脸的样子,一看就没个正行,一看就知道他心里有鬼,在满嘴跑火车。她强压着心里的不悦,说:"那天,张庄乡的书记杨锐请我参观他们的高标准农田示范区,我去了张庄村!"

李庆心中暗骂道:"你个臭女人,终于交代了!"他猜想,叶知秋今天来主动向他交代,一定是有事要求他,否则她决不会主动给他说出这件事。于是,他故作惊异地说:"是吗?我好像记得张一枭也是张庄村的。"说完,急忙转变语气,笑道:"知秋,你可别想多了,我只是随便一说。"

叶知秋叹了口气,说:"李庆,你放心,既然我同意跟你领结婚证,我就已经把自己对张一枭的感情封存了起来。以后,我和他只是简单的同事关系和普通的朋友关系。"

李庆心中顿时泛起了涟漪:叶知秋,你就给我装吧,装吧,你同意跟我办结婚证,为什么一直拖着不办?你说已经将对张一枭的感情封存了起来,为什么玩失踪跑过去见他?你如果心里没鬼,完全可以光明正大地去见他呀!他真想问一问叶知秋,既然你同意领结婚证,那我们明天就去办吧?可话到嘴边,又被他硬生生地咽了回去。他不能这么莽撞地破坏眼前的和谐氛围,他要摸清叶知秋到底来找他干啥。他看着叶知秋,故作高兴地大声说道:"我相信,知秋,我相信!张一枭还是我师哥呢,见了他我还是称他师哥!"

叶知秋低声说:"希望你说的是真心话!李庆,我的心累了,我不想闹腾了,只要你真心对我,我决不负你!"

李庆心中一阵狂喜。不论叶知秋今天说的是真话还是假话,他都非常高兴。如果过去叶知秋能给他有丝毫这样的表示,他还会那样恨她恨张一枭吗?他还会做那些连他自己都不齿的事情吗?激动中,他手捂着胸口发誓道:"此生我如果不真心对待叶知秋,叫我不得好死!"

叶知秋拉住李庆说:"李庆,你干啥呢?"

李庆兴奋地拉住叶知秋的手说:"知秋,我太高兴了,我太高兴了!走,我请你吃饭去!"

叶知秋拨开李庆的手,说道:"李庆,你坐下来,我有话给你说。"

李庆坐了下来,像小学生一样一本正经地说道:"知秋,你说吧!让我干啥?"

叶知秋被他的神态逗笑了:"你呀!看看你这样子,跟小学生听老师训话一样。"

李庆突然站了起来,又单膝跪在地上说:"知秋,我李庆愿意一辈子当你的小学生!"

叶知秋忙拉起李庆说:"别在这儿跟我肉麻了,起来,我给你说正事儿呢!"

李庆又坐了下来。

叶知秋说道："我这次去张庄村,看了他们的高标准农田示范区建设规划,也参观了他们的蔬菜基地,很受震动,也很受鼓舞。李庆,你知道,建设现代农业产业园正是我的梦想,我想在张庄村投资,参与他们的示范区建设,我希望你能支持我。"

李庆眼睛看着叶知秋,心里却飞快地过完了一年四季。他对建设现代农业产业园根本就不感兴趣,况且张一枭还在那里,他根本不想让叶知秋跟那里有丝毫的联系,可他又不忍心破坏当前这种难得的温馨气氛。这么多年,叶知秋对他一直都是一副冷面孔,今天难得跟他说这么多的话,难得为他笑了,还难得这么关心他!

李庆觉得,今天无论如何也不能破坏这难得的好心情! 叶知秋就是让他去死,他也要爽快地答应她! 想到此,他说道："好呀! 只要你看中了,只要你喜欢,咱们就干!"

叶知秋吃惊地望着李庆,说："真的? 李庆你真的支持我在张庄建设现代农业产业园?"

李庆一拍胸脯,说："知秋,我会永远坚定地支持你的! 只要你答应跟我和好,你让我干什么我都义无反顾。就是叫我去杀人,我都愿意干!"

叶知秋笑道："我干吗让你去杀人呀? 李董那里我还没汇报呢。"

李庆抢过话说道："我爸那里,你不用管,你包给我就行了。你放心,我爸那里,我来做工作!"

2.替补方案

村里的土地流转工作已经进入了尾声。张一枭觉得是该到公司汇报现代农业产业园建设的时候了。

为了做好这次汇报,张一枭进行了充分的准备,不仅做了现代农业产业园的总体规划,还拿出了分步实施计划。对当地招商引资政策、政府关于基础设施配套建设的规划,以及产业链配链延链情况进行了详细的调查了解。

现代农业产业园规划准备工作虽然做得很充分,但张一枭对能不能成功说服董事会前往示范区投资心里根本没底,他甚至持悲观态度,认为这个项目在董事会根本就通不过。因为目前公司毕竟不是叶浩然在当家,以叶浩然的魄力和大气,看到规划,一定会力排众议大力施行。叶知秋虽然对现代农业产业园非常感兴趣,也很相信和支持他,但以她在公司的威信和驾驭能力,根本抵抗不住李扬、李庆的反对声音。李扬虽然是副董事长,但他在董事局中的地位和说话的分量,远非叶知秋可比。

他很清楚,李庆是绝对不会支持公司在示范区建设现代农业产业园的,只要是涉及他的项目,李庆都会不遗余力地反对。至于李扬,向来保守的他,也不会支持现代农业产业园这个项目的。毕竟公司的主业还是饲料和养殖,李扬不会拿出一二十个亿建设现代农业产业园的,他不敢也不会去冒这个风险。明知不可为而为之,其结果必然是以失败而告终。

但是,张一枭是个不甘心失败的人。再说他已经给杨锐引见了叶知秋,叶知秋也信誓旦旦地向杨锐保证要投资示范区,如果他的此次郑州之行无疾而终,在杨锐那里不好说话,对村里人他也无法交代。是呀,他曾给村"两委"班子成员拍着胸脯说,招商引资由他负责。引不来巨丰集团,他拿什么完成乡里交给村里的招商引资任务,他拿什么来回报大家的信任?

为了确保此次郑州之行能有收获,张一枭精心准备了第二套方案,就是在养殖园区建设高科技养殖场和饲料厂。建设一个世界一流的高科技养殖场,是李扬多年的愿望,也是公司急需树立的新标杆。另外,建设高科技养殖场的投资规模不是很大,也容易在董事会通过。

张一枭带着两个方案来到郑州,在见叶知秋之前,他首先拜访了李扬。

李扬没想到张一枭会主动来看他。自从张一枭离开公司后,李扬对这个自己一直非常中意的弟子充满了愧疚。张一枭在公司这些年,李扬一直把他当自己的孩子看,对他倾注的感情和精力并不比李庆少。开始李扬一直以为张一枭改换门庭投靠了杨伯年,当他得知张一枭回村当了第一书记后,方才知道冤枉了张一枭。但为了李庆,他只能忍痛割爱,让张一枭离开公司。

接到张一枭的电话,李扬心中很是激动。

张一枭用富有感情的声音说:"老师,您晚上有时间吗?我想去看看您。"

李扬激动地说:"一枭,你在哪儿呢?我有时间,有时间!你到家里来吧,咱爷儿俩喝两杯。"

张一枭回答:"我在高速上。好的,到了郑州我直接去您家。"

李扬推掉所有的应酬,早早地就下班回了家。他让保姆提前买菜做饭,自己亲自下厨精心做了几个小菜,专门等着张一枭到来。

张一枭搬了一箱家乡的有机蔬菜,还带了两盒李扬爱喝的茶叶。

进了门,李扬反复打量着张一枭,动情地说:"黑了,不过强壮了,也精神了!"

俩人说着话进了餐厅,李扬拿出一瓶茅台酒,说:"一枭,咱俩还是老规矩,一人一半。"说着,将酒倒了满满两大玻璃杯。

张一枭洗了洗手,坐了下来,笑道:"老师的酒量还是不减当年呀!"

李扬把酒杯端到张一枭跟前,说:"我也好长时间不沾酒了,今天高兴,咱爷儿俩就这么多酒,慢慢喝,关键是在一起好好聊聊!"

张一枭双手端起酒杯,恭敬地说:"老师,我先敬您一杯,祝您老身体健康,天天快乐!"

李扬高兴地喝了一口,说:"一枭,怎么样? 在村里干得还好吧?"

张一枭说:"高标准农田示范区建设推进很顺利,10 万亩的土地已流转了 50%,其中我们村的土地就流转了 7000 多亩。"

李扬问:"我听说你和知秋想在这个示范区搞现代农业产业园,是不是呀?"

张一枭老实地回答:"这还需要您老的大力支持!"

李扬端起酒杯,说:"来,喝酒,喝酒!"

俩人喝了口酒,又吃了几口菜。

李扬语重心长地说:"一枭,我觉得建设园区筑巢引凤应该是政府的事儿,企业去搞不明智。再说,建设园区投资非常大,会把企业拖垮了。"

张一枭点了点头,说:"老师,实不相瞒,这段时间我做了两个计划书,一个是建设现代农业产业园,一个是建设高科技养殖场和饲料厂。老师,您不是一直想改变传统的养殖方式吗? 我做了个世界一流的高科技养殖场规划,提前送您看看。"

李扬的眼睛顿时亮了起来,说道:"是吗? 一枭,快给我看看! 你说得对,要做我们就做世界一流,要做就做科技最前沿、行业最前沿的养殖场。"

张一枭起身从包里拿出养殖场和饲料厂建设规划书,双手递给了李扬。

李扬把酒杯挪到一边,拿来老花镜,摊开计划书,认真地看了起来。

看着李扬那急不可耐的样子,张一枭心中一阵激动。他料定李扬一定会支持他的养殖场和饲料厂建设规划。

李扬认真地看着,时不时抬头看一眼张一枭,高兴地说:"好,好,真好! 一枭,你这孩子真是出息了!"

张一枭微笑着说:"老师,您看哪个地方不妥,我再修改。"

李扬反反复复地看了有半个小时,最后合上计划书,心满意足地说:"一枭,我看已经很成熟了,完全可以上董事会了! 至于里面的一些细节,会后再改动也行。一枭,老师真的没有看错你,让你离开公司真是可惜了!"

张一枭忙端起酒杯,说:"老师,来,喝酒,喝酒!"

俩人都喝了一大口。

李扬放下酒杯,伤感地说:"一枭,让你离开公司,你恨老师不?"

张一枭笑道:"老师,您说什么呢? 离开公司是我自己的选择,我怎么会恨您呢? 跟了您这么多年,我从内心深处早就把您当作我的长辈和亲人了。"

李扬的眼圈红了,动情地说:"孩子,你知道吗? 老师这些年一直把你当儿子看,很多时候我觉得对你比对李庆还亲呢。"

张一枭说:"老师,我能感觉到,谢谢老师对我的关心!"

李扬擦了擦泪,笑着说:"看这菜都凉了,快吃菜! 我这老头子,真是老了!"

3.最高"圣旨"

叶知秋对现代农业产业园项目极为重视,这是她出任总经理以来要投资的第一个大项目,她要通过这个项目让公司的元老们看看,她叶知秋是位称职的总经理,是有能力驾驭这个公司的。更为重要的是,有了这个大的项目,她就有理由经常和张一枭在一起了。

她多次给张一枭打电话,进行视频聊天,讲述她对产业园的认识和想法,与张一枭反复修改建设规划,可以说是全程参与了现代农业产业园规划的起草和修改。

听说张一枭到了郑州,她迫不及待地把张一枭叫到办公室,俩人对现代农业产业园建设方案又进行了最后修改。

关上电脑,叶知秋长长地出了口气,说:"实在改不动了!"

张一枭笑道:"你呀,就是爱追求完美! 还不知道这个方案能不能在董事会上通过呢。"

叶知秋做了个鬼脸,说:"你不知道吗? 我就是个完美主义者。这个方案必须在董事会上通过!"

张一枭问:"你提前将我们的想法跟董事们沟通没有? 上董事会的重大事项是需要提前进行个别酝酿的呀! 特别是李庆,我汇报的方案,他一定会坚决反对。还有我老师李扬,你提前给他说没有?"

叶知秋被问得一愣："什么个别酝酿,你没告诉我呀?不过,我已经给李庆说了。你不知道我做他的工作有多难,费了好大劲才说服他的。你就把心放肚子里吧,李庆已经给我拍胸脯保证了,我让他咋说他咋说。"

张一枭问:"李扬呢?你是不是当面给他说的?他好像知道这件事儿。"

叶知秋说道:"我让李庆给他说的。李庆他自告奋勇说,由他负责做他老爸的工作,他不会骗我的!"

张一枭点了点头,说:"知秋,我实话告诉你,我做了两个计划书,一个是现代农业产业园的,一个是高科技养殖场和饲料厂的,并且昨天晚上我也见了李扬。"

叶知秋顿时睁大了眼睛,急问道:"你昨天晚上就来了?你不是一直想建现代农业产业园吗,为什么要做两个方案呢?"

张一枭认真地说:"我担心李扬不同意现代农业产业园的项目。做两个计划书,把高科技养殖场和饲料厂项目作为备用项目,是为了确保我们的计划不落空。"

叶知秋生气地说:"你咋就知道李扬一定不同意现代农业产业园的项目呢?还有我们下这么大功夫、费这么大精力岂不全废了!"

张一枭笑着说:"知秋,你别着急,我们的付出绝不会白费。建设现代农业产业园是个系统工程,耗时长、花钱多,所以我担心不仅李扬不同意,其他董事也会反对。这就需要我们采取循序渐进的办法,先建养殖场、饲料厂,之后我再依据计划书,延链补链上其他项目。一旦在我们示范区投资的项目形成了全产业链发展,现代农业产业园不就自然而然地建成了吗?"

叶知秋脸上露出了笑容,努着嘴说:"看来你也是只狡猾的狐狸呀!对了,你昨天晚上见李扬,他怎么说?还有,你以前从来没有提过建养殖场,怎么忽然又做了这个计划书呢?"

张一枭摇了摇头,说:"我刚提就被他堵住了,他说建产业园区是政府的事儿,企业涉及这一领域会被拖垮,他根本就不会同意。我做建设养殖场的计划书,是因为一个电话。"

叶知秋疑惑地问:"一个电话?谁的电话?"

张一枭说:"李庆打的。他给我打电话问你是不是到我那里去了,阴阳怪气地说我了不起,忽悠你投资建现代农业产业园。"

叶知秋心有不甘地说:"李庆给我说得明明白白的,要支持现代农业产业园项目,他不会言而无信吧?下午的董事会要专门研究这个项目,再撤议题已经来不及了。"

张一枭坚定地说:"下午董事会的议题绝不能撤,我们还按照原计划进行。这个项目能过董事会,自然再好不过;一旦遇阻,你也不要坚持,就提出咱们的备用方案供大家研究。只要养殖场和饲料厂的项目通过了,你在董事会上也算取得了重大胜利。"

叶知秋为难地说:"好吧,也只好这样了!"

送走张一枭,叶知秋躺在沙发椅上想了半天。

李庆明明答应得好好的,他为什么又给张一枭打电话说那样的话?李扬又为什么对现代农业产业园那样抵触呢?难道李庆没有帮自己做李扬的工作,反而鼓动他反对投资这个项目?

叶知秋愈来愈感到事情的严重性,一旦李扬父子在董事会公开反对现代农业产业园项目,项目通过的可能性就将微乎其微。

叶知秋决定再找李庆谈谈。

接到电话,李庆屁颠屁颠地进了叶知秋的办公室,满脸堆笑地说:"知秋,你找我有事?今天想吃啥,我请你!"

叶知秋倒了杯茶递给了李庆,说道:"李庆,下午就要开董事会了,你爸对现代农业产业园这个项目的态度是?"

李庆想了想说:"啥现代农业产业园项目,你给我说了吗?"

叶知秋顿时恼了,脸色骤变,厉声说道:"好好好,就当我没说!"

李庆连忙赔笑说:"知秋,知秋,你别生气,我逗你玩儿呢,你交代的事情我敢忘记吗?我告诉你,你说的每一句话,我都在本上记着呢!对了,还有心里。你的话,在我这里就是最高圣旨。"

叶知秋生气地说:"你少贫!说吧,你和你爸支持不支持我的现代农业产业园项目?今天你要给个利索话!"

李庆连声说:"支持,支持,绝对支持,我举双手支持!不过,你要是离张一枭再远点,我就更加支持了。"

叶知秋气急道:"你……"

李庆连连摆手,说道:"你看你看,你又急了!不就是让我在董事会上支持你吗?放心,你叫我说啥我说啥,叫我咋说我咋说。"

4.当众反水

下午,董事会按时召开。

叶知秋主持会议,她坐正身子,清了清嗓子说:"今天会议的议题就一项,就是专题研究现代农业产业园项目。下面请张一枭向大家汇报一下项目的总体设想。"

张一枭扶了扶话筒,说道:"各位董事,现代农业产业园的战略定位是,打造国际农业高新技术发展先行区、国家农业高质量发展示范区、一二三产业融合发展先导区,主要建设任务是……"

李庆看见张一枭就来气,此时他看着张一枭一本正经发言的样子,心中的气再也忍不住了,他厉声说道:"张一枭,你等等。你别说怎么建,你先说说建这个产业园对公司有啥好处?"

众人很是看不上李庆的无礼,一齐向李庆投去鄙夷的目光。

叶知秋生气地看着李庆,欲言又止。

张一枭坦然地看了看李庆,接着说道:"建设现代农业产业园,是国家为促进一二三产业融合发展做出的最新部署。作为我们公司来讲,也是实现跨越式发展的重大机遇和重大平台,通过推进'生产+加工+科技+品牌'一体化发展,能够有效地提升公司的种养规模化、加工集群化、科技集成化以及营销品牌化水平。另外,我们还可以通过产业园引进一批国外先进农业技术、先进农业人才和涉外农业项目,开拓公司的国际市场。"

李庆嘿嘿嘿一阵冷笑,尖声说道:"张一枭,你说得比唱得还好听,你知道建设现代农业产业园需要多大的资金投入?"

张一枭看了一眼李庆,大声说道:"建设现代农业产业园是需要大量的资金投入,但我们如果与地方政府合作,我们就投不了多少钱。比如,园区的基础设施全由县政府来建,另外县政府还要帮我们引进产业链的配套企业,其实我们需要的投资并没有多少钱。"

李庆说:"张一枭,那些官油子的话你能信? 他们搞招商引资都是一套一套的,请你去的时候,把优惠政策说得天花乱坠,一旦企业进去了,他们就关门杀猪,不把你的血洗干净绝不会放你回来。我不相信他们的话能兑现。"

张一枭反驳道:"我承认个别地方有坑商现象,但你不能以偏概全,把所有地方都说成这样。"

李庆皮笑肉不笑地说："张一枭，你别忘了你还是公司的副总，你的屁股到底坐在哪边呀？哦，我明白了，现在你是张庄村的第一书记了，是那里的干部了！果真是屁股决定脑袋，刚当上个小官儿就想过来坑公司骗公司，你真是居心险恶呀！"

叶知秋真想上前抽李庆一耳光，她没想到李庆竟然如此不要脸，会前还说得好好的，到了会上竟然当众反水，还第一个跳出来反对，现在又对张一枭搞人身攻击，真是太可恶了！

叶知秋眼里冒着火，气愤地说："李庆，你不要太过分了，张一枭对项目还没汇报完，董事会对这个项目还没有研究，你就这样武断地说县里的干部骗人，你这样搞人身攻击，你啥意思？"

李庆满怀敌意地看着叶知秋，心想她的心果然还在张一枭身上，他还没怎么说张一枭呢，她就坐不住了！还说要跟自己领结婚证呢，净是骗人的鬼话！既然你们藕断丝连，就休怪我无情。

李庆越想越生气，脸一会儿白一会儿红，出气也粗了起来，怒声说道："叶知秋，心疼了是不是？我告诉你……"

李扬一拍桌子站了起来，呵斥道："李庆，你这个蠢蛋没完没了是不是？你给我滚！"

李庆从来没有看到李扬发这么大的火，顿时软了下来，不满地看着李扬。

李扬继续吼道："还不滚？想挨揍是不是？"

李庆猛地站起身，恨恨地瞪了李扬一眼，大步向外走去。

众人看着李扬，都以为会议肯定开不下去了，有的人甚至在收拾材料，就等着李扬宣布会议结束。

李扬却坐了下来，端起水杯咕咚咕咚喝了几大口水，放下水杯说："张总，我看关于现代农业产业园这个项目就不要汇报了，目前公司投资这样的项目不合适。"说着，抬眼环视了一圈众人："大家说是不是？"

在座的不少人点头说："是的，是的！"

李扬看了看叶知秋，说："知秋，我听说你们还有一个养殖场的建设项目，是不是也在会上说说？"

叶知秋也被李扬的发怒吓蒙了。在她的心目中，李扬一直都是笑眯眯的温文尔雅的形象，原来他发起火来竟然也是如此吓人。

李扬见叶知秋没有反应，又问道："知秋，你在想啥呢？你们那个养殖场建设项目在会上说不说？"

叶知秋这才回过神来，忙应声说道："说，说！好的，请张总向大家汇报一下养殖场建设的项目吧！"

5.为政之道

养殖场项目虽然在董事会上得到顺利通过，可叶知秋一点也高兴不起来。

此刻，她才真正意识到没了父亲，李扬才是公司的灵魂人物。大家虽然表面上对她谦卑恭敬，内心深处却根本就不信服她，有的人甚至把她当猴耍。她要真正驾驭这个公司，确实还有很远的路要走。

墙倒众人推，公司的人都知道父亲得了癌症，时日不多了。一旦李扬造反，公司十有八九的人会追随李扬，到时候父亲奋斗多年的这个集团公司可能就会一夜易帜。想到这一层，叶知秋便理解了父亲的苦衷，理解了父亲为啥不愿和李扬翻脸。

叶知秋身心疲惫地进了病房，看到父亲，她的眼泪顿时涌了出来。

叶浩然满眼的慈爱，微笑着说："秋儿，董事会开完了？"

叶知秋走到父亲床前，抓起叶浩然的手，低下头来，眼泪更多了。

叶浩然抽出一些纸，边为叶知秋擦泪边说："养殖场项目不是通过了吗？怎么，还不满意？"

叶知秋抬眼疑惑地望着父亲，问："爸爸，你咋知道养殖场项目？"

叶浩然笑道："爸爸不但知道养殖场项目，还知道李庆那小子在会上的表现。"

叶知秋痛苦地望着叶浩然，说道："爸爸，你就忍心让我和这样卑鄙的人生活一辈子？"

叶浩然止住了笑，痛心地说："秋儿，也许是爸爸错了！我没想到李庆这孩子品行如此差！"

叶知秋说："爸爸，这也不能怨你！李庆这个人，他太会伪装了，我也被他骗了。"

叶浩然伸手擦了擦叶知秋的泪，伤感地说："秋儿，过去爸爸一直希望你能接爸爸的班，希望你能成为叱咤商海的女强人。现在爸爸想明白了，其实当个相夫教子的家庭主妇也是很好的。所以，爸爸不逼你了，你喜欢张一枭，就跟他走吧，爸爸留给你们的资产也够你们一辈子吃喝不愁了！"

父亲失望的眼神激起了叶知秋的斗志，她擦了擦泪，坚定地说："爸爸，你要相信女儿，再苦再难我也要帮你守住巨丰集团，我不但要守住还要把它做得更大更强！"

叶浩然叹了口气，说道："秋儿，做人难，做一个干事业的人更难！做个平常人，可以想哭就哭想笑就笑，任由自己的性情来，可要做干事业的人就不能感情用事，任由自己的性子为人做事。"

叶知秋直直地看着父亲，连连点头。

叶浩然说："秋儿，有所得就会有所失，你选择做叱咤商海的女强人，必须学会割舍，有时甚至是很残忍的割舍，这里面就包括让你刻骨铭心的感情。要想做成大事，必须有为了做大事一切皆可抛的魄力和勇气，否则你囿于感情和琐事怎么能干成大事？事业有成的人，人们看见的往往是他面前的鲜花和掌声，有谁知他们背后的痛苦和艰辛？"

叶知秋认真地说："爸爸，上天选择我做您的独生女儿，也许早就给我铺就了一条艰辛的人生之路。爸爸，你放心吧，我会妥善处理好与李庆还有张一枭的感情的。"

叶浩然说："秋儿，为政之道，在于掌管一个团队乃至一个公司，也需要观形势、断人心，这样你才能做出正确的决策。这一点，你需要好好向张一枭学习，比如这次董事会。"

叶知秋不解地望着叶浩然。

叶浩然继续说："张一枭开完董事会就来看我了，他把所有的情况都给我讲了。他为何选择临时增加一个建设养殖场的项目，为何提前去拜访李扬，就是因为他把公司当前的形势看透了，把李扬的心看明白了。爸爸病了，你虽然是公司总经理，但只是名义上的掌舵人，公司的灵魂人物其实是李扬，董事会的人自然唯李扬是从，张一枭看到了这一点，才提前拜访了李扬。还有，他知道李扬想用高科技手段创新养殖模式，所以张一枭就做了一个高科技养殖场的规划，一下子就做到了李扬的心坎上。这孩子聪明呀，懂得逆势而上，顺势而为！"

叶知秋不解地问："逆势而上，顺势而为？"

叶浩然点了点头，说："秋儿，此为做事之道。困难、逆境并不可怕，你要学会把握局势、洞悉人心，要学会依据局势所趋和人心所向顺势进行决策，这样你会无往而不胜。"

叶知秋低声说道："观形势、断人心，逆势而上、顺势而为，爸爸，我记住了！"

叶浩然满意地说:"秋儿,爸爸知道你的性格,看似柔弱,实则坚硬如钢。柔弱方面像你妈妈,刚强方面像我,这也是爸爸决定让你接我班的重要原因。秋儿,性格决定命运。不是命运决定了你必须要走一条艰辛之路,是你的性格决定了你决不甘心当一名相夫教子的家庭主妇。"

叶浩然的话真切地说到了叶知秋心窝里,她暗暗佩服父亲看人看事之精准,她没想到父亲早就知道她内心深处的小心思。是呀,从小到大,父亲一直是她的偶像,她一直盼望着自己长大后能像父亲那样驰骋于商海,她着实不会甘心做一个窝在家中相夫教子、看看肥皂剧的小女人。经过父亲一番解说,她已看清了前面的路,并学到了父亲的做事秘诀,但对于自己的感情问题,她还没有彻底理清楚,还一团乱麻般地萦绕在她的心头,让她痛苦、迷茫、不知所措。

叶知秋沉思了一会儿,终于鼓足勇气说道:"爸爸,关于我的感情问题,我还想让您帮我理一理。"

叶浩然说:"面对儿女之情,很少有人会冷静。你能让爸爸帮你分析,说明你想理性地对待自己的感情问题。秋儿,常言说,当局者迷,旁观者清,爸爸的话你可能听起来不顺耳,这却是爸爸的人生感悟。"

叶知秋心里一紧,低声说:"爸爸,你说吧,是不是我和张一枭并不合适?"

叶浩然点了点头,说:"张一枭的确是个优秀的男人,成熟稳重,有主见,有担当,是个宁折不弯的人。有一段时间我是很希望他能成为我的女婿的,可后来我慢慢发现他不适合与你成为夫妻。这孩子刚性太强、柔性不足,你们可以成为合伙人,成为朋友,成为红颜知己,但不能成为夫妻。因为你们俩都是宁折不弯的性格,结婚后一定不会幸福的。"

叶知秋说:"爸爸,我们现在相处得很和谐呀!"

叶浩然说:"你们现在相处得和谐,并不代表将来和谐。你知道为什么你们相处得这么和谐吗? 对于你来说,你刚入职场,一切都是未知的、新鲜的,尚未形成对职场的认知模式和思维定式,许多事情你需要向张一枭请教,所以你感到与他相处很安全很舒服很愉快;对于张一枭来说,你是职场菜鸟,他像老师对学生一样待你,所以他会处处包容你顺着你。秋儿,一旦你成熟起来,成了职场老手,你们的矛盾很快就会出现;再加上你们俩都是那样的性格,遇到顶牛的事情双方各不相让,你说你们会有好的结果吗?"

叶知秋心有不甘地问:"爸爸,你就那么肯定我们将来一定会有矛盾?"

叶浩然严肃认真地说："你们只要成为夫妻,不但会有矛盾,还会有层出不穷的矛盾。秋儿,你和张一枭成长的环境不同,造成了你们人生观、价值观、世界观和生活观的巨大差异。如果是合伙人、朋友或者红颜知己,你们会自觉求同存异;可作为夫妻,许多事情是无法求同存异的。秋儿,与其将来痛苦伤心、分道扬镳,还不如现在与一枭修正感情,成为心灵相慰一生的红颜。"

叶知秋心里酸酸的。她觉得父亲的话很有道理,可让她放弃张一枭,她心里着实不甘。她真的很爱张一枭,爱得刻骨铭心!

叶知秋说："爸爸,难道我就一定要嫁给李庆那个浑蛋吗?"

叶浩然痛苦地说："秋儿,你知道爸爸为什么急着公司上市吗? 只要公司上了市,就有了稳定发展的保障,你就再也不用担心李扬父子了。至于你和庆儿的感情,就顺其自然随你的心愿吧! 能在一起是你们的缘分,实在不能在一起你就另寻自己的幸福。秋儿,爸爸知道,庆儿也是真心爱你的! 所以爸爸还是希望你能理性地处理好你们的感情,给李庆个机会,也给自己一个机会!"

6.不再忍耐

叶知秋走出医院,感到浑身轻飘飘的,她说不出是因为轻松还是虚脱。父亲的话精准而透彻,帮她廓清了迷雾,卸下了心中的包袱,同时却也令她感到了人生乏味。

人需要理智、理性和清醒,可一旦太理性太清醒了,看透了生死,看穿了人生,人生便也没了乐趣和刺激。

叶知秋对如何走好前方的路,特别是下一步如何驾驭集团公司这艘大船已经有了自己的定见,但对与张一枭的感情,她仍旧心有不甘,她需要找张一枭好好谈谈。

她相信父亲的判断和预测,但她觉得父亲也许是出于偏爱李庆才会给她说出这样一番话的。父亲的话意很明确,虽然李庆品行不端,但他还是倾向于让她选择李庆。她必须要找张一枭求证一下,否则她会抱憾终生。

叶知秋心事重重地赶到了公司。她一眼就看见李庆正捧着一束鲜花,站在她的办公室门口。

看到李庆,特别是看到那束鲜艳的玫瑰,她感到直想吐。

叶知秋捂着嘴冲进办公室,直接跑进了卫生间,许久才从卫生间里走了出来。

李庆呆呆地站在那里,心里充满疑惑。他猜测,难道是叶知秋和张一枭鬼混,有了小杂种？可叶知秋去张庄村才一个来月的时间，也没有那么快呀！兴许他们早就做了见不得人的事情！他心想，如果真是这样，那就好了，他要找叶浩然好好闹一闹，让全公司的人都知道她叶知秋是啥人，与其他男人都有了孩子，还在骗他，还说要与他领证结婚。他要用这件事让全公司的人都知道，这些年到底是他李庆在胡闹，还是她叶知秋真的不是人！

李庆看叶知秋从卫生间走了出来，急忙上前问道："知秋，你怎么了，是不是不舒服？"

叶知秋看到李庆手捧的玫瑰花，忍不住又一阵作呕，痛苦地说："你……你快把那花拿出去，我看见那花胃里就不舒服！"

李庆疑惑地看了叶知秋一眼，慌忙向门外跑去。

等李庆再返回叶知秋办公室时，叶知秋已经端坐在办公桌后了。

叶知秋看了看李庆，冷冷地说："坐吧！你有啥事，说吧？"

李庆见叶知秋一副公事公办的样子，装出一副忐忑不安的样子，小心地说："知秋，我……我主要是看见张一枭就控制不住自己的情绪，你……你不会责怪我吧？"

叶知秋一阵冷笑，说道："我爸爸病了，现在公司是你们父子的天下！哼！责怪？我敢吗？"

李庆哭着脸说："知秋，我错了，我对不起你！我说话不算话，我不是人，我不是东西！"说着，开始用手打自己的耳光。

叶知秋厌恶地看了一眼李庆。她真想放开性子把他骂个狗血喷头，但想起父亲说过的话，她还是忍住了。她暗暗告诫自己，再忍忍吧！等过了这段时间，等公司上市了，她就不用再忍耐这个卑鄙的小人了。

叶知秋拿起桌上的一沓材料，翻看了起来。

李庆见叶知秋对自己的表演不闻不问，便停了下来，哀求着说："知秋，求求你原谅我吧，下次我再也不敢了！以后你说啥是啥，我再不照做，你就抽我嘴巴子。"

叶知秋依旧在看材料，没有抬头也没吱声。

李庆扑通一声跪在了地上，流着泪说："知秋，知秋，求求你原谅我吧！我给你跪下了，我跪着求你原谅！"

叶知秋不屑地看了李庆一眼，起身拿着包向外走去。

叶知秋已经彻底看透了李庆，她不想和他再有丝毫的联系，哪怕跟他说句话，她都感到恶心。另外，她也暗暗要求自己，从今天开始，她不再看任何人的脸色了，包括李扬。她要积极行动起来,用自己的办法对付他们,她要用自己的办法把公司尽快掌控起来。

走出办公室,叶知秋一眼就看见了门口的玫瑰花,胸口又是一阵作呕。她怒目圆睁,一脚将花踢出了几米远,随后加快脚步向外跑去。

7.一生知己

公司大门外,张一枭也在等叶知秋。

虽然养殖场和饲料厂的项目在董事会上顺利通过了,张一枭却一点也高兴不起来。他看得出,此举深深地刺激了叶知秋,也重重地伤了她的自尊。他也不想这样做,可目前公司的现实令他不得不这样搞变通。

马上就要回村了,张一枭很想找叶知秋好好聊一聊。是对她当前的状态不放心,还是牵挂她在公司的处境?他说不清,但总觉得对她放心不下,很想给她讲些什么,很想给她说些什么。

张一枭原本就想和叶知秋长谈一次。他知道,叶知秋突然造访张庄村,原本就是想找他单独相处的,肯定是有很多话要和他说的,他却安排她和杨锐见面,她还阴差阳错地见到了刘梦羽,闹出了一些不愉快。来到郑州后,他又在第一时间去见了李扬,肯定又会让她不高兴。他想跟她好好聊聊,他不想让她产生误会。

叶知秋一眼就看见了张一枭。不知为什么,再见张一枭,她的心里竟然没有了以往的激动和兴奋。她平静地看着张一枭,问道:"你在这里干什么?咋不进去呢?"

张一枭看出了叶知秋的冷淡,心中不由得一紧。他明显感觉到叶知秋变了,已经不是那个懵懂而充满激情的女孩了,她的平静让他几乎不敢认了。不过,他又一想,人总是要变的,叶知秋需要的就是这种平静和理性,有了这种平静、稳重和理性,也就充分说明她成熟了起来,再也不用为感情牵肠挂肚了。想到此,他眼里也充满了平静,微笑着说:"在等你,想请你一块儿坐坐!"

叶知秋淡淡地说:"好吧!"

张一枭说:"坐我的车吧!"

坐在车里,叶知秋一句话也没说。她不知道自己怎么了,刚刚她还急于见张一枭,有千言万语要跟他说,此刻张一枭就在跟前,她却什么也不想说了。难道是她与张一枭也产生了感情隔膜?她不愿意也更害怕出现这种隔膜,因为一旦出现这种隔膜,一旦出现这种感情疲劳,她和张一枭的感情可就真要画上句号了。可是要和他说什么呢? 她努力想象着一个又一个话题,可每一个话题到了嘴边,她又觉得说出来没有丝毫的意义!

张一枭也没说话,默默地开着车。

他们一起进了茶馆的包间,张一枭点了一壶上好的龙井。

服务生泡好茶,摆上瓜子、点心等茶点后退出了房间。

一路上,张一枭心中也是在翻江倒海。他也想像过去那样和叶知秋无话不说,像过去那样两人说起话来滔滔不绝。可想到的每个话题,他都觉得像白开水一样平淡无味。尤其是看到叶知秋一脸的平静,他觉得现在说什么都不如沉默。

张一枭倒满一盅茶放在了叶知秋跟前,说道:"知秋,心里不痛快就发泄出来吧,别老憋在心里。"

叶知秋盯着张一枭,问道:"一枭,我在你心中是个什么样的形象? 一定是个愚蠢、执拗、傻乎乎的职场菜鸟。"

张一枭认真地说:"知秋,不是这样的! 你聪明漂亮、善良智慧、沉稳大气,性格坚韧刚强,是个将来能干成大事的女孩子。"

叶知秋追问:"一枭,你给我说实话,你喜欢我吗?"

张一枭坚定地说:"喜欢,发自内心地喜欢!"

叶知秋激动地问:"那你为什么老在躲避我的感情呢? 难道你不明白我也喜欢你吗?"

张一枭痛苦地说:"知秋,我知道你喜欢我,是我对自己没信心!"

叶知秋急声问:"为什么?"

张一枭凝望着叶知秋,低沉地说:"知秋,你知道吗? 我对你,不仅是喜爱,更多的还有敬畏。你是董事长的千金,身上散发着难以触及的高贵气质,蕴含着与生俱来的女强人气场;而我是什么,一个农村出来的苦孩子,除了掩人耳目的自狂自尊,什么也没有! 我……我担心你成熟起来会厌倦我、嫌弃我,与其将来两伤,我们还不如永远保持这份纯真、这份真情,做一生的兄妹、一生的知己!"

叶知秋听着张一枭的诉说,一时泪流满面,她哽咽着说:"一枭,你就这么对我对你自己没有信心? 你就这么对我们的感情没信心?"

张一枭眼圈也红了,低声吟道:"情到深处人孤独,爱至穷时尽沧桑! 知秋,你是我用情最深的女人! 在我心中,你就是纯洁无瑕的女神! 我怕我坚硬的性格伤了你,此生此世,我不允许自己对你有半点伤害!"

叶知秋低下头来,眼泪一串一串地往下流,呢喃自语道:"爸爸说,我们最好做一生的知己! 我明白了,我终于明白了!"

叶知秋抬起头来,泪眼婆娑地看着张一枭,说:"一枭,抱抱我好不好?"

张一枭起身走到叶知秋身边,紧紧抱住了她。

叶知秋闭着眼睛,嘴唇向张一枭嘴边探去。

张一枭厚厚的嘴唇颤抖着迎了过去,四片嘴唇紧紧地贴在了一起。

叶知秋的泪水更多了!

这一吻,是他们儿女之情的终结,还是翻起了新的一页?

叶知秋不知道,张一枭也不知道!

第十章　斗智斗勇

1.非常手段

得到刘汉的保证后,王刚放心地去了广州。

王刚计划得好好的,他从广州回来就召开土地流转推进会,会上他就拿掉张一枭的张庄村驻村第一书记。

他很清楚,免职张一枭,杨锐肯定会极力反对。他只要做通姐夫周明礼的工作,杨锐想拦也拦不住。所以,他必须在姐夫面前拼命地表现。要周明礼看到,杨锐能做的,他照样能做到,杨锐做不到的,他也能做到。

这次到广州招商,就是王刚主动向周明礼提出的。周明礼非常高兴,不仅同意他前去广州,还许诺只要他好好干,一定在县委马书记面前好好表扬他一番。

为了争取更大的功劳,王刚对这次招商付出了巨大的努力。直到上了返乡的高铁,他才想起了给刘汉打电话。

刘汉吞吞吐吐地说:"事情不太好,你回来再说吧!"说完,就挂断了电话。

王刚的心一下子提到了嗓子眼,他预感到不妙。这个刘汉一定是把事情办砸了,张庄村一定是已经签了少部分合同。

一路上,王刚不停地劝慰自己,肯定是少部分村民经不起诱惑签订了合同,只要签得不多,他照样可以借机发飙,照样可以免张一枭的职务。

下了高铁,王刚家都没回,直接去了刘汉的公司。

见到刘汉,王刚立马问道:"怎么样? 村里到底签了多少户?"

刘汉忙着倒水,说:"乡长,你别着急,来,先坐下喝点水。"

王刚跟在刘汉屁股后面,着急地说:"不喝水,你快给我说说签了多少户?"

刘汉把水杯放在茶几上,冷冷地说:"基本上都签了,估计就剩三四户没签。"

王刚大怒,吼道:"什么?我才走不到半个月,就基本上都签了?刘汉,你是怎么给我保证的,你说,你是怎么给我保证的?"

刘汉赔着笑说:"魔高一尺,道高一丈!我没想到张一枭搞了个无职党员'一编三定',把我们的部署全打乱了!"

王刚眼里喷着火,厉声说道:"你少给我拽文词!一群废物!你给我说说,你们咋败得这么惨?"

刘汉被骂得火气腾的一下起来了,反驳道:"你咋呼啥?我不是给你说了吗?张一枭搞的'一编三定'!"

王刚没想到刘汉会反驳,不由得足足看了刘汉十几秒。他心想此刻还不是与刘汉翻脸的时候,整治杨锐离开刘汉还真的不行!将来扳倒了杨锐,他要好好教训一下这个不听话的老叫驴。

想到此,王刚走到沙发跟前坐了下来,抓起水杯连喝了几口水。然后,放下水杯,温和地说:"老哥,不是我生气埋怨你,我走的时候形势一片大好,咱们躺着都能打赢,咋仅仅十来天时间就溃不成军了呢?"

刘汉见王刚态度软了下来,心里的火气便消了大半,重重地叹了口气,说道:"张一枭那小子在村里搞无职党员'一编三定',把村里党员全组织了起来。他给党员们分任务,一名党员包10户,提前完成任务重奖10000元,那帮党员一个比一个干得欢,我确实拦不住呀!"

王刚摇了摇头,说:"看来,我把张一枭这小子看轻了!"

刘汉接着说:"我也把这小子看轻了!我没想到他对农村的情况这么熟,斗争的方法这么绝!"

王刚痛心地说:"张一枭这招的确绝,我就是在家也没有破解之招!算了,事情过去就让他过去吧!这一局败了,我们认栽!下一步,你准备怎么办呢?难道你甘心当张一枭的手下败将?我可听说杨锐安排杜文正在暗暗调查你呢,收拾不住张一枭,你将来的麻烦可就大了!"

刘汉一听这话,脸色顿时变了,急声说:"你听谁说杜文正在暗中调查我,你听谁说的?"

王刚心中一阵窃喜。心想,鱼儿又上钩了!官位、项目也许都比不上这事儿更令刘汉着急上心。他很清楚,这些年刘汉没少占村里的便宜,他的板材厂是原来的村办企业,村里的几百亩公用地这些年一直被他霸占着,乡纪委一旦调查清楚,即使不定他贪污,这些年的收益他也必须吐出来。

为了增强对刘汉的震慑力,也为了让他乖乖地听话,王刚把他姐夫周明礼搬了出来,低声说道:"我告诉你,你千万不能告诉任何人。"

刘汉急得眼都红了,连声说:"不说,不说,打死我都不说,你快说呀!"

王刚用极低的声音说:"我姐夫周明礼说的! 他说杨锐准备拿你开刀,杀将立威!"

刘汉顿时慌了,恨恨地说:"杨锐,你他妈的,我跟你无冤无仇,你为何要把我往死里整?"

王刚一阵冷笑,说道:"为啥? 一是为了整我,二是为了出政绩!"

刘汉疑惑地望着王刚,说:"出政绩? 把我逮起来只能是给乡里抹黑,怎么是出政绩呢?"

王刚再次放低声音说:"我告诉你,上面已经下发在农村开展扫黑除恶专项斗争的通知了,主要是为了收拾一些不听话的村干部。杨锐拿你开刀,就是想在全县率先完成任务争得头名呀! 你说说,他这不是为了出政绩是啥?"

刘汉顿时尿了起来,连声说:"老弟,老弟,咱弟兄可是一条绳上的蚂蚱,你可得帮我呀,你可不能眼睁睁地看着你老哥被逮进去呀!"

王刚看已经彻底吓住了刘汉,便一转口气说道:"没事,只要有我在,你就没事! 关键时候还有我姐夫呢! 我姐夫是县委政法委书记,也是这次扫黑除恶专项斗争领导小组的组长。抓谁不抓谁,就是他说了算,你想想,他会不管我? 不过,这是最后的一个保障,不能轻易用。"

刘汉连声说:"是的,是的,周书记是保命的撒手锏,不能轻易用,不能轻易用!"

王刚接着说:"我们要想安全渡过这一关,必须积极行动起来,尽早把张一枭赶出村。只要张庄村牢牢地控制在我们手中,任凭他们谁去调查,也查不出什么问题,这一点你应该比我清楚。你说说,你们村的那老上访户告你多少次,不都是啥问题都没有吗?"

刘汉连连点头说:"是的,是的,老弟你说咋办吧,我一切听你的,一切听你的!"

王刚朝门口看了看,咬牙说道:"老哥,量小非君子,无毒不丈夫。对张一枭,我们必须采取非常规的手段来收拾他,否则一旦让他在村里形成气候,你就彻底完蛋了!"

2.五大产业

完成了土地流转这个急迫而艰巨的任务,张一枭觉得他应该好好谋划谋划村子的发展问题了。杨锐书记说得很明确,要他把张庄村做成一个乡村振兴的样板来。现在任务已经交到了自己手中,这张乡村振兴的"清明上河图"如何绘就,就看他如何领着村里人干了。

张一枭清楚,关于乡村振兴,总书记提出了五大振兴和五个方面的总要求,实现这个蓝图,需要对村子进行凤凰涅槃般的重造,而且是集硬件、软件、精神及物质于一体的重造,这是系统的庞大的工程。有序推进这个庞大的工程,他必须制定科学的路线图、时间表、任务书。另外,处理好眼前村里一团乱麻的工作,他也必须有个清晰的思路。

他对当前村里的工作进行了梳理,人居环境需要整治,基础设施需要建设,小厂子需要搬迁,农村改革需要推动,等等,村里的工作千头万绪,面临的难题一个接一个。特别是土地流转后,最现实最急迫的问题,就是村民如何就业,种粮大户和蔬菜种植户如何继续发展,这些问题都需要尽快解决,否则拖久了就会引起人心浮动。

他把自己关在屋里整整两天。他必须尽快理出头绪,村子的建设发展必须一步一步来,一个阶段突出一个重点,集中精力打歼灭战,乱了章法必然导致事倍功半。两天来,张一枭对村里的发展做出了一个整体规划,分别明确了每个发展阶段的时间节点、目标任务和工作重点。

张一枭觉得,小麦收割之后,土地整理需要一段时间,工业园区建设也需要一些时日,其他工作都可以拖一拖,当前的首要任务是人居环境整治和基础设施建设。杨锐书记告诉他,项目施工已完成了招标,施工队不日即可进驻到村里。

待一切考虑成熟后,张一枭拿着村子发展规划去了乡政府,他要给杨锐专题汇报一下,只待杨锐同意后,他就按照这个规划逐步实施。

在杨锐的办公室,俩人进行了一次关系张庄村长远发展的长谈。

杨锐起身倒了杯水,放在张一枭跟前,高兴地说:"你搞的这个无职党员'一编三定'很有创意,通过这个载体和抓手,很好地把党员和群众给凝聚了起来。这次土地流转工作能够顺利完成,多亏了你这个创意! 一枭,通过这件事,我越来越感到,农村很多问题难以解决就是因为散,只要我们把大家聚起来,攥起拳头带领群众闯市场搞发展,就没有攻不破的火焰山。"

张一枭连连点头,说:"是呀! 当前农村发展慢,关键问题就是没有把群众组织起来,也就是你说的散,一盘散沙! 我在想,下一步的发展,无论是产业发展、乡村治理还是移风易俗搞精神文明建设,都要通过协会、合作社等载体把群众组织起来,让大家自发地参与进来,变要我干为我要干!"

杨锐激动地说:"好呀,好呀! 一枭,咱们还真想到一起去了。这个问题咱们等一会儿再谈,你先说说发展规划吧。"

张一枭将规划书递给了杨锐,说道:"我先说说村里产业发展规划吧。"

杨锐说:"好呀! 产业振兴是五大振兴的首要,只有把产业这个物质基础做扎实了,才能为农村全面发展提供重要支撑。"

张一枭说:"我们村是古村落,并且有一定的产业基础,目前有板材加工厂 36 家,民族乐器加工作坊 40 多户,百亩以上的种粮大户 4 家,蔬菜大棚 800 多亩,畜禽养殖户 15 家,这些企业、作坊和规模化种植是我们村产业发展的重要基础。下一步村子的产业发展规划必须结合这些自然禀赋和已有的产业,在此基础上做大做强。为此,我做了五大产业发展规划,一是畜牧业,二是高效农业,三是乐器加工产业,四是板材加工产业,五是乡村旅游业。"

杨锐微笑着点头,心想张一枭果然不愧是懂经济的人,他一下子就能抓住农村产业发展的关键。如果每个村都有这样的人才,那示范区建设和乡村振兴工作推进起来就快了。

张一枭接着说:"关于畜牧业,只要巨丰集团的养殖场一落地,在巨丰的带动下,很快就能形成一个全产业链发展的产业;关于高效农业,我想把村里的几个种粮大户和蔬菜种植户组织起来,成立几个种植合作社,以合作社的形式与县土地开发公司合作,共同推进示范区的高效农业发展;关于乐器产业,下一步准备和电商,还有古村开发结合起来,让民族乐器加工作坊成为古村落旅游的重要景色和特色;关于板材加工业,需要引进龙头企业对他们进行带动和改造,我们要形成有自己特色的板材产业,村里的小厂子必须实现园区化、规模化、规范化生产。最后就是乡村旅游业,这要把古村落的开发与村里的基础设施建设、人居环境整治还有田园综合体建设结合起来。"

张一枭一席话说得杨锐喜上眉梢,他笑着说:"一枭,看来你对村里以后的发展已经胸有成竹了! 你的这些想法非常好,只要一步步实施好了,你们村就一定能成为乡村振兴的示范村。另外,我告诉你,现在县里准备建设恒大家具产业园,还计划把全国著名的家具企业都招过来。你们村的板材产业作为家具的下游产业,下一步完全可以背靠这些大企业做大做强。"

张一枭激动地说:"是吗?这样的话,我们村的板材加工业可真是迎来重大发展机遇了。"

杨锐说:"一枭,你刚才说要把民族乐器产业和电商结合起来,非常好!我看刘梦羽的农创体验中心做得还真是不错呀!你们一定要把这个电商平台做大做强,不光是民族乐器要和它结合,五大产业都需要和它融合结合,这是以后销售的发展趋势,也是我们的机遇和优势,你们可一定要抓住。"

张一枭说:"杨书记您说得对,现在真是不能小看了这电商产业。上个星期梦羽做了一个关于古琴制作的直播,仅一天的时间就卖出了价值100多万的货!"

杨锐深有感触地说:"当前,农村正在发生深刻变革,农业发展已演变为绿色化、优质化、特色化、品牌化发展,农村发展已转变为一二三产业融合发展。一枭,在当前农村这个大变革、大转型的时期,我们能参与进来,并作为主要建设者,这是我们的机遇,也是我们的幸运,我们一定要在这片热土上书写出乡村振兴的传奇。"

张一枭动情地说:"杨书记,我也有同感,这要感谢您给了我这个机会。我经常想,做成了这件事,我此生无悔,也不枉来世上走一遭。"

杨锐说:"一枭,说说你当前的工作重点吧。"

张一枭说:"小麦收割后土地整理需要时间,工业园区和养殖小区建设也需要一段时间,当前我准备从村里的基础设施建设和人居环境整治抓起。这里有个问题还需要跟您汇报,我觉得既然示范区规划已经定了对我们村开发古村落,搞旅游,建设田园综合体,就应该有专门的规划,将基础设施建设、人居环境整治与它们结合起来一并开展。"

杨锐一拍脑袋说:"哎呀,这段时间光忙活土地流转的事儿了,我把这事儿给忘了。你们村田园综合体建设有专门的规划,是和示范区的规划一起做的。还有古村落开发的招商也有了眉目,前几天我去浙江招商,主要谈的就是这个项目。他们跟踪这个项目已经有很长时间了,我忘了给你说,我们已经签订合同了。"

张一枭高兴地说:"这太好了!"

杨锐拍了拍张一枭的肩膀,说:"一枭,你就放心吧,你们村基础设施建设不光是开挖下水道,这里面包括房屋加固改造、路面亮化美化、水系景观再造等一大批项目,都是按照专项规划开展的。你要做的工作,就是组织管理好村里人,积极配合人家施工人员开展施工,可千万不能出现阻工、借机讹诈和漫天要价的问题呀!"

3.双管齐下

与王刚见过面,刘汉连夜赶回了村里。

回到家,刘汉在床上辗转反侧,几乎一夜未眠。他从一个连媳妇也娶不上的穷光蛋混到现在几千万的身家,付出的艰辛只有他自己清楚。往事不堪回首,刘汉最痛心的就是自己的婚姻。当初要不是姐姐同意换亲,他很有可能会打一辈子光棍。张秀芝嫁给了身体健全的他,姐姐却嫁给了张秀芝的那个一条腿长一条腿短的瘸哥哥。当初,看到张秀芝的哥哥,他坚决不同意这门婚事。姐姐是村里的一枝花,却要嫁给这个又老又丑的瘸子,他感到不公平。

姐姐流着泪说:"兄弟,谁叫咱穷呢!姐姐愿意给你换亲,只要你能娶上媳妇,让姐姐干啥姐都愿意!姐姐不求别的,只求你能好好干,将来挣了大钱能帮扶一下姐姐,姐姐后半生就指望兄弟你了!"

刘汉饱尝贫穷的艰辛和无奈,他决不能让自己的亲人再过没有钱的苦日子,他必须不惜一切代价帮王刚赶走张一枭、扳倒杨锐。

刘汉知道自己那个不争气的女儿心里一心想着张一枭,为确保不泄密,刘汉让弟弟刘莽把王发全、赵胜海、李二柱三人叫到了板材厂。

王发全、赵胜海、李二柱和刘莽见到刘汉后,全愣住了。

赵胜海赶紧问道:"主任,你这是咋了,出啥事儿了?"

刘莽也跟着追问:"大哥,你这是咋了,是不是一夜没睡?你看看你满眼都是血丝。"

王发全说:"主任,是不是出大事了?"

刘汉看了看众人说:"你们知道不知道,杨锐和张一枭在村里暗暗调查我?"

刘莽顿时蹦了起来:"什么?他们暗中调查你?他不想活了?"

王发全挠了挠头,问道:"没有呀,谁给你说的?"

刘汉不耐烦地说:"你别问谁给我说的,你们听到啥消息没?"

众人都摇头。

赵胜海忍不住说:"他们凭啥调查你?就因为你和王刚走得近,?就因为咱们阻止土地流转？"

王发全突然想到了什么，急声说："胜海，你等等，等等！我好像看到杜文正到一些农户家走访了，你们别忘了，杜文正可是乡里的政法委员！我还听说，杜文正以前可是县委政法委的干部，他专门下到我们村担任驻村工作队队长，是不是针对我们来的？这段时间我一直在琢磨，事情咋这么凑巧呢？"

众人的脸色顿时严肃起来。

刘汉看了看众人，愧疚地说："我们都大意了。杜文正是政法委员，又是乡党委班子成员，他来咱们村当驻村工作队队长这本来就不正常，过去乡班子成员啥时候当过驻村工作队队长？发全说得对，这杜文正就是从县委政法委下来的。"

众人一齐点头。

刘汉说："我听说上面已经下了在农村开展扫黑除恶专项斗争的通知了，杨锐为了出政绩，说不定是想要把咱们作为黑社会团伙来个一窝端呢！"

王发全三人的脸色顿时变了，唯独刘莽却是一副天不怕地不怕的样子，高声说："放他娘的狗屁，哥，我找些人把他给废了！"

刘汉瞪了刘莽一眼，怒声说："你给我少废话！"

王发全着急地说："主任，我们得早点想办法，不能坐以待毙呀！"

赵胜海问："主任，你说吧，让我们怎么办？"

一直沉默不语的李二柱问："主任，王乡长对这事怎么看？"

刘汉说："杨锐要拿咱们开刀，就是王刚给我说的。他说我们要自保，唯一的办法就是帮他赶走杨锐和张一枭，只要王刚当上书记，一切就一了百了啦！"

李二柱又问："主任，王刚是不是在骗咱们？他是不是想用咱们对付杨锐，拿这个吓唬咱们？"

王发全想了想说："我看不像！我也从网上看到那个扫黑除恶的消息了。在村里的土地流转中，咱们几个处处给他们出难题，他们会不想办法收拾咱们？"

赵胜海不高兴地说："现在敌人都快攻破咱们的老窝了，咱们还在讨论他们会不会打我们，岂不是太可笑了，快想想怎么对付他们吧！"

刘汉说："胜海说得对，我们必须及早采取对策。王刚说，杨锐的死穴就是张一枭，只要把张一枭赶出了村，示范区的建设就要停滞，杨锐在乡里就干不长了，他就有办法把杨锐挤走。"

刘莽插言："照我说，逮住那个杨锐和张一枭先痛打一顿解解气再说！"

刘汉沉思了一会儿，恨恨地说："杨锐现在是不能动的，不过对张一枭，有必要给他点颜色看看，也该让他知道知道八大金刚的厉害了。发全，你说呢？"

王发全眼珠子骨碌碌一阵乱转，阴阴地说："是该给张一枭点颜色看看了。不过，我们可以双管齐下，明的暗的一起来，让张一枭顾头顾不了腚。"

刘汉疑惑地望着王发全，问："你说的暗招儿是什么？"

王发全说："曹长山！"

赵胜海当即反驳说："不行，不行，曹长山一直在告主任，他愿意被我们利用和张一枭作对？"

王发全不满地看了一眼赵胜海，说："你总爱打断人，你能不能让人把话说完？"

赵胜海狡辩道："你说，你说，谁不叫你说话了？"

王发全接着说："这段时间，曹长山经常在街面上发牢骚，他对张一枭没让他当乡村治理组组长有意见。另外，我还听说曹长山一直想干咱村里挖下水道的活儿，他和张一枭提几次了，张一枭一直不吐口，他现在对张一枭的意见大着呢。"

刘汉说："你是想利用曹长山那个别货跟张一枭闹事儿？"

王发全点了点头，说："曹长山那货是个一哄就上的货，只要我们稍加利诱，他一定会把张一枭缠得筋疲力尽。主任，你就放心吧，这个活儿我和胜海去做。"

刘汉看了看李二柱，说："二柱，教训张一枭就交给你和刘莽了。我给你们讲，即使明着教训他，也得找个合适的理由，不能做得太直白了，让村里人说咱们欺负他。"

刘莽顿时高兴起来，大声说："哥，这活儿交给我跟二柱，你就不用操心了，我们俩保准让你满意。"

刘汉说："刘莽，你切不可乱来，要一切听二柱的。"

李二柱说："主任，你放心吧，我们保准做得让村里人说不出来啥，保准让张一枭有苦难言！"

4.摆兵布阵

张一枭觉得杨锐的担心是有道理的。他了解村里的人，虽然大多数人都比较通情达理，但也有一些不讲理的滚刀肉。那年修同村公路，就因为李二柱家的一棵树，工程整整拖了3年没动工。李二柱家的那棵树本来就种得靠路边，道路要拓宽必须得砍掉。这个值不了500块钱的树，李二柱竟然狮子大开口张嘴要10万元，县里交通局当然不会给他，李二柱就带着一家人在路上闹，不给钱坚决不让施工，施工队缠不过他们，最后收工把修了半截的路扔在了那里。

他清楚地记得，当时他和同学们每天去张庄乡上高中，一脚土一脚泥地踏着修了半截子的路，都骂李二柱不是东西。但骂归骂，直到他上了大学，路还拖着没修。后来听说刘汉当了村主任，逮住李二柱好一顿骂，才强行让人把树给砍了。

张一枭觉得，这次村里的古村改造和田园综合体建设，有大大小小几十个项目，特别是古村落改造和民宿建设，涉及村民个人的具体利益，工作任务远比土地流转复杂得多，工作难度也比土地流转大得多。他必须及早把困难问题想充分，及早摆兵布阵调配力量。

在征求过老书记张福堂和驻村工作队队长杜文正的意见后，张一枭把驻村工作队队员、村"两委"班子成员及4个党员组的负责人召集到了村部。

张一枭主持会议，说道："同志们，经过大家的共同努力，我们村的土地流转工作打了个漂亮的翻身仗，我们仅用10天的时间就由全乡倒数第一冲到了正数第一名，率先完成了任务。杨书记、王乡长对我们村的工作给予了高度评价，下一步乡里还要开表彰大会，第一的锦旗我拿定了！"

众人激动地鼓起掌来。

待掌声平静下来，张一枭说："同志们，县里已经与浙江的旅游开发公司签订了共同开发的合同，我们盼望已久的古村改造和田园综合体建设马上就要启动了！乡里要求我们组织管理好村民，积极配合开发公司的工作，绝不能出现借机讹诈和阻工怠工问题。这项任务比土地流转更复杂更艰巨，今天请大家过来议一议，看如何才能做好这项工作。"

王发全眨了眨眼，冷笑着说："一枭，你们也把咱村里人想得太坏了，改造村子这是对每个人都有利的大好事，谁会反对，你们说是不是？"

赵胜海忙接过了话："是的，是的！一枭，我给你说，咱村的人素质高着呢，只要施工队来，一定会有钱出钱有力出力，不会出现啥借机讹诈和阻工怠工的问题。"

老书记张福堂说："你们俩也不要太乐观了！不会出现这种问题更好，但我们必须提前做好工作准备，省得将来遇到问题措手不及。"

驻村工作队队员杨洋说："我赞成老书记的意见，凡事预则立，不预则废，我们必须提前制订工作预案，把各项准备工作想充分。"

大家开始窃窃私语，有人同意王发全的观点，有人说老书记考虑得周全。

张一枭看了一下大家，抬高声音说："这项任务不仅仅是防止个别人阻工，这里面有很多具体工作。下面，我把工作任务给大家分一分，大家有不同意见可以提出来，我们一起研究和讨论。"

　　众人停止了议论，目光一齐向张一枭望去。

　　张一枭说："工程施工是县里统一招标的工程队，这用不着我们操心。我们的任务主要有四项：一是做好施工的清场工作，施工时我们村干部和党员组要有专人在场，随时做好配合工作；二是做好闲置住房的出租工作，旅游公司要对咱们村的闲置住房整体租赁，并开发成民宿，我们需要配合旅游公司做好相关工作；三是协助做好邻街房和古院落的加固及改造工作，这需要我们到这些村民家做好说服工作；第四就是阻工人员的劝说工作。"

　　赵胜海借机插话："没想到这里面的工作还真的很多，你打算怎么给我们分工呀？"

　　张福堂瞪了赵胜海一眼，说："赵胜海，你别插话，听一枭说完。"

　　张一枭看了看赵胜海，说："下面就说你提出的问题。这项任务原则上还采取干部包组的方式，驻村工作队和村'两委'干部包组仍按土地流转时的分工，大家还是分包原来的居民组，主要任务是做好施工的清场工作，你们可以分分班，但必须保证每天都有人在场值班，随时处理村里的相关问题。"

　　赵胜海反感地说："让我们天天守在施工现场，有加班费没有？"

　　张福堂眼一瞪，说："赵胜海，作为村干部，这是你的工作，你要什么加班费？"

　　王发全阴阳怪气地说："党员做工作都有奖励，我们也付出了辛苦，凭啥没有？"

　　张一枭说："这个问题杨书记已经考虑到了，大家放心，乡里和村里一定不会让大家白白辛劳，准备从工作经费和村集体经济收入中拿出一部分钱给大家发补助，具体发多少乡里正在研究。"

　　乡村治理组组长王大奎见一直没点到无职党员的事儿，有点沉不住气了，主动说："张书记，怎么没给我分配任务呢？"

　　张一枭笑了："大奎叔，没给你们安排任务是不是有点急了？别着急，少不了你们的任务。"

　　众人都笑了起来。

　　张一枭说："古村改造和田园综合体建设，涉及乡村旅游开发、新农村建设、人居环境整治，还有精神文明建设，所以产业发展、乡村治理、环境整治、移风易俗4个组的工作都要涉及。下面,我给4个组分配一下任务。推进民宿建设工作由产业发展组负责,临街房和古院落的加固改造工作由环境整治组负责,阻工问题的处理工作由乡村治理组负责。移风易俗组负责这项工作的宣传发动,希望你们组把村里的大广播、腰鼓队、说唱班都发动利用起来,运用多种形式进行宣传发动。大家看,对这个分工方案有意见没有?"

王大奎率先发言:"没意见,分配得很好,很周全!"

驻村工作队队员杨洋跟着说:"没意见,很好,我同意!"

王发全想说话,张了张嘴,又将话咽了回去。

5.逢山开路,遇水搭桥

会议结束后,众人都离开了村部,张一枭和张福堂把王大奎、张小平单独留了下来。

张一枭预感到刘汉对于古村改造和田园综合体建设工作不会善罢甘休,他从王发全那贼眼乱转的表情和阴阳怪气的话语中,已经猜测出他们一定会在这件事上大做文章。

他们会做什么样的破坏呢?

在施工现场捣乱?他已经把王发全和赵胜海拆分开来,一人搭配一个驻村工作队队员,有乡干部跟着,他们不敢明着捣乱。

鼓动村民不租赁闲置住房?旅游公司每年都付出优厚的租金,在白花花的票子面前,恐怕没有哪个人会听他们的胡编乱造。

阻碍临街房和古院落改造?县里的补助力度非常大,好处面前恐怕也不会有太多的人听他们的。

王发全等人唯一可做的工作,就是鼓动那些爱占小便宜的人借机讹诈、阻工怠工。所以乡村治理组的任务看似不重,其实非常艰巨。

王大奎笑着说:"一枭,是不是不放心我们组的工作?这次我敢给你保证,决不让你再费心,我们一定高标准完成任务。小平,你说是不是?"

向来稳重的张小平笑了笑,没回答。

王大奎急了,大声说:"小平,你是不是没信心呀?没信心也要打起精神,这次我们组一定要打个翻身仗,决不能再丢脸。"

老书记张福堂说:"大奎,你先别把话说得那么满。村里有几个滚刀肉,你没跟他们打过交道,一打交道你就知道厉害了。"

王大奎不服气地说:"他们有刘海江难打交道吗?我们只要有理有据地跟他讲跟他谈,我不相信他不服管教。"

王大奎正说着,曹长山推门进了会议室。

曹长山直接走到张一枭跟前,气呼呼地说:"张书记,你考虑得怎么样了?村里的工程让不让我们干?"

张一枭起身说:"长山爷,你先坐下,听我给你慢慢说。"

曹长山直直地站着,说:"我不坐!你给我说,到底让不让我们干?"

张一枭笑了笑,说:"你看,我大伯和大奎叔,还有小平都在这里,他们可以给我做证,这次村里的各项施工都交给了县里统一招标的施工队,别说我们没有决定权,连乡里都没有,是县里直接定。"

张福堂说:"长山叔,一枭说的是实话,这次村里的施工队的确是县里和浙江的旅游开发公司统一招标的,我们都插不上手。"

曹长山看了看二人,冷笑着说:"你们少骗我。干村里的活儿,你们插不上手,谁能插上手?我不管,这村里的活儿我必须干,你们把我们的地都收走了,我们一帮人又年纪大了不能出去打工挣钱,你们村干部就得管我们,就得给我们点工程干干,要不我们就到你们家吃饭去!"

王大奎看曹长山如此不讲理,顿时火了,大声说:"曹长山,你还是老党员老残疾军人呢,你咋这样跟组织要赖,你还有一点党性没有?"

曹长山翻眼看看王大奎,说:"你算老几,你凭啥管我?"

王大奎生气地说:"我是你的组长,你说我凭啥管你?"

曹长山嘿嘿一笑,说:"你还有脸提这组长,你占着鸡窝不下蛋还好意思说你是组长?你当我不知道,土地流转工作,要不是乡里的杨书记出面,你完成任务个屎!"

哪壶不开提哪壶!王大奎顿时语塞,语无伦次地说:"你……你……你……你对我这组长不服气是不是?"

曹长山眼睛一瞪,说:"当然不服气!你凭啥当组长?论党龄,你是哪一年入的党?论贡献,老子上过战场,谁能比上我?论威信,你敢说在村里你比我威信高?"

曹长山说着,转向张一枭:"我就是对王大奎当组长不服气,你们凭啥不让我当组长?如果我当组长,土地流转根本就不用杨书记出面,我一个人就能把刘海江摆平。村里的问题,把乡里的书记搬过来解决,你们不觉得丢人,我还害羞呢!"

张一枭笑道:"您老批评得对,是我们的工作能力不足,没把工作干好。"

曹长山一副长者的神态,说:"一枭,你这个小伙子干工作还是不错的,我总体还是满意的,就是你在谁当组长的问题上识人不明,这个组长本就该我当。"

张福堂在一旁直咧嘴笑。

王大奎还想反驳曹长山,被张小平悄悄地拉住了。

曹长山发了一通牢骚,见大家都在听他说,没一个跟他唱对台戏,最后说道:"张一枭,我今天把话给你撂这儿了,你们必须得给我点活儿干,否则我还来找你,我天天来找你!"

说完,气哼哼地大步向外走去。

等曹长山走远了,张福堂说:"大奎,光这老爷子就够你受的了,你还说没问题呢!"

王大奎苦着脸说:"我咋这么倒霉呢? 老是碰到这些不讲理的人。"

张一枭笑着说:"如果大家都讲理了,我们就不用工作了。大奎叔,你不用担心,这老爷子的工作包在我身上,我负责做了,至于其他人我可就不管了。"

王大奎连声说:"只要你能不让我管曹长山,其他人我都有办法摆平。"

张小平说:"不要吹了,吹牛皮是要付出代价的!"

王大奎头一梗,说:"这不是吹,这叫自信!"

张福堂忽然脸色一变,严肃地说:"大奎、小平,咱们村的土地流转前期为何那么艰难? 主要是有人在捣乱! 谁在捣乱,我想你们心里也清楚。我想告诉你们的是,对方决不会轻易罢手,他们一定会在这件事上给我们出难题,你们可一定要多个心眼儿呀。"

王大奎和张小平一听这话,脸色顿时变了,连连点头。

张一枭接过了话,说:"这就是我把你们俩留下的主要原因,我并不担心你们的工作能力,我是想提前给你们提个醒,遇事不要急,要积极稳妥地处理。处理时有困难要给我和老书记说,我们一起想办法。你们等着看吧,对方一定会怪招儿损招儿尽出,我们必须逢山开路,遇水搭桥,见招拆招,千万不可盲动。"

6.放羊风波

领到收拾张一枭的任务后,李二柱和刘莽着实费了一番脑筋。

刘莽提出,由他去张一枭家门口骂大街,张一枭或者他家人出面干涉,就激发矛盾对他们大打出手。

李二柱摇头。

刘莽又提出,夜里在张一枭家门口挂个破鞋,或者放一堆黄纸,要不干脆糊一门屎,看张一枭和他的家人怎么应对。

李二柱又摇头。

刘莽急了,说:"要不咱俩把他家的羊给偷了吧,或者直接开车把张一枭给撞了!要不然,找人把他打一顿算了,省得这么麻烦。"

李二柱这才说:"打张一枭不是目的,目的是让他在村里丢人,让他在村里抬不起头。主任说得很明确,收拾张一枭必须有一个恰当的理由。"

刘莽双手一摊,生气地说:"我是想不出办法了,你说吧,怎么办?"

李二柱阴险地说:"二莽,你别着急。咱们既然从张一枭身上找不到破绽,就从他的家人身上找!"

刘莽心有不甘地说:"好好好,听你的!"

俩人定好策略,就开始暗暗跟踪张一枭的父亲张福民。

张福民赶着一群羊在前面走,李二柱和刘莽在后面跟着。

忽然,羊群争相走出小路进了刘莽家的麦地。

张福民赶紧走进麦地往外催赶羊群。

李二柱激动地喊道:"二莽,快看,机会来了!"

俩人快步走到了张福民的跟前,刘莽一把夺去了张福民手上的鞭子,怒声吼道:"好你个张福民,你竟敢在我的麦地放羊,你是看我好欺负是不是?"

张福民连忙解释:"不是的,不是的,我路过这里,这几只羊跑麦地里了,我正在往外赶。"

李二柱快速用脚踩着麦子,边踩边说:"张福民,你咋睁眼说瞎话呢?你分明在这麦地里放羊,你看看这麦子被你踩的。"

刘莽也在快速地踩着麦子,大声说:"张福民,你还敢狡辩,你在我麦地里放羊,损坏了我的麦子,你得赔我钱。"

张福民看两人都在踩麦子,顿时明白他们要耍赖,问道:"你要多少钱?我给你。"

刘莽诡秘一笑,说:"这可是你说的!我多了也不要,就要你这群羊!"

张福民顿时急了,生气地说:"刘莽,你不能这样欺负人!"

刘莽脸一黑,说:"我就是欺负你了,你能把我怎么样? 二柱,走,把羊赶回家,晚上咱们杀羊吃!"

李二柱拖着长长调子说:"好咧! 晚上杀羊吃!"

俩人一起赶着羊群向村里走去,刘莽时不时举起鞭子狠狠地抽打走得慢的小羊羔。

张福民心疼得直掉泪,撵着刘莽喊:"你别打我的羊,你别打我的羊!"

李二柱和刘莽赶着羊在前面走,张福民深一脚浅一脚地在后面撵。到了刘莽家门口,张福民快步跑到门口拦住了路。

他张开双臂,站在刘莽家门口,大声喊道:"刘莽,你不能这么赖,你不能杀我的羊。"

刘莽疾步走到张福民跟前,黑着脸指着张福民的鼻子,大声吼道:"让开,给我让开! 张福民,我给你说让开,你听见没有?"

刘莽的怒吼声,顿时引来了看热闹的人群。

张福民哀怜地看着刘莽,说道:"刘莽,我求求你,别杀我的羊!"

刘莽看围了不少人看热闹,更来劲了,只见他怒目圆睁,厉声说道:"我再给你说最后一句,让开,给我让开!"

张福民摇着头说:"不,我不离开!"

刘莽抬起脚一脚把张福民踹倒在了地上,嘴里骂道:"他妈的,你竟敢在我的麦地里放羊,看我不打死你个王八蛋!"

人群中不少人在窃窃私语,都问这刘莽为啥打张福民。

李二柱在人群里大声喊道:"这个张福民真是厉害了,光天化日之下在刘莽的麦地里放羊。我看他是仗着儿子在村里当书记,要肿起来了! 你们说是不是?"

张福民从地上爬起来,一瘸一拐地走到刘莽家门口,又张开双臂拦在了那里,嘴里嘟哝着:"你不能杀我的羊,不能杀我的羊!"

刘莽狞笑着说:"我看今天你是皮痒了,找打是不是?"

刘莽说着,又一脚把张福民踹倒在了地上。紧接着,一阵拳打脚踢。

人群中早有人给张一枭打了电话。接到电话,张一枭飞奔到了现场。

张一枭边跑边喊:"住手,住手,刘莽,你凭啥打我爸?"

李二柱看张一枭冲进了人群,也围了过去。

刘莽依旧在对张福民拳打脚踢。

张一枭上前用力将刘莽推了个趔趄："刘莽,你凭啥打我爸?"

刘莽一个箭步冲上前,抱起张一枭就打,嘴里骂着："我打死你个王八蛋,我看你还敢害我哥哥不!"

张一枭也不示弱,抱起刘莽用力摔在了地上,死死地摁住了他。

此时,李二柱已走到了跟前,他抓起张一枭的双臂,用力往后一拽,把张一枭撂翻在地。

刘莽爬起来骑在张一枭身上,拳头雨点般地向张一枭头上脸上砸去。

张福民不要命般跑了过来,死死拉住刘莽的手,不让他打张一枭,嘴里喊着："你别打我儿,你别打我一枭!"

李二柱再次上前,如同老鹰抓小鸡般抱起瘦弱的张福民将他扔在了一旁。

刘莽抡起拳头向张一枭脸上砸去,张一枭挥动着胳膊阻挡刘莽的拳头。

李二柱见刘莽的拳头落不到张一枭身上,索性上前抓住张一枭的胳膊,任由刘莽来打。

刘梦羽没命似的扑了过来,死死抓住刘莽的胳膊,嘴里喊道："叔,叔,你这是干啥呢? 你这是干啥呢? 你不能打一枭!"

刘莽甩开刘梦羽,高声喊道："你来干啥? 你让开,让我好好收拾收拾这个王八蛋!"

刘梦羽见拉不住刘莽,索性趴在张一枭身上,用身子护住了他,哀求地说："叔,别打了,别再打一枭了,要打就打我吧!"

张福民踉跄着朝张一枭身边走来,李二柱抬脚把他踹了个屁股蹲儿。

刘莽高声喊道："二柱,二柱,快来! 快来把梦羽拉走,今天我要好好收拾收拾张一枭这个王八蛋!"

李二柱起身就要拉刘梦羽。

这时,张福堂和驻村工作队队长杜文正也跑了过来。两人齐声喊道："都给我住手,都给我住手!"

张福堂跑到跟前,满眼的怒火,高声说："你们想干什么,还有一点王法没有? 梦羽,你起来,让他打!"

杜文正冲到刘莽面前,用身子挡住了张一枭,大声喊道："刘莽,我告诉你,我已经报警了,打坏了人,你要负法律责任!"

刘梦羽松开了刘莽,刘莽也从张一枭身上站了起来,讪讪地说："张福民在我麦地里放羊,他们就该打!"

张一枭也从地上爬了起来,鼻子流着血,脸上青一块紫一块的。

张福民爬到张福堂跟前,哭着说:"我没有在他家麦地放羊,我没有!羊跑到他家地里了,我赶紧往外赶,他们硬说我在地里放羊,还要杀我的羊!"

村里人都知道张福民是个极老实善良的人,他根本不能也不会在刘莽地里放羊。不少看热闹的人窃窃私语,在低声议论:

"这个刘莽,真坏!你看他把人家张一枭父子打的!"

"啥在他地里放羊,他这分明是找理由欺负人!"

杜文正来回走动着说:"太不像话,太不像话了,看把人打的!"

刘莽一副无赖的样子,扯着嗓子说:"我就是打了,怎么的?你不是报警了吗?有本事把我抓进去呀?我操!"

杜文正大怒,呵斥道:"你操谁,你不要狂,早晚会有人收拾你!"

正说着,派出所的警车拉着警报飞驰而来。

7.输了里子

王发全没想到李二柱这家伙做事那么绝,把作案现场搞得那么逼真。

当派出所警察领着众人来到麦地,大家都被踩踏的麦地震惊了。看着被踩得七零八落的小麦,刚刚还偏向张一枭的舆论瞬间翻了个儿,大家纷纷指责张福民不该在即将熟了的麦地里放羊。

张福民有口难辩,脸涨得通红,连声喊:"冤枉,冤枉,我冤枉呀!"

张福堂和杜文正黑着脸,一句话也说不出来。

刘莽露出一副委屈的样子,大声喊道:"警察同志,老少爷儿们,大家都看看,都看看,我这麦子马上就要收割了,他却在这里放羊,你们看看把小麦踩踏的!大家说说,放在你们身上,你们生气不?"

李二柱急忙附和:"老少爷儿们,咱们都是庄稼人,张福民这样糟蹋粮食,天理难容!"

张一枭脸红红的,他明知道刘莽和李二柱在演戏,明知道李二柱和刘莽在陷害他父亲,可他却无法争辩,只得自认倒霉,他长长地出了口气,说道:"刘莽,你说吧,你要我们赔偿多少钱?"

刘莽表现得极为通情达理,说:"警察同志这不是来了吗? 警察同志不是在处理吗? 让警察同志判吧!"

现场警察说:"赔偿你 500 块钱吧!"

刘莽想了想,说:"既然警察同志说了,500 就 500 吧,我服从警察同志的判决。"

张福堂走向前,生气地说:"你打人的事儿怎么算?"

刘莽双手一摊,说道:"谁打人了?"

张福堂生气地说:"你看看你把福民和一枭打的,还有李二柱,今天不说清楚,咱不能拉倒!"

李二柱快步走向前,胡搅蛮缠地说:"老书记,你可是咱村的书记,可不能官官相护,睁眼说瞎话,欺负咱老百姓呀! 我啥时候动手打他们了,你哪只眼看见了?"

刘莽忽然抱住头,一副痛苦的样子说:"哎呀,哎呀,我头疼,我头疼!"说着,躺在了地上,高声喊道:"老天爷,你睁开眼看看吧! 他们爷儿俩围着我打,却说我打他们? 老天爷呀,你睁开眼看看吧! 他们当官的这样欺负人,这样不让老百姓活?"

张福堂气得浑身颤抖,怒声说:"刘莽,你个大老爷儿们跟个女人一样在这儿撒泼耍赖,你丢人不丢人?"

刘莽连滚带爬地来到警察跟前,抓住警察的腿,哀求道:"警察同志,他们当官的欺负老百姓,你可得给我做主! 我头疼,我头疼! 是他们把我打的了,他们得给我看病,他们得给我看病!"

警察无奈地看着张福堂和杜文正。

杜文正生气地说:"我亲眼看见你们两个一起围着打张一枭,张一枭根本就没有动手打你们。刘莽,你怎么在这里信口雌黄、胡说八道呢? 警察同志,你们看看他们把张一枭打的,我建议你们把他们一起带到派出所去。"

张一枭拉了拉杜文正,说:"杜委员,算了,算了! 我不想把事情闹大。"

说着,张一枭走到刘莽跟前,把他从地上拉了起来,掏出 500 块钱递在了他手中,说道:"刘莽,钱给你了,这事儿你拉倒不拉倒? 不拉倒,咱们都去医院做检查,看谁被打得重。实在不行,咱们法院见!"

一直在外面看热闹的王发全赶忙上前打圆场,满脸带笑地说:"一枭、刘莽,我看这事儿就拉倒吧,都是老邻老舍的搁不住打官司。"

赵胜海也赶忙上前,说:"算了吧,算了吧,反正都伤得不重,搁不住打官司,大家说是不是?"

李二柱故作姿态地走近刘莽,劝说道:"刘莽,算了吧,都老邻老舍的,闹到法院去以后都没法见面了,算了吧!"

刘莽点了点头,说:"警察同志,我尊重您的判决。看他吧,他要想打官司,我奉陪到底!"

警察又看了看张福堂和杜文正,大声说:"好,既然双方都同意小事化了。现在,我宣布羊啃小麦事件的处理结果,张福民赔偿刘莽500元,从此双方各不追究对方的任何责任。"

杜文正气得直打哆嗦,可理智告诉他,刘汉等人违法犯罪的证据还没有收集齐,他还需要忍耐。为了将这一帮坏蛋彻底绳之以法,他必须忍耐!他真不忍心看被打得血肉模糊的张福民父子,他感觉让张一枭和他父亲受如此大的委屈,自己却无能为力,这是他的失职,也是他的耻辱!

杜文正转过身去,满眼的泪!

张一枭父子被刘莽痛打一顿,结果还赔偿了刘莽500块钱,不仅输了面子,更输了里子。

晚上,刘汉专门设宴,把李二柱和刘莽好好地慰问了一番。

刘汉高兴地说:"二柱、刘莽,这件事儿干得漂亮,终于让我出了一口恶气。"

赵胜海眉开眼笑地说:"主任、主任,你不在现场,你没看见张福堂那脸都气歪了!当时我就想,他要是气得脑出血腿一蹬完蛋了才好呢!"说着,独自哈哈哈笑了起来。

王发全警惕地问:"杜文正不是也在现场吗?他就没让警察把你们带走吗?"

李二柱说:"他是给警察说了,可张一枭说他不愿把事情闹大。"

王发全又问:"那杜文正没坚持?"

刘莽嘲讽地看着王发全,哈哈笑着说:"他坚持个屁!我给你说,他当时脸色比死了爹还难受!"

刘汉从包里拿出两沓钱放在了李二柱和刘莽跟前,说:"这是奖励你们的,一人两千块!我这人奖罚分明,只要把活儿干好了,我就重奖!"说着,他端起酒杯:"来,我敬你们一杯!"

看到钱,赵胜海的眼睛顿时绿了,一直盯着那两沓钱,嘴里直咽口水。

刘汉转向王发全和赵胜海,说:"下一步,就看你们俩的了。看见了吧,只要活儿干得漂亮,我照样重奖!"

王发全连连摇头,低声嘟哝道:"难道是我想多了?"

第十一章　见招拆招

1.“黑帮团伙”

张福民着实被打得不轻。晚上,他饭也没吃,躺在床上,用手捂着肋骨不停地呻吟。

张福堂过来探望,看张福民如此痛苦,问道:“看医生没?”

张一枭的母亲陈桂芝说:“一枭拉着他到乡卫生院去看了,医生说可能是肋骨骨折。”

张一枭说:“我想拉他去县医院看,可他俩都不同意去。”

陈桂芝说:“我想着,天已经黑了,好医生也下班了,还是明天去吧!”

张福民在床上喊:“我不去县医院,我不去! 到大医院就是花钱,贴贴膏药就好了!”

陈桂芝看了看张福民,说:“大哥,咱们到客厅里说话吧。”

三人走出卧室,在客厅坐了下来。

张福堂生气地说:“这个刘莽和李二柱真是太过分了,福民跟他们无冤无仇,你看他们把福民打成这样,到头来还让我们赔他们钱,这是啥道理呀?”

张一枭陷入了深深的自责之中。他深知,李二柱和刘莽以羊啃麦子为由对他的家人动手,为的就是对付他,让他知难而退,以后少管村里的闲事。他为自己的工作给家人带来羞辱而痛心,为李二柱和刘莽的疯狂举动而愤怒! 他们对他不满,对他干什么都可以,但他们不能这样祸及家人。他深深地叹了口气,痛苦地说:“都怨我,是我连累了我爸! 他们哪儿是针对我爸呀,他们分明就是冲着我来的。”

陈桂芝说："你这孩子就是犟，当初我怎么说你的，在村里不好混，你非要回来，现在是不是后悔了？"

张一枭坚定地说："我就是心疼我爸，如果他们这样就吓住了我，就想把我赶走，我就不是张一枭了！"

张福堂看了看陈桂芝，说："弟妹，我说句你不爱听的话，我觉得一枭说得对，有血性、敢担当，像我们老张家的人！如果我们因此向他们妥协，那福民这顿打就真算是白挨了！"

陈桂芝说："大哥，我是担心他们以后对枭儿下手呀！你还不了解刘莽和李二柱吗？这俩人可是啥屙血尿脓的事儿都干得出来呀！"

张一枭说："妈，你就放心吧！目前，他们还不敢明着跟我动手。"

陈桂芝着急地说："就怕他们暗中使坏呀！你知道不知道，市场上有个老板不知道因为啥得罪了他们，夜里一伙蒙面人到那人家中一顿打，差点把那人给活活打死，后来人家连买的店铺也不要了，带着老婆孩子回了老家。"

张福堂说："一枭，你妈说得对！以后你晚上出门还真得注意点，明枪易躲，暗箭难防，就怕他们狗急跳墙晚上找人打你！"

张一枭问："大伯，他们是不是经常干这种事儿？"

张福堂说："我听说他们就是一个团伙，有市场巡逻队的人，也有县城黑社会的人，反正李二柱和刘莽跟他们都有联系。"

张一枭问："他们这样明目张胆地作恶，早晚有人收拾他们！"

陈桂芝说："刘汉有钱有势，和县里乡里的领导都熟悉，有他们当保护伞，谁能动得了刘汉他们？"

张福堂说："我清楚，他们这样高调作恶，也是为了吓唬村里人。一枭，你是知道的，咱村这两个市场是很能赚钱的，他们霸占着，也不往村里交钱。村里人都眼巴巴地看着呢，谁不想从中捞点好处？他们就想运用这种高压手段来吓唬村里人，来压服那些对他们不满的人！"

陈桂芝说："一枭，不是妈吓唬你，他们这帮人心黑得很，可是什么事情都做得出来呀！"

张福堂说："一枭，不是我埋怨你，派出所的人都来了，你为啥要主动服软认输呢？还赔了刘莽那个混蛋 500 元钱，我真不知道你是怎么考虑的。"

张一枭笑了笑。这段时间，杜文正一直在村里走访调查刘汉团伙的事情，他虽然什么都没问也没有说,可已经心知肚明。当初,杜文正从县委政法委下到乡里任政法委员,又专门来村里任驻村工作队队长,他就觉得杜文正的到来肯定与扫黑除恶专项斗争有关。这件事情杨锐书记至今一直没跟他谈,杜文正在他面前也闭口不谈,就充分说明事情还在调查取证阶段,还没有到全面收网的时候,他决不能因为自己而影响全县扫黑除恶专项斗争的大局,影响杜文正在村里的工作。

陈桂芝埋怨地说:"你大伯说得是呀!派出所的人都来了,还有杜委员和你大伯也在跟前,你咋偏偏服软了呢?"

张一枭笑了笑,说:"妈,你不用担心,他们就是秋后的蚂蚱,蹦不了几天了。县里的扫黑除恶专项斗争已经全面展开了,到时候他们所做的恶事都会被翻腾出来,等待他们的是法律的严惩。"

张福堂说:"一枭,你给杨书记说说,乡里的扫黑除恶专项斗争,你让他先从咱们村下手。"

张一枭说:"大伯,你放心,善有善报,恶有恶报,不是不报,时候未到。你想想,其他村哪有咱们村这样疯狂的黑恶势力?"

张福堂忧虑地说:"我希望这项专项斗争开展得越早越好!通过打你爸这件事,就可以看出他们对你的忍耐已经到了一定限度。现在我们还没有启动市场和厂子的收回工作,他们就这样疯狂。下一步,我们要收回市场和厂子,触及了他们的利益,他们会更加不择手段地对付你。"

张一枭说:"大伯,我们能不能先做做审计工作,之后再说收回的事儿?"

张福堂说:"我的意见是这一块儿先不要动,主要是防止他们狗急跳墙!"

陈桂芝连声说:"枭儿,在这件事儿上你可要一定听你大伯的呀!你要是有个三长两短,你叫我和你爸怎么活呀?"此刻,她眼里已涌满了泪,哽咽地接着说道:"枭儿,你真把他们逼疯,晚上他找人给你一闷棍,把你打残了,咱们这个家可就完了。"

张一枭笑道:"他不敢!"

张福堂说:"怎么不敢?我听说北街的王二孬就是李二柱找人打的,你也知道过去二孬是个多聪明的人,正是因为晚上被人打了那一闷棍后,脑袋就坏了,整天疯疯癫癫的!"

张一枭问:"他为什么找人打二孬呀?他们到底有啥仇恨呀,把人打得这么狠?"

陈桂芝说:"还不是市场惹的祸!过去你大伯是把市场交给王二孬管的,刘汉和李二柱想把市场夺到手,你也知道,姓王的在咱们村也是大户人家,王二孬根本就不甩乎他们,他们就用这孬法子把二孬给害了!"

大伯和母亲的话令张一枭听得头皮直发麻。他真切地感到,村里的这帮流氓团伙不清除,各项工作就很难顺利开展。看来,下一步的工作还真得三思而后行!

此时此刻,张一枭更加理解了杨锐把政法委员杜文正派到村里担任驻村工作队队长的良苦用心了,他是想用杜文正牵制刘汉,也是想用杜文正来保护自己。

张一枭认真地说:"大伯、妈,你们放心吧,以后干工作我会更加慎重的,我一定会保护好自己!"

2.金钱刺激

刘汉的奖金着实刺激了赵胜海。看着厚厚的一沓钱,他真想也去抓住张一枭打一顿。这样多好呀,既解了恨,又在村里立了威,还能得到2000块钱的奖励。他和王发全如果任务完成得比李二柱还漂亮,说不定刘汉一高兴,甩给他们每人5000块呢!

赵胜海贪婪地想着即将到手的奖励,心里更坚定了跟着刘汉收拾张一枭的决心。是呀,只要张一枭不走,他们就不会有好日子。刘汉原本说得好好的,明年村里选举就让他当村副主任,张一枭这一回村,一切都要成泡影了。

这个村副主任是赵胜海想了很多年的官,只有当上了,村里人见到他,才能名正言顺地叫他,他才能向亲朋好友炫耀他是村里的干部,心里才有底气。和王发全一起走在大街上,村里人都是跟王发全打招呼,还村主任村主任地叫着,没人拿正眼看他。他很清楚,人都是很现实的,人们主动跟王发全打招呼而对他视而不见,就是因为王发全是村副主任。

赵胜海一直盼望着有一天村里人能喊他一声村主任。在他看来,在村里,村主任、村副主任才真正算是个官,其他班子成员都是跑腿的。然而,他即将到来的好事随着张一枭的到来,一切都化为乌有。上次村"两委"选举,刘汉本来是想让他当村副主任的,张福堂却说王发全更合适。就这样,一句话,他的官位和王发全换了个儿,也破了他的美梦。

一想到这些,赵胜海就恨得牙痒痒。也正因为如此,他看到村里姓张的人,心里就不舒服。

离开刘汉家,赵胜海就开始埋怨王发全:"我说早点采取行动吧,你一直说再等等再看看,要是听我的,今天咱们不也把钱拿到手了吗?李二柱啥活儿没干,就给刘莽帮帮人场,就一下子拿了2000块!咱们还在现场帮刘莽说话呢,主任也该奖励咱们!"

王发全不耐烦地看了看赵胜海,说:"是呀,该奖励!该奖励,你咋不跟主任要呢?"

赵胜海顿时被噎得说不出话来,许久才辩解道:"主任不是说,咱们搭班子诸事以你为主吗?我主动跟主任要奖励,你又该说我贪财多说话了。"

王发全没理赵胜海,边走边想心事。赵胜海这个见钱眼开的货,看不出刘汉的真实用意,他岂能不明白刘汉的心事。刘汉拿出4000块钱摆在桌子上,明着是在奖励李二柱和刘莽,其实是在摆给他俩看,是在嫌他和赵胜海动作慢了,没有对张一枭采取行动。

王发全并不是不想及早对张一枭采取行动,而是他深知,要想一招制敌,必须等待时机,必须要等天时地利人和一切都成熟了才能出手,否则一旦出现夹生饭,就会前功尽弃,甚至会反伤自身。

他觉得要鼓动曹长山那个老犟驴和张一枭斗,需要等曹长山对张一枭的怨气达到临界点时效果才最好。他很清楚,那个老犟驴虽然犟,心里却鬼精鬼精的,是不会轻易为他所用的。再加上曹长山一直对自己不感冒,贸然去找他,一定会引起他的警惕。但只要他对张一枭的怨气到了极限,他就会被愤怒迷了心智,到那时曹长山自然会对他放松警惕,他说啥曹长山自然就能听进去。

想到此,王发全问道:"胜海,前天我让你留在村部观察张一枭和王大奎,你发现什么没有?"

赵胜海想了想说:"离得太远,没听清楚他们说的啥。不过,后来我发现曹长山去了,和张一枭吵一架之后,气呼呼地走了。"

王发全突然高声说道:"这么重要的消息你咋不告诉我?"

赵胜海吓了一跳,急声说道:"你咋呼啥?吓死我了!你又没说让我偷听曹长山,我给你说啥?"

王发全指着赵胜海说:"你猪脑子呀!我让你偷听张一枭和王大奎的对话,不就是为做曹长山的工作吗?这还用我给你说吗?我不知道你天天在想啥!"

赵胜海挠着头说:"你看看,你看看你,又在埋怨我,要不你给主任说说,别带我了,你自己单打独斗吧!"

王发全叹了口气,说:"唉!你呀,你呀!"

赵胜海这时停住了脚步,嘟哝着:"我,我怎么了?"

王发全说:"走呀!"

赵胜海问:"去哪里呀,你不是嫌弃我吗?"

王发全生气地说:"去找曹长山!"

赵胜海顿时来了精神,问:"现在去吗? 咱们都喝了酒,一身酒气的,曹长山会听咱的?"

王发全阴阴地说:"就是要的这个效果! 等一会儿,我在曹长山家装醉,你可一定要配合好我。"

赵胜海似懂非懂地说:"好,好,我配合好。"

3.激将法

俩人敲开了曹长山家的院子门,曹长山正在家里生闷气呢。

曹长山对一帮老哥们以后的生活充满了忧虑。县里组织土地流转,曹长山和一帮老哥们是坚决反对的。他们反对并不是因为他们认为此举不正确,而是因为没有了地,他们以后的生活就没有了保障。有几亩地种着,虽然很辛苦,收入也不高,但对于他们这帮老家伙来说,最起码生活无忧。土地流转出去了,虽然给租金,却都被孩子领走了。他们年纪大了,又没有能力外出打工,紧靠国家60多块钱的养老金连吃药都不够。

曹长山对自己的生活倒是不发愁,他每月有残疾军人补助,儿女在城里都有工作,每个孩子都争着给他钱,他不缺钱。可他担心自己这帮建筑队的老哥们,这帮人打年轻起就跟着他走村串巷,修房盖屋,几十年下来处得跟亲兄弟似的,他不能不管这帮老弟兄。

土地流转时,张一枭亲自找他做工作。他给张一枭说出了这帮老兄弟的顾虑和担心,张一枭向他承诺,说这些老人的问题他是有考虑的,他是不会不管他们的,一定让要他们老有所养、老有所依。张一枭让他表现出老党员的觉悟来,发挥示范带动作用,帮村党支部做好这些老人的工作。

曹长山听信了张一枭的话。他一户一户地找这些老哥们做工作,把张一枭说给他的话一遍又一遍地说给这些老哥们听,正是由于他苦口婆心地做工作,大家才顺利和县里的公司签了合同。

土地流转合同签了，他一直等待张一枭给他说这些老人后续保障的法子，可一个月都过去了，张一枭好像已经忘了这件事，忘了他说过的话，从来就没有见他提过。这段时间他一直忍着没有发作，是因为他也理解张一枭的难处，村里没有集体经济收入，张一枭就是想为村里的老人办好事，没有钱他拿什么去办？

　　曹长山听到村里大搞建设的消息后，心想他和这帮老哥们都有搞建筑的经验，特别是干古建筑的活儿他们不比年轻人差。他就想着找张一枭说说，让他这些老哥们干些活儿，挣个辛苦钱，也能给自己留个棺材本儿。他没想到，第一次找张一枭，他就给他来个堵门儿。那天，他又去找张一枭，王大奎那个王八蛋竟然说他不讲党性，说他跟组织讨价还价。

　　曹长山冷冷地看着王发全和赵胜海，说："你俩找我干啥？是不是张一枭让你们来找我的？有啥事儿让他亲自给我说！"

　　王发全打着酒嗝，说："张一枭，张一枭算个屁！老爷子，你别在我面前提他，提起他我就烦！"

　　赵胜海忙拉了拉王发全，说："发全，你真是喝多了，胡说啥呢？"

　　曹长山疑惑地望着二人，不知二人葫芦里卖的啥药。他把二人引到客厅，分别给他们泡了杯茶，问道："你们俩这么晚了找我，有事吗？"

　　王发全喝了口茶，连声说："好茶，好茶！一定是俺富贵兄弟给你拿的，是不是？"说着，他走到曹长山跟前，抓住曹长山的手，说："叔，叔，还是你跟我亲，给我泡这么好的茶！还是叔跟我亲！"

　　曹长山望着王发全说："发全，你喝多了！胜海，他这是喝了多少酒呀？"

　　王发全松开曹长山的手，头摇得跟拨浪鼓似的，说："我没喝多，我没喝多！叔，我心里难受，我心里委屈呀！他张一枭欺负人不是这么个欺负法！"

　　曹长山不解地望着王发全，说："发全，你到底咋了？"

　　王发全再次抓住曹长山，哭着说："叔，我委屈，我窝囊呀！叔，我见过霸道的，可没见过张一枭这么霸道的人！"

　　赵胜海从裤兜里掏出一把纸递给了王发全，说："发全，别难受了，擦擦泪，擦擦泪！"

　　王发全依旧紧紧拉住曹长山，说："叔，我的亲叔呀！今天上午开会，老书记张福堂提到你要干村里活儿的事儿，我就说一句，人家曹老爷子是残疾军人，他也是为了帮助村里的这些没收入的老人，就让他们干一点活儿吧，哪怕给他们一点小活儿也中。叔,叔,你猜张一枭怎么说?"

曹长山终于听出了点门道,王发全原来还是因为那事儿来找自己的,赶忙问道:"他怎么说?"

王发全委屈地说:"他劈头盖脸地把我熊了一顿!说我不讲政治,说我不和党支部保持一致。说曹长山那个老头就是个滚刀肉,没一点党性观念,有活儿也不能给他,决不能这样惯着他!"

曹长山一听这话,顿时气得脸通红,他气愤地说:"张一枭他真是这么说的?"

赵胜海连忙说:"老爷子,他不光是说这些,还有更难听的呢!"

曹长山大声问:"他怎么说?"

赵胜海说:"他说曹长山那老家伙缺钱吗? 国家一个月给他发着几千块钱的残疾军人费,他的儿子是大老板,女儿是国家干部,他缺钱,这不是扯淡吗? 他就是个老糊涂,纯粹是在瞎胡闹!"

王发全用赵胜海递过来的纸擦过脸,感觉纸上稀糊糊的,他拿着纸看了看,不由得一阵作呕,急忙扔在了地上。

曹长山一拍桌子,火了:"放他娘的狗屁!"

赵胜海接着说:"老爷子你别发火,别发火,你知道张一枭为啥不让村里任何人触碰村里的项目吗? 我都打听过了,他把村里的项目都交给他郑州的同学了,利润他们五五分成。"

王发全抢过了话,说道:"叔,你知不知道张一枭将从村里的这个项目弄走多少钱? 我听说不会少于 2000 万。"

曹长山瞪大眼睛问:"他敢贪这么多?"

王发全低声说:"叔,张一枭这小子胆子大着呢。你知道不知道,咱们搞的土地流转,县里是有工作经费的,一亩地 200 块钱,咱们村 7000 多亩地算下来将近 150 万呢,张一枭除了发 1 万块钱奖金,其他全部装进自己的腰包了。我们这些村干部没黑没夜地干,连一个毛壳也没见着呀!"

赵胜海装作义愤填膺地说:"他张一枭太霸道了,自己吃肉,连汤也不让我们喝,他太不是东西了!"

曹长山被彻底激怒了,他愤而起身,眼里喷着火,在屋里来回走动着,自言自语道:"没想到他比刘汉还贪,我要上访,我要告状,他不把贪进去的钱吐出来,我拼了这条老命也不放过他!"

王发全见火已经烧足了，知道他们该撤了，向赵胜海点头示意后，顺势往沙发上一躺，打起了呼噜。

赵胜海走到王发全身边，边拉边说："你咋在这里睡着了？真是喝多了，喝多了！老爷子，你看王发全这货睡着了，真是喝多了，我们走了，不打扰你了！"

曹长山过来一起把王发全架了起来，说："胜海，我跟你一起把他送过去吧，看来他真是喝多了！"

赵胜海连连摆手，架着王发全说："老爷子，不麻烦你了，我一个人可以，我负责把他送回家吧！"

俩人走出曹长山的院子，赵胜海松开了王发全，说："别装了！"

王发全低声问道："你给我那是啥纸，咋稀糊糊的呢？"

赵胜海一挠脑袋说："操！我忘了，在主任家我往纸上吐了口痰，看他家地上那么干净，没敢往地上扔，就装进兜里了！"

王发全一听，顿时一阵反胃，把肚子里的酒肉全吐了出来。

4.大闹村部

曹长山真的气坏了，他一夜基本上没怎么睡。一大早，他就从床上爬了起来，到他那些老哥们家逐个做工作，让大家跟他一起去找张一枭算账，一起去上访。

经过一早上的串联，曹长山领着一帮老年人气势汹汹地拥到了村部。

张一枭不在村部。张福民挨过刘莽的打，再加上气愤委屈，回到家就瘫在了床上。一大早，张一枭就开车拉着父亲去了医院。

杜文正心里也窝着一团火。他很清楚老实巴交的张福民绝不可能也没那个胆量到号称"南霸天"的刘莽地里放羊，地里的小麦被踩踏了那么多，肯定是有预谋的行动。再说，即使张福民在小麦地里放羊，他也没必要故意踩倒那么多的麦子。

杜文正晚上就住在了村里，夜里，李二柱和刘莽那丑恶的嘴脸反复在他脑海里出现，他越想越生气。当初，杨锐书记让他到张庄村当驻村工作队队长，就是想让他用霹雳手段整顿村里的黑恶势力，刹一刹村里的不正之风。

吃过早饭，杜文正就把张福堂叫到了村部，他们要好好商量一下如何整治这些村里的混混。

杜文正和张福堂在办公室商议，曹长山带着人冲进了村部。

进了院子，曹长山就高声喊道："张一枭，张一枭，你给我滚出来！"

一大群老年人跟着喊：

"张一枭，出来！"

"滚出来！"

"张一枭，滚出来！"

听到吵闹声，张福堂和杜文正急忙从屋里走了出来。

张福堂看着黑压压的人群，顿时头大了，急声说："长山叔，你们这是干啥？"

曹长山走到张福堂跟前，说："张一枭呢？让张一枭出来，我有话跟他说！"

杜文正说："张一枭上医院给他父亲看病去了，你有事可以给我们说，你带这么多人干啥，想围攻村部？"

曹长山翻眼看了看杜文正，说："我认识你，你是村里的驻村工作队队长，也是乡政法委员。既然你是公检法的，今天我就向你告张一枭，你得给我们做主。你要搞官官相护，我连你一起告！"

众人跟着喊：

"我们告张一枭！"

"你得给我主持公道！"

"我们连你一起告。"

张福堂着急地说："你告张一枭，他怎么你了？"

曹长山大声说："我告他贪污公款！你们以为我不知道，土地流转是有经费的，一亩地200块，县里发了150万呢，张一枭除了发1万块钱奖金，其他都贪污了！"

杜文正一听笑了，摇了摇头，说："老爷子，你这是听谁说的呀？"

曹长山坚定地说："王发全和赵胜海说的，昨天他俩到我家亲口给我说的，他们还说张一枭说我不讲党性，骂我是个老糊涂，在瞎扯淡、胡屌闹！"

张福堂问："真是王发全和赵胜海说的？"

曹长山说："真是他们说的，我可以把他们找过来当面对质！"

杜文正连连摇头，说："老爷子，您受骗了！哪有那150万的土地流转经费？那1万元奖金是人家张一枭自掏腰包给他们发的。"

曹长山疑惑地望着杜文正，说："我受骗了？不可能，王发全是村副主任还兼着村会计，他会说假话？"

张福堂痛心地说："长山叔，我不知道王发全为啥这样给你说，但我告诉你，县里乡里确实没发那150万的土地流转经费,那1万块钱奖金确实是人家张一枭从家里拿的。"

杜文正严肃地说:"老爷子,我是乡里的政法委员,也是乡党委班子成员,我能不知道有没有土地流转经费?今天,我在这里拿党性向您保证,绝对没有那150万的经费。如果真有,我开车拉着您去县纪委告我,撤我的职务,开除我的党籍!"

赵胜海看曹长山领着一群老年人气势汹汹地去了村部,一路小跑地来到了王发全家,屁颠屁颠地说:"发全,发全,成了,事情成了!"

许是由于太激动,赵胜海的口水呛进气管中,紧接着一阵干咳。

王发全一脸的冷笑,说:"这下可有张一枭的好看了!走,咱们过去看看。"

俩人一路兴高采烈地来到村部,藏在人群中看热闹。

曹长山见杜文正这么说,相信他说的不会有假,接着问道:"既然你是乡党委班子成员,啥事都知道,那我问你,村里的工程项目,是不是都是张一枭的同学干的?他们是不是利润五五分成?"

张福堂生气地说:"这是谁给你说的,是不是又是王发全说的?"

杜文正笑了笑,说:"老人家,你不要听他们捕风捉影地瞎说,这根本就是没影儿的事儿。村里项目的施工队,是县里统一招标选取的,施工队就是咱们县公路局的队伍,跟人家张一枭有啥关系?跟张一枭的同学有啥关系?"

曹长山不相信地看了一眼杜文正,向周围望去,说:"你没骗我吧?王发全亲口给我说的,工程由张一枭的同学干!"

这时,曹长山一眼看见了人群中的王发全和赵胜海,高声喊道:"王发全、赵胜海,你们过来把话给我讲清楚,是不是你们给我说的?"

王发全和赵胜海看要坏事,急忙挤出人群,撒腿就跑。

人群中有人喊:"你们跑干啥?别跑呀!"

曹长山看王发全和赵胜海跑了,更加坚定自己是受骗了,冲着人群喊道:"你们去四五个人,去,去把这俩坏蛋给我抬过来!"

曹长山一声令下,顿时有几个老年人起身向二人追去。

张福堂看了看院子里的人,说:"长山叔,有啥事可以给我说,你带着这么多人来村里闹,这算啥?"

张福堂一句话又呛住了曹长山,他眼一瞪,说:"给你说有用吗?我告刘汉多少年了,你给我解决没有?"

杜文正说:"老爷子,事情都弄清楚,都结束了,你让人散了吧!"

曹长山胸脯一挺,说:"事情还没结束呢!我们地不租了,我们要要回来!"

众人跟着附和:

"我们的地不租了,不租了!"

"不让我们活,你们也别想好过!"

"把我们的地还给我们!"

曹长山向人群挥了挥手,人群顿时安静了下来。

曹长山说:"张一枭给我许诺过,他说要让村里的老人老有所依,老有所保。我们听他的话,把地都租出去了,他也得说话算话!"

众人又跟着喊:"张一枭也得说话算话!"

"我们活不下去,张一枭得管我们!"

"他得说话算话!"

杜文正为难地看着张福堂,不知如何是好!

张福堂说:"长山叔,你看看这样好不好?等一枭回来,我们商量个办法再给你答复,好不好?"

曹长山看张一枭确实没在村部,于是说道:"张福堂,这可是你说的,你们可不能再骗我了,我就给你们一天时间,明天下午不给我答复,我就带着这帮人去乡里闹,去县里告!"

5.调查材料

曹长山领着一帮老年人离开了村部,杜文正长长地出了口气。这帮老年人如果真的大闹起来,他还真没办法收场。

张福堂也是出了一身的汗,他早就领教过曹长山这个"鬼难缠",今天要不是杜文正在这里,他还真不能这样顺利地把曹长山等人打发走。

俩人回到办公室,都抓起水杯猛喝了一阵。

各自喝了一阵,四目相对,俩人都笑了。

杜文正说:"老书记,今天真是有惊无险呀!我越来越发现,你们村复杂得很呀!"

张福堂叹了口气,说:"这一切都是王发全那帮人挑起的,他们是唯恐天下不乱,天天不干正事,还在挑事儿。"

杜文正放下杯子,说:"张书记,我今天找你,就是要跟你商议如何处理这些害群之马的事儿,没想到闹了这一出。"

张福堂疑惑地看着杜文正,说:"杜委员,我有点不懂您的意思。"

杜文正觉得是该给刘汉等人点颜色看看了。刘汉等人的肆无忌惮,让他觉得一味地被动防守反而不利于调查取证工作的开展。调查取证中,他能明显感觉到群众对刘汉等人的恐惧,以及对他扳倒刘汉团伙能力的不信任。为了顺利推动调查取证工作,他需要做出点行动,取得张庄村群众的信任,让群众看到政府惩处黑恶势力的决心。

张一枭被打之后,杜文正就专门去找了杨锐,首先向他说出了自己的想法和打算。

杨锐沉思了半天,说:"我觉得你的想法可行。不过,我觉得现在动刘汉、刘莽兄弟二人的时机还不成熟,我们可以先从王发全和赵胜海下手,以他们贪污的行为足够受到很严厉的处分了。"

杜文正想了想,说:"好!这样刘汉他们就以为我们只是盯着他们的贪污行为,既可以麻痹他们,又可以让张庄村群众看到我的决心。"

杨锐说:"既然这样,走,咱们一起给周书记汇报去!"

周明礼听完二人的汇报,高兴地说:"好,我同意你们的想法!小杜,学会讲究战略战术,一定要注意把握尺度。"

得到周明礼和杨锐的许可,杜文正决定和老书记张福堂好好谈一谈。

杜文正严肃地说:"张书记,你是老党员,我就实话告诉你吧,杨锐书记派我来当驻村工作队队长,一项重要任务就是整治村里的害群之马,刹一刹村里的不正之风。"

张福堂的脸也严肃了起来,说:"杜委员,村里出现目前的状况,我有不可推卸的责任。过去,县里也曾派人调查过几次刘汉的问题,不过后来都不了了之,我不知道你调查到什么没有。"

杜文正说:"刘汉的问题咱们先放放,我想给你说的是王发全和赵胜海的问题。"

张福堂问:"王发全和赵胜海?他俩有啥问题?"

杜文正说:"我已经掌握了可靠的证据,王发全不但冒领低保户的低保费,还克扣危房改造补助金。"

王发全和赵胜海的手不干净,什么钱都敢要,什么钱都敢扣。村里人早就有反映,张福堂也早就听说过,可他没有证据,也不好批评他们。现在杜文正严肃地提出这个问题,并且说有证据,看来村里的传言并不假。

　　想到此,张福堂问:"他们冒领了几户?"

　　杜文正说:"我已经到乡民政查了,他们俩一人冒领两户,已经领了3年。张书记,你知道吗?你们村的危房改造,每户补助金,他们都要抽取部分提成,就连赵胜海的亲侄子他们都没放过。"

　　张福堂问:"一户他们抽多少呢?"

　　杜文正说:"1000元到6000元不等。"

　　张福堂睁大了眼睛,说:"什么,一户他要抽6000元?国家总共才补助8000块,他们竟敢抽走6000块,也太黑了吧?"

　　杜文正摇了摇头说:"我到他们抽6000块钱那户村民家专门走访过,据他们反映,人家专门请他们俩到家里吃过一顿饭,还给他们俩送了两条烟,到最后只给人家了2000块钱。"

　　张福堂气得脸黑红,怒声说:"这两个挨千刀的,真是太黑了!"

　　杜文正说:"我听群众反映,他俩啥钱都敢收,啥事儿都要讹人。找他们盖个村里公章,他们都要200块钱,村里的公章是不是赵胜海管着呢?"

　　张福堂生气地说:"我没想到这两个浑蛋这么差劲,村委会成他们家里开的了。杜委员,我给您说实话,这几年刘汉揽权揽得很,我年龄大了,工作也干不动了,所以村里的事儿我大多是睁一只眼闭一只眼,任由他们去干,平时来村部坐坐就回家了。我没想到事情竟然这么严重,他们竟然这样猖狂。"

　　杜文正感叹地说:"老书记,你说的这些情况我都了解。刘汉早就把你给架空了,村里的事儿根本不让你插手。"

　　张福堂愧疚地说:"惭愧呀,惭愧呀!我这个村党支部书记失职呀!杜委员,我实话告诉你,乡里李书记在的时候,我先后4次向他提出辞职,他不知道出于什么考虑,一直不让我辞,我就坚持到了现在。"

　　杜文正说:"老书记,你的无奈杨书记也很清楚。李书记当初坚决不让你辞,就是为了不让张庄村的班子全坏了。我想你也清楚,李书记当初也有很多无奈,很多问题他也没能力解决。"

　　张福堂点了点头,说:"我清楚,清楚!杜委员,这俩人你准备怎么处理呢?"

杜文正说:"我想等把他们的材料整理完后,就向乡党委汇报,该处理就处理,该法办就法办。"

张福堂想了想,说:"我建议这件事再和一枭商量一下,你看合适不合适?"

杜文正说:"好吧,等一枭回来,咱们一起谈谈。"

6.老兵连

听说张一枭从医院回来了,杜文正和张福堂一起去了张一枭家。

张福民抓着张福堂的手,老泪横流,哭着说:"大哥,我没有在刘莽家麦地里放羊,我真的没有呀!是羊跑到他家麦地了,我看见后就赶紧往外撵。那被踩的麦子,都是李二柱和刘莽踩的呀!他们要吃我的羊,还打我!大哥,我冤枉呀!"

杜文正上前拍了拍张福民的手,说:"大叔,你别难受了,我们都相信你,都相信你没有在麦地里放羊!"

张福民看着杜文正,满眼的泪,说:"领导,领导,我真的没有在麦地里放羊,我真的没有!"

张一枭拍了拍床上的张福民,说:"爸,你休息吧!我们都相信你,你睡吧!"说着,领着杜文正和张福堂走出了里屋。

到了客厅,张福堂问:"一枭,你爸没大事吧?"

张一枭说:"没有啥大问题,被刘莽打得腰间有点软组织损伤。"

杜文正愤怒地说:"刘莽这个混蛋!"

张福堂说:"一枭,你今天不在家,村里差点出大事。曹长山带着一帮老年人大闹村部,张口闭口要告你。"

张一枭笑问道:"他们告我?为啥告我?"

杜文正说:"王发全和赵胜海那俩害群之马,骗曹长山说你贪污了村里150万的土地流转经费,还说你把村里的工程都交给了你同学,利润和你同学五五分成。"

张一枭笑了笑,说:"他们还真会编,还真敢编。"

张福堂说:"一枭,我和杜委员来找你,就是要跟你说说王发全和赵胜海的事儿,不能任由他们胡来。"

张一枭说:"算了吧,事情不是已经解决了吗?"

杜文正说:"我们说的不是这事儿,是他们贪污的事儿。"

张一枭惊疑地问:"什么?他们贪污?"

杜文正点了点头,说:"据我们调查,王发全和赵胜海在危房改造补助金上动手脚,初步统计有好几万。"

张一枭想了想,说:"杜委员,我有个建议希望您等会儿考虑一下。王发全和赵胜海就是俩法盲,根本不懂这里面的严重性,希望你们酌情处理,给他们点教训算了。"

杜文正不解地问道:"一枭,你知道不知道,刘莽打你和你爸,都是他们一帮人预谋好的。他们那样对你,你咋还为他们说好话?"

张一枭笑了笑,说:"对这两个人处理得太重了,刘汉等人一定会狗急跳墙。"

杜文正说:"一枭,谢谢你能如此宽宏大量,你和杨书记想到一块儿去了,对他们俩不能处理得过重,但也不能处理得太轻。"

张福堂说:"一枭,还有个事儿咱们需要商量一下。曹长山的事儿可没算解决,他们要求退回租赁的土地,他们不租了。只给我一天的时间,不给他满意的答复,他就带着村里的老年人到乡里县里上访闹事。"

张一枭急问道:"他们为什么不租了?"

杜文正说:"他们要干村里的工程,不给他们就闹事呗!"

张福堂说:"他还说你给他们许诺的,一定会让他们老有所依、老有所保,他要你兑现承诺。"

张一枭说:"原来还是因为村里工程的事儿。他们想干也不是不可以,可得等人家建筑公司来了后,咱给人家说说让他们优先用村里的工人才行,现在人家还没来,这事儿没法答应他呀!"

张福堂一拍手,说:"他就给一天时间,你说咋办吧? 一枭,我以前就给你说过,这个曹长山,用好了是一把快刀,用不好是毒刺,你不听,非要让王大奎当乡村治理组的组长,我觉得曹长山还是因为这件事对你有意见,所以他上那么大劲跟你作对。"

张一枭笑了笑,说:"大伯,不是我不听你的,是因为我有更重要的位置安排曹长山。过去,我一直没说,是因为老年人活动中心还没整好。现在活动中心整好了,我就把我的想法说说吧!"

张福堂疑惑地问:"是吗? 曹长山跟老年人活动中心有啥关系,你总不会让他当活动中心主任吧?"

张一枭重重地点了点头，说："老年人活动中心，我就准备让他管，不过官衔我不想叫老年人活动中心主任，我想在村里成立老兵连，让曹长山当老兵连连长。"

　　杜文正笑了，说："这个主意好！我发现你们村退伍老兵特别多，曹长山是残疾军人，对部队有特殊的感情，他肯定愿意当这个老兵连的连长。"

　　张一枭说："关键是一叫老兵连，这些老年人对自己的要求就不一样了，他们会自觉以军人的作风要求自己。"

　　张福堂也笑了，说："现在村里老年人越来越多，对老年人的管理教育确实是个难题，你这招儿一下子就把这个问题解决了。"

　　张一枭说："既然你们都同意我的想法，那咱们就找曹长山谈谈去。"

7.公益岗位

　　曹长山没想到他上午带着人去村部闹事，下午张一枭就找过来了。当他得知王发全和赵胜海的话都是些子虚乌有的事情时，内心深处也觉得对不起张一枭。

　　曹长山看张一枭手里提着礼物来看他，便感到有点不好意思，关心地说："一枭，我听说你带你爸去医院了，怎么样，他没事吧？"

　　张一枭把东西放在院中的石桌上，说："长山爷，谢谢您的关心，我爸他没大事，就是被刘莽打得有点软组织损伤。"

　　曹长山说："没事儿就好，没事儿就好！你们三个坐，我给你们倒茶去。"

　　三人围着石桌坐了下来。

　　曹长山和老伴一起将茶壶、茶碗放到了石桌上。

　　曹长山老伴看张一枭脸上青一块紫一块的，心疼地说："刘莽那个坏蛋，看把一枭打的。还有你这个老东西，领着一帮人到村部找一枭闹事，给孩子出难题。孩子叫着你爷，你丢人不丢人，羞不羞？"

　　曹长山被老伴骂得满脸通红，语无伦次地说："我……我……我，你……你……你！"

　　张福堂起身说："婶子，我们要和长山叔说正事，您歇着去吧！"

　　曹长山老伴看了看张福堂，说："你要说正事呀，我不打扰你们，我不打扰你们。"说着，走开了。

　　曹长山看老伴走远了，难为情地说："一枭，其实我也不缺钱，我都是为了那帮老哥们。你不知道，土地流转的租金，我那一帮老哥们根本拿不到，都是被孩子们给领走了。我也没办法，才去找你的。还有，我听说你贪污那么多钱，心里着急，我不能看着你年纪轻轻的就犯错误。"

张一枭笑着说："我知道，那是长山爷关心我。我今天来，就是为了跟你商量这些老人的问题。"

曹长山在张一枭对面坐了下来，说："一枭，你说吧！"

张一枭说："我们已经把村里的老年人活动中心整好了，我想在村里成立个老兵连，把村里的老人组织起来。我想让你当老兵连的连长，另外，把老年人活动中心交给你来管理。"

曹长山顿时瞪大了眼睛，激动地说："我……我……我又没有文艺细胞，也不会组织村里人搞文体活动呀？"

张一枭认真地说："开展文体活动只是老兵连的其中一项任务。我们成立老兵连的目的是教育管理村里的老人，同时帮助村里的老人维护个人权利，解决生活难题，这任务重得很呀！"

曹长山不解地说："维护个人权利，解决生活难题，我哪有这个本事？我愿意把我的残疾军人补助金拿出来都补贴给他们，可还是不够呀！"

张一枭说："关于维护老人权利，比如村里哪家的子女不履行义务孝敬老人，这就需要你们老兵连出面进行协调，去做那些子女的工作；工作做不通，就由你们出面替村里的老人维权。关于解决生活困难问题，我们不会用你的残疾军人补助金的，你们老兵连只是负责收集掌握困难老人的情况，报到村党支部，咱们一块儿想办法解决。"

曹长山脸上顿时笑开了花，说："你要是这样说，这活儿我干得了，这个老兵连连长我干，我干！"

张一枭说："长山爷，关于你们想干村里工程的事儿，我确实做不了主。不过这事儿我给杨书记汇报了，等工程队来，我们找他们做工作，让他们优先用咱们村里的人当工人，优先用您那些老哥们。"

曹长山的脸一红，说："一枭，我上午那是瞎胡闹，我年龄大了，糊涂了，你可别跟我计较。"

杜文正和张福堂在一旁笑了。张福堂说："长山叔，我这可是第一次见你说软话呀！"

曹长山惭愧地说："一枭是个好孩子，我错怪他了，就应该给他负荆请罪！"

张一枭说："长山爷，您带着村里的老年人到村部闹不是为了自己，我理解您！不过，我还有个好消息告诉您。我把村里几个困难老年人的情况给杨书记汇报后，杨书记答应给咱们5个公益性岗位，让他们帮助清洁公司打扫打扫村部的卫生，也帮村干部管理一下老年活动中心和图书室，一人每个月发300块钱。"

曹长山急声问道："这5个指标是不是都给那些困难的老年人？"

张一枭点了点头，说："这5个指标，一个是你的，你当老兵连连长为大家服务，需要占用一个。其他的4个指标，我都交给你，由你们老兵连负责定人，我相信你一定会把指标交给最需要的人。"

曹长山高兴地说："我不缺钱，我不缺钱，那个指标我不占，这5个指标都用来安排村里困难的老年人。只要让我当老兵连连长，我义务给大家服务，我义务给大家服务！"

第十二章　打中七寸

1.吃里爬外

刘梦羽很想见张一枭,却又不敢面对张一枭。

自从刘莽打了张一枭后,她就陷入了极度焦灼和痛苦之中。她不知道经过这件事,张一枭会如何看她、如何看她的家人,她不知道见到张一枭之后,张一枭对她会是什么态度。

有几次,她远远地看到张一枭,就急急地躲开了。她怕见到张一枭后,张一枭会对她视而不见、听而不闻,如同路人般擦肩而过;她怕张一枭会指着她的鼻子说:你不要再缠我了,我讨厌你,讨厌你们家的人,我们两个根本不可能。

害怕面对张一枭,刘梦羽也不想再见家里人。她打心眼儿里恨父亲,恨二叔,她恨父亲为什么变得这样不通情理,为什么这样一次又一次迫害张一枭;她更恨二叔凶狠霸道,不但欺负人,还把张一枭父子打得那么狠。几天来,刘梦羽一直住在电商营销中心,父母不论谁给她打电话,她都不接。

听到张福民被打得卧病在床的消息后,刘梦羽再也坐不住了。她觉得,不论怎么说,哪怕是被张一枭赶出门,她都应该过去看望一下。出于公平正义,她也应该代表家人过去道个歉。

刘梦羽买了四样礼品,鼓足勇气去了张一枭家。

张福民半睡半醒地躺在院子里晒太阳,刘梦羽到了跟前他才发现。

刘梦羽放下礼品,深深给张福民鞠了一躬,说:"福民叔,对不起,对不起!"

张福民这才发现刘梦羽到了跟前,急忙从躺椅上起身,却起了几起都没有站起来,连声说:"梦羽,你这是干啥,你这是干啥?"

刘梦羽忙说:"叔,你别站,你别站,躺着吧!我是来替我叔给您道歉来了!叔,您身体没事吧?"

张福民苦笑着说:"孩子,你来道啥歉呀?叔心里一直感激你呢,那天要是没有你,一枭就要吃大亏了。"

俩人正说着话,张一枭的母亲陈桂芝从屋里走了出来。

刘梦羽难为情地说:"婶子,我来看看叔。对不起,对不起!"

陈桂芝看了看刘梦羽拿的一堆东西,叹了口气说:"一枭他爸没啥大问题。孩子,你还花钱买那么多东西干啥?"

刘梦羽见张福民夫妻对自己还像过去那样和气,非但没有恶言恶语,而且比以往更亲切,心中一阵酸痛。心想,就这样老实善良的一家人,父亲和二叔怎么忍心下得了手那样欺负人家。

想到此,刘梦羽的眼圈红了,说:"婶子,都怨我叔太浑了!我爸真不该这样对一枭哥!"

陈桂芝拉着刘梦羽的手坐了下来,说:"孩子,我们知道你是个好孩子,也知道你对一枭的心思,可是……"

刘梦羽知道陈桂芝想说什么,坚定地说:"我的事儿我自己做主!"

张福民转过头来说:"我没有在麦地放羊,是羊跑他地里了,我去撵羊,我没有在麦地放羊!"

陈桂芝转过身去说:"你没有在麦地放羊,都知道你没有在麦地放羊,睡吧!"说完,她复又转过身来,对刘梦羽说:"唉!他本来脑子就不怎么好使,吓心里了!"

看着张福民那屡弱的样子,刘梦羽顿时泪水涌了出来,哽咽着说:"婶子,对不起,我走了,走了!"

说着,刘梦羽起身捂着嘴向外跑去。

出了门,迎面碰见了刘莽。

刘莽看刘梦羽哭着从张一枭家跑了出来,以为刘梦羽在张一枭家受了欺负,一路喊着追了过去。

刘莽急声喊:"梦羽,你怎么了?是不是张一枭家的人骂你了?"

刘梦羽不回答也不回头,一直往前跑。

刘莽在后面追,边追边喊:"梦羽,你别跑,告诉我,是不是他们骂你了?"

"别跑,你给我说,看我不收拾死他们!"

刘汉从屋里走了出来,看到哭得梨花带雨的刘梦羽,急声问道:"梦羽,你这是咋了?"

刘梦羽停下了脚步,恨恨地看着刘汉,一句话也不说。

刘汉心疼地说:"梦羽,你这是咋了? 我和你妈给你打电话,你都不接,我这正要去找你呢。"

刘莽气喘吁吁进了门,说:"我看见她哭着从张一枭家跑出来的,一定是在他家受欺负了。梦羽你给叔说,是不是他们骂你了? 他妈的,看我不灭了他们!"

刘汉疑惑地看着刘梦羽,说:"梦羽,你去他家干啥? 是不是他们欺负你了?"

刘梦羽恨恨地看了刘汉一眼,又看了看刘莽,终于爆发了,大声喊道:"你们厉害,你们光棍,你们威风! 去呀,去呀,把张一枭杀了,把他一家都灭了呀! 人家怎么你们了,你们凭啥这样欺负人家呀,难道你们不怕报应吗?"

刘汉和刘莽都被刘梦羽的反常举动镇住了,呆呆地看着刘梦羽,一时不知如何是好!

刘汉媳妇从屋里跑了出来,拉住刘梦羽,慌忙问:"梦羽,梦羽,你这是咋了?"

刘梦羽挣开母亲,用手指着刘莽吼道:"一枭他爸就一残疾人,你把人家打得肋骨都快断了,把人家打得精神都不正常了!"

刘梦羽又转向刘汉,大声说:"还有你,一次又一次地跟一枭哥过不去,人家到底怎么你了,你们这样欺负人家?"

刘汉终于看明白了,原来自己闺女是给张一枭打抱不平来了,熊熊怒火顿时直蹿脑门,怒声说道:"梦羽,你在这儿抽啥风呢,我咋欺负张一枭了?"

刘梦羽不甘示弱地瞪着刘汉,一字一句地说:"你,你以为我不知道,所有的坏事都是你指挥他们干的!"

刘汉暴怒,伸手给了刘梦羽一耳光,骂道:"你个吃里爬外的臭丫头,我算是白养你了!"

顿时,刘梦羽白皙的脸上起来了五个红印子。

刘梦羽何曾受过这等委屈,蹲在地上哇的一声大哭起来。

这下,刘汉媳妇张秀芝不干了,抓住刘汉一阵乱挠,嘴里喊道:"刘汉,你敢打我闺女,我跟你拼了!"

刘汉何尝不心疼刘梦羽。从小到大,无论小梦羽如何调皮,他都没舍得动过她一指头。他没想到自己今天竟然控制不住,动手打了女儿。

刘汉蹲下身子,连声说:"闺女,闺女,老爹错了! 我不该打你,我给你赔礼道歉!"

张秀芝伸手拉刘梦羽,流着泪说:"闺女,起来,起来,妈给你揉揉脸。刘汉,刘汉,你看看你把闺女的脸打的,你咋舍得下这么狠的手呀你?"

刘莽也过来拉刘梦羽,嘴里说着:"梦羽,梦羽,别哭了,别哭了,你看你爸都给你道歉了!"

刘梦羽猛地站起,怒视着刘汉说:"我恨你,我恨你!"说完,用力挣脱张秀芝,疯一般向外跑去。

张秀芝被刘梦羽的疯狂举动吓住了,呆站在那里,不知如何是好。

刘汉赶紧喊道:"秀芝,你快去追呀!"

张秀芝这才反应过来,起身向外追去。

2.大变革

张秀芝跑出门,刘梦羽已没了身影。她跑到电商营销中心,这里根本就没有刘梦羽。

张秀芝顿时慌了,急忙打刘梦羽的手机,手机却关了。她知道此时张一枭应该在村部,便慌里慌张地闯进了张一枭的办公室。人没进门,便喊了起来:"一枭,一枭,梦羽哭着跑了,你快去找找她,可千万别出事呀!"

张一枭忙起身说:"怎么了? 梦羽怎么了?"

张秀芝上气不接下气地说:"梦羽从你家哭着回来后,就跟她爸吵了起来,质问刘汉为何欺负你。刘汉火了,就动手打了梦羽。一枭,你快去找找她吧,她只听你的。"

张一枭说:"让我给她打个电话。"

张秀芝连连摆手,说:"手机关机了,关机了,走,咱们快去找她吧。"

出了村部,张一枭站住了,说:"梦羽的车还在这里停着呢,说明她没有出村,咱们分头找吧,我去东头你去西头。"

张秀芝连连点头:"好的,好的,我去西头,我去西头!"

张一枭猜测刘梦羽一定是去了小河边。回村这段时间,每天早上他都和刘梦羽在小河边跑步。刘梦羽满腹委屈地从家里跑出来，一定会跑到小河边排解心中的郁闷。

出了村，张一枭顺着小河边走边喊："梦羽，梦羽，你在哪儿？你在哪儿？"

张一枭走了一阵，见没人回应，便停了下来，举目四望，心中不由得一阵惊喜，刘梦羽正坐不远处的一片草地上。

张一枭快步走了过去，喊道："梦羽，梦羽！"

见到张一枭，刘梦羽泪更多了，竟呜呜地哭了起来。

张一枭在刘梦羽跟前坐了下来，掏出纸巾递了过去，说："梦羽，你别哭了。因为我去跟你爸争吵，你咋那么傻？你知道吗？因为我让你跟家里闹不和，我心里很不是滋味！"

刘梦羽抬起头来，满眼的泪，哽咽着说："一枭哥，对不起，对不起！我爸他们，他们不该那样对你，不该那样害你的家人！一枭哥，我一直不敢见你，你不会因此不理我吧？"

张一枭笑了笑，说："你真是个傻丫头，我要是不理你，会来这里找你？咱们回去吧，你爸妈都急坏了！"

刘梦羽用力地摇头，说："不回去，我坚决不回去！"

张一枭忙说："好好好，咱们不回去，咱们就在这里坐会儿。"

刘梦羽直直地望着张一枭，问道："一枭哥，你真的不恨我？"

张一枭动情地说："梦羽，我怎么可能恨你呢？刘莽和李二柱打我时，要不是你用身子护住我，我肯定被他们打坏了，你对我的情对我的好，我一辈子也忘不了！"

刘梦羽擦了擦泪，说："一枭哥，过去我是多么期盼你能回村，我们共同在村里干一番大事业，现在我感到我错了，你不应该回村，农村太复杂，还是城市的环境适合你。"

张一枭说："梦羽，你就对我这么没信心？"

刘梦羽说："一枭哥，不是我对你没信心。我是担心你，我担心我爸他们不放过你！他们在村里有庞大的势力，你在村里身单力薄，怎么可能是他们的对手？"

张一枭心中一阵激动。他为刘梦羽的一片痴情所感动，更为她的深明大义而感佩。他很清楚，刘梦羽这样说，心里承受着多大的矛盾和压力。一边是疼爱自己的父亲，一边是自己深爱的男人，偏向任何一方她的心都会经受刀割般的痛苦。她能不被感情蒙蔽，用正义的天平来理智对待自己深爱的两个男人，这本身就难能可贵。

张一枭突然发现,此时此刻他已经爱上了刘梦羽。

张一枭自信地说:"梦羽,我告诉你,在村里我并不是身单力薄。我有你、有老书记、有驻村工作队队员、有全村的党员,还有更多群众的支持。你爸虽然有八大金刚,但他们都是纸老虎,只要我们狠剎歪风邪气,让正义的声音在村里占住主流,他们很快就会溃不成军。"

刘梦羽满含深情地凝望着张一枭,问:"一枭哥,你和我爸会一直斗下去吗?"

张一枭说:"梦羽,树欲静而风不止,很多事情不是我们能决定的。不过,我不怕!"

刘梦羽气愤地说:"我不理解我爸为何突然变得这样阴狠毒辣,这样不通情理。他真是变坏了,我简直不敢认他了!一枭哥,你恨我爸吗?"

张一枭远眺着前方,说:"杨书记说,这次业已开始的乡村振兴变革将是农村新旧势力的大较量、利益格局的大调整、生活方式的大转变和世俗观念的大洗礼,不仅是硬件也是软件的变革,不仅是物质的更是精神的变革,也可以说是要打破旧秩序建立新秩序。梦羽,你想想,既然要发生翻天覆地的大变革,矛盾和斗争能少得了吗? 没有激烈的矛盾斗争,如何推动新旧势力大较量、利益格局大调整、生活方式大转变、世俗观念大洗礼?"

刘梦羽凝望着张一枭,连连点头。

张一枭叹了口气,说:"很遗憾,我和你爸成了新旧势力的代表,所以我们的矛盾斗争是不可避免的。梦羽,你刚才说你爸变坏了,我觉得不是,是这场大变革推着他不得不这样做。所以,我真的不恨你爸,我只把他当作可敬的对手,当作成长的磨刀石。"

张一枭的话顿时让刘梦羽醍醐灌顶,她心中积淀的疑虑、担忧、矛盾马上减轻了大半,笑道:"你是不是也把他当作了胜利的牺牲品?"

张一枭也笑了,说:"我坚信新势力一定能战胜旧势力,因为新势力代表阳光,代表前进的方向。"

刘梦羽忽然严肃了起来,说:"一枭哥,你能不能给我说实话,我和叶知秋在你心中谁更重要?"

张一枭看了看刘梦羽,认真地说:"梦羽,离开巨丰集团就已代表我和叶知秋的感情画上了句号。"

刘梦羽不相信地问:"是吗?"

张一枭指了指胸口,说:"我实话告诉你,你已经占据了这里,这儿已经没有叶知秋的位置了!梦羽,现在我郑重地告诉你,我爱你!"

刘梦羽冲上去抱住了张一枭,俩人在地上滚作一团……

3.抓重点

按照预定计划,各村顺利完成了土地流转和招商引资任务,这令杨锐长长地出了口气。

县委马书记对示范区的工作非常满意,开完乡镇干部会,专门把杨锐叫到办公室,二人谈了足足有一个多小时。

马书记告诉他,当一把手要善于抓重点,只有抓重点、重点抓,才能以点带面强力推进工作落实。这是工作方法,也是领导艺术。

马书记告诉杨锐,一场战役都是由若干个战斗单元组成的,要全局在胸、大处着眼、小处着手,一个阶段要选择一个突破口,集中优势兵力打歼灭战,以此推动整个战役的胜利。

杨锐觉得马书记说得非常好,土地流转的胜利,已经让他看到了重点突破的威力,他要好好坚持运用这一工作方法。示范区建设的重点就是张庄村,全乡乡村振兴工作的重点也是张庄村,他只有紧紧抓住这个村,各项工作才能尽快出成效。他暗暗下定决心,一定要把张庄村这个样板树起来。

杨锐觉得,他该到张庄村去看看了。由于这段时间一直忙于招商引资,他已经好些天没去张庄村了。他打算晚上住在张庄村,与张一枭、张福堂以及杜文正来个秉烛夜谈,好好把张庄村下一步的工作谋划一下。

杨锐收拾了一下桌子上的材料,准备起身,杜文正敲门进了屋。

杨锐起身说道:"文正,我正准备去张庄村找你们呢。"

杜文正认真地说:"杨书记,我想给您专题汇报一下这一阶段张庄村的工作,我建议您等我汇报完之后再去为好。"

杨锐疑惑望着杜文正,说:"你和福堂书记、一枭他们都谈过了?"

杜文正点了点头,说:"真没想到一枭的意见和您一致,他也说对王发全和赵胜海如果处理得过重,可能会打草惊蛇,不利于全面调查!"

杨锐坐了下来,说:"文正,你说一枭已经知道你在村里调查刘汉团伙的事情了?"

杜文正摇了摇头,说:"一枭没问我在村里调查刘汉团伙的事情,我也从来没有给任何人说过。不过,我能感觉出一枭知道我在张庄村当驻村工作队队长的主要目的,只是我们不说,他也不问,彼此心知肚明罢了!"

杨锐说:"文正,周书记今天又给我说,让我们一定讲求战略战术,切莫因战术影响战略,周书记的话,你可明白?"

杜文正说:"杨书记,我明白!不过刘汉那帮人也太嚣张、太气人了。他们说张福民在他家的麦地里放羊,事实上是羊群路过那里时,有几只羊跑到了地里。他们把张福民父子二人暴打一顿,是早有预谋的。为此,刘汉还奖励了李二柱和刘莽一人2000块钱。"

杨锐气息重了起来,他在极力压制心中的怒火。他没想到刘汉竟然猖狂到这种地步,竟然这样胆大包天。在他看来,刘汉之所以敢如此肆无忌惮,主要还是仗着有王刚撑腰。他们明着是在收拾张一枭,其实是在打他的脸,是在做给支持他的人看,是项庄舞剑,意在沛公。当初他们排挤前任书记李兴旺,就是用的这种手段和伎俩,通过威胁恐吓让人不敢接近李兴旺,让乡党委各项决策出不了乡政府。

杨锐觉得,不论是于公于私,他都不能退缩。乡、村两级干部都在看着呢,他在此事上的态度,直接决定着他们的工作劲头和工作导向。他必须要为做事的干部撑腰壮胆,决不能让干事的人流汗又流泪。一旦他在这件事上顶不住,示范区建设推进缓慢不说,他也很可能成为第二个李兴旺。

杜文正接着说:"更可恶的是,王发全和赵胜海跑到老上访户曹长山家里,造谣说张一枭贪污了150万元的土地流转经费,还说张一枭把村里的工程都交给了他郑州的同学,可以得到上千万的利润分成。曹长山在他们的鼓动下,带着一帮老年人大闹村部,幸亏我们处理得当,否则真会出现大的上访事件。"

杨锐牙咬得咯吱咯吱响,愤愤地说:"王发全和赵胜海身为村干部,咋能干出这样的事儿?"

杜文正说:"我再说说贪污腐败的事儿。王发全和赵胜海贪污的证据和材料我已经整理好了,他俩在危房改造补助金上吃拿卡要,贪了不少钱,至少有6万多。"

杨锐瞪大了眼睛,大声说:"什么,光危房改造补助金就贪了6万多?"

杜文正点了点头,说:"这俩家伙猖狂得很,有一户请他们吃了饭,还给他们送了两条烟,他只给了人家2000块钱的危房改造补助金。"

杨锐一拍桌子站了起来，在屋里来回走动着，说："文正，这种害群之马，一定要严肃处理！"

杜文正说："对王发全和赵胜海，我建议对他们启动立案调查程序。"

杨锐陷入了沉默。此刻，一个新的思路在杨锐脑海里形成了。处理王发全和赵胜海，必须有一个由头，如果直接用杜文正收集的材料，岂不就把杜文正暴露在了刘汉等人面前？他要在全乡搞一个整顿活动，让王发全和赵胜海在整顿活动中现身。同时他也可借着这个机会，在全乡的乡村干部中搞一场思想作风大整顿，一定要刹一刹歪风邪气，把干事创业的导向和氛围树起来。

沉思了一会儿，杨锐说："文正，我想在全乡搞一个工作作风大整顿、低保办理大复查和危房改造大回访活动。我让你主抓这个活动，这样你借助这个活动来处理王发全和赵胜海就顺理成章了。你也正好借着这个活动，把村里的风气好好整一整。"

杜文正说："杨书记，这个办法好！村里的作风着实该好好抓一抓了，我愿意负责这件事儿。"

杨锐说："那好，你先安排人做个详细的活动方案，我们在班子会上研究一下，之后就发通知在全乡组织开展。有一点你要记住，要组织乡里的干部开展大调查、大走访，对全乡的低保户、危房改造户，要一户一户地查，一户一户地访，一定把基础工作做扎实。"

杜文正说："好的，按照您的要求，我安排人尽快把活动方案做出来。关于王发全和赵胜海，我想今天到乡纪委办办手续，明天上午就对他们启动留置问询。"

杨锐摆了摆手，说："你看着办吧！另外，你叫一下民政助理，让他到我办公室来一下。"

4.留置问询

农村低保、危房改造大调查、大走访活动开展不久，王发全和赵胜海就被乡纪委带走了。

接到王发全和赵胜海被乡纪委留置询问的电话，刘汉火速赶到了村里。一得知消息，刘汉就开始拨打王刚的电话，电话却一直打不通。他顿时慌了，难道是王刚也被留置了？等冷静下来，他觉得王刚和王发全、赵胜海的留置根本挂不上边。这俩人跟王刚没有直接接触过，也没有利益关系，不会因为王刚而抓这两个人。

刘汉分析认为，这一定是张一枭的杰作。张一枭让乡纪委留置王发全和赵胜海，无非就是对打架事件和曹长山大闹村部的反击。他意识到，看来张一枭等人要对他发起总攻了。当今之际，他必须抓紧时间赶回村里，必须尽快稳住阵脚，否则局面将一发而不可收了。

刘汉故作轻松地进了家门，王发全的媳妇和赵胜海的媳妇正在他家一把鼻涕一把泪地哭，李二柱和刘莽在院子里急得团团转。

看到刘汉回来，众人一齐围了过去。

王发全媳妇拉着刘汉哭诉道："刘主任，你可千万要帮帮俺家发全呀，求求你了，求求你了！"

赵胜海媳妇抓得更紧、叫得更响："刘主任，刘主任，俺家胜海本来就胆小，抓他的时候就吓得尿了一裤裆，他不会一时想不开寻短见吧？求求你救救他吧！"

两个娘儿们哭得又脏又湿的手抓得刘汉身上黏糊糊的全是鼻涕和泪水，他厌恶地看了二人一眼，说："你们这是干啥，干啥？我回来就是专门救他们的，你们这样抓住我不放，让我咋去救他们？"

两个女人急忙松开了刘汉。

刘汉放缓声调说："你们急，我比你们更急！这样，你们都回家等着吧，我问清是啥情况后再去乡里救他们，没事儿的，他们一定会没事儿的。"说着，他不耐烦地看了一眼看热闹的人群，说："都散了吧，散了吧！"

刘莽高喊着往外撵人："都散了吧，散了吧，走走走，赶紧走！"

待人群散去后，刘汉领着李二柱和刘莽进了屋，问道："到底怎么回事呀？"

李二柱低声说："听说是贪污危房改造补助金！"

刘莽跟着说："这段时间，杜文正一直在村里调查，据说他们俩贪了不少危房改造款。"

李二柱生气地说："主任，这俩货啥钱都敢贪，还一天到晚在你面前哭穷，照我看真该让他们在号里住一段时间。"

刘汉看了看李二柱，说道："二柱，我早就给你们说，杜文正和张一枭回村就是冲着我们来的。你想过没有，今天抓的是王发全和赵胜海，明天可能抓的就是我们了！"

刘莽喊道："张一枭这个王八蛋，照我看，上次对他还是收拾得轻，要打就得彻底打怕他，打得他永远不敢跟咱们作对！哥，你说吧，怎么收拾张一枭？"

刘汉瞪了刘莽一眼,怒声说:"你给我安分点!"

李二柱问:"王刚乡长知道这事儿吗?"

刘汉说:"王刚到外地招商去了,我刚才给他打电话没打通,我已经给他发信息了。我想起来了,我好像听他说今天县里有会,可能信号屏蔽了。这样,二柱,我到村部看看去,你们在村里摸摸底,看都有哪些人向杜文正反映问题。"

打发走了李二柱和刘莽,刘汉起身去了村部。

刘梦羽也在村部,正和张一枭、张福堂三人有说有笑地谈论事情。

看到刘梦羽和张一枭在一起,刘汉顿时感到气血直冲、头大如斗,他快步冲到张一枭跟前,吼了起来:"梦羽,你在这里干什么?我跟你说了多少次了,不要跟他来往,你咋就是不听!"

三人都站了起来。

刘梦羽愤怒地看着刘汉,反驳道:"我凭啥不能跟一枭哥在一起?你凭啥这样管我?"

刘汉眼睛一瞪,大声说:"凭啥,凭啥?就凭我是你爹!"

刘梦羽不甘示弱地说:"你是我爹又怎样?我有我自己的工作,有我自己的生活,我又没干什么见不得人的事情,你凭啥管我?再说,你看看你干的那些事儿,你有什么资格管我?"

刘汉顿时语塞,脸一红一红的,愤而转向张一枭吼道:"张一枭,你有种直接冲我来,哄骗一个小姑娘算什么男人?"

张福堂生气地说:"刘汉,你也四五十的人了,当着孩子们的面说话要有分寸,你咋能在这里信口雌黄?"

刘汉终于找到了发泄对象,高声说道:"张福堂,你以为我不知道,哄骗小梦羽,抓王发全和赵胜海,这些小动作都是你这个老阴谋出的主意!你有本事,你厉害,有种你也把我抓进去呀!"

刘梦羽气愤地瞪着刘汉,委屈地说:"你……你……你真是不可理喻!"

张一枭上前一步,说道:"刘主任,王发全和赵胜海被留置,是因为乡纪委已经掌握了他们贪腐的确切证据,这跟我大伯有什么关系?"

刘汉眼里喷着火,厉声说道:"张一枭,你少给我在这儿唱高调!你以为我不知道,你为了夺权,为了对付我,游说杨锐让杜文正到村里暗暗调查我们,你以为我不知道?"

张一枭摇了摇头,笑着说:"我跟你夺啥权?你这段时间根本就不在村里,我想争权夺权也找不到你呀!"

刘汉怒视着张一枭,说:"你……"正说着,手机响了。

刘汉急忙拿出手机,看是王刚打来的,恨恨地扫了三人一眼,说道:"你们等着,我一定要让你们知道我的厉害。"说完,疾步向外走去。

乡政府会议室里,杜文正和工作人员正在询问王发全和赵胜海。

杜文正说:"说吧,把你们干的坏事都说出来吧!"

王发全低着头,眼珠子在骨碌碌地乱转,低声问道:"杜委员,您是政法委员咋又管起纪检的事儿了呢,是不是我们得罪了您?"

赵胜海看了看王发全,想说话,被王发全狠狠地瞪了一眼,忙闭上了嘴。

杜文正说:"王发全,我告诉你,我是乡里的政法委员,同时也是纪检委员,你不要试图钻空子,要老实交代。态度好了,我可以给你们定个主动交代。"

王发全抬起头来,满脸堆笑:"杜委员,我们一天到晚忙着给全村人服务,我们没有干啥坏事呀。"

赵胜海赶忙接话:"杜委员,你是我们村的驻村工作队队长,你是能看到的呀,我们没白没夜地为村里工作,我们没干啥坏事呀!"

杜文正冷笑着说:"我给你们提醒一下,你们老实说,是不是没有全部将危房改造款交给村民?我告诉你们,这可是违法的事,弄不好得住监狱。"

王发全急声辩解:"杜委员,谁告诉你我没有将危房改造款发给他们?我敢给你对天发誓,危房改造款已经全部发下去了!"

赵胜海抢着说话:"杜委员,我们绝对是冤枉的!我们给你对天发誓,绝对是有人想陷害我们!不相信,你可以到村里找那些低保户调查求证。"

杜文正见到这时候他们还不承认,脸一黑,气愤地说:"都到了这个时候,你们还在狡辩。你们以为我没有进行调查吗?没有调查和证据,我能让你们来这里?"

杜文正身旁的工作人员指着赵胜海的鼻子说:"赵胜海,你说说,王二歪和李孬孩的危房改造款是不是全发了?还有刘满囤和张富礼的,他们到底领了多少补助?"

赵胜海顿时尿了,耷拉着脑袋,身子一软,从凳子上秃噜下来蹲在了地上,一声不吭。

王发全眨巴眨巴眼,低声辩解道:"他们的危房改造款,我们咋知道?当时,我们都交给他们了,他们是不是记错了?胜海,你说是不?"

杜文正一拍桌子,火了起来,生气地说:"王发全,我看你是不见棺材不掉泪!我告诉你们,我们已经掌握了你们贪污的确切证据,让你们主动交代,是在给你们机会!"

工作人员盯着王发全和赵胜海,厉声道:"你们说不说?再给你们一次机会,给你们3分钟的时间,如果顽抗到底,就以拒不认罪论处,到时候可别说我们没给你们机会!"

王发全往窗外看了看,他急切地等待着刘汉的到来。被抓时,他偷偷告诉李二柱,让他抓紧时间给刘汉打电话,让刘汉赶紧来乡里救他们。可他们已经被带到乡政府两个多小时了,却还不见刘汉的身影。

赵胜海不停地用眼瞄着王发全,见王发全不说,便也不敢乱说。

工作人员看了看表,与杜文正商量道:"时间到!杜委员,就这样吧,下午就移交吧!"

杜文正和工作人员收起本子,起身要走。

赵胜海再也不顾王发全,连滚带爬地到了杜文正脚下,连声说:"杜委员,我说,我说,我全说!"

5.闭门羹

开完会,王刚打开手机第一眼就看到了刘汉的信息。听刘汉说完情况后,王刚当即指示刘汉抓紧时间来乡政府。他正在往乡里赶,他们一起去找杜文正和杨锐。

见了面,王刚生气地说:"这俩成事不足败事有余的家伙,啥钱都敢贪,干脆别管他们啦,不够丢人现眼的!"

刘汉急忙说:"老弟,老弟,你可不能不管,和张一枭斗全指望他俩呢!杨锐弄他们俩,可是冲着咱们来的呀!"

王刚说:"杨锐这小子下手可真够快的呀!走,咱们去找杜文正去。"

俩人来到杜文正的办公室,见办公室的门锁着,就直接去了审讯室。

到了审讯室,王刚直接推门走了进去。

杜文正站起身,不高兴地说:"乡长,我们在工作,你们……"

王刚故作姿态地哈哈一笑,说:"文正,不就是卡要一些危房改造款吗?让他们吐出来不就完了?实在不行,罚点款,让他们出点血。"

刘汉急忙说："对对对,杜委员,让他们把贪的全吐出来,再重重罚他们一下,看他们以后还敢不敢了。"

王刚掏出香烟,向杜文正递了一支,说："老弟,现在示范区建设正在用人之际,这也是咱们乡的'天'字第一号任务。给我个面子,能饶人处且饶人吧?"

王发全忙站起身,大声说道："我们愿罚,我们愿罚! 我们把占用的危房改造款全部拿出来!"

赵胜海也跟着喊道："我们愿罚,我们都拿出来,拿出来!"

刘汉怒视着二人,大声训斥道："你们这俩吃人饭不拉人屎的东西,谁给你们这么大胆子! 这些救命钱你也敢贪,你知道不知道,这是违纪! 真是一对混账东西!"

骂了一阵,刘汉转向杜文正,和声说道："杜委员,你看我已经骂他们了,他们也认罚了,事情已经是这样了,你就放放手,高抬贵手放过他们吧,回头我在县城好好请请你!"

杜文正黑着脸,一句话也不说。

王刚说道："文正,你知道张庄村在示范区建设的重要性。这事儿闹大了,对乡里对示范区建设都没有好处。为了示范区建设顺利推进,给我个面子,就大事化小,小事化了,罚罚款完事儿吧。"

刘汉又故意发怒,大声骂道："你们这两个混账,给乡里惹这么大的祸! 回去后,你们立马将冒领低保户的钱给我吐出来,马上发放到低保户手中!"

王发全和赵胜海像鸡叨米似的连连点头。

王刚又笑着朝杜文正说："文正,我看就这样处理吧。这俩人也在村委会工作多年了,没有功劳还有苦劳呢,工作上出现失误,批评教育适当惩戒一下就完了,你说是不是?"

杜文正板着脸,一字一句地说："乡长,您别怪我不给您面子,这事儿已经上报县纪委了,恐怕不是您说了结就能了结的!"

王刚看着杜文正愣住了,足足有好几秒钟,骤然大怒,指着杜文正的鼻子吼道："杜文正,你不要敬酒不吃吃罚酒! 我说的不算谁说的算,杨锐吗? 你以为我不知道,你们弄这两人就是冲着我来的。有本事,你们直接找我呀,干吗对这些村干部下手? 操! 想弄我,你们还嫩点儿!"

杜文正满眼怒火地看着王刚,一言不发。

王刚扫了一眼刘汉,说："走,刘汉,咱们找杨锐去,他今天必须得给我个说法!"

说完，王刚转身大步向外走去，刘汉一路小跑跟了过去。

王刚领着刘汉气冲冲地进了杨锐的办公室。

杨锐起身问道："你们……"

王刚大步走到杨锐跟前，怒声说："杨锐，你凭啥抓张庄村的干部？你连个气儿都不通，就让杜文正带走人，你啥意思？"

杨锐不甘示弱地说："我啥意思？纪委办案有他们的程序，难道还需要给你请示？"

刘汉连忙上前，劝说道："二位领导别生气，都怨我，都怨我没有管理好部下，我有责任，我给你们道歉！"

杨锐看了看刘汉，说："你确实有责任！你知道不知道，这俩人吃拿卡要，贪污了多少钱？"

王刚翻眼看着杨锐，说："不就是几万块钱吗，有啥了不起的？"

杨锐说："有啥了不起的？你回去看看纪律处分条例吧！还有啥了不起的！"

王刚态度软了下来，说："你说吧，这事儿咋处理？"

杨锐冷冷地说："咋处理？依纪依规处理！"

王刚的火又上来了，指着杨锐的鼻子说："好好好，杨锐，你有种，你给我等着，你给我等着！"

杨锐上前一步，说："我等着，你想怎么样？难道你要打我不成？"

王刚伸手就要往杨锐脸上打，刘汉慌忙上前抱住了他，说："你消消火，消消火，走，咱们走！"然后，生拉硬扯地把王刚拉出了杨锐的办公室。

上了车，王刚就骂了起来："杨锐，你个王八蛋，跟我来硬的，咱们走着瞧！"

在杜文正和杨锐那里接连吃闭门羹，王刚心里恨透了。他没想到杨锐做事这么果断毒辣，说动手就动手，丝毫不拖泥带水，而且稳、准、狠，让人找不到他的一点破绽。从刚才的交锋中，他分明看得出来，杨锐已经认为自己取得了斗争的主动权，已经不再把他放在眼里了，要不他的态度绝对不会如此强硬。

王刚心中暗暗冷笑。杨锐以为抓了个王发全和赵胜海，就能威吓住张庄乡的干部，以为从此就能在张庄乡站稳脚跟，想干什么就干什么了？真是痴心妄想！抓了这两个笨蛋，绝对动摇不了他在张庄乡的根基。不过，刘汉说得也对，此事牵动着大局、牵动着人心，如果他任由杨锐收拾王发全和赵胜海，一定会伤了大部分人的心，动摇大部人对他的信心，弄不好此事很可能成为导致双方力量此强彼弱的分界线。

他决不允许此事发生！

刘汉开着车,不停地叹气,说:"看来他们是想下狠手往死里整我们呀！不行,咱就去找你姐夫吧,你看需要拿多少,我准备一下。"

王刚转过头看了看刘汉,说:"害怕了？泄气了？杨锐和张一枭刚一出手,你就软蛋了?"

刘汉说:"我怕他个鸟！"

王刚说:"这就对了,胜败乃兵家常事！再说,我们还没有败呢,你说是不是？这俩家伙也真是的,啥钱都敢贪,处理他们真不亏！这样,我先找我姐夫说说。不过他那大公无私的样子,说不定又要骂我呢!"

刘汉连忙说:"是的,是的,找周书记说话一定管用,他负责联系我们乡,这事儿杨锐一定会给他汇报。杨锐终于抓住了我们的把柄,这时候他一定在独自高兴呢,也说不定在嘲笑我们呢!"

王刚想了想,说:"掉头,回乡政府。"

刘汉疑惑地问道:"你还要去找杨锐?"

王刚说:"我找他干啥？你别跟我回县里了,我自己开车回去。你抓紧回村,组织王发全和赵胜海的家人去张一枭家闹,只要不做出格的事儿,闹得越厉害越好!"

刘汉顿时明白了,连声说:"高,高,还是乡长高!"

刘汉已经看了出来,杨锐和王刚的矛盾已经到了难以调和的地步。现在杨锐终于捅到了他们的要害,岂能轻易罢手？他判断,即使周明礼能出面说情,杨锐也不一定会给他面子。因为战争双方一旦处于胶着状态,一方贸然退让就意味着缴械投降。

解铃还须系铃人。刘汉觉得王刚不愧是斗争老手,既然王发全和赵胜海是张一枭弄进去的,只有张一枭出面捞人,才最有效也最管用。只要杜文正不放人,就让王发全和赵胜海的家人到张一枭家闹,给他来个一哭二闹三上吊,看他张一枭怎么办。

回到家,刘汉就把李二柱和刘莽叫了过来,低声说:"你们现在就去王发全和赵胜海家,告诉他们家人轮番去张一枭家闹,闹得越激烈越好。你要告诉他们,闹是为了求张一枭帮他们救人,不是去他家要威风,闹的时候只能示弱不能耍横,更不能打骂张一枭的家人,做出格的事儿,这样事情就办砸了,你们明白吗?"

刘莽急声问道:"你去乡里他们怎么说的,他们敢不给你面子？要我说,组织人到张一枭家砸个稀巴烂算了！还要去求他,不知你咋想的。"

刘汉眼一瞪,说:"你就知道打打杀杀的！少废话,听我的,让他们按我说的做,事情办砸了,我饶不了你们!"

刘莽急忙说:"好好好,听你的,听你的! 二柱你去王发全家吧,我去赵胜海家。"说着,起身向外走去。

李二柱朝外看了看,低声说:"主任,是不是事情办得不顺利呀?"

刘汉叹了口气说:"唉! 杨锐和杜文正那两个家伙软硬不吃,王乡长差点和杨锐打起来,要不是我及时拉住,俩人都动手了。"

李二柱小心地说:"看来姓杨的是不给面子了,想下狠手整咱们呀! 这下王发全和赵胜海麻烦了,我有个预感,他们俩不会有好结果!"

刘汉点了点头说:"我也有同感,现在我感到只要不判他俩的刑就是胜利,党纪处分肯定少不了。"

李二柱说:"既然杨锐下定决心要收拾我们,只有张一枭出面求情最管用,现在我们可用的牌也只有这张了。"

刘汉说:"王乡长已经去县里找他姐夫周书记了,明天我就回县城给他送去点钱,让他出面压压杨锐。另外,县纪委那里也需要做做工作。二柱,村里就交给你了,一定要按照我说的做,也许这招儿最管用。"

6.一哭二闹三上吊

第二天一大早,王发全的媳妇、女儿、嫂子、兄弟媳妇一帮娘子军就拥进了张一枭家。

进了门,众人便开始闹了起来,有哭的、有喊的、有拉着张一枭家人哀求的。

张一枭和父母赶忙出来应付。

王发全媳妇看到张一枭,就疯一样冲上前,紧紧抓住张一枭,哭着哀求道:"一枭,一枭,我求求你,求求你了,你救救俺家发全吧,你救救俺家发全吧!"

王发全兄弟媳妇抓住张一枭母亲的手说:"婶子,婶子,你快给一枭说说,让他救救俺发全哥吧! 俺一辈子也忘不了你的恩情!"

其他人也围了上来,七嘴八舌地说:"一枭,求求你,救救俺家发全吧!"

"救救他吧!"

"求求你啦!"

张一枭看这么多人来家中哭闹,心想这定是刘汉想的馊点子。他极力压制内心的不悦,和声说道:"大娘,我也想帮他们,关键是他们犯了错误,谁也帮不了呀!"

王发全媳妇哀求道:"一枭,我知道你在乡里面子大,你去乡里给俺家发全求求情呗,俺一辈子也忘不了你的大恩大德!"

张一枭仍旧和颜悦色地说:"不是我不帮您,关键是我求情也不管用呀!他们违纪违法,是必须要经过法纪处理的,谁求情也不管用!"

王发全媳妇看怎么求也不管用,索性一秃噜坐在地上,爹一声娘一声地大哭起来:"我的爹我的娘吔!王发全你个孬孙是咋混的,没一个人愿意帮你,你就死在监狱里吧!我的爹我的娘吔! ……"

哭闹声很快招来了看热闹的人,不一会儿张一枭家的院子里就围满了人。

张福堂和刘梦羽穿过人群来到了张一枭跟前。

张福堂大声喊道:"你们这是啥意思,在这儿闹有用吗?赶紧回家,赶紧回家!"

王发全媳妇跑到张福堂跟前,双膝跪了下来,哭着说:"求求您救救发全吧,他跟着您干十多年村干部了,您不能见死不救呀!求求您了!"

张福堂忙躬身拉住王发全媳妇,说:"发全媳妇,不能这样,不能这样!不是我不去救发全,是因为发全犯了错误,谁也救不了他。"

刘梦羽悄悄把张一枭拉到一边,问:"这是怎么了?"

张一枭说:"我也不知道,她们拥进门就开始闹,让我去乡里给王发全求情。"

王发全媳妇从地上爬了起来,高声喊道:"老少爷儿们,大家都看着呀,俺们这样求他们,他们都不帮俺。既然这样,我也不活了,我就死在这里。"说着,从地上的布包里拿出一瓶农药往嘴里倒去。

张一枭飞奔上前,死死地抓住了农药瓶子,说:"大娘,大娘,您这是干啥?"

人群中的李二柱和刘莽见状,向赵胜海的家人使了使眼色,低声说:"快上,该你们了!"

赵胜海的一帮家人闻声而动,冲上前就哭闹了起来。

赵胜海媳妇扑倒在张一枭跟前,双手抱着张一枭的腿,哭喊道:"一枭,一枭,婶子求你了,求你救救俺家胜海。"

其他人则围在张一枭周围,边哭边喊:"哎呀,没法活了,没法活了!"

"你不去救人,我们就死你家!"

人群中的王大奎早就看不下去了,他看得出这帮人都是在表演,气愤地走到张一枭跟前,大声喊道:"你们这是干什么,干什么?这么撒泼哭闹有用吗?"

赵胜海媳妇从地上爬起来，冲着王大奎吼道："王大奎，我们在这儿求张一枭关你啥事儿？你跟俺有啥深仇大恨呀，俺是把你家的孩子扔井里了，还是杀了你爹娘？俺都到了这地步了，你还欺负俺？"

王大奎急声说："谁欺负你们了，我是说你们在这里哭闹有用吗？"

赵胜海媳妇大哭起来："赵胜海呀赵胜海，你看看你刚一出事，谁都来欺负咱，我也不活了！王大奎，你给我记住，做鬼我也不放过你！"说着，从腰里掏出一根绳子，踉跄着来到一棵老枣树前就要上吊。

赵胜海的家人顿时哭声一片：

"哎呀，没法活了！"

"没法活了！"

"老天爷，你睁眼看看吧，看看他们咋把人活活逼死的。"

赵胜海媳妇挂好绳子，就要往脖子上套。

张一枭母亲陈桂芝冲上前抱住了赵胜海媳妇，说："哎呀，你这是干啥呀，你这是干啥呀！你不要这样，你不要这样，我来跟一枭说，我让一枭去乡里还不行吗？"

赵胜海媳妇顺势抱住陈桂芝哭了起来："一枭妈呀！我是实在没办法，没办法了呀！"

陈桂芝松开赵胜海媳妇，走到张一枭跟前，怒声说："你还不去乡里把发全和胜海接回来？"

张一枭为难地说："妈，我去也没用，谁也救不了他们！"

陈桂芝大怒，伸手重重地扇了张一枭一耳光，哭骂道："你个孬孙，你还有一点良心没？你非要这些人死在家里你就高兴了？"

张福堂已经看明白了，这两家人来闹的目的就是逼着张一枭到乡政府求情，今天如果张一枭不去，他们恐怕不会善罢甘休的。

想到此，张福堂走到张一枭跟前，说："一枭，走吧，咱们到乡政府去一趟吧。咱们不去，今天恐怕他们不会拉倒。"

张一枭无奈地看了看众人，说："好吧，咱们去！"

张一枭和张福堂来到乡政府时，杨锐正与杜文正商议王发全和赵胜海的问题。

张一枭和张福堂推开杨锐办公室的门，见杜文正在里面，张福堂说："杜委员在这里呀？你们有工作谈，我们在外面等一等。"

杨锐急忙说："进来进来，你们怎么来了？我正要找你们呢！"

张一枭说:"王发全和赵胜海家的人,一大早就拥进了我家,又是哭又是闹,还要喝药上吊,我们实在是没办法了,就过来看看。"

杨锐的眉头顿时皱了起来,生气地说:"他们这样做,肯定是有预谋的。看来,王刚为了王发全和赵胜海,下的功夫还真不小,连马书记都找了。文正,我认为对这种不思悔改的人决不能手软。"

张一枭问:"马书记也知道此事了?"

杜文正说:"他们在周书记那里碰了钉子,又托人给马书记打电话,看来这个刘汉的能量还真是不小呀!马书记打电话说既然不超过3万元,就党纪处分一下算了,别再往下追究了。我就纳闷了,马书记怎么知道他们贪污的没超过3万元?"

杨锐拍了拍脑袋,问道:"是呀,马书记怎么知道他们贪污的没超过3万元?文正,你们的问询记录上,王发全和赵胜海说他们贪了多少没有?"

杜文正说:"他们只是说了贪了谁家谁家的钱,没说具体贪了多少,他们说忘了。"

杨锐问:"你在村里调查时,问询记录让村民签字没?"

杜文正说:"没有!开始的时候,我倒想着这样办,可一提及让他们签字,这些村民就啥也不说了,后来我就没让他们签。"

杨锐想了想,说:"这下就麻烦了,只要我们没有证据证明他们每人贪的超过3万元,就没法追究他们的刑事责任。"

杜文正说:"那我带人再到村里排查一遍,让这些危房改造户一户一户地给我签字。"

张福堂急忙说:"杨书记,杜委员,我看算了吧!马书记既然打了电话,我建议还是党纪处分为好!要真是把这俩人判了刑,一枭在村里可真没法待下去了,他们会天天到一枭家闹,天天到村部闹,我们根本就没法开展工作。"

杨锐说:"老书记,你要相信马书记,他决不会包庇王发全和赵胜海,他打电话来一定有更深层次的考虑,此时我还不方便给你说。不过,这样也好,这样他们就会以为是他们的关系找马书记说情起到了作用,认为事情就这样过去了。"

张一枭也说道:"目前对王发全和赵胜海,我也建议还是党纪处分为好!"

杨锐说:"好吧,既然你们都同意这个意见,就这样办吧。"

7.签字收据

天还没明,刘汉就开车进了县城,到公司拿了 5 万块钱现金直接去了王刚家。

王刚揉着眼睛给刘汉开门,说:"你咋这么早就来了?"

刘汉把钱掏了出来,说:"这是 5 万,你看够不够?"

王刚看了看钱,说:"你把钱收起吧。我已经找过我郑州的一个朋友了,我们俩还一起找了马书记。我给马书记说,我已调查清楚了,他们贪的钱没有超过 3 万元。我朋友给马书记建议,党纪处分惩戒一下算了。马书记同意了我朋友的建议,说他要专门给杨锐打电话。"

刘汉顿时感动得泪水在眼眶里直打转,说:"太感谢王乡长了,太感谢王乡长了!"

王刚说道:"你别在这儿感谢了,赶快回村吧!我怕杨锐在这件事儿上万一不听马书记的,可就麻烦了!"

刘汉顿时紧张了起来,结结巴巴地说:"那……那……那可怎么办?"

王刚说:"这就要看你的了!你到村里,要找那些危房改造户一户一户做工作,让他们签字画押说那俩人贪吃了他们几百块钱,只要加在一块儿每人不超过 3 万块钱,他们就没法追究刑事责任。我说的,你明白吗?"

刘汉立马说:"明白,明白!"说完,转身就走。

王刚拿起钱塞进了刘汉手中,说:"把你的钱拿走!你快把这些钱发给那些危房改造户,把人家的损失尽快补上去。"

刘汉匆匆忙忙回到村里,马上就带着李二柱对危房改造户挨家挨户地走访。

刘汉很清楚,在这事关王发全和赵胜海坐监的问题上,他必须亲自出面做工作,一旦这些危房改造户拒绝签字,一旦证据被杨锐和杜文正坐实了,一切就都完了。

刘汉和李二柱到了李孬孩家。

刘汉问:"孬孩,王发全和赵胜海是不是没将危房改造款全给你呀?"

李孬孩矢口否认,说:"我可啥都没说,真的,我啥都没说!"

李二柱说:"孬孩,刘主任是来替他们还钱的,他们到底给了你多少补助金,你要说实话。"

刘汉从兜里掏出一沓厚厚的票子,微笑着说:"孬孩,你说吧,他们到底给了你多少？"

李孬孩低声说："他们……他们给了我4000块。"

刘汉开始数钱，数了一会儿后，说："这是4000块钱，你收下吧！"

李孬孩伸手要接，刘汉又把钱收了回来，说："你要给我写个收据，我给你说咋写，你按我说的来写。"

李二柱将笔和纸递了过去。

李孬孩激动地说："刘主任，你说吧，你让我咋写我咋写。"

刘汉问："他们俩是啥时候给的你4000块钱？"

李孬孩回答："好像是去年10月份。"

刘汉说道："去年10月5日，王发全和赵胜海发放危房改造补助金7500元，时欠500元。今收到欠发的危房改造补助金500元。李孬孩。2019年5月6日。"

李孬孩认真地写完后，将收条递了过去，说："你看中不中？"

刘汉看了看李二柱，说："二柱，让他摁手印。"

待所有危房改造户走访完，刘汉的心终于落到了地上。

刘汉揣着一把条子正准备回家，在村部门口迎面碰上了从乡里回来的张一枭。

张一枭将车停在村部门口，张福堂、王发全和赵胜海陆续从车上走了下来。

刘汉快步迎了上去，说："发全、胜海，你们咋回来了，没有事儿了吗？"

张一枭看了看刘汉，关上车门向村部走去。

刘汉拉住张福堂问："福堂哥，他们是不是没事儿了？"

张福堂说："党纪处分估计少不了。"

王发全和赵胜海耷拉着脑袋，不敢抬头看刘汉。

刘汉扫了二人一眼，说："你们先回家吧，晚上到我家喝酒，我给你们压压惊！"

俩人像捣蒜般连连点头，夹着脑袋回了家。

第十三章　疯狂反扑

1.马首是瞻

晚上,刘汉把王发全、赵胜海早早地请到家中。李二柱当大厨在厨房里忙活,刘莽则端盘端碗沏茶倒水,不一会儿,十多个可口的好菜摆了满满一桌子。

李二柱和刘莽为大家一一倒酒,王发全和赵胜海闷不吭声地坐着,任由他们忙活。

待李二柱和刘莽坐下后,刘汉端起酒杯说:"发全、胜海,来,这杯酒给你们压惊!"

王发全懒洋洋地端起酒杯,抿了一口放了下来。

赵胜海则连酒杯都没端,只顾拿着茶杯喝水。

李二柱顿时火了,把酒杯往桌上一蹾,怒声说道:"你们俩是不是对主任有意见?你们感到委屈是不是? 是不是觉得主任没帮你们?"

王发全看着李二柱,说:"我……我们没那个意思。"

李二柱更火了,说:"你们知道不知道,主任为了救你们,一夜跑了三次县城给周明礼送礼,都被拒之门外。主任没办法,又从郑州找关系给县委马书记打招呼,你们知道不知道主任费了多大周折?"

赵胜海急声问:"什么,连马书记都找了?"

刘莽生气地说:"你们这俩狼心狗肺的东西,你以为是张一枭帮你们求情放的你们? 他有这么大的面子? 要不是我托郑州那个朋友在马书记面前为你们作保,现在你们已经在监狱里了。"

李二柱说:"你们知道不知道主任为你们花了多少钱。为了确保你们安全无虞,主任挨家挨户地找危房改造户做工作,光在他们身上就花了5万多,你们以为你们出来是侥幸,这都是主任用钱砸出来的!刚才叫你们吃饭的时候还不愿意来,早知道你们这样忘恩负义,就不救你们了!"

刘莽接过话说:"你们以为张一枭会好心救你们?我给你们说,那天让你们的家人去他家闹,就是我哥的主意。你们知道不知道,张一枭那小子的心有多硬,你们的媳妇轮番跪下来求他,他连眼都不眨一下,后来被逼得没办法了,她们一个喝药一个上吊,张一枭还是无动于衷。最后还是张福民的媳妇怕人死到她家,打了张一枭一巴掌,他才和老书记一起去了乡政府。"

刘汉摆了摆手,说:"哎呀!看看你们俩,说这些干啥?"

李二柱气呼呼地说:"主任,我气不过!这俩人太不知好歹了。"

李二柱和刘莽的一席话,顿时让王发全和赵胜海感激得痛哭流涕,他们双双端起酒杯一下子把酒倒进了肚里,紧接着又连喝三杯,说道:"主任,我们不是东西,你大人不记小人过,我们给你赔不是了!"

刘汉端起酒杯也喝了一杯,微笑着说:"你看看你们俩,咱们都是同甘共苦的兄弟,说这就生分了,你们说这干吗?"

赵胜海恨恨地说:"张福堂那个老浑蛋骗我们说,都是因为张一枭在杨锐那里讲情,他们才放的我们,我总感觉他们没有那么好的心。"

李二柱冷笑着说:"他给你们说情?要不是县委马书记给杨锐打电话逼着他放人,他会放你们?"

刘汉为王发全和赵胜海将酒满上,说:"这次真该感谢我郑州那个朋友,他在马书记面前拍着胸脯保证你们俩贪的钱不超过3万元,马书记这次才同意只给你们党纪处分。从马书记那里出来,王乡长专门交代我,一定要把村里人的工作做好,确保钱数不能超过3万元,要不我怎么会知道找那些危房改造户还款呀!"

王发全双手端起刘汉的酒杯,敬重地说:"主任,这杯酒我们敬你,感谢你的救命之恩,虽然我们不能当村干部了,但只要主任用得着我们,一声令下我们依然唯你马首是瞻。"

赵胜海急忙附和着说:"是的,是的,只要用得着我们,我们一定会肝脑涂地……"

很快,王发全和赵胜海的处分决定就下来了。

张一枭主持村"两委"班子会,说道:"下面请乡政法委员杜文正同志宣读对王发全和赵胜海的处分决定。"

杜文正站起身,宣读道:"经乡党委研究并报县纪委批准,给予王发全和赵胜海开除党籍处理,停止村委会工作。另外,给你们两天时间,将贪占的危房改造补助金补发给村民们。希望你们珍惜组织对你们的关心照顾,洗心革面,重新做人。王发全、赵胜海你们听到没有?"

未等俩人回答,刘汉说道:"欠发的危房改造补助金已经全部补发到位,这是16户危房改造户的签字收条。"说着,将一沓收条扔在了杜文正面前。

王发全和赵胜海一齐向刘汉望去,眼里充满感激。

刘汉清了清嗓子,说道:"下面,我想说几句。这段时间因为家里有点急事,我参与村里的工作比较少,在这里给大家道歉了。我想说的是,我们大家既然在一起共事就应该团结一致共同干好工作,而不能你陷害我我迫害你,这样什么工作也干不好。我们党组织不是讲批评和自我批评吗,不是讲班子成员要拉拉袖子提提醒吗?同志出了问题,为什么不早点提醒,非要搞小动作,把人一棍子打死呢? 这里我想告诉大家,我刘汉是个粗人,但却是个光明磊落的人,希望有些人以后不要自以为聪明,再背后搞人,我刘汉第一个不同意!"

说完,刘汉站起身向外走去。

王发全和赵胜海也站起身,狠狠地看了张一枭一眼,跟着走出去。到了门口,王发全停住脚步,转过身子说:"鹿死谁手还不一定呢,你们不让我好活,你们也别想好过!"

赵胜海直截了当地说:"张一枭,你个王八蛋,咱们走着瞧,此仇不报我誓不为人!"

杜文正气得身子直发抖,指着二人的背影气愤地说:"你们,你们……"

张一枭默默地看着二人离开,说道:"散会吧!"

2.胳膊肘往外拐

众人都离开了会议室,房间里只剩下了张一枭和张福堂。

张福堂说:"一枭,你看出来没有? 他们把怨恨都记你身上了,咱们跑到乡政府为他们求情,看来他们根本就不感激咱们呀!"

张一枭说:"大伯,我觉得自己问心无愧! 反正我没有害他们,他们怨恨就怨恨吧！"

张福堂担忧地说："这俩货肯定会明目张胆地跟我们捣乱，我们以后的工作可就更难干了。"

张一枭苦笑着说："大伯，他俩我倒不怕，我没想到村集体竟然这么穷，村里不但没有钱，还欠人家两三千块钱。"

王发全被留置后，村里饭店、超市的老板看王发全被抓了起来，争相找到村部要求还钱。张一枭查看村里的账本后，才发现村经济状况是如此窘迫，村集体的账面上非但一分钱也没有，还欠了村里的饭店、超市几千元钱。这些钱他都知道，是土地流转期间，他安排王发全买的加班餐。

前段时间，乡里拨了一些钱。张一枭想着村里的钱宽裕，又是建设村史馆，又是整修图书馆，还修建了老年人活动中心，钱着实没有节省着花。他没想到，现在竟然到了等米下锅的程度。

张一枭第一次感到了没有钱的难处。村史馆的布展需要打印，老年活动中心的桌椅和文体设备需要购置，否则留下这些半截子工程，他怎么给村里人交代？最急迫的还是古村改造已经开始了，他信誓旦旦地给村干部和党员组长们讲，要从村集体经济中拿出一部分钱给大家发补助，现在村集体口袋空空的，他拿什么给大家发？

张福堂叹了口气说："村里没有集体经济收入，花的钱全靠乡里拨款。前段时间你找杨书记要了一部分钱，我想劝你悠着点花，可一想到钱是你要的，就没劝你。"

张一枭问："大伯，咱们村不是有300亩公用地吗？还有村办的板材厂，还有批发市场，这些应该有不少收入呀，村集体经济怎么会没有收入呢？"

张福堂正要回答，刘梦羽推门进了屋，走到他们跟前坐了下来，说："都散会了，你们咋还没走呢？"

张福堂看了看刘梦羽，说："正好梦羽在这里，我就实话给你说吧。自从刘汉当村主任后，那300亩地都被他收了回来，梦羽的蔬菜基地就是那地，这两三年根本没给村里交过钱。梦羽，你说是不是？"

刘梦羽的脸一红，说："好像是，我们好像没给村里交过钱。"

张福堂接着说："村里那个厂子，刘莽经营着，他也没给村里交过钱吧？"

刘梦羽难为情地看着张一枭，说："一枭，要不我和俺爸商量一下，尽快把地的租金补交一下吧？"

张一枭说："梦羽，通过王发全和赵胜海被查这件事，我们确实应该对此事重视起来,一旦上面查起来,很可能会定为贪污。你知道不知道,贪污超过 3 万元可是要判刑的呀!"

刘梦羽脸色骤变,失声说道:"一枭哥,我提前把钱交了,就不能算我爸贪污吧?"

张福堂说道:"梦羽,我给你说,王发全和赵胜海的事儿,是乡里想放他们一马,如果真的认真追究细查下去,他们可是要坐监的。"

刘梦羽站起身向外走去,急急地说:"大伯,我明白了,我现在就去找我爸,我跟他商量一下就交钱。"

刘梦羽回到家时,刘汉正坐在葡萄树下的石桌上喝茶。

刘梦羽抓着刘汉的胳膊就往屋里拉。

刘汉边走边问:"小梦羽,你干啥,干啥呀?"

到了屋里,刘梦羽问:"爸,我种菜这 300 亩地你是不是一直没有向村里交租金。"

刘汉说:"村里我说了算,交啥租金呢?"忽又疑惑地问:"你问这干啥?你咋突然问这呢?"

刘梦羽低声说道:"爸,你知道不知道,一旦上面查起来,可是要定你贪污的。你知道不知道,贪污超过 3 万元可是要判刑的?"

刘汉反复打量着刘梦羽,问:"是不是张一枭吓唬你了?这个小王八蛋,他敢吓唬你,我现在去找他!"

刘梦羽急忙拉住刘汉,着急地说:"爸,你知道不知道,要不是乡里想放王发全和赵胜海一马,他俩这次是要被判刑的?我的老爹呀,你要是有个三长两短,我和我妈该怎么过呀!"

刘汉看刘梦羽着急的样子,笑道:"你不是有张一枭吗,你还关心你老爹呀?"

刘梦羽瞪着刘汉说:"在这个世界上,我最爱的男人还是我老爹!"

刘汉高兴地拍了拍刘梦羽,说:"你不要听张一枭瞎咋呼,没事儿的!没经过我的允许,你可不能给张一枭交租金,听见没有?"

刘梦羽急得直跺脚,说:"爸,我给你说你咋不听呢?一枭哥说了,只要上面查起来,一定会定为贪污。"

刘汉的脸色顿时变了,气急败坏地问道:"那小子是不是告诉你,他们正在查我?你给他说让他查吧,尽管查吧,我不怕他!哼,扳倒了王发全和赵胜海,现在又想收拾我了?"

刘梦羽见刘汉误解了她说的话,大声说:"爸,你能不能冷静点,能不能不感情用事?人家张一枭从来就没想过跟你作对,都是你硬把人家当敌人。"

刘汉指了又指刘梦羽,生气地说:"梦羽呀梦羽,你个傻丫头,不听爸爸的话,还胳膊肘往外拐?我给你说,张一枭那小子就一骗子,你不听老人言,早晚会叫你后悔!"

刘梦羽起身向外走,气呼呼地说:"你真是不可理喻,我不理你了!"

刘汉撵着问:"你去哪儿?"

刘梦羽赌气地说:"找张一枭去!"

3.招招制敌

刘梦羽离开家之后,刘汉独自静下来想了很多。越想他越觉得事情并不是交租金那么简单,越想他越觉得所有的一切都是冲着他来的。他深刻地意识到,张一枭已经从战略被动转向了战略主动,开始向他全面出击,而且招招打的都是他的软肋。他先从公用地入手,很快就会是市场、厂子,以及被他开发的公共资源。一旦这些被一一查下去,不但要动他们一帮人的经济根基,还有可能以此为由把他们全部弄进去。王发全和赵胜海被留置,就是眼前的现实例子。

想到此,刘汉心中油然产生了一股不祥的预感。难道王发全和赵胜海被放回来,是杨锐和张一枭使用的欲擒故纵的策略?把他们放回来完全是为了麻痹他,避免影响他们更大的行动?是呀!杨锐和张一枭的目标本来就是他刘汉,抓王发全和赵胜海这种虾兵蟹将绝不是他们的目的。

有了这一想法,刘汉再也坐不下去了。他起身去了批发市场。

李二柱见刘汉一脸严肃的样子,忙问道:"主任,是不是张一枭……"

刘汉打断了李二柱,不耐烦地说:"你先别问,赶紧给他们几个打电话,有重要事情要商议。"

李二柱打过电话不久,王发全等人就陆续来到了批发市场办公室。

刘汉看了看李二柱,说:"把门锁上,别让人打扰我们。"

李二柱说:"你放心吧,我都已经安排好了,门口有保安给咱们站岗。"

赵胜海见刘汉如此神秘,忍不住问道:"是不是张一枭那小子又出啥幺蛾子了?要是我们不被停职,要是我们还都在村里,咱们就没这么被动了。"

刘汉摆了摆手,止住赵胜海的话头,说道:"不要说了,我们都是一条线上的蚂蚱,抓住了你们也跑不了我。这次发全和胜海虽然被开除了党籍,我们也不能算输,只能算战个平局。你们知道吗?张一枭那小子的目标是把我们全弄进去。今天他还威胁梦羽,说要对我下手呢。"

刘莽高声喊了起来:"什么?哥,你说他咋威胁梦羽了?"

刘汉说:"他在拿那些公用地做文章,威胁梦羽让她交租金呢。还有刘莽的那个厂子,二柱负责的这个市场,估计也要找你们进行清算。"

刘莽恨恨地说:"这个王八蛋,我看他就是欠揍!"

听刘汉这样讲,李二柱脸色骤变。自从王发全和赵胜海被留置后,他一直担心张一枭打市场的主意,担心张一枭会对他和刘莽进行清算。他很清楚,这些年他从市场里着实捞了不少钱,村里许多人都眼馋这块肥肉。张一枭清算的办法有很多,可以多算也可以少算,可以只收少量土地租金,也可以以市场的收益进行全面核算。张一枭既然狠下心来收拾他们,他绝对会对市场进行全面核算的。到时候,返还村里的费用一定是个天大的数字。另外,刘汉曾经讲过扫黑除恶的事儿,他在网上也进行了搜索,发现确有此事。如果张一枭再配合杨锐在这个问题上做文章,那么他一定会首先被定为黑恶势力。这些年,他在刘汉的示意下,带着市场巡逻队那帮保安的确干了不少坏事。

想到此,李二柱说:"看来我们把张一枭这小子想简单了,原来只想着他回村是配合杨锐搞示范区建设,现在看来这小子早就包藏祸心,是专门针对我们而来的。"

王发全和赵胜海也紧张了起来。关于村办家具厂和批发市场,他们都是具体参与者也是得益者,张一枭清查这些资产,他们很可能还得二进宫。此刻,他们才真切地感到,他们之所以能得到从轻处理,纯粹得益于刘汉的运作。如果不是马书记打招呼,杜文正肯定会抓住他们不放,让他们把厂子的事情、市场的事情全说出来,再加上其他乱七八糟的事情,一旦这些问题被查实,他们贪的钱何止是3万元,30万也多呀!到时候可真要牢底坐穿呀!

王发全急急地说:"二柱,我也把张一枭这小子想简单了。看来他回村之前已经和张福堂制订好了对付我们的计划,回到村里,他表面上是在帮助杨锐推进示范区建设,其实是在明修栈道,暗度陈仓,一方要跟我们争取村中的势力,一方面跟我们争夺人心,为的就是在村里站稳脚跟后向我们动手。"

刘汉默默地看着众人,心中波涛汹涌。说实话,他不但把张一枭回村的目的看简单了,而且对张一枭这个人也着实看轻了,他没想到这小子年纪轻轻竟然有这么重的心机!回村后,面对他的压力,张一枭处处躲避、处处示弱,原来他是在观察形势、积蓄力量,等待出手。看看他出手后的几个动作,招招老练、处处凶狠,次次击中他的要害。一招微信群,让他们把握住了全村的舆论导向,有了掌控村里舆论的主动权;一招"一编三定",让他紧紧抓住了村里的党员,有了与自己分庭抗礼的力量;一招危房改造金清查,让他的阵营方寸大乱,还险些一次折了两员大将。至于收服曹长山,他还不知道张一枭采取的是什么魔法。更可恶的是,他还巧施美男计,诱骗自己的女儿,让女儿为他提供情报。这样一想,刘汉不由得出了一身冷汗。

刘汉由衷地说:"我们大家都把张一枭回村想简单了!现在看来他回村建设示范区那就是个幌子,他就是冲着我们来的。说不定张福堂那个老阴谋,为此事已经运作好几年了,他等的就是杨锐来当乡党委书记这个机会。还有,发全和胜海被放出来,十有八九是他们玩的欲擒故纵的策略。杨锐和张一枭表面上是落实马书记的指示,实际上是想麻痹我,避免打草惊蛇,他们是想给咱们来个一窝端!"

听刘汉这样说,王发全和赵胜海顿时慌了,赵胜海更是吓得直接秃噜到了地上,急声问:"主任,主任,你是说他们还要把我弄进去?"

李二柱阴狠狠地说:"不是你自己,是我们大家,他们就要一窝端!"

刘汉说:"我们不但把他看简单了,还把他看轻了,你们看看他出手施展的这几招,建立微信群、搞'一编三定'、清查危房改造金,招招都点到了我们的死穴,这小子的阴险狡诈可远超张福堂呀!"

王发全说:"更阴险的是,他还利用梦羽窃取我们的情报。"

刘汉痛心地说:"梦羽那丫头真是犯了痴心疯,怎么给她说都不听!这样,以后咱们再聚会,就改在这里,省得再被张一枭窃取情报。"

王发全看了看刘汉,吞吞吐吐地说:"主任……我有个建议,不知可讲不可讲。"

刘汉说:"发全,你有话尽管说!"

王发全说:"我建议您的精力多往村里倾斜一些,我和胜海都被停了职,您如果不在村里,村里的情况我们就成了聋子瞎子,再说村里也需要您回来坐镇指挥。"

刘汉点头应允,说:"发全说得很对,我都想好了,明天我就回县城把公司的事儿交办一下,以后我的大部分时间就在村里了。这样,发全你回去好好把村里这段时间发生的事情梳理一下,针对我们双方的情况制订一个详细的作战计划,我不信我们斗不过他一个小娃娃!"

4."三变改革"

村里的财政赤字深深地触动了张一枭。经过调查,他发现村里虽然有很多公共资源,但这些资源都掌握在个人手里,个人虽然很富,村集体却很穷,主要还是靠乡里的拨款度日。没有钱,怎么为群众办实事? 不给群众办实事办好事,群众怎么可能会信任村干部? 此刻,他才理解曹长山这个老党员这些年为什么常年上访了。

张一枭觉得,要想治理好村子,发展村集体经济是个绕不过去的坎。要发展村集体经济,这些公共资源就是基础和支撑。他必须想办法把这些资源收回来,即使继续让那些人经营,村"两委"最起码要进行主控。他打算收回这些公共资源后,统一进行股份制改造,通过新的经营方式,让村集体和经营人都得利。

待一切想清楚之后,张一枭去了乡政府,他要向杨锐书记好好汇报一下自己的想法。

杨锐也很想找张一枭谈谈。王发全和赵胜海的处分决定下了之后,他就后悔了。他本可以王发全和赵胜海为突破口,沿着这条线深挖下去,一路追击全面收集刘汉的涉黑证据。王发全和赵胜海这一放,就是打草惊蛇,他们定会集中力量进行反扑,定会变本加厉与张一枭作对。下一步,张一枭在村里的工作会更加困难、更加艰巨。

杨锐一直处在后悔之中,他埋怨自己考虑问题太简单,当初真该冷静下来好好想一想再作决策,真该给马书记做一次专题汇报,把村里的详细情况及自己的考虑给马书记汇报一次。他想,如果马书记了解到真实情况,一定会支持他的。不过,现在一切都晚了。亡羊补牢,只得提醒张一枭小心应对刘汉的捣乱和迫害了。

杨锐和张一枭应约来到了土地整理现场。

在一马平川的广袤平原上,机器轰鸣,几十台推土机、挖掘机在黄土地里紧张地忙碌着。

两人站在路边,遥望着施工现场,张一枭由衷地感叹:"真壮观,太壮观了!"

杨锐笑道:"等再过两个月你来看,才壮观呢! 到时候田成方、路相通、沟相连、林成网,可以说那才叫波澜壮阔!"

张一枭激动地说:"杨书记,我参观过你说的这种场景。那是个万亩大田,远远望着那波浪如海的大方农田,让人心潮澎湃!"

杨锐说:"咱们示范区的建设标准比他们更高,到时候一定会更壮观!"

俩人边走边聊。到了一棵大杨树下,杨锐停了下来,说:"咱们坐下来歇歇吧!"

俩人席地而坐,开始了长谈。

杨锐叹了口气,说:"一枭,我真后悔就这样轻易放过了王发全和赵胜海那俩家伙,这一下把我的计划全打乱了。当初,我真应该找马书记专门汇报一次。这下可好了,放虎归山,下一步给你的工作一定会带来不少的麻烦。"

张一枭笑道:"即使他俩不回去,村里也不会安宁。不过,我不怕他们,只要行得端走得正,处处为老百姓考虑,一定会得到大家的拥护。螳臂当车,他们这些人阻挡不住时代发展的滚滚潮流。"

杨锐高兴地说:"一枭,我真是没看错你!你的胸怀和气度像你的名字一样大气。"

张一枭说:"杨书记,我没有您说的那样好。这次我找您汇报,就是来承认错误的。"

杨锐吃惊地看着张一枭,问道:"一枭,出了什么事儿吗?"

张一枭苦笑说:"事情倒是没有出,就是乡里拨给村里的那些钱,这段时间我搞电商销售中心、老年人活动中心等这些场所都花完了,现在村里已经到了等米下锅的程度了。我原来以为村集体有钱呢,没想到村集体经济根本就没收益。"

杨锐长吁了口气,说:"我以为怎么了,原来是因为这。没事儿,我想办法从乡里的经费里再给你弄点儿。"

张一枭认真地说:"杨书记,老向您'化缘'也不是长久之计。这件事让我深切感到了发展村集体经济的重要性,村子要发展,要进行有效治理,没有钱是不行的。村集体没有钱就无法为群众办实事,怎么可能在群众心里有威信?"

杨锐笑问道:"一枭,你是不是有了新的思路?你说吧,需要乡里怎么扶持你发展村集体经济?昨天,县里专门开了发展村集体经济的会议,县里要拿出一个多亿的资金用于村集体经济,原则上每个村要分配20万元的扶持资金。"

张一枭说:"我对村里发展村集体经济的资源进行了调查,我发现我们村发展村集体经济的资源非常丰富,根本不需要县里扶持,只要把村里的资源整合好了,很快就能把村集体经济抓上来。"

杨锐看着张一枭说:"你不要钱,一定是想跟我要政策的,是不是?"

张一枭说:"是的,我想把村里的公用地、批发市场和村办工厂全部收回来,进行股份制改造,目前的管理人可以继续经营,但他们必须将部分收益交到村里来。"

杨锐兴奋地说:"一枭,真是英雄所见略同。你听说过'三变改革'没有？马书记让我在示范区全面推开农村集体产权制度改革,我正要和你谈这件事呢,没想到你倒主动提了出来。"

张一枭望着杨锐,看他如此激动,心想他一定急迫地想推行"三变改革"。

杨锐接着说:"所谓'三变改革',就是资源变资产、资金变股金、农民变股东,这是农村集体产权制度改革的核心。这项改革的目的,就是通过市场化的手段,把农村资源激活起来,把农民群众组织起来,把集体经济发展起来。"

张一枭思考了一会儿,回答说:"我知道'三变改革'。传统农业向现代农业转变,传统农村向现代农村转变,传统农民向现代农民转变,这项改革是很好的载体和抓手。马书记决定在示范区搞'三变改革',真是高明呀！杨书记,我给你说实话,我那些发展村集体经济的思路,就是源自一些地方的'三变改革'实践。"

杨锐激动地说:"既然这样,既然你了解'三变改革',我就把这个试点任务交给你,在你们村尽快推行'三变改革'！"

5.两手抓

王发全恨透了张一枭。特别是在市场办公室听到刘汉说张一枭根本就不打算放过他,他就越发恨张一枭了,甚至提刀杀人的心都起来了。

他恨恨地想,我一家人跪下求你,你都无动于衷！我媳妇都将农药瓶子放到了嘴边了,你还是不为所动,这是多硬的心肠、多狠的心呀！都在一个村里住着,天天抬头不见低头见,即使有深仇大恨,你张一枭也不该这样把我往死里整呀!

王发全又想,要不是张一枭回村,他完全可以顺利接班成为村主任,成为村里几千口人的人尖子。张一枭不但斩灭了他的一切梦想,还想把他弄到监狱里,让他不得善终。既然你不想让我活,你也别想生！过去当村干部,他不好意思明着跟张一枭唱对台戏,现在既然被免了职,成了平民老百姓,他还有啥可顾虑的？他要和刘汉紧密团结起来,充分运用自己的聪明才智给张一枭设置障碍,让张一枭难过、受伤,永远不得安生！

挖空心思想了一夜,王发全的孬点子便想了出来。他想,张一枭你不是以为土地流转做得很漂亮吗？你不是以为工程机械进了农田就万事大吉了吗？我就在这事儿上做文章,打你个措手不及。

王发全知道,土地流转虽然签了合同,但土地转让金一直没有发放到位,村里人对此已经有了议论。不少人担心县里的公司赖账,只发一部分,其他钱不再发了。他觉得,村民的这种担心正好给他提供了借题发挥的由头。他只要组织村里人去阻工,遇到反抗,就激发械斗事件,只要事情闹大了,他给张一枭制造麻烦的目的就达到了。

王发全很清楚,组织这个大的事件,需要充分的运作,还不能让张一枭提前看出端倪。他需要制造些小麻烦让张一枭应接不暇,这样才能更好地隐瞒日后的大阴谋。当前,最好的办法就是利用大搞基础设施建设和古村改造的机会,四面开花阻止工程队正常施工。只要张一枭把精力用在这个地方,他就没有心思再想土地整理的事儿了。到时候,他迅速出击,让张一枭防不胜防。

主意想好之后,王发全当即通过电话向刘汉进行了报告。刘汉非常赞同他的计划,并明确给他授权,让他抓紧组织赵胜海、李二柱等人开会,赶快把任务部署下去,及早行动起来。

挂了刘汉的电话,王发全当即把众人召到了家中。这是第一次在他家开会,王发全把家中最好的东西都拿了出来。他不但把最好的茶叶拿了出来,还在桌上摆放了两盒中华烟。

李二柱打开香烟,给众人一一派发,笑道:"发全,现在可以了,都抽上中华烟了?"

赵胜海喝了口茶,说:"这茶真香!你狗日的,天天哭穷,原来好东西都是藏在家里自己偷偷品尝。"

王发全说:"这些都是主任奖的,我没舍得用,这不,你们来了都用来招待你们了。"

刘莽憨声憨气地说:"这么急叫我们来干啥?说吧。"

王发全看了看众人,说:"我已经想好了对付张一枭的办法,是主任让我召集你们来开会的,他在县城回不来,让我主持今天的会议。"

李二柱笑了笑,说:"发全,我看你是当干部当傻了,还让你主持今天的会议?怎么收拾张一枭?你说吧!"

赵胜海撇了撇嘴,说:"主任不在,你就是我们的领导,说吧,咋弄?"

王发全喝了口水,润润嗓子开始了他的长篇大论,说道:"我的计划是两手抓、两步走。所谓两手抓,就是一手阻止村里基础设施施工,一手阻止地里的土地整理施工。所谓两步走,第一步是你们三个分头带人在村里给施工队施工设置障碍,第二步是大规模地阻止土地整理施工。第一手是为第二手服务,第一步是在为第二步预热。"

刘莽腾的一下火了,大声说:"王发全,你在背绕口令呢? 你在这儿绕来绕去,你到底想干啥呢?"

李二柱说道:"发全,你一会儿就把我们给绕晕了,你那宏伟的计划还是留着给主任讲吧! 你说吧,现在要我们干啥?"

王发全的脸一红,说:"的确如此,的确如此,整个计划没必要让你们全知道。现在,你们三个的任务就是想尽一切办法给村里的施工队添乱,让他们干不下去,逼着张一枭四处处理阻工问题。"

赵胜海黑着脸说:"让我们三个干,你咋不去阻工呢,你说说我们咋去阻工?"

王发全不高兴地看了看赵胜海,说:"我有我的任务! 主任说了,你们必须服从我的安排。"

刘莽不耐烦地说:"你说吧,让我们怎么干?"

王发全说:"你们怎么阻工,我都给你们想好了。刘莽你可以带几个人堵在村口,不让拉建筑材料的车进村,理由是不用村里的白灰黄土、沙子水泥就不中,你干这事儿应该是轻车熟路!"

刘莽嘿嘿一笑说:"我干这,没问题!"

王发全又说:"二柱,我已经观察好了要整修的路面,你摞在街上的那些砖头一定要挪,你就占着不让他们挪,要想方设法跟他们发生口角,逼着张一枭前去处理。"

赵胜海问:"我呢,我咋弄?"

王发全眨巴眨巴眼,说:"你那么能,还用出主意? 你自己想办法去!"

赵胜海狠狠地瞪了王发全一眼,说:"你这个老狐狸,啥都想拿我一把,我告诉你我有的是办法对付张一枭,你们就瞧好吧!"

6.党员会议

得到了杨锐的首肯,张一枭决定马上在村里启动"三变改革"。更让张一枭欣慰的是,他向杨锐提出要增补刘梦羽、张小平为村支部宣传委员和纪检委员,刘梦羽主要负责村里的妇女工作,张小平担任村里的会计。村支部的确需要改选了,刘汉经常不参加党支部的活动,王发全和赵胜海又被开除了党籍,再不选,支部会都开不起来了。对张一枭的提议,杨锐竟然考虑都没考虑当即就同意了。

张一枭决定召开一次党员会议,除了增选支部委员,还有个重要的任务,就是讨论村里的"三变改革"。

晚上,按照会议通知,村里的党员及时赶到了会议室。

张一枭低声问张福堂:"大伯,你通知刘主任没有?"

张福堂说:"通知了,他说他请假。"

张一枭说:"那好,咱们开会吧!"

张福堂点了点头。

张一枭扶了扶话筒,说:"党员同志们,今天党员会议的议题已经提前给大家报告了,这里我还想给大家解释一下。关于增选支部委员,主要是出于以下两个方面的考虑:一是村里的妇联主任因为在城里带孙子,咱们村的妇女工作一直没人抓,我们想选出一名年轻女党员任支部委员,主抓咱们村的妇女工作;二是王发全被开除党籍后,村里的会计也需要有人填补,所以想选一个懂财务的党员任支部委员,主要负责村里的会计工作。同志们,经过报请乡党委同意,我们提名刘梦羽、张小平同志为支部委员候选人,请大家积极投票。"

张一枭讲完,两名驻村工作队队员开始给党员们发选票。

很快,党员们把选票投进了票箱。经过现场计票、唱票,刘梦羽和张小平全票当选支部委员。

张一枭高兴地说:"首先祝贺刘梦羽、张小平同志当选为村党支部委员,大家欢迎!"

台下顿时掌声雷动。

待掌声平息下来,张一枭说:"同志们,全票当选,两位提名人全票当选!这说明什么?这说明我们全体党员团结一心,说明我们全体党员对村党支部的信任!只要我们党员同志团结一心,我们就没有克服不了的困难,就没有迈不过去的火焰山。"

台下的曹长山急切地看着张一枭,就等着张一枭在会上宣布成立老兵连的事情。他曾提前问过张福堂,这次会上宣布不宣布成立老兵连的事情,张福堂说没有听张一枭说,他也不知道。

张一枭接着说:"这次党员大会第二个议题,就是说一下村里实施'三变改革'的事儿。县里把农村集体产权制度改革的试点放在了我们村,要求我们认真组织'三变改革',为全县的改革探索路子。县委和乡党委把这项光荣而艰巨的任务又交给了我们,我们一定要不负组织重托,高质量完成任务。梦羽,你们把相关材料给大家发放一下。"

王发全和赵胜海蹲在会议室外面的窗户下,听见张一枭说"三变改革",赵胜海忍不住说:"张一枭这小子又在搞啥新花样,放啥幺蛾子呢?"

王发全急忙阻止赵胜海,说:"别说话,别说话!"

刘梦羽和驻村工作队队员将材料发给党员们。

张一枭说:"大家回去后可以先看看这些资料,初步了解一下这项改革的内容,下一步我们会在村里的微信群发一些这方面的信息资料。为了组织好这次'三变改革',县里和乡里还要往我们村派驻工作组,目前县农业局正在起草改革方案。这里,我先给大家提前通通气,就是为让大家提前了解这项改革,将来好积极配合工作组的工作,我们共同把改革推进好。好,现在散会。"

听到张一枭说散会,王发全拉起赵胜海就跑,俩人找了个阴暗的角落藏了起来。

赵胜海说:"发全,你听见没?县里和乡里要往咱们村派工作组。"

王发全说:"我听见了,所以咱们的计划必须抓紧实施,一旦工作组来了就不好办了。"

党员们三三两两地离开了村部。曹长山在外面转了一圈之后,又回到了会议室。

王发全和赵胜海见人都走了,便又悄悄地溜到了会议室的窗户下。

会议室里还有张一枭、刘梦羽和张福堂在。

张一枭看曹长山又回来了,站起身说:"长山爷,您有事吗?"

曹长山挠了挠头,说:"一枭,你说的让我当老兵连连长,还说让我列席支部委员会,你不会是骗我的吧?"

张一枭笑了,说:"我怎么能骗您老呢?我是想等咱村的老年人活动中心建好后,举办一个盛大的成立仪式,到时候在成立大会上宣布多风光呀!"

刘梦羽调皮地说:"老爷子,您老是不是等不及了?没想到您还是官迷呢?"

曹长山脸一红,说:"不急,不急!我……我……我关键是想早点为村里的老人服务。"

王发全低声嘟哝道:"原来是采取这个办法收服的这个老顽固呀。好呀!张一枭,既然你用这个办法破我的连环计,我就以牙还牙,也用这个办法别你的马腿!"

赵胜海疑惑地看着王发全,问:"你一个人在嘟噜啥?"

王发全低声说:"啥都没说,啥都没说。快听,快听!"

张福堂拉着曹长山,说道:"老爷子,放心,不会少了您的老兵连连长的,这两天我们就开个支部会专题研究一下,给您发个聘任书! 走,回家吧,咱们一路走,我送您老回家!"

曹长山挣开张福堂,不高兴地问:"什么,你们还没研究呀,你们不是在骗我吧?"

听到这里,王发全阴阴地笑了,低声发狠道:"真是天助我也! 张一枭,你的死期到了,看我怎么收拾你!"

7.租赁合同

曹长山走后,张福堂起身要离开会议室,却被刘梦羽叫住了。

刘梦羽说:"大伯,您留一下,我想跟你们商量一下交土地租赁费用的事儿。"

张福堂又坐了下来,问:"你爸同意了?"

刘梦羽说:"他不同意。不过,地是我租的,我交租金跟他没关系。"

张一枭在他们跟前坐了下来,说:"现在交了也好,改革启动后,审计公司要对村里的公共资源进行全面审计,早晚都得交,现在交了省得以后被动。"

刘梦羽问:"大伯,你说说一亩地交多少租金为好呢?"

张福堂说:"这300亩地的情况我清楚,以前分租在30多户村民手中,有的一亩地交200,有的交300,有的一分钱也没交。梦羽提出要种菜后,刘汉才硬是从各家各户手中把地给收了回来。当时,刘汉在村班子会上说,别人给村里交多少租金他也交多少。我看,就按每亩地200元补交吧。"

刘梦羽想了想,说:"大伯,你说说过去最高的交多少?"

张福堂说:"最高的也就是一亩300元。"

刘梦羽坚定地说:"我就按一亩地300元交,我不能让人背后议论我爸以权谋私。"

仍在窗台下偷听的赵胜海嘟哝道:"梦羽真是个傻丫头,她是有钱没地方扔了!"

王发全低声说:"你没听张一枭说审计公司要审计吗? 看来我们弄的那些钱也要吐出来呀!"

赵胜海往里面指了指,说:"我们还听吗?"

王发全无力地说："走吧,走吧,再听也没啥意思了。"

赵胜海说："走,咱们去找主任去,得赶快给他报告这个消息。"

俩人起身悄悄地溜出了村部。

张一枭满意地看着刘梦羽,说："你那里的钱宽裕不? 不够的话我卡里有,咱们早点把钱交了,省得别人说闲话。"

刘梦羽高兴地说："一枭哥,我明白,现在我也是村干部了,我决不能让村里人在背后戳我的脊梁骨。"

张一枭说："大伯,明天梦羽交钱的时候,需要村委会跟梦羽补签一个租赁合同,把手续弄周全。另外,我还想把梦羽交的租赁费在村公示栏上公示一下。"

刘梦羽难为情地说："一枭哥,要不就算了吧! 我爸知道后,说不定又要骂我呢。"

张福堂说："梦羽,我觉得一枭说得对。给村里交土地租赁费,这可不是你的家事儿。你也许不知道,村里许多人都记挂着那300亩地呢,他们是因为惧怕你爸,才敢怒不敢言。你既然把钱交了,就应该大方地公示出来,就应该让全村人知道。"

张一枭说："梦羽,这几年村里人对你爸有意见,也主要集中在这300亩地上。咱们按合同交租金,只要把这个情况一公示,大家就不会再说啥了。我想公示这件事,还有一层考虑,就是发挥一下你的示范带动作用,让那些占有村里资源的人看看,希望他们能够把该交给村集体的钱交出来。"

刘梦羽笑着说："合着你是要拿我当负面典型呀?"

张福堂也笑了,说："啥负面典型呀! 这是正面典型,正面典型!"

张一枭感慨地说："梦羽,我真得感谢你,有你带了这个头,下一步村里的产权制度改革就好开展了。如果村里人都像你这样通情达理,我们的工作就不会像现在这么难了。"

刘梦羽深情地看着张一枭,说："一枭哥,你也别把我说得这么好,这钱本来就是应该交的,过去我也曾给我爸多次提过,每次他都说,你一个小孩子家别管这事儿,现在这个事儿终于有了定案,我感到浑身有说不出的轻松。"

张福堂看着两个小青年含情脉脉的样子,知道自己这个老家伙该撤了,省得当电灯泡惹人烦。想到此,张福堂站起身说："明天上午一上班咱们就办交款手续吧? 我有点困了,先走了。哎呀,真是老了!"

张一枭急忙跟着站起身,说："大伯,我送您回家。"

张福堂连连摆手,说:"不用,不用! 你送送梦羽吧,天黑了,一个女孩子回家不安全。"说着,起身走出了门外。

张福堂走后,张一枭看刘梦羽还一动不动地坐在那里,说:"咱们也走吧?"

刘梦羽翻眼看了看张一枭,调皮地说:"我不想走,我想跟你再待一会儿。"

张一枭在刘梦羽鼻子上刮了一下,笑道:"走吧,咱们到街上转转去!"

俩人走在大街上,刘梦羽抱住张一枭的胳膊,头依偎在他的肩膀上,边走边说:"我现在好幸福! 一枭哥,你和我爸要是能和睦相处该有多好呀!"

张一枭叹了口气,说:"我也不想呀!"

刘梦羽说:"一枭哥,我理解你的难处,我知道不怨你,我爸他们做得有点太过分了。"

张一枭心疼地说:"梦羽,让你夹在我们当中左右为难,我心中很不是滋味! 可很多事情我不得不那样做,你能理解我吗?"

刘梦羽攥紧了张一枭的胳膊,低声说:"我只希望我爸他能早点醒悟,可他的个性那么强,谁都难说服他,我真担心你们……"

刘梦羽说不下去了,沉默许久方才说道:"一枭哥,我们的感情会因为我爸爸产生隔阂吗? 我好怕……"

张一枭停下了脚步,拦腰抱住了刘梦羽,说:"梦羽,我非常感谢你一直站在我这一边,一直这么坚定地支持我! 可我既然回来了,就不能当逃兵,就一定要把我想干的事情干完。我也想好了,将来如果实在和你爸无法相处,我们就离开,也许时间和距离会化解我们之间的矛盾。"

刘梦羽眼睛湿润了,哽咽着说:"一枭哥,我一切都听你的,你去哪儿我跟你去哪儿,我们永远不分开!"

第十四章　伺机而动

1.苦肉计

张一枭走了,父亲陷入了昏迷状态,两个她最爱的男人谁也靠不住了。叶知秋明白,那次吻别就已经代表张一枭彻彻底底地离开了她,此后她要想在这个世上立足,只有靠自己了。

叶知秋很清楚,此刻李扬在公司的威望和实力远非她所能比。面对虎视眈眈的李扬父子,她必须改掉自己的小姐脾气,必须学会示弱,学会卧薪尝胆、韬光养晦,她只有虚以应付、巧与周旋,才能不为他们所欺,才能早日摆脱他们的掌控。

叶知秋对公司的情况进行了认真的分析,发现真正影响她掌控公司的只有李扬父子,他们父子像两座大山一样横在她的面前。特别是李庆,好像已经看出了她的心思,不但时刻监控着她的一举一动,还对她阳奉阴违,存心破坏她的夺权计划。

叶知秋认为,要想实现自己的计划,必须把李庆这个搅屎棍子赶出总公司,只有李庆走了,李扬才能成为瞎子聋子,她也才能有机会从李扬这个老狐狸手里夺权。否则,他们父子一个在明一个在暗,天天把她盯得死死的,她根本就无法施展作为。

叶知秋很清楚,把李庆赶出总公司,全公司只有李扬才能够做到,也只有李扬敢把李庆赶出总公司。要让李扬驱赶李庆,唯一的办法就是挑拨他们父子的关系,让李扬对李庆失去信心、失去耐心。要挑拨他们父子的关系,唯一的办法就是取得李扬的信任。另外,要想尽快在公司站稳脚跟,没有李扬的扶持,她也是很难做到的。父亲常说,商战如棋,识势者生,顺势者为,乘势者赢。这也许就是当前她面对的"势"。

叶知秋把一切想清楚后，便开始了自己的行动。

张一枭曾告诉叶知秋，李扬的弱点就是好为人师，想取得李扬的好感，就要多向他请教，向他请教多了他就会把你当作贴心人，事事跟你交心。叶知秋试着采取这种办法和李扬接触。她装作一副刚入职的菜鸟样子，遇到决策问题，不论大小，都如同小学生似的向李扬请教。没想到李扬极为高兴，每次都不厌其烦地给她谈形势、讲道理、教方法，讲得头头是道。

叶知秋很聪明，每次向李扬请教，她都表现得极为谦虚，每次都不忘恭维李扬几句，特别是她一口一个李叔叔，叫得李扬心花怒放。就这样接触多了，李扬慢慢地对叶知秋也失去了戒心，慢慢地也把叶知秋当作了可以交心的人。

对李庆，叶知秋也改变了相处方式。过去，她从来不拿正眼看李庆，动不动就冲他动怒发火。现在她对李庆不但态度上变得和颜悦色，还经常给他说几句暖心的关心话。

叶知秋发现，通过她这样一番作为，她在公司的日子果然好过起来，李扬不仅处处为她站台，还极力维护她做出的决定。但她的野心绝不止这些，她要尽快建立自己的小班底，要尽快摆脱李扬父子的控制，也需要尽快采取自己的第二步行动。

机会很快来了。为了推进张庄的高科技养殖场建设，公司特意组建了筹备小组。叶知秋向李扬建议由公司办公室主任李明任筹备小组组长，李扬欣然同意，因为李明也是省农大毕业的，整天老师老师地喊李扬，令李扬很有成就感。他经常说，看看公司的管理层，有一多半是我的学生。

筹备小组成立后，工作却久久没有开展下去。原因就是李庆把持着财务，他不让财务给筹备小组拨款。

这天，叶知秋看李扬早早地就到了公司，马上领着李明怒气冲冲地找到了李庆。她要好好演一场戏给李扬看。

见到李庆，叶知秋怒声说道："李庆，筹备小组的钱你为啥把持着不让拨款？你什么意思？我告诉你，耽误了养殖场建设，你是要承担责任的！"

叶知秋一反常态地发怒，令李庆猝不及防。他顿时明白了，这个项目是张一枭的，怪不得她这么愤怒、这么歇斯底里！原来她的心还在张一枭那个浑蛋身上。

李庆怒视着叶知秋，越想越生气，张口说道："着急了？心疼了？为什么一涉及张一枭，你就这么上心？"正说着，他骤然抬高声音吼道："叶知秋，你什么意思？牵扯到你的老情人就啥也不顾了？"

看到李庆被激怒了,叶知秋暗暗冷笑。她就是要激怒李庆,只有彻底把他激怒了,他才会忘乎所以、不顾一切。

叶知秋怒目圆睁,狠狠地扇了李庆一耳光,大声呵斥道:"李庆,你再敢胡说八道试试!"

李庆没想到叶知秋敢当众打他,举起手回击了叶知秋一巴掌。

叶知秋的脸顿时肿了起来,哭着扑向李庆,边骂边打:"李庆,你个王八蛋,你敢打我,你敢打我!"

李庆急忙躲避,他看李明在站着看热闹,大声吼道:"李明,你还不快把叶总拉走,想看热闹是不是?"

听到吵闹声,公司的人很快跑了过来。大家七手八脚地拉住叶知秋把她架到了外面。出了门,叶知秋就大声哭了起来,众人赶紧把放声大哭的叶知秋扶进了办公室。

李明满眼怨气地看着李庆说:"李总,您知道不知道这是李董事长亲自抓的项目?他已经催促几次了。"

李庆看小小的李明也敢责备自己,火气顿时又冲上了脑门,大声吼道:"你算什么东西,敢来教训我?我告诉你,谁的项目也不行,我想拨钱就拨钱,不想拨就不拨。"

李明不甘示弱地怒视着李庆,说:"我不是什么东西,我是李董事长任命的筹备小组组长。"

李庆见李明敢顶撞自己,火气更大了,在屋里来回走动着,吼道:"你少拿那个老头子来压我!我告诉你,用不了多久他就要退休了,到时候我第一个辞退你!你敢跟我顶撞,真是没数了,没数了!"

盛怒之下的李庆,根本就没看到李扬已经站在了门口,嘴里仍然不干不净地骂道:"妈的,敢跟我顶,等我掌控了公司,我都让你们滚蛋!"

李扬气得浑身打战,他冲进屋里,狠狠地扇了李庆一耳光,直打得李庆眼冒金星。

李庆以为是李明打他,挥手就要反击,却被李明死死地抱住了胳膊。李庆挣扎着说:"别拉我,别拉我,敢打我,看我不揍扁他!"

李扬上前一步,大声说:"你这个不争气的东西,你打呀,我叫你揍扁我!"

李庆这才看清是李扬在打他,立马软了下来,低声说:"爸,你……"

李扬狠狠地瞪了李庆一眼,转身向外走去。

李明慌忙一路小跑跟了过去。

李扬来到叶知秋的办公室,叶知秋正抱着叶浩然的照片在落泪。

李扬走到叶知秋跟前,看见叶知秋红肿的脸颊,急声问道:"秋儿,这是李庆那浑小子打的?"

叶知秋抱住李扬放声大哭:"李叔叔……"

李扬的眼泪也流了出来,看到叶知秋抱着叶浩然照片在落泪的那一幕,他的眼圈就红了。叶浩然昏迷前,紧紧拉着他的手,求他照顾好女儿,别让孩子受委屈。李庆让叶知秋受了如此大的委屈,他怎么对得起老哥哥叶浩然?

李扬拍了拍叶知秋的肩膀,劝慰道:"秋儿,别哭了,叔叔给你做主。"

叶知秋止住了哭声,抬起头来,满脸的泪。

李扬心疼地看了叶知秋一眼,转向李明问道:"小李,到底咋回事呀?"

李明上前一步,说:"董事长,事情是这样的。李总一直压着不给我们筹备小组拨款,我找叶总请她帮我说说情。我们就一起去了李总的办公室,叶总刚提拨款的事儿,李总就骂叶总还想着老情人,还抬手打了叶总一耳光,要不是我拉着,他后面还要打叶总呢!董事长,都是我的错,牵连叶总受委屈了,你处理我吧!"

李扬脸色铁青,牙咬得咯吱咯吱响,显然他已愤怒到了极点。

许久,李扬才冷静了下来,低声说道:"秋儿,别哭了,叔叔替李庆给你道歉了!你放心,我决不会放过那个浑小子!"说着,站起身,直直地向外走去。

2.富豪榜

李庆心里有说不出的窝囊。这下可好了,彻底得罪了叶知秋,老爸李扬一定也会对他失望透顶。想起当时的情景,李庆就一直后怕。当时要不是李明拉住他,他那一巴掌扇在他老爸李扬脸上,可就闹出天大的笑话了。

对叶知秋,现在他倒不怕了,叶浩然那个老家伙已经昏迷,离死也不远了,张一泉又离开了公司,离开他们爷儿俩,叶知秋在公司根本就玩不转,所以任凭他怎么横,叶知秋就只能忍着,再忍着。

可他怕爸爸李扬,爸爸不仅决定着他在公司的地位,也决定着他对叶知秋的控制。他很清楚,叶知秋也不怕他,她怕的也是他爸爸李扬。他一旦失去了爸爸这张王牌,叶知秋随时都可能跟他翻脸。

为了排解心中的郁闷，李庆拨通了好朋友郝鹏的电话。郝鹏是个搞房地产的小老板，就是他鼓动李庆搞房地产开发的。这些年，他们俩虽然只搞了几个小楼盘，却也赚了不少。腰包鼓了，李庆对郝鹏更是信任有加，俩人无话不谈，三两天就要聚一次。

李庆拨通电话，直接说道："郝哥，晚上有安排没，一块儿坐坐？"

郝鹏在电话里说："老弟，真是说曹操，曹操就到了，我正要给你打电话呢。我一个大学同学在下面当乡长，他们那儿准备建个家居小镇，特意找到了我，我感到这个项目可行，咱们晚上跟他谈谈？"

李庆本来是想向郝鹏诉苦水的，有点儿抵触地说："到农村建房子有啥玩头儿？"

郝鹏笑道："老弟，你可别看不起农村，现在很多大公司都在农村投资呢，你看看建业集团在乡下建了多少特色小镇。并且我说出这个镇的名字，你肯定会感兴趣！"

李庆脱口而出："不会是义封县的张庄乡吧？"

郝鹏哈哈笑了起来，边笑边说："我说吧，你肯定会感兴趣！我告诉你，就是那个张庄乡。"

李庆连声说："我去，我去，我去会会你的那个同学。老郝，今天你不用管，我来请客！"

李庆不但安排好了吃饭的地方，还大方地带了一箱茅台酒。

见了面，郝鹏给大家相互引见："这是巨丰集团的老总李庆，李总！这是我的同学，张庄乡的王刚乡长。这位是？"

王刚急忙说："他是我们张庄村的村主任刘汉，也是飞腾房地产公司的老板，刘总！"

众人走到酒桌边坐了下来。

王刚疑惑地说："巨丰集团……巨丰集团，这个名字我好像很熟悉，你们公司是不是家养殖企业？"

李庆点头说："是呀！我们公司的主要业务是畜禽养殖和饲料加工！"

王刚说道："我说个人，你看认识不认识？"他想了想，接着说道："叶知秋，好像是公司的老总！"

李庆说："那是我老婆，我岂能不认识？"

刘汉心中顿时泛起了阵阵涟漪，他想提张一枭，可话到嘴边又咽了回去。

王刚已经听说了叶知秋和张一枭的故事，心想这货自称是叶知秋的老公，这下可有故事了。他看了一眼刘汉,刘汉正直直地看着他。王刚点了点头,不自觉就笑了。

服务员将酒给各位满上了杯。

郝鹏端起酒杯,说:"来,今天我们有缘相聚,先干一杯,喝个缘分酒!"

众人一起举杯干杯。

放下酒杯,王刚说:"李总幸福呀!老婆那么漂亮,那么有气质,还那么有本事!"

刘汉附和说:"那个叶总到我们村去过,她是真有魄力呀,看完项目当即决定在我们村投资。李总,你和郝总再投资我们的家居小镇,你们夫妻二人都在我们村投资,那我们可真是有大缘分了!"

李庆的脸一红,随即说道:"在你们村投资养殖场的事儿,知秋给我汇报了。我给你们说,我虽然在公司是常务副总,但公司的大事都是我说了算。"

郝鹏赶忙补充说:"我告诉你,巨丰集团就是李总的父亲和他岳父创办的,说白了,公司就是李总家的。"

王刚何等聪明,急忙恭维道:"一看就知道李总不是凡人,年纪轻轻操持着那么大的公司,还搞房地产,将来前途定是无可限量!"

李庆的头一仰,大声说道:"你们知道吗?我们公司马上就上市了!我告诉你们,用不了一年,富豪榜上就得出现我的名字!"

众人纷纷竖起了大拇指。

王刚站了起来,端起酒杯,说:"来,提前祝贺李总荣登富豪榜!"

众人也跟着站了起来,一齐给李庆敬酒:"恭祝李总荣登富豪榜!"

"提前祝李总荣登富豪榜!"

李庆的脸上笑开了花,连连说:"谢谢,谢谢!我一定不辜负大家的期望。来,干杯!"

等大家都坐了下来,郝鹏说道:"李总,下面请王乡长给你介绍一下家居小镇的项目吧?"

李庆高兴地说:"王乡长,你说,你说!"

王刚说道:"这个家居小镇是我们县建设的高标准农田示范区配套项目,就在工业园区、高效农业展示区的附近。这个项目的路网、电网、下水管网全部由县里投资,另外县里还为这个项目建了污水处理厂,可以说前期的基础设施投入,包括征地、办手续,一切政府全包了,你们要干的就是建房子、卖房子。"

郝鹏问："房子的购买怎么样，关键是房子盖了没人买就麻烦了！"

王刚说："购房需求不是问题。我给你算一笔账，高标准农田示范区项目一期规划是10万亩，二期要达到20万亩，这就意味着有将近30个村庄要拆迁，有10万的农村人口要向我们镇区迁移。这不说，示范区的4个园区的企业要达到上百家，光是企业的管理人员和工人就不够住的。"

李庆两眼放光地看着王刚，说："好，好，好，这个项目可以干，可以干！"说着，转向郝鹏："老郝，你觉得怎么样？我看可以，我们干吧！"

郝鹏沉思了一会儿，说："王刚，听你这样说，着实可以干。找个时间，我和李总到你们乡去看一看，如果真像你说的，我们就决定在你们那里投！"

王刚急忙说："别找时间，明天吧，明天我们带你们过去，领着你们到处走走看看，你看中不中？"

郝鹏看了看李庆，说："李总，你明天有时间没？"

李庆大方地说："有呀！"

3.大资源

第二天吃过早餐后，王刚、刘汉就和郝鹏分别开着车向张庄村奔去。

刘汉开着车，笑道："这个李总，真是个有意思的人！这么大的项目，经你一忽悠就定下投资了。"

王刚若有所思地说："他可不傻，冒傻气的是你！"

刘汉疑惑地看了王刚一眼，没言语。

王刚说："不明白是不是？你到现在还不知道自己有多傻！你看看张一枭，一听说我们那儿搞示范区建设，立马放弃大公司老总的职位跑回家。而你，面对张庄村这个大富矿，却一门心思往外跑，把本该属于自己的大资源，白白地拱手送给了张一枭。"

刘汉的脸红红的，显然，他已经把王刚的话听到了心里。

王刚接着说："李庆和郝鹏他们精得很哪！他们之所以要到我们那里去看看，就是想核实一下这个大富矿是不是真的。老刘，你是精明一世，糊涂一时呀！你算算，光示范区建设的投资就是几十个亿，4个园区要有上百家的厂子进驻，下一步我们的镇区人口将达到十几万人，这么多人、这么多企业，将会投入多大的资金进行建设呀？你呀你,就为了县城那个小楼盘,就放弃了村里这么大的资源,你不是傻是啥呀？"

刘汉听着听着,脸上的汗水不禁冒了出来,顺着脸颊直流。此刻,他才真正弄懂了张一枭回村的目的。原来,这小子是奔着村里这个庞大的资源来的呀！要不是王刚这样一说,他还在犹豫呢,还在为值不值得与张一枭斗下去盘算呢,他真是昏了头了！

而此时在郝鹏的车上,李庆点着了一支烟,边抽边说:"叶知秋,你要在张庄村投资养殖场,你绝对想不到我也会在张庄村投资。"

郝鹏笑道:"这样岂不更好吗？我们在这儿投资了,你就可以光明正大到这里监视叶知秋和张一枭了！"

李庆恨恨地说:"张一枭这小子真是阴魂不散,都离开公司了,叶知秋还是对他念念不忘！昨天,因为张一枭,我狠狠地抽了叶知秋那个臭女人一巴掌,把她的脸都打肿了！"

郝鹏急忙说:"老弟,因为啥呀,你咋能打她呢？女人是靠哄的,你越打她,她的心跟张一枭贴得越紧。"

李庆生气地说:"就因为我没让财务给养殖场筹备小组拨款,叶知秋找我兴师问罪,还打了我一耳光,我一怒之下就抽了她一巴掌。"

郝鹏眼珠子一转,说道:"你还管着公司的财务？财务一般都是一把手管呀,叶知秋没跟你争这项权力吗？"

李庆骄傲地说:"这是我爸为我争取的,这也是我们爷儿俩制约叶知秋的撒手锏。"

"哦。"郝鹏哦了一声,问,"你把叶知秋打那么狠,你爸就没管管？"

李庆生气地说:"咋没管呢？老头子冲到我面前,甩手就是一巴掌,打得我眼冒金星！昨天真他妈的倒霉,叶知秋朝我左脸扇了一巴掌,我爸又朝我右脸打了一耳光。"

郝鹏笑着说:"这样正好对称了！"

李庆说:"你还笑,昨天差点没把我憋屈死！"

郝鹏忽然低声说:"老弟,我估计这财务你不会管太长了。你想想,叶知秋吃了这么大的亏,她岂会善罢甘休？"

李庆冷笑道:"你说她会趁机夺我的财权？"

郝鹏说："我有这个预感！我给你说，买了东区那块地，咱们公司的账上可是没有多少钱了。趁着你现在还有财权，你得想法再从公司倒腾点钱！"

李庆说："已经倒弄过两次了，被他们发现可就麻烦了！"

郝鹏笑道："老弟，你又不是不知道，咱们的贷款很快不就下来了嘛，等贷款一下来，你神不知鬼不觉地放回去，谁会知道？我给你说，一旦你不管钱了，你再想这样弄可比登天还难呀！"

李庆说："我看看吧！"

郝鹏说："不是看看，是必须做，还要抓紧做，否则张庄村这个项目我们就根本没钱投！"

两台车飞速地向张庄村驶去，他们没想到，此刻张庄村内已乱作一团。

按照任务分工，驻村工作队队员杨洋负责3组。李二柱准备盖房的几万块砖头全卸在了大街上，占着整整大半个路面，而且沿着街道一字排开，摆了整整20多米。街面要整修，这些砖头必须挪开。

杨洋早早地就找过李二柱，让他想办法把砖头挪一挪，李二柱满口答应。可等垫路基的拉土车都开到李二柱门口了，砖头却一块也没有挪。

杨洋知道李二柱是个硬茬子，就专门找王大奎和张小平前来帮忙，共同去做李二柱的工作。

三人来到李二柱家，李二柱正站在家门口。

杨洋走上前，说："二柱，你不是答应挪砖头吗？你看拉土车都来了，怎么砖头还没挪呢？"

李二柱翻眼看了看杨洋，说："你说得怪轻巧，这七八万块砖呢，我说挪就挪了，你让我挪哪儿去，挪你家去？"

王大奎看李二柱如此无赖，生气地说："二柱，你这人咋这么不讲理？"

李二柱转向王大奎，大声吼道："你算老几，管我的闲事儿呢？给我滚一边去！"

王家在村里也是大户，特别是王大奎堂兄弟有十多个。所以别人怕李二柱，王大奎可不怕他。

王大奎吼道："李二柱，你给我嘴巴放干净点！我算老几，我是村党支部任命的乡村治理组组长，我怎么不能管你？"

听到争吵声，村里人慢慢地围了过来。

李二柱狠狠地吐了口唾沫，说："我呸！你那算啥屎组长？谁认你这屌组长。"

王大奎大怒，一把将李二柱推了个趔趄，吼道："李二柱，你才是屎呢！你嘴里再不干不净的，小心我抽你。"

李二柱要的就是这效果，他巴不得村干部跟他动手把事情闹大呢。他看王大奎已经中计，冲上前就和王大奎动起手来。

杨洋赶忙上前拉架，急声喊道："你们别打架，别打架！有话咱好好说！"

赵胜海从人群里冲了出来，大声喊道："快来看呀，快来看呀，村干部打人了，村干部打人了！"

张小平和杨洋用力将王大奎和李二柱拉了开来。

李二柱指着王大奎的鼻子骂："王大奎，你个王八蛋敢打我，有种你给我在这儿等着！"

王大奎蔑视地看着李二柱，气愤地说："我就在这儿等着，今天你不把这些砖头挪了，我就不走！"

李二柱拿起手机拨通了电话："马强，带着人拿着家伙过来！到我家门口来！"说着，又用手指着王大奎："有种你在这儿等着，看我今天不打死你个王八蛋！"

王大奎看李二柱打电话叫人，也拿起电话喊道："国良，我被李二柱打了，你快把你的几个叔都喊上，带着家伙抓紧到李二柱家门口来！干就干，谁怕谁呀？"

杨洋一看要出大事，慌忙拨通了张一枭的电话。挂了张一枭的电话，他又拨通了派出所的电话。

几路人马几乎同时赶到了现场。

李二柱见他的10个市场巡逻队员带着家伙全来了，顿时来了精神，大声骂道："王大奎，你他妈的今天不给我跪着赔礼道歉，我让你站着过来，躺着回去。"

此刻，王家族人带着家伙也飞奔赶到了这里。

王国良见李二柱如此骂他爹，不禁大怒，破口大骂道："李二柱，你再敢骂我爹，我打死你个王八蛋！"

王大奎也跟着骂："李二柱，你个王八蛋，你天天带着这帮货打这个，欺负那个，横行乡里，我早就想收拾你了！"

李二柱两眼喷着火，从一名保安手里夺过一根警棍，大声说："来呀，你来呀，看咱们谁收拾谁！"

一场混战眼看就要发生，张一枭和张福堂跑到了跟前。

张一枭远远地喊："住手，都给我住手！"

张福堂躬着腰,喘得透不过气来,杨洋赶忙上前扶住了他。

与此同时,派出所的车和王刚的车也开到了这里。

王刚跑上前,看着准备械斗的双方,对着张一枭质问道:"张一枭,这是怎么回事?"

张一枭看了看准备打架的两帮人,说:"我也是刚赶到这里,具体情况也不清楚。"

王刚勃然大怒,厉声说:"你不清楚,你不清楚,你是干啥吃的?你看看这两拨人,手里都掂着家伙,一旦打起来,会出现啥结果,你知道吗?"

李庆和郝鹏也从车里走了出来,看着王刚像训斥小孩一样熊张一枭,心里那个痛快呀!

张一枭反驳说:"一听到消息,我就赶过来了,这不是没打起来吗?"

王刚用手指着张一枭,唾沫星子乱飞:"我批评你,不服气是不是?不服气就别在这儿当村干部,哪儿凉快哪儿歇着去!"

直起身子的张福堂实在看不下去了,冲上前喊道:"王乡长,你什么意思?你凭啥这样不分青红皂白训斥一枭,你了解不了解这里的情况?"

刘汉悄悄走到李二柱跟前,看了看手持警棍的保安,低声说:"你们还不滚,等着往号子里进呀!"

十来个保安闻声而动,瞬间全溜了。

王刚没想到平时软绵绵的老书记张福堂也会发火,一时竟被张福堂给镇住了,连声说:"你,你……"随即转向出警的警察,大声喊道:"给我把这些闹事的都抓起来!"

刘汉慌忙上前说:"乡长,你别生气,我们还有客人呢!"

王刚这才想起后面还有李庆和郝鹏,狠狠地瞪了张一枭一眼,转身往回走去。

李庆故意走到张一枭跟前,冷笑着说:"张一枭,你这村干部干得不错呀!"说完,哈哈一阵大笑,扬长而去。

4.机会来了

一趟张庄村之行,让李庆坚定了投资家居小镇的决心,也刺激了他再次挪用公司资金的胆量。特别是想到张一枭被训斥的场面,李庆心里那个爽呀!他暗想,在以后的日子里,要是能经常看到张一枭被训斥,那才是一件美事呢!

从张庄村回来后,李庆就把公司出纳陈静叫到了办公室,要求陈静在一星期内务必向郝鹏的公司转去5000万元。

李庆万万没想到,陈静本就是叶浩然的嫡系。叶浩然昏迷前,将自己的嫡系是谁都一一告知了叶知秋。自从叶知秋和陈静捅破那层窗户纸后,财务部一有风吹草动,陈静就会悄悄向叶知秋报告。

在一个隐蔽的咖啡厅里,叶知秋和陈静坐在了一起。

陈静着急地说:"叶总,李庆要求我在一个星期内向永威房地产公司转去5000万,你说我该怎么办?"

叶知秋心中一阵暗喜,她知道机会来了。她一定要好好利用这次机会,不仅要夺回公司的财权,还要彻底把李庆清除出总公司。

叶知秋沉思了一会儿,说:"你是怎么考虑的?"

陈静说:"我觉得这倒是个机会!"

叶知秋问:"钱转走后,还有办法追回来吗?"

陈静说:"李庆在永威有个专户,主要用于他和永威的经济来往。要转就转在李庆在永威的专户上,这样兴许好追回。"

叶知秋又想了一会儿,下定决心说:"就用赵国柱那笔钱!这段时间饲料厂急用钱,动了这笔钱,赵国柱一定会跳起来,到时候就让赵国柱跟李扬闹去吧!不过,这样对你个人可能有风险!一旦挑明,你要承担责任。"

陈静坚定地说:"叶总,董事长对我有大恩!我看你在公司那样被李庆欺负,我一直想帮你。只要能赶走李庆那个流氓,我被辞退都值得!"

叶知秋说:"我不会让你被他们辞退的!再说,你按李庆的要求将钱转入他的个人专户,责任并不大。"

陈静说:"叶总,你就放心吧,我心里有数!到时候赵董找到我,我该怎么说?"

叶知秋说:"你就实话实说!就说李庆让你给永威打款,你坚决不同意,李庆以辞退来逼你,你无奈之下才答应采取折中的办法,打在了他的个人专户上。"

陈静说:"好的,我明白了!"

按照叶知秋的安排,陈静和李庆争执了半天。李庆最终示弱,让陈静将资金打在他的个人专户上。

钱转过去后,陈静当即报告了叶知秋。

叶知秋马上拿起电话，拨通了赵国柱的手机："赵叔叔，那 5000 万给你打过去没？我已经签过字一星期了，钱早该到了吧？"

赵国柱正在为钱的事儿发火，他已经找李庆 3 次了，一直督促李庆尽快拨款。

李庆则总是在搪塞他，还说："叶总还没签字，你放心，只要叶总一签字，钱立马给你打过去。"

赵国柱怀着一腔怒火，正要找叶知秋，没想到叶知秋却把电话打了过来。当他听说字已经签了一个星期后，挂了电话就气冲冲去了总公司。

到了叶知秋办公室，赵国柱连声问："叶总，到底是怎么回事儿？李庆给我说，打款申请给你了，你一直压着没签字。"

叶知秋给赵国柱倒了杯水，说："赵叔叔，你别着急，先坐下喝口水。"

赵国柱一屁股坐在了沙发上，生气地说："知秋，你不知道，我那里已经快揭不开锅了，你看看我嘴上急得都起了泡。"

叶知秋不急不躁地坐了下来，说："赵叔叔，那份申请我的确在上星期就签了，我还专门给你多安排了 1000 万，一共要给你们拨 5000 万的。你别着急，我把财务部的人叫过来问问。"说着，她拨通了陈静的电话："陈总，你到我办公室来一下。"

陈静来到叶知秋办公室，看到赵国柱气哼哼地坐在那里，心想好戏就要开场了。她走到叶知秋跟前，说："叶总好！"

赵国柱翻眼看看陈静，怒声说："陈静，你给我说说那份拨款申请到底签没签？"

陈静大方地说："签了，上星期就签了！"

赵国柱猛地站起来，冲到陈静跟前说："签了你为啥不给我拨钱？"

陈静反问道："赵董，这事儿你该问李总呀，这笔钱已经拨出去了。"

赵国柱差点没跳起来，厉声问道："拨出去了？拨哪儿了？"

叶知秋起身说道："赵叔叔，你别着急，听陈总慢慢说。"

赵国柱恨不得把陈静一口吞进肚里，忙说："你快说，到底咋回事儿？"

陈静为难地看着叶知秋。

叶知秋说："陈总，到底咋回事儿，你实话实说！"

赵国柱跟着喊："陈静，到底咋回事儿，你快说！"

陈静看了看二人，说："李总说，这笔钱赵董不急用，借给他朋友永威的郝总用用。我不同意，他就用辞退威胁我。我实在没办法，就想了个折中的办法，将钱转到了他的个人专户上。"

赵国柱惊疑地问:"什么,李庆还有个人专户?"

陈静说:"是的,这些年李总和永威一直有资金来往,在他们那里他有个人专户。"

赵国柱问:"你怎么知道他有个人专户?"

陈静低声说:"过去给这个专户转过钱!"

赵国柱问:"转了几次,共转了多少?"

陈静的声音更低了,说:"三次,有一个多亿!"

赵国柱气得直摇头,在房间里来回走动着。

叶知秋知道陈静的戏已经演完了,低声说道:"陈总,你先回去吧!"

陈静耷拉着脑袋出了门。

赵国柱站住脚,嘴唇发抖着说:"这个李庆,这个李庆!"

叶知秋把赵国柱拉到了沙发上,说:"赵叔叔,看你气得,别生气了,别生气了!"

赵国柱转向叶知秋,声音颤抖,说道:"知秋,你是总经理,你说咋办吧?"

叶知秋为难地说:"赵叔叔,我能咋办? 李庆那二百五样儿,我能怎么他?"

赵国柱生气地说:"知秋,你可是公司的总经理呀! 要是董事长还清醒,他决不会允许发生这样的事情。"

提起父亲,叶知秋顿时泪水涟涟,哽咽着说:"赵叔叔,我是公司的总经理,可现在大家把我当总经理吗?"

赵国柱直直地看着凄然落泪的叶知秋,一时不知如何是好!

叶知秋接着说:"赵叔叔,你不是不知道,上次往养殖场筹备组拨款,李庆就是迟迟不拨,李明找到我,我也就是前去一问,李庆他扫脸就给我一耳光! 如果我爸没有病,他敢这样对我吗?"

说到此,叶知秋哽咽得说不下去了。

赵国柱又何尝不知道叶知秋在公司的难处,何尝不知道李扬父子的飞扬跋扈。其实,他也早就看不惯李扬父子了,今天他一定要借用这个机会跟李扬好好理论理论。

赵国柱抽了几张纸巾递给了叶知秋,说:"孩子,你别难受了,我知道你的难处,这事儿我不怪你,我找李扬去!"说着,站起身大步向外走去,怒气冲冲地进了李扬的办公室。

李扬忙起身让座,说:"老弟,你咋来了?"

赵国柱鄙视地看着李扬,生气地说:"谁是你老弟?李扬,我问你,你还想不想合作,不合作咱早点散伙!"

李扬赔着笑,说:"你这是咋了,谁惹你了?"

赵国柱说:"你的宝贝儿子!李扬,你知道不知道,他把给我拨的5000万私自转到个人专户上,要借给别人,你说说,这是不是你安排的?"

李扬的脸顿时变了,急声说:"老赵,这事儿可不能乱说呀!"

赵国柱一阵冷笑,说:"我乱说,我乱说?不信,你把陈静叫过来问问!他不光这一次挪用公司的资金,之前还先后三次挪用资金,超过了一个亿。我告诉你,李扬,这可是犯法的,可是要坐监的!"

李扬慌了,上前拉住赵国柱,连声说:"老弟,老弟,你别着急,我现在就落实这件事儿!"

赵国柱一把甩开李扬,痛斥道:"李扬,你这个道貌岸然的伪君子,你说董事长对你怎么样?董事长还没走呢,你们父子俩就联合起来欺负人家女儿,竟然还动手打人家!李扬,你说说,你还当过大学老师,你的圣贤书是不是都读到了狗肚子里?"

李扬的脸一会儿红一会儿紫,被骂得一句话也说不出来,向来以君子自居的他何曾受过如此侮辱。

李扬快步走到办公桌前,哆嗦着拨通了李庆办公室的电话,歇斯底里地喊:"李庆,你个败家子,现在、马上到我办公室里来!"

李庆一路小跑地进了李扬的办公室,说:"爸,你怎么了?干啥那么急!"

李扬浑身哆嗦着说:"你说说,你说说转到你个人专户那5000万是怎么回事儿?"

李庆看到旁边的赵国柱,心想坏事儿了,狡辩道:"那钱……那钱……我只是从那个账户上过一过,明天就给饲料公司转过去了。"

李扬指着李庆:"你……你……"眼前一黑,晕倒在地上。

5.委托书

李扬脑出血被120拉进了医院。经过抢救,虽然保住了性命,但是口歪了,眼也斜了,说话呜拉呜拉的不利索了。

李庆守在病床前,满眼的泪。

李扬着急地看着李庆,说:"钱,钱,钱!"

李庆擦了把泪,恨恨地说:"爸,我已经把钱交还公司了,都到这个时候了,你还记挂着那笔钱?"

李扬绝望地看了李庆一眼,闭上了眼睛。

叶知秋提着餐盒走到了床前,说:"李叔叔,这是我专门给您炖的瘦肉汤,医生说您需要多喝汤来补充营养。"

李扬艰难地说:"孩子,辛……辛苦你了!"

叶知秋坐在李扬跟前,开始一勺一勺地给他喂汤。

李庆看叶知秋对李扬如此亲近,嬉皮笑脸地凑到跟前说:"知秋,知秋,你说公司会怎么处理我? 大不了,我不管财务就是了!"

叶知秋继续给李扬喂汤,没言语。

李庆继续说:"知秋,咱们都是一家人了,你就给我透露一下会议的内容呗,董事会到底打算怎么处理我?"

李扬急切地看着叶知秋,看来他也想尽早知道董事会对李庆的处理结果。

叶知秋放下汤碗,看着李扬说:"李叔叔,我先给您说个好消息。今天上午,咱们公司已经正式上市了。"

李扬一阵激动,眼里流出了泪,说:"好,好,好! 你……你爸的愿望,终于……终于实现了!"

李庆根本不关心公司上不上市,他最关心的是董事会对他的处理。他走到叶知秋跟前,着急地说:"知秋,你快说,董事会到底准备怎么处理我?"

叶知秋依旧没有理李庆,不紧不慢地用纸巾擦了擦李扬脸上的泪,说:"李叔叔,董事会的意见有两条,一是报案,将李庆交司法机关处理;二是开除,李庆终生不得涉及公司业务。最终选择哪一条,他们让我征求您的意见。"

李扬平静地看着叶知秋,点了点头。显然,他已经猜出了对李庆的处理结果。

李庆一听对他处理这么重,当即跳了起来,大声说:"什么? 要报案,想让我住监狱? 来呀,枪毙我呀! 赵国柱这个王八蛋,看老子不弄死他!"

李扬悲哀地看着李庆,气得身子直发抖,用手指着李庆,说:"你……你……你……"

李庆在房间来回走动着,嘴里不停地骂:"一定是赵国柱,一定是赵国柱那个老杂毛在董事会上提的建议! 他把我爸弄成这样,我还没找他呢,他竟然敢变本加厉地害我？我找他去！"

叶知秋转身看了李庆一眼，以为他真要去找赵国柱，没想到李庆忽然转身来到李扬的床前，紧紧抓住李扬的手，哀求道："爸爸，爸爸，你可千万不能让我住监狱呀！我住进去了，你的身体都这个样子了，谁来照顾你？"

李扬极力想从李庆手中抽出手，口齿不清地说："你……你……要气死我呀！"

李庆却不管不问，继续哀求道："爸爸，你去给他们说，一个一个给他们说，公司的财务我可以不管！实在不行，咱就再退一步，我辞掉公司的常务副总，到分公司当老总也可以。爸爸，走，咱们去找他们去！"

叶知秋站了起来，气愤地看着李庆，说："李庆，你不知道吗？现在李叔叔根本就不能动！你这样用力拉扯他，你还想不想让他恢复健康？"

李庆的叫喊声惊动了病房的护士。护士快步跑了过来，生气地说："病人需要静养，你们都出去吧！快，请出去吧！"

李庆狠狠地瞪了护士一眼，大步向外走去。

叶知秋提起包，转身就要离开，却被李扬叫住了，李扬艰难地说："秋儿，你……你别……走！"

叶知秋复又坐了下来，温柔地说："李叔叔，你别着急，我不走，不走！"

李扬闭上眼睛在床上躺了一会儿，方才睁开眼睛说："李庆，开……除吧，他会……毁了公司，也……也给他留……留条生路。"

叶知秋点了点头。

李扬又闭上了眼睛。

歇息片刻，李扬说道："孩子，李……庆，就一浑蛋！婚约，本就是一……玩笑话，你们，不合适！"

叶知秋哽咽了："李叔叔……"

李扬继续说："秋……儿，我的股份，交由你管理，我会让秘书，把……把委托书，交给你，不能让……李庆给祸害了。"

叶知秋忍着泪，又点了点头。

李扬话说完了，也累得没有力气了，他冲叶知秋摆了摆手，又闭上了眼睛。

叶知秋悄身退出了病房。

李庆从病房出来后，就去了各个董事家。他原想着，只要他放下身段求他们，他们一定会给他个面子。可万万没想到，他竟然到处碰壁，没一个人愿意出面见他。

处罚决定很快下来了,公司督促李庆收拾办公室的个人物品。催了几次,李庆都不到公司去。公司办公室无奈,只得将李庆的东西打包装箱后,让保安堆在了他家门口。

　　此刻,李庆才真正意识到,公司是要真的辞退他。父亲尚未出院,当前在公司能帮得上他的只有叶知秋。

　　李庆决定再求叶知秋一次。他判断叶知秋是决不会给他好脸色的,所以在去之前他已做了充分思想准备。哪怕是叶知秋当众吐他一脸唾沫,他都不做反抗,他要让叶知秋充分看到他的悔恨,看到他洗心革面、重新做人的决心。

　　为了把戏演得出彩,李庆特意购买了一些道具。进了公司大楼,他就脱光上身,将十多根竹条密密麻麻地捆在了后背上,一路喊着向叶知秋办公室走去:"知秋,我错了! 知秋,再给我个机会吧!"

　　李庆在前面走,后面跟着一群人看,大家边看边笑,议论纷纷。

　　看到李庆这幼稚的样子,叶知秋也笑了,说道:"李庆,你这是又要搞什么名堂,你羞不羞?"

　　李庆看叶知秋笑了,以为叶知秋原谅他了,满脸堆笑地说:"知秋,知秋,看在咱们多年感情的分儿上,你原谅我吧,你原谅我吧!"

　　叶知秋脸色骤变,绷着脸说:"李庆,谁跟你多年感情,你让我原谅你啥?"

　　李庆看叶知秋一副公事公办的样子,知道嬉皮笑脸已不管用,随即苦着脸说:"知秋,求求你别辞退我了,实在不行,让我干个部门经理也中呀!"

　　叶知秋冷冷地看着李庆,说:"你还想当部门经理呢,辞退你本就是董事会对你的宽大处理,你知不知道你的行为已触及刑法了?"

　　李庆扑通一声跪到了地上,流着泪苦苦哀求道:"知秋,我错了,我知道错了。我一定改,一定痛改前非,一定洗心革面、重新做人! 知秋,求求你,再给我一次机会吧!"

　　叶知秋鄙视地望着李庆,说:"晚了! 你早知现在,何必当初?"

　　李庆从叶知秋的目光中,已经读到了叶知秋对他的恨,也读到了叶知秋是不会给他机会的,他的这次表演纯粹是自取其辱!

　　李庆心头的怒火顿时起来了,他猛地站起,三下五除二拆下了身上的竹条,冲着叶知秋吼道:"姓叶的,我没想到你这么狠心! 我都这样求你了,都给你跪着负荆请罪了,你还不原谅我! 我告诉,你们想把我撵出公司,没门儿!"

叶知秋一阵冷笑,说:"本性露出来了吧?真是本性难移,我就知道你不会改正!"

李庆愤怒地看着叶知秋,大声说:"叶知秋,你以为现在我就没有办法治你了吗?我告诉你,老子是公司的大股东,你真把我逼急了,我把我们家的股份全抛了!"

叶知秋走到办公室旁,从抽屉里拿出了一张纸,说:"这是你爸给我的股份管理委托书,他全权委托我管理他持有的股份,你有本事就抛呀!"

李庆冲过来就想夺,高喊着:"不可能,不可能!"

叶知秋迅速将那张纸藏到了身后。

公司办公室李主任从人群里走了出来,到了李庆的跟前,冷笑着说:"李庆,我看你还是回去吧,别在这儿丢人现眼了!"

李庆冲着叶知秋继续喊道:"不可能,不可能!我爸不可能将股份交给你管理。"

李主任说:"李庆,你别在这儿自欺欺人了,那上面有你爸的签字,也是经过律师所公正的。"

李庆死死地看着李主任,瞬间爆发了,发疯般地喊着向叶知秋冲去:"叶知秋,你这个狠毒的女人,我跟你拼了!"

李主任不等李庆动身,就从背后死死抱住了李庆的腰,高声喊道:"保安,保安,快把他弄走!"他早已料到李庆会发飙,早早地就将四个保安安排到了门口。

听到喊声,四个保安冲上前架起李庆,像抬死狗一样向外走去。

李庆晃动着身子,高声喊:"叶知秋,你个坏女人,你个臭婊子,我决不会放过你,决不会放过你!"

6.一个战壕

李庆被保安从公司扔出来后,又跑到医院大闹了一场。可任凭他怎么闹,李扬一直闭着眼睛,一言不发,最后他又被医院的保安抬着扔出了门外。

无计可施的李庆,把心中的仇、心中的恨都记在了张一枭和叶知秋身上。如果没有张一枭,叶知秋定会一心一意爱他,他和叶知秋一定会成为幸福的一对;没有张一枭,他就不会有转移资金那样的疯狂举动,也就不会被公司辞退了。他向郝鹏主动要求负责张庄村的房地产项目,他要在张庄村和张一枭决一死战,他要采取一切手段报复张一枭和叶知秋,他要让叶知秋的养殖场在张庄村办不下去,他要让张一枭无法在张庄村安身。

李庆知道,刘汉对张一枭也是恨得要死,也在处心积虑整治张一枭。他也很清楚,在张一枭老家,在张一枭的地盘,他只有和刘汉结成紧密的统一战线,才能动得了张一枭,才能对他实施有效的打击。

所以,李庆这次一到张庄村就和刘汉约好,让他把他的马仔都带过去,他要大摆宴席请大家好好吃一顿。

出于保密考虑,刘汉将王发全、李二柱等人特意拉到了县城的饭店,他们要在一起好好谋划一下对付张一枭的策略。

待大家都坐下后,刘汉说:"我给大家介绍一个大老板! 李庆,李总,咱们家居小镇的投资老板。"

"李总好!"

"李总好!"

众人争相向李庆问好。

刘汉接着说:"现在,我告诉大家李总的另外一个身份。"

众人不知道刘汉的话为何意,都睁大眼睛看着他。

"李总另外一个身份,就是张一枭的仇敌! 害父之仇、夺妻之恨! 李总和那个叶知秋是从小定的娃娃亲,就是因为张一枭的插足,硬生生地把人家多好的一对儿给拆散了!"说着,他举起酒杯,"从今天开始,咱们反对张一枭的队伍里又多了一名重量级人物,下面欢迎李总加入我们的队伍!"

李庆站起身,举起了酒杯说:"我李庆初到贵地,希望各位多多支持。我在这里给大家保证,我李庆是个知恩图报的人,只要大家帮我向张一枭报了仇,我一定会厚报大家。"

刘汉站起身,拉着李庆坐了下来,说:"老弟,不要这样说,也不用这么客气,我们大家和张一枭可以说有不共戴天之仇,以后我们就是一个战壕的战友。来,大家干杯!"

等大家都干了杯,刘汉说道:"另外,我还有一件事儿要宣布。我已经将县里的楼盘安排妥当了,从今天开始,我就要重回村里主持村委会工作了,我要亲自坐镇指挥,看他张一枭还能蹦跶几天!"

王发全激动地站了起来,说:"主任,太好了,太好了! 您一回来,我们就有主心骨了,我们就再也不会被动挨打了!"

赵胜海也站了起来,举起酒杯说:"我建议咱们共同敬李总和主任一杯!大家看看,咱们兵强马壮的,还怕他张一枭?"

大家的情绪都被调动了起来,纷纷干杯。

李二柱问道:"主任,这几天张一枭天天找我挪街上那些砖头,我到底挪不挪?"

赵胜海抢先说道:"不挪,不挪,给他挪个鸟,就得坚决堵住他们施工!"

李二柱说:"我看他们还在其他地方施工,光我这里恐怕撑不了多长时间。"

刘汉说道:"二柱说得有道理,你一个在这儿顶着也不是长久之计。"

王发全笑了笑,说道:"主任,主任,你别着急,刘莽还没出马呢,刘莽一出马,我管保全村的道路都得停工。"

刘汉看了看王发全,说:"是吗?"

王发全说:"我明天就让刘莽带几个人堵在村口,不论是拉土还是拉建筑材料的车辆一律不准进村。理由是垫路基的土方,以及沙子水泥我们全包了,外来车辆一律不准入内。"

赵胜海大笑了起来,边笑边说:"这法子好,这法子好,没有土方和沙子水泥,他们想干活儿? 干个鸟儿。"

李庆被他们说得一头雾水,急急地问:"你们说的这些都是针对张一枭的?"

王发全说:"是的,李总,这些都是针对张一枭的! 张一枭不是我们村的第一书记吗? 这些工程都是他负责的,我们出阴招儿让这些工程进展不下去,他不就着急了吗? 乡里不就对他不再信任了吗? 时间一长,他就自然会夹着尾巴滚蛋了!"

刘汉问:"你不是说还要鼓动曹长山那个老家伙跟张一枭闹吗? 咋不见他有动静呢?"

王发全兴奋地说:"主任,你别着急,火已经烧得差不多了,还差最后一把,今天回去后,我和胜海就去找曹长山把这把火给他烧起来。"

李二柱阴阴地说:"主任既然要回村,我们更应该把戏演好演足,我们要为主任全面主持村里工作创造条件和氛围。"

刘汉笑了,说:"四处冒烟,看他张一枭如何灭火!"

李庆又站了起来,笑逐颜开:"高兴,今天我特别高兴! 吃完饭我请大家洗澡,给大家一人安排一个漂亮妞!"

7.蜕变

叶知秋没想到事情竟然发展到了这个地步,赶走了李庆又捎带上了个李扬。没有了李扬父子的羁绊,她虽然全面掌控了公司,但她心里并不痛快。对李扬她一直深感自责,如果不是她设计害李庆,李扬也不会气急攻心而病倒。此刻,她才真正理解了父亲说过的话,成大事者不拘小节,谋大事者不重小利。她要光大父亲的事业,就必须狠下心来,决不能儿女情长、优柔寡断。

叶知秋很想给张一桌打个电话,告诉他已经顺利拿下了李庆,已经顺利掌控了公司,让他分享一下她的成功,分享一下她的成熟和进步。她想让他知道,也想请他放心,她已经不是那个笨头笨脑的职场菜鸟了,她的成熟稳重,她的聪明智慧,完全可以应对商界的各种风险暗礁。可每次拿起电话,她都又放了下来。她觉得与其说那些,还不如用在张庄村的投资行动向张一桌证明目前她在公司的地位。

为了向张庄村养殖场追加投资,叶知秋提前把筹备组组长李明和财务部经理陈静叫到了办公室。李庆离开公司后,叶知秋对公司的部门经理进行了调整,陈静已被她提拔为财务部经理。

李明第一眼见到叶知秋差点没叫起来,但他很快控制住了自己的情绪。只见改变形象后的叶知秋,不仅头发变成了齐耳短发,过去的连衣裙也变成了职业套装,一副标准的职业女性形象。更令李明吃惊的是叶知秋的气质,稳重中透着严肃,平静中透着威严,令人肃然敬畏、心存压力。叶知秋变了,已经脱胎换骨地变了,再也不是那个爱说爱笑的漂亮女孩了。李明暗自庆幸控制住了自己的情绪,否则他的职业生涯可能因为这次相见而发生重大转折。

叶知秋在会议桌的主位坐了下来,秘书小王将茶杯放在她的面前也坐了下来,打开电脑准备做会议记录。

叶知秋公事公办地说:"李经理,你把养殖场建设的进展情况说一说吧。"

李明打开电脑,说道:"目前,养殖场和饲料厂的用地手续、环评已经办得差不多了……"

叶知秋打断了李明,冷冷地说:"差不多是个什么概念? 以后汇报工作不准用'差不多'这种字眼,你说说哪个手续办下来了,哪个还没有办,需要多长时间。"

李明的脸一红,急忙看了看电脑说:"土地规划许可证、营业执照、动物防疫条件合格与环保证明，还有税务登记证都已经办好了，就差建设施工许可证了。我们已经将相关材料提交到县建设局了，一个星期应该能出来。"

叶知秋问："建设现场进展怎么样？"

李明说："现在畜禽产业园的路已修好，正在铺设电缆，一旦具备基本的施工条件，我们就开始施工。"

叶知秋满意地点了点头，说："前期准备工作一定做细致，一定要在具备施工条件前，把与施工单位、建筑材料、相关设备有关的合同全部签完，一旦可以施工，就要立即投入建设，力争年底前能够进设备。"

李明面露苦色，说道："叶总，年底恐怕有点难！"

叶知秋眼睛一瞪，不高兴地说："干不了是不是，如果干不了，你就提出来，我另外派人去。"

李明脸上的汗顿时冒了出来，连声说："干得了，干得了！叶总，你放心，我保证完成任务！"

叶知秋看了李明一眼，说："我也不是故意为难你！你以为我不知道示范区的情况，县里的同志都能没黑没夜地干，我们为什么不能？你说说，畜禽产业园的基础设施建设是不是在加班加点地干？"

李明连连点头，说："是的，是的！"

叶知秋看了看陈静，说："李经理，今天我把财务部经理陈静给你喊过来了，资金的问题你直接找她，她不给你拨，你就找我！总之，关于养殖场和饲料厂的建设资金要特事特办，我们给你开绿色通道。"

陈静说："叶总您放心，张庄村养殖场建设资金，我们已经设立了专门账户，什么时候需要什么时候拨付，不会在我们这里出现梗阻。"

叶知秋问："李经理，还有什么问题没有？"

李明知道叶知秋是要让他离开了，忙合起电脑站了起来，说："没有了叶总，我们一定加班加点地干。"

李明离开后，秘书小王也收起电脑知趣地离开了叶知秋的办公室。

叶知秋站起身伸了个懒腰，又恢复了原来的样子，笑道："静静，我刚才是不是很像一个古板的老太太？"

陈静也站起了身，说："叶总，工作是工作，生活是生活，以后在公司您就应该这样！"

叶知秋苦着脸说："静静,我真的不想这样呀!整天摆着这样一副面孔跟演戏一样,我真怕自己早早地就变成了刻板的老太太!"

　　陈静走近叶知秋,低声说："叶总,我听说李庆现在也在张庄村。"

　　叶知秋脸色顿时变了,吃惊地问："他去干啥?难道他要插手养殖场?"

　　陈静摇了摇头,说："听说他在那里搞房地产开发,搞个什么家居小镇。"

　　叶知秋点了点头,冷冷地说："看来他还是要阴魂不散地缠着我呀!好呀,既然你不放过我,咱们就好好玩一玩!静静,下星期咱们去趟张庄村吧,我倒要看看他现在还拿啥跟我玩!"

第十五章　惹是生非

1.政治斗争

李二柱和王大奎闹翻后,杨洋先后两次到李二柱家做工作,都吃了闭门羹。李二柱的态度很强硬,他就是要和王大奎对着干,只要王大奎不给他赔礼道歉,他就坚决不挪街上的砖头。

杨洋满腹委屈地找到张一枭、张福堂和王大奎商议对策。

王大奎顿时火冒三丈地说:"一枭,这事儿你别管了,下午我就让推土机给他推了,别人怕他,我不怕他,我早就想跟他大干一场了。"

张一枭说:"大奎叔,你先别着急,这事儿他不是针对你的!"

张一枭清楚,李二柱此举是在故意给他出难题,他针对的目标不是王大奎,而是他张一枭。李二柱明知道王大奎不会给他赔礼道歉,所以才故意提出这样的要求。李二柱就是想让自己登门去求他,想以此在刘汉面前表现立功,想让自己在全村人面前丢人。他不清楚这件事的背后有没有刘汉的影子,如果真是刘汉介入了此事,事情就更加复杂了。但无论如何,他是不会让王大奎给李二柱道歉的,即使王大奎个人愿意去,他也坚决不会同意的,他决不能让自己的部下流血流汗再流泪。

张福堂说:"大奎,我觉得一枭说的有道理,这事儿你先别管了,我和一枭去找李二柱,看看他到底想干啥。"

王大奎说:"老书记、一枭,对李二柱这种人,我们决不能服软,村里的人都看着呢,不少人想借机揩油,一旦我们认输,定会有更多人出来阻工,以后的工作就没法干了。"

杨洋点头说道:"我觉得大奎叔说的也有道理,如果我们放纵了李二柱,其他人再闹怎么办?"

张一枭说:"大奎叔、杨洋,李二柱不是个浑人!这次他公然耍横,如此蛮不讲理,背后一定有原因。我还是去会会他吧,只有摸清了他的真实想法,我们才能有针对性地做工作。"

张福堂说:"李二柱是个粗中有细的人,我也觉得这背后有文章。一枭,走,咱们现在就找他去。"

俩人起身去了李二柱家。

路上,张福堂担忧地说:"一枭,我总觉得这里面有刘汉的影子,如果是他在背后操纵,恐怕我们去也是白去。"

张一枭笑了笑,说:"咋能说是白去呢?即使工作做不通,最起码我们能知道李二柱闹事的症结到底在哪里。"

到了李二柱家门口,俩人看到李二柱正往外抬钢筋。

张福堂看着路上满地的钢筋,当时就火了,生气地说:"二柱,你没完没了了是不是?叫你挪砖头,你非但不挪,还把钢筋堵在大路上,这路是你家的吗?你还叫不叫人走路?"

李二柱放下手中的钢筋,皮笑肉不笑地说:"老书记,话可不能这样说呀!我要盖房子,在路边放点东西违法了吗?你看看,这路还留得宽着呢,你哪只脚过不去呀?"

张福堂气得脸通红,说:"你……"

张一枭上前一步说:"二柱哥,我们不是不让你在路边放东西。现在不是要修路吗?你把东西挪一挪,等路修好了,你再挪过来临时放一放也没有啥。"

李二柱翻眼看了看张一枭,说:"你开玩笑吧?我这有十来万块砖头呢,我怎么挪,我一只手得挪多长时间?还有,要是挪坏了,你赔我?"

张一枭说:"我来找叉车挪,再用绳捆一下,不会坏的。只要你同意,我来找叉车,不用你动手。"

李二柱被顶到墙角处,索性耍无赖地说道:"你给我挪,我也不同意!"

张福堂愤怒地说:"李二柱,你咋这样没一点大局观念呢?因为你的个人私利而影响全村的道路建设,你不怕村里人骂你?"

李二柱冷笑着说:"我不怕,骂呀!你们尽情地骂呀,你现在就可以骂!"

张一枭一直在压制心里的怒火,他见李二柱如此无赖,油盐不进,脸色也黑了起来,严肃地说:"李二柱,你到底想干啥?"

李二柱冷冷地看着张一枭。他要的就是激怒张一枭,只要张一枭说出过激的话,他就紧紧抓住不放,好好把张一枭收拾一顿,让他在村里当众出出丑。他拉开架势想跟张一枭干架,怒声说:"我不想干啥,我就是看着你不顺眼! 只要你离开村子,我立马把砖头挪开。"

张一枭蔑视地看着李二柱,说:"李二柱,你这样就想把我撵走? 我告诉你,你做梦吧! 我早晚叫你乖乖地自己挪!"

李二柱胸脯一挺,高声说:"张一枭,我也告诉你,这次我跟你挺头挺定了,你就是跪下给我磕头,我也不会挪一个砖头! 谁敢挪我一个砖头试试,看我不灭了他!"

张福堂大怒,上前抓起一个砖头扔在了路对面,说:"李二柱,我今天就动你的砖头了,你敢动我一个指头试试?"

李二柱看了看张福堂,狠狠地说:"老书记,我的忍耐是有一定限度的,你不要逼我!"

张福堂走到李二柱跟前,说:"李二柱,今天我这把老骨头就交给你了,有本事你就把我灭了吧。"

李二柱举手就想打张福堂。

张一枭急忙往前凑,却被李二柱的母亲抢先拦在了李二柱面前,她生气地说:"你这个浑尿,你敢动手打你福堂伯,你有没有点良心,当初要不是你叔让你管市场,你有今天?"

李二柱怒气冲冲地说:"妈,这事儿跟那事儿是两码事儿,我不是针对他,我是针对张一枭的!"

李二柱的母亲生气地问:"人家一枭咋你了,你咋处处跟人家过不去呢?"

李二柱说:"妈,这是政治斗争,涉及很多人的,你不懂就不要管了!"

正在这时,张一枭的手机响了。

杨洋在电话里喊道:"张书记,你快到村口来一下吧,这里又打起来啦! 快来呀,快来呀!"

张一枭挂了电话,走到张福堂跟前,低声说:"大伯,村口又闹起来了,咱们快过去看看。"

张福堂疑惑地看了看张一枭,转向李二柱,说:"李二柱,你等着,只要你不挪这些东西,我还会来找你的!"说着,和张一枭大步向村口走去。

李二柱嘿嘿一阵冷笑,大声喊道:"老书记,我就在这儿等着你呢!"

2.八一慰问

为了说服曹长山闹事,王发全提前着实做了不少功课。他原本想着还按上次的办法,和赵胜海一起去曹长山家里煽风点火。

一件小事儿让他改变了主意。这天,他去老街办事,走到老槐树附近,看见曹长山正和一帮老年人坐在树下聊天。

王发全悄悄走了过去,听到一帮人正在议论他呢。

刘汉的三叔说:"王发全和赵胜海那俩货,真是啥钱都敢贪呀,我看把他们撸下来不亏!"

曹长山说:"这俩货一肚子坏水,满嘴跑火车,没一句实话! 上次,他们俩跑到我家,说张一枭贪污150万,鼓动我到村部闹事,结果他说的都是他俩瞎编乱造的。"

王大奎的父亲说:"发全这小子太精了,人一旦精过了,就不是人了!"

曹长山说:"老哥,你说得对,这货就是精得没一点人味了。你听说没有,西头的狗蛋给孩子迁户口,就找他盖个村里的公章,他推来推去就是不给人家盖,后来给了200块钱才给盖了,你说他啥东西?"

王大奎的父亲说:"你们听说没有,原本乡里准备把他俩弄监狱里呢,后来听说县委书记打电话了,才大事化小、小事化了,把他们给放了!"

刘汉的三叔说:"老三,你是瞎听谁说的,王发全那小子能够上县委书记?"

王大奎的父亲说:"我听俺家大奎说的,他够不上县委书记,你们家刘汉能呀!是刘汉给他找的人,听说花不少钱送礼呢。"

刘汉的三叔说:"现在李二柱牛起来了,敢在大奎面前耍横,他李家才几个糟人头? 你们姓王的那么多人,唾沫星子也能淹死他。"

王大奎的父亲说:"他牛,还不是因为有刘汉在后面给他撑腰,有市场巡逻队那帮狗腿子给他站台,没有他们,在咱们张庄村数十数也轮不到他李二柱光棍!"

曹长山说:"你们看看李二柱在那里耍无赖阻止村里修路,十有八九是王发全那个赖货出的孬点子,除了他,没人会出这种损人不利己的坏点子。我觉得,上次乡里对这俩货处理得着实轻了,他们真应该到监狱里住一段时间。"

王发全心中一阵后怕，他没想到曹长山如此讨厌他，心想，正好没和赵胜海去他家，去了非被他乱棍打出来不可。他悄悄地离开了人群，当即改变了直接劝说曹长山的计划。他深知，以目前曹长山对他的反感，他和赵胜海去了也是白去。可怎么劝说曹长山呢？他着实不想放弃曹长山这张好牌。

　　一路上，王发全想来想去，就想到了刘汉身上。在他看来，此刻他们的阵营中，也许只有刘汉出面，也只有刘汉的话，才能让曹长山信服。有了这一想法之后，他直接去了刘汉家。

　　刘汉听完王发全的叙说，爽快地说：“好，我跟你一起去劝说那个老别货。可是，咱们咋去呢，就这样直接去他家吗？”

　　王发全想了想说：“明天不就是八一节吗？咱们给他多买点东西，就以慰问残疾军人的名义去找他，你看中不中？”

　　刘汉说：“好呀！你和胜海在超市里拿些东西，咱们一起去找曹长山。”

　　就这样，吃过早饭，刘汉就带着王发全和赵胜海提着大包小包的东西来到了曹长山家。

　　到了家门口，曹长山却拦着不让进。

　　曹长山堵在门口说：“你们这是啥意思？要是用这个鼓动我干坏事，你们趁早把东西给我拿走，我不缺这个！”

　　刘汉笑着说：“叔，你知道不知道今天是啥日子？”

　　曹长山挠了挠头说：“啥日子呀，我不过生日呀！”

　　王发全赶忙说：“今天是八一节呀！你这老革命咋能忘了呢？”

　　曹长山急忙看手机，笑着说：“今天还真是八一节！”

　　赵胜海比画着手里的东西说：“刘主任慰问咱村里的退伍军人，这不，我们特意来慰问你来了。”

　　曹长山疑惑地问：“村里慰问？你们俩不是被免职了吗？张一枭和张福堂这俩书记为何不来，咋是你们来慰问？”

　　刘汉极力忍耐心中的不悦，说道：“老叔呀，我可没被免职呀！这次慰问是我个人掏腰包，是我个人的心意！八一节，是咱们军人的节日，我想表达一下我的心意。”

　　曹长山说：“刘主任，刚才我不是说你呢，如果是这样，你们进来吧！”

　　一行人来到曹长山家的客厅里，坐了下来。

　　曹长山将茶给大家泡上后，王发全端起茶杯喝了一口，连声称赞：“这茶真好，真香!"

曹长山笑着说:"你这个坏小子,老是骗我,今天要不是刘主任过来,我不会给你们沏这么好的茶。"

王发全巴不得曹长山往张一枭的陈年旧事上扯呢,急声说:"老爷子,你不要听张一枭他们的一面之词。我是村会计,我还能不知道村里的钱? 老爷子,你知道村里一年也就五六千块钱的办公经费,如果乡里没有给咱村拨土地流转经费,张一枭修村史馆、电商营销中心、青年活动中心的钱是从哪儿来的?"

刘汉说道:"这一枭,就爱出风头,你说说他搞那些青年活动中心还有村史馆有啥用? 当初我就不同意,他非要搞! 这段时间我一直在忙县里那个房地产项目,没精力管村里的事儿,我如果在村里,决不会让他瞎胡来,决不会让他这样糟蹋钱!"

曹长山勾着头认真地听着,赶紧问道:"你们等等,你们等等,刚才你俩说啥青年活动中心? 张一枭不是说,建的是老年活动中心吗,现在咋又成了青年活动中心呢? 他还说让我当老兵连连长,让我管理老年活动中心呢。"

赵胜海抢先说道:"老爷子,你还相信张一枭的话? 他那都是骗你的,这些工程建设都是我和发全领着干的,我们能不知道是老年活动中心还是青年活动中心? 张一枭要吸引年轻人回村搞乡村振兴,没有一个活动场所不中,没有活动场所留不住人,他要利用这个活动场所组织年轻人搞什么沙龙、派对,具体是啥玩意儿,我也不懂。"

刘汉问道:"老爷子,张一枭真给你说的是建老年活动中心吗? 真的要你当老兵连连长吗? 我是村主任,我怎么会不知道? 他再是第一书记,这么大的事儿他不会不跟我打个招呼,老爷子你说是不是?"

曹长山见三个人都这样说,顿时着急了,高声说:"刘汉,你给我说实话,张一枭真没给你说过让我当老兵连连长的事儿?"

刘汉冷笑道:"我的老叔呀! 咱们村里有民兵连,还用得着成立老兵连吗? 再说,你听说有哪个村成立老兵连的,这么简单的道理你不懂吗? 他这纯粹是糊弄你老人家!"

曹长山急得脸红脖子粗的,连声说:"这可坏了,这可坏了,我都给那些老家伙们说出去了,这这这,我咋有脸再见他们?"

王发全说:"老爷子,我给你说,张一枭这孩子鬼得很呀,他一心想的就是在领导那里出名挂号,随便编个理由就把你给骗了。"

曹长山怒声说:"这个小兔崽子,我现在就去找他,看他怎么给我说!"

赵胜海忙上前拉住了曹长山,说:"你这样去找他有啥用?你找到他,他给你来个死不承认你能怎么办他?到时候你除了落一个官迷的骂名什么也得不到。"

曹长山站住了身,疑惑地看着赵胜海说:"你说我该咋办?张一枭这小兔崽子,我决不能放过他!"

王发全说:"老爷子,你少安毋躁,你先坐下来,我给你出个主意,保管能让你当上这老兵连连长。"

曹长山坐了下来,问道:"发全,你说说,让我用啥法治张一枭?"

王发全说:"老爷子,您是有身份的人,即使跟张一枭闹,也得有个光明正大的理由。你知道咱们土地流转的钱因为啥没给清吗?都是被乡里挪用了。咱们就在这事儿上做文章。明天县里的领导都要到咱们北地实地督导土地整理项目,你就带着你那帮老哥儿们去拦车要账。一旦让张一枭看到了你的威力,这样你不用给他提老兵连的事儿,他自然会看你的脸色行事。"

曹长山看了看刘汉,问:"明天县领导真的过来?"

刘汉点了点头,说:"我们已经接到通知,让做好检查的准备,还专门提到,不能有村民上访。"

曹长山恨恨地说:"挪用老百姓的救命钱,看来乡里新来的这个书记也不是个好官!明天我就带人去找他们,新账旧账我要跟他们一起算!"

3.翻脸不认人

张一枭和张福堂跑到路口时,第一波肢体混战已告一段落,双方正在唇枪舌剑。

刘莽指着王大奎的鼻子骂:"王大奎,你算什么东西,敢管老子的闲事?"

王大奎不甘示弱地与他对骂:"刘莽,强买强卖欺负外地人,你算什么东西?有种你别走,看派出所怎么收拾你们。"

刘莽双手掐腰,歪着头和王大奎吵:"我呸!我就在这儿等着,看你能怎么我,你以为派出所是你家开的?"

张福堂走到了跟前,问道:"小杨,这到底是咋回事呀?"

杨洋说:"老书记,这个刘莽领着一帮人把住路口,不让人家送建筑材料的车辆进村,还把人家给打了,大奎叔过来拉架,他又跟大奎叔打了起来。"

张一枭看到拉建筑材料的人躺在地上痛苦地呻吟,忙走上前问道:"你的伤怎么样,咱们到医院看看?"

拉建筑材料的人点了点头。

张一枭掏出电话拨打了120:"120吗? 我是张庄乡张庄村的,在国道进入张庄村路口有人受伤了,你们抓紧时间来一下。"

刘莽看张一枭拨打120,冲到跟前,一把夺过张一枭的手机,狠狠地摔在地上,边推张一枭边骂道:"他妈的,张一枭,你小子想找打是不是? 谁让你打120,谁叫你打的?"

张一枭愤怒地瞪着刘莽,大声说:"刘莽,你拦路打人,知道不知道你这是在犯法?"

刘莽一阵冷笑,说:"犯法? 我犯法又能咋的,谁敢怎么我?"

张福堂走到了跟前,大声说:"刘莽,你想干啥? 这人都被你打伤了,怎么,你还要打一枭?"

刘莽不屑地看着张福堂,说:"我打他又怎么了? 把我逼急了,我连你也打!"

王大奎也走了过来,说道:"刘莽,你不要太狂了,你敢打老书记试试!"

刘莽见三人虎视眈眈地看着他,不由得后退了一步,冲身后的保安喊道:"你们都站在那里干啥,看笑话吗? 提着家伙过来!"

张福堂大怒,指着刘莽身后的几个保安喊道:"你们敢动手试试,反了你们!"

几个保安都认识老书记张福堂,上前走了几步,又退了回去。

刘莽见几个保安又退了回去,气急败坏地骂道:"你们这几个厮货,他就是一老家伙,你们怕个屌呀!"继而又转向张一枭,吼道:"来吧,我一个对你们仨,有种你们就动手呀!"

张一枭把已摔烂的手机捡了起来,说:"刘莽,你不要狂,用不着我们动手,自有人收拾你!"

刘莽一阵冷笑,狂妄地说:"收拾我? 我告诉你,张一枭,收拾我的人还没出生呢!"

刘莽话音刚落,几个警察走到张福堂的跟前,问:"张书记,这里又咋了?"

张福堂指着刘莽,愤怒地说:"就是他,领着那几个货在这儿拦路不让人家拉建筑材料的过路,看看把人家给打的,我们过来拉架,他还要打我们!"

看见警察来了,几个保安想溜。

王大奎高声喊道:"站住,你们给我站住! 把人家都打伤了,你们想溜,没门儿!"

领头的高个警察看了看已经慌了神的保安,说:"小张,把他们几个都带回派出所!"

刘莽见警察动真的了,慌忙给刘汉打电话:"哥,你快过来,快过来呀! 警察要抓我们呢!"

高个警察上前把刘莽的手机夺了去,黑着脸说:"刘莽,又是你!"

高个警察又走到伤者跟前,说:"你怎么样,叫120没有?"

张一枭说:"已经叫过了,应该快来了!"

刘莽在一旁跳着脚喊:"警察同志,王大奎也跟我动手了,你怎么不把他抓起来呀? 王大奎也参与打架了,你应该也把他抓起来呀!"

高个警察向王大奎望去。

杨洋急忙上前,说:"高所长,你别听刘莽胡说八道! 我可以做证,大奎没参与打人。他们在这里拦路打人,我和大奎叔听说后就赶了过来。他们正打人家呢,我们拦住不让打,他们竟然还对我们动了手!"

高所长上前踹了刘莽一脚,说:"你蹦啥蹦,给我老实点!"

刘莽疼得直咧嘴,高声骂道:"高黑子,你个王八蛋翻脸不认人啦,你敢打我,等会儿我哥来了看他怎么收拾你!"

高所长扬起巴掌吓唬道:"你还想挨揍是不是?"

刘莽急忙后退,连声说:"高黑子,我告诉你,王乡长跟我哥是把兄弟! 你还想不想在张庄干? 你再敢动我,我叫王乡长收拾你!"

高所长冷笑着说:"我以为你哥多大的靠山呢,不就是王刚吗? 你叫王刚过来收拾我呀!"

这时,刘汉一路狂奔地跑了过来,上气不接下气地说:"高所,高所,误会,误会!"

高所长怒声说道:"什么误会? 你看看你弟弟把人家打的!"

刘莽在一旁喊:"哥,哥,高黑子打我,高黑子打我!"

刘汉走上前,狠狠地扇了刘莽一耳光,嘴里骂道:"你这个惹事儿的老鸟,打你活该!"随后又走到高所长跟前说:"高所,高所,我负责给他们看病,赔偿损失,人不带走中不中? 兄弟,给我个面子!"

正在这时,120到了跟前。

高所长没理刘汉,冲张一枭喊道:"张书记,你们谁跟着把伤员送到医院?"

刘汉看了看王发全。

王发全急忙蹿上了车，说道："我跟着去，我跟着去！"

高所长看了看刘汉，说："刘主任，不是我不给你面子，是刘莽做得太过了！小张，把人都带走！"

派出所的车和120的车分别拉着人，响着警报离开了村口。

刘汉怔怔地望着远去的汽车，一时愣在了那里。

4.搬起石头砸了自己脚

曹长山心头一直喷燃着熊熊怒火。他是个直性人，一生直来直去，不喜欢藏着掖着，更不喜欢坑人骗人，搞阴谋诡计。此生别说骗人，他连句假话都没说过，所以他最恨别人骗他。一旦被他发现有人骗他，他一定会记在心里，一定要给那人一个教训，让他看到骗人的代价。

曹长山虽然也不信任刘汉、王发全等人，但委任他当老兵连连长这么大的事儿，张一枭竟然没有和刘汉商量，竟然不开村班子会进行研究，着实不通情理。刘汉毕竟是村主任，而且是很有魄力威信的村主任。张一枭在此问题上绕过刘汉，刘汉完全可以不承认这一任命。因此，如果张一枭想用他为村里的老年人服务，他是不会不和刘汉商量的，他是不会不在村"两委"上研究讨论的。刘汉不知道此事，只能说明张一枭根本就是在故弄玄虚编故事骗他。

令曹长山更为心痛的是，张一枭小小年纪竟如此心计、如此胆量、如此嚣张，不给他点教训，将来必然一发而不可收。他决心好好利用这次县领导实地督导的机会，给张一枭点颜色看看。

刘汉、王发全等人走后，曹长山就行动了起来，挨家挨户找人做工作，特意交代明天上午不要安排其他事情，集中去找县委书记讨要土地流转费用。在曹长山和王发全等人的宣传鼓动下，不光是村里的老年人行动了起来，其他年龄阶段的人也是义愤填膺，积极加入了上访队伍。

为了组织好这次行动，王发全派出6路人马，分别散在不同的路口，专等着县领导到达后，第一时间将村里的上访队伍拉到土地整理项目现场。

一切都在秘密地进行。

上午10点，县委马书记一行准时来到了土地整理项目现场。杨锐、王刚、张一枭、张福堂、刘汉等人早已等在这里。

马书记在周明礼等人的陪同下走下车后，和杨锐等人一一握手，一行人边走边聊，向项目工地走去。正在这时，陆续有人从四面八方围了过来，不一会儿就形成了一片黑压压的人群。

曹长山一马当先，冲在最前面，大声喊道："马书记，马书记，我要反映问题，我要反映问题。"

众人跟着喊：

"我们要反映问题！"

"凭什么克扣我们的土地流转费用！"

"还我们的钱！"

"再不给钱，就把地还给我们！"

"我们不租了！"

看到聚集的人群，周明礼的眉头顿时皱成了疙瘩，他恼怒地看着杨锐问："杨锐，这是怎么回事儿？"

杨锐转身看张一枭。

王刚正在冲着张一枭发火："张一枭，这是怎么回事儿？我是怎么给你交代的，你是怎么答复我的？"

马书记甩开众人，径直向人群走去，来到曹长山面前，说："大叔你好，我就是县委书记马正刚，你要反映什么问题呀？"

曹长山不信任地看着马正刚，说："你真是县委马书记？那我可得给你说道说道，你们原先说的，土地整理前一定要把流转金发放到位，为啥到现在还欠我们一半的钱呢？"

众人跟着喊："你们说话不算话，我们不租了！"

"把地还给我们！"

马书记看了看曹长山说："你们让我了解一下情况好不好？"

曹长山向人群挥了挥手，人群顿时静了下来。

马书记转向县土地开发公司高经理，问道："土地流转金怎么回事儿，县里不是已经把资金拨到你们公司了吗，为什么不给群众发到位？"

高经理的头上顿时大汗直流，嘴动了又动，没有说出话来。

马书记脸色骤变，大声说道："说话呀！今天当着这些父老乡亲的面，你给我说

第十五章　惹是生非

清楚钱到哪里去了,为什么不给群众发到位?"

高经理结结巴巴地说:"马……马书记,主要……主要是土地整理的资金还有点缺口,我们就想用土地流转金顶一阵子,本打算这几天就要给群众发呢。都是我考虑不周,我马上将资金给群众发放到位!"

马书记望了一下跟随督导的县乡干部,生气地说:"我反复告诫你们,示范区建设是项富民工程,建设过程中一定要把群众的利益放在前面,决不能让群众的利益受到损失,你看看,你们干的这是啥事儿?"

高经理慌忙道歉:"马书记,我们错了,下一步工作坚决改正,我们坚决改正!"

马书记走到曹长山跟前,说:"老人家,是我们没把工作做好,我在这里给大家道歉!"说着,马书记躬身给上访的人群深深鞠了一躬。

曹长山连连摆手,说:"马书记,马书记,这事儿不能怨你,不能怨你!"

马书记转向高经理,说:"下面的调研你也不用参加了,你给开发公司财务打电话,让他们带着钱现在就来村里,你要一家一户地登门还钱,一家一户地给群众道歉,今天无论多晚都要将资金全部发放到位。"

高经理立马说:"马书记,今天我们一定将资金全部发放到位。"

马书记走到群众中间,大声说道:"老少爷儿们,都怨我们没把工作做好,对不起大家了! 大家放心,土地流转资金一定会一分不少地发给大家。现在,我就让开发公司的高经理跟你们一起回村,什么时候他们将资金全部发放到位了,你们就什么时候让他们回去!"

人群中顿时响起了掌声。

在张庄村群众面前喊过话,马书记中断了调研,径直向中巴走去。杨锐、张一枭快步跟了过去,陪同调研的局长们也纷纷跟着往回走。

王刚跟着走了几步,又退了回来,快步走到周明礼跟前,问道:"姐夫,我是陪同书记调研,还是跟你回村里?"

周明礼怒声说:"你说呢,你是越来越能啦!"

王刚张了张嘴,没有说出话来。他已经预感到,姐夫将鼓动群众上访的账算在了他的头上,他这才意识到自己有多蠢,他看刘汉也跟在马书记屁股后面往前走,急声喊道:"刘汉,刘汉,你干啥? 快过来!"

搬起石头砸了自己的脚。刘汉也没想到事情是这么个结局,他知道王刚不会放过他,就故意装作没事人一样跟着马书记的调研队伍走。他心想,只要等王刚心头的怒火平息了下来,他就可以少挨一顿熊了。

听到喊声,刘汉停住了脚步,极不情愿地跑了回去。

周明礼看马书记上了车,胸中的怒火全发在了刘汉身上,连声质问道:"这是不是你搞的,你什么意思?办我丢人,让我下不来台?"

刘汉连连后退,辩解道:"周书记,你别生气,别生气,这肯定是张一枭操作的,他想为这些人要土地流转金,不好跟您明说,就用了这个赖招儿。"

王刚急忙在一旁打圆场:"这事儿怨不得刘汉,他昨天才从县城回来,一定是张一枭,一定是张一枭在作妖!"

周明礼转向王刚吼道:"你是干什么吃的,我是怎么给你交代的,你是怎么给我保证的?"

王刚的脸一红一红的,低声说:"姐夫,你放心,你放心,我一定不放过张一枭,一定不放过这个小子!"

周明礼冷冷地看了一眼王刚,向村里走去。他看王刚和刘汉还在那里傻傻地站着,生气地说:"你们俩还站在那里干啥,还真叫我一户一户给村民道歉吗?"

俩人慌忙追赶着周明礼向村中走去。

5.反思会

王刚知道,鼓动村里人拦路上访这件事,一定是刘汉的杰作,张一枭绝对做不出这样的事情。另外,他专门到曹长山家走访,从他的只言片语中,明显就能感觉出刘汉不但鼓动村里人上访,还一手导演了这一事件。

这帮蠢货!组织这件事之前,竟然连个气都没跟他通,把他也瞒得死死的!王刚越想越觉得窝囊,越想越感到气愤。

他想利用这次机会在马书记面前表现自己,没想到彩头没挣到,却让周明礼对他彻底失望了。

王刚快步撵上了周明礼,满脸堆笑地说:"姐夫,咱们到乡里吃点饭再走吧!"

周明礼冷冷地看着他,说:"你还有心思吃饭? 真是烂泥巴糊不上墙! 你还是别吃了,把群众的钱发到位再吃吧!"

王刚气得简直要抓狂。他恨刘汉笨,更恨张一枭的搅局。他认为,这一切都是张一枭造成的,没有张一枭回村,刘汉也不至于干这种傻事;如果张一枭不当第一书记,他也不至于在和杨锐的争斗中处处被动,说不定现在已经将杨锐排挤走了呢!他更不至于在姐夫面前落下个烂泥糊不上墙的印象。

王刚觉得这件事不能轻易了结,张一枭给他捅了这么大的娄子,他必须让张一枭长点记性。正好刘汉回村了,他要利用这个机会让张一枭停职,让刘汉全面主持村里的工作。

第二天一大早,王刚就特意来找杨锐,生气地说:"杨书记,我们这段时间的工作成绩全被张庄村群众上访搞黄了,这事儿不能轻易算完,要追究相关人员的责任!我建议,我们俩专门到张庄村去一趟,要好好处理一下这件事儿。"

杨锐看了看王刚,说:"可以,你安排吧,定好什么时候去,给我说一声。"

王刚急着处分张一枭,第二天下午就和杨锐一起来到了张庄村。

到了村里,王刚就冷着脸对张一枭说道:"你抓紧通知村'两委'班子成员和所有驻村干部来村部开会,告诉他们不准请假!"

张一枭走出会议室,一个一个打电话通知。

张福堂看杨锐和王刚的脸色都不好看,给他们沏上茶后,也从会议室走了出来。

到了张一枭身边,张福堂低声说:"一枭,你看出来没,兴师问罪来了!"

张一枭笑了笑,说:"大伯,等会儿开会时,不论王乡长说什么,你都不要说话。"

张福堂问:"为啥不说话?"

张一枭说:"这是杨书记交代的,让王刚尽管发飙,他自有安排!"

张福堂似懂非懂地说:"那好吧!"

张一枭说:"大伯,你回去吧,先陪他们说说话!"

接到电话,刘梦羽第一个来到村部,她快步走到张一枭跟前,问:"一枭哥,今天开会啥议题呀?"

张一枭把刘梦羽拉到一旁,低声说:"梦羽,杨书记和王乡长都来了,很可能是追究责任来了。"

刘梦羽睁大眼睛说:"他们追究啥责任,追究谁的责任?"

张一枭说:"当然是追究我的责任了!咱村的人拦着马书记上访要钱,他们一定会责怪我没把村子管理好。"

刘梦羽生气地说:"我听说群众上访都是王发全搞的鬼,怎么能怨你呢?"

张一枭忙说:"你小点声!你先到会议室吧,我在这儿等等其他人。"

刘梦羽不高兴地说:"我在这儿陪着你,我才懒得看他们找事儿的脸!"

张一枭问：“梦羽，这次出去考察感觉怎么样？”

刘梦羽激动地说：“收获太大了，我没想到电商在农村普及得这么快，我参观的那个村子，一个村的人都在做电商，那个规模、那个销量简直不可想象！”

张一枭说：“梦羽，我们的电商营销中心也要扩大规模，你可以在村里的微信群里发个公告，欢迎在外打工的年轻人回乡参与电商致富，现在我们村需要大量的年轻人回乡创业呀！”

刘梦羽快人快语：“一枭哥，这件事以后再说，我先问问你，这段时间我爸和他手下那帮人是不是天天和你作对？”

张一枭苦笑了一下，没言语。

刘梦羽气愤地说：“我都听说了，李二柱阻工，我二叔堵路，王发全鼓动村里人上访都是冲着你来的，他们怎么能这样呢？”

俩人正说着话，前来开会的人陆续到达了村部。

张一枭说：“梦羽，咱们也进去吧！”

王刚见人都到齐了，抢先说道：“今天把大家召集过来，召开一个问题反思会，就是要围绕张庄村这段时间发生的一系列问题，特别是群众集体上访事件，集中反思问题发生原因，集中查找问题的症结所在，集体研究下一步的工作措施。大家要畅所欲言，各抒己见。”说着，他看了看刘汉，接着说道：“刘汉同志，你是村主任，你先说说吧。”

刘汉坐正身子，开始发言。王刚早已和他商量好了，这次会议的目的就是集中向张一枭开炮，由他负责一一展现张一枭这段时间的工作失误，王刚则负责在会上发飙，从而一举卸下张一枭对村里的主导权。

刘汉说道：“村里出了群众集体上访事件，我很痛心，作为村主任我负有领导责任，这里我向大家检讨。但是我要说明的是，这件事的发生既偶然又必然，你们看看村里现在已经成了啥样？阻工、堵路、打架斗殴，整个村子闹得鸡飞狗跳、一塌糊涂！”

张福堂气得满脸通红，几次想打断刘汉，都被一旁的张一枭给拉住了。

刘汉说：“之所以出现这种情况，就是因为张一枭在村里搞什么‘一编三定’，让那些没有任何工作经验的无职党员管理村庄，因工作方式简单粗暴，造成群众激烈反弹和不满。据说这次群众上访的领头人曹长山，就是因为张一枭给他许诺的老兵连连长没兑现，心中不满，继而产生了带群众集体上访的念头。你们大家说说，老兵连连长,这是啥,这是瞎胡闹! 哪个村有老兵连?"

刘梦羽猛地站起,大声说:"爸,据我所知,群众集体上访是王发全鼓动造成的,你咋能把责任都安在张一枭身上呢?"

刘汉狠狠地瞪了刘梦羽一眼,说:"你小孩子懂啥? 坐下,别说话!"

刘梦羽还想辩论,却被王刚拦住了,王刚冲刘梦羽摆了摆手,说:"梦羽你先坐下,我说几句。"

刘梦羽坐了下来,不满地看着刘汉。

王刚说道:"我觉得刚才刘汉同志说得非常好,这段时间你们村工作上不去,关键就是张一枭这个第一书记当得不称职,他不懂农村工作不说,却一心想着出名挂号,搞一些花里胡哨的东西。我建议,停止张一枭第一书记职务,张庄村的工作由刘汉同志负总责,以后张庄村所有工作都要向刘汉同志汇报。杨书记,我看会议就这样吧!"

张福堂气得直喘气,起身就要争辩,却被张一枭死死地拉住了。

杨锐冷冷地看了王刚一眼,说:"等等! 既然是反思会,既然要畅所欲言,怎么光能由你们两个唱独角戏,让大家都发发言,你怕啥?"

王刚怏怏地说:"好吧,大家都发发言吧!"

杜文正说:"我是张庄村的驻村工作队队长,这段时间我也一直在村里工作,我说几句。"

王刚急声说:"文正,你说你说,不过你说话要客观公正。"

杜文正说:"王乡长,我敢用我的党性保证,我说的每句话都出于公心。我先说说集体上访事件,据我调查,就是王发全和赵胜海组织的。他们一方面鼓动曹长山带村里人上访,一方面派出3路人在各个路口探听马书记的行车路线,为的就是赶在马书记到来的第一时间让村民们赶过去。我再说说阻工和堵路问题,这两起事情就是李二柱、刘莽采取的有组织、有预谋的破坏行动。他们为什么要阻工和堵路呀? 就是为了要让村里的工程全部使用他们的建筑材料。"

听杜文正这样说,刘汉的脸顿时变了,眼睛求救般地向王刚望去。

王刚厉声说道:"杜文正,今天是研究群众上访的事情,你少在这里东拉西扯说那些没用的!"

杜文正想辩解,看杨锐给他示意,便住了嘴。

杨锐清了清嗓子,说:"同志们,我说说群众上访和阻工问题。对于群众上访问题,周书记临走时专门跟我交代说,这个问题的责任在县里和乡里,是县土地开发公司没有及时将资金发放到位,是我们没能及时发现问题、解决问题,这个责任不在村里,不能怨群众。周书记专门说,让我代表他向村里的村民道歉。"

张一枭和张福堂激动地看着杨锐,心中有说不出的感动,他们为遇到马书记、周书记这样的好领导而感到幸运,俩人更加坚定了要做好示范区工作的信心。

刘汉明显没有了以往的飞扬跋扈,两眼直直地看着杨锐,聚精会神地听着。

杨锐看了看刘汉,说:"关于阻工问题,刘汉同志,既然你已经回到村里工作,解决阻工问题就由你全权负责吧,希望你好好做做他们的工作。你告诉他们,就凭强买强卖和聚众斗殴这两条,派出所完全就可以把他们弄进去,希望他们不要在错误的道路上越走越远,到时候恐怕你我都帮不了他们!"

刘汉连忙应承,说道:"好的,好的,杨书记放心,杨书记放心,我一定好好做他们的工作。"

杨锐转向张一枭说:"现在村里的老人越来越多,老年人的教育管理也是我们必须面对的新课题。张一枭同志准备成立的老兵连很有创意,希望一枭同志抓紧把这项工作启动起来,尽早为老年人的教育管理探索好的经验做法。好吧,今天的会议就到这里,散会!"

王刚没想到会议就这样结束了,他恼怒地看了看杨锐。

杨锐却对他视而不见,对张一枭说:"一枭、福堂、刘汉,咱们到阻工地点去看看。"说着,径自向门外走去。

张一枭和张福堂起身跟了过去。

刘汉看了看王刚。王刚的脸黑青,鼻孔里直喘粗气。

刘汉犹豫了一下,起身撵了过去。

6.饺子宴

反思会召开的第二天,李二柱摆放在街道上的砖头便清得干干净净,刘莽和村里的几个混混一夜之间也没了踪影。

张福堂来到村部,高兴地说:"一枭,街上的砖头没有了,清得干干净净的,一块都没有留下! 你说得真对,这帮家伙就是纸老虎,看他们平时嚣张跋扈的,真是要对他们上手段,一个个跑得比兔子还快!"

张一枭说:"大伯,我真不希望他们都被抓进去,不过这帮人也的确需要好好整治整治。"

张福堂笑着说:"一枭,这恐怕不是我们想不想的问题,我听说县里相关部门已经盯李二柱这个团伙很久了,他们不知觉醒,还在作恶,真是应了那句老话,善有善报,恶有恶报,不是不报,时候未到。我们不说他们了,咱商量一下老兵连的事情吧。"

张一枭说:"大伯,你啥意见?"

张福堂说:"要不是杨书记又提起此事,我就不想让你再弄了。这个曹长山真不像话,我们都给他说好了,他还在那里听王发全胡说八道,真是老糊涂了!"

张一枭低声说:"大伯,这次可不是王发全鼓动的,是刘汉亲自上门做的曹长山的工作。"

张福堂生气地说:"这个刘汉,太不像话了! 那天杜文正咋没把刘汉说出来呢?"

张一枭说:"是杨书记没让他在会上说,现在村里的工作还需要刘汉,杜委员在会上把他给撂出来,事情不就杠上了? 不论是对我们大家还是对村里的工作都不好。"

张福堂说:"这样的话,就给曹长山发个聘书算了,不隆重搞成立仪式了,这也算是个对他的惩罚。"

张一枭摇了摇头说:"大伯,我和你想法不一样。我觉得,越是这样越要把仪式搞隆重。曹长山要的是面子,我们只有不计前嫌给够他面子,他才能不再被刘汉他们利用。这次我们不给够他面子,与他心里结下疙瘩,刘汉那帮人日后肯定还会在他身上下蛊虫。"

张福堂想了想,说:"一枭,你说的有道理,就按你说的办吧!"

经过几天的筹备,张庄村老兵连成立仪式暨全村老人饺子宴在村文化广场正式开场了。

村文化广场装饰一新,四周彩旗飘扬。

一群老头老太太在广场上敲锣打鼓扭秧歌,周边围满了看热闹的人群。

一旁的老年人活动中心也是一番繁忙景象,院子内"一"字摆开八张大案子,几十名妇女围在案子两旁,有盘面的,有擀面的,有包饺子的,大家在有说有笑地忙碌着,一片欢乐景象。

曹长山把过寿的新衣服都穿了出来,激动地在广场来回走动着,时不时指挥人搬桌子、拿话筒,精心布置会场。

等到了上午10点,张一枭和张福堂、杜文正等人走出村部,坐上了主席台。

杜文正问张一枭:"刘主任又不来了?"

张一枭低声说:"给他打了3次电话,他说家里有事儿,不来了!"

张福堂看广场上人山人海的,冲张一枭说:"一枭,我看人来得差不多了,现在开会吧!"

张一枭点了点头。

张福堂扶了扶话筒,大声说道:"乡亲们,请大家安静一下,请大家静一静!"

人群顿时静了下来,大家的目光一齐聚集到了主席台上。

张福堂说道:"下面,我宣布张庄村老兵连成立仪式进行得正式开始。会议进行第一项,请驻村工作队队长杜文正同志,向老兵连首任连长曹长山同志颁发聘任证书,大家欢迎!"

曹长山一路小跑地走上主席台,恭恭敬敬地接受了杜文正颁发的聘任证书,之后深深地向台上台下各鞠了一躬。

等曹长山在主席台上坐了下来,张福堂说:"下面,请我们村的老兵连连长曹长山同志讲话,大家欢迎!"

曹长山的一帮老哥们儿狠命地拍手,高声喊:"好,好!"

曹长山清了清嗓子,对着话筒说:"乡亲们,村里的老哥们老姐们,今天是咱们的节日呀!村里成立老兵连说明啥?说明村'两委'想着我们老年人,想为我们的晚年幸福提供一个更好的环境。在此,有两件事我在这里宣布一下。第一件事儿是老兵连的职责。我们的职责有三项,一是组织老年人开展文体活动;二是帮助解决老年人的生活困难,以后村里的老年人谁有困难,谁有过不去的坎儿,就找老兵连,我们共同想办法解决;三是帮助老年人维权,以后再有人不孝顺老人,甚至虐待老人,我们老兵连决不答应!"

下面顿时响起雷鸣般的掌声。

曹长山挥了挥手,说:"下面,我宣布第二件事儿!对于村中个别老年人的生活困难问题,乡党委和村'两委'非常关心,乡里给了我们村5个公益性岗位,交由老兵连进行分配,我们老兵连班子研究后决定将这些个公益性岗位给村里最困难且有劳动能力的5个人,分配名额就在村里的公示栏上,欢迎大家进行监督。最后,我宣布,我和其他两位老兵连副连长,我们全部是无偿为村里的老年人服务,我们不收一分报酬,这也请大家进行监督,谢谢大家!"

台下又响起了掌声。

待掌声平静了下来,张福堂说:"乡亲们,下面请我们的第一书记张一枭同志讲话!"

张一枭拿起话筒,站起身说:"村里的老人们,爷爷奶奶们,首先我祝福你们健康长寿! 刚才曹连长讲得非常好,成立老兵连就是为了让大家有个幸福的晚年! 这是老兵连的目标也是我们村'两委'的目标,我们一定会想方设法为大家服务好,让大家安享晚年! 下面,欢迎大家到老年活动中心参观,中午我们全村人集体吃饺子宴!"

7.退村入园

村部的老兵连成立仪式进行得热火朝天。刘汉的厂子里,一场行动密谋也在被激烈讨论着。

李庆着急地说:"老刘,你们是怎么搞的? 张一枭没受伤,你们却差一点被拐进去!"

王发全白了他一眼,说:"关键是有杨锐那个家伙给他撑腰! 要不是杨锐,那天开会王乡长就把张一枭的职给停了。"

刘汉不耐烦地说:"算了,算了,过去的事情就不要提了,大家说说下一步怎么办吧。"

李二柱抬头问道:"主任,我听说刘莽躲出去了,我需要不需要出去躲一阵子? 等扫黑除恶专班来了后,可是想跑就跑不了啦!"

刘汉生气地说:"二柱,有我在,你怕啥? 刘莽哪是出去躲避了? 他是出去办点事儿,很快就回村了!"

李二柱低声说:"这就好,这就好!"

刘汉看了看王发全,说:"发全,你说说下一步怎么办?"

王发全想了想说:"下一步的行动计划我还没想好!"

李庆不屑地看了众人一眼,说:"我给你们出个主意怎么样?"

众人一齐向李庆看去,刘汉也说:"李老板,你说,你说!"

李庆脸上露出一丝奸笑,说:"叶知秋的养殖场不是快开建了吗? 你们想想,一

此水此山此地

个大养殖场，几万头猪一天要拉多少粪便，会造成多大的环境污染？其他不说，光臭气就让你们没法在这里生活。王发全，你说是不是？"

王发全的眼珠子滴溜溜一阵转，高兴地说："高，高，真高！"

赵胜海瞪了王发全一眼，大声说："你高个屁呀！高，高，高，有啥可高的？"

王发全也不理赵胜海，兴奋地说："李总真是高明！我们就拿养殖场污染环境做文章，坚决阻止他们在我们村建设养殖场。这样一来，张一枭的所有愿望不就落空了吗？"

李二柱脸上露出了笑容，说："发全，我也觉得李总的这个办法可行。现在上面对环保问题非常重视，只要我们把事情闹大，张一枭的养殖场就完蛋了，我们要用这个好好治治张一枭。"

李庆抢嘴说："关键是也治治叶知秋那个臭女人！"

刘汉心里窝着一团火。他没想到这段时间在与张一枭的诸多较量中，他竟然屡战屡败，被张一枭逼得节节败退。他原来一直认为，在张庄村有八大金刚给他撑腰搭台，任凭张一枭如何折腾，都难以撼动他在张庄村的势力和地位，张庄村始终都会是铁桶一般。令他完全没有想到的是，张一枭竟然搞出了个电商众创空间，把村里的年轻人全拉到了身边，和他形成了势均力敌的态势。让他更加胆战心惊的是，张一枭通过无职党员"一编三定"，牢牢抓住了村里的党员群体，从而一举改变了力量格局。他很清楚，如果不采取奇招应对，用不了多久，他在张庄村的势力范围就会被挤压成眼前的几个人。

刘汉觉得，李庆提出的方案最多只能让张一枭在乡领导面前丢丑和没面子，对于他改变当前这种被动局面并没有多大帮助，真正能改变局势的还是村里的厂子退村入园这件事。参加乡里的动员会时，他心里就冒出了这个念头，当时他就感到改变局势的机会来了，他要利用这次机会，让张一枭成为村里十足的恶人，只要张一枭把村里的大部分人都得罪了，这些人自然就会倒向他。

李庆看刘汉对他的提议迟迟没有反应，忙说道："老刘，你在想啥呢？你觉得我的方案怎么样？我给你讲，我这个方案可谓是一箭双雕，不仅可以伤到张一枭，还可以整治整治叶知秋那个臭女人！"

刘汉嘿嘿一笑，说："李总的这个提议不错，我们可以择机施行。不过，要想真正削弱张一枭的力量，光在养殖场上做文章还不够。"

李庆问道："老刘，你是不是已经有了更好的办法？"

刘汉点了点头,说:"退村入园,村里的厂子要退村入园。你们想想,村里人谁愿意把自己的厂子迁到工业园区?我们只要挑起村里人与张一枭的敌对情绪,以后我们就不这么被动了,我们一定要抓住这个机会。"

王发全急声问道:"什么,村里的厂子要迁到工业园区?迁到工业园区,是不是还得交租金呀?"

刘汉说:"肯定得交租金呀!进了园区后,不但要交租金,还得交税。"

赵胜海嘎嘎地笑了起来,边笑边说:"这就好,这就好,只要张一枭强推这项工作,一个村子的名头人都要与他为敌,我们再借机安抚一下大家,人心就又回到我们这一边了。"

刘汉看了赵胜海一眼,严肃地说:"我也是这样想的。发全,这件事就交给你和胜海来谋划。你们要好好拟定一个计划,对于如何挑起矛盾、如何安抚大家、如何圆满收尾,都要谋划周全。我给你们说,这可是我们打翻身仗的重要机会,我们一定要抓住。"

王发全点头应允道:"主任,你就放心吧,我和胜海一定把这件事谋划好,我们也着实该打一场漂亮的翻身仗了!"

赵胜海抢过了话,狠狠地说:"通过这次搏杀,我们一定要让张一枭再无翻身的机会!"

第十六章 绝地反击

1.强制拆迁

　　杨锐很清楚,让各村的小厂子退村入园定是块难啃的骨头。将厂子迁到工业园区,离家远不方便不说,进园区以后还需要交厂房租赁费,这无形中就要增加不少成本。综合多种因素,各村的小企业主一定会强烈地抵制退村入园工作。他也知道,这项工作能否顺利推进,关键就在于张庄村,全乡的厂子大部分都集中在张庄村,光板材厂和门厂就有几十家,这些厂子像牛皮癣一样散落在村子的周围,不但占用了大量耕地,还成了乡里环境污染整治的重灾区。只要把张庄村的这些厂子顺利迁到工业园区,其他村子的厂子进园区就不会成为问题。乡班子会上,王刚武断地说,这次小厂子退村入园工作就从张庄村开刀,只要拿下了张庄村,其他村的小厂子就会乖乖地进入工业园区。王刚认为,那些村民根本就不会同意厂子搬迁,所以做思想工作根本就不管用,要想推动这项工作,就得成立强拆队,乡干部全体出动,直接用推土机推掉即可。杨锐深知,王刚说的办法虽然省事管用,但是会带来一系列的上访问题,弄不好还会影响整个示范区的建设,是万万不能实施的。如何迅速稳妥地推动这项工作,他必须和张一枭好好商量一下。

　　杨锐带着诸多顾虑来到了张庄村。此刻,张一枭正和张福堂、刘梦羽、王大奎一起商量古村开发的事情。杨锐来了后,刘梦羽和王大奎起身要离开,却被杨锐拦了下来。

　　杨锐笑道:"你们俩不用走,我来这里就是想开个诸葛亮会,和大家一起商量一下如何推进村里的厂子退村入园的工作,和你们正在议的古村开发关系很大。"

刘梦羽和王大奎起见杨锐这样说，又坐了下来。

张一枭问道："杨书记，你说要让村里的小厂子全部退村入园？"

杨锐点了点头，说："今天上午刘汉主任去乡里开的会，他回来没给你传达会议精神？"

张一枭说："刘主任今天下午去县城了，可能是走得急，还没顾上给我们说。"

刘梦羽接过了话，解释说："我爸说他的地产项目有急事，中午就火急火燎地去了县城。"

杨锐说："县委马书记要求加快示范区建设进度，示范区内的规模企业原则上全部退村入园。周书记在马书记面前立了军令状，要在一个月内完成退村入园工作。今天上午的会议就是周书记主持召开的，并且周书记点名这项工作要从我们张庄村启动。"

王大奎高兴地说："这是件好事呀！刚才，我们几个还在说这件事呢，张庄村要搞古村开发，搞乡村旅游，村子中和周边的板材厂、门厂必须迁出去，否则根本就没人来。"

刘梦羽说："是呀，是呀！村里村外有这些小厂子，噪声大不说，厂子里还冒黑烟、气味大，环境不好，谁会来这里游玩呀？"

杨锐说："梦羽说得对，按照规划，张庄村将要建成风景如画的田园综合体，村内除一些民俗商品手工作坊外，所有工业企业全部要进工业园区，所以村里的厂子退村入园工作是必须开展的。"

张福堂大方地说："杨书记，你是不是担心这项工作很难做？你就放心吧，我们村现在有党员工作队，再难攻克的碉堡都能给你拿下！"

王大奎说："杨书记，现在县里和乡里正式开始布置这项工作了，我们就有主心骨了，腰杆也更硬了。照我说，可以把这项任务交给各个党员工作队，让党员分包到户去做工作，我觉得按照周书记规定的时间节点，完成任务应该问题不大。"

杨锐看了看张一枭，说："一枭，你觉得呢？"

及早把散落在村里四周的小厂子迁出去，张一枭已经对这个问题考虑很久了。工业园区开建后，他就想到了要把村里的厂子迁到工业园区，没想到这一想法和县乡领导的意见不谋而合。可要推动这项工作，绝不会像王大奎说的那么简单。对于村里有厂子的人来讲，这些厂子就是他们的全部家底和命根子，如果没有让他们心动的优惠政策，他们是决不会同意厂子搬迁的。这项工作办起来要比土地流转复杂得多,决不能贸然实施,否则后果不堪设想,很可能会激起村里人强烈的抵触情绪。

张一枭说:"杨书记,说实话,我觉得没那么乐观。"

张福堂和王大奎一齐疑惑地看着张一枭,齐声问:"因为啥?"

张一枭说:"大奎叔,你的厂子也在村里,你会主动搬吗?"

王大奎的脸一红,嗫嚅地说:"我……我……我还真没想到这儿!"

张一枭说:"厂子搬迁不同于土地流转,搬厂子是要产生一定费用的,并且将厂子搬到工业区还要交厂房租赁费,我们光靠做思想工作恐怕行不通。"

杨锐点了点头:"一枭,你说的这个问题,我和周书记也想到了,我们已经研究过了,凡是主动搬迁的,一个厂子补助1万块钱搬迁费用,另外凡是年缴税超过30万的免租赁费。"

张一枭看了看王大奎,问:"大奎叔,刨除让你带头完成任务不提,你如果作为一名普通村民,按照杨书记说的优惠政策,你会搬吗?"

王大奎老实地说:"如果抛开党员带头完成任务,有这优惠政策我也不会搬。因为咱们村的厂子大部分都是享受的小微企业免税政策,基本上没怎么交过税,搬到工业园区后,一切都正规了起来,恐怕再想享受那个优惠政策就不可能了。"

张福堂说:"照你们这一说,我也觉得这项工作还真不好做。杨书记,乡里是啥意见?"

杨锐说:"按照王乡长的意见,是乡里成立强拆队到村里强制拆除,逼着大家必须搬到工业园区去。"

刘梦羽生气地说:"他凭啥,他搞强拆有政策依据吗?老百姓会上访告状的!"

杨锐笑了笑,说道:"梦羽,你要说强拆的政策依据,还真有!你们村的厂子绝大部分都是在自家承包地里建的,都是占用的耕地,现在省里正在开展整治乱占耕地的问题,王乡长提出的强制拆除办法并不违反相关规定。"

张一枭说:"杨书记,我觉得这个办法不可取。"

杨锐叹了口气,说:"我也觉得这样不好,但是这也是没有办法的办法。如果劝说工作实在做不下去,只得依法对违占耕地的厂子进行拆除。"

张福堂说:"杨书记,我也觉得这项工作还是稳妥着开展为好,能不采取强拆的办法最好不要强拆,等刘汉主任回来后,我们商量个意见再给您报告好不好?"

杨锐说:"今天我来这里就是想和大家商量一个稳妥的办法,不到万不得已我是不会采取强拆的。"

张一枭看了看杨锐，说："杨书记，现在我着实没想好该怎么推进这项工作，我想请你给我两天的时间，我在村里搞一下调查，摸一摸大家对厂子搬迁的真实想法和诉求，之后我们再商量推进的办法好不好？"

杨锐说："好呀！没有调查就没有发言权，等你把情况摸清楚了，我们再商量具体的办法！"

2.上天的眷顾

刘汉晚上从县城回来后，就把王发全和赵胜海叫到了家中。乡里对退村入园工作抓得非常紧，周书记在会上明确提出一个月内必须完成所有厂子的搬迁任务。他到乡里开完会，为了让王发全想对策，他已经将会议精神压了一个下午，明天必须在村"两委"班子会上商议这项工作，否则将来任务完不成，张一枭完全可以把责任推在他的身上。在会上，他已经感受到了周书记和王刚的态度，一个月完成搬迁是硬任务，为了完成任务将不惜采取强拆的办法。他觉得，如果采取做工作让村里人主动搬迁的办法，根本就不可能在一个月内完成任务，所以这件事十有八九会采取强拆的办法。这也是他动了全面阻击张一枭念头的根本原因，只要张一枭配合乡里搞强拆，他就会成为千夫所指的恶人，到那时人心自会转到他的这一面，他只需做些鼓动和引导工作，就能把村里人心头的熊熊烈火点燃起来，就会把张一枭烧得粉身碎骨。他隐隐感到，这是上天对他的眷顾，给了他一次扳倒张一枭的绝好机会。机会稍纵即逝，如果这次机会他再抓不住，以后再想扳倒张一枭可就真的难了。

王发全也感到机会来了。这段时间由于大气污染整治，村里的厂子都已经关停了很久，这些开厂子的人个个一肚子怨气。现在竟然又要将厂子搬入工业园区，正好给了大家一个发泄不满的机会。他坚信，不论张一枭他们怎么做工作，这些人都是不会搬的。只要把矛盾挑起来，村里的小企业主定会把所有的怨气都撒在张一枭身上。只要他们一切筹划得当，此举定会让张一枭在村里难以立足，他也可以借此一雪前耻，跟张一枭把新仇旧恨好好算一算。

刘汉看王发全一副运筹帷幄的样子，微笑着问："发全，你是不是已经有主意了？"

王发全嘿嘿一笑，说道："主任，还是你高明呀！这件事我越想越觉得妙，越想越觉得机会难得，只要这次我们运作好了，就可以一举扳倒张一枭。"

赵胜海抢过话，说道："主任，我们已经想好了连环计，你放心，这次决不会掉链子，一定要让张一枭成为全村的大恶人！"

王发全不满地看了看赵胜海，抢嘴说道："我的计划分三步。第一步，要想方设法先把大家对乡里、对张一枭的不满情绪挑起来；第二步，利用大家的不满情绪，鼓动他们以养殖场污染为由头前去阻工；第三步，将所有问题罪过都摁在张一枭身上，发动村里人到他家去闹事，逼他离开村子。"

赵胜海看刘汉眯缝着眼没吱声，复又插言道："这就是我们制订的连环计，计划中的三个步骤一环套一环，一环比一环狠！"

刘汉点了点头，说："好，好，我觉得这个方案可行。"

王发全紧皱的眉头舒展了开来，说："整个方案的关键在于第一步，我们必须让村里人知道厂子退村入园工作是张一枭提出和主导的。另外，要是在工作推进中采取点儿过激手段就更好了，这样就更能把大家心中的怒火给激出来了。"

赵胜海不等王发全说完，又抢过了话说："主任，主任，你不知道，现在村里那些开厂子的人心里都窝着一肚子火呢，对乡里、对村里意见大得很呢！"

刘汉疑惑地看着赵胜海，问："是吗？因为啥呀？"

赵胜海激动地说："还不是因为查环保吗？村里的厂子都关停好长一阵子了，现在外面市场上到处要板子，我们干着急就是不能开工，大家谁不着急？都在四处骂娘呢！"

刘汉脸上露出了一丝难以觉察的笑容，随即又严肃了起来，低声说道："发全，你说的采取过激手段应该不难。今天上午开会时，王乡长提出乡里要组织强拆队，对不服从搬迁的厂子要实行强制手段呢，我看周书记也没反对。我再想法做做王刚的工作，只要乡里的强拆队一进村，我们的事情就成了。"

王发全激动地用力一拍双膝，高声说道："真是天助我也！主任，主任，我们的机会真是来了，我们可一定要抓住这个机会呀！"

刘汉点了点头，说："你说说，明天在村'两委'会上，我应该怎么说？我应该怎么把这项工作甩给张一枭呢？"

王发全看了看刘汉，陷入了沉思。

赵胜海说道："这还不简单？张一枭给你安排，你不接就是了。"

刘汉说："我就担心杨锐参加明天的村'两委'班子会，如果杨锐硬把这项工作安排给我就麻烦了，毕竟我是村主任，我也不好当面拒绝呀！"

王发全又想了想,说:"主任,你千万不能牵头推进这项工作,如果一旦让你牵了头,我们所有的计划就全泡汤了。这样,等梦羽回来,你问问她,看明天的会议杨书记参加不参加。"

刘汉问:"如果参加怎么办?"

王发全说:"他如果参加,你就打电话把会议精神给张一枭说说,就别参加会议了。如果杨书记不参加会议,你到会上把乡里的会议精神一传达,就以工地有急事为由赶紧撤!"

刘汉满意地笑了,说:"好,就这样办! 我给他们这样说,县城的工地出了事儿,这段时间我都需要待在县城处理事情,村里的事儿都交给他们办!"

王发全重重地点头,说:"对对对,就这样说,你只要能躲到县城去,剩下的事情都交给我们来办。"

刘汉问道:"你看我该什么时候召集咱们的人一块儿聚聚,拉拢拉拢感情呢?"

王发全认真地说:"这件事先往后放放吧,等第一步计划全面实施后,等大家的敌对情绪全都调动起来后,我们再组织酒场。当前首要的还是造舆论。等明天的村'两委'班子会一开,我就和胜海四处宣传张一枭为了搞旅游开发,要对村里的厂子下手了,要把村里的厂子全部清理到工业园区去,谁不同意就强制拆迁,到时候还要抓人。"

赵胜海兴奋地说:"对对对,主任,你就安心到县城去吧,我和发全干这事儿最拿手,我们一定会让大家对张一枭恨之入骨!"

3.两难选择

第二天上午,刘汉早早地就去了村部。

大家刚坐下,刘汉就抢先说道:"一枭,我县城的工地出了点事儿,我还需要急着赶回去,我先把昨天的会议精神给大家传达一下吧。"

张一枭看了看刘汉,说:"好的,你先说吧。"

从刘梦羽口中得知杨锐来过村里,并且已经把小厂子退村入园的会议精神告诉了张一枭后,刘汉心里便感到杨锐根本就不相信自己。杨锐原本就没指望他来完成这项工作任务,否则杨锐来村里绝不会不跟他说一声。想到这些,他心里酸酸的,不由得生出了满腔嫉恨。在以往,乡里安排张庄村的任务,哪项工作不是先跟他商量,哪项工作不是他把关定向，现如今他这个村主任竟然成了张庄村的局外人，成了可有可无之人！这一切的一切，都是张一枭那个王八蛋造成的，张一枭不仅抢占了他在乡里的地位，还在张庄村蚕食他的势力，几乎把他变成了孤家寡人。这个仇他不报，这种恨他不解，他怎么能安心？

刘汉独自气了一阵子，恨了一阵子，便又开始劝自己。他气愤地想，这样更好！杨锐你小子不是不指望我吗？我正不想沾染这件事儿呢，我正好可以借此撇得干干净净，正好可以毫无顾虑地实施王发全的连环计。杨锐，你不是认为我是可有可无之人吗？我要让你看看，在张庄村没有我刘汉你能不能办成事。我要不把这件事弄得你身败名裂我不姓刘！这样一想，他心里便平和了许多。他觉得，此刻他必须控制住自己的情绪，用心配合王发全他们把戏演足演好，特别是在村"两委"班子会上，他要彻底把身段降下来，平心静气地跟大家讲述他无法参与这项工作的理由，务必逃过张福堂那个老狐狸的眼睛，只有这样才能打他们一个措手不及。

刘汉环视了一下众人，说："我长话短说，昨天会议的主要精神是村里所有厂子都要搬迁到工业园区，为了推进这项工作，乡里要成立强拆队，对那些不听话的村民将采取强制拆除的措施，乡里要求我们村里全力配合好乡里的工作。"

张一枭动了动身子，说道："刘……"

刘汉强行拦住了张一枭，说道："一枭，你不要打断我，等我说完你再说。会议精神就这么多，我在县城的那个地产项目出了点事儿，我得抓紧过去处理，这段时间不在村里，村里的工作就由一枭负责吧。一枭，我得抓紧时间走了，你领着大家议议看怎么配合乡里的工作吧。"说完，站起身直直地向外走去。

刘梦羽尴尬而又不安地看着张一枭，她为刘汉的不负责任深感不安，她也看出了大家对刘汉的不满，一旦有人在她面前说刘汉什么，她还真不好为父亲辩护。

张一枭笑了笑，说："刘主任昨天晚上给我打电话了，他县城的工地出了点事，急需他去处理。下面，大家一块儿议议村里厂子搬迁这项工作吧。"

曹长山第一个发言，赌气地说："刚才刘汉说，乡里要组织强拆队进行强拆，我觉得这种工作方法就不对！把村里的厂子搬迁到工业园区是件好事，但需要人家自愿去搬，怎么能强拆呢？乡里凭啥要强拆人家的厂子？于理于情于法都说不过去呀！"

王大奎说："杨书记说，进行强拆也有政策依据，县里已经部署安排了，要在全县开展乱占耕地问题的整治，村里的这些厂子占用的绝大部分都是耕地，乡里来强拆也不违反规定。"

曹长山生气说:"即使开展乱占耕地问题的整治,他们也得派土地部门的人来实地勘察一下吧,看哪些是占用的耕地,哪些是用的建设用地,咋能像刘汉说的那样,谁不听话就拆谁的厂子呢?"

张一枭笑道:"我没想到长山爷懂得还真不少,你还知道村里有建设用地!"

曹长山忧虑地说:"一枭,你可要跟杨书记好好建议一下,能不用强拆的办法尽量不要用,乡里真要是强拆了大家的厂子,你可就成了全村的公敌了,这种损人不利己的事情,咱可坚决不能做。"

张福堂说:"长山叔,如果大家都不同意搬迁,你说说不强拆能咋办?"

曹长山眼睛一瞪,大声说:"不同意搬也不能强拆,不同意我们可以慢慢做工作,也不能强拆,你们没想想强拆的后果吗? 这些厂子都是村里人的命根子,你动了他的命根子,他不跟你拼家伙才怪呢!"

张一枭说:"强制拆迁只是乡里提出的一种方案,昨天杨书记说了,不到万不得已他也绝不想采取这种办法,我想请大家开动脑筋想一想,看如何稳妥地开展好这项工作。"

张福堂说:"我的意见还是把这项工作分包给村'两委'干部和党员工作队,我们将任务分包到人,分头先去做思想工作,摸摸情况之后再商量下一步的对策。"

王大奎连连摆手,说:"这个办法恐怕行不通,昨天上午杨书记走后,我去了几个党员的厂子,现在他们的情绪大着呢,都对乡里充满了怨气,埋怨乡里为了查环保久久不让他们开工,党员们自己还在闹情绪呢,他们怎么再去做别人的工作?"

刘梦羽看众人个个一副为难的样子,眉头不由得皱成了疙瘩。她知道刘汉县城的工地根本就没出什么事儿,爸爸以此为由躲到县城去,分明就是想把这项得罪人的棘手工作交给张一枭,想让张一枭成为村里人的公敌,好从中渔翁得利。她也很清楚张一枭面临着两难的选择,一面是一个月内必须完成的硬任务,一面又是村里人强烈的抵触情绪,处理不好,两方张一枭都无法交代。张一枭好不容易才在村里开拓出来的大好局面,很可能因为这件事而付之东流!

刘梦羽着急地看着张一枭,低声说:"一枭哥,这可咋办呀?"

张一枭自信地看了看刘梦羽,笑道:"大家也不用着急,这件事总会有解决的办法。我们大家回去后,都发动脑筋想一想,看看如何稳妥地开展这项工作,明天上午我们再研究和讨论一次。一定会有解决的办法,活人能被尿憋死吗? 再说我们有这么多的人。"

王大奎也笑了,大声说:"是呀,是呀!一枭说得对,活人咋能被尿憋死?我们大家都开动脑筋想一想,一定会有解决问题的办法!"

张福堂看了看众人,说:"好吧,今天的会就这样吧,明天上午 9 点还在这里开会,大家要按时到呀!"

众人站起身,纷纷向外走去。

张一枭看王大奎已经走到了门口,好像忽然想起了什么似的,大声说:"大奎叔,你留一下。"

王大奎回转过身子,问:"一枭,还有事吗?"

张一枭站起身子说:"我想让你跟我一起到村里的各个厂子转一转,不知道你上午有没有事儿?"

王大奎说:"好呀!我没啥事儿,走吧,咱们现在就去!"

刘梦羽也站起了身,说:"等等我,我也跟你们一起去!"

4.PM2.5

张一枭和刘梦羽、王大奎一行三人首先来到了赵福刚的板材厂。

宽敞的厂房里堆满了木头,里面却冷冷清清的,看不到人。

赵福刚一个人蹲在厂房门口抽闷烟,看到三人走了过来,站起身说道:"你们怎么过来了,走,到办公室里喝茶去!"

张一枭摆了摆手,说:"先让我们参观一下你的厂子吧!"

赵福刚苦着脸说:"有啥可参观的?都停产好长时间了,里面一个人影也没有!"

刘梦羽跑到厂房里面看了看,又跑了出来,说:"一枭哥,别看了,里面一个人也没有。"

赵福刚说:"走吧,去我办公室吧!"

三人在赵福刚的办公室里坐了下来,赵福刚坐在茶台边开始沏茶。

张一枭四下打量着办公室的陈设,说道:"没想到福刚哥还是雅人,你墙上挂的这幅字是个名家写的吧?"

赵福刚笑了笑,说:"这是那年在郑州吃饭,一个书法家当场写字,就给了我这幅字。"

张一枭点了点头,说:"厂子停工有多长时间了?"

赵福刚将茶水端到三人身边,说:"自从上个月查环保就一直没让开工,还不知道要等到啥时候呢!"

王大奎看赵福刚的嘴唇上起了几个水泡,问道:"你嘴上那泡子是不是上火上的?"

赵福刚苦笑道:"能不上火吗? 客户的定金都交了,一天十多个电话催着发货,这里又不让开工,我拿啥给人家供货呀?"

张一枭说:"这项工作是刘主任抓的,我也没有过问太多,乡里为什么还不让开工?"

赵福刚生气地抱怨道:"就咱们乡积极得很,一直不让开工,隔壁乡的板材厂早就开工了,就咱们乡的厂子不让开工。"

王大奎附和道:"我也听说其他乡的板材厂开工了,人家乡里根本就不管,县里查环保时他们就停工了几天,哪像我们这里一直不让干!"

张一枭问:"乡里不让开工的主要原因是什么?"

赵福刚说:"他们说锅炉出的烟污染空气,说什么 PM2.5 不符合规定,我也不知道啥是 PM2.5,开始是不让开锅炉,现在电锯也不让开了,我看乡里这是诚心要把人挤对死啊!"

刘梦羽说:"PM2.5 是大气污染指标,大气污染治理是全省的任务,可为啥隔壁乡的厂子都能干,我们的厂子就不能干呢? 一个县的管控政策应该是一样的呀!"

张一枭问道:"是呀! 福刚哥,你知道隔壁乡哪个村的厂子开工了吗?"

赵福刚说:"我当然知道,王寨工业区的板材厂就开着工呢!"

张一枭点了点头,说:"福刚哥,你听说没有? 乡里要求村里的工业企业要全部搬迁到工业园区,你对这件事有啥看法?"

赵福刚冷笑一下,说:"昨天大奎给我说了,我估计悬!"

刘梦羽疑惑地看着赵福刚,问道:"为啥悬呢?"

赵福刚赌气地说:"乡里不顾我们大家的死活,谁会听他们的? 现在大家都憋了一肚子气,原本该同意的也不会同意。"他看了看张一枭,接着说:"我听大奎说,乡里想要组织强拆队来强拆,我们就等着他们来,大家私下都商量好了,谁敢动我们的厂子就跟谁拼命! 一枭,我告诉你,大家把家伙什儿都准备好了。"

张一枭笑道:"乡里把村里厂子搬迁到工业园区也是为了我们村的建设发展,可不是为了要和大家拼命呀!"

赵福刚说道:"我看了咱们村的发展规划,也觉得散落在村里的厂子应该搬迁,可他们也不能这样逼大家呀!"

张一枭说:"福刚哥,杨书记是个很为老百姓办事的人,即使用强拆的办法,也是针对那些占用耕地的厂子。你放心,我会将大家这种着急的心情和实际困难向杨书记反映。不论是搞环境污染整治,还是将村里厂子退村入园,都是为了让大家过更好的日子,县里乡里和我们的目标是一致的,我们一定会找到解决问题的办法。好了,我们再到其他厂子里转转去!"

张一枭说完,站起了身。王大奎和刘梦羽也跟着站了起来,三人一起向外走去。

赵福刚一直送到厂子门口,红着脸说:"一枭,我是个直性子,有啥说啥,不中听的请你不要计较。"

张一枭笑道:"福刚哥,我来就是听你说真话的,你不把这些困难说出来,我咋给乡里杨书记反映呀?"

三人上了车,冲赵福刚摆了摆手,车子向前开去。

王大奎开着车,问道:"一枭,我们还去其他厂子看吗?"

刘梦羽抢先说道:"我看不用看了,情况应该都一样。赵福刚还是宽厚的人,到其他人的厂子去,我们恐怕要挨骂了!"

张一枭扑哧笑了,说:"挨骂倒不至于吧? 不过肯定会听难听话!"

王大奎说:"一枭,你还别不相信,去下一家的厂子,你肯定会挨骂!"

张一枭说:"既然明知会挨骂,那我们就不去吧。大奎叔,王寨工业区你去过没有? 知不知道怎么走?"

刘梦羽说:"没去过也不要紧,我们有导航,导航过去就行了!"

王大奎说:"一枭,你是不是想过去看看人家的厂子为啥能开工?"

张一枭说:"是的,县里的大气污染管控规定应该是一样的,为什么他们厂子能开工,我们的就不能? 福刚说是乡里的原因,我觉得不可能,我了解杨书记那个人,他不是个为了政绩而不管老百姓死活的人!"

王大奎说:"咱们去看看不就知道了吗? 那个地方我去过,咱们现在过去吧?"

张一枭说:"可以,咱们现在就过去。"

王大奎问:"要不让福刚跟着一块儿去吧,他媳妇家是那个村的,对那个村熟悉。"

张一枭说:"好呀,咱们掉头去接他。"

5.煤改气

赵福刚的大舅哥王家强是王寨村的村主任,也是王寨工业区板材协会的会长。张一枭、刘梦羽和王大奎在赵福刚的带领下直接去了王家强的厂子。

路上,赵福刚提前就打电话和王家强进行了联系,说要带人去他的厂子参观。

到了王家强的厂子,他已经在厂子门口等着了。

赵福刚一一向王家强介绍说:"这是我们的第一书记张一枭,张书记。这是我们县有名的网红,刘梦羽。这是王大奎。"

王大奎哈哈笑着说:"我就不用介绍了,我跟老王一块儿喝过好几次酒呢,我们认识!"

王家强一一和大家握手,最后拉住王大奎,激动地说:"大奎呀,终于把你盼来了,今天我们得多喝几杯,我不把你灌醉你休想回去。"

王大奎笑道:"还记着仇是不是,这都多少年了?"

王家强说道:"你那次一定是做手脚了,要不我不会被你灌得那么狼狈!"

赵福刚走上前说道:"大哥,快领着我们到厂子里转转吧,喝酒的事儿中午再说!"

王家强不好意思地看了看张一枭,说:"张书记,真是不好意思,我和大奎是老朋友了,一见面就爱开玩笑。走,咱们到里面转转吧!"

厂子里机器轰鸣,工人们都在忙碌着。

张一枭问道:"王主任,你们乡没进行大气污染整治吗?你们这里的厂子怎么都没有关停呢?"

王家强指了指厂房外面的空气污染监测设备,说:"怎么可能呢?你看看,我的厂子还是县里大气污染监测点呢,现在全国都在打大气污染攻坚战,我们这里怎么可能成为法外之地呢?"

刘梦羽急声问:"我们那里的厂子都停了,不让开工,为啥你们这里都开着工呢?"

王家强上前紧走几步,说:"就是因为这个东西!"

众人快步跟了过去。

刘梦羽问:"这不是个锅炉吗?"

王家强点了点头，微笑着说："是的，就是因为这锅炉。我们这里的锅炉都是烧天然气的，你们那里的锅炉都是烧煤。烧煤的锅炉冒那么大的黑烟，县里会让你们开工？我给你们说，现在环保查得越来越严格，你们只要不将锅炉煤改气，就永远也别想开工。福刚，我记得我给你说过几次让你改，你咋到现在还不改呢？"

赵福刚说："我也想改，可我们那里还没通天然气，我怎么改呀？"

张一枭就问："王主任，这些板材厂是不是将锅炉改为天然气锅炉就可以开工生产了？"

王家强回答："是的，板材厂的主要污染源就是锅炉，只要把锅炉改为天然气的，县环保局一定会让你们开工生产。"

刘梦羽问道："王主任，你们这些板材厂是不是也是从村里搬迁到这工业园区的？"

王家强领着大家继续往前走，边走边说："是的，我们这些厂子从村里搬到这里才一年多。走，咱们到我办公室坐吧！"

刘梦羽兴奋地看着张一枭，说："一枭哥，咱们这次可真是来对了，要跟王主任好好学习一下他们是如何组织搬迁的。"

张一枭微笑着点头。

众人随王家强来到了他的办公室。只见王家强的长方形办公室足足有百十平方，北墙上挂着一幅巨大的山水壁画，壁画下面面南背北放着一个硕大的老板桌，桌子后面的老板椅也是相当气派。桌子两旁则摆着两排古香古色的木椅子。

众人坐下后，工作人员很快将茶水给大家端了过来。

王大奎四下打量着办公室，连竖大拇指，说："老王，你这生意真是做大了，光看你这办公室，就是不一般的大老板！"

王家强脸上笑成了花，说："我这都是小打小闹，小打小闹，哪敢称得上大老板呢！"

张一枭盯着对面的大照片看了好大一会儿，问道："王主任，你们还专门成立了板材业协会，真是不简单呀！"

王家强说："那是我们板材业协会成立时大家一起照的合影。我给你说，这个协会还真是成立对了，对我们大家的发展好处真是太多了。"

刘梦羽问道："是吗，都有哪些好处呢？"

王家强说："用我们乡里李书记的话说，这个协会推动了产业集聚，把我们这里建成了板材产业集群,成为全县最大的板材基地。这个协会也促进了我们抱团发展,提高了我们农民的组织化程度。这个协会更让我们的产品有了生产标准,实现了标准化、品牌化发展。我告诉你们,我们的板材品牌已经在郑州、南京、成都等十多个大城市站住了脚。"

王大奎连连点头,问道:"福刚,你用的是不是他们的商标品牌?怪不得你的订单不断,我们的产品却是求爷爷告奶奶地到处找客户。"

赵福刚笑道:"是的,我的秘诀就在这里,这次可真是被你发现了。"

张一枭感叹地说:"现代农业一定是标准化、品牌化的农业,是绿色环保无污染的农业,是积极融入信息时代的农业,做不到这些,一定会被淘汰呀!王主任,你们的做法确实值得我们村来学习。"

王家强说:"有了这个协会确实好。不说别的,就拿质量标准来说吧,自从我们成立协会建立了统一的质量标准,就没有再出现质量问题,大家相互支持抱团发展,再也没出现过恶性竞争的问题。"

刘梦羽激动地说:"一枭哥,我们村的厂子也迫切需要成立产业协会,最起码这样大家就不会再相互拆台了。"

张一枭冲刘梦羽点了点头,随即转向王家强,问道:"王主任,你刚才说,这些厂子都是从村里搬迁过来的,搬的时候阻力大吗?"

王家强说:"怎么会不大呢?当初大家都不愿意搬。"

刘梦羽问:"那你们是怎样实现顺利搬迁的呢?"

王家强说:"我们村干部和村里的党员带头呗!我给你们说,当时我可真是为这事儿伤透了脑筋。实在没办法了,我给村干部下死命令,村干部谁不带头搬迁就地免职。我是第一个搬的,村干部见我搬了,也都跟着将自己的厂子搬了过来。接着,我们就开始做村里党员的工作,让党员们发挥带头作用。自从有十来个党员的厂子搬来后,村里的那些人看我们搬过来的厂子抱团发展,天天订单不断,后来都争着撵着往园区搬。"他端起水杯喝了口水,接着说道:"我告诉你们,那些人亏了及早搬进了园区,他们要是还留在村里,下场也是跟你们一样,根本开不了工。"

王大奎问道:"大家对厂房的租金没有意见吗?"

王家强哈哈笑了起来:"只要产值上去了,谁还在乎那点租金?就拿我的厂子来说,一年的产值快上亿了,我还会在乎那十来万的租金?再说,我交的税多,乡里根本就不收我的租金。"

张一枭说道："王主任，听君一席话，真是胜读十年书，你们这里的很多做法值得我们学习。我想再问一下，这一个天然气锅炉需要多少钱？煤改气费用一定不小吧？"

王家强说："你如果买新的锅炉当然需要几十万，但如果用旧锅炉改造就花不了多少钱，这一个锅炉改造下来也就几万块钱。"

刘梦羽急声问道："有专门改锅炉的吗？"

王家强说："当然有了，你们村的锅炉如果想改造，我可以给你们联系。人家上门服务，保证让你们满意。"

张一枭激动地站了起来，说："真是太感谢了，今天我一定得请您吃饭！"

王家强哈哈笑了起来，说："你们来我这里了，怎么能让你请客呢！走，咱们吃饭去，边吃边聊！"

王大奎笑道："老王，今天咱俩可得好好拼一拼！"

6.煽风点火

刘汉离开村部后，王发全、赵胜海、刘莽、李二柱就四散开来，在村里到处散布谣言。

王发全和赵胜海看到村中心的大槐树下有一群人在闲聊，大步地走进了人群中。

赵胜海高声说："大家知道不知道，我们村要出大事了！"

赵胜海的话顿时引起了大家的兴趣。

众人争相问："要出啥大事，要出啥大事儿？"

王发全神秘地说："昨天乡里开的会，现在村部还在开会呢，张一枭要把咱村的厂子都清理掉呢！"

有人问："张一枭他为啥要清理村里的厂子呀？"

王发全说："他不是在搞古村开发弄乡村旅游吗？嫌这些厂子碍他的眼了。"

赵胜海说道："你们知道不知道，张一枭给乡里建议，成立强拆队，要把村里的所有厂子都用铲车铲平呢。"

这句话顿时激起众怒，大家纷纷说道："他敢？看我们不把他家的锅给砸了！"

"张一枭这孩子就会瞎折腾！人家好好的厂子，他凭啥给人拆了？"

王发全鬼鬼祟祟地说："我听说张一枭想到乡里当干部，他这样拼命折腾，为的就是出政绩将来他好提拔,要不他从郑州回来干啥?"

人群中有人说:"刘汉对这件事啥态度呀,难道他就任由张一枭这样瞎胡闹?"

赵胜海说:"刘主任当然反对啦!我听说因为这件事他们大吵了一架,张一枭有乡里的杨书记撑腰呀,刘主任当然争不过他,刘主任一气之下去了县城,他不管了,都交给张一枭了!"

人群中又有人说:"这件事儿刘汉不管可不中,他是我们选出来的村主任,他得对我们负责,我们得到县城去找他。你们俩不是和刘主任关系好吗,你们为什么不劝劝他?"

王发全委屈地说:"你们不知道,现在张一枭牛气着呢,他仗着有乡里的杨书记给他撑腰,他啥事都敢干。"

有人问:"他们强拆厂子总得有个理由吧,总不能因为他看着不顺眼,说拆就拆呀?"

赵胜海狞笑着说:"编造理由还不简单,张一枭早把理由给想好了,说这些厂子占用了耕地,属于违章建筑,必须拆除。"

又有人问:"总不能他说违章就违章,他咋有那么大的权力?"

王发全说:"可不是他说违章就违章,谁叫人家有关系呢?不过,我们也不是没办法,只要我们抱成团阻止他们强拆,看他能把我们怎么办!"

赵胜海大声说:"是呀,是呀!只要我们抱成团,只要我们凝聚起来去找村委会和张一枭评理,只要我们组织起来去市里省里上访,他张一枭再有关系我们也不怕,大家说是不是?"

众人顿时来了精神,纷纷说道:"他们如果敢拆咱们的厂子,咱们就跟他们闹,就去上访告他们!"

"对,上访告他们!"

"还有张一枭,他不让我们好过,他也别想舒服!惹急了,我们大家一起把他的家给抄了!"

王发全连连摆手,说:"大家少安毋躁,现在这件事在村里还没公布,我们就去找张一枭闹事,于情于理都说不过去,大家再等等,这项工作一启动,我们就组织起来跟他们闹,看他们能把我们怎么样!"

赵胜海附和道:"发全说得对,发全说得有道理,这件事得再等等,敌动我动,敌不动我们也不要动,总之一句话,我们的厂子决不能让他们给拆除。"

大家纷纷点头称是。

王发全见煽风点火已经到了火候，他们也该撤了，随即向赵胜海使了个眼色，说道："胜海，走，咱们得到县城找刘主任去，这件事他不能不管。他不管，村里的老少爷儿们是不会答应的。"

赵胜海会意地点了点头，俩人冲着人群拱手说道："大家等我们的消息，我们这就去县城找刘主任去！"

此刻，李二柱和刘莽也在四处活动，逐个厂子在做工作，把大家组织起来一起收拾张一枭。

二人走访了3家厂子，最后来到了李栓柱的板材厂。

李栓柱是李二柱的本家兄弟，也是一名退伍兵，人很正直，就是性子执拗，爱认死理。他和李二柱虽然是堂兄弟，但这些年他们的关系处得并不好，主要是李栓柱看不惯李二柱等人的所作所为。为了拉拢李栓柱，刘汉也曾费过不少脑筋，多次邀请他喝酒打牌，可李栓柱就是不愿与他们为伍。

在前往李栓柱厂子的路上，刘莽担忧地说："李栓柱那个老别针，他会听我们的吗？"

李二柱信心满满地说："你就把心放在肚子里吧，绝对没问题，这次栓柱一定会听咱们的。"

刘莽不相信地问："你咋这么肯定呢？"

李二柱神秘一笑，说："我听说栓柱一心想当党员工作队的组长，张一枭连副组长都没让他当，现在他对张一枭意见大着呢！你知道，他这人特别爱面子，又认死理，不好意思在外面说，天天在家里生闷气。"

刘莽笑了，说："等会儿我们就拿这件事刺激他，他一定会乖乖就范。"

李二柱拍了拍刘莽，说："你说对了，等会儿我们吹捧他几句，这个别货一定会被咱们说动。"

李栓柱正在厂子摞木头，对二人的到来视而不见。

李二柱远远地喊："栓柱，这些木头扔在地上就中，你摞那么整齐干啥？"

李栓柱看了二人一眼，没吭声，继续干自己的活儿。

刘莽走到李栓柱跟前递了一根烟，和气地说："栓柱哥，来抽根烟，歇歇吧！"

李栓柱接过烟，说："你们找我有事吗？"

刘莽认真地看着被李栓柱摞得整整齐齐的木头，说道："栓柱哥，真不愧是当兵的,你看看这木头被你摞得有棱有角的。"

李二柱急忙说:"你还没去过栓柱他家呢,他的被子到现在都是叠得跟豆腐块似的,他家里到处都是整整齐齐的,一点儿都不乱。"

刘莽连竖大拇指,奉承道:"栓柱哥真不愧是军队的标兵,我听说你还立过三等功呢,咱们村这么多当兵的,谁立过三等功呀?"

听着二人的吹捧,李栓柱紧绷的脸慢慢地松弛了下来,满脸的兴奋和喜悦,说道:"那都是历史了,都是历史了!我给你们说,我可是全军区的训练标兵,就是因为那次军区组织大比武,我得了个全军区第一名,荣立三等功。"

刘莽故作激动地说:"我记得那年县武装部还有乡里的领导,来了一大群人,敲锣打鼓给你家送的喜报。当时全村的人都夸你有出息,把你爹高兴的,连着在村里放了三场电影。"

李栓柱坐在木头上,脸上挂满了幸福和激动。李二柱和刘莽在李栓柱对面坐了下来。

刘莽问道:"栓柱哥,你知道咱们这厂子啥时候能让开工吗?"

李栓柱疑惑地看着刘莽,说:"你哥是村主任,你啥消息不知道,你还来问我?"

刘莽叹了口气,说:"我哥,他?现在村里是张一枭的天下,诸事都是张一枭说了算,我哥他已经很少过问村里的事儿了。这不,因为拆迁厂子的事儿,今天上午我哥和张一枭大吵了一架,一气之下去了县城。"

李栓柱急声问道:"拆迁厂子,拆谁的厂子?"

李二柱接过了话,说:"你没听说?张一枭不是要搞乡村旅游,建什么田园综合体吗?村里所有的厂子都要拆除,要在这些厂子种花草呢!"

李栓柱一把抓住李二柱,大声地问:"二柱,你等等,这是啥时候的事儿?"

刘莽说:"昨天我哥去乡里开的会,今天上午村里开会研究的,乡里已经成立了强拆队,要强制拆迁呢!我哥正是不同意拆迁,才和张一枭吵了起来。"

李栓柱指了指厂子,生气地说:"我这么大的厂子,我的所有家当都在这里呢,他们说拆就拆了?"

李二柱冷笑道:"你还不了解张一枭的作风?他霸道得很,别说是你,刘主任都挡不住他,我听说他们还准备从你这个厂子开始,拿你先开刀呢!"

李栓柱的脸已经气成了酱紫色,恨恨地问:"他凭啥拿我开刀?"

李二柱说:"你是党员呀,又是退伍军人,他要你当模范带头呀!"

刘莽拦住李二柱的话,说:"啥党员模范带头呀,我看他是公报私仇,他听说栓柱哥因为当党员工作组组长的事情对他有意见,嫌二柱哥不听他的话,要杀鸡吓猴呢!"

李栓柱腾的一下站了起来,怒声说道:"叫他们来拆吧,他们只要敢动我厂子一根毛,我就叫他们有来无回!"

7.争第一

上午9点,大家准时来到了村部会议室。

曹长山进门就着急地嚷嚷起来:"一枭,我是没招儿了,昨天晚上我想了一夜,也没想出啥好办法!"

张福堂摇了摇头,说:"我也没想出来啥好办法!"

王大奎却是一脸的微笑,显然是一副胸有成竹的样子。

张一枭看人都到齐了,说道:"大家都说说吧!"

众人你看看我,我看看你,没一个人愿意率先发言。

王大奎终于憋不住了,着急地说:"一枭,你就别再难为大家了,既然你已经有办法了,就跟大家说说吧。"

众人的目光一齐向张一枭望去。

张一枭环视了一下众人,说:"这个办法是大奎叔、福刚哥,还有梦羽我们一起想的。昨天我们去了王寨工业区,看了人家的厂子,才有了这个主意。下面,请梦羽讲讲我们的想法吧。"

刘梦羽想了想,说:"我从哪儿说起呢? 我先说说人家的厂子吧! 大家都知道,我们村的厂子已经停工好长一段时间了,可人家的厂子一直都没停工。因为啥? 并不是村里人说的他们乡管得松,主要是人家厂子的锅炉用的都是天然气锅炉,没有啥污染,所以人家的厂子一直没停工。"

曹长山忍不住问道:"梦羽,我们现在说的是厂子搬迁,跟厂子停工不停工有啥关系呢?"

刘梦羽笑了笑,说:"关系大了! 只要我们把厂子搬到工业园区去,就可以开工生产;在村里赖着不搬的,厂子会永远不能开工生产。你说说有了这个因素大家会不会主动搬?"

王大奎站起了身，说："梦羽，你别在这儿绕了，我来说吧！工业园区已经安装了天然气，而我们村里还没装，只要我们将厂子搬到工业园区，就可以将锅炉改为天然气锅炉，我们的厂子就也可以开工生产了。一枭想让我们在座的各位带头搬迁，带头改装锅炉。村里只要看到我们厂子开工生产了，他们就会主动往园区搬。一枭，我说的是不是你的意思？"

张一枭说道："大奎叔说得非常好，就是这个意思！为了推进这项工作，我想分期分批组织大家到王寨工业区参观。第一批先由我们在座的各位前去考察，第二批可以组织村里的党员去，第三批组织村民代表去，最后一批组织有厂子的一般村民去。大家眼见为实，相信大家学习了人家的先进做法，一定会大力支持厂子搬迁。"

张福堂不相信地问："一枭，你说王寨工业区的板材厂一直就没停工，是真的吗？"

张一枭说："当然是真的！人家的厂子都改用了天然气锅炉，符合环保排放标准，自然不用停工，而我们村的厂子都是烧煤的，现在各住家户都不让烧煤了，肯定不会让他们开工。"

曹长山一拍巴掌，激动地说："好！现在大家意见最大的就是厂子无法开工，只要能让他们的厂子开工，他们一定会支持厂子搬迁的。"

刘梦羽说："这是问题的关键！现在只有工业园区有天然气，他们的厂子如果不搬，以后永远也别想开工生产了。"

张小平高兴地说："如果能让厂子开工生产，我第一个搬迁！"

王大奎瓮声瓮气地说："小平你可不要跟我争，厂子搬迁我要当第一呢！"

众人忍不住都笑了起来。

张一枭说道："大家如果没有意见，这件事就这样定吧！大奎叔，今天上午你领着大家前往王寨工业区参观吧，我和梦羽把我们的想法给杨书记汇报一下，我们必须征得乡里的支持。"

王大奎高兴地说："一枭，你就放心去吧，参观的事情交给我和福刚。我现在和王家强的关系比福刚还铁呢，福刚，你说是不是？"

赵福刚笑道："你们俩是酒友又是本家，我一个外人哪能跟你比呀！"

张一枭站起身，说："那好，咱们分头行动吧！"

张一枭和刘梦羽一起来到了乡政府。

杨锐看张一枭和刘梦羽一副身心轻松的样子，微笑着说："你们是不是想到办法了?"

张一枭说道:"办法倒是有了,不过还需要您的大力支持。"

杨锐说:"支持没问题,你说说,你们准备采取啥办法?"

刘梦羽说道:"我们参观了王寨工业区,发现那里的板材厂并没有因为大气污染整治而停工,主要是他们的厂子都改用了天然气锅炉。所以我们正在组织村里人去王寨参观,让村干部和党员带头搬迁,带头将锅炉进行煤改气。只要先搬的厂子开工生产了,再做其他人的工作就不难了。"

张一枭说:"杨书记,我说的支持就是乡里得保证让煤改气的厂子开工生产。"

杨锐想了想说:"乡里对厂子关停也很着急,乡里也不想和大家过不去,厂子只要符合县里的排放标准,开工生产是没问题的。"

刘梦羽说:"王寨的村主任说了,他推荐的改造锅炉厂家有专业资质,他们保证符合排放标准,不符合不收钱。"

杨锐问:"改造一个锅炉多少钱呀?"

张一枭回答:"王主任说也就几万块钱,大锅炉也不会超过10万。"

杨锐说:"一枭,这还真是个好办法,既能调动大家搬迁的积极性,又能解决环保污染问题,这样一来,我们就用不着搞强拆了。"

张一枭充满顾虑地说:"就怕一些人故意捣乱,所以我觉得您说的乱占耕地整治工作还得大张旗鼓地开展,我们要疏堵结合,两手做工作,才能确保按照县里规定的时间节点把这项工作做到位。"

刘梦羽的脸一红,说:"一枭,你担心我二叔和王发全他们捣乱是不是?"

张一枭点了点头,说:"我想他们不会放过这次给我们出难题的机会的。"

杨锐说道:"一枭,你考虑得很全面,就按你说的办。明天我就安排乡土地所的人到你们村开展乱占耕地核查,你们在村里也要做些宣传工作。另外,你说的厂子开工生产问题,一会儿你也带我去王寨工业区考察一下,如果他们的厂子真的在开工生产,我去县环保局做工作,保证让咱们搬迁到工业园区的厂子也开工生产。"

张一枭激动地说:"杨书记,太谢谢你了!"

杨锐站起身,说:"一枭、梦羽,我应该好好谢谢你们呀!如果每个村的村干部都像你们这样认真负责,农村的工作就真的好做了!走吧,咱们现在就去王寨工业区。"

张一枭和刘梦羽也站起身来,陪着杨锐一起向外走去。

第十七章　全面阻击

1.痛下杀手

接到王发全的电话,刘汉当即开车回了村。他没想到王发全等人工作做得那么顺利,只是略施手段就把村里人心中的熊熊烈火给点燃了起来。这次他不能再给张一枭机会了,必须痛下杀手让张一枭在村里永远不得翻身。王发全告诉他,村里的发动工作已经做得差不多了,可以宴请那些挑头闹事的人了,并且已经拟好了参加宴请的人员名单。

刘汉一边安排王发全请人,一边安排刘莽到饭店订菜,等他回到家里时,不但酒菜已上桌,参加宴请的人也基本到齐。

刘汉看在座的人中没有赵福刚,便问道:"发全,福刚咋没有来?"

王发全看了众人一眼,故意大声说道:"我们根本就没叫他,还是把兄弟呢,我看他早就叛国投敌了!"

刘汉立刻明白了王发全的意思,嘿嘿一笑说道:"发全不要说得那么难听,人各有志嘛!"

赵胜海站起了身,说道:"各位,我先声明一下,今天这个酒宴虽然是在刘主任家,但这酒菜都是我和发全出的,是我们在请刘主任和大家。"

王发全接过了话,说:"是的,是的,大家不是要向刘主任诉苦吗?我们俩特意把刘主任从县城请回来,并安排这个酒场,就是给大家提供个让刘主任为我们做主的机会。"

刘汉哈哈大笑起来,大手一摆,说:"看你们俩说的这是啥话,在我家里喝酒咋能让你们请客。大家来我家里喝酒,就是看得起我刘汉。老二,你去楼上把那一箱茅台搬下来,今天我请大家喝茅台。二柱,你把我带来的那两条中华烟打开,给大家一人发两盒。"

王发全故作激动地说:"主任,我们请你回来是帮我们的,咋能喝你的好酒呢?"

李二柱给大家发着烟,笑道:"王发全,老板请大家喝茅台了,你还啰唆啥? 反正你那孬酒我是不喝,我要喝茅台!"

众人也跟着笑了起来,纷纷说:"还没喝过茅台呢,今天咱也尝尝茅台酒是啥味儿。"

很快,刘莽将酒给大家斟满了杯子。

刘汉举起酒杯,说:"来,大家的事情发全已经给我说了,咱们先干三杯再商量对策好不好!"

看刘汉如此豪爽热心,众人很是感动,纷纷端起酒杯,一饮而尽。

赵胜海连声称好:"真是好酒,好酒! 这酒喝着就是不一样,怪不得那么贵!"

众人也跟着附和:"好酒,好酒,好喝,好喝!"

刘汉看了看王发全。

王发全会意地举起酒杯,站起身说道:"各位,这杯酒我领一下,感谢刘主任专程从县城回来解决我们的难题,感谢各位能够赏脸参加我组织的饭局,谢谢各位了!"说完,一口将酒杯喝了底朝天。

众人也跟着干了一杯酒。

赵胜海看大家都干了杯,也站了起来,端起酒杯正要说话,却被刘汉拦住了。

刘汉满脸微笑地说:"胜海,你先等等,让大家吃口菜你再领酒好不好?"

李二柱连忙接过话说:"胜海,你就是没刘主任会关心人,你别着急,没人跟你抢,你让大家吃口菜再领酒吧!"

众人都笑了起来。

赵胜海悻悻地坐了下来,说:"我不是激动吗? 刘主任这样关心我们,太让我感动了!"

两杯酒下肚,李栓柱的情绪便被调动了起来,他猛地站起身,说:"刘主任,你是我们大家选出来的村主任,你千万不能任由张一枭在村里瞎胡来呀! 我把丑话给您说前头,只要张一枭敢去拆我的厂子,我就跟他拼家伙!"

赵胜海也站了起来,想劝说李栓柱。刘汉却摆了摆手,说:"胜海,你让栓柱把话说完。"

李栓柱越说越激动,大声说道:"我听说乡里已经成立了强拆队,要从我身上开刀,让他们来吧,我等着他们,我看谁敢动我的厂子!"

刘汉笑眯眯地看着李栓柱,一直等他把话说完,方才说道:"栓柱,今天我给你表个态,只要我刘汉在张庄村当一天的村主任,我就不会让我的村民受一点委屈。你放心,真是到了跟乡里人拼家伙的地步,我宁肯村主任不干,也不会让他们拆你们的厂子。"

王发全起身来到李栓柱跟前,把他摁到了椅子上,说:"栓柱,你听听,刘主任不会不管我们的,来来来,坐下来咱们先喝酒,一定会有解决的办法的。"说着,用脚踢了踢赵胜海。

赵胜海急忙举起酒杯,说:"各位,来,我来带第三杯酒!"

待众人都喝了第三杯酒后,刘汉重重地叹了口气。

众人看刘汉叹气,顿时将目光集中在了他身上。

刘汉看了看众人,摇了摇头,说:"刚才我虽然那样说,不过说实话,我对能不能说服张一枭心里也着实没底。一枭那孩子啥都好,就是太倔,他定的事情,不管对错,很难给他更改。大家也许不知道,前天就是因为这件事,我和他大吵了一架,可把我气坏了!"

赵胜海起身想说话,刘汉冲他压了压手,说:"我刚才说这些,并不是我怕他张一枭,我想说的是,我们要稳妥圆满地处理这件事,还需要大家齐心协力共同做工作。"

众人纷纷站起身,齐声说道:"刘主任,你说吧,让我们怎么做?你叫我们怎么做我们就怎么做,总之绝不能让张一枭那小子得逞。"

"是的,是的,刘主任,你叫我们怎么做我们就怎么做!"

"决不能让张一枭那小子得逞!"

王发全急忙站起身,连声说:"各位,各位,大家先坐下,这事儿我们得好好谋划一下。"

李二柱说:"王发全,你是咱村有名的智多星,你说吧,我们应该怎么办?我们都听你的!"

刘莽也跟着附和:"发全,你说吧,我们该怎么对付张一枭?"

刘梦羽还未进家门,就听到家里吵吵嚷嚷的。等她进了门,一听大家都在说对付张一枭的事情,便蹑手蹑脚地走近楼房门口贴着墙蹲下了身子。

王发全咳嗽了一下,清了清嗓子说道:"大家不要怕,现在我们有刘主任给我们撑腰,我们还怕啥?不过,对这件事我们也不能大意了。"

李二柱不满地看着王发全,着急地说:"发全,你就爱绕,现在大家都急着听你说咋办,你就别在这里绕了!"

王发全依旧不紧不慢地说:"好好好,不绕,不绕。我的办法是,两手抓两手都要硬。何谓两手抓,一手是我们组织村里人到张一枭家里去闹,只要张一枭不改变拆迁厂子的主张,我们就让他无法在村里立足;一手是我们团结起来到市里、省里去上访告状,我们不但要告他张一枭,连乡里的杨锐也一块儿给告了,他们这样欺负咱老百姓,咱们不能跟他们拉倒!"

赵胜海不停地看王发全,待王发全刚一说完,马上说道:"我补充几句,我补充几句。现在大家可以分头去组织和发动人,只要乡里的强拆队一进村,我们就开始跟他闹!"

2.最后的决斗

张一枭刚进村部,张福堂和刘梦羽就神色紧张地拦住了他。

张福堂生气地说:"一枭,还真叫你猜对了,那帮人果然又在拿厂子退村入园的事情大做文章。"

刘梦羽急声说:"是呀,是呀!一枭哥,他们这次就是冲着你来的。"

张一枭坦然地笑了笑,说:"走,咱们到办公室里说。"

刘梦羽急得眼里噙着泪,低声说道:"一枭哥,我不知道我爸他是咋想的,怎么专门跟你作对呢?还有王发全和赵胜海,他们两个一肚子坏水,整天给我爸出坏主意害你。"

张福堂说:"一枭,现在都吵翻了,都在说你为了发展乡村旅游,要把村里的厂子全部拆除,还说是你建议的,让乡里成立强拆队,来村里对厂子进行强制拆除。现在大家都对你恨之入骨,在计划着到你家闹事呢!"

刘梦羽说:"还有我爸,昨天晚上他叫了一大帮子人在我家喝酒,就是为了商量对付你的办法。"

张福堂吃惊地问:"梦羽,你说他们已经行动起来了?你快说说他们都说了什么?"

刘梦羽红着脸说:"他们商议的结果是,等这项工作一启动,他们就到一枭哥家闹事,另外组织村里人去上访告状,还说要连杨书记一块儿告呢!"

张一枭认真地听着,微笑着连连摇头,感叹地说:"他们以为扳倒我的机会来了,怎么可能会消停?好在我们已经有了解决难题的办法,你们放心,这次他们翻不出多大浪!"

张福堂不放心地说:"一枭,我看他们这次来势汹汹,是想跟我们决战了,咱们可千万不能大意呀!"

刘梦羽说:"是呀,一枭哥,我爸这次也是费大本钱了,昨天晚上为了宴请村里人,他把茅台酒都拿出来了,看来他真是想跟你来次最后的决斗了。"

三人正说着话,王大奎和张小平推门大步进了屋。

进了门,王大奎就嚷嚷了起来:"一枭,那帮人要准备对你下手了,我没想到他们行动这么快,厂子退村入园工作还没部署,他们已经把人都发动起来了,我看他们早就有预谋。"

张一枭示意二人坐下,说:"我们正在商量这件事儿呢,你们坐吧,咱们大家一块儿议议,看如何应对。"

王大奎看了看刘梦羽,说:"梦羽,你别嫌我说话难听,你爸爸刘汉他糊涂呀!你说说一枭就要成为他的女婿了,他跟自己的孩子在争啥呀?"

刘梦羽的脸红红的,泪水在眼里直打转。

张一枭宽厚地说:"刘汉叔,他可能也是身不由己!"

刘梦羽急忙解释道:"是呀!王发全和赵胜海那一帮子人天天给我爸出坏点子!"

张小平说道:"一枭,那一帮人先是在村里四处造谣,现在又聚会商议,说明他们已经行动起来要对你动手了,我们必须及早采取措施,否则一旦让他们占了先,我们就处处被动了。"

张福堂连连点头,说:"小平说的有道理!一枭,我们必须抓紧行动起来,一旦他们在村里闹起来,我们就是有理也说不清了。"

张一枭想了想,说:"大伯,我分析他们还没向我动手,就是在等乡里的工作队,想等厂子退村入园工作全面启动后再对我下手。在我们未启动这项工作之前,他们未必会动手。"

刘梦羽激动地说:"一枭,王发全就是这样说的。在酒场上,他让大家不要着急,一旦村里启动厂子退村入园工作,他们就对你下手。"

张一枭说:"大伯、大奎叔,我先说说我的想法,你们也帮着拿拿主意。"

张福堂说:"一枭,你说吧!"

张一枭低声说:"我想明天在村里举办一个大的乱占耕地整治暨厂子退村入园工作动员会,到时候请杨书记和乡土地所、示范区建设专班的领导参加这个动员会,让杨书记给村里讲讲为何要搞厂子退村入园工作。"

张福堂说:"这个主意好,他们到处造谣说拆迁厂子是你的主意,只要杨书记一出面,就是县里和乡里的工作,咱们只是落实上级的要求,谣言就会不攻自破。"

张一枭接着说:"这件事我得给杨书记报告,我想杨书记一定会支持我们的。另外,我想在这个动员会上让大奎叔和赵福刚做个典型发言,让他们谈谈为啥愿意主动搬迁厂子,就是通过他们的口讲讲厂子搬到工业园区的诸多好处。他们发言之后,再在全村党员和村民代表中发个倡议书,号召党员和村民代表发挥模范带头作用。到时候,我们把倡议书做得大大的,让村里的党员和村民代表现场签字,一定能很好地发挥示范导向作用。"

王大奎高兴地说:"这个办法好! 只要村里的党员和村民代表踊跃签字,我们不仅在气势上压过了他们,同时也夺回了人心,他们那帮坏蛋想在村里造谣干坏事就难了!"

刘梦羽担忧地说:"万一那些党员和村民代表不上台签字怎么办?"

张一枭说:"这还需要我们几个做认真细致的工作。大奎叔,他们几个人参观过王寨工业区后有啥反应没有?"

张小平抢先说道:"我了解他们的想法,从王寨工业区参观后,大家都争着要率先搬厂子,目前大家最大的顾虑就是担心锅炉煤改气后,乡里还不让厂子开工生产。"

张一枭说:"小平,这个问题你不用担心,杨书记已经跟县环保局协调好了,只要我们村的厂子改成天然气锅炉,县环保局就允许我们开工生产。"

张小平高兴说:"这太好了!"

张一枭说:"看来前去参观考察还是非常有作用的。大奎叔,一会儿你联系一个大巴,今天下午把村里的党员和村民代表全拉过去考察,一般村民谁愿意去也可以乘车去,一辆车不够就再租一辆,一定要让村里人实地了解到厂子退村入园的好处。"

王大奎一拍胸脯说:"一枭,这个活儿就交给我吧,绝对给你完成好。"

张一枭看了看张福堂,说:"大伯,我考虑着,下午的参观考察还是由你带头组织为好,让大奎叔和赵福刚配合你,这次去的人多,可千万要注意安全呀!"

张福堂明白张一枭的顾虑,他也深知在这关键时刻绝不能出任何差错,随即爽快答应道:"好的,我和大奎一块儿带队去。一枭,你就放心吧,保证不会出啥问题。"

张一枭又看了看张小平和刘梦羽,说:"小平,你配合梦羽,把乱占耕地整治和厂子退村入园工作的有关材料好好整理一下,你们再和乡里要一些上级的有关政策规定,等明天一早全部发在村里的各个微信群里,方便村里人了解这项工作的相关政策要求。另外,明天一早村里的大喇叭也要响起来,要广泛宣传发动,尽可能多地鼓励村里人参加会议。"

张小平说:"好的,这项工作你就交给我和梦羽吧!"

张一枭起身说:"好,那咱们分头行动吧,我现在就去找杨书记汇报,争取能让周书记也来参加咱们的会议!"

3.动员大会

张一枭去乡政府找杨锐时,周明礼就在那里。张一枭将在村里召开动员大会的事情向杨锐报告后,杨锐随即领着他向周明礼进行了汇报。

周明礼原本就是不同意强拆的,他在乡镇当过党委书记,知道强拆的风险和可能会带来的一系列问题。当他听完张一枭的搬迁方案后,当即拍板要亲自参加张庄村的动员会,并当着张一枭的面给县土地局、环保局的局长打电话,要求他们也要参加这个会议。

周明礼专门提出:"杨锐,你通知一下,让示范区涉及的 5 个乡镇的书记、镇长,15 个行政村的书记、主任也要来参加这个会议。"

张一枭问:"周书记,如果这样安排的话,会议的名称和议程是否变一变?"

周明礼想了想,说:"会议名称就叫示范区乱占耕地整治暨工厂退村入园工作现场会吧,至于你筹划的会议议程就不要变了,尤其是党员代表发言和在倡议书上现场签字那个议程设计得非常好,一定要把气氛搞热烈。"

杨锐说:"周书记,这次会议参加的人比较多,我建议让派出所的同志去维持一下会场秩序。"

周明礼大方地说:"可以呀,杨锐你安排吧!既然会议是咱们示范区的会,会场布置等各项工作就由乡政府负责吧。"

刘汉万万没有想到,周书记竟然要在张庄村亲自主持召开动员会,而且县里的相关局委和其他4个乡镇的领导也要参加这个会议。接到王刚的电话后,他当时就蒙了,连声说道:"我操,我操,我操!好,好,好!"

王刚显然听出了刘汉话语背后的内容,严肃地说:"老刘,我姐夫对这次会议看得很重,派出所的人还要去维持会场秩序,我听说县里扫黑除恶工作要抓几个负面典型呢!枪打出头鸟,你要好好约束一下你手下的人,可千万别往枪口上撞。到时候有人捣乱可是要抓人的,真要是出了问题,你可别怪我不给你帮忙。"

放下电话,刘汉呆呆地愣了许久,方才把王发全、赵胜海等人叫到了家中。

刘莽一听乡里要在村里开动员大会,差点没蹦起来,高声说道:"这好办呀,我和二柱带些人把会场给他们砸了不就得了,他们会议开不成,看他们咋办!"

刘汉双眼一瞪,厉声说:"看你能的!周书记要亲自参加这个会议,还有派出所的民警维持会场秩序,你想找死呀?我告诉你们,周书记可是县扫黑除恶专项斗争领导小组组长。王乡长说,这次扫黑除恶专项斗争县里要抓几个负面典型,你们可别给我往枪口上撞!"

刘莽低下头不再说话。

王发全小心地说:"我们组织一些村里人在会场外面抗议中不中?"

刘汉叹了口气,说:"抗议也不中,王刚刚才给我电话了,特意安排我要管好你们,他说谁在会上捣乱抓谁。他还说,全县的扫黑除恶工作已经开展一段时间了,说不定我们已经被盯上了。"

赵胜海一听这话,脸上顿时变了颜色,连声说:"我觉得王乡长说的有道理,既然会议是示范区的会议,涉及5个乡镇,与张一枭个人也没啥关系,我们再去捣乱也没道理呀!"

李二柱跟着说道:"主任,我觉得胜海说的有道理,明天的会议我们不能动,否则我们就是给周书记办难堪!"

王发全不甘心地说:"张一枭这个王八蛋的命就是好,关键时候总有人在帮他。这个动员会一旦顺利召开,我们可就真的被动了!"

刘汉看了看众人,说:"二柱说得对,如果我们在会上做手脚,不是让张一枭难堪,而是在和周书记过不去,一旦他拿这件事给我们上纲上线,我们可就真的搬起石头砸自己的脚了。王刚专门给我打电话，让我约束好你们，就是怕你们闹事令周书记下不来台。算了，明天大家一定要给我老老实实待着，绝不能给我惹出事儿来。"

王发全问："主任，我们几个都不动，能不能鼓动李栓柱那个老别针去闹闹呢？"

刘汉突然发怒，高声说道："谁也不能去闹事！我告诉你们，王乡长刚才给我说得很严肃，出了问题要拿我是问。这里，我也告诉你们，谁惹出事来谁自己解决，到时候你们不要怪我不给你们帮忙！"

王发全吓得浑身一哆嗦，连声说："不闹事儿，不闹事儿！"

刘汉不满地看了王发全一眼，说："发全，你和胜海去找那些人说说，明天无论如何不准给我惹事！"说完，躺在沙发上，闭上了眼睛，鼻孔里直喘粗气。

王发全等人唯恐再触怒了刘汉，纷纷站起身灰溜溜地向外走去。

第二天一大早，村里的大喇叭就响了起来。刘梦羽和张小平轮番上阵，在大喇叭上反复播放召开动员大会的消息和县里乡里的有关通知及具体工作程序、相关规定。

伴随着大喇叭的反复宣传，一条条信息也通过微信群发到了全村人的手机上。

大喇叭和微信群的宣传发动，顿时牵动起了全村人的神经。早早地，会场外就围满了看热闹的人群。特别是那些在村里有厂子的人，几乎家家倾巢出动，全部来到了会议现场。

上午9点，会议准时召开，由乡党委书记杨锐主持。

杨锐拿起话筒站了起来，大声说道："乡亲们，请大家静一静！我们现在开会，参加这次乱占耕地整治暨工厂退村入园工作现场会的人员，除我们张庄村的群众外，还有4个乡镇、14个行政村的负责同志。今天，县政府周书记和县环保局的王局长、县土地局的张局长也来参加我们的会议，让我们以热烈的掌声欢迎县领导的到来！"

张一枭、张福堂等人带头鼓掌，顿时掌声雷动。

周明礼异常激动，起身向台下躬身示意。

杨锐坐了下来，说道："会议进行第一项，请王刚乡长宣读县里关于开展乱占耕地整治和示范区工厂退村入园的通知，以及乡里关于这两项工作的部署安排。"

王刚开始宣读通知，并就相关问题进行讲解。

听杨锐这样讲，人群中不少人在窃窃私语："王发全和赵胜海不是说，都是张一枭搞的鬼吗？怎么是县里下的通知？"

"难道张一枭能指挥县委县政府？"

"这肯定是王发全编造的假话,张一枭不过就是一村干部,他咋能指挥周书记呢?"

很快,王刚结束了讲话。

杨锐说道:"会议进行第二项,请张庄村的党员代表王大奎同志发言。"

王大奎大步走上了主席台,高兴地说道:"各位领导,各位乡亲,我叫王大奎,是张庄村的村民。今天我走上主席台发言,是我主动要求的。因为啥呢?就是因为我参观了王寨工业区,看了人家王寨村板材厂的发展,我才主动要求发言的。我给大家说良心话,开始听说村里厂子要搬迁的消息后,我内心深处是反对的!因为啥?厂子搬到工业园区没有在家里方便,而且还要给工业园区缴纳厂房租赁费!但是到王寨参观之后,我的想法发生了180°大转弯。同样是板材厂,就是因为人家在工业园区,就是因为人家使用天然气锅炉,他们的厂子根本就没有因为环保问题而停工停产;同样是板材厂,就是因为人家集聚在工业园区,建立板材协会抱团闯市场,实现了标准化品牌化生产,仅仅一年的时间人家的厂子年产值都达到近亿元,人家的订单天天不断,而我们却还在求爷爷告奶奶地找客户。"

王大奎越说越激动,眼里噙着泪,大声说道:"乡亲们,县里实施这次厂子退村入园工作,就是想把我们组织起来共同闯市场,就是想让我们走标准化、品牌化、现代化的发展路子。在此,我以一名党员的名义向全村的党员和村民代表发出倡议,希望大家不要辜负县、乡两级领导对我们的期望,带头开展厂子搬迁!同志们,党组织考验我们的时候到了,同意带头搬迁的,希望大家踊跃在倡议书上签名。"

早有工作人员将一个两米多高的大倡议书抬到了主席台下面。

王大奎话音刚落,赵福刚和张小平就抢先一步走上前拿起笔签上了自己的名字。台下的人纷纷上前,争先恐后在倡议书上签字。其实,前一天的参观考察,已经让村里的党员和村民代表动了心,王大奎一番热情洋溢的讲话着实说到了大家的心坎里。

周明礼满意地望着签字的人群,低声说:"杨书记,看来群众还是非常通情达理的!"

杨锐说:"周书记,下面该您发表重要讲话了!"

周明礼笑道:"我还用讲吗?张庄村的群众已经用行动实现了我讲话的内容。"

4.团队作战

刘汉垂头丧气地回到家,坐在沙发上一根接一根地抽烟。他心里说不出是愤怒还是委屈,只感到焦躁不安,很想大吼一阵以发泄胸中的愤懑。他们计划了很长时间,并且集中了他们团队所有人的智慧,竟然被张一枭一招煤改气打得丝毫没有还手之力。难道他真是老了,真的跟不上形势了,真的不是张一枭的对手了? 不! 他决不甘心就此败给张一枭,他绝不会认输!

正在这时,王发全等人耷拉着脑袋进了屋。

刘汉抬眼看了看众人,看他们个个跟霜打的茄子一样,心中油然生出了一股英雄气,大声说道:"都给打起精神来! 还未正式开战,你们就泄气啦,就要举手投降啦?"

刘莽抬起头来,瞪大眼睛说:"投降? 打死也不能投降! 叫我说,村里的那些人就是没蛋子的货,看到好处就变节了,他们不干我们自己干,没有他们,我们照样可以把张一枭家的锅给砸了!"

李二柱看了看刘汉,挺了挺胸,说道:"主任,你说吧,你叫我们怎么收拾张一枭? 我们都听你的!"

刘汉笑了笑,说:"现在还不是你们冲锋陷阵的时候,否则,我那箱茅台酒岂不白搭了? 发全,你说是不是?"

王发全低声说道:"是的,主任,都怪我计划不周,计划不周!"

刘汉说道:"发全,这怎么能怪你呢? 要怪就怪敌人太狡猾。你看看,张一枭他们打的这套组合拳有多厉害,招招都切中了要害,招招都打在了人心的最软处。现在村里的厂子都急着开工生产,他用煤改气收买人心。我们做工作说厂子的拆迁是张一枭的个人想法,他设法让周书记参加村里的动员会。你们知道不知道? 他还组织村里人到王寨工业区参观考察。不过,这也提醒了我们,张一枭和我们的斗争,并不是他一个人在孤军奋战,而是一个强大的团队在和我们斗。"

王发全抬起了头,连声说道:"主任,您分析得真是精辟。都怪我太大意了,我在筹谋计策时还真没考虑到张一枭背后的团队,没有算计到他背后的势力。"

赵胜海说:"这的确是我们的失误,我们光想着如何收拾张一枭了,从没想过他后面还有张福堂、王大奎等一大帮子人。我们并不是在与张一枭一个人斗,是在跟他们这个团队斗。"

李二柱说:"我们是一个团队,张一枭他们又何尝不是一个团队在作战,如果我们光针对张一枭他一个人制订计划,难免要顾此失彼!"

王发全叹了口气,说:"二柱说的有道理,我们失败的根本原因就在这里,我们看轻了对手,轻视了对手的实力,焉有不败之理?"

刘汉冷冷地说道:"现在我们还不能言败!虽然现在有不少人签字报名搬迁,但是只要有一个拧着不搬,张一枭他的任务就不能算完成,他的田园综合体就没法建设。"

刘莽激动地说:"对对对,我的厂子就是坚决不搬,看他们能把我怎么样!发全、胜海,你们两个的厂子也不要搬,还有二柱的厂子,光我们在座的几个人就有四家厂子,只要我们坚决不搬,他们就不能算是完成任务。"

赵胜海说:"我觉得,虽然目前我们已处于下风,但我们的既定计划还需继续实施,不能这么便宜了张一枭他们!"

众人的眼光一同转向赵胜海。

赵胜海接着说:"上午开会时,我和李栓柱站在一起,我看他对张一枭的怨气还很大,我们是不是鼓动他去找张一枭闹一闹?"

刘莽急声说:"好好好,我们一块儿跟他去闹!闹得……"

刘莽正说着,李庆大步进了屋,高声说道:"你们是不是又在筹划着跟张一枭斗呢?"

众人都站起身,给李庆让座。

赵胜海兴奋地说:"李总,我们正在计划怎么跟张一枭大闹一场呢!"

李庆冷冷地说:"怎么闹呀?找张一枭闹事,总得有个理由吧!"

赵胜海挠了挠头,说:"这……这……这我还真没想好。发全,你的鬼点子多,你想个理由吧。"

王发全歪着头想了一会儿,苦着脸说:"此刻我还真想不出来合适的理由。"

李庆快声说:"这还用想吗?我早就给你们出好了主意,你们光说好就是不落实,在养殖场上做文章呀!张一枭引进的养殖场,污染环境,我们不让他们建,任凭你们怎么闹都不输理。我告诉你们,前段时间,郑州郊区要建一个垃圾处理厂,就是因为周边的老百姓不同意,到现在都没建。"

王发全睁大了眼睛,说:"主任,李总说的这个理由还真能说得过去,不论是阻止村里的厂子搬迁,还是借养殖场污染闹事,我们的最终目的都是让张一枭不痛快,只是手段和途径不一样,目的是一样的!"

李庆看了看刘汉,说道:"老刘,这段时间村里发生的事情我都听说了。我告诉你,你们如果早按我的这个办法去做,绝不会有现在的被动局面,养殖场污染环境是张一枭难以解决的问题,我们只要拿这个问题做文章,怎么做都不会被动。"

刘汉下定决心说:"好吧,厂子搬迁的事儿先放一放,我们就借养殖场污染问题再跟他们较量较量。"

王发全朝赵胜海挤了挤眼,说:"主任,乡里关于厂子搬迁的政策是,半个月搬迁完毕发一万元搬迁补偿费,我们几个的厂子搬迁如果过了这半个月期限,可就领不到那一万块钱的补助了。"

赵胜海急忙接过了话,说:"是呀,是呀!到时候大家都领了补助,我们领不到,岂不是太亏了?那可是一万块钱呀!"

刘汉厌烦地看了二人一眼,没说话。

刘莽忍不住怒声说道:"你们这俩家伙眼里只有钱,刚才还说别人没蛋子呢,我看你们俩都是软蛋!"

赵胜海低声辩解道:"那可是一万块,一万块呀!我们领不到,岂不是太亏了?"

刘莽狠狠地瞪着赵胜海,大声说:"我看你这货就是掉进了钱眼儿里,没有那一万块钱,你就没法活了?"

刘汉颓然地说:"大势已去,大势已去!因为大气污染整治,你们几个的厂子早晚也得搬,该搬就搬吧!"

李二柱急忙说道:"关键就在于这大气污染整治,因为不搬就没法正常开工生产,既然主任说了,我们该搬就搬吧!"

刘莽愤怒地站起身,大声说道:"我不搬,我坚决不搬,就是永远开不了工,我也坚决不搬!我看他张一枭能把我怎么样!"说完,气哼哼地大步向外走去。

王发全指着刘莽,脸上挤着笑说:"看看老二,还是这个火爆脾气,动不动就尥蹶子!"

刘汉有气无力地说:"好了,好了,那件事儿不提了,现在大家好好议议李总的方案吧,这次我们不能再打败仗了!"

5.轰动效应

经过王发全、赵胜海、李二柱等人反复做工作,他们最终纠集了十多个好事之人。

李庆一听只有十几人,当时就火了,大声说道:"你们是怎么做工作的,搞了半天才发动十几个人,这管啥用?根本引不起轰动效应!"

王发全为难地说:"我们都快把嘴皮子磨破了,大家就是不愿意跟我们到养殖场去闹,你说怎么办?"

赵胜海跟着辩解说:"李总,你不知道,现在村里人都在忙着厂子搬迁呢,大家对养殖场污染的事情并不关心,我们总不能硬拉着大家去闹事吧?"

李庆厌烦地看着二人,说:"就你们这十几个人,根本就不管用,办这种事情,最关键的是人多。这样吧,我出五千块钱,你们在村里找些老头老太太,一人发一百块钱,让他们跟着你们去。"

王发全顿时精神了起来,连声说:"还是李总高明,只要给他们发钱,村里那些老头老太太一定会跟着去。"

赵胜海急忙拦住王发全,说:"发全,发全,你等等,你等等,我们发动的这些人知道了咱们给老头老太太发钱,他们要钱怎么办?你要知道,要想把事情闹大,关键是要靠这十几个人呀!"

王发全看了看李庆,为难地说:"哎呀!我咋没想到这一点?李总,胜海说的有道理,他们如果听说咱们只给老年人发钱,没有他们的,他们再不去了怎么办?"

李庆气得扑哧一声笑了出来,说:"你们俩呀!怨不得刘莽说你们掉在了钱眼儿里了?你们俩就是见钱眼开!"

王发全辩解说:"李总,你放心,我绝对不会要你一分钱,我……我就是怕那十几个人心里不平衡,怕他们到时候出工不出力,事情不就办砸了?"

赵胜海接口说道:"是呀,是呀!李总,我们不会要你一分钱,我们只是想提醒你,不给那十几个人发钱恐怕调动不了他们的积极性。不给他们发也可以,到时候达不到效果,你可别埋怨我们没组织好。发全,你说是不是?"

李庆摇了摇头,说:"好了,好了,我再出五千块钱,一共一万块钱,一会儿我就给你们。但我告诉你们,钱我已经出了,你们可得尽心尽力地给我组织好!"

从李庆手里接过钱,王发全和赵胜海当即分头在村里进行了秘密串联。

第二天一大早，领到钱的村里人便悄无声息地向养殖场门口云集而来。不大一会儿，便聚集了上百人。

　　王发全指着人群冲李庆说道："李总，我说没问题吧，你还不相信，你还担心这些人拿到钱不来呢，这不大家都来了吗？"

　　赵胜海接过了话："李总，我给你说，我们村里的人最讲诚信，拿了你的钱一定给你办事！"

　　李庆哼了一声，说："给我办事？你们不要忘了，是我在帮你们整治张一枭，你们不要搞错了！"

　　王发全急忙说："不说了，不说了，这个不说了，我们的目标是一致的，这是我们大家共同的事儿！"

　　李庆不满地说："王发全，你是怎么计划的？这些人谁挑头，谁带队？"

　　王发全说："李总，这个你放心，我都计划好了！李二柱、刘莽和李栓柱带队挑头，我和胜海在一边帮腔跟他们理论，我们把家伙什儿都带来了。"说着，冲李二柱和刘莽喊道："二柱，给大家发家伙吧！"

　　李二柱冲身边的几个保安点了点头，几个人快步走到面包车前，从上面抬下了一捆木棍。保安们拆开绳子，开始给前来的青壮年分发武器。

　　李二柱、刘莽和李栓柱拿到木棍，一马当先地走在队伍的最前面，一行人浩浩荡荡地冲进了养殖场工地。

　　养殖场工地负责人李经理看到上百号人怒气冲冲地走了过来，慌忙迎了过去，大声说："乡亲们，乡亲们，你们这是干什么呀？"

　　刘莽怒目圆睁，用木棍指着李经理，吼道："快给我们停下来，你们不能在这里建设养殖场！"

　　李二柱举起木棍用力敲打地上的钢件，喊道："你快叫他们停工，再不停工我们可就动手打了！"

　　人群中的青壮年也跟着李二柱，纷纷用木棍敲打身边的钢件和水泥柱子。

　　王发全低声冲身后的老年人喊："大家快喊，我们一起叫他们停工，大家快喊！"

　　老人们应声喊道："快停工，快停下来！"

　　工地上的工人停下手中的活儿，纷纷围了过来。

　　李经理问："你们这是为什么呀？凭什么不让我们建？"

　　王发全从人群中冲了出来，说道："为什么？你们养殖场是个污染源，我们不同意在我们村边建。"

李经理解释说："我们这个养殖场是个现代化养殖场，猪粪都做成了复合肥，根本就不污染环境，你们不要听那些不怀好意的人瞎说。"

李栓柱骂道："你说谁瞎说，你想找打是不是？哪有养殖场不污染的？你休要在这里巧言哄骗我们！"

众人也跟着喊："你想找打是不是？"

李经理抬头看怒喊的人群，一眼看到了人群后正在冷笑的李庆，他顿时明白了是怎么回事，于是赔着笑脸说道："各位，各位乡亲们，你们别打我，我只是个打工的，我现在去叫我们领导，让他跟你们解释。"说完，转身就往办公室方向跑。

李庆看李经理想溜，几步冲到了人群前面，大声说："他就是这里的经理，不要放他走。走，咱们去他的办公室！"

李经理跑进办公室后，反手锁上了门。他先是向派出所报了警，紧接着又分别给叶知秋、杨锐、张一枭打了电话，简要地向他们报告了养殖场发生的状况。

张一枭正在村部和张福堂、王大奎、曹长山等人商议事情。

挂断李经理的电话，张一枭着急地说："咱们快去养殖场看看，王发全和刘莽带着村里的一帮老人到养殖场闹事去了！"

曹长山顿时瞪大了眼睛，说道："什么？他带着村里老年人去我咋不知道？"

王大奎说："要是让你知道了，他们还能去得了吗？"

张福堂急声说："大家别说了，咱们快去养殖场！"

6.聚众行凶

张一枭等人赶到养殖场时，刘莽等人正在砸李经理的门。办公室的玻璃已经被他们打碎，一群人围在李经理办公室的门口，有人喊，有人骂，有人在砸门。

张福堂远远地就高声喊道："大家都给我住手，你们凭什么砸人家的门？真是无法无天了！"

张一枭和刘梦羽、王大奎等人快步冲到人群的最前面。

众人都停住了手，唯独刘莽还在继续砸门。

刘梦羽上前拉住刘莽，生气地说："二叔，你这是干啥呀？"

刘莽狠狠地瞪着张一枭，大声说："梦羽，你别管，这和你没关系！"

张福堂怒目圆睁,怒声说:"刘莽,你屡次三番地聚众行凶,你真的以为没人管你?你们凭什么砸人家养殖场的门?"

刘莽举了举手中的木棍,蔑视地看着张福堂说:"我砸他们的门又怎么样?惹火了我,我把他们的养殖场一把火烧了!"

刘梦羽夺过刘莽手中的木棍,着急地说:"二叔,你知道不知道这是犯法行为?"

王发全走到张福堂跟前,冷笑着说:"老书记,你知道不知道这养殖场污染环境?你们这样护着他们,是不是拿了他们的好处?老少爷儿们,大家说是不是?"

任凭王发全怎么喊,人群中无一人响应。

此刻,曹长山已经问清了这帮老年人跟着王发全前来闹事的原因了,他来回走动着,愤怒地打量着这帮老人,眼睛看到谁,谁就不由自主地往后退。

曹长山快步走到王发全跟前,大声说道:"是个屁!王发全,你干点人事儿中不中?整天煽阴风点鬼火,惹是生非!"他又转向身后的老年人,大声说道:"兄弟姐妹们,就为了一百块钱,难道你们就要出卖自己的良心吗?就为了一百块钱,难道你们就要为虎作伥,给王发全这个坏蛋当枪使吗?你们还有没有一点良心?一枭回村后为我们办了那么多好事,你们还在这里给他惹麻烦。你们知道不知道,这个养殖场也有村集体的股份,一枭说了,将来村集体有了钱,每个月要给大家发养老金呢。难道你们就为了区区一百块钱,甘愿把以后的养老金给断了吗?你们要是不相信,让一枭给你们说。"

张一枭走到老人当中,大声说道:"各位,曹连长说的是真的,我们村委会已经研究过了,每年都要从村集体收益中拿出一部分钱给村里的老人发养老金,我现在还不好给大家说每个月发多少,总的原则是村集体经济挣得多就给大家发得多。希望大家不要受个别人的蛊惑,早点散了回家吧!"

曹长山走到人中,大声吆喝道:"大家都散了,都散了吧!对了,把王发全的一百块钱还给他!"

听曹长山这样一说,大家纷纷掏出钱向王发全身上扔去,王发全周围顿时扔了一地的百元大钞。

王发全一点也没想到曹长山在这些老人当中竟然有如此大的号召力,他紧张地望着众人,喊道:"你们……"

老人扔过钱,一哄而散离开了养殖场,人群中就剩下了王发全等十几个人。

李栓柱看着纷纷扔钱的老人们,脸比巴掌打得还红,低着头,眼睛不敢看曹长山,曹长山却偏偏找到了他。

曹长山走到李栓柱跟前,大声吼道:"栓柱,你抬起头来看着我!李栓柱,你真是出息啦!为了区区一百块钱,你就给人当枪使了,你丢人不丢人?你还经过部队大熔炉的淬炼呢,还是党员,还是标兵呢,你就这素质?"

李栓柱扔掉手里的木棍,连连后退,低声说:"姑爷,我……我……"

曹长山怒吼道:"别叫我姑爷,我没你这样的孙子,我把你送到部队,我没想到你都当了五年兵还是这样没出息,被王发全这个小丑玩弄,你丢不丢人?看你今天这德行,我真想扇你几巴掌!"

张福堂看李栓柱被曹长山骂得无地自容,走上前拉了拉李栓柱,低声说:"栓柱,你还不快走,真想让老爷子打你是不是?"

李栓柱顿时明白了过来,低着头偷看了曹长山一眼,转身撒腿就跑。

跟随而来的十来个青壮年都知道曹长山的脾气,也都怕被这老头子骂,看李栓柱跑了,慌忙四散开来,一个比一个溜得快。闹事的人群就剩下了王发全、赵胜海、刘莽和李二柱。

这时,杨锐和派出所的人也到了现场。

杨锐看了看满地的钱,又看了看养殖场筹建办公室破碎的窗户和房门,生气地说:"王发全,你知道持械聚众闹事是啥行为吗?"说着,突然抬高声调,大声说道:"这是典型的黑社会性质组织!你们聚众闹事,还花钱买凶,罪加一等!"

王发全顿时慌了,急声喊道:"杨书记,杨书记,我冤枉,我冤枉呀!这都是郑州那个李庆出的主意,钱也是他出的!"

赵胜海连忙接话:"都是李庆出的坏主意,是他拿出一万块钱让我们找的人!都、都、都……都是他出的坏主意!李二柱、刘莽,你们说说,是不是李庆出的主意?"

刘莽昂着头,一句话也不说。

李二柱连声说:"是的,是的,都是李庆的主意!"

杨锐冲身边的警察点了点头,说:"带走吧,把他们带到派出所问吧!"

王发全等人被警察带走后,杨锐走到李经理跟前安慰了几句,也离开了现场。

张一枭正要离开,李经理却拦住了他,低声说:"一枭,叶总想让你给她回个电话。"

接到李经理的电话后,叶知秋知道张一枭一定会妥善处理此事。不过,令她生气的是,李庆竟然是这次事件的幕后黑手。这个坏蛋真是阴魂不散,不但在郑州、在公司祸害她和张一枭,现在又跑到张庄村去祸害他们,看来他是想终生不让她和张一枭安生。

叶知秋恨恨地想,好呀,好呀!既然你把战场拉到张庄村,我就到张庄村好好会一会你。你不是爱面子吗?不是嫉妒我和张一枭好吗?我就和张一枭好给你看,看你知道不知道什么是羞辱!

张一枭拨通了叶知秋的手机,说:"知秋,事情已经处理完了,你不要担心了!"

叶知秋在电话里说:"我就知道你能处理好!我给你说一下,最近我可能要去你们那里。"

张一枭问:"你什么时候来?"

叶知秋顿了顿,说:"嗯,我会让公司办公室通知县里,到时候你就等通知吧。"

张一枭眉头顿时拧成了疙瘩,他已隐隐预感到叶知秋此行肯定要发生一些大事!

7.败家娘儿们

得知叶知秋要来张庄村的消息后,刘汉专门找到了李庆。

赵胜海和刘莽带人到养殖场闹事,被关进看守所已经十多天了还没放出来。这次还真是怪了,刘汉四处托关系说情,把所有能用的关系都用上了,始终都没把刘莽和赵胜海弄出来。为此,他还赔了养殖场 10 万块钱。

刘汉找李庆要赔养殖场的钱,李庆推得一干二净,说自己只是让他们闹闹事儿,没叫他们砸人家的东西,谁砸的谁赔,他一分钱也不会出。

刘汉心里那个气呀!心想,李庆这小子真不是东西,坏点子是你出的,现在闹出事儿来了,你却把事情一推六二五,拍屁股跑了!

刘汉本就是个睚眦必报的人。他心想,李庆你小子敢在我面前耍花腔,我一定要让你为你的小聪明付出代价。

刘汉不怀好意地说:"李总,你老婆明天要来咱们张庄村了,她给你说没有?"

李庆疑惑地问:"我老婆?我光棍一个,哪儿来的老婆?"

刘汉笑道:"叶知秋呀!叶知秋不是你老婆吗?"

李庆方才回过神来,说:"什么,叶知秋要来张庄村?你怎么知道?"

刘汉说:"乡里通知的,说周书记要亲自陪她视察畜禽产业园,让我们做好配合工作。"

李庆不高兴地说："她来了还要书记陪，我来的时候周书记咋没陪同我呢？你们这领导搞厚此薄彼，还想不想让我在这儿投资了？"

刘汉急忙说："听说叶知秋要追加在这里的投资，周书记能不陪同她吗？听说中午马书记还要亲自陪同她吃饭呢！"

李庆差点没跳起来，激动地说："她要追加投资，凭什么？她征求我的意见没有？召开董事会没有，她就追加投资？"

刘汉不解地望着李庆，问："你不是从公司出来了？在公司还能说了算吗？"

李庆心虚地说："当然了，虽然……虽然我从公司出来了，可公司还是我们家的！老刘，你说说，她准备追加什么投资？"

刘汉说："听说还准备上屠宰厂，全产业链发展，还要与县里全面合作，加快推进畜禽产业园建设。"

李庆气急败坏地说："这个败家女人，她是想要败光我家的家底呀！"

刘汉说："王乡长说，想让你中午一块儿陪吃饭，正好也和马书记见个面。"

李庆不耐烦地说："我不去，我不去！我才不陪她个臭女人！"

刘汉说："那好，到时候你可别说我没通知你。"说完，转身要走。

李庆急忙拦住了他，说："你等等，让我想想！"

刘汉停住了脚步，冷冷地看着李庆。经过一段时间的接触，刘汉已经看清楚了李庆的本质，觉得他就是个成不了气候的公子哥，对他自然也少了以往的尊重。

李庆想了一会儿，说："她几点到这儿？"

刘汉从兜里掏出一张纸，说："我这儿有接待方案，你自己看吧，我还有事呢，先走了！"

手拿着接待方案，李庆心里更不平衡了。叶知秋来张庄村，不但周书记陪同，乡里还专门制订了接待方案，他来的时候，别说县领导，连乡党委书记杨锐都没有出面。

巨大的反差，令李庆怒不可遏，心中愈加仇恨张一枭和叶知秋。要不是张一枭这个第三者插足，他就会成为叶浩然的乘龙快婿，早已是公司的总经理了；要不是叶知秋暗施毒计害他，他也不至于像丧家狗一样被赶出公司。

李庆本不想去见叶知秋，可他耐不住心中的焦灼，一大早就开车去了畜禽产业园。

一直等到上午9点，他看到几辆小车和一辆中巴开了过来，急忙钻进了车里。

远远地，李庆看见叶知秋从中巴上走了出来，紧接着周明礼、杨锐、王刚和张一枭等人也跟着下了车。

一行人边说边走，周明礼比画着在给叶知秋介绍，后面跟了一大群人，有乡里的干部，有养殖场的员工，还有张庄村的人。

李庆下了车，快走几步跟在了人群中。

刘汉看着李庆笑了笑，没言语。

叶知秋俨然一副领导的派头，短发飘飘，很有女企业家的气质。

刘汉低声说："李总，你这媳妇可真有派头呀！"

李庆恨恨地往地上吐了口唾沫，说："我操！她风光不了几天！"

叶知秋回转身子找张一枭，一眼看见人群中畏畏缩缩的李庆，心中暗暗冷笑，依旧不动声色地和周明礼往前走。

在产业园转了一会儿，一帮人来到了一块巨大的喷绘展板前。

周明礼说："杨锐书记，你把畜禽产业园的总体情况给叶总介绍一下吧。"

杨锐走到展板跟前，用电光笔指着展板上的图标，说道："整个项目规划占地8000亩，由县政府协同涉农企业、平台公司和其他投资方共同建设，计划投资30亿元。其中一期投入10亿元，主要围绕饲料生产、畜禽养殖、屠宰加工三大板块，建成由巨丰集团和大用集团带动、上下游产业链不断延伸、相关产业集群发展的第三代新型循环经济产业园。"

叶知秋转向张一枭，指了指展板上的一个标志，亲密地说："这是我们的养殖场吧，那是饲料厂？"

张一枭点了点头，说："是的！"

杨锐用电光笔指着展板接着说："目前我们站的地方是产业园的一条大主路，路北侧的区域全部为巨丰集团用地，路南侧的全部为大用集团用地，西侧是我们配套建设的污水处理厂。"

周明礼高兴地说："巨丰、大用，你们两个集团就是产业园的两个翅膀，要腾飞全靠你们呀！"

叶知秋微笑着说："我看大用也有配套的屠宰厂和饲料厂，你们的规划把我们的厂子对应着安排，是想让我们明争暗赛呀！"

周明礼说："饲料厂对着饲料厂、养殖场对着养殖场、屠宰厂对着屠宰厂，这的确是不是竞争的竞争，不过也好，有竞争才有动力嘛！"

参观过产业园，叶知秋却没有再上中巴，她伸手和周明礼道别："周书记，谢谢您百忙中陪我参观产业园,我还有其他事情,咱们就此告别吧!"

周明礼忙说:"都安排好了,我们一起赶回县城,马书记还要陪您吃饭。"

叶知秋微笑着说:"谢谢了!我真的和张一枭还有事情,下次吧,下次我来后专门向马书记汇报工作。"

周明礼见叶知秋执意要走,就说道:"那好吧!一枭,你要好好陪叶总,需要我协调的直接给我打电话。"

李经理早早就把叶知秋的车开了过来。

叶知秋看了一眼人群中的李庆,说道:"李经理,你把车子交给张一枭吧,我们一起去办点事儿。"

说完,叶知秋和周明礼、杨锐、王刚等人一一握手告别,亲昵地拉了拉张一枭,说:"咱们走吧!"

张一枭发动车子,宝马车慢慢驶出了人群。

周明礼、杨锐、王刚等人也走上中巴离开了产业园。

李庆呆呆地望着离开的车队,比霜打的茄子还蔫儿。

刘汉拉了拉李庆说:"走吧,人都走了!"

李庆牙咬得咯吱咯吱响,跺着脚说:"张一枭、叶知秋,你们给我等着!"说着,快步上车,发动车子,箭一般地向张一枭追去。

第十八章　阳谋春秋

1.癞皮狗

叶知秋临时改变行程,就是因为看到了李庆。她提出要和张一枭单独出去,就是做给李庆看的。她心想,李庆定会跟着他们。略施小计就拿下李庆,令她开始对自己信心爆满。她不仅要做给张一枭看,她已完全掌控了公司,还要好好羞辱羞辱李庆,一报多年的心头之恨。这次行程事先她并没有告知张一枭,而是通知李经理要去养殖场察看,她特意交代李经理说,要见一见县领导。李经理对叶知秋的意图心知肚明,她这次大张旗鼓地过来,就是做给李庆和张一枭看的,她想在这两个男人面前展示她的胜利成果。

接到叶知秋的电话后,李经理专门找到了杨锐,说叶总要过来考察调研,她想了解一下县领导对示范区建设的决心和信心,如果此行达到她的预想目标,公司会在畜禽产业园再增加一个屠宰厂的项目。杨锐一听就知道她想见见县领导,就向周明礼做了汇报。周明礼当即决定他亲自陪同,中午再由马书记出面宴请。周明礼要求杨锐,张庄村一定要做好相关准备工作,绝不能再出现拦路上访的闹剧。

张一枭是接到杨锐的电话后才知道叶知秋要来张庄村的,既然县、乡两级领导要亲自陪同,行程也是乡里安排好的,他要做的就是做好配合工作。当叶知秋提出要和自己单独办事时,他当时就愣住了。不过当着县里领导的面,他也不好多问,只能顺着叶知秋的意思开车向前走去。

车子上了大路,张一枭方才问道:"我们去哪里?"

叶知秋打开车窗向外看了看,说:"你开慢点。"

张一枭说："车开得不快呀！"

叶知秋看李庆的车子快要追了过来，想了想说："去你们的蔬菜基地看看吧。"

张一枭疑惑地看了看叶知秋，不知道她葫芦里卖的什么药，说："好吧！"加油门向蔬菜基地驶去。

李庆的车子一直跟在后面，直到张一枭和叶知秋从车子上走了出来，他方才远远地将车子停在了路边。

由于辣椒正是挂果期，这片土地虽然已经统一流转，但并没有开始进行土地整理，县里决定等秋季辣椒收到后再开展。

望着墨绿如毯的万亩辣椒园，叶知秋兴奋地向园中跑去，边跑边喊："一枭，一枭，快来呀，快来呀！"

张一枭快步跟了过去。

李庆走出车子，站在路边，定定地注视着二人。

叶知秋高兴喊着："一枭，一枭，你快过来，你快过来！"

张一枭走到了叶知秋跟前，叶知秋上前抱住他的胳膊，头倚在他的肩上，举起手机照了张合影。

李庆远远地看着二人亲昵的动作，心中简直在滴血，气恨、愤怒、委屈、后悔令他禁不住泪流满面。他真后悔听了郝鹏的话，挪用公司的那笔钱。如果父亲不因此中风瘫痪，如果他不被赶出公司，叶知秋和张一枭绝不会如此疯狂，绝不敢如此欺负他！现在父亲瘫痪了，他又彻底离开了公司，父亲辛苦几十年打下的江山全落给了这对狗男女。他忽然发现，张一枭回村，张一枭离开叶知秋，原本就是个骗局，这是他和叶知秋玩的欲擒故纵的把戏，目的就是放松他和父亲的警惕，借此麻痹他们、蒙蔽他们，从而借机出手一击而中，从而击败他们父子，一举夺得公司的掌控权！

李庆绝望地想，可怜他的父亲，还那样信任张一枭和叶知秋，把自己的股权都委托给叶知秋这个阴险的女人管理，真是可悲可恨可叹！

李庆在路上来回走动着，嘴里不停地骂："小人得志，小人得志！卑鄙无耻，卑鄙无耻！"

叶知秋看了一眼路边的李庆，拉着张一枭的手说："一枭，咱们回去吧！"

张一枭也看到了李庆，看了一眼叶知秋拉着的手，说："这好吗？"

叶知秋顿时不高兴起来，噘着嘴说："我拉拉你的手都不行了吗？你不让我拉，我偏要拉住不放。"说着，两手拽着张一枭的胳膊，向路边走去。

李庆看叶知秋和张一枭手拉手地向自己走了过来,想躲避开来,但走了几步,又想到是他们不要脸,凭什么自己要躲避? 他要当面质问叶知秋为何如此水性杨花。她自己亲口说的要和他领结婚证,现在却跑到这里和张一枭卿卿我我,想到此,他回转身子,迎着叶知秋和张一枭走了过去。

叶知秋今天所做的一切,就是摆明了做给李庆看的,她不但要好好羞辱他,还要狠狠地刺激他激怒他,让他痛苦让他悲伤让他绝望,总之他越是痛苦难受,她越兴奋痛快。

到了李庆跟前,叶知秋抱着张一枭的胳膊,头倚在他的肩膀上,满脸带笑地望着李庆,说道:"哎哟! 这不是李总吗,你怎么也在这里呀?"

李庆鼻孔里喘着粗气,嘴唇哆嗦着说:"你……你们还要脸不要脸?"

叶知秋松开张一枭,不屑地看着李庆,说:"你还知道要脸? 要脸怎么会去嫖娼? 要脸怎么会挪用公款? 要脸怎么会把自己的父亲气得中风?!"

李庆被叶知秋迫击炮式的追问羞得满脸通红,低声说道:"你你你……你说好的要与张一枭分手,你你你……你不讲信用!"

叶知秋冷笑着说:"跟你这种小人谈何信用? 我实话告诉你,我根本就没想过跟你结婚,答应跟你结婚,不过就是应付你的权宜之计。"

李庆气得浑身发抖,质问道:"那笔钱是不是你和陈静串通起来害我的? 你说,陈静是什么时候被你收买的?"

叶知秋说:"陈静根本用不着我收买,她本来就是我家亲戚。那件事是我让陈静告诉赵国柱的又怎么样,你做出那样违法的事情,没把你送监狱里算便宜你了!"

李庆舞动着手骂道:"果然是你,果然是你! 你这个恶毒的女人,老子早就该想到是你在害我!"李庆冲上前,要动手打叶知秋,却被张一枭死死地拉住了。

李庆反手向张一枭打去,嘴里骂道:"原来你回村也是设计好骗我的,你们这对奸夫淫妇,真不要脸!"

张一枭用力将李庆推了个趔趄,怒声说道:"我看你是疯了!"

李庆复又冲上前用脚踹张一枭,却被张一枭抓起脚掀翻在了地上。

张一枭拉住叶知秋,说:"简直就是一条疯狗! 知秋,咱们走,别理他!"

叶知秋瞥了一眼地上的李庆,和张一枭一起上了车,说道:"真是条癞皮狗!"

李庆从地上爬了起来,望着远去的车子,歇斯底里地骂道:"张一枭,你个王八蛋,你等着,老子绝不会放过你! 叶知秋,你们这对狗男女,老子绝不会放过你,放过你们!"

2.老糊涂

李庆在地上坐了许久,方站了起来。他心头燃烧着熊熊怒火,他恨张一枭,是张一枭导致了现在的一切;他恨叶知秋,是叶知秋无情地背叛了他的感情;他恨郝鹏,是郝鹏催他动用公司的资金;他恨叶浩然,是叶浩然放任了叶知秋;他更恨自己的父亲李扬,是他把张一枭招进了公司,是他决定把养殖场建在张庄村,是他把公司的股权交由叶知秋掌管,是他助长了叶知秋对他的羞辱!

李庆急切想找个人诉说心中的委屈,发泄心头的怒火,他想找刘汉,找郝鹏,但后来都被他否决了,他很清楚,找他们诉说,得到的定是嘲笑和挖苦。唯一能够让他发泄怒火,并且又能得到安慰的就是父亲李扬。想到此,他快步上车,发动车子,风驰电掣地回了郑州。

冲进家里,李庆为了发泄心头的愤恨和不满,用力将门向身后甩去。

大门"咣当"一声巨响,惊醒了李扬,也惊吓住了保姆。

保姆慌忙从厨房跑了出来,吃惊地望着李庆,说:"李总,您……您回来了?"

李庆瞪着血红的眼睛,狠狠地瞪了保姆一眼,一声不吭地向李扬的卧室走去。

听到摔门声,李扬坐着轮椅就往外赶,在客厅迎面碰上了李庆。

李扬生气地说:"李庆,你又抽啥风呢?"

李庆狞笑地看着李扬,大声说:"我抽啥风,我抽啥风?你知道不知道叶知秋是怎么羞辱我的?"

李扬疑惑地问:"你和知秋又咋了?"

李庆在客厅来回走动着,说:"咋了,咋了?你真是个老糊涂!你还把股权交给她管理,你知道不知道所有的一切都是张一枭和她设计好的,他们设计好来陷害咱们的。现在好了,我离开了公司,你又把股权交给了那个恶毒的女人,她马上就跑过去和张一枭秀恩爱,你还想着他给你当好儿媳,做你的春秋大梦吧!"

李扬被李庆语无伦次的诉说搞得一头雾水,无奈地问:"到底怎么了?你给我说清楚。"

李庆走到李扬跟前,停下了脚步,吼道:"你知道不知道,张一枭回农村就是为了麻痹我们,就是为了帮助叶知秋夺权!还有我被赶出公司,也是叶知秋和陈静那两个臭女人给我设的局,她们利用赵国柱那个老家伙跟我们闹,目的就是陷害我。"

李扬终于明白是怎么回事了,定是叶知秋的什么行为刺激了李庆,令他如此疯狂。心中油然生出了一丝悲凉,他真后悔自己过去太娇惯李庆了,让他遇到事情就变得如此不可理喻、歇斯底里!

李庆看李扬沉默不语,心想定是他感到理亏了,愈加张狂地喊道:"你这个老糊涂,现在知道后悔了吧?我不知道你怎么想的,不把股权交给我,却交给一个外人去管理。如果没有你的这个愚蠢行为,她叶知秋敢这样羞辱我?我给你说,吓死她也不敢!"

李扬平静地看着李庆,问:"知秋到底怎么羞辱你了?"

李庆恶狠狠地瞪着李扬,快声说:"怎么羞辱我了,怎么羞辱我了?她跑到张庄村,和张一枭手挽手地照合影,倚在张一枭身上跟我吵架。你的好学生张一枭,一脚把我踹翻在地,对我大打出手!你不在现场,你不知道他们有多嚣张有多放肆有多不要脸,要不是张一枭那个王八蛋拦住,我非抽死这个臭女人不可!"

李扬已经彻底明白是怎么回事儿了,他也深知李庆和叶知秋的婚事也是根本不可能了,叹了口气,说道:"庆儿,一些事情该放手的时候就要放手!早点放手,对你对知秋都是好事,你要知道,伤人的同时也在自伤呀!"

李庆不相信地瞪着李扬,厉声质问道:"你说什么?让我放手,让我成全叶知秋和张一枭?"

李扬悲哀地看着李庆,说:"孩子,放手吧!你和知秋有缘无分,都是爸爸害了你!"

李庆一阵冷笑,说:"放手?放手?我现在还放得了手吗?叶知秋骗取了我二十多年的感情,害得我像丧家狗一样,你一句话就让我放手,你说说,这公平吗?"

李扬说:"庆儿,你不要把责任都推到别人身上,挪用公司资金难道是人家叶知秋让你挪用的?"

李扬的话深深地刺激了李庆,只见他暴跳如雷,高声怒吼道:"到现在你还在为她说话,到现在还弄不明白谁和你亲近,你真是糊涂透顶!既然你这样看好她,以后你就让她为你养老吧!"

李庆生气地在客厅里来回走动着,大声地吼叫着:"让我放手,让我放手!你休想,我不会放过张一枭,我不会放过叶知秋!让我成全他们这对狗男女,你休想,休想!"

保姆看着李庆近乎发疯的样子,吓得直往后退。

李庆向保姆走了过去,恶狠狠地说:"你是不是叶知秋派来的? 你说说,叶知秋派你来是啥目的? 你给我滚,滚!"

保姆吓得连连后退。

李扬一直在压制着心头的怒气,他见李庆如此威胁保姆,推着轮椅冲了过来,抓着李庆的衣服边打边骂道:"你这个孽障,孽障!"

盛怒之下的李庆彻底失去了理智,转过身来,抓住轮椅边摇晃边吼道:"你这个老糊涂,你这个老糊涂,你到底跟谁亲呀?"

李扬又气又惊,嘴张得大大的,竟然一句话也说不出来。

李庆直起身恨恨地看了李扬一眼,大步向外走去。

3.脚踏两只船

刘汉回到村部时,刘梦羽正在和张福堂、张小平一起补签租地的合同。

张福堂看刘汉进了门,起身说道:"刘汉,正好你来了,梦羽已经把那300亩公用地的租金交了,但还需要补签一个合同,你看是由你代表村里签字,还是我来签?"

刘汉的脸色顿时变了,厉声说道:"啥租金呀,我咋不知道?"

刘梦羽走上前,说道:"我不是给你说了吗? 我要补交租用那300亩公用地的租金。"

刘汉生气地说:"你这个丫头,我不是说不让你交吗? 你怎么这么不听话,谁让你交的? 是不是他们逼你交的?"

张福堂说:"刘汉,你怎么能这样说话呢?"

刘汉看着张福堂,怒声说:"那你让我怎么说? 别以为我不知道,都是你和张一枭在哄梦羽这个傻丫头!"

张福堂生气了,指着刘汉说:"刘汉,你这样说可就没意思了,你们家种村里的公用地难道就不该给村里交租金吗? 梦羽这孩子通情达理,主动提出给村里交租金,你却说我们在哄她,你问问梦羽我们哄骗她没有?"

刘梦羽上前拉着刘汉走到了院子里,急声说:"爸,爸,你别在这里无理取闹了好不好? 钱,我已经交了,你要不愿签,你就回家吧!"

张福堂和张小平也跟着走出了房间。

刘汉两眼一瞪,冲着张小平大声吼道:"交了怎么样? 交了也得给我退回来! 张小平,你胆子真不小呀,连我的钱也敢收!"

平时软绵绵的张小平此刻却硬了起来,他冷冷一笑,说道:"你的钱怎么样,你的钱咬手呀?再说,钱是人家梦羽交的,我也没收你的钱呀。"

刘汉指着张小平说:"连你个小兔崽子也敢跟我犟,早晚有你后悔的时候。"说着,转向刘梦羽:"你给我说交了多少?"

刘梦羽说:"27万,三年的租金我全补交上了!"

刘汉更气了,伸手就想打刘梦羽,高声说:"你……你……你这个臭丫头,你想要气死我呀?谁让你交这么多,是张一枭吗?你是真傻还是假傻?"

刘梦羽说:"我自愿交这么多的,我不能占公家的便宜,不能让村里人说三道四。"

刘汉气得跺着脚说:"小梦羽呀小梦羽!你真是不当家不知道柴米贵,你说说谁在后面嚼舌头根子了?"

父女俩正在争吵,张一枭和叶知秋从车里走了出来。

在蔬菜基地和李庆闹了一场之后,张一枭提出要送叶知秋回郑州,叶知秋却坚决要去村里,她要看看张一枭工作的场所和办公室。张一枭见说服不了她,只好跟她一起来到了村部。

叶知秋去村部的目的,根本就不是要看张一枭的办公室。她是想见刘梦羽,她是来找刘梦羽宣战的,她想以行动告诉刘梦羽,她并没有放弃张一枭,张一枭是属于她叶知秋的。她希望刘梦羽能够知难而退,不要在村里缠着张一枭。

看见刘梦羽,叶知秋没有了大老板的矜持,俨然又成了个情窦初开的小姑娘。她走上前拉住张一枭的手,兴奋地问道:"一枭,这就是你工作的地方吗?"

众人的目光都集中在了张一枭和叶知秋身上。

张一枭尴尬地扯开叶知秋的手,低声说:"叶总,请不要这样!"

刘梦羽看着二人亲昵的样子,粉嫩的脸庞顿时比巴掌打得还红,她怔怔地看着叶知秋,竟不知如何是好。

叶知秋大方地走上前,说:"哎呀,梦羽也在这里呀!刚才我和一枭还说起你呢,谢谢你这段时间对他的帮助!"

刘梦羽转身看着张一枭,泪水在眼里直打转。她心中恨透了张一枭,她不知道张一枭为什么要这样做,为什么要领着叶知秋来村里让她当众出丑。

张一枭急忙上前要拉刘梦羽,低声说:"梦羽,你听我解释。"

刘汉快步上前把张一枭推了个趔趄,厉声说:"张一枭你个混蛋,你不要碰梦羽!"

叶知秋赶忙去扶张一枭,关心地说:"一枭,你没事吧?这人怎么这么粗鲁?"

刘梦羽冷冷地看了看张一枭,转身向外跑去。

"梦羽,梦羽!"刘汉指了指张一枭,喊着追了过去。

叶知秋心中暗暗发笑,她要的就是这个效果。冷酷的现实让她认识到,只有狠起心肠,她才能掌控自己的生活,掌控自己的命运。为了父亲的公司,为了自己的幸福,她不得不这样做。她已经失去张一枭一次了,她决不能再失去他一次,她必须硬起心肠来对待她的竞争者。强者生存,森林法则同样适用于她和刘梦羽。

叶知秋的出现,让张福堂也蒙了,尤其是叶知秋和张一枭的亲昵表现,让他对张一枭很是失望。刘梦羽对张一枭的好,他都历历在目。张一枭也曾明确告诉他,他是喜欢刘梦羽的。他一直盼望这俩孩子能有情人早成眷属,这样他就可以安心退休了。他没想到,这个叫叶知秋的女老板竟然与张一枭的关系这么亲密,而且还当着刘梦羽的面这么亲热。他不相信张一枭是脚踏两只船的登徒浪子,可眼前的现实又不得不令他怒不可遏!

张福堂走上前,正要冲张一枭发火,叶知秋却迎了过来,笑着说:"您是老书记吧,我应该喊您大伯吧?"

张福堂不高兴地说:"我是张福堂。"

此刻,张一枭才真正意识到自己被叶知秋耍了。叶知秋来村部,目的就是冲着刘梦羽来的,她的所有表现都是做给刘梦羽看的,可事已至此,他又能怎么样。

叶知秋的脸依然笑得很灿烂,说:"大伯,一枭经常向我说起您,能让我参观一下你们的办公室吗?"

张福堂脸上这才挤出一丝笑,说:"叶总,您请。"

叶知秋在张福堂和张一枭的引领下,在村部上上下下转了一圈,方才走到车子跟前,她笑着冲张福堂说:"大伯,谢谢您能陪我参观,我已经决定了,再在你们这里投资一个屠宰厂,以后我会经常来这里的。"

张福堂点了点头,说:"那我们欢迎!"

叶知秋看张一枭站在张福堂的后面不上前来,说道:"张一枭,都到饭点了,难道你连顿饭都不管我?"

张一枭不满地看了叶知秋一眼,快步走上车,发动车子向村外开去。

4.感情替补

刘梦羽跑回家,就把自己关进了屋里。

张秀芝看刘梦羽眼里噙着泪,以为她又在和刘汉闹矛盾,抓住刘汉就喊了起来:"你是不是又骂梦羽了? 一回家就找我们娘俩儿的不是,你到底想干啥?"

刘汉跑得气喘吁吁的,怒视着张秀芝,许久方才说道:"你别在这里乱说话,我怎么找你们的不是了?"

张秀芝指了指刘梦羽的房间,生气地说:"那梦羽为啥哭着跑回来了? 肯定是你又和她生气了!"说着,她走到刘梦羽的房间门口,一边敲门一边喊道:"宝贝儿,给妈开开门,你心里有啥委屈给妈说!"

刘汉见任凭张秀芝怎么敲门,房间里一直没反应,慌忙走上前,边拍门边喊道:"梦羽,小梦羽,你快出来,出来!"

刘梦羽用被子蒙着头,任凭父母怎么喊也不吭声。她心里充满了绝望和悲伤,一直在问自己,我该怎么办,我该怎么办?

叶知秋通过陈静掌握着李庆的动态,她怎知道刘梦羽也在通过陈静关注着她的一举一动。

陈静和刘梦羽是大学同班同学,俩人一起在一个寝室住了四年。大学毕业,俩人一同进了巨丰集团。当年刘梦羽负气离开时,陈静曾经百般劝阻,最后当刘梦羽告诉她是因为张一枭后,陈静便沉默了。

张一枭回村后,刘梦羽对张一枭的解释始终半信半疑。她专程去了趟郑州,向陈静详细了解了张一枭离开公司的内幕。当时刘梦羽并不知道陈静是叶知秋的表妹,但她却知道陈静和叶知秋的关系非同寻常,因为陈静对叶知秋的情况了如指掌。她曾问过陈静与叶知秋的关系,陈静却不愿说。

陈静据实相告。她告诉刘梦羽,叶知秋和李庆打小就订了婚,由于叶浩然患病和李扬父子紧紧相逼,叶知秋为了公司不得不舍弃张一枭。她还对刘梦羽讲了许多关于叶知秋、张一枭和李庆的事情。

陈静知道刘梦羽来找她的目的,她也很希望自己的闺蜜和张一枭能有情人终成眷属,就劝刘梦羽说:"梦羽,张一枭是个值得托付终身的好男人。他这次回乡,是老天对你的眷顾,希望你珍惜这个机会,我祝你心想事成!"

得到陈静正式的回应,刘梦羽的心才彻底放到了肚里。

然而就在叶知秋来张庄村的前一天晚上,陈静和刘梦羽专门通了一次电话,俩人整整聊了两个多小时。陈静把公司最近发生的一切全讲给了刘梦羽,还主动告诉刘梦羽,她和叶知秋是表姐妹关系。

刘梦羽从陈静唠唠叨叨的诉说中,已经听出了异样,她预感到叶知秋会来找张一枭。果然,陈静最后犹犹豫豫地告诉她,表姐叶知秋现在决意要与张一枭复合,让她好有心理准备。

在畜牧产业园,刘梦羽一直跟在陪同的人群中,并且一直在关注着叶知秋和张一枭的互动。当张一枭载着叶知秋离开的那一刹那,刘梦羽的心差点没从肚子里蹦出来,剧烈的疼痛令她险些窒息。

刘梦羽没想到叶知秋和张一枭在外面转了一圈,竟然会来到村部,而且公然在她面前与张一枭秀恩爱,这分明就是做给她看的,让她知难而退,别再和张一枭来往。她不知道叶知秋这样做是不是和张一枭事先商量好的,但张一枭对叶知秋俯首听命的态度,足以让她失望透顶。难道张一枭根本就是把她作为感情替补吗?

如果张一枭的心真的仍在叶知秋身上,她该怎么办?刘梦羽一遍又一遍地问自己,越问越伤心,越问越痛苦。

刘汉在房间外急得团团转,生气地数落道:"你这个丫头真是傻呀!你恨不得把心都掏给张一枭,可你看看他是怎么对你的?"

张秀芝拉住刘汉,急声问道:"你和梦羽到底咋啦,你是不是又骂她了?"

刘汉甩开张秀芝,指着房间恨恨地说:"都是你惯的!你知道不知道,她一下子给张一枭交了27万的土地租赁费,你说她傻不傻?我给她说不让她交,不让她交,她非交,真是气死我了!"

张秀芝终于弄明白了是怎么回事儿,指着刘汉骂道:"好你个刘汉,你个坏了心肝的东西,我看你现在光认钱不认人了,不就是27万块钱吗?你也不能把孩子骂成这样。再说,这是咱们应该交的,梦羽有啥错?梦羽要有个三长两短,我跟你没完!"

刘汉知道张秀芝理解错了,着急地说:"你懂啥?梦羽这样不是因为我说她,是因为张一枭!"

张秀芝疑惑地问:"张一枭怎么梦羽了?你快给我说说,张一枭怎么她了?"

这时,刚从看守所里被放出来的赵胜海疾步走了过来,趴到刘汉耳边说:"张一枭又和郑州那个娘们儿开着车走了!"

刘汉恶狠狠地说:"张一枭这个王八蛋,梦羽要是有个三长两短看我不劈死他!"

张秀芝在一旁更疑惑了,她快步走到赵胜海跟前,说:"胜海,你给我说说到底因为啥?"

赵胜海看了看刘汉,说:"张一枭在郑州的情人来了,他们还在村里亲密地拉着手。那个张一枭就是个王八蛋,他纯粹就是在欺骗梦羽的感情!"

张秀芝的脸色顿时变了,她连连后退,嘴里呢喃自语道:"不可能,不可能!"

刘汉愤怒地望着张秀芝,高声说:"你还说不可能,你还说不可能,你就没见郑州那个小娘们儿有多不要脸! 我早给你说,让梦羽离张一枭远点,离张一枭远点,你就是不听,现在好了,闺女被张一枭耍了,你心里好受了? 你心满意足了?"

张秀芝不相信地望着刘汉,摇着头说:"我不相信张一枭会欺骗梦羽,我不相信!"

刘汉气得浑身发抖,指着张秀芝骂道:"你个天下第一号的糊涂女人,女儿都被欺负成这样子了,你还在为张一枭那个王八蛋说好话,我看你真是蠢到家了!"

张秀芝复又冲到刘梦羽的门口,用力地敲门,大声喊道:"梦羽,梦羽,你出来,你出来给我说清楚,如果张一枭那浑小子欺负你,我去找他算账!"

赵胜海在一旁添油加醋地说:"张一枭那小子真不是东西,就刚才他开车拉着郑州来的那个女人有说有笑地走了。那个女人是个大老板,他就是个吃软饭的东西!"

刘汉也过来敲门,大声说:"梦羽,梦羽,你出来一下,走,咱们去他家找他爹娘去! 他妈的,这个浑蛋敢欺负我刘汉的闺女,他不想活了!"

赵胜海也跟着喊:"对对对,到他家闹去! 看他爹娘咋说! 今天张福民要不给咱们个说法,咱们就跟他没完!"

这时,门开了,刘梦羽一脸泪痕地从房间里走了出来。

刘汉和张秀芝慌忙上前去拉刘梦羽,着急地说:"梦羽,梦羽,孩子,你可想开点儿呀!"

刘梦羽看了看父母,低声说:"爸,妈,我没事! 我和张一枭的事儿,你们就别管了,让我自己解决中不中?"

刘汉眼睛瞪得圆圆的,怒声吼道:"张一枭这样欺负你,我们能不管吗? 看我不揍死他个狗蛋儿!"

刘梦羽绝望地看了一眼刘汉,忽然歇斯底里地喊道:"我求求你,别管了中不中?"说完,砰的一声关上了房门。

5.背叛者

张一枭默默地开着车,一句话也没说,他真不敢相信眼前的人还是从前那个天真烂漫的叶知秋。他虽然不知道叶知秋用了什么手段扳倒了李庆,但从今天她要激怒李庆的态度上,他已经感觉到叶知秋完全地变了。变得成熟了、稳重了,变得比以前有心机了,却也变得让他不认识了。

更令张一枭生气的,是叶知秋在村部的表现。他真的以为她是想看看他工作的地方,根本没想到她会在他面前玩心眼儿,尤其是她怎么能在村里那么多人面前刺激刘梦羽呢?这样会让刘梦羽怎么想,刘汉怎么想,还有村里人怎么想?他真不知道,叶知秋这是在帮他还是在害他。

他心想,此刻刘梦羽一定恨死了他,一定以为他和叶知秋旧情未断,一定以为他一直在脚踏两只船,一定会对他特别失望。想起刘梦羽,他心里充满了自责和悔恨。他真不该带叶知秋去村部,更不该在叶知秋和刘梦羽面前沉默不语,他应该在她们两个面前亮明自己的态度。正是由于他当时的犹豫,由于他不忍心让叶知秋当众难堪,不仅重重地伤害了刘梦羽,还让刘汉等人产生了难以解释的误会。

张一枭深知,刘梦羽哭着离开时,他追上去向她做出解释,也许刘梦羽会原谅他。然而他不仅没有追刘梦羽,还和叶知秋一起离开了村子,岂不是又在刘梦羽受伤的胸口上插了一把刀?他必须尽快向刘梦羽做出解释。向来遇事冷静的他,此时此刻着实有点不知所措。他不知道如何能既不伤害叶知秋,又能安慰好刘梦羽,让她不产生误解。

叶知秋看张一枭不高兴的样子,心中也是翻江倒海。她知道自己做得有点过分,尤其是在刘梦羽和她父亲面前。可她不狠下心来,怎么能让刘梦羽知道她对张一枭的态度,怎么能让她知难而退。当断不断,反受其乱。她觉得此刻这样做虽然有点绝情,但对大家的将来都有好处。如果刘梦羽知趣地离开张一枭,自己一定会对她有所补偿的。

想到此,叶知秋看了看张一枭,满含醋意地说:"怎么生气了?看来你对刘梦羽还真动感情了!"

张一枭叹了口气,说道:"知秋,你变了,变得我都不认识了。"

叶知秋冷冷地说:"你说说我怎么变了?我看你是见刘梦羽受了委屈心里不痛

快,你心里在埋怨我却又不愿说出口。"

张一枭看了看叶知秋,说:"是的,我心里就是不痛快。知秋,你看李庆都已经离开了公司,你还有必要那样对他吗?"

叶知秋腾的一下火了,高声说:"你知道李庆为啥来张庄村,他还不是冲着你来的? 难道你忘了过去他在公司怎么对你的吗? 难道你就这么快好了伤疤忘了疼?"

张一枭说:"冤冤相报何时了,还是得饶人处且饶人吧!"

叶知秋痛苦地说:"张一枭,你得饶人处且饶人,他会饶过我们吗? 李庆就是只一直窥视着我们的恶狼,他随时准备着向我们发动攻击,我们只有痛打落水狗,彻底地打垮他,才能消除他对我们的威胁。"

张一枭摇了摇头,说:"知秋,事情没有你说的那么严重。"

叶知秋生气地说:"你是不是回农村的时间长了,待傻了吗? 你难道看不出来吗? 我是想把李庆赶出张庄村,让他离我们远远的,我所做的一切都是在为你考虑,你是真不理解还是假不理解?"

张一枭被叶知秋盛气凌人的态度惊呆了,原来这才是她的本来面目! 董事长叶浩然果然说得没有错,叶知秋有颗坚强的心,一旦破壳出茧化蛹成蝶,就会成为一个非常强势凌厉的女人。他暗暗为当初的选择而庆幸,幸好当初他听了叶浩然的话,悬崖勒马扎住了自己的感情。他不喜欢强势的女人,更不喜欢被女人呼来喝去。

叶知秋并没有感受到张一枭的情绪变化,依旧快言快语地说:"张一枭,我告诉你,对敌人仁慈就是对自己残忍,对李庆这样的人决不能心慈手软!"

张一枭冷冷一笑,说:"知秋,你要知道,李庆不是我们的敌人!"

叶知秋疑惑地看了看张一枭,赌气地说:"难道是你的朋友? 哦,对了,他还是你老师的儿子!"

张一枭说:"知秋,你不用把话说得这么刻薄! 李庆这么多年对你的感情,还有李总和你爸的关系……"

叶知秋武断地打断了张一枭,大声说:"他对我的那叫什么感情? 他是想占有,那不是爱! 他如果爱我,能在我答应跟他领结婚证的当天去嫖娼? 他如果爱我,能一次又一次欺骗我威胁我? 张一枭,我不知道你现在咋变得如此仁慈,当初李庆是怎么对你的? 现在你却在为他辩解,对他同情。你知道不知道,他随时都可以一口吃掉你! 一定是刘梦羽,一定是刘梦羽把你变成了这样!"

张一枭心头顿时涌起一股怒气,他绷着脸说:"你少提刘梦羽,这和刘梦羽有什么关系？"

叶知秋心中一直也在为张一枭的不高兴而生气，她已经敏锐地感觉到张一枭对刘梦羽动了真感情，这令她紧张、焦虑、委屈、嫉恨又气愤，她甚至觉得张一枭背叛了她。虽然当初她让张一枭离开公司，虽然她答应父亲和李庆结婚，但她的心一直在张一枭的身上呀！她一直深爱着他，心中没有给李庆留任何的位置。她没想到，张一枭才离开多长时间，就移情别恋到刘梦羽身上。他这样对得起她对他的痴爱吗？对得起她为他所做的一切吗？

叶知秋压在心底的怒火终于点燃了，她怒目圆睁，厉声说道："你跟我吼什么吼？什么李庆，我看你就是因为刘梦羽才拿李庆跟我说事儿！你心里有什么怨气，你尽管跟我说，何必绕这些大圈子？"

张一枭脑门上的怒火直往上蹿，他极力压制自己的情绪，一字一句地说："知秋，我今天就是对你的表现不满意！你不应该那样对待李庆，更不应该那样对待梦羽。"

叶知秋一阵冷笑，恨恨地说："你对我的表现不满意？张一枭，你不要忘了，你是在对谁说话？你不要忘了，我是你的老板！你……你竟然这样对我说话？"

张一枭将车子停在了路边，惊疑地看着叶知秋，冷笑着说："叶知秋，你既然这样说，那我也告诉你，自从我离开公司那一刻起，你就不是我的老板了，我们纯粹是朋友关系！过去我这样给你说，现在这样给你说，将来我还会这样给你说！"

叶知秋愤怒地指着张一枭说："你……"

张一枭大声吼道："你少拿手指我！"说着，打开车门走了下去。

叶知秋也从车上走了出来，流着泪说："张一枭，我没想到你为了刘梦羽竟然冲我吼叫，难道你真的这么喜新厌旧，爱上了刘梦羽？你，你怎么对得起我对你的感情？"

张一枭鼻子喘着粗气，他闭上眼睛停了一会儿，低声说道："知秋，我们的关系、我们的感情，我们早已进行了了结。那天我们不是已经说得很明白了吗？我们不合适，我们只适合做知己，只适合做兄妹。知秋，我们现在再说这些话，有意义吗？"

叶知秋的泪越流越多，她哀怨地看着张一枭，说："张一枭，你好狠的心，难道我们的感情说了结就了结了吗？如果真是那样，那还叫真感情吗？"说着，叶知秋上了车，发动车子，猛踩油门，箭一般地向前冲去。

6.后遗症

张一枭脚踏两只船的消息很快就在村里传开了。

王发全、李二柱、刘莽听到消息后,都匆忙赶到了刘汉家。

一帮人围坐在院子中的石桌旁商量对策。

刘汉垂头丧气地连声叹气。这几天,他的心情坏到了极点。刘莽和赵胜海虽然从看守所里出来了,可整整被拘留了 14 天,一天也没少。更为重要的是,在他找关系捞刘莽和赵胜海时,他忽然发现许多人都在躲他,都不愿意和他正面接触。这种情况让他预感到了不妙,他暗暗问自己,难道自己成了扫黑除恶专项斗争的对象? 不过,这个想法很快又被他否定了。如果自己真是扫黑除恶专项斗争的对象,王刚早该给他透露信息了,怎么从来也没给他说过呢? 这些人不给他面子,也许是当前开展扫黑除恶专项斗争的大形势使然,就别自己吓自己了!

虽然刘汉这样安慰自己,可此事却像钉子一样钉在了心里,搅得他彻夜难眠。心中的担忧,他不敢给任何人说,生怕担忧成了现实!

李二柱低声劝道:"常言道,棍大掰不折,儿大不由爹! 主任,你也别生气了,咱们快想想如何解决这件事儿吧! 我觉得,这件事儿咱们不能轻易放过张一枭那小子,咱梦羽可不能受这样的欺负!"

刘莽怒声说道:"当然不能放过张一枭那小子,他敢这样欺骗梦羽,他不想活了?"

王发全的眼睛滴溜溜乱转,他心里有说不出的兴奋和激动,心中暗骂道,张一枭呀张一枭,你小子真是天堂有路你不走,地狱无门偏要来,连刘汉的闺女你也敢动,你真是色胆包天了! 而且还是吃着碗里的占着锅里的,我一定要让你为此付出沉痛代价。

赵胜海看李二柱和刘莽都是一副义愤填膺的样子,进一步拱火说道:"当时你们都没在跟前,你们不知道张一枭和郑州来的那个女人有多不要脸,他们手拉手走下车,还说什么多亏梦羽对我们一枭的帮助,简直肉麻死了!"

刘莽转向赵胜海,高声问:"张一枭既然和那个女人没有断,他为何还来招惹咱们梦羽?"

赵胜海笑道:"这恐怕需要你问张一枭了! 我觉得他可能想脚踏两只船,两边通吃!"

刘汉猛地抬起头,说:"你放屁!我根本就不同意他们相处!"

赵胜海吓得急忙闭住了嘴。

刘莽看着刘汉,瓮声瓮气地说:"哥,你说吧,咋弄?是砸他的锅还是挑他的筋?张一枭这个王八蛋,我一定要让他付出代价!"

刘汉看了看王发全,问道:"发全,你说说该咋办?"

王发全这次咳嗽一声,清了清嗓子说道:"主任,这可是难题呀!既不能明着搞张一枭,也不能把他弄得太狠了,如果把他整得太狠了,梦羽可就跟他彻底成不了一家人了。"

刘莽急声说:"我们家人根本就不会同意梦羽嫁给他!张一枭想娶梦羽,他做美梦吧!"

王发全不客气地说:"关键是咱家梦羽,她对张一枭死心没有?如果她对张一枭没死心,现在我们做什么将来都会留下后遗症的!"

李二柱问:"难道我们就这样闷不吭声地吃哑巴亏?"

刘汉想了想说:"发全,你说说为啥我们不能明着整治张一枭?"

王发全说:"主任,你想想呀!我们以此为目的到张福民家打砸,村里人定会说我们仗势欺人,而且对梦羽的名誉也不太好,毕竟小青年谈恋爱是你情我愿的事情。"

刘莽着急地说:"王发全你就别绕了,有啥办法你就直接说吧!"

王发全这才说道:"我觉得此刻不适合急着动张一枭,即使动他也得有个合适的理由。比如,这几天他如果上门来骚扰梦羽,我们就可以对他痛下狠手。如果他不来,我们就去找张福堂,让他们姓张的给个说法,逼他张一枭做出选择。"

李二柱问:"张一枭如果选择郑州那个女人怎么办?"

王发全笑了,说:"这样不正好吗?反正主任不同意他们的婚事嘛,这样正好断了梦羽的念头。等梦羽对张一枭彻底死了心,我们再新账老账跟他张一枭一块儿算。"

刘汉问:"假如张一枭选择梦羽呢?"

王发全挠了挠头,说:"这就是我最为难的地方!这要看主任你了,你到底愿不愿意让梦羽嫁给张一枭,愿意是一种做法,不愿意又是一种做法!"

刘汉坚定地说:"我决不会让梦羽嫁给张一枭那小子!"

王发全阴笑着说："这就好办了！如果张一枭来家里找梦羽道歉，主任你也别动，就让刘莽出手，狠狠地揍这小子，打得他彻底断了对梦羽的念想。"

刘汉问："如果他不来怎么办？"

王发全说："他不来，我们就去找张福堂，让张福堂逼他表态。不论他说选择郑州那个女人，还是说选择梦羽，刘莽你就只管动手打，就揍他不要脸，脚踏两只船，在耍流氓！"

刘莽脸上露出了笑容，高兴地说："发全你就放心吧，张一枭这小子我早就想打他了！"

赵胜海恨恨地说："光把张一枭打一顿就算完了？这样可就太便宜他们老张家了！"

王发全说："你别着急，这只是第一步。我所说的第一步，所有工作都是为了断绝张一枭和梦羽的关系。只要梦羽对他彻底死了心，我们以此做文章，怎么收拾张一枭那一家人都不为过。"

刘汉心头翻腾着滚滚怒气。他真恨梦羽这个闺女不争气，之前他之所以忍耐张一枭，还不都是为了他的宝贝疙瘩刘梦羽？他虽然不同意梦羽和张一枭相处，可以刘梦羽的性格，他也没有绝对把握能拆散他们俩。他也着实顾虑将来一旦梦羽和张一枭成了夫妻，他和张一枭就成了刀砍不断的翁婿，此刻不留后路以后定会困扰不断。王发全说得很有道理，此刻动不动张一枭，关键还是要看梦羽对张一枭的态度，还是要看他们能不能最终在一起，如果将来他们还是要在一起，即使受再大的委屈，为了女儿他也必须忍住。

想到此，刘汉点了点头说："就按发全说的办吧！老二，你可一定要给我忍住，诸事听发全的安排！"

刘莽不甘心地说："好吧，好吧，我一切听发全的！"

7.一了百了

张一枭回到村里后，直接去了刘梦羽家。他知道，目前已很难让刘梦羽相信自己，但不论采取什么办法，他一定要让刘梦羽看到他的诚意和自己对她的感情。即使她不原谅自己，也要让她感受到自己的选择和决心。

张一枭直接进了刘汉家的院子，刘汉等人正聚在一起商议如何收拾他呢，看到张一枭,顿时气得眼睛都红了。

刘莽冲上前拦住了张一枭,怒骂道:"他妈的,张一枭,你还敢进这个院子,你不想活了?"

张一枭看了看刘莽,说:"我找梦羽有点事儿,请您让开。"说着,大声喊道:"梦羽,梦羽,你听我解释。"

刘莽抬手打了张一枭一耳光,骂道:"你给我滚出去,我们家梦羽不想见你。"

张一枭摸了一下生疼的脸庞,怒视着刘莽,继续喊道:"梦羽,梦羽,你听我解释。"

刘莽还要动手打张一枭,刘汉黑着脸走了过来,威严地说:"老二,你到一边儿去!"

张一枭求救般地转向刘汉,说:"刘汉叔,你让我见见梦羽吧,那都是误会。"

刘汉忽然抬高声音,吼道:"误会? 这事儿有那么简单吗?"

张秀芝从屋里冲了出来,抓住张一枭,大声说道:"一枭,你给我说清楚,你是不是脚踏两只船,你是不是在玩弄小梦羽的感情?"

张一枭一脸委屈地说:"婶子,没有的事儿,我真的没有玩弄梦羽的感情,我喜欢梦羽,我真的没有欺骗她!"

张秀芝问:"郑州来的那个女人是咋回事儿?"

张一枭解释说:"婶子,梦羽知道我和她的事情,我一句话两句话给你说不清楚,你就让我见见梦羽吧,我当面向她解释。"

王发全等人也围了上来,众人七嘴八舌地问:"说不清楚,是因为你心虚吧?"

"你为啥说不清楚?"

"你分明就是脚踏两只船!"

张一枭看了一眼众人,说:"我拜托各位不要在这儿添乱了好不好? 这件事跟你们没关系,这是我和梦羽的事儿,我们自己会解决好。"

张一枭这句话顿时激怒了刘汉,刘汉用力将张一枭推了个趔趄,嘴里骂道:"张一枭,你说啥? 这件事跟我没关系? 你这样欺负梦羽,还敢说跟我没关系,今天你要不把事情给我说清楚,看我不揍死你!"

村里人早就想着刘汉不会放过张一枭,两家人之间定会有场大戏要看。所以当张一枭只身去刘汉家时,后面便跟了不少看热闹的人。听到吵闹声,看热闹的人群便拥进了刘汉家的院子里。

王大奎和张小平就在看热闹的人群中，王大奎告诉张小平："小平，我看这架势，这帮人可能要打一架，你快给老书记和曹长山打电话，让他们抓紧来一下。"

王发全上前悄悄拉了拉刘莽，悄声说："动手呀，主任都动手了！"

刘莽狞笑着点了点头，未等张一枭站稳，上前一脚将张一枭踹倒在地，恶狼一样地扑上身抡起拳头打了起来，边打边骂："张一枭，你个王八蛋，你敢欺负我们家梦羽，看我不打死你！"

张一枭缩成了一团，双手抱着头，任由刘莽来打，再无还手之力。

张秀芝慌忙前去阻拦，大声喊道："老二，老二，你别再打他啦，别再打他啦！"

刘汉上前拦住了张秀芝，骂道："你干啥？张一枭这样欺负梦羽，你还想护着他不成？"

王发全朝堂屋看了看，他见刘梦羽一直没出来，就向李二柱和赵胜海挤了挤眼，说："梦羽没出来，看来对张一枭死心了，打吧，给我狠狠地打！"

二人当即会意，一齐上前对着张一枭就是拳打脚踢。

张一枭抱着头，一动不动地任由他们三个打。

王大奎再也看不下去了。他深知，再打下去，张一枭不被他们打死也会被他们打残。他冲出人群，向张一枭身边跑去，高声喊道："别打了，别打了，你们这样会打死他的！"

刘汉像一堵墙一样拦在王大奎面前，怒声说："王大奎，你想干什么，这里有你什么事儿？"又转身向刘莽他们说道："给我打，打死他我偿命！"

王大奎急声说道："刘汉，刘汉，你知道不知道，这样会把人打坏的？"

听到打骂声，刘梦羽慌忙从被窝里爬了出来，走到门口，她又止住了脚步。她心想，自己还是不出去为好，让张一枭挨顿打也好，这样他们就可以一了百了啦！这样对张一枭，对他的家人也都有一个很好的交代了。挨了这顿打，张一枭就会恨她的家人，就会恨她，就可以心安理得地离开她去找叶知秋了，这样他心里对她就不会再有亏欠了。爸爸和叔叔打了张一枭，从此就再也不会因为她的事情为难张一枭了。既然问题终要有个解决办法，也许解决她和张一枭的问题，这就是最好的办法。

刘梦羽趴在窗户上，看张一枭被打得在地上乱滚，心里比刀割还痛楚，泪水像断了线的珍珠，一串一串地往下流，她边哭边呢喃自语道："一枭哥，对不起，对不起，我没法帮你，我实在没法帮你！"

张福堂和曹长山从人群挤了进来，同时喊道："住手，住手，都给我住手！"

李二柱和赵胜海停了下来。

刘莽看了看二人,愈加用力地踢打张一枭。

张福堂大怒,高声吼叫道:"刘莽,你给我住手,你想干什么,你想打死他是不是?"

曹长山扑过去护住了张一枭,喊道:"刘莽,你打吧,你敢碰我试试!"

刘莽还想踹张一枭,看脚下是曹长山,忙收住了脚,恶狠狠地说:"你个老家伙,啥事儿你都管,惹急了,我连你也打!"

曹长山仍紧紧护着张一枭,说:"刘莽,有种你敢动我试试,我不让你牢底坐穿,我不姓曹!有种,你打呀,老子枪林弹雨都经历过,还怕你这个小杂种!"

刘莽再次被激怒了,举手就要打曹长山,却被王发全死死地拉住了,王发全把刘莽拉到一旁,劝道:"你傻呀,跟他这个别死爹计较啥?你打了他,他躺在你家里装死,他那当官的儿女能放过你?"

这时,张福民和陈桂芝也跑了过来。他们见张一枭被打得浑身是血,抱住张一枭哭了起来:"儿呀,儿呀,你没事儿吧,你没事儿吧?"

张一枭着实被打得不轻,昏昏沉沉地意识不清。

曹长山、张福堂、王大奎围在张一枭身旁,弓着身子喊道:"一枭,一枭,你能听见我们说话吗,你能听见我们说话吗?"

张一枭无力地看了看众人,想说话却说不出来。

听到消息,杜文正和杨洋也跑了过来。

看到这场面,杜文正喊道:"杨洋,快打电话叫救护车,快,快!"

张小平走上前说:"我已经打过120了,应该很快就到了。"

杜文正指了指刘汉,生气地说:"刘主任,你们,你们,你们……"一时气得说不出话来。

张福堂站起身,恨恨地看着刘汉说:"刘汉,你不要以为我们好欺负,一枭要是有个三长两短,我跟你没完!"

刘汉冷笑着说:"好呀,我等着你!"

第十九章　最后疯狂

1.撂挑子

李庆自从负气离开张庄村后就没再回来,他走后不久,家居小镇的工程就停了下来。

为确保高标准农田示范区年底前取得阶段性成效,县里实施边建设、边招商、边投产、边运营的"四边模式",对示范区的各个项目全部坚持倒排工期、挂牌作战,一天一督导,一天一通报。尤其是对家居小镇建设,县里要求工程队三班倒,24 小时不能停。县委之所以对这个项目抓得如此紧,主要因为家居小镇的房子多半是拆迁村庄的安置房,为了建设产业园区和推动小厂子退村入园的工作,列入规划的两个村子已经拆了。如果安置房项目停了下来,势必造成民心不稳;如果拆迁村的老百姓闹起来,影响了其他村庄的拆迁不说,整个示范区的建设都要受到影响。

周明礼在县里开完会就直接去了家居小镇。会上,马书记拉出了时间表,年底房子主体必须全部完工,明年收麦之前小区要具备入住条件。马书记的话着实让周明礼急出了一头汗,他深知要按时完成马书记交办的任务,唯一的办法就是在 8、9、10 这三个月进一步加快工程进度,一旦进入 11 月,由于大气管控因素,工程想快也快不了。

周明礼进了家居小镇项目工地,看项目停了下来,顿时火了,他把项目经理叫到跟前,大声吼道:"你们怎么停工了? 这么好的天气为啥不施工?"

项目经理一脸苦涩地说:"材料进不来,李总也联系不上,我也没办法! 周书记,你看我这么多工人在这儿闲着,我比你还着急呀!"

周明礼拿起手机给李庆拨了过去,电话通着,却一直没人接。他继续拨打,连续拨打三次,电话却一直没人接。

项目经理用近乎哀求的语气说:"周书记,请您一定要想办法和李总联系上。现在已经有工人闹着要离开,他如果再不回来,用不了一星期,工人就走光了。"

周明礼怒气冲冲地进了张庄乡政府。王刚见周明礼的车进了院,慌忙迎了过去。

周明礼阴着脸,看了一眼王刚,说:"你跟我来,到我办公室去!"

王刚看周明礼满脸的乌云,心里顿时揪成了一团。他暗想自己是不是又做了什么惹姐夫不高兴,脑海快速地回放着最近几天所干的事情,想来想去觉得自己也没做错什么,紧缩的心便开朗起来。他心想定是杨锐的问题,定是杨锐某项工作或者哪句话惹住了周明礼;如果真是这样,他要借此机会好好向周明礼说说杨锐的不是。想到此,他嬉皮笑脸地说:"姐夫,是不是杨锐又干啥蠢事了?"

周明礼没看王刚也没理他,一直大步往前走,等进了办公室,他方才怒声说道:"王刚,你给说说李庆到底咋回事,为啥把家居小镇的项目停下来了? 他到底去了哪里,为啥联系不上?"

王刚被周明礼连珠炮般的询问问蒙了。这几天他一直沉浸在张一枭被打的兴奋中,根本没有关注家居小镇的事情,也没和李庆联系过,他着实不知道家居小镇已经停工了。

周明礼坐了下来,说道:"王刚,你说说李庆到底干啥去了,他是不是撂挑子跑了?"

不过,王刚很快反应过来了,忙说:"你听谁说的家居小镇停工了? 是不是杨锐给你说的? 他就不想我好! 还有李庆,我昨天还跟他联系呢,他怎么可能会撂挑子跑呢?"

周明礼指了指王刚,生气地说:"你呀你! 啥事都往人家杨锐身上推。我刚从项目工地过来,项目经理给我说,李庆已经联系不上好几天了,材料进不来,他再不回来,工人可就要全部走光了。刚才,我给他打了三次电话,他都不接。"

王刚装着一副无辜的样子,说:"这个李庆怎么这样呢,竟然连你的电话都不接? 昨天我打电话他还接呢,今天咋就不接电话了? 姐夫,你别着急,我现在就和他联系。"

周明礼知道王刚在说谎,他不相信李庆连他的电话都不接,会接王刚的电话。他叹了口气,说道:"王刚,你不要跟我玩心眼儿了。上午马书记专门召开示范区建设推进会,关于家居小镇,他给我们拉出了明确的时间表,要求年底房子主体必须全部完工,明年收麦之前小区要具备入住条件。他说得很明确,任务完不成要追究责任,拖拉作风不转变就换人。现在我明确告诉你,到时候你不要怪我没有提醒你。"

王刚脑门的汗顿时冒了出来,低声说道:"姐夫,你放心,我马上就和李庆联系,让他抓紧时间赶过来。"

周明礼看了看王刚,说:"王刚,我已经提醒你几次了。示范区建设是马书记最关注的大事,把这件事干砸了,你就是有一千个理由,马书记也不会重用你。我希望你把心思多用在工作上,别再整天想着和杨锐斗了,即使你斗败了杨锐,你也不会有好果子吃。"

王刚连声说道:"姐夫,你放心,我一定听你的话,好好和杨锐相处。这段时间,我和杨锐相处很愉快的,我们在很多问题上都达成了共识。"

周明礼站起身,说:"马书记的要求我已经给你说了。现在我想告诉你的是,马书记还不知道家居小镇停工的事情,一旦他知道了,我想他一定会杀将立威的,我希望你不要往枪口上撞。事情轻重我已经给你说了,希望你好自为之!"说完,他起身向外走去。

王刚呆呆地望着周明礼的背影,此时已是汗流浃背。周明礼的话令他胆战心惊,也让他预感到了仕途的危机。他预感到,周明礼对他已经失望到了极点,否则他不会说出这样的话。

一阵微风吹来,王刚激灵灵打了个冷战,方才从恐慌中醒悟过来。他匆忙走回办公室,拿起电话给李庆拨了过去,电话通了,果然没人接。他挂断电话继续拨,依旧没人接。

王刚心里顿时慌了起来。此刻,他才真正意识到了问题的严重性。如果真如周明礼所说,家居小镇出了问题,他有难以推脱的责任。投资是他拉来的,项目也是他分包的,出了问题不处理他处理谁? 他不知道李庆为啥谁的电话都不接,难道是他和郝鹏的公司出了问题? 如果这样的话,必然要导致家居小镇烂尾,到那时他可就真的倒大霉了,马书记一定会追究他的责任。

王刚的肠子都悔青了,他真后悔当初把家居小镇的一期工程全部交给李庆。当时,刘汉也着实想干,但就是手头钱不多。他之所以没让刘汉插手一期工程,就是考虑到一期工程是安置房,工期要求时间短,他怕刘汉没有充足的资金用于赶工期。现在李庆竟然跟他玩失踪,他除了着急真是一点办法也没有。当初如果让刘汉干一部分工程,他也不用这么着急了。

王刚在办公室里来回走动着,他觉得当今之际必须去趟郑州,必须要到郝鹏的公司看看,看是他们的公司真的出了问题,还是李庆个人的问题。一旦他们的公司出了问题,他必须尽早采取对策,亡羊补牢为时尚不晚。

想到此,王刚拨通了刘汉的电话,他要和刘汉去一趟郑州。

2.寻找李庆

接到王刚的电话,刘汉驱车来到了乡政府。

这几天来,刘汉的心里也不平静。张一枭被救护车拉走后,他心里就害怕了。一旦张一枭被打成重伤,刘莽和李二柱一定要承担法律责任。到时候害了他们二人不说,杨锐也一定不会放过他的。

张一枭被拉到医院后就住了下来,已经过了5天还没有出院。当中,刘汉曾让王发全和赵胜海前去探望,到了病房门口就被张福民两口子给骂了回来。他想着张家人一定会报案,让派出所的人来处理这件事,却一等二等,一直没见派出所的人来村里过问这件事。他猜测张一枭肯定是在医院做了伤残鉴定,他在等鉴定结果,等结果出来后,他就可以直接起诉刘莽和李二柱了。

不过,唯一令刘汉欣慰的是,刘梦羽对张一枭彻底死了心。刘梦羽明确告诉他,她不会再和张一枭来往了,并且答应他要离开村里。

他暗下决心,下一步无论张一枭起诉不起诉刘莽和李二柱,他都要狠下心肠跟他好好斗一斗,不把张一枭这小子收拾得服服帖帖,他决不罢手!他对过去与张一枭的较量逐一进行了盘点,他觉得在以前的交手中,他之所以处处被动,关键就是因为梦羽。碍于梦羽和张一枭的关系,在一些事情上他有顾虑,下不了狠手,才导致了张一枭事事高他一筹;没有了梦羽这个制约因素,他就可以放手一搏了!

看刘汉进了门,王刚慌忙站了起来,赶紧问道:"老刘,你这几天和李庆联系没有,那小子跑哪儿去了,打电话也不接,他是不是想撂挑子跑路呀?"

刘汉见王刚是问李庆的事情,悬着的心顿时放了下来。王刚在电话中要求他抓紧来乡政府商量对策,他还以为是因为打架的事情张一枭把他给告了,县里要派人抓刘莽和李二柱呢!因此放下王刚的电话,他就安排李二柱和刘莽躲了起来,之后慌慌张张地赶了过来。

王刚接着说道："你知道不知道，家居小镇已经停工了，周书记刚才把我狠狠地熊了一顿。李庆这小子一旦撂挑子跑了，可就把我给坑坏了，家居小镇工期要求那么紧，我可怎么给县里交差呀？刘汉，你快说说，你这两天跟他联系没有？"

刘汉摇了摇头，说："没有。自从那天郑州那个娘们儿来了后，我就再也没看见过李庆。那天上午，郑州那个娘们儿和张一枭开车走后，李庆就开车追了过去，走了后就再也没回来。"

王刚睁大了眼睛，问："你说的是真的？你说那天李庆去追叶总和张一枭了？"

刘汉点了点头，说："我看李庆气得不轻，脸色铁青，他不接电话是不是因为那个女人？"

王刚满脸的愁容慢慢舒展开来，自言自语地说："这样最好，这样最好！千万别是他们的公司出了问题，一旦公司出了问题，不能在我们这里投资了，可就真的麻烦了！"

刘汉心里关注的是张一枭的伤情和他会不会起诉刘莽和李二柱，他也想从王刚这里得到一些关于张一枭的消息，于是故作轻松地说道："王乡长，你不用担心李庆，那小子不接电话，一定是那天受刺激了，说不定明天就回来了！我想问你一下，你知不知道张一枭现在在医院怎么样了，杨锐会不会拿这件事做我们的文章？"

王刚不耐烦地看了一眼刘汉，说："你先别说这件事儿了，现在最大的事情是尽快让家居小镇开工！走，咱们赶紧去郑州，看看李庆这小子葫芦里到底卖的什么药！"

刘汉疑惑地问："现在去郑州？"

王刚拿起包，边走边说道："是的，咱俩现在就去郑州！"

刘汉吞吞吐吐地说："我……我家里还有事儿呢！"

王刚停住脚步，不容辩解地说："家里的事儿等等再说，现在去郑州是天大的事儿。走，咱们得赶快走！还有，开你的车去吧！"

刘汉苦着脸说："那好吧！"

上了车，刘汉默默地开着车，一言未发。

王刚看刘汉满脸的不高兴，方才问道："你是不是担心张一枭的伤情？你们怎么下手那么狠呀？"

刘汉这才转脸看了看王刚，说："我听说你和杨锐亲自到医院看他了，伤得到底怎么样？他做没做伤残鉴定呀？"

王刚说道:"亏了那天我和杨锐一起去了,我们到了医院,杨锐就提出要做伤残鉴定,被我给硬生生地拦下了。我劝他们说,一旦做了鉴定抓了人,张一枭就和你结成死仇了,以后村里的工作就无法开展了。老刘,你不知道,我费了九牛二虎之力才把他们给说动了,最后同意不再追究打人的责任了。不过,张一枭的医药费你得给人家出了。"

刘汉疑问道:"张一枭真的同意不追究打人者的责任?"

王刚重重地点了点头,说:"张一枭亲口说的不追究了!不过,老刘,你得去医院看看张一枭,冤家宜解不宜结嘛。"

刘汉冷笑道:"我们的冤仇能解得了吗?"

王刚看了看刘汉,摇了摇头,没再说话。

俩人首先来到了郝鹏的公司。接到王刚的电话,郝鹏说他会专门在公司等着他们。郝鹏并不知道家居小镇停工的事情,听到这一消息后他也非常震惊。在王刚和刘汉到来之前,他也给李庆打了几个电话,李庆依旧没有接电话,他心里也着急了起来。

进了郝鹏的公司,王刚东张西望看得非常仔细。他是到了郝鹏公司附近之后才打的电话,为的就是打郝鹏一个措手不及,好让自己看到他们公司的真实情况,看是不是他们的公司出了问题。他看公司员工都在井然有序地工作,方才真正放下了心。

郝鹏起身将王刚和刘汉迎进了会客室,问道:"王刚,李庆到底是咋回事呀?我刚才给他打电话,他也是一直不接。"

王刚双手一摆,说:"你问我,我问谁呀?今天我姐夫去工地察看,才知道工地已经停工几天了,你不知道,他劈头盖脸把我好熊了一顿。我和李庆联系,任凭怎么打电话他就是不接,发信息他也不回,我也不知道咋回事儿呀!"

郝鹏为俩人倒上了茶水,生气地说道:"这个李庆到底是咋回事?我把张庄村那个项目全权交给他,他怎么能这样不负责呢?那里可是有上千口子人哪!他怎么能这样呢?"

王刚说:"郝鹏,咱们是同学,我可是有啥话说啥话了,是不是你的公司出啥问题了?如果有问题你可得早点给我说。"

郝鹏笑道:"咋着,老王,你还怕我跑了不成?我已经在你那里投进去几千万了,你就是赶我跑我也不会走!"

王刚连声说道:"我不是这个意思,不是这个意思!我就是着急李庆为啥不接电话！"

刘汉插言道："郝总，李庆谁的电话都不接，是不是因为叶知秋呀？那天叶知秋去张庄村，我就看李庆情绪很不稳定，他追叶知秋时，开车跟疯了一样。"

郝鹏看了看刘汉，问道："老刘，你说的这些都是真的？叶知秋最近真的去张庄村了？"

刘汉点了点头。

郝鹏说道："我知道李庆在哪里了，走，咱们一起去找他去！"

3.死灰复燃

李庆就在他郊区的别墅里。他把自己关在屋子里，谁的电话都不接。他如同行尸走肉般地躺在床上，直直地看着房顶，感觉生活就像白开水一样，一切都索然无味，一切都没了意义。

在父亲那里大闹了一场之后，发泄出来心头的怒火和郁闷，李庆开始冷静了下来。他回到家里想了一夜，越想越觉得他还是离不开叶知秋，越想越觉得他有必要最后再求叶知秋一次。他已下定决心，只要叶知秋能够原谅他，只要叶知秋愿意跟他结婚，让他做什么他都愿意，他不但不再计较叶知秋和张一枭的过去，而且哪怕让他跪下来去求张一枭他都愿意。

第二天一大早，李庆就去了叶知秋的办公室。

叶知秋抬头看了看他，一句话也没说，仍旧低下头来看材料。

李庆见叶知秋没有赶他走，心中顿时有了信心和勇气。他快走两步到了叶知秋办公桌前，双膝跪了下来，低声哀求道："知秋，我错了，一切都是我的错！我不是东西，我向你道歉，我求你原谅我！"

叶知秋仍旧没抬头。

李庆开始用手扇自己的耳光，边打边说："知秋，我求求你别生气了！都怨我，都怨我小肚鸡肠，都怨我嫉妒成恨，伤害了你也伤害了张一枭，我不是东西，我该打！我今天向你发誓，只要你能原谅我，以后你让我干什么我都愿意！"

叶知秋抬起头来，冷冷地看着李庆，笑道："李庆，你能不能换个花样？你知道不知道你这套表演让人看得多么恶心？"

李庆心中猛地一颤，心底的防线彻底崩溃了。叶知秋冷漠、鄙视的目光，深深触动了他心底深处的那根神经，犹如一记闪电瞬间燃烧了他灵魂的外衣，让他那丑恶的身心一丝不挂地摆放在了叶知秋面前，让他感到无地自容，他恨不得找个地缝钻进去。

李庆的脸一下子红到了耳根，他呆呆地看着叶知秋，一时竟不知如何是好。

叶知秋脸上依旧带着讽刺的冷笑，恨恨地说："李庆，你想让我原谅你，下辈子吧！我明确告诉你，我恨你，我恨死你了，我永远也不会原谅你！"

李庆的眼泪涌了出来，绝望地说："知秋，你……你真的不愿再给我机会了？"

叶知秋站起身来，走到李庆跟前，说道："你让我给你啥机会？是让我跟你结婚，还是让你回公司？"

李庆说道："只要你同意跟我结婚，公司的资产、我们家的股份，还有我们家的房产，我啥都不要，都全部交给你！还有，我再也不管你和张一枭的事情了，只要你能跟我结婚，你们怎么样我都不计较。"

叶知秋直直地看着李庆，看了足足有十几秒，紧接着就是一阵大笑，笑得眼泪都流了出来，她一字一句地说道："李庆，到现在你还想着跟我结婚，简直是痴心妄想！我今天明确告诉你，我跟张一枭根本就没有啥，我就是嫁给阿猫阿狗，我也不会嫁给你！我没想到，到现在你的心还是这么肮脏，说什么我和张一枭怎么样你都不会计较，你还是个男人吗？"

李庆站起身来，急声说："知秋，知秋，你听我解释，我的意思是我一切听你的，将来公司和家里一切都由你说了算！知秋，我求你了，没有你我不能活，你就再给我一次机会吧！"

叶知秋鄙视地看着李庆，说："没有我你不能活？你去死呀！我还不知道你？你根本就没有去死的勇气。走吧，走吧，我看见你就想吐，你不要在这里恶心我了！"

李庆的心已经绝望到了极点，他感到自己身处在一个冰窖中，浑身上下瑟瑟发抖，甚至连生气发火的心劲都没有了。他悲伤地望了叶知秋一眼，转身向外走去。

李庆不知道自己是怎么开车回到郊区别墅的，他只是感觉自己像被抽空了一样，脑袋混混沌沌的，身子轻飘飘的。进了房间，他就一头栽在床上，默默地流泪。几天来，他也不知道黑天白夜，一直蜷缩在床上。

郝鹏带着王刚和刘汉来到别墅门口，用力地敲门，边敲边喊："李庆，李庆，你快开门！"

李庆听到了郝鹏的喊声，却不愿意动弹。

郝鹏拿起手机拨李庆的电话。

王刚喊道："郝鹏，李庆就在屋里，你听，里面有手机响的声音。"

郝鹏说道："你们在这里等我一会儿，物业那里有备用钥匙，我让他们过来开一下门。"

很快，物业公司的人员帮忙打开了门，三人一起拥进了李庆的房间。

此刻的李庆已经邋遢憔悴得没了人样，头发乱乱的，已经快油成了团，苍白的脸上满是胡子茬儿。

李庆直直地躺在床上，呆呆地看了一眼众人，一句话也没说。

郝鹏快步上前拉起了李庆，说道："老弟呀，为了一个女人你犯得着这样折磨自己吗？"

李庆眼里涌出了泪，哽咽着说："郝哥，叶知秋那个女人心真狠呀！我的一切全完了，完了，我活着还有啥意思？"

一听李庆这样说，王刚心里顿时有了主意。他明白，此刻能刺激李庆的只有张一枭，能让李庆重新鼓起生活勇气的也是张一枭，只有张一枭能让李庆回到张庄村。

想到此，王刚微微一笑，说道："李总，你就甘心让张一枭和叶知秋风流快活，你就甘心这样还没开战就缴械投降了？"

王刚的话果然刺激到了李庆，李庆眼里顿时显现出了恶狠狠的亮光。

王刚说道："李总，我告诉你个好消息，张一枭已经被刘总打得住进了医院。对张一枭这种第三者、贱坯子，一定要让他尝到发贱的教训，刘总，你说是不是？"

刘汉恨恨地骂道："张一枭这个王八蛋吃着碗里的还看着锅里的，一边和叶知秋那个女人胡搞，一边还去欺骗我家梦羽，被我狠狠地收拾了一顿。"

李庆翻身坐了起来，激动地说："你们说的都是真的？"

刘汉笑道："当然是真的，我还等着你回张庄村跟我一块并肩作战收拾张一枭呢，你可不能就这样倒下了。"

郝鹏说道："刘总说得是呀！张一枭和叶知秋把你害成这样，我们也不能便宜了他们呀！快起来，收拾收拾我们吃饭去！"

李庆这才感到了饥饿，捂着胸口说道："我真是饿坏了，郝哥你先给我弄点吃的吧！"

郝鹏躬身把李庆拉了起来，笑道："你这个家伙，快起来吧，我们一起到外面吃饭去！"

4.批发市场

张一枭被送到医院不久，杨锐和杜文正就赶了过来。

经过检查，张一枭除了外伤，身体倒没有大问题，医生建议他在医院住几天。

张一枭却坚持要出院，对杨锐说："杨书记，医生说我身体没大问题，村里那么多事儿，就让我出院吧！"

杨锐眼角湿润了，声音沙哑地说："一枭，你要听医生的，老老实实给我在医院治疗观察几天。文正，事情调查得怎么样了？"

杜文正看了看杨锐和张一枭，说道："杨书记，调查取证工作已全部结束，案卷我也整理得差不多了，是该收网的时候了，现在我们也没有必要再隐瞒一枭同志了。"

杨锐点了点头，说："周书记也安排我向一枭同志通报情况了。一枭同志，文正是县扫黑除恶专项斗争领导小组专门派到张庄村的，他的主要任务就是调查取证刘汉这股黑恶势力。请你理解，由于工作纪律，前期一直没给你通报。"

张一枭笑了笑，说："杨书记，我都理解！"

杜文正说："一枭，你再忍耐几天，用不了多长时间，刘汉、刘莽这帮家伙就要面临法律的严惩了！"

张一枭认真地说："我一切服从组织决定。"

在医院住了没几天，张一枭就住不下去了。尤其是当他听说县集体产权制度改革方案已经批下来后，更是心急如焚，当天就办了出院手续。

从他在刘汉家被暴打，刘梦羽一直没有出面阻拦的情况看，张一枭已经感觉到了刘梦羽对他的失望和气愤。但他觉得，无论刘梦羽怎么误解他，他决不做对不起刘梦羽的事情。脑子清醒之后，他曾给刘梦羽发过几次信息，刘梦羽却一次都没回。他也不知道以后刘梦羽能不能原谅他，但他会全心全意地去争取刘梦羽的谅解。

回到村里，张一枭就去了村部和电商中心，他想去看看刘梦羽是否在那里，他想当面再和刘梦羽解释解释。可不论是村部还是电商中心，都没有刘梦羽的踪影。

张一枭一见张小平，马上问道："小平，你见梦羽没有？"

张小平摇着头说："我已经好几天没见她了，自从那天你被打后她就没出过门。我听说……"

张一枭着急地问："你听说啥了，快说！"

张小平苦着脸说：“我听说梦羽要离开村子了。”

张一枭问：“你听谁说的？”

张小平说：“刘汉的媳妇在街上说的，还说她要辞去村里的支部委员呢！”

张福堂拿着一个信封走了过来，说：“一枭，小平说的是真的，你看这是梦羽的辞职信，刘汉给我的。”

张一枭接过信简要看了看，说：“大伯，你啥意见？”

张福堂说：“我没有批准她辞职，就是想等你回来，跟你商量一下。即使要批准她辞职，咱们也得开个支部委员会研究一下呀！”

张一枭说：“大伯，这件事等一等再说吧，让我再做做梦羽的工作，实在不行我们再开支委会。”

张小平说：“一枭，我昨天找梦羽做工作，我看她的态度很坚决，恐怕工作很难做。”

张福堂担心地说：“一枭，你最好别招惹刘汉那一家人，特别是刘莽那货，他可是什么事情都做得出来的呀！”

张一枭心中一沉，他猜测梦羽定是想成全他和叶知秋，这个傻丫头，她竟不知现在他的心全在她的身上，于是笑了笑，说：“大伯，让我试试吧，如果梦羽真的下定决心要离开村子，咱们也不拦她。这件事儿先这样，咱们说说产权制度改革的事情吧！”

张小平将集体产权制度改革方案递给了张一枭，说：“我觉得最大的障碍就是李二柱和刘莽，这些年村里人谁不眼红批发市场和刘莽的厂子，大家都眼睁睁看着呢，只要这两个项目资源清查工作做不好，其他工作就很难往下开展。”

张一枭说：“这件事我也想很久了。公用地已经全部流转出去了，并且梦羽也补交了租金，应该不是问题了。小平说得对，现在最关键的就是把市场和刘莽的厂子审计清楚，否则资源清查工作根本推行不下去。我的意见是，资源清查就从这两个企业入手。”

张福堂问：“你看这件事让谁负责呢？”

张一枭说：“关于这次产权制度改革，我想成立3个工作组，一是宣传动员组，二是人口排查组，三是资产清查组。大伯，我建议由刘汉任人口普查组组长，小平当宣传动员组组长，我当资产清查组组长。”

张福堂连连摆手，说：“一枭，你不能当资产清查组组长，刘莽和李二柱本来就对你有成见,你带人清查市场和刘莽的厂子,他们一定会更恨你。"

张小平说:"我觉得福堂伯说得有道理,这个资产清查组组长要么刘汉当,要么福堂伯当,你绝对不能当的。"

张一枭反问道:"你让刘汉当资产清查组组长,他能公正地清查市场和刘莽的厂子吗?还有他当组长村里人能信服吗?"

张福堂点了点头,说:"刘汉当资产清查组组长着实不合适,即使他公正无私地开展工作,村里人也不会相信清查的结果,这个组长就让我来当吧!"

张一枭说:"大伯,我理解你们的好意,你们是怕我得罪李二柱和刘莽,怕他们对我不利。可你们想过没有,对于他们这些人,越是怕他们,他们就越猖狂。另外,关于市场和厂子的资产清查,我们大家都干不了,需要评估公司和审计部门的人员来做,我们只是做些提供配合服务的工作,我觉得还是我来当这个组长比较合适。"

张福堂不放心地问:"你是说清查工作不是由你来做,是由外面评估公司的人来做吗?"

张一枭笑着点了点头,说:"资产清查得需要专业公司专业的人来做,否则清查的结果不具备法律效力。你就放心吧,我就是做些协调联络工作,李二柱和刘莽是不敢把我怎么样的。"

张小平问:"一枭,评估公司你找好没有?"

张一枭说:"这件事我早就和杨书记请示过了,县审计局帮我找的评估公司,他们随时可以来村里开展工作。"

张福堂心思重重地说:"一枭,我还是有点放心不下,你看上次他们打你打那么狠,说明他们心里是非常恨你的,你再带人去清查他们,我真担心他们会再做出对你不利的事情。"

张一枭自信地说:"大伯,你就不用为我担心了,我们做事就不能怕事儿!我妈给我说,现在村里人都传说着我被刘莽给打怕了,被他们的淫威给吓住了,说我连告他们都不敢。现在大家都在看着我呢,我如果连这个组长都不敢当,以后谁还听咱们党支部的?过去,村干部因为啥没有凝聚力和战斗力,就是因为大家都怕得罪他们这帮流氓坏蛋,关键时候我们大家必须强硬起来,否则村里的歪风邪气永远也刹不下去。"

张福堂满意地看着张一枭,说:"一枭,就按你说的办吧,村里的歪风邪气着实该刹一刹了,大伯支持你!"

5.评估审计

刘汉对村里的集体产权制度改革也是异常地关注。他很清楚,不仅村里人眼红批发市场和刘莽的厂子,张一枭惦记也不是一天两天了,张一枭搞集体产权制度改革就是冲他们来的。

拿到改革方案后,刘汉就把王发全、李二柱等人召集起来研究对策。

李二柱看完方案,脸色顿时变了,急声说:"张一枭这是要断我们的财路呀! 你们看看,他要对市场进行股份制改造,还要进行公开招标,这分明是要把我们赶出市场呀!"

赵胜海高声说道:"怕啥? 我们就给他张一枭来个一问三不知,造出一本烂账任他去查,只要账查不清楚,他就没法收咱们的市场,就没法进行股份制改造。"

刘莽怒声说道:"叫我说,我们就给他来硬的,谁来查打谁! 我们就是硬着不让查,看他张一枭能怎么办!"

王发全阴阴地笑了笑,说:"老二说的这个办法恐怕不当用,不过不当用我也得用用这一招。眼前,我们还是需要做些应付清查的准备工作。"

李二柱问:"做啥准备?"

王发全慢悠悠地说:"当然是在账上做文章呀! 胜海,你当了几十年的会计了,怎么造假账你应该是专家了,你就帮着二柱做一做。有一条你要记住,一定要把市场做成负资产,看他张一枭怎么办。"

刘莽说道:"也让胜海帮我做做,也把我那个厂子做成负资产,张一枭要想收回,必须要赔我一大笔钱。"

刘汉看了看众人,说:"发全说得对,有备无患嘛! 只要张一枭来查账,你们就跟他闹,闹得越厉害越好,实在顶不住就把那本假账交给他,看他怎么办。"

王发全若有所思地说:"主任,张一枭不会让你来负责资产清查吧?"

刘莽笑道:"不可能! 张一枭让我大哥来负责这件事,岂不是贼喊捉贼吗?"

李二柱急声说道:"老二,你这是怎么说话呢? 主任是贼? 我们都是贼吗?"

刘莽的脸一红,赶紧说:"口误,口误! 我这是打个比喻。"

赵胜海说:"主任,我觉得发全说的有这种可能性,你看上次解决阻工问题,他们不就是让你负责的吗?"

刘汉冷冷一笑，说："让我负责也好办，就把那堆假账交给他们，叫他们自己看着办。"

刘汉把资产清查可能遇到的问题都想到了，他唯独没想到张一枭会请外面的资产评估公司来做这件事儿。

村"两委"班子会上，张一枭提出要让自己当人口普查组组长，他心里着实高兴了一阵子，心想张一枭还是有点嫩，如果真要是让他当资产清查组组长，李二柱和刘莽等人还真是没法瞎胡闹。现在好了，他置身事外，无论李二柱和刘莽跟张一枭怎么闹，跟他也没关系，他倒要看看张一枭有何能耐可以对付得了那两个滚刀肉。

当张一枭提出县里的资产评估公司要进驻村里时，刘汉坐不住了，说道："他们又不了解村里的情况，他们能查清楚吗？再说他们查的能算数吗？"

张一枭说："这家公司是县审计局推荐的，是家有资质的正规公司，他们不仅有科学规范的评估办法，而且他们的评估报告具备法律效力。"

刘汉不高兴地说："我们自己查就可以，用得着花钱请外面的公司来查吗？我看你是有钱没地方花了！"

张一枭坚定地说："刘主任，你不能这样说。请评估公司对村里的经营性资产进行评估不是我决定的，是县里的文件规定的。关于产权制度改革，县里的文件明确规定，固定性资产由村里的清查小组进行丈量登记，经营性资产必须由评估公司进行评估认定，我这样做只是落实县里的文件规定。"

杜文正忙接过话说："关于这次产权制度改革，县里和乡里的意见是要严格按照文件规定和改革方案开展，所以我同意一枭的意见，村里所有经营性资产必须要经过评估公司评估，不能谁想报多少就是多少，谁想说多少就是多少。"

张福堂说："刘汉，明天县里的评估公司就要到批发市场进行清查和评估，你给李二柱说一下吧，让他把市场的账本准备好，好好配合人家公司的工作。"

刘汉翻眼看了看张福堂说："我又不负责这项工作，凭啥让我通知他？你们既然不让我插手这项工作，所有的事情都别找我，找我我也不管。"说完，起身向外走去。

出了村部，刘汉就给李二柱和刘莽通了电话，让他们抓紧时间赶到家里商量对策。

李二柱和赵胜海、王发全、刘莽正在一起做假账，接到电话后，4人火速赶到了刘汉家。

刘汉恨恨地说："看来张一枭这小子要跟我们来真的了，他不仅要让我们把市场和厂子交出来,还要让我们把这些年挣的钱吐出来,他可真够狠呀!"

听刘汉这样说,众人不禁面面相觑。

王发全急问道:"张一枭是不是又放什么幺蛾子了?"

刘汉叹了口气说:"他从县里找了家资产评估公司,要对村里的经营性资产进行全面清查评估,你们做的那些假账哄骗村里人可以,在专业的公司面前恐怕过不了关。"

李二柱苦着脸问:"主任,你说那账还做不做呀?"

刘汉看了看王发全和赵胜海。

赵胜海说:"做,当然要做呀!他们不认可我们的账目,我们也不承认他们的评估报告,对他们的评估报告我们拒不签字,实在不行我们就和他们打官司,我们就告他们。"

王发全沉思了一会儿,说道:"我说说我的意见,我觉得账还得继续做,最起码他们查账时我们得有应对的东西。但是,我觉得最好的办法还是阻止他们来清查。"

李二柱问:"怎么阻止他们呀?"

王发全冷冷一笑,说:"就是刘莽说的办法,我们就给他们来个一堵二闹三打骂。那些公司的人就怕这一套,他们才不会跟我们硬来的,只要公司的人不敢来清查,张一枭就没一点办法。"

刘莽嘿嘿地笑了起来,大声说:"这件事你们就交给我吧,他们敢进市场的门,看我不把他们的狗腿给打断。二柱,这样,明天上午你把市场的保安全部集合起来,让大家都带着家伙,统一听我指挥,我一使眼色,你就让他们给我动手打,必须打得他们再也不敢来清查。"

李二柱为难地说:"发全,刘莽说的能行吗?"

刘汉眼睛一瞪,怒声说:"张一枭这小子太不知好歹了,我看就得给他们点颜色看看,否则他真不知道马王爷几只眼了。给我打,如果张一枭去了,一块儿打!"

赵胜海兴奋地说:"明天我也去市场!二柱,你不用担心,出了事儿有主任罩着呢!咱们这次把张一枭打那么狠,他们不是连个屁也没敢放吗?对评估公司的人,我们就采取这种办法,来一个打一个,来一对打一双,看谁还敢来查我们。"

李二柱不放心地说:"那好吧!你们说,我还用不用出面?"

李二柱心里有自己的小算盘。他一直记着扫黑除恶专项行动的事情,并且这件事与上次打张一枭不一样,上次充其量是个人纠纷,这次按照王发全说的办法,组织市场的保安去打张一枭和评估公司的人,很容易被定为黑社会性质的闹事事件。如果被定上黑社会性质的闹事,倒霉的首先就是他李二柱,因为市场是他管理的,那些保安也是他安排的,他如果被抓起来,到那时刘汉恐怕也不一定能帮得了他。

刘汉仿佛看出了李二柱的心思,说道:"二柱,你就大胆去干吧,明天我也去市场。出了事儿咱们一块儿来担,决不会让你一个人来顶缸!"

6.拦路堵截

张福堂也做好了充分的准备。他很清楚,李二柱、刘莽等人对张一枭恨之入骨,一枭带评估公司的人到市场前去清查,李二柱等人一定不会好好配合。尤其是这帮人平时霸道猖狂惯了,很有可能再做出伤害一枭的事情。

张福堂将自己的顾虑专门向杨锐进行了汇报,他没想到杨锐也有同样的顾虑。杨锐反复告诫他,决不能让张一枭再次受到李二柱那帮流氓的伤害,他会通知派出所提前做好准备,遇有情况及时报案。杨锐特意说,他会安排杜文正带领驻村工作队队员和张一枭一起去。

和杨锐通过电话,张福堂又把王大奎和张小平叫到了村部。

张福堂充满担心地说:"大奎,我这右眼皮一直跳,我真担心李二柱和刘莽再伤害一枭。刚才,我和杨书记通了电话,杨书记要求我们一定保护好一枭。"

王大奎一听就明白了张福堂的话意,说道:"福堂哥,你说咋办吧,是让我们跟一枭一起去还是我们在后面跟着?"

张福堂说:"你们跟一枭一起去,他肯定不会同意,我们就提前到批发市场等着吧,一旦有情况我们也好及时靠过去。"

王大奎生气地说:"刘莽和李二柱这俩货无恶不作,上次他们把一枭都打成了脑震荡,真该把他们给弄进去!唉,一枭这孩子,就是太善良了!"

张福堂说:"我就是担心他们再打一枭!小平,我已经跟杨书记说好让派出所的人做准备了,到时候你看到形势不对就赶紧报警,明白吗?"

张小平点了点头,说:"叔,你放心吧,这次我们决不能让他们再伤害一枭。"

第二天上午9点,张一枭带着评估公司的5名人员来到了批发市场。他不知道,双方人马早已做好了准备。

张一枭等人刚到市场办公室门口,就被刘莽领着一帮保安给拦住了去路。

刘莽和 12 个保安手里提着清一色的钢管,个个歪着脑袋撇着嘴,一副准备打架的样子。

张一枭高声喊道:"你们干什么? 为啥不让我们过?"

刘莽蔑视地看着张一枭,叉开大腿说道:"我们在这儿打狗呢! 想从这儿过,可以,就从我们裤裆底下钻过去,弟兄们,叉开大腿让他们钻!"

张一枭生气地说:"刘莽,你带人阻碍我们工作,你知道这是什么性质吗?"

刘莽冷笑着说:"张一枭,你不就是想说我们是黑社会吗? 老子就是黑社会,你能把我们怎么样? 我看你们谁敢前进一步? 弟兄们,这帮狗腿子,他们哪个腿进,咱们就打断他们哪个腿!"

看这帮人凶神恶煞的样子,评估公司的人连连后退,低声嘀咕道:"我们还是撤吧,这帮人咱们可是惹不起。"

听到吵闹声,张福堂和王大奎、张小平火速赶到了跟前。

此刻,杜文正带着 2 名驻村工作队队员也赶了过来。

刘汉和李二柱一直在二楼的办公室注视着下面发生的一切。刘汉见杜文正和张福堂都赶了过来,冷冷地说:"看来张一枭也早有准备呀! 好呀,既然他想跟我们来个对决,我们就跟他硬碰硬。二柱、胜海、发全,你们都下去,今天就是不能让他们进市场办公室的门。"

李二柱等人一路小跑地下了楼。

刘莽看张福堂和王大奎等人都来了,哈哈大笑道:"好呀,好呀! 今天咱们就新账老账一起算。"说着,用钢管在地上画了一条线,狂妄地说:"我看谁敢越过这条线。弟兄们,谁越过这条线就给我狠狠地打谁!"

看着两帮人马要群殴,市场的商户们都围了过来,众人的眼睛一齐转向了张一枭。

张一枭被刘莽的狂妄真切地激怒了。他很清楚,此刻如果退缩,就等于向黑恶势力低头,以后村里什么工作都难以开展了,他必须迎难而上,哪怕再被刘莽打一顿,他也决不能退缩。

张一枭满眼怒火地看着刘莽,高声喊道:"你给我让开,不要影响我们开展工作。"说着,抬步上前走去。

刘莽举起钢管向张一枭打去,眼看就要打在他身上,却硬生生被飞奔上前的王大奎接住了。

王大奎一个擒拿手，不仅空手夺去了刘莽的钢管，还转身一脚把刘莽踹倒在地。

李二柱冲着保安喊道："你们都站那儿干啥？给我打！"

张福堂、杜文正、张小平等一齐冲上前，形成了一道人墙挡住了保安。

张福堂呵斥道："我看谁敢动手？"

杜文正高声喊："派出所警察马上就到，谁动手就抓谁！"

杜文正的话音未落，派出所的两辆警车就开到了跟前，5名警察和6名协警全员出动，都来到了跟前。

此刻，杨锐的车也来到了这里。

刘莽从地上爬起来，嘴里骂道："王大奎，你他妈的，我跟你拼了！李二柱，你怎么不动手，打呀！"

杨锐一马当先地冲上前，指着刘莽怒吼道："你想干啥？反了你！聚众闹事，你们这是典型的黑社会性质团伙，你们以为法律治不了你们了？刘莽，你刚从拘留所出来，是不是现在还想二进宫？"

刘汉没想到杨锐会带着警察过来，慌忙从楼上跑了下来，边跑边喊道："杨书记，误会，误会！"

杨锐指了指拿钢管的保安，冷冷地说："刘主任，你给我解释一下他们手提钢管聚众闹事，这是误会吗？这是有组织的黑社会性质团伙！"

刘汉赔着笑脸说道："杨书记，不是没打起来吗？你就饶了他们这次吧！"说着，走到刘莽跟前，抬手打了刘莽一巴掌，怒骂道："你这个惹事的老鸟，你凭啥不让人家从这里过？我看把你抓进去不亏！"

刘莽的脸被打得火辣辣的，急声辩解道："我……我……"

刘汉不容他说，走到张一枭跟前，和声说道："一枭，刘莽他们堵路是他们不对，我看批评教育一下算了，你到杨书记那里讲讲情，这件事就大事化小小事化了吧！你们还得对市场进行清查呢，你说是不是？"

张一枭看了看刘汉，没吭声也没动。

刘汉心里那个恨呀！他很清楚，张一枭这是逼他让步，逼他表态，今天只要李二柱不配合清查，他们就要把刘莽带走。他咬了咬牙，转向李二柱，喊道："李二柱，你还傻站着干啥，你还不领着评估公司的人去搞清查，你想对抗政府是不是？你也想住拘留所是不是？"

李二柱顿时明白了刘汉的用意，连忙笑脸相迎，说道："欢迎评估公司的同志，账目我都准备好了,欢迎大家来清查!"

张一枭走到杨锐跟前,低声说:"杨书记,让派出所的人把刘莽给放了吧!"

杨锐也不想抓人,他之所以那样做,就是想吓唬一下刘汉等人,杀杀他们的嚣张气焰。他等的就是张一枭来求情,这样大家都有台阶下。

杨锐转向刘汉,意有所指地说:"老刘,你要管好你这个弟弟。善有善报,恶有恶报,不是不报,时候未到,希望你们好自为之!"

7.恩断义绝

张一枭每天都给刘梦羽打电话发微信,刘梦羽一直是电话不接微信不回。他去了几次电商中心,刘梦羽一直都没上班。

他预感到,看来这次刘梦羽对他是彻底绝望了。然而,现在不论从感情上还是从工作上,他还真的离不开刘梦羽。电商中心虽已正常运营,但数字乡村、众创中心正在建设中,他根本就没有时间顾及这些工作,都需要刘梦羽来做。

张一枭决定到刘梦羽家再找她一次,他要向她解释清楚与叶知秋的关系。他要明确告诉她,此时此刻他心里只有她,他们要携手并肩在农村干出一番大的事业。他猜想刘汉会阻挠,甚至还会动手打他,但只要能留住梦羽,即使再被打一顿,他也觉得值!

吃过早饭,张一枭就去了刘汉家。刘汉一家三口正在吃饭,看到张一枭,刘梦羽的脸色顿时变了。

刘汉放下筷子冲出门外,怒声说道:"张一枭,你还有完没完? 我已经给你说得明明白白,你和梦羽根本不可能!"

张一枭说:"叔,我想和梦羽说几句话!"

刘汉上前推着张一枭往外走,大声说:"梦羽不想见你,你给我走,别在我家,走,快走!"

张秀芝也从屋里走了出来。她担心刘汉动手打张一枭,急忙拉住刘汉,说:"你干啥? 你可不能再打一枭了。"说着,转向张一枭说:"一枭,你快走吧!"

张一枭用哀求的声音说:"叔、婶子,你们就让我和梦羽说几句话吧!"

刘汉大怒,甩开张秀芝,举手就扇了张一枭一巴掌,嘴里骂道:"他妈的,你小子是不是欠揍,我说的话你没听见吗? 给我滚,立刻滚出我家门!"

张一枭的脸火辣辣地疼，他一动不动地站在那里，直直地看着刘汉，满眼的委屈。

刘汉指着张一枭的鼻子骂道："张一枭，你不要以为多上了几年学，在城里混了个破副总，就以为自己有多了不起！我告诉你，我根本就看不起你！想娶我们家梦羽，你少做这美梦！"

张秀芝上前拉住张一枭，劝说道："一枭，你快走吧，别站在这里了，梦羽她不想见你，你快走吧！"

张一枭大声喊道："梦羽，梦羽，你真不愿听我解释吗？"

刘梦羽望着张一枭无助的样子，椎心般地痛楚。这些天来，张一枭天天打电话、发微信，她能感受到张一枭急于和她见面的心情，她又何尝不想当面听听张一枭的解释呢？但她觉得不能那样做，她必须以决绝的态度让张一枭对她彻底死心。

多年的苦恋，刘梦羽感到自己的心着实累了。她不想再和叶知秋争下去了，她退出后，三人就彻底解脱了，否则他们三人会一直陷入这种令人伤心欲绝的痛苦煎熬中。与其长久地痛苦，还不如当机立断。

刘梦羽虽然恨张一枭，但也很心疼他。她了解张一枭的性格，在这场感情纠葛中，张一枭虽然责任最大，但他所经受的痛苦也并不比她轻多少。他既不愿意伤害她，也不愿意伤害叶知秋，处在两难境地的滋味也不好受。考虑到张一枭以后的发展，她觉得还是让叶知秋和张一枭结合，会对他的事业更有好处。叶知秋家大业大，不仅能在人脉资源上帮助张一枭，还能为他在农村干出一番大事业提供强大的资金支持。而自己，非但不能为张一枭提供强有力的支持，父亲还处处与张一枭作对，让他因为自己处处掣肘，难以甩开膀子干工作。

刘汉再次冲上前，用力将张一枭推倒在了地上，嘴里骂道："你不滚是吧？看我不打死你个王八蛋！"

张秀芝慌忙去拉刘汉，急声喊道："刘汉，你这是干啥呀？"说着，扭着身子喊："一枭，你这孩子咋就这么别呢？你快走呀！"

刘汉挣开张秀芝，用力在张一枭身上踹了起来，嘴里喊道："你不走是不是？你不走是不是？今天我不打得你吐血，我不姓刘！他妈的，你敢在我家里耍无赖，你不想活了？"

刘梦羽终于看不下去，她疯一样从屋里跑了出来，护住了张一枭，大声说道："爸，你别打他了，你别打他了！"

刘汉停止了打骂，狠狠地看着张一枭。

张一枭从地上爬了起来,拉住刘梦羽,哀求道:"梦羽,你听我解释,你听我解释一下好不好?"

刘梦羽看了看刘汉,说:"爸,我跟一枭哥出去一下。"

刘汉生气地说:"梦羽,你难道又心软了吗? 你千万不能再听这小子的花言巧语了,你一定要拿定主意呀!"

刘梦羽平静地说:"你们这样打打闹闹是解决问题的办法吗? 我们的事情需要我们自己解决! 爸,你就让我去吧! 我下定决心的事情是不会改变的。"

张秀芝看了看刘汉,说道:"让梦羽跟一枭去吧,他们的事情最终还是要靠他们自己解决!"

刘汉无奈地看了看刘梦羽,指着张一枭吼道:"张一枭,我现在让梦羽跟你走,你如果敢再欺负她,看我不把你家给端了!"

张一枭和刘梦羽来到了小河边,在一片草地边停了下来。

刘梦羽冷冷地看着张一枭,说:"你找我干啥,说吧!"

张一枭深情地望着刘梦羽,低声说:"梦羽,难道你真的认为我是那种脚踏两只船的人吗? 我告诉你,我和叶知秋在我离开巨丰集团那天时就结束了,我现在真的和叶知秋没有啥,请你一定要相信我!"

刘梦羽咬着嘴唇,低着头,泪水在眼里直打转。

张一枭说:"梦羽,那天叶知秋让我跟她出去,还有她后来到村部和你闹的那一场,纯粹就是在给你和李庆演戏看的。她心里一直记恨李庆,一直对我被迫离开巨丰集团的事情耿耿于怀,她这样做完全就是为了排解心中对李庆的恨! 那天我们哪里也没去,就是去了辣椒园,在那里她把李庆狠狠捉弄了一番。"

刘梦羽摇了摇头,说:"她恨李庆跟我有什么关系,她已经捉弄了李庆,为什么还要到村部向我示威?"

张一枭直直地看着刘梦羽,他知道自己说的这个理由着实很牵强,可这也着实是实情。许久,他才说道:"梦羽,知秋那样做着实不对,那天我们也因此翻了脸,她把我扔在路边,哭着开车走了,一直到现在我们都没有联系。"

刘梦羽冷笑道:"你是不是心里很挂念她? 你怎么不去找她呀?"

张一枭无奈地摇了摇头,说:"梦羽,难道你想让我把心掏给你看看吗? 我还是那句话,我和叶知秋已经结束了,我现在心里只有你! 你都看着呢,这段时间我一直在村里,和叶知秋很少有联系,我真的跟她没有啥。"

刘梦羽说:"你结束了,可叶知秋认为你们没有结束!"

张一枭说:"梦羽,咱们不提叶知秋,难道你真的愿意放弃当初在农村创业的理想和目标? 现在电商中心运行得那么好,咱们的数字乡村和众创空间已经启动了,难道你真的忍心离开?"

刘梦羽重重地叹了口气,说:"一枭哥,你别再说了,我也相信你说的话,可我已下定决心要离开了,你就别再劝我了! 这段时间,我一直在反复思考我们三个的关系,觉得叶知秋更适合你,也最能帮你成就梦想。我们三个这样耗下去,大家除了痛苦,对各自的发展没一点好处,所以我选择退出!"

张一枭上前拉住刘梦羽,伤心地说:"梦羽,你不能离开!"

刘梦羽拨开张一枭的手,冷冷地说:"一枭哥,我真心希望你和叶总在一起,我祝福你们! 关于数字乡村和众创中心建设,我会继续干下去,但我有个条件,你不能打扰我,我不想再陷入那种撕心裂肺的感情旋涡了。"

张一枭着急望着刘梦羽,说:"梦羽,你……"

刘梦羽冷漠地看了一眼张一枭,转身向村里走去。

第二十章　无言结局

1.买凶报复

刘汉心里感到有说不出的憋屈。在村集体产权制度工作上,杨锐亲自挂帅,张一枭和张福堂跟在屁股后面一唱一和,根本就没有他的发言权,而且三人事事处处拿县里的文件规定来压他,令他不得不屈服。

经过审计评估,批发市场要向村集体上交 200 多万的费用,刘莽管理的厂子也要拿出 100 多万的租赁费用。好在刘梦羽提前把那 300 亩公用地的租赁费交了,否则又是一笔要出血的大钱。

更令刘汉难以接受的,是张一枭对村里资源的股份改造。他将批发市场改革为市场开发总公司,将市场的业务切分为摊位管理、物流配送、市场开拓三块内容,分别成立了平台公司。张一枭出任市场开发总公司的董事长和法人,三个平台公司则采取招标的形式,谁给村集体交的钱多,就由谁来担任平台公司负责人。此举将他和李二柱彻底排除在批发市场之外,抬手将这个他把控多年的"聚宝盆"给提走了。

张一枭不仅对全村的资源全部以股份制的形式进行运作,还对掌控这些资源的公司或个人全部进行了重新洗牌。他在村里成立了农业开发集团公司,下设市场开发公司、置业开发公司、旅游开发公司、高效农业开发公司、畜禽养殖开发公司、板材加工开发公司和农业机械合作社,共计 6 个开发公司、1 个合作社。这些分公司的负责人,刘汉手下的八大金刚竟然没有一个,全是和张一枭走得近、关系好的人。

刘汉没想到,张一枭年纪轻轻的,竟然这么毒、这么绝。常言道,有肉大家吃,张一枭不仅啃了骨头吃了肉,竟然连点肉汤都不分给他们一点。特别是在对刘莽厂子的处理上,张一枭可以说是在公报私仇。刘莽提出愿意交出100多万的租金,张一枭却还不放过他,坚持要把刘莽撵出去,还美其名曰什么村里的所有厂子都要退村入园进工业园区。

张一枭对刘莽狠,对王发全和赵胜海更狠。王发全和赵胜海占用村里的养牛场、20亩荒地和3个坑塘已经十多年,这次也被张一枭给扒了出来,一律要全部收回。

刘汉心里很清楚张一枭的险恶用心,就是要断他在村里的经济根基,就是要让他在八大金刚面前威信扫地,从而成为孤家寡人。这段时间,他已经看出了王发全、李二柱等人的不满,他们三番五次跑到他家中骂张一枭霸道,骂张一枭在公报私仇,言语之间也在责备他太软,顶不住张一枭的凌厉攻势,埋怨他不为自己人说话,不为手下部属争取利益。他心里也充满了委屈,他怎么没有争呀,可他一张嘴能争过张一枭、张福堂等人的几张嘴吗?况且还有杨锐那个王八蛋,处处在村"两委"会上压制他,根本就不让他说话。

更令刘汉愤怒的是,他已经得到可靠消息,杜文正来村里任驻村工作队队长,就是冲着他来的,为的就是收集他涉黑的证据。既然杨锐和张一枭要往死里整他,他也没必要再讲什么一个村邻居间的老感情了。他很清楚,自己想跑路是跑不了的,现在科技这么发达,即使跑到国外也会被抓回来。他觉得,此刻也到了他和张一枭决战的时候了。

刘汉已经清楚地感到,他的好日子不长了,既然张一枭害得他身败名裂,他也绝不能让张一枭有好日子过,他必须一招制敌,彻底打倒张一枭,否则等被抓进去,再想收拾张一枭,可真是有心无力了。他必须趁现在余威尚在,及早对张一枭动手。

为了谋划绝招,做到一击而中,刘汉在家里准备了一桌丰盛的晚宴,天还没黑就把众人请到了家里。另外,他还特意把李庆叫了过来。把李庆叫过来,他有更深层的考虑,就是临死也要拉个垫背的。

大家坐下后,王发全在东张西望地小眼珠乱转。

刘汉问:"发全,你在看啥?"

王发全嘿嘿一笑,说:"我看梦羽在家没,我怕再跑风漏气。"

刘汉大手一摆,说:"这次你不用怕了,梦羽已经和张一枭彻底断了,再说她也不在家,去县城了。"

王发全说:"这就好,这就好!"

刘莽忍不住瓮声瓮气地说道:"哥,你说吧,咋办? 我都快憋屈死了,要不是你拦着,我早就找张一枭打八架了。这个王八蛋,快气死我了!"

李二柱委屈地看了看刘汉,低声说:"主任,我们在市场挣的那点钱,全部被张一枭给没收了! 这不说,他对市场的股份制改革,明显就是冲着我来的,没了市场我以后干啥呀?"

李庆冷冷一笑,说:"刘总,我听说张一枭还专门成立了置业公司,安置小区二期恐怕就没我们的菜了?"

赵胜海眼里喷着火,怒声说:"张一枭这是对我们赶尽杀绝呀! 看来他是想连肉汤也不给我们喝了!"

刘汉看了看众人,装作伤感地说:"胜海说得对,张一枭就是要吃肉啃骨头,连肉汤也要自己喝呀! 我知道,大家对我有意见,怨我太软争不过张一枭,可你们知道吗? 每次开村'两委'班子会,杨锐那王八蛋都压着我不让我说话,我一发言他就说这是县里文件规定的,那是县里方案必须要做的,我不是没给大家争取,可我一个人怎么能争过他们那一帮人?"他心里很清楚,杜文正在村里暗暗调查取证的事情绝不能让手下的这帮人知道。即使他们听到了这方面的消息,他也得极力否定,一旦这帮人知道了实情,仗还没打起来,这些家伙肯定腿就先软了。所以,他不仅要隐瞒被杜文正调查这件事,还要在这帮人面前做足样子,充分激起大家对张一枭的仇恨。

见刘汉这样说,众人都低下了头。

王发全说:"主任,你也不用生气,我们大家都知道你的苦衷,都知道有杨锐在给张一枭撑腰,你着实没办法。大家主要是心里憋气窝火没处发泄,才说了那些不该说的话。"

刘汉摇了摇头,说:"我并没有生大家的气,我也和你们一样,肚子窝火得很呀! 发全,你脑子活,你说说我们该怎么办? 我们不能这样一直被动挨打呀!"

李二柱说:"我看张一枭对村民的股东身份确定,他列出了 11 种参考标准,什么 2014 年 7 月 30 日前的农业户口、服义务兵役、大中专就读、自谋职业、劳教服役、结婚落户、离异出嫁、领养手续在册子女、本村出国(境)人员、上门女婿、以资产入股的特殊人员。我们能不能在这上面做做文章?"

赵胜海说:"怎么做文章呀?"

李二柱说:"他凭什么定出这 11 种标准? 还有他为什么要定在 2014 年 7 月 30 日之前? 如果他是凭空臆想的,我们就可以去告他。"

刘汉摆了摆手,说:"我了解过,这 11 种标准是县里定的,用这告他没用。"

赵胜海说:"那就鼓动那些被他没收村里资源的人上访,我知道这些人现在心里都在恨张一枭呢!"

王发全说:"资源清查组组长是张福堂,你组织这些人告张一枭也没道理。"

刘莽高声说道:"这也不行,那也不行,你说咋办?"

李庆阴狠地笑了笑,说:"我有个办法,不知道大家敢做不敢做。"

刘汉转向李庆,急声说:"快说你有啥办法?"

李庆环视了一下众人,低声说:"我们现在之所以这么被动,关键不就是因为张一枭在村里担任第一书记吗? 只要我们让他消失了,一切问题不就解决了吗?"

此刻,端着菜盘子的张秀芝正好走到堂屋门口,她听李庆这么说,慌忙停住了脚步,靠在墙边支着耳朵听。

刘汉心中一阵翻腾,他已经猜出了李庆的主意。他忽然觉得,此举也许是解决问题的最好办法,只要让张一枭彻底消失了,他和张一枭之间的恩怨就彻底解决了,他再也不用担心张一枭和梦羽之间的纠缠了。想到此,他故作不解地问:"李总,你这话啥意思?"

李庆恨恨地说:"我的主意就是让张一枭在这个地球上消失,实在不行就打残他,让他永远不能再坏我们的事儿!"

众人顿时面面相觑,一齐向刘汉望去。

刘汉装作为难的样子,说:"这这这……这可是要犯法的呀?"

李庆笑了笑,说:"舍不得孩子套不了狼! 再说这种事儿不用我们这些人动手,只要我们愿意出钱,就可以从外面找人弄他。"

李二柱问:"外面人做,不会牵扯到我们吧?"

李庆说:"你就放心吧,那些人是专门干这行的,他们办完事拿了钱就消失了,警察根本抓不住他们。你们只要愿意干,正好我朋友认识。"

王发全说:"我觉得这个办法可行,关键是需要出多少钱?"

刘莽高声说:"李总,你说吧,让我们出多少钱?"

刘汉怒视着刘莽,低声吼道:"你能不能小点声,想死呀!"

李庆说:"请动这些杀手估计得 50 万! 你们如果愿意干,我一个人出 30 万!"

刘汉想了想,低声说道:"我们出 30 万,你出小部分!"

张秀芝慌忙端着盘子返回了厨房,心中怦怦地一阵猛跳。

2.以身试法

和张一枭的恩恩怨怨终于要画上句号了！从刘汉家出来后，李庆感到如释重负。他恨恨地想，张一枭你不是很能吗？老子弄残你，看你还怎么能！叶知秋，你不是喜欢张一枭吗？老子把他弄残了，看你们还怎么去恩爱！

想到此处，李庆竟然嘿嘿地笑了起来。独自笑了一阵，他心里又发起愁来。他给刘汉那帮人说，有路子找到杀手。鬼知道他认识什么杀手呀！他那样说，不过就是为了得到刘汉等人的支持，脑子一热信口说出来的。可既然话已经说出了口，他就必须找到人来收拾张一枭，否则他在刘汉等人面前的威信就彻底完了。

从哪里找打手呢？李庆开着车整整想了一路也没想出个道道儿来。无奈之下，他又找到了郝鹏。

郝鹏一听，差点儿没跳起来，大声说道："李庆，你是不是脑子有病呀？为了个张一枭，你值得以身试法吗？"

李庆咬牙切齿地说："只要能让张一枭和叶知秋抱恨终生，杀了我都值！"

郝鹏睁大眼睛直直地看着李庆，连连摇头。

李庆阴狠地说："郝哥，我都想好了，我不但要打残张一枭，我还要让他断子绝孙，我看他以后还咋和叶知秋那个臭女人弄那事儿！"说着，竟嘿嘿地笑了起来。

郝鹏用手指着李庆，笑道："我没想到你小子竟这样狠毒！"

李庆说道："无毒不丈夫！张一枭和叶知秋不让我好过，他们也别想幸福，我让他们永世不得快乐！郝哥，你快给我想想办法呗，我已经在刘汉那帮土鳖面前把大话说出去了，你总不能让我没面子吧？"

郝鹏想了想，还是不放心地说："李庆，你要考虑清楚，这可是犯法的呀！"

李庆笑道："不就是打个架吗？被警察逮住最多也就是住个三五年，再说住监狱也不是我们住呀！你就放心吧，我有分寸！"

郝鹏从办公桌上拿出一张名片递给了李庆，说道："你找他吧，不过我可提前告诉你，真要出了事儿，你可千万别扯上我。"

李庆反复翻看着名片，嘴里嘟囔道："讨债、跟踪、解决纠纷，他们能干得了我的事儿吗？"

郝鹏低声说："名义上是讨债公司，实际上都是帮亡命徒，关键是他们为了钱什么都敢干。"

李庆顿时明白了郝鹏的意思,指了指名片上的名字,说:"你是说,他是刑满释放人员?"

郝鹏点了点头,说:"你去找他吧,只要你愿意出钱,他保准能满足你的要求。不过,咱俩可丑话说前面,你这事可跟我无关呀!到时候真出了事儿,你小子可千万别把我给咬出来!"

李庆一脸的笑,说道:"我呸,看你这乌鸦嘴!只要我把钱出得足足的,怎么可能会出事儿?我告诉你,我们准备出 50 万呢!"

郝鹏冲李庆摆了摆手,说:"我没听见,我什么都没听见,你快走吧,快走吧!"

"胆小鬼!"李庆摇着头走出了郝鹏的办公室。

按照名片上的地址,李庆径直去了那家讨债公司。讨债公司在一个居民小区里,三室两厅的房子,餐厅摆着一个大茶台,几个身上有文身的年轻人正在客厅的沙发边打扑克。看到这几个人,他心中顿时有了底气。

一个脸上有着长长刀疤的人站了起来,瓮声瓮气地说:"你干啥呢?"

李庆慌忙问道:"请问张三在吗?我找张三张总呢!"

刀疤脸翻眼看了看李庆,说:"我就是张三,你有啥事?"

李庆指了指旁边的房间,说:"想和您谈笔生意,咱们……咱们能不能坐下说?"

刀疤脸爽快地说:"好呀,到我办公室吧,请!"

俩人一起进了房间。

刀疤脸给李庆倒了杯茶,坐在了老板椅上,问道:"你怎么知道我的?"

李庆端起茶杯,慌忙又放了下来,赶紧说道:"郝鹏!郝鹏让我来找你的。"

刀疤脸笑了笑,说:"郝总呀!你的事儿还是他的事儿?"

李庆连忙说:"我的事儿,我的事儿,我想让您帮我收拾个人。"

刀疤脸问:"债主?你想怎么收拾他?"

李庆摇了摇头,说:"把他给我往死里揍,还要让他断子绝孙!"

刀疤脸呵呵笑道:"这人一定是给你戴了绿帽子!"

李庆的脸一红,怒声说道:"你说说,你们能做吗?"

刀疤脸收住笑脸,阴狠地说:"这要看你能出多少钱了。"

李庆说:"你们要多少钱?"

刀疤脸想了想,用手比画了一下,说:"把人弄残,这可是要坐监的,最少得这个数。"

李庆差点没跳起来,厉声说:"什么？得 80 万？"

刀疤脸的脸顿时拉了下来,瞪大眼睛说:"这多吗？你要知道这可是犯法的事情,闹不好哥几个都是要住进去的。"

李庆丧气地说:"这也太高了,太高了！我还是换一家吧！"说着,起身要往外走。

刀疤脸急忙上前拦住了他,硬是把李庆摁在了沙发上,说:"你说说,你最多能出多少钱？"

李庆看对方的架势,他若不答应显然是不想让他走出这个房间了。他本想着 30 万把事情搞定,到时候他出 10 万,让刘汉出 20 万,没想到对方一开口就要 80 万。他怯怯地看着刀疤脸,说:"最多……我最多出 50 万！"

刀疤脸用力一拍李庆的肩膀,大声说:"好,50 万就 50 万,看在郝总的面子上,我答应接下这档子生意。"

李庆感到肩膀被他拍得生疼,咧着嘴说:"我跟郝鹏可是铁哥们儿呀,你们也不给优惠点！"

刀疤脸咧了咧嘴,说道:"你去准备现金吧,这种事儿我们只收现金,注意要取 50 万,一次交清！"

李庆急声说道:"那可不中,我把钱都给你们,你们如果拿着钱跑了怎么办？要交也只能交一半,等事情办完后再付另一半。"

刀疤脸看了一眼李庆,斩钉截铁地说:"你还挺精！我告诉你,要不是看郝总的面子,50 万我们根本不会干这活儿。40 万,下午 3 点把 40 万现金送到这里,否则你就不用过来了。"

李庆看刀疤脸说得如此坚定,咬了咬牙,说:"40 万没问题,不过,活儿你们一定得给我干得漂亮。"

刀疤脸蔑视地看着李庆,说:"咱们在道儿上混的,讲的就是义气！你放心,达不到你说的要求,50 万块钱,我一分不要你的！"

3.玩火自焚

两天来,张秀芝陷入了深深的恐慌和担忧之中。说实话,她打小就很待见张一枭,后来看梦羽喜欢张一枭,她很愿意张一枭成为自己的女婿。然而造化弄人,梦羽和张一枭最后却分了手。即使这样,她心中也没记恨张一枭,反而多次劝说刘梦羽,要珍惜和张一枭的缘分。对刘汉一帮人商议的事情,她感到他们是在玩火自焚。她知道这里面的轻重,闹不好会导致几个家庭家破人亡。可她心里也清楚,已经疯了的刘汉,对她的劝说是不会听到心里去的。她贸然劝说,只会加剧那帮人对张一枭的伤害。

张秀芝在刘汉面前虽然表面上装得跟没事人一样,胸中却是心急如焚。她试图劝说刘汉停止这疯狂的行为,可等她刚提出张一枭,话还没说到正题,就被刘汉给堵住了。

张秀芝说:"梦羽他爸,一枭那孩子……"

刘汉翻眼看了看张秀芝,恶狠狠地说:"你是不是听到我们说话了?"

张秀芝急忙说:"你们说啥了? 我听见你们都在骂一枭,就想劝劝你别跟他一般见识,一枭毕竟还是个孩子!"

刘汉生气地说:"我们的事情你少管! 我告诉你,你如果坏了我们的事儿,我绝饶不过你! 我告诉你,在张庄村,有我就没他张一枭!"

疯了,真是疯了! 张秀芝意识到,刘汉十有八九已经定下了收拾张一枭的决心,她想阻止已经来不及了。

张秀芝很想把她听到的事情告诉张一枭,可张一枭会相信吗? 再者,一旦他因此报了警,警察岂不是要把刘汉等人抓到监狱里?

怎么办? 怎么办? 张秀芝急得如热锅上的蚂蚁,她想打电话告诉梦羽,可等拿起电话她又放了下来,她觉得还是当面给梦羽说更为妥当。她急切盼着梦羽从县城回来,可已经两天了,梦羽还没回来。

天已经黑了起来,梦羽还没回来。刘汉一早就出去了,到现在也是一直没回家。张秀芝在院子里来回走动着,右眼突突地跳。她预感到今天晚上就要出大事,实在忍不住拨通了梦羽的电话。

刘梦羽在电话中快人快语地说:"妈,我快到家了,我正开着车呢,有事回家再说吧!"还没等她说话,就挂断了电话。

张秀芝跑到门口,一遍又一遍地看,却一等二等始终不见梦羽的踪影。她觉得不能再等了,再等可真的要出大事儿了,她必须尽快把这一消息告诉张一枭。

张秀芝关上院子大门,正要去找张一枭,刘梦羽的轿车就开到了眼前。

刘梦羽从车上走了下来,说道:"妈,你这是要去哪里呀?"

张秀芝拉住刘梦羽,焦急地说:"你个臭丫头咋到现在才回来呢? 你可把我急死了!"

刘梦羽问:"你急啥? 出啥事了?"

张秀芝低声说:"那个李庆给你爸出主意,要从外面找人收拾张一枭呢,要是出了人命,可就麻烦大了!"

刘梦羽笑了,说:"妈,你不用害怕,他们可能只是为了吓唬一下张一枭。"

张秀芝着急地说:"我估摸着会出大事,我偷听到他们谈话了,他们要出50万请杀手呢!"

刘梦羽顿时脸色大变,慌忙说:"妈,这事儿你咋不早给我说呢?"

张秀芝苦着脸说:"这么大的事情,我不是想当面给你说嘛!"

刘梦羽掏出手机拨了张一枭的电话,却无法接通。

刘梦羽的手开始哆嗦起来,她迅速又拨通了张福民的电话。张福民在电话中问:"你是谁呀?"

刘梦羽说:"我是梦羽,一枭哥在家没?"

张福民在电话中说:"一枭去村部了,吃过饭就去了。"

刘梦羽说:"好的,好的!"说着,挂了电话,跑到车子跟前,一步跨上车,向村部疾驰而去。

到了村部门口,刘梦羽跳下车,飞奔进了村部。

张福堂和张小平在村部值守,他们看刘梦羽急得一头的汗,都站了起来,问道:"梦羽,你有事儿吗?"

刘梦羽上气不接下气地说:"一枭哥,一枭哥在吗?"

张福堂说:"他去养殖场了。刚才,养殖场的人打电话,说有村里人在那里闹事,一枭开车去了。"

刘梦羽脸色苍白,无力地说:"完了,完了,这下可麻烦了!"

张小平问:"梦羽,到底咋了?"

刘梦羽说:"李庆和我爸花50万找的杀手要害一枭哥,我们快去找一枭哥吧!"

张福堂立马慌了起来,结结巴巴地说:"快……快快……快去养殖场!"

三人跑出村部,张小平看刘梦羽还在发抖着,抢先跑到驾驶座位置,说:"我来开车! 你们俩快上车!"

刘梦羽坐在车上,急得眼泪涌了出来,连声说:"老天保佑,老天保佑一枭哥!"

张福堂说:"梦羽,你快给一枭打电话呀!"

刘梦羽说:"电话打了,一直是无法接通!"

张小平开着车,说:"梦羽,你快给大奎叔打个电话,让他抓紧时间往养殖场赶!"

张福堂急忙说:"是的,是的,快给大奎打电话,他去了我们就不怕那些杀手了!"

4.拦路行凶

张一枭接到养殖场的电话就开车赶了过去,他哪里想到此刻在村部、村口,以及通往养殖场的岔路口,许多双眼睛都在注视着他的一举一动。

张一枭的车路过一个僻静处时,一辆轿车横在了路上。张一枭远远地就开始摁喇叭,车上下来了五个人,拦住他的车子。

张一枭拿着手机,从车上走了下来,问道:"你们的车怎么横在路上,是不是坏了?"

几个人突然四散开来,把张一枭围在了当中。

一个胖胖的中年人用手电照了照张一枭的脸,问:"你是不是张庄村的第一书记张一枭?"

张一枭顿感不妙,说道:"你们想干什么?"

中年人冲周围的人点了点头,说:"是的,没错,先把他的手机夺了!"

旁边的两个人应声抱住张一枭,另外一人上前,硬生生地从张一枭手里夺过手机,递给了中年人。

中年人接过手机狠狠向地上摔去,顿时手机被摔得粉碎。

张一枭用力挣脱两个黑衣人,撒腿就往回跑。

"追,快追!"中年人一声令下,5个人一齐向张一枭撵去。

张一枭跑还不到一百米,又被这帮人给围住了。

中年人冷冷地说:"这小子还挺精呀! 你怎么不跑了,跑呀?"

张一枭高声喊道:"你们是谁? 你们想干什么?"他试图通过高声喊叫招来过路人。

中年人冷冷地说:"要你命的人,给我打!"

几个人一齐上前,对张一枭动起手来。

张一枭奋力反抗,与几个人打斗起来。很快,张一枭便被他们打倒在地。几个人上前,轮番对张一枭拳打脚踢。

打了一阵后,两个人把浑身是血的张一枭拖到了车前。

中年男人狠狠地说:"把他给我架起来!"

张一枭有气无力地问道:"你们是谁？我跟你们无冤无仇,你们为什么打我?"

中年男人说:"好呀,今天老子就让你死个明白,在阴间做个明白鬼!是有人出钱要你的命,你得罪了谁,我想你心里明白,就不用我们再说了吧?"

正在这时,张小平开着车风驰电掣地冲了过来。车还未停稳,刘梦羽就从车上跑了出来。

几个黑衣人还没缓过神来,刘梦羽已经冲到了跟前。

一个黑衣人急声说道:"老大,来人了,快动手吧!"

中年男人从腰里抽出一把刀,用力向张一枭捅去。

刘梦羽高喊着冲了上去:"一枭哥,快躲开!"

此刻,张福堂和张小平也高喊着跑了过来:"你们干什么,住手!"

中年人一摆手,高声喊道:"快上车,走!"几个人跳上车,加足油门向前驶去。

一把不短的刀结结实实地插进了刘梦羽的心窝里,顿时血流如注,刘梦羽直直地躺在地上,大口出气。

张一枭爬上前抱住刘梦羽,哭着喊道:"梦羽,梦羽!"

刘梦羽凄然一笑,说:"一枭哥,能替你去死,我……我……我觉得值!"

张福堂和张小平也围了过来,抓住刘梦羽,大声喊道:"梦羽,梦羽,你没事儿吧?"

张一枭抱起刘梦羽,喊道:"小平,快,快去开车,快送医院!"

刘梦羽的胸口一直在不停地流血,洒得车后座上全是血渍。

张一枭紧紧地抱住刘梦羽,流着泪说:"梦羽,梦羽,快到医院了,快到医院了,你一定要坚持住。"

那几个黑衣人殴打张一枭时,刘莽就在附近的岔路口,他将电动车推倒在田地里,边看热闹边在偷着乐。

他嘴里不干不净地骂道:"张一枭,你个王八蛋,叫你能,让你精,这就是跟我们作对的下场,明年的今天就是你的忌日!"

刘莽就等着这帮人结果了张一枭,他好回去报信。可他万万没想到,刘梦羽却带着张福堂、张小平闯了过来。

当他看到几个黑衣人狼狈逃窜,就知道坏了,他们很可能用刀捅了刘梦羽。他很想跑过去看看,可他知道,一旦贸然跑过去就全露馅了。

刘莽听张一枭哭喊梦羽的名字,就已判断出刘梦羽定是凶多吉少!他从田地里推出电动车,用力加足电向家里冲去。

刘汉已经回到了家。冷静下来的他,真真切切地后悔了。如果那帮人真是失手打死了张一枭,他和刘莽等人一定难以逃出法律的严惩。此刻,他满心盼着那帮人能手下留情,对张一枭略施小惩。

刘汉在院子里来回走动着,嘴里一根接一根地抽烟。

张秀芝坐在屋里,同样也是如坐针毡。刘梦羽开车去找张一枭去了,不知道她找到张一枭没有,也不知道那帮人是否已经对张一枭动了手。她想给刘梦羽打电话,却又怕刘汉知道了她告密的事情。

正在这时,刘莽失魂落魄地进了门,他重重地将电动车扔在了地上,疾步跑到刘汉跟前,哭着说道:"哥,坏了,坏了,出大事了!"

刘汉一把抓住刘莽,问道:"怎么了,他们是不是都被抓了?"

刘莽连连摆手,说:"他们……他们把梦羽给捅了,梦羽替张一枭挡了刀子。"

刘汉松开了刘莽,目瞪口呆地看着他。

张秀芝疯子般地从屋里跑了出来,紧紧抓住刘莽,边摇边喊道:"老二,你说啥?你说啥?你说梦羽怎么了?"

刘莽的眼泪流了出来,说:"梦羽被人用刀捅了!"

张秀芝抓住刘汉,哭喊道:"刘汉,你个挨千刀的,你还我的梦羽,你还我的梦羽!"

刘汉哪还顾得上张秀芝,急声问:"现在梦羽在哪儿?"

刘莽说:"张福堂、张小平和她一起去的,我看见张一枭说,小平快开车去医院。"

刘汉问:"他们去了哪个医院,乡医院还是县医院?"

刘莽说:"我哪知道他们去了哪个医院,要不你给张福堂打电话问问吧。"

刘汉拿起手机又放下来。理智告诉他,这个电话他不能打,一旦打了就说明他知道刘梦羽被刺杀的事情。

张秀芝厮打着刘汉,哭喊道:"刘汉,你快打电话呀,你咋不打呀?你快打电话呀!"

刘汉呆呆地站着,任凭张秀芝如何厮打哭喊,始终没有动。

5.老天有眼

刘梦羽被推进了手术室。

张一枭跪在手术室门口,边哭边祷告道:"梦羽,梦羽,你可一定要挺住呀,你可一定要挺住呀!老天爷,你可一定要保佑梦羽,保佑梦羽呀!"

张小平上前拉住张一枭,低声说:"一枭,你看你一身的伤,去包扎一下吧!"

张一枭对张小平的劝说无动于衷,依旧在祷告:"老天爷,你可一定要保佑梦羽,你可一定要保佑梦羽呀!"

张福堂心疼地看了看张一枭,对张小平说:"小平,你快给刘汉打个电话,让他抓紧时间来医院吧。"

张小平起身给刘汉打了电话。

张福堂掏出手机拨通了杨锐的电话:"杨书记,我是张福堂。"

杨锐在电话中说:"张书记,有事吗? 您说!"

张福堂走到过道边,说:"杨书记,出大事儿了,刘汉和李庆雇凶害一枭,刘梦羽替一枭挡住了刀子,我们现在在县医院。"

杨锐大惊,急声问:"梦羽现在怎么样?"

张福堂说:"现在在抢救,估计凶多吉少!"

杨锐问:"凶手抓住没?"

张福堂说:"他们从外面找的人,已经跑了。"

杨锐又问:"刘汉知道梦羽在医院抢救吗?"

张福堂说:"已经通知他了,现在正在来医院的路上。"

杨锐说:"张书记,我现在就在县城,我马上将这个情况向县委马书记汇报,随后我就赶过去。如果刘汉先到了,你先给我稳住他。对了,村里还有谁知道这件事?"

张福堂说:"估计刘莽、李二柱、王发全和赵胜海都参与了这件事。"

杨锐忙说:"我知道了! 张书记,我很快就赶过去。"

杨锐放下张福堂的电话,当即向县委马书记报告了这一凶杀案。

马书记正在开会,听完杨锐的汇报后,随即停下会议,带着杨锐去了县公安局。

马书记亲自部署抓捕行动,一路由公安局局长亲自带队前往医院逮捕刘汉,一路由分管刑侦的副局长带队前往张庄村抓捕李二柱等人。

张小平打电话的时候,刘汉和张秀芝已在赶往医院的路上。他猜测张一枭一定会送刘梦羽去县医院,因为乡镇医院根本不具备抢救的条件。

放下张小平的电话,刘汉一句话也没说,眼泪在不停地流。张秀芝倒在车上放起了悲声,边哭边诉说:"梦羽,梦羽,我的宝贝呀,你可要好好的呀!"

刘莽咬着牙,默默地开着车,一路上用力地踩油门。

三人到了医院,就向手术室跑去。

刘汉一眼看到了浑身是血的张一枭,冲上前抓住他问道:"梦羽怎么样,梦羽怎么样?"

刘莽眼里喷着火,举起拳头就要打张一枭,嘴里骂道:"张一枭你个王八蛋,都是你害了梦羽!"

几个警察快步上前,把刘莽给架住了。

刘莽大声地喊着:"你们干什么,你们干什么,凭什么抓我?"

刘汉直起腰来,三个警察已经围到了身边。

杨锐和县公安局局长走了过来,县公安局局长威严地说:"刘汉,走吧!"

刘汉在来医院的路上已经预知了这个结果,他平静地看了一眼众人,哀求地说:"王局长,能不能让我再见女儿一面?"

杨锐说:"王局长,让他在医院待一会儿吧!"

张福堂也走了过来,痛心地说:"刘汉,你好糊涂呀!"

张秀芝被眼前的场景吓坏了,睁着大眼看看这个又看看那个,等她彻底明白过来,顿时瘫在了地上,大声哭起来。

县公安局局长冲押解刘莽的警察摆了摆手,两个警察押着刘莽向外走去。

正在这时,手术室的门开了,刘梦羽挂着吊瓶被推了出来。

张秀芝连滚带爬地扑向刘梦羽,撕心裂肺地哭了起来:"梦羽,梦羽呀,我的乖乖……"

张一枭满脸的泪,抓住刘梦羽的手,泣不成声。

刘汉跪在地上,头在地板上磕得砰砰响,边磕边哭:"梦羽,梦羽,都是爹害了你呀,都是爹害了你呀!"

杨锐走到医生跟前,急声问:"梦羽没事吧?"

医生说:"还好,人没大问题。真是老天有眼,刀子偏了一点点,如果插到心脏上,人就完了!"

护士推着刘梦羽向重症监护室走去。

张一枭一边推着手术床,一边哭着说:"梦羽,梦羽,你真傻呀! 你为什么替我挡那一刀?"

两个警察把刘汉从地上拉了起来。正在这时,刘汉的手机响了。

王局长急忙上前掏出了刘汉的手机,他看来电显示的是李庆的名字,说道:"是李庆的电话,大家不要说话。"

众人顿时屏住了呼吸。

王局长对刘汉平静地说:"刘汉,我想你也不想放过伤害梦羽的凶手,你知道给李庆怎么说吧?"

刘汉点了点头,接过电话,摁下了接通键,打开了免提。

李庆在电话里急切地喊道:"老刘,你咋一直不接电话呀,是不是想赖账呀? 我告诉你,那帮人是不好糊弄的,他们什么事儿都能干出来。人家把事情给咱们办了,咱们要讲诚信,不能言而无信呀! 你那20万准备好没有?"

刘汉平静地说:"准备好了。"

李庆说:"那你给我送过来吧,我还被他们作为人质押在这里呢。"

刘汉说:"你们在哪里? 你给我说个地址,我给你们送过去。"

李庆说:"我们就在县城附近的高速路口,你快过来吧!"

刘汉说:"好的,我这就过去。"说完,挂断了电话。

王局长接过电话,问:"他们有几个人?"

刘汉老实地回答:"加上李庆6个人。"

王局长说:"刘汉,你要好好配合我们的抓捕行动,走,我们先去公安局。"

一行人押着刘汉走出了医院。

6.姻缘早定

由于刘汉积极配合,李庆和5名刺杀刘梦羽的歹徒全部被抓获归案。之后,王发全、赵胜海、李二柱等涉案的十余人全部被抓捕归案。

医院病房中,刘梦羽躺在病床上,张一枭将苹果切成了一个个小块,耐心地喂刘梦羽吃。

张秀芝坐在一旁,慈爱地看着二人。

叶知秋捧着一束鲜花进了门,笑道:"一枭,你什么时候学会这么伺候人了?"

刘梦羽的脸一红,想起身下床,说:"叶总来了!"

叶知秋连忙摆手,说道:"梦羽,别动,别动!"

张秀芝起身把椅子让了出来,笑着说:"叶总来了,谢谢您来看望梦羽! 你们在这儿说说话,我出去买点东西。"她知道,三个年轻人有话要说,她在这里反而不好,就找个理由知趣地离开了。

果然,张秀芝刚一离开,叶知秋便说:"梦羽,还是你有福气呀,我终归还是没有争过你,我听说你们要结婚呀?"

刘梦羽脸一红,向张一枭望去。

张一枭笑了笑,说:"结婚也要等梦羽出了院养好身体以后呀!"

刘梦羽瞪了张一枭一眼,说:"谁给你说我要嫁给你的?"

叶知秋笑着问道:"梦羽,你言不由衷吧,你真的不愿嫁给张一枭? 你要不愿意要他,可有人愿意要呀!"

刘梦羽说:"他有什么好的,谁愿意要就要呗!"

叶知秋装作一脸严肃地说:"梦羽,这可是你说的,等我把张一枭领走了,你可别哭鼻子。"

刘梦羽两眼一瞪,说:"他敢!"

张一枭急忙说:"我还真不敢,除了你梦羽,我谁也不会跟她走!"

叶知秋哈哈大笑了起来,边笑边说:"张一枭,你就这点出息? 不过,梦羽,我真心祝福你们,我也败得心服口服!"说完,把手里的鲜花递给了张一枭。

张一枭接过鲜花,起身站在了一边。

刘梦羽一副难为情的样子。

叶知秋在刘梦羽身边坐了下来,紧紧抓住刘梦羽的手,伤感地说:"其实我早就知道,一枭的整个心都在你身上,只是我不愿承认。梦羽,你是好样的! 姻缘早定,一枭本该属于你!"

刘梦羽眼里含着泪,说:"叶总,为了成全你们,我原本是下定了决心要离开一枭哥的,没想到……没想到出现了这种事情。"

叶知秋深知刘梦羽在为刘汉等人被抓而心痛,她拍了拍刘梦羽的手,说:"梦羽,事情已经过去了,以前的事情你就别再想了,我们要往前看,你要尽快把身体养好,示范区和我们的养殖场还有大量的工作任务需要你来完成呢!"

张一枭把鲜花放在茶几上,也走到了刘梦羽身边,说道:"梦羽,叶总说得对呀!示范区还有大量的工作需要我们去做,你可要尽快把身体养好!"

叶知秋又说:"梦羽,鉴于一枭担任村里的第一书记,有大量村里的工作要做,董事会决定聘任你担任养殖场的总负责人,你可不要拒绝我呀!"

刘梦羽说道:"叶总,我……我能做好吗?"

张一枭急忙说:"你怎么会做不好呢? 以你的能力和水平,一定能做好。"

叶知秋笑道:"那事情就这样定了,可不允许反悔呀!"

7.庆功大会

一年后。

县扫黑除恶专项斗争暨示范区建设庆功大会如期举行。

只见张庄村的广场上彩旗飘扬,人山人海。

县四大班子领导、各乡镇(办事处)和县直各局委的领导、示范区企业代表及居民村的群众都来到了会议现场,整个会场不少于 5000 人。

叶知秋作为企业代表专门被请上了主席台。

周明礼主持会议,他站起身,拿着话筒说道:"各位领导、各位来宾、各位同志,参加会议的老乡们,在这个庄严而神圣的时刻,我宣布张庄村高标准农田示范区正式建成,全县扫黑除恶专项斗争取得阶段性胜利。下面,请县委马书记讲话。"

马书记扶了扶话筒,说道:"经过大家近两年的辛勤努力,我们的示范区终于建成了。在这里,我代表县委、县政府,代表全县 70 万人民群众,对大家付出的艰辛劳动和取得的工作成绩,致以衷心的感谢和最诚挚的祝贺! 大家看看,仅仅用了 695 天时间建成的示范区,不仅流转土地 10 万亩,建成了高标准农田,我们的工业园区还引进了涉农企业 60 余家。更值得庆贺的是,我们把农村建成了田园综合体,建成了数字乡村和众创空间,不仅实现了管理数字化、资产资源数字化、产业数字化,还实现了经营数字化、服务数字化、文化生态数字化,全示范区共吸纳 620 名有志青年回乡创业,从而为全县实施乡村振兴提供了样板。另外,我们还有一项重要成果,就是彻底打掉了以刘汉为首的黑社会性质组织……"

这时,刘梦羽脸色突变,痛苦地向母亲张秀芝望去。

张一枭难为情地说："妈，都是我不好，我……"

　　张秀芝坦然地看着张一枭，说："一枭，你也不用内疚，善有善报，恶有恶报，你爸他们那是罪有应得！"说着，她转向刘梦羽："梦羽，你也不用难受，找时间和一枭去监狱看看你爸吧，虽然他做了很多坏事，但他毕竟是你们的爸爸，你们还没有把结婚的好消息告诉他呢，我相信他一定会祝福你们的！"

　　张一枭和刘梦羽对望了一下，一起重重地点了点头。